新局玉石童子訓［上］

叢書江戸文庫 47

責任編集＝高田 衛・原 道生

校訂＝内田保廣
藤沢 毅

国書刊行会

目次

（巻之十九から巻之三十までは下巻収録。）

凡　例

本編『新局玉石童子訓』は、本叢書21・22の『近世説美少年録』の続編にあたる作品の翻刻であるが、『近世説美少年録』が原本の持つ雰囲気を重視したのに対して、より読みやすさを重視したものへと替えた。本編では翻刻に際して、以下のような措置を取った。

一、平仮名は現行の対応する平仮名に統一した。ただし、「ゐ」「ゑ」はそのままの形で残した。

二、片仮名については、現行と違う字体はほとんどないのだが、稀に違う字体であれば現行の対応する片仮名に統一した（例「子」→「ネ」）。ただし、「ヰ」「ヱ」はそのままの形で残した。なお、「ニ」「ハ」「ミ」など、一見片仮名のように表記されているものでも、平仮名として扱われているものについては平仮名とした。

三、濁点については、明らかに濁音として読むべきものにはそれを補った。連濁など判断が難しいものは複数例から考え判断した。

四、漢字については、『近世説美少年録』では多くの異体字を残す方針を取ったが、本編では基本的には通行の新字体に統一した。ただし、一部の俗字、特徴的に使用された異体字（例「开〈其の異体字〉」）、明らかに意図的な使い分けとして使用された異体字（例「悳〈徳の異体字〉」）、主要登場人物名に使用された異体字（例「柒〈柒の異体字〉」「无〈无の異体字〉」）に関しては、校訂者の判断でこれを採用した。

五、踊り字は原本通り、漢字は「々」、平仮名は「ゝ」「ゞ」、片仮名は「ヽ」「ヾ」、また複数文字には「〳〵」を採用した。

六、原本には読み継ぎのための読点が付されているが、現行の句点と読点とに改めた（和歌の中の読点は付さずに、空白を置いた）。

七、会話文や思惟の部分、またことわざや書名には、私に「　」、『　』を補った（句読点の付し方の方針から、」。」、』。』の形が併存することとなった）。

八、私に段落を設定した。

九、振仮名は左訓とも、原本通りに付した。

十、明らかな誤記、誤刻も基本的にはそのままの形にしたが、そのために意味が不鮮明になる場合のみ、該当字の傍の（　）に正しい字を置いた。また、文字等が欠如している場合は〔　〕に適切な文字等を補記した。衍字など、特に校訂者の翻刻ミスかと誤解されやすい箇所には（ママ）を付した。

十一、匡郭上の頭注については、注の対象となる語または文章の後に【　】を付してその中に置いた。

十二、本編収録の作品には人権に関わる用語が使用されているものがある。本叢書の資料的な性格を考えて原本どおりに翻刻したが、読者各位には人権問題の正しい理解の上に立って本書を活用して下さるようにお願いしたい。

新局《しんきょく》 玉石《ぎょくせき》童子《どうじ》訓《くん》（上）

新局 玉石童子訓小序《しんきよくぎよくせきどうじくんしようじよ》（印）

設夫以《もしそれおもひみ》れば、和漢今昔《わかんこんじやく》、其名《そのな》同《おなじ》くして、其物同《そのものおな》じからざるあり。玉《たま》のいまだ磨《みがゝ》ざる者《もの》、是《これ》を璞《はく》といふ。鼠《ねずみ》の既《すで》に死《し》したる者《もの》、亦是《またこれ》を璞《はく》といふ。鱗族《りんぞく》の長《をさ》を竜《りよう》といふ。又星宿《またせいしゆく》を竜《りよう》といふ。駿馬《しゆんめ》の千里《せんり》なる者《もの》、又是《またこれ》を竜《りよう》といふ。此《これ》は是一名《これなひとつ》にして三物《ものみつ》なり。又鳥《またとり》の子《こ》を雛《ひな》といふ。上巳《じようし》の木偶《にんぎよう》亦是《またこれ》を雛《ひな》と云。係《かゝ》る類《たぐひ》極《きはめ》て多《おほ》かり。在昔唐山魯《むかしからくにろ》の哀公《あいこう》の時《とき》、魯国《ろこく》に曽参《そうしん》あり。こは孔門《こうもん》の随一人《ずゐいちにん》、賢《けん》にして且孝《かつこう》なり。是時《このとき》に当《あた》りて、宋国《そうこく》に曽参《そうしん》と云者《いふもの》あり。其性凶悪《そのさがけうあく》にして為《せ》ざることなし。後竟《のちつひ》に人《ひと》を殺《ころ》して、彼身《かのみ》刑《けい》せらる。其璞《それはく》と云将竜《いひはたりよう》と云《いひ》、雛《ひな》と云曽参《いひそうしん》といふ。其名一《そのないつ》なり。其物《そのもの》の異《こと》なるを弁《べん》ずるときは、宛《さながら》宵壌《あめつち》の差別《けぢめ》あり。

世《よ》に由縁《ゆかり》もなき高名才子《こうめいさいし》の、名号《みようごう》を冒紛《をかしまぎ》らして、生活《なりはひ》の便宜《たつき》に做《な》す者《もの》あり。唐国《からくに》の曽参《そうしん》と、天朝《あまつみかど》の人麻呂《ひとまろ》と焉《いづくに》ぞ異《こと》ならん。昔《むかし》は天朝《あまつみかど》に、人麻呂《ひとまろ》と称《しよう》する者《もの》、前後《ぜんご》七人《なゝたり》あり。然《しか》れども古俗今俗《こぞくこんぞく》、人麻呂《ひとまろ》といふときは、柿本氏《かきのもとうぢ》を指《さゝ》ざるはなし。那高名才子《かのこうめいさいし》の名号《みようごう》を、取《とり》てもて己《おの》が名《な》として、世俗《せぞく》を眩惑《げんわく》しぬる者《もの》、只其名《たゞそのな》のみ同《おなじ》くして、技《わざ》と心術《しんじゆつ》と同《おな》じからざれば、竟《つひ》に相及《あひおよば》ざる者《もの》、比々《ひひ》として皆是《みなこれ》なり。非如百曽参《よしやもゝのそうしん》、百人麻呂《もゝのひとまろ》ありといふとも、彼《かしこ》の曽子《そうし》と我柿本氏《わがかきのもとうぢ》に、損益《そんゑき》あることなし。其才其徳同《そのさえそのとくおなじ》からざる故《ゆゑ》なり。

又其物同《またそのものおなじ》くして、其名《そのな》の同《おなじ》からざるは、万《まん》をもて数《かぞ》ふべし。古歌《こか》に所云《いはゆる》、浪速《なには》の蘆葭《あし》は伊勢《いせ》の浜荻《はまおぎ》。今更《いまさら》毛挙《かぞへあぐる》に遑《いとま》あらず。『本草啓蒙《ほんさうけいもう》』に録《ろく》する所《ところ》、一物《いちもつ》にして数名《すめい》あり。土呼方言《ところのよびなくにことば》も、亦知《またし》らずはあるべからず。

今吾是編《いまわがこのへん》を名《なづ》けぬるも、他《かれ》と相似《あひに》たる意味《いみ》なきことを得《え》ず。是《これ》も亦其物同《またそのものおなじ》くして、其名異《そのなこと》なりとやいはるべからん。漫《そゞろ》に自笑《じしよう》して、毫《ふで》を著作堂《ちよさくだう》の南簷《なんゑん》に閣《さしお》く

弘化二年乙巳春正月之吉

蓑笠漁隠重序（印）（印）

新局玉石童子訓巻之上帙五冊目録

暗鬼生於疑心
君勿見脹爲好
三好木工頭
職善《もとよし》
真嶋皆人
頼紀《よりとし》

處女億禄《をとめおろく》
峯張九四蔵
中原通世
愚山人

麟子鳳孫両少年
花玉葉才兼美
峯張柒六郎《みねはりしちろくらう》
中原通能《なかはらのみちよし》
茂林四郎《もりしらう》
大江成勝《おほえのなりかつ》

低杭駝鳥太《ひくゐのだちやうた》
狸毛吹五郎《たけのふきごらう》

孟林禪刹
青松静
二世傳燈
月照牕
木玄道徳《もくげんどうとく》
侠客六市《けうかくろくいち》

乾児四摠《こぶんよさう》
賢妻乙藝《けんさいおつげい》
同

附言　本編《ほんへん》の作者又曰《さくしやまたいはく》、「這書五巻《このしよいつまき》は、往壬寅年《いぬるみづのえとらのとし》の初春《はつはる》より、中夏《さつき》の時候《ころ》まで綴《つゞ》りたる吾戯墨《わがきぼく》にて、一局《いつきよく》五巻《いつまき》なるを、釐《さき》て十冊《ととぢ》とす。価《あたひ》を廉《れん》ならまく欲《ほり》しぬる、刊行《かんこう》の書肆文渓堂《ふみやぶんけいだう》の好《このみ》に由《よ》れり。然《され》ども老眼不明《ろうがんふめい》の故《ゆゑ》に、竟《つひ》に戯墨《きぼく》を排斥《はいせき》して、後《のち》の五冊《いつとぢ》は、稿本《かうほん》いまだ全《まつた》からざりしを、這番又文渓堂《こたびまたぶんけいだう》が、連《しき》りに乞促《こひうなが》せば、上帙五冊《じようじついつとぢ》を筆削《ひつさく》して、其責《そのせめ》を塞《ふさが》まくす。下帙五冊《げじついつとぢ》は、又其足《またそのた》らざるを綴《つゞ》り果《はた》させて、続《つゞ》きて発販《はつはん》すべしと也。上帙下帙《じようじつげじつ》を併看《あはせみ》ざれば、佳境《かきよう》に入《い》るの好処《こうしよ》に造《いた》らず。遺憾《いかん》なきにあらねども、そは一霎時《しばし》の程《ほど》にて、下帙《げじつ》の発脱《はつだ》《ウリダシ》も遠《とほ》かるべからず。只恐《たゞおそ》る。病眼衰眊《びやうがんすゐぼう》しぬるの後《のち》は、代書《だいしよ》を婦幼《ふえう》に課《おほ》すれば、誤写《ごしや》なきことを得《え》ざるべし。譬《たとへ》ば『八犬伝《はつけんでん》』第九輯巻《だいくしふまき》の四十六以下《よりしも》に、代書并《だいしよならび》に傭工《ようこう》の筆《ふで》に、誤《あやま》る者多《ものおほ》きが如《ごと》し。彼書《かのしよ》に真言宗《しんごんしう》の宗《さう》を旨《し》に作《つく》り、或《あるひ》は据《きよ》と樵唱《しようしよう》などの偏《へん》を脱《おと》して、居焦昌《きよしようしよう》に作《つく》る者《もの》、この余《よ》も猶《なほ》あり。皆吾腹稿《みなわがふくかう》になき所《ところ》、傭工《ようこう》の手《て》に誤《あやま》るものから、校訂《きようてい》も亦婦幼《またふえう》に任《まか》せて、吾閲《わがけみ》するにあらざれば、発販《はつはん》《ウリダシ》の後《のち》、好友智音《こうゆうちゐん》の、指摘《してき》に因《より》て知《し》れるのみ。是編《このへん》も甚麼《いか》なるべき。魯魚《ろぎよ》の誤《あやまち》さぞあらん。看官宜《みるひとよろ》しく正《たゞし》ねかし。」

新局玉石童子訓《しんきよくぎよくせきどうじくん》巻之《まきの》一上冊

東都　曲亭主人口授編次

第《だい》参什一回《くわい》　自傷《じしよう》の落花《らくくわ》衆人《もろひと》を惑《まよは》しむ　無明《むみやう》の台月正婦《たいげつせいふ》を繋《つな》ぐ

在昔《むかし》孰《いづれ》の御時《おんとき》、孰《いづれ》の国《くに》に歟《か》ありけん、槐《ゑんじゆ》の郷《さと》蟻宮村《ぎきうむら》といふ一村落《かたゐなか》に、架空先生《かくうせんせい》と喚做《よびなし》たる生儒《なまはかせ》ありけり。原是京家《もとこれきようけ》の学士《がくし》にて、江家《がうけ》の流《ながれ》を汲《く》む者《もの》なれども、其性清《そのさがきよ》き白に過《すぎ》て、世《よ》と推移《おしうつ》ることを得《え》ず、竟《つひ》に這頭《こゝら》に流寓《さそら》ひて、里《さと》の総角《あげまき》等に、手迹《しゆせき》を教《をしゆ》るをもて、生活《なりはひ》にしぬる程《ほど》に、客《きやく》を愛《あい》する癖《くせ》あれば、手習児等《てらこら》皆《みなぢ》辞し去《さり》て、最徒然《いとつれぐ》なる折《をり》は、田夫山妻《たをさやまつめ》、這那《これかれ》となく訪来《とひき》ぬる毎《ごと》に、其好《そのこの》む処《ところ》の稗史小説《はいししようせつ》を説和《ときやはら》げ、或《あるひ》は古人《こじん》の賢不肖《けんふせう》、善悪邪正《ぜんあくじやしよう》を論弁《ろんべん》して、善《ぜん》を薦《すゝ》め悪《あく》を懲《こら》し、自警《みづからいまし》め他《ひと》を誡《いまし》むること多《おほ》かりければ、郷党等《さとひとら》相歓《あひよろこ》び信《うけ》て、皆《みな》其話説《そのはなし》を听《きか》まくす。

然《され》ば架空先生《かくうせんせい》は、有一日《あるひ》耕作《たがやし》の暇《いとま》ある荘客等《ひやくしようら》が、うち連立《つれたち》て来《き》にけるを、集《つど》へて是《これ》に告《つげ》て道《いへら》く、「俺昨宵《われよんべ》奇妙《きみやう》なる夢《ゆめ》を見《み》たり。夢《ゆめ》は果敢《はか》なき者《もの》なれば、泡沫夢幻《はうまつむげん》と浮屠家《ほとけ》も説《とき》にき。遮莫周礼《さばれしゆらい》に占夢《ゆめうら》の官《つかさ》あり。上古唐山《むかしからくに》姫周《きしう》の時《とき》、原夢《ゆめあはせ》をもて事《こと》の吉凶《きつけう》を判断《はんだん》したり。然《さ》れば我大皇国《わがおほみくに》も、邈古《むかし》は貴賤《きせん》夢《ゆめ》を取《と》る事《こと》あり。崇神天皇《すしんてんわう》の四十八年春正月《ねんはるむつき》己卯《つちのとのう》に、天皇詔《てんわうみことのり》して、両箇《ふたはしら》の皇子《みこ》、豊城命《とよきのみこと》と活目尊《いくめのみこと》の、各《おのく》纘《みそなは》しし夢《ゆめ》により て、天日嗣《あまつひつぎ》を定《さだ》め給ひし事《こと》、日本紀《にほんき》に見《み》えたり。又欽明天皇《またきんめいてんわう》は、初皇子《はじめみこ》にて在《いま》しし時《とき》、瑞夢《ずゐむ》空《むな》しからずして、後竟《のちつひ》に大位《おほみくらゐ》に即《つき》給ひにき。恁《かゝ》れば丁固《ていこ》の腹《はら》に、松生《まつおひ》たりと夢《ゆめ》に見《み》て、後竟《のちつひ》に三公《さんこう》に登《のぼ》りしといふことも、誣《しひ》たりとすべからず。

俺《わがみ》見し夢《ゆめ》は是等《これら》と異《こと》なり。各位《おの〱がた》も聞《きゝ》つらん。近曽世《ちかごろよ》に隠《かく》れなき、那悪青年《かのあくわかうど》、末朱之介晴賢《すゑあけのすけはるかた》が人成《ひとな》りはさら也、大和《やまと》の由縁《ゆかり》を立去《たちさ》りて、浪速《なには》の浮世《うきよ》袋屋《ふくろや》にて、不測《ふしき》の禍《わざはひ》を醸《かも》したる、其事《そのこと》の起《おこ》りまでは、既《すで》に世《よ》に聞《きこ》えたれども、其後《そのゝち》の事《こと》は甚麼《いかに》ぞや、是《これ》を知《し》るよしなかりしに、所云昨宵《いはゆるよんべ》俺夢《わがゆめ》に、他《かれ》が上《うへ》に就《つき》て、其後《そのゝち》の事《こと》いへばさら也、両《ふたりの》善童年《ぜんどうねん》と聞《きこ》えたる、大江《おほえ》茂林《もり》四郎《しらう》成勝《なりかつ》、峯張《みねはり》柒《なゝ》六郎《ろくらう》道(通)能《みちよし》等《ら》、主僕《しゆぼく》出世《しゆつせ》の顚末《もとすゑ》まで、具《つぶさ》に是《これ》を知《し》り得《え》たり。汝等《いましら》が為《ため》に説出《ときいだ》さん歟《か》。言長《ことなが》くとも听《きか》ずや。」

といふに大家《みな〱》歡《よろこ》びて、

「そはこの年来日属《としごろひごろ》より、渇《かはき》に水《みづ》を欲《ほり》する如《ごと》く、聞《きか》まく思《おも》ひし事《こと》に侍《はべ》り。いかで〱。」

と促《うなが》せば、架空先生《かくうせんせい》えたり貌《かほ》に、書案《ふつくゑ》引《ひき》よせ扇子《あふぎ》を笏《しやく》に、其物語《そのものがたり》にぞ及《およ》びける。

却說《さてとく》。末朱之介《すゑあけのすけ》は料《はか》らずも、住吉《すみよし》なる、十三屋《じうさんや》九四郎《くしらう》許《がり》旅宿《たびね》の程《ほど》、酒癖《しゆへき》の旧病《きうびやう》禁《とゞ》め得《え》ず、当晩《そのよ》那乳守《かのちもり》の里《さと》の妓院《あそびや》なる、浮世《うきよ》袋屋《ふくろや》に名《な》もしるき、今様《いまやう》と枕《まくら》を並《なら》べて、一夜《ひとよ》の夢《ゆめ》を結《むす》ばまく欲《ほり》せしに、憶《おも》ふにも似《に》ず今様《いまやう》は、「猛可《にはか》に痞《つかえ》発《おこ》りぬ」とて、背《そびら》推向《おしむ》け、陽睡《そらねむり》して、呼《よ》び揺動《うごか》せども応《いらへ》せず。是等《これら》の事《こと》の趣《おもむき》は、前輯《ぜんしふ》第三十回《みそぢめぐり》の、結末《とぢめ》に写《しる》し出《いだ》したれば、今又《いままた》こゝに具《つぶさ》にせず。然《され》ばこそあれ朱之介《あけのすけ》は、月瞻《つきみ》る宵《よひ》の雨障《あまさは》り、雲《くも》と做《な》るべき楽《たのし》みの、いまだ央《なかば》ならずして、酒《さけ》の酔《ゑひ》さへ興覚《けうさめ》て、腹立《はらたゝ》しさは涯《かぎ》りなきを、罵懲《のりこら》さんはさすがにて、左《と》さま右《かう》さま思《おも》ふやう、

『俺青楼《われせいろう》の遊楽《ゆうらく》は、只是今宵《たゞこれこよひ》創《はじめ》なれば、意気地《いきぢ》とやらンに疎《うと》けれども、這奴何等《こやつなにら》の所以《ゆゑ》ありて、今業平《いまなりひら》ともいはれぬる、咱等《われら》を惨剋背着《むごくふりつけ》けん。情態寔《じやうたいまこと》に解《げし》かたかり。非除是等《よしやこれら》の空華《あだはな》は、色香《いろか》を罄《つく》して靡《なび》くとも、路《みち》の柳《やなぎ》、牆《かき》の桃《もゝ》のみ、黄金《こがね》が客顔真実情《かほばせしんじつじやう》に、豈優《あにまさ》らんや。最鳥滸《いとをこ》也。恷《かう》とは知《し》らで浮《うか》れ来《き》て、可惜銭《あたらぜに》を費《つひや》しにき。悔《くや》しき事《こと》をしてけり。』と思《おも》ふ兀自《ものから》宿《い》も寝《ね》られず。蔫児《たばこ》なき夜《よ》は忘《わす》れ草《くさ》、忘《わす》るゝとにはあらねども、歎息尽《たんそくつき》て短夜《みじかよ》の、深《ふけ》ゆく随《まゝ》に心《こゝろ》疲《つか》れて、寓処《よるべ》なき宵《よ》は船底《ふなそこ》の、枕外《まくらはづ》すを覚《おぼえ》ぬまでに、竟《つひ》に熟睡《うまい》をしたりける。

倦而丑三《かくてうしみつ》の時候《ころ》にやありけん、朱之介《あけのすけ》は睡覚《ねむりさめ》て、寐返《ねかへり》をせまくするに、最腥《いとなまくさ》き血《ち》歟《か》、水《みず》歟《か》、流《なが》れて枕児《まくら》を浸《ひた》せしかば、訝《いぶか》りながら頭《かうべ》を抬《もた》げて、其頭《そこら》を佶《きつ》と見《み》かへるに、噫無慙《あなむざん》やな、今様《いまやう》は、刃《やいば》に吭《のんど》を刺串《さしつらぬ》きて、俯《ふ》して我身辺《わがほとり》に在《あ》り。那身《かのみ》はさら也、𧝒児《よぎ》も蒲団《ふとん》も、皆是朱《みなこれあけ》に染做《そめなし》て、亦生《またいく》べうもあらざりける。今這事《いまこのこと》の光景《ありさま》に、朱之介《あけのすけ》は且驚《かつおどろ》き、且慌《かつあはて》て声《こゑ》を惜《をし》まず、「事《こと》あり。事《こと》あり。」と叫《さけ》びつゝ、屏風《びやうぶ》を連《しき》りに打鳴《うちなら》せば、左《さ》右《ゆう》の坐席《ざしき》に臥《ふ》したりける、嫖客《きやく》も娼妓《あそび》も駭《おどろ》き覚《さめ》て、倶《とも》に間《あはひ》の重紙戸《むしぶすま》を、悄《そ》と推啓《おしひら》き闚窺《かいまみ》て、「吐嗟《あなや》」とばかり声《こゑ》も得《え》たてず、怕《おそ》れて又夜衣《またよぎ》を被《かつ》ぎて居《を》り。

有斯《かか》る折《をり》から一個《ひとり》の妓有《ぎう》が、客《きやく》の間毎《まごと》の行灯《あんどん》の、油《あぶら》を遺《おち》なく篩足《つぎた》さんとて、油壺《あぶらつぼ》を携《たづさへ》て、廊下伝《らうかつた》ひに来《き》にける程《ほど》に、今朱之介《いまあけのすけ》が事《こと》ありとて、叫《さけ》ぶ幾声《いくこゑ》にうち驚《おどろ》きて、走《はし》りて軈《やが》て开里《そこ》に来《き》て、開《ひら》く障子《しやうじ》と屏風《びやうぶ》さへ、隻手《かたて》を掛《かけ》て差覗《さしのぞ》く、臥簟《ふしど》の裡《うち》の大変《たいへん》に、胆《きも》を潰《つぶ》しつ、怕《おそ》れ惑《まど》ひて、二《ふた》たびはよくも見《み》ず、そが儘踵《まゝきびす》を旋《めぐら》して、走《はし》り出《いで》つゝ檀階子《だんばしご》を、墜《おつ》るが像《ごと》く降《くだ》り来《き》つ、主人《あるじ》の臥房《ふしど》に赴《おもむ》きて、今様《いまやう》が横死《わうし》したるを、看一看《ちよとみ》ける随《まゝ》に告《つげ》

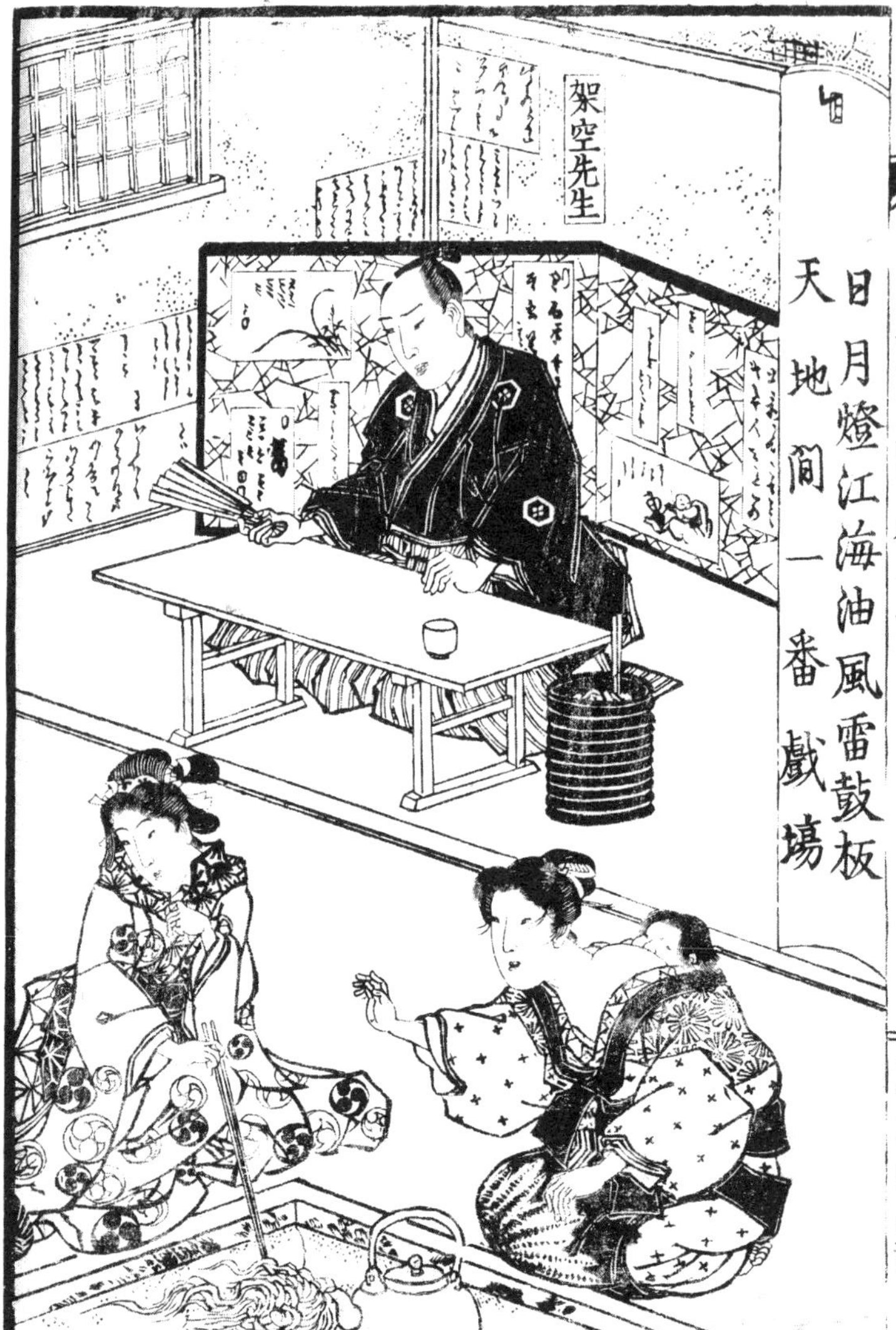
架空先生
日月燈江海油風雷鼓板
天地間一番戯場

文渓堂梓

架空先生
夢物語の
開場
尭舜旦文武末莽操丑浄
古今来許多脚色

しかば、主人夫婦《あるじふうふ》の驚《おどろ》き、いへばさら也、一家児《いへのうち》なる奴婢等《ぬびら》皆起出《みなおきいで》て、相囁《あひさゝや》くのみ、せん術《すべ》を知《し》らず。叉手《さて》在《ある》べきにあらざれば、主人《あるじ》は只得両人《ぜひなくふたり》の妓有《ぎう》に、手燭《てしよく》を秉《とら》し先《さき》に立《たゝ》せて、徐《しづか》に楼上《にかい》《ロウショウ》に升《のぼ》り来《き》つ、今様《いまやう》が臥房《ふしど》の外面《とのかた》より、且其事《まづそのこと》の光景《ありさま》を見《み》るに、果《はた》して今様《いまやう》は横死《わうし》して、鮮血流《ちしほなが》れ横《よこた》はり、膝《ひざ》を容《い》るべき処《ところ》を知《し》らず。客《きやく》は則《すなはち》青年児《わかうと》にて、膝《ひざ》を組《く》み手《て》を叉《こまぬ》きて、噪色《さはぐいろ》なく端然《たんねん》たり。

　当下主人《そのときあるじ》はおそる〳〵、朱之介《あけのすけ》にうち向《むか》ひて、

「客人何等《きやくじんなにら》の怨《うらみ》ありて、今様《いまやう》を殺《ころ》し給《たま》ひたる。小可《やつがれ》は当屋主人《たういへあるじ》、浮世袋屋暖簾次《うきよふくろやのれんじ》是《これ》也。思《おも》ひかけなき這《この》為体《ていたらく》。人《ひと》を殺《ころ》せば身《み》も殺《ころ》さるゝ、素《もと》より覚期《かくご》の上《うへ》なるべし。抑《そも〳〵》御身《おんみ》は那里《いづこ》の人《ひと》ぞ。出処来歴《しゆつしよらいれき》、怨《うらみ》の顚末《もとすゑ》、一事《いちじ》も匿《つゝ》まず告給《つげたま》へ。天《よ》も明《あけ》ば訴《うつたへ》まつりて、守《かみ》の御讞断《ごけつだん》を仰《あほ》ぎまつらん。いかにぞや〳〵。」

と急迫《せわ》しく問《とへ》ども毫《ちつと》も噪《さは》がぬ、朱之介答《あけのすけこた》へていふやう、

「主人《あるじ》の推量《すいりやう》、酷《いた》く錯《たが》へり。俺豈何等《われあになにら》の怨《うらみ》ありて、かゝる暴虐《あらび》を做《な》す者《もの》ならんや。俺《われ》は大和《やまと》の旅客《たびゞと》にて、末《すゑ》朱之介《あけのすけ》と喚做《よびな》す者《もの》。いぬる比《ころ》より住吉《すみよし》なる、十三屋《じうさんや》九四郎許《くしらうがり》、淹留止宿《ゑんりうししゆく》の徒然《つれ〴〵》に堪《たへ》ざれば、九四郎《くしらう》の乾児《こぼん》なる、六市四摠《ろくいちしさう》と喚做《よびな》したる、一二《いちに》の壮佼《わかうど》を相倶《あひぐ》して、今宵這里《こよひここ》に浮《うか》れ来《き》つ、解語花《ものいふはな》を酒菜《さかな》にして、夜《よ》と共《とも》にと思《おも》ひしを、いまだ佳境《かきよう》に入《いら》ざるに、六市四摠《ろくいちしさう》は逃去《にげさ》りて、鈍《おぞ》や俺《われ》のみ這里《ここ》に在《あ》り。這今様《このいまやう》を呼取《よびとり》しに、自《じ》余《よ》の娼妓《あそび》も聚合来《つどひき》て、艶曲歌儛《えんきよくかぶ》に慰《なぐさ》められし、其席稍竟《そのむしろやゝをさま》りて、臥房《ふしど》に入《い》りては趣《おもむき》もなく、俺敵手《わがあひかた》なる這今様《このいまやう》は、持病《ぢびやう》の痞発《つかえおこ》りぬとて、背向《そがひ》に臥《ふし》て呼《よ》べども答《こた》へず。浮《うは》の空吹《そらふ》く風暢《かぜかよ》ふ、出口《でぐち》の楊柳《やなぎ》ならねども、靡《なびく》（ママ）くを恒《つね》なる河竹《かはたけ》の、意《こゝろ》にうき節《ふし》ありとても、財貨《たから》に儘《まか》する一宵妻《ひとよつま》が、客《きやく》を客《きやく》ともせざりける、無礼《なめ》しさは

憎《にく》かるを、罵懲《のりこら》さんはさすがにて、俺《われ》さへ酔《ゑひ》に勝《たへ》ざれば、そが儘《まゝ》に熟睡《うまい》して、小夜《さよ》の深《ふく》るを知《し》らざりける。枕血《まくらち》臭《くさ》く衣濡《きぬぬれ》て、肌膚《はだへ》に堪《たへ》ねば驚《おどろ》き覚《さめ》て、枕上《まくらべ》なる這行灯《このあんどん》の、光《ひかり》に就《つき》て四下《あたり》を見《み》るに、思《おも》ひがけなき今様《いまやう》は、俺脇挿《わがわきさし》の行刀《たびかたな》もて、自殺《じさつ》して俯《ふし》て在《を》り。最浅《いとあさ》ましき凶変《けうへん》に、うち驚《おどろ》きつゝ声《こゑ》を涯《かぎ》りに、妓有等《ぎうら》を呼《よ》びしは這故《このゆゑ》也。いかで亮察《りやうさつ》あれかし。」

と詞《ことば》徐《しづか》に説示《ときしめ》すを、暖簾次《のれんじ》听《きき》つゝ沈吟《うちあん》じて、

「いはるゝ趣《おもむき》真《まこと》也とも、鄙語《ことわざ》に云《いふ》『死人《しにん》に言《くち》なし。』今《いま》さら御身《おんみ》の片言《かたくち》もて、何《な》でふ疑《うたが》ひを解《と》くよしあらんや。闇《くら》き処《ところ》には神明《しんめい》あり。明《あか》き処《ところ》には王法《わうほう》あり。一《いち》も入《い》らず二《に》も入《い》らず。里長《さとをさ》に告《つげ》、且訟《かつうつたへ》まつりて、虚実《きよじつ》は曇《くも》らぬ鏡《かゞみ》な做《な》す、守《かみ》の御明案《ごみやうあん》に依《よら》んのみ。這方《こなた》へ来《き》ませ。」

と両個《ふたり》の妓有《ぎう》に、朱之介《あけのすけ》の両手《もろて》を捕《とら》せて、推立《おした》ゝしつゝ乾浄《かけはなれ》たる、老鴇子《やりて》舎《へや》に屏居《とぢこめ》て、人《ひと》を附《つけ》てぞ守《まも》らせける。

左右《とかく》する程《ほど》に、早天明《はやあけかた》に做《な》りしかば、客《きやく》は皆《みな》かへり去《さ》りて、娼妓《あそびら》等をも其頭《そこら》に在《あ》らせず。然《さ》らでも早開《あさけ》は静悄《しづか》なる、青楼《せいろう》然《さ》しも寂寞《ものさび》《シュクバク》たり。只朱之介《たゞあけのすけ》をうち守《まも》る、妓有《ぎう》、及常傭《またかゝえ》の鳶児《とび》とかいふ、究竟《くつきよう》の壮佼《わかうどら》等、四五名《にんそ》其《こ》里に集合《つどひを》居り。尓程《さるほど》に暖簾次《のれんじ》は、猛可《にはか》に人《ひと》を走《はし》らせて、這事《このこと》の凶変《けうへん》を、里長《さとをさ》に告知《つげし》らせつ、又住吉《またすみよし》なる、十三屋《じうさんや》へもこの義《ぎ》を告《つげ》て、「朱之介《あけのすけ》は那里《かしこ》にある、旅客《たびゞと》なるや。」と問《とは》せなどす。是《これ》により乳守《ちもり》の里長故老們《さとをさとしよりら》は、浮世袋屋《うきよふくろや》に聚《つど》ひ来《き》て、先今様《まづいまやう》の亡骸《なきから》を、撿《けみ》し果《はて》て却朱之介《さてあけのすけ》の、いふよしを听正《きゝたゞ》し、告訴《こうそ》一通《いつつう》に載《のせ》ざることなく、暖簾次《のれんじ》と共侶《もろとも》に、三好《みよし》の陣館《ぢんやかた》へ訴《うつたへ》けり。

是時京都《このときゝようと》の管領《くわんれい》、高国入道常桓《たかくににゆうどうじやうくわん》は、屢《しばしば》〳〵三好海雲《みよしかいうん》と戦《たゝか》ひ負《まけ》て、没落《もつらく》して伊勢《いせ》に在《あ》り。この次《つぎ》の年《とし》、享録《きやうろく》四年《ねん》に至《いた》りて、高国入道《たかくににゆうどう》は、摂《せつ》

津《つ》の国《くに》、大物《だいもつ》の戦《たゝかひ》に敗死《やぶれし》す。事《こと》は前輯第《ぜんしふだい》二十六回《くわい》に見《み》えたり。左界《さかい》並《ならび》に浪速津《なにはつ》は、新管領《しんくわんれい》右京大夫《うきやうのだいぶ》晴元《はるもと》の領地《りやうち》にて、冢臣《ちやうしん》三好《みよし》筑前守《ちくぜんのかみ》、元長《もとなが》入道《にゆうどう》海雲《かいうん》の一族《いちぞく》なる、三好《みよし》木工頭《くのかみ》職善《もとよし》は、一隊《ひとて》の士卒《しそつ》を従《したが》へて、則《すなはち》浪速《なには》の陣館《ぢんやかた》に在《あ》り。この日《ひ》乳守《ちもり》の妓院《あそびや》なる、浮世《うきよ》袋屋暖簾次《ふくろやのれんじ》が、里長們《さとおさら》と倶《とも》に訟《うつたへ》にて、娼妓《あそび》今様《いまやう》が横死《わうし》の事《こと》、其客《そのきやく》朱之介《あけのすけ》の事《こと》の趣《おもむき》さへ、詳《つまびらか》に知《し》られしかば、職善《もとよし》則《すなはち》其隊《そのて》の頭人《とうにん》、悳島《とくしま》皆人《みなと》頼紀《よりとし》を使《つかひ》として、事《こと》の虚実《きよじつ》を撿《けみ》せしむ。頼紀《よりとし》則《すなはち》伙兵《くみこ》を将《い》て、浮世袋《うきよふくろ》屋《や》に赴《おもむ》きつ、先《まづ》今様《いまやう》の屍骸《しがい》を撿《けみ》して、他《かれ》が出処《しゆつしよ》を諮《たづぬる》に、暖簾次《のれんじ》答《こた》へて、

「這今様《このいまやう》は、出処西国《しゆつしよさいこく》也と聞《きゝ》しのみ。その親里《おやさと》は詳《つまびらか》ならず。今《いま》より七八稔前《ねんさき》つ比《ころ》、浪速《なには》に乾父《おやぼん》候て、その手《て》より十稔期《じうねんき》に買取《かひと》りし、娼婦《あそび》にて候へども、其乾父《そのおやぼん》某甲《なにがし》は、前《さき》つ年《とし》身故《みまか》りて、外《ほか》に縁処《よるべ》は候はず。又今様《またいまやう》を害《がい》したる、青年児《わかうど》は旅客歟《たびゞとか》、旅客《たびゞと》ならぬ歟《か》、知《し》らず候へども、熟客《なじみのきやく》には候はず。」

と報《つぐ》るに頼紀点頭《よりとしうなづき》て、却《さて》朱之介《あけのすけ》を召《よび》よせて、事《こと》の顚末《もとすゑ》を質問《たゞしと》ふに、朱之介《あけのすけ》は阿容《おめ》たる色《いろ》なく、嚮《さき》に暖簾次《のれんじ》に説示《ときしめ》し、其事《そのこと》の顚末《もとすゑ》を、一句《いつく》も錯《たが》へず陳《ちん》ずれば、頼紀《よりとし》聞《きゝ》あへず頭《かうべ》を掉《ふり》て、

「其言究《そのこときは》めて胡論《うろん》也。非如熟睡《よしやうまい》をしたりとも、枕《まくら》を並《なら》べて臥《ふし》たる娼妓《あそび》の、自殺《じさつ》を知《し》らざることやある。且今《かついま》様《やう》が身《み》を傷《やぶ》りしは、你《なんぢ》が帯《おび》たる刃《やいば》ならずや。それのみならで你《なんぢ》が衣《きぬ》と、身《み》にも流血塗《はしりちまみ》れたり。袷《かれ》と云恰《いひこれ》と云《いひ》、這娼妓《このあそび》を殺《ころ》せしは、你《なんぢ》にあらで是誰《これた》そや。疾縛《とくいまし》めよ。」

と暴《あら》やかなる、声共侶《こゑもろとも》に伙兵等《くみこら》は、「承《うけ給は》りぬ。」と応《いら》へも果《はて》ず、走《はし》り蒐《かゝ》りつ、朱之介《あけのすけ》を、緊《きび》しく結扭《しば》りて推居《おしすゑ》けり。免《まぬか》れがたき禍鬼《まがつみ》の、冤屈《むじつのつみ》に係《つなが》るゝ、朱之介《あけのすけ》は慌《あは》て惑《まど》ひて、跪《ひざまづ》きつゝ頼紀《よりとし》に、うち向《むか》ひて陳《ちんず》るやう、

「御疑《おんうたがひ》はさることながら、小人《やつがれ》実《じつ》に今様《いまやう》を殺《ころ》さず。家《いへ》は大和《やまと》の上市《かみいち》に在《あ》り。孀婦《やもめ》主人《あるじ》落葉《おちば》が女婿《むこ》にて、妻《つま》

は那家《かのいへ》の女児《むすめ》に侍《はべ》り。小人《やつがれ》はいぬる比《ころ》より、生活《なりはひ》の為《ため》左界《さかい》に来《き》つ、這頭《こゝら》に人《ひと》を待《まつ》よしありて、十三屋《じうさんや》許宿《がりやど》にしぬるのみ。且《かつ》左界《さかい》なる船積荷《ふなつみに》三太《さうた》と、其子《そのこ》城蔵《しろざう》には旧縁《きうえん》あり。城蔵《しろざう》を召《めし》よせて、問《とは》せ給はゞ分明《ふんみやう》にて、御《おん》疑《うたがひ》は解《と》けつべし。いかで〳〵。」

と諄《くり》かへすを、頼紀《よりとし》听《き》かず、冷笑《あざわら》ひて、

「大和《やまと》に岳母《しうとめ》ありとても、又左界《またさかい》なる荷《に》三太等《さうたら》に、旧縁《きうえん》ある者《もの》なればとて、人《ひと》を殺《ころ》さずといふ、分説《いひわけ》になるべきや。いふよしあらば陣館《ぢんやかた》へ、参《まゐ》りてこそ。」

と叱禁《しかりとゞ》めて、却《さて》乳守《ちもり》の故老等《としよりら》を見《み》かへりて、

「你等《なんぢら》は蚤《はや》く住吉《すみよし》に赴《おもむ》きて、這朱之介《このあけのすけ》が宿《やど》也といふ、九四郎《くしらう》を将《い》て庁《ちやう》へ参《まゐ》れ。九四郎倘家《くしらうもしいへ》に在《あ》らずは、還《かへ》るを俟《まち》て明日《あす》将《い》て来《こ》よ。急《いそ》げ〳〵。」

と赶立遣《おつたてや》りて、「卒《いざ》や浪速《なには》へ退《まから》ん」とて、朱之介《あけのすけ》を牽立《ひきたて》させて、軈《やが》て楼上《にかい》《ロウシヨウ》を下《くだ》り来《き》ぬれば、暖簾次《のれんじ》里長《さとをさ》いへばさら也、浮世《うきよ》袋屋《ふくろや》の主管妓《おとなぎ》有鳶児《うとび》までも、主《ぬし》の安危《あんき》心許《こゝろもと》なしとて、准備《ようい》の裹飯《わりこ》を一両個《ひとりふたり》の、小厮《こもの》に駝《おは》せ相《あひ》従《したが》ふて、陣館《ぢんやかた》へぞ参《まゐ》りける。

　尓程《さるほど》に悳島皆人《とくしまみなと》頼紀《よりとし》は、日景《ひかげ》敧《かたむ》く時候《ころ》かへり来ぬる、三好《みよし》の陣館《ぢんやかた》なる局《つぼ》の内《うち》へ、朱之介《あけのすけ》を牽入《ひきい》れさせて、伙兵《くみこ》并《ならび》に、暖簾次《のれんじ》里長等《さとをさら》に守《まも》らせつ、那身《かのみ》は則《すなはち》後堂《おく》に造《いた》りて、三好《みよし》木工頭《むくのかみ》職善《もとよし》に、娼妓《あそび》今様《いまやう》が横死《わうし》の為体《ていたらく》、罪人《つみひと》朱之介《あけのすけ》が、陣《ちん》じし言《こと》の趣《おもむき》を、「箇様《かやう》〳〵。」と報《つげ》しかば、職善《もとよし》听《きゝ》て、「尓《しか》らんには、俺《われ》出《いで》て听《きく》べし」とて、其儲《そのまうけ》をいそがせらる。

有斯《かかり》し程《ほど》に暖簾次里長等《のれんじさとをさら》は、庁《ちやう》の局《つぼ》の片隅《かたすみ》に、等《まつ》こと半晌許《はんときばかり》にして、三好職善《みよしもとよし》出席《しゆつせき》あり。有司《ゆうし》悳島頼紀等《とくしまよりとしら》、侍坐《じざ》して先朱之介《まづあけのすけ》を檐《えん》の下《もと》に牽居《ひきすゑ》させて、職善《もとよし》みづから、其罪《そのつみ》を質問《たゞしと》ふに、朱之介又答《あけのすけまたこたふ》る事始《ことはじめ》のごとく、

「今様《いまやう》は自殺《じさつ》にて、小人《やつがれ》が害《がい》せしならず。」といふを職善叱禁《もとよししかりとゞ》めて、

「你《なんぢ》は只管冤枉《ひたすらむじつ》を唱《とな》へて、云云《かにかく》と陳《ちん》ずれども、今様《いまやう》を刺殺《さしころ》ししは、則你《すなはちなんぢ》が行中刀《たびわきさし》にて、其身《そのみ》も鮮血《ちしほ》に塗《まみ》れたれば、かばかり正《まさ》しき照据《あかし》はなし。你《なんぢ》が数日《すじつ》の宿《やど》也といふ、十三屋九四郎《じうさんやくしらう》と、左界《さかい》の城蔵《しろざう》をも召《めし》よせて、事《こと》の虚実《きよじつ》を鞫問《たづねとは》《キクモン》ん。又娼妓今様《またあそびいまやう》は、乾父既《おやぼんすで》に世《よ》を去《さ》りて、縁所《よるべ》なき者《もの》ならば、其亡骸《そのなきから》は暖簾次等《のれんじら》、形《かた》の如《ごと》くに執措《とりおく》べし。猶《なほ》も諮《たづぬ》る義《よし》あらば、異日亦復召《いじつまたくめし》よせてん。この意《い》を得《え》よ。」

と宣示《のりしめ》して、身《み》の暇《いとま》を賜《たまは》りつ、朱之介《あけのすけ》をば开《そ》が儘《まゝ》に、緊《きび》しく獄舎《ひとや》に繋《つなが》せけり。


恁而《かくてむ》木工頭職善《くのかみもとよし》は、この次《つぎ》の日《ひ》も朝《あした》より、地方《ところ》の民《たみ》の愬訟《うつたへ》を、听定《きゝさだ》めて在《あ》りける程《ほど》に、昨日《きのふ》悳島《とくしま》皆人《みなと》頼紀《よりとし》に吩咐《いひつけ》られたる、乳守《ちもり》の故老等《としよりら》は、住吉《すみよし》なる里長《さとをさ》と共侶《もろとも》に、十三屋九四郎《じうさんやくしらう》が女房乙芸《にようばうおつげ》、并《ならび》に九四郎《くしらう》が乾児《こぼん》、六市四摠《ろくいちしさう》を将《ゐ》て詣来《まゐき》ぬる由聞《よしきこ》え、又《また》「左界《さかい》なる浮宝屋船積荷三太《うきたからやふなつみにさうた》は、活業《なりはひ》の為《ため》に、いぬる日《ひ》其子桟太郎《そのこさんたらう》と倶《とも》に、周防《すはう》の山口《やまくち》なる枝店《でたな》に赴《おもむ》きて、今《いま》は家《いへ》にあらず。又二男城蔵《またじなんしろざう》は、昨今感冒《さくこんかんばう》《ヒキカゼ》の疾病《いたつき》にて、うち臥《ふし》て候へば、只得主管鼠七《ぜひなくおとなねずしち》と喚做《よびな》す者《もの》、摠代《さうだい》として参《まゐ》り候ひぬ。」と聞《きこ》え上《あげ》けり。この時前庁果《ときぜんちやうはて》しかば、職善則局《もとよしすなはちつぼ》の内《うち》へ、乙芸鼠七《おつげねずしち》、六市四摠《ろくいちしさう》、其地《そのち》の里長等《さとをさら》はさら也、朱之介《あけのすけ》をも獄舎《ひとや》より牽出《ひきいだ》させて、先鼠七《まづねずしち》に諮《たづぬ》るやう、

「鼠七你《ねずしちなんぢ》は、這朱之介《このあけのすけ》を認《みし》れりや。他既《かれすで》に陳《ちん》じて、荷三太城蔵等《にさうたしろざうら》と、旧縁《きうえん》ありといへり。実《じつ》に然《しか》るや。甚麼《いかに》ぞや。」

と問《と》へば鼠七額衝《ねずしちぬかつき》たる頭《かうべ》を抬《もた》げて、傍《かたへ》なる、朱之介《あけのすけ》を見《み》かへりて、

「然《さ》ン候。這青年児《このわかうと》は、さきつ比《ころ》、大和《やまと》の旅客《たびびと》なるよしにて、沙金《さきん》と唐布《たうもめん》を買《かは》んとて、左界《さかい》の店《みせ》に来《き》にける折《をり》、唐布《たうもめん》は舶間《ふなま》にて、いまだ入津《にゆうしん》せざりしかば、姑且止宿《しばらくししゆく》を饒《ゆる》せしに、淹留一向《ゑんりうひごろ》を経《へ》ぬる随《まゝ》に、好《よか》らぬ噂《うはさ》のありもやしけん、主人荷三太《あるじにさうた》歓《よろこ》ばず、猛可《にはか》に辞《ぢし》て、立去《たちさ》らせ候ひき。但是止宿《たゞこれししゆく》の旅客《たびゞと》にて、荷三太親子《にさうたおやこ》に旧《きう》縁《えん》の、これある者《もの》には候はず。」

といへば職善点頭《もとよしうなづき》て、

「やをれ朱之介《あけのすけ》聞《きゝ》たる歟《か》。今鼠七《いまねずしち》が稟《まう》す所《ところ》、荷三太等《にさうたら》に旧縁《きうえん》なし。你《なんぢ》が誑佯《いつはり》知《し》るべきのみ。」

といはれて朱之介頭《あけのすけかうべ》を抬《もた》げて、

「御諚《ごじやう》では候へども、小人荷三太城蔵等《やつがれにさうだしろざうら》に、縁《えん》ある者《もの》に候はねども、那家《かのいへ》の新婦黄金《よめこかね》には、正《まさ》しき旧縁《きうえん》候也。」

といはせも果《はて》ず職善《もとよし》は、怒《いか》れる声《こゑ》を震立《ふりたて》て、

「黙《だま》れ濫尬児舌長《くせものしたなが》し。你嚮《なんぢさき》には荷三太親子《にさうたおやこ》に、旧縁《きうえん》あり、と陳《ちん》じしに、今鼠七《いまねずしち》になしといはれて、又其《またその》新婦《よめ》に旧縁《きうえん》あり、と言《こと》を変人《かへひと》を易《かへ》て、佯陳《いつはりちん》ずる賊情分明《ぞくじやうふんみやう》。最烏滸《いとをこ》也。」

と叱懲《しかりこら》して、敢又多《あへてまたた》弁《べん》を饒《ゆる》さず。職善当下《もとよしそのとき》、檐廊《えんがは》に侍《はべ》りたる、悳島皆人《とくしまみなと》頼紀《よりとし》を見《み》かへりて、

「住吉《すみよし》なる里長等《さとをさら》は、何《な》どて九四郎《くしらう》を倶《ぐ》せずして、妻《つま》と乾児《こぼん》を将《い》て来《き》たるや。」

と問《と》へば頼紀額《よりとしぬかつ》き承《うけ》て、

「然《さ》ン候、九四郎《くしらう》は、前日講夥家《さきのひこうなかま》と共侶《もろとも》に、安芸《あき》の厳島《いつくしま》なる、弁財天《べんざいてん》へ詣《まうで》んとて、船出《ふなで》して候へば、亟《とみ》の召《めし》に充《みて》がたかり。この故《ゆゑ》に里長等《さとをさら》相計《はからひ》つ、九四郎《くしらう》が妻乙芸《つまおつげ》、同宿《どうしゆく》なる両個《ふたり》の乾児《こぼん》、六市四摠《ろくいちしさう》と喚做《よびな》す者《もの》を、倶《ぐ》して参《まゐ》り候也。件《くだん》の六市四摠等《ろくいちしさうら》は、前夜朱之介《さきのよあけのすけ》に案内《しるべ》して、浮世袋屋《うきよふくろや》に適《ゆ》きし者《もの》也。勿論夙《もちろんはや》く辞《ぢ》し去《さ》りて、止宿《ししゆく》せずと稟《まう》せども、連係《かゝりあひ》なき者《もの》にあらねば、召倶《めしぐ》させ候ひき。」

と告《つぐ》れば職善又点頭《もとよしまたうなづき》て、軈乙芸《やがておつげ》と六市四摠《ろくいちしさう》を、檐頭近《えんさきちか》く召《めし》よせて、先乙芸《まづおつげ》に諮《たづぬ》るやう、

「你《なんぢ》が良人九四郎《をっとくしらう》は、素是何等《もとこれなにら》の由縁《ゆかり》ありて、朱之介《あけのすけ》を留在《とゞめあら》せたる。」

と問《と》へば乙芸答《おつげこたへ》ていふやう、

「否《いな》。縁《えん》も好《よしみ》も侍《はべ》らねども、他《かれ》はいぬる日《ひ》、奴家《わらは》が家《いへ》の隣《となり》なる、岸松屋《きしまつや》てふ客店《はたごや》を、宿《やど》にせんとて来《き》にけるに、其岸松屋《そのきしまつや》は近《ちか》き比《ころ》、生活既《ないはひすで》に衰《おとろへ》て、他郷《たけう》に移《うつ》りて在《あら》ずなりしかば、他《かれ》は困《こう》じて云云《かにかく》と、いひしを良人《をっと》の侠気《をとこぎ》もて、不便《ふびん》にや思《おも》ひけん、そが随留在《まゝとゞめあら》せしに、九四郎《くしらう》は人《ひと》に誘《さそは》引れて、安芸《あき》へ出船《でふね》の留守《るす》の程《ほど》、思《おも》ひがけなき禍鬼《まがつみ》に、胸《むね》のみ潰《つぶ》れ侍《はべ》れども、九四郎在《くしらうあら》ねば、この余《よ》の事《こと》は予《かねて》より、聞《きゝ》たる事《こと》は侍《はべ》らずかし。」

といへば職善又点頭《もとよしまたうなづき》て、

「然《さ》らば又六市四摠《またろくいちしさう》は、朱之介《あけのすけ》と共侶《もろとも》に、娼妓《あそび》の席《むしろ》に連《つらな》りながら、何《な》どて蚤《はや》く辞《ぢ》し去《さ》りたる。」

と問《と》へば六市四摠等《ろくいちしさうら》は、言語斉一《ことばひとしく》答《こたふ》るやう、

「然《さ》ン候。かの折《をり》に、朱之介《あけのすけ》が酔《ゑひ》に乗《まか》して、乳守《ちもり》に行《ゆき》て復喫《またのま》んとて、誘引立《いざなひたて》て放《はな》さねば、已《やむ》ことを得《え》ず共侶《もろとも》に、那里《かしこ》まで行《ゆき》しかど、乾父《おやぼん》にて候九四郎《くしらう》は、任侠《をとこ》を磨《みが》く心《こゝろ》もて、小人毎《やつがれども》を警《いましめ》て、四下近《あたりちか》き艶郷《いろさと》に、止宿《ししゆく》を

饒《ゆる》し候はねば、後《のち》に知《し》られんことを怕《おそ》れて、辞《ぢ》し去《さ》りてこそ候なれ。」

といふを職善《もとより》うち笑《わら》ひて、

「非如止宿《よしやししゆく》せずもあれ、其席《そのむしろ》に連《つらな》りて、猶云云《なほかにかく》と陳《ちん》ずるは、『五十歩《ごじつぽ》をもて百歩《ひやくほ》を笑《わら》ふといふ。』古語《ふるごと》にも似《に》たるべし。开《そ》は左《と》まれ右《かく》もあれ、実《じつ》に朱之介《あけのすけ》は旅客《たびゞと》ならば、九四郎《くしらう》が宿所《しゆくしよ》には、必《かならず》他《かれ》か行裏《たびつゝみ》あらん。若們《なんぢら》それを知《し》らざるや。」

と問《とは》れて乙芸《おつげ》は答《こたふ》るやう、

「否《いな》。朱之介《あけのすけ》が行裏《たびつゝみ》は、雨衣菅笠《あまきぬすげかさ》のみにして、然《さ》せる東西《もの》は候はず。但《たゞ》盤纏《ろよう》は円金《こばん》にて、一百九十五両《いつひやくくじうごりやう》ありしを、九四郎《くしらう》が起行《たびた》つ折《をり》、他《かれ》が手《て》より預《あづか》りて、奴家《わらは》に蔵置《をさめおき》ねとて、开《そ》が儘逓与《まゝわた》し侍《はべ》りにき。」

と告《つぐ》るを職善《もとよし》うち聞《きゝ》て、

「开《そ》は最多《いとおほ》かる盤纏《ろよう》也。你其金《なんぢそのかね》をもて来《き》ぬるや。」

と問《と》へば答《こた》へて、

「御諚《ごじよう》の如《ごと》く、『這義《このぎ》を問《とは》せ給ふことの、ありもやせん。』と思《おも》ひしかば、里長達《さとをさたち》に商量《だんかふ》して、そが随懐《まゝふところ》にして参《まゐ》りにき。」

といへば職善微笑《もとよしほうゑみ》て、

「开《そ》はよくこそ心《こゝろ》つきたれ。其金《そのかね》を疾見《とくみ》せよ。」

といはれて乙芸《おつげ》は遽《いそがは》しく、項《うなぢ》に掛《かけ》たる財嚢《さいふ》の紐《ひも》を、解披《ときひら》きつゝ件《くだん》の金《かね》を、裹《つゝみ》し随《まゝ》に呈《てい》すれば、悳島頼紀受拿《とくしまよりとしうけとり》て、軈《やがて》主君《しゆくん》に進《まゐら》するを、職善《もとよし》やをら机案《つくゑ》に登《のぼ》して、一二襲《ふたへみへ》に裹《つつみ》たる、紙《かみ》を徐《しづか》に解開《ときひら》きて、先《まづ》其金《そのかね》を得《とく》と見《み》つ、又其金《またそのかね》の裹紙《つゝみかみ》を、推伸《おしのば》しつゝ是《これ》をも見《み》て、眉《まゆ》を顰《ひそ》めつ頭《かうべ》を傾《かたむ》けて、

「乙芸《おつげ》這裹紙《このつゝみがみ》は、始《はじめ》よりこれある歟《か》。然《さ》らずは又九四郎《またくしらう》が、裹《つゝみ》て你《なんぢ》に逓与《わた》しし歟《か》。」

と問《と》へば答《こたへ》て、

「否《いな》。其紙《そのかみ》は、朱之介《あけのすけ》が裹《つゝめ》る随《まゝ》にて、良人《をつと》が預《あづか》り侍《はべ》りにき。」

といひも果《はて》ぬに職善《もとよし》は、机案《つくゑ》を撲地《はた》と拍鳴《うちなら》して、

「怪《あやし》むべし這紙《このかみ》には、有験観主舌兪道人《うげんくわんしゆくわつゆどうじん》と写《しる》してあり。やをれ朱之介《あけのすけ》。是《これ》は你《なんぢ》か手迹《しゆせき》なるや。」

と緊《きび》しく問《とは》れて朱之介《あけのすけ》は、深念《しあん》に及《およば》ず、答《こたふ》るやう、

「現《げ》に然《さ》る事も候ひき。曩《さき》に小人《やつがれ》、船積荷《ふなつみに》三太許逗留《さうたがりとうりう》の折《をり》、人《ひと》に聞《きゝ》しこと候也。近曽舌兪道人《ちかころくわつゆどうじん》と喚做《よびな》す者《もの》あり。他煉金《かれれんきん》の哄騙《もがり》をもて、豪農巨商《がうのうこしやう》《大百セウ大アキヒト》を惑《まよは》して、幾千金《いくせんきん》を掠奪《かすめと》りぬる、其術《そのじゆつ》無量《むりやう》なりといふ、異聞《ゐもん》《メヅラシキハナシ》怪《あやし》く奇《く》しければ、後亦人《のちまたひと》に夜話《よばなし》《ヤワ》する折《をり》、其名《そのな》を忘《わす》れざらん為《ため》に、懐紙《ふところかみ》に書写《かきしる》ししに、果《はて》は忘《わす》れて我金《わがかね》を、九四郎《くしらう》に預《あづく》る折《をり》、猶懐《なほふところ》にしたりける、其紙《そのかみ》をもて重裹《やへつゝみ》して、逓与《わたし》たるにぞ候なる。」

とありつる随《まゝ》に聞《きこ》え上《あぐ》れば、職善《もとよし》聞《きゝ》つゝ冷笑《あざわら》ひて、

「それにて事皆亮察《ことみなりやうさつ》したり。近曽有験観主舌兪道人《ちかごろうげんくわんしゆくわつゆどうじん》と喚做《よびな》す奸賊《かんぞく》あり。他《かれ》は肥後国飯田山《ひごのくにいひたやま》にありける、山賊《さんぞく》の頭領《とうりやう》、川角頓太運盈《かはつのとんたつらみつ》が残党《ざんたう》にて、鉄屑鍛冶郎《かなくそかぢらう》即是《すなはちこれ》なり。他洛外《かれらくぐわい》に脱《のが》れ来《き》て、東西《あちこち》となく偏歴《へんれき》しつゝ、愚《おろか》にして慾深《よくふか》き豪家《がうか》の主人《あるじ》を哄誘《たぶらか》すに、那煉金《かのれんきん》の術《てだて》をもて、幾千金《いくせんきん》を掠略《かすめと》るといふ、風声《ふうぶん》予《かねて》聞《きこ》えしに、其後《そののち》

他《かれ》が往方《ゆくへ》を知《し》らず。尓《しか》るに件《くだん》の鍛冶郎《かぢらう》は、支党《どうるい》と共侶《もろとも》に、今茲《ことし》は周防《すはう》の山口《やまくち》に在《あ》り。又《また》煉金《れんきん》の哄騙《もがり》をもて、人《ひと》を謀《はから》まく欲《ほり》せしに、其事《そのこと》竟《つひ》に発覚《あらは》れて那身《かのみ》は搦捕《からめとら》れたりといふ。この事《こと》往日《いぬるひ》大内家《おほうちけ》より、急逓脚《はやうち》の密使《みつし》をもて、左《さ》界《かい》の城《しろ》へ告《つげ》られしかば、俺《われ》も聞知《きゝし》ることを得《え》たり。因《より》て憶《おも》ふに、朱之《あけの》介《すけ》は、必《かならず》 鍛冶郎《かぢらう》が支党《どうるい》にて、這頭《こゝら》に止宿《ししゆく》しぬるならん。倘《もし》しからずは相応《ふさは》しからぬ、其身《そのみ》は独行《ひとりたび》なるに、百《ひやく》九十五金《きん》なる、盤纏《ろよう》を懐《ふところ》にするよしあらんや。然《され》ば他《かれ》、浮世《うきよ》袋屋《ふくろや》に止宿《ししゆく》の夜分《よさり》、酔《ゑふ》て不覚《そゞろ》に懐《ふところ》なる、密書《みつしよ》を今様《いまやう》に見《み》られなどせしかば、已《やむ》ことを得《え》ず殺《ころ》ししならん。今打《いまう》つ鎚《つち》は外《はづ》るゝとも、這公案《このこうあん》は違《たが》ふべからず。速《すみやか》に招了《はくでう》して、呵責《かしやく》の笞《しもと》を免《まぬか》れよ。」

と声苛高《こゑいらたか》く譴問《せめと》へば、朱之《あけの》介《すけ》は驚《おどろ》きながら、跪《ひざまつ》きつゝ禀《まう》すやう、

「御推量《ごすいりやう》では候へども、小人《やつかれ》が盤纏《ろようおほ》多きは、大和《やまと》なる岳母《しうとめ》の、沙《さ》金唐布《きんたうもめん》を買取《かひと》れとて、賫《もたら》したるにて候へば、不正《ふしよう》の東西《もの》には候はず。いかで大和《やまと》へ御下知《おんげぢ》ありて、岳母落葉《しうとめおちば》を召《めし》よせて、問《とは》せ給はゞ出処来歴《しゆつしよらいれき》、立地《たちところ》に相知《あひし》られて、御疑《おんうたがひ》は解《とけ》つべし。況《まいて》舌俞《くわつゆ》が支党《どうるい》にて、今様《いまやう》さへに殺《ころ》せし歟《か》、と思召《おぼしめす》は憚《はゞか》りながら、御疑《おんうたがひ》の深《ふか》き故《ゆゑ》にて、冤屈《むじつ》にこそ候なれ。」

といはせも果《はて》ず職善《もとよし》は、怒《いか》れる声《こゑ》を震立《ふりたて》て、

「這奴《こやつ》究《きはめ》て胆太《きもふと》し。前《さき》にも漫《そゞろ》に 頼《いつはり》陳《ちん》じて、船積荷《ふなつみに》三太《さうた》城蔵《しろざう》に、旧縁《きうえん》ありといひつる如《ごと》く、今又其路近《いまゝたそのみちちか》からぬ、大和《やまと》なる岳母落葉《しうとめおちば》を、照据児《あかしひと》に做《なさ》まくするとも、开《そ》を孰《たれ》か実事《まこと》とせん。這奴《こやつ》酷《いた》く撻懲《うちこら》さずは、竟《つひ》に実《じつ》を吐《は》くべからず。笞《しもと》を中《あて》よ。」

一枚《ひとひら》の惜字《ふぐ》
紙乙藝《おつげ》ら参る
を連繫《まきぞへ》を
朱之丞
おつげ
ね吉七
住吉の
六市

有司

と劇《はげ》しき下知《げち》に、局《つぼ》の左右《さゆう》に土居《ついゐ》たる、伙兵等《くみこら》蚤《はや》く衝《つ》と寄《よせ》て、朱之介《あけのすけ》を推伏《おしふせ》て、幾《いく》つともなく鞭《むちう》ち責《せむ》れば、然《さ》らでも両《もろ》手を縛《しば》られて、頭枷《くびかせ》さへに身《み》を締《しむ》る、朱之介《あけのすけ》は苦痛《くつう》に得《え》堪《たへ》ず、声《こゑ》を涯《かぎ》りに叫《さけ》ぶのみ。呼吸《いき》も絶《たゆ》べく見《み》えしかば、伙兵《くみこ》は軈笞《やがてしもと》を止《とゞ》めて、曳起《ひきおこ》しつゝ退《しりぞ》けて、水《みづ》を飲《のま》せなどせしかば、やうやくに我《われ》に復《かへ》りて、死《しな》ざることを得《え》たりける。

当下《そのとき》三好《みよし》職善《もとよし》は、仡《き》と乙芸等《おつげら》を疾視《にらみ》て、

「約莫《およそ》この条《くだり》の疑《うたがひ》は、独朱之介《ひとりあけのすけ》のみならず、九四郎《くしらう》も耦賊《あひずり》にて、鍛冶郎《かぢらう》が支党《どうるい》なるべし。故何《ゆゑいかに》とならば、他《かれ》は面善児《おもしりひと》ならぬ、朱之介《あけのすけ》が索《たづ》ね来《き》ぬる、岸松屋《きしまつや》があらずなりしとて、事《こと》を好《この》みて朱之介《あけのすけ》を、己《おのれ》が家《いへ》に禁《とゞ》めしは、必是情由《かならずこれわけ》あらん。然《され》ども九四郎《くしらう》は、今西国《いまさいこく》の逆旅《たびぢ》に在《あ》らば、還《かへ》るを俟《まち》て召捕《めしとり》てん。其折《そのをり》まで女房乙芸《にようぼうおつげ》と、六市四摠《ろくいちしさう》を禁獄《きんごく》せば、こも亦要《またえう》ある保質《ひとしち》にて、縦九四郎《たとひくしらう》を求猟《あさら》ずとも、他異日名告《かれゐじつなのり》て出《いで》ん。兵毎索《ものどもなは》を被《かけ》ずや。」

と思《おも》ひかけなき再度《さいど》の下知《げち》に、乙芸六市四摠等《おつげろくいちしさうら》は、胸《むね》を潰《つぶ》しつ怕《おそ》れ惑《まよ》ひて、戦《わなゝか》れたる歯《は》も合《あは》ず、

「开《そ》は情《なさけ》なき御裁断《ごさいだん》。九四郎《くしらう》は人《ひと》に知《し》られたる、俠者《をとこ》にて侍《はべ》るものを、何《な》でふ其歹人《そのわろもの》の、舌俞《くはつゆ》とやらんの伙計《なかま》なるべき。里長《さとをさ》を首《はじめ》にて、照人《あかしひと》は多《おほ》かるに、この義《ぎ》を思召《おぼしめさ》れずや。」

と叫《さけ》べば六市四摠等《ろくいちしさうら》も、倶《とも》に冤屈《むじつ》を叫《さけ》ぶのみ。饒《ゆる》さるべきにあらざれば、伙兵《くみこ》は十手《じつて》を揮閃《ふりひら》めかして、「益《やく》なき諄言《くりこと》。黙《だま》らずや。」と背肩尖此彼《そびらかたさきこれかれ》となく、撻悩《うちなや》しつゝ推並《おしなら》べて、結扭《しば》りて軈牽居《やがてひきすゑ》けり。当下住吉《そのときすみよし》の里《さと》長等《をさら》は、膝《ひざ》を找《すゝ》めつ、おそる〳〵、悳島皆人《とくしまみなと》に稟《まう》すやう、

「畏《かしこ》けれども勧解《わび》奉《たてまつ》る。十三屋九四郎《じうさんやくしらう》は、地方《ところ》に久《ひさ》しき俠者《をとこ》にて、善《ぜん》に与《くみ》し悪《あく》を拉《とりひし》ぎ、威勢《いきほひ》あるにも諛《へつ》らはず、銭《ぜに》財あるにも従《したが》はず、乾児義子弟《こぼんこかた》の多《おほ》きのみ。鍛冶郎《かぢらう》と歟《か》いふ歹人《わろもの》に、交《まじは》るべうも候はず。這義《このぎ》を仰《おほせ》上《あげ》られて、乙芸《おつげ》六市四《ろくいちし》揔等《さうら》を、饒《ゆる》させ給はゞこの上《うへ》の、御仁慈《ごじんぢ》にこそ候はめ。」

と願《ねが》ふを職善《もとよし》うち聞《きゝ》て、

「愚《おろか》也里長等《さとをさら》。千仭《ちひろ》の海《うみ》は測《はかる》とも、人《ひと》の心《こゝろ》は量《はかり》がたかり。九四郎《くしらう》が仁義《じんぎ》を倡《とな》へて、陽《うへ》には俠者《をとこ》と誇《ほこ》るとも、陰《した》には邪術奸虐《じやじゆつかんぎやく》の、交《まじはり》を做《な》すや做《な》さずや、何人《たれ》歟《か》よく是《これ》を知《し》るべき。若們《なんぢら》夙《はや》く惑《まよ》ひを覚《さま》して、九四郎《くしらう》が還《かへ》り来《き》ぬる日《ひ》に、欺《あざむ》きて将《い》て参《まゐ》らば、是第一《これだいゝち》の忠節《ちうせつ》にて、時宜《じぎ》によらば賞禄《ほうび》を得《え》させん。然《さ》るを猶惑《なほまよ》ひを取《とり》て、諄々《ぐどく》と願言《ねぎごと》せば、若們《なんぢら》も饒《ゆる》すべからず。無益《むやく》にこそ。」

と叱懲《しかりこら》しつ、才《わづか》に言《ことば》を和《やはら》げて、

「左界《さかい》の問丸《とひまる》、荷三太《にさうた》が、老僕《おとな》鼠七《ねずしち》承《うけ給は》れ。荷三太《にさうた》父子《おやこ》は、朱之介《あけのすけ》に、旧縁《きうえん》ある者《もの》ならねども、売買《あきなひ》の便宜《びんぎ》にて、止宿《ししゆく》を饒《ゆる》せしのみならば、又《また》諮《たづ》ぬべき事もなし。退出《まかで》て異日《ゐじつ》城蔵《しろざう》が、疾病《いたつき》瘥《おこた》り果《はつ》る折《をり》、参《まゐ》りて其義《そのぎ》を聞《きこ》え上《あげ》よ。大家《みなく》都《すべ》て心得《こゝろえ》たる歟《か》。」

と、言鷹揚《ことおうやう》に宣示《のりしめ》せば、「罷立《まかりたち》ね。」と頼紀《よりとし》が、烈《はげし》き声《こゑ》に鼠七里長《ねずしちさとをさ》、故老等《としよりら》も皆共侶《みなもろとも》に、「唯々《ゐゐ》」とばかりに額衝承《ぬかつきうけ》て、うち連立《つれたち》てぞ退出《まかで》ける。

尓程《さるほど》に、悳島皆人《とくしまみなと》頼紀《よりとし》は、伙兵獄卒等《くみこごくそつら》に下知《げぢ》を伝《つた》へて、男女四名《なんによよたり》の罪人《つみひと》を、幵《そ》が随獄舎《まゝひとや》に遣《つかは》すに、朱之介《あけのすけ》を首《はじめ》にて、六市四揔《ろくいちしさう》を一牢《ひとつひとや》にす。乙芸《おつげ》は女流《ぢよりう》のことなれば、別《べち》に禁獄《きんごく》せらるゝなるべし。幵《そ》が中《なか》に朱之介《あけのすけ》は、素是好人《もとこれよきひと》ならねども、這回《こたび》の罪過《ざいくわ》は冤屈《むじつ》にて、自作《みづからな》せる孽《わざ》にあらず。況《まいて》乙芸《おつげ》六市《ろくいち》四揔《しさう》は、毫《ちつと》も犯《をか》せる罪《つみ》あらで、疑獄《ぎごく》の縲紲《なはめ》に繋《つなが》るゝ、那身《かのみ》の憂苦《ゆうく》甚《いか》なるべき。時《とき》の不幸《ふこう》といひながら、「一毫《いちがう》こゝに謬《あやま》れば、差《たが》ふに千里《せんり》を以《もつて》す」と云《いふ》、易緯《ゐきゐ》の格言《かくげん》果《はた》せるかな。耳《みゝ》を貴《たふと》み心《こゝろ》を師《し》と做《な》す、職善《もとよし》も後《のち》に覚《さめ》なば、遂《つひ》に悔《くやし》く思《おも》ふなるべし。

新局玉石童子訓巻之一上冊終

新局玉石童子訓巻之一下冊《しんきよくぎよくせきどうじくんまきの》

第《だい》三十二回《くわい》

書刀《しよたう》《フミトタチ》を昇《のこ》して弘元母子《ひろもとぼし》を托《たく》《タノミオク》す
寺僕《じぼく》《テラヲトコ》に憑《より》て両少義姑《りやうしようぎこ》《ギアルヲバ》を知《し》る

却説《さてとく》《カクテ》。職善《もとよし》疑似《ぎじ》の惑《まよ》ひにて、纖芥《ちりばかり》も罪《つみ》なかりける、乙芸《おつげ》六市四揔《ろくいちしさう》さへ、倶《とも》に獄舎《ひとや》に繋《つなが》れしかば、九四郎《くしらう》が宿所《しゆくしよ》なる、櫛工們《くしひきら》は居《をる》ことを饒《ゆる》されず、里人等《さとひとら》是《これ》を守《まも》りて、九四郎《くしらう》が安芸《あき》の厳島《いつくしま》より、かへり来《き》ぬるを待《まつ》なるべし。尓程《さるほど》に九四郎《くしらう》が乾児等《こぼんら》は、這禍鬼《このまがつみ》に驚怕《おどろきおそ》れて、皆慨《みなうれは》しく思《おも》へども、亦連累《またまきそひ》の罪《つみ》を怕《おそ》れて、謀《はかりごと》の出《いづ》る所《ところ》を知《し》らず。只里長等《たゞさとをさら》に相譚《かたら》ふて、獄舎《ひとや》に飯《いひ》を餽《おく》るのみ。『有恁事《かかること》をば知《し》るよしもなき、九四郎《くしらう》がかへり来《こ》ば、必 捕搦《かならずからめと》られなん。非如日数《よしやひかず》は歴《へ》ぬるとも、還《かへら》ず欲得《もがな》。』とうち不娯《わび》て、路遙《みちはるか》なる西《にし》の尽処《はて》へ、言告遣《ことつげや》らん春《はる》の雁《かり》の、翅《つばさ》なければ徒《いたづら》に、心苦《こゝろくる》しく思《おも》ふもあり。或《あるひ》は己《おの》が蜂吹《はちふ》く故《ゆゑ》に、崇《たゝり》を怕《おそ》れ夥計別《なかまわれ》して、深切《しんせつ》始《はじめ》の如《ごと》くならず、事《こと》に仮托《かこつ》け他所《たしよ》に移《うつ》りて、疎闊《そくわつ》《ウトク》になるも多《おほ》かりける。この余《よ》は憂《うれひ》を分《わか》つに足《たる》、然《しか》るべき親《しん》族《ぞく》なく、只九四郎《たゞくしらう》に一個《ひとり》の弟《おとゝ》あり。峯張柒六郎通能《みねはりなゝろくらうみちよし》と喚做《よびな》して、今茲《ことし》は十八歳《さい》の少年《しようねん》なれども、年来其兄《としごろそのあに》と同居《どうきよ》せず。這故《このゆゑ》に連累《まきそひ》の、罪《つみ》を免《まぬが》れたりけるを、住吉《すみよし》の里長等《さとをさら》は、『是切《これせめ》てもの幸《さち》也。』と思《おも》へば浪速《なには》の陣《ぢん》館《やかた》へ、この者《もの》あるを聞《きこ》えも上《あげ》ず。柒六郎《なゝろくらう》も憂苦《うき》を忍《しの》びて、兄《あに》の宿所《しゆくしよ》へ来《き》ぬる事《こと》なく、深《ふか》く躱《かくれ》て便宜《びんぎ》を俟《まち》けり。然《され》ば是時《このとき》、住吉《すみよし》の里《さと》を距《さ》ること、十町許《とまちばかり》なる村落《ゐなか》の、字《あざな》を小松《こまつ》と喚做《よびな》したる寒村《やせむら》に、由来山孟林寺《ゆらいさんまうりんじ》と号《ごう》する、一座《いちざ》の小梵刹《こてら》ありけり。住持木隠和尚《ぢゆうぢもくゐんおせう》は、安芸国《あきのくに》の人氏《ぢゆうにん》、備中介大江弘元《びつちうのすけおほえのひろもと》の、庶兄《わきはらのあに》なりければ、この寺大江氏《てらおほえうぢ》に由縁《ゆかり》あり。先住木隠和尚《せんぢゆうもくゐんおせう》は、近曽遷化《ちかごろせんげ》して、今《いま》は其徒弟《そのをしえこ》、木玄道徳《もくげんどうとこ》住持《ぢゆうぢ》たれども、猶昔《なほむかし》の余波《なごり》にて、大江氏《おほえうじ》と疎《うと》からず、今《いま》も其坊料《そのばうりやう》あれば、師檀《しだん》の好《よし》み絶《たゆ》ることなし。こゝをもて、弘元《ひろもと》の四男《よなん》なりける、大江四郎成勝《おほえのしらうなりかつ》は、この孟林寺《まうりんじ》に寄宿《きしゆく》して、安芸《あき》へかへることを饒《ゆる》されず。こも亦二八《またにはち》ばかりの少年《しようねん》にて、弓馬《きうば》の技《わざ》に疎《うと》からず。武芸文学其師《ぶげいぶんがくそのし》に就《つき》て、手習読書《てならひとくしよ》は幼稚《をさなき》より、怠《おこた》る事なかりしかば、竟《つひ》に文武《ぶんぶ》の達者《たつしや》になるべき、久後憑《ゆくすゑたのも》しきのみならず、才《さえ》も貌《かたち》も世《よ》に捷《すぐ》れて、現《げ》に美少年《びしようねん》なりければ、見《み》る人誉《ひとほめ》ぬはなかりける。

尓《しか》るに這四郎成勝《このしらうなりかつ》は、親胞兄弟《おやはらから》に相別《あひわか》れて、這頭《こゝら》に長《ひとゝ》(ママ)と成《なり》ぬるを、看官訝《みるひといぶか》り思《おも》ふもあらん。こも亦故《またゆゑ》ある事也かし。抑《そも〳〵》十三屋九四郎《じふさんやくしらう》、峯張柒六郎弟兄《みねはりなゝろくらうはらから》の親《おや》を、峯張九四蔵通世《みねはりくしぞうみちよ》と喚做《よびな》して、素是信濃退糧児《もとこれしなのらうにん》にて、岐岨路《きそぢ》を去《さつ》て浪速《なには》に来《き》つ、兵法七書《へいほうしちしよ》を人《ひと》に教《をしえ》て、僅《わづか》に口《くち》を餬《もら》ふ程《ほど》に、其妻《そのつま》に三個《みたり》の児子《こども》あり。初子《うひこ》は則《すなはち》女子《めのこ》にて、名《な》を億禄《おろく》と喚《よば》れたる、年既《としすで》に二八《にはち》ばかりにて、心操《こゝろばへ》いと怜利《さか》しく、縹致《きりよう》も亦人《またひと》に勝《すぐ》れたり。次《つぎ》の両個《ふたり》は男子《をのこ》にて、九四郎《くしらう》と柒六《なゝろく》也。当時大江弘元《そのころおほえのひろもと》は、尚壮年《なほさかりのとし》なりければ、『京師《みやこ》の光景《ありさま》をも覘《うかゞ》ひ知《し》るべく、東国《あづま》の治乱《ちらん》をも探《さぐ》らばや。』と思《おも》ひつゝ、伴当一両名《ともひとひとりふたり》を将《い》て、悄々《しのび〳〵》地に浪速《なには》に来《き》つ、小松《こまつ》の孟林寺《まうりんじ》を宿《やど》にして、淹留年《ゑんりうとし》を累《かさぬ》る程《ほど》に、那峯張九四蔵《かのみねはりくしぞう》が講《こう》に入《いり》しより、他《かれ》が旦暮《あさゆふ》の足《たら》ざるを資《たすけ》などして、断金《だんきん》の思《おも》ひ浅《あさ》からざりければ、九四蔵《くしぞう》も其恩義《そのおんぎ》を感《かん》じて、主《ぬし》の旅宿《たびね》の徒然《つれ〴〵》を、慰《なぐさむ》る為《ため》にとて、則女児《すなはちむすめ》臆(億)禄《おろく》をもて、弘元《ひろもと》の側室《そばめ》にす。是《これ》よりの後弘元《のちひろもと》は、折々《をり〳〵》九四蔵《くしぞう》許止宿《がりししゆく》しぬる程《ほど》に、臆(億)禄《おろく》は早《はや》く有身《みこもり》て、男子《をのこご》を生《うみ》にける。四郎成勝《しらうなりかつ》即是《すなはちこれ》也。弘元安芸《ひろもとあき》には嫡室《ほんさい》あり、児子《こども》あり。冢子興元《うひこおきもと》、後《のち》に備中守《びつちうのかみ》に任《にん》ず。こは不幸短命《ふこうたんめい》にて、父《ちゝ》に先《さき》たちて身故《みまか》りけり。興元《おきもと》にも子《こ》あり。幸松丸《こうまつまる》といふ。是《これ》も亦早逝《またさうせい》す。この故《ゆゑ》に、弘元《ひろもと》則《すなはち》二男少輔太郎《じなんしようゆうたらう》音《おと》就《なり》を嫡子《ちやくし》とす。三男少輔二郎元綱《さんなんしようゆうじらうもとつな》と共《とも》に、安芸国高宮郡《あきのくにたかみやのこふり》【第一輯《ダイイツシフ》一《イチ》の巻九丁《マキクチヨウ》の左《ヒダリ》に高宮郡《タカミヤコフリ》を謬《アヤマツ》て高安《タカヤス》に作る　蓋《ケダシ》筆工《ヒツコウ》の誤写《ゴシヤ》なるべし　今《イマ》この条《クダリ》に至《イタリ》て改正《カイセイ》す　看官《ミルヒト》是《コレ》を思《オモ》ひねかし】、治比郷《はるひのさと》の館《たち》に在《あ》り。是時《このとき》は、弟兄皆髫歳《はらからみなあげまき》なるべし。

　間話休題《あだしごとはさておきつ》。尓程《さるほど》に弘元《ひろもと》の四男《よなん》、四郎腋子《しらうわくご》、三歳《みつ》になりける秋《あき》の時候《ころ》、弘元《ひろもと》京摂《けいせつ》《ミヤコツノクニ》の密要果《みつえうはて》しかば、悄地《ひそか》に安芸《あき》へ還《かへ》らまくす。其別《そのわかれ》に逮《および》て、九四蔵夫婦《くしぞうふうふ》、億禄九四郎《おろくくしらう》等《ら》に告《つげ》ていふやう、

「俺故郷《われふるさと》へ還《かへ》りては、再会究《さいくわいきはめ》て料《はかり》がたかり。然《され》ば四郎《しらう》と億禄《おろく》さへ、将《い》てゆかばや、と思《おも》へども、故郷《ふるさと》には嫡室《ほんさい》あり、両三個《ふたりみたり》の児子《こども》あるに、苟且《かりそめ》の旅宿《たびね》の程《ほど》に、側室《そばめ》に子《こ》さへ生《うま》せしとて、倶《ぐ》していなんはさすがにて、面正《おもたゞ》しくもなき所行《わざ》なれば、只得《ぜひなく》四郎《しらう》は這随《このまゝ》に、億禄《おろく》と倶《とも》に留在《とゞめあら》せん。この子《こ》の性《さが》美《うるは》しく、教《をし》ゆべくは、外《とつ》祖父《おぢ》外祖母《とつおば》、為《ため》に文武《ぶんぶ》の師《し》を択《えらみ》て、教導長《をしえみちびきひと》と成《な》して、武士《ぶし》になるべき者《もの》ならば、その折安芸《をりあき》へ将《い》て来《こ》よかし。俺亦折《われまたをり》を見合《みあはせ》て、妻《つま》にも及児子《またこども》にも、この子《こ》あることを説示《ときしめ》して、術《すべ》よくこゝろを得《え》させてん。然《さら》ば障《さは》りなかるべし。」
といひつゝ予写《かねてしる》したる、親子《おやこ》の照書一通《あかしふみいつゝう》《セウモン》を、一裹《ひとつゝみ》の金《かね》と共《とも》に、懐《ふところ》より拿出《とりいだ》しつ、又伴当《またともひと》に持《もた》せたる、大小《だいしよう》の両刀《りやうたう》を拿《とり》よせて、裹《つゝみ》し袱《ふくさ》を解開《ときひら》きて、共《とも》に九四蔵《くしぞう》に逓与《わた》して、又《また》いふやう、

「其一通《そのいつゝう》は俺自筆《わがじひつ》にて、四郎《しらう》と親子《おやこ》の照書《あかしふみ》也。縦俺身《たとひわがみ》なき後《のち》なりとも、是《これ》をもて安芸《あき》に造《いた》らば、四郎《しらう》が兄《あに》等《ら》の疑《うたが》はで、弟《おとゝ》ならずとて拒《こば》む者《もの》なかるべし。又《また》この両刀《りやうたう》は、俺先祖大膳大夫広元朝臣《わがせんぞだいぜんのだいぶひろもとあそん》より、世世相伝《よよさうでん》の

名刀《めいたう》なれば、四郎《しらう》が為《ため》に貽裹《おきみやげ》にす。成長後他《ひとゝなるのちかれ》に取《とら》しね。又這金子《またこのかね》は、俺盤纏《わがろよう》の余財《よざい》《アマリ》にて、僅《わづか》に是一百両《これいつひやくりやう》あり。こは稚子《をさなこ》を養育《やういく》の為《ため》に、貽置《のこしお》く者《もの》也。然《さ》れどもこの金子《かね》のみにして、久後遠《ゆくすゑとほ》き母《はゝ》と子《こ》の、衣食《いしよく》に足《た》るべうもあらざれば、其折《そのをり》には俺兄《わがあに》なる、孟林寺《まうりんじ》の木隠和尚《もくゐんおせう》に、告《つげ》て資助《たすけ》を乞《こひ》ねかし。俺往日老和尚《われいぬるひろうおせう》にこの密義《みつぎ》を、明々地《いさゝめ》に、告《つげ》て尓後《さるのち》を憑《たのみ》しかば、伯父坊《をぢぼう》必《かならず》憐《あはれみ》て、四郎《しらう》が資助《たすけ》になる事あらん。恁《かく》はいへども浪速《なには》と安芸《あき》は、水陸共《すいりくとも》に路近《みちちか》からぬ、各《おの〳〵》天《てん》の一方《いつはう》也。矧今戦国《いはんやいませんこく》の時《とき》にして、脚力使札《きやくりきしさつ》自由《じゆう》ならず。是《これ》に加《くはふ》るに、人《ひと》の命数《めいすう》は涯《かぎ》りあり。老少《ろうしよう》各《おの〳〵》不定《ふじよう》也。四郎《しらう》が長《ひと》と成《な》るをまたで、俺命終《わがいのちをはり》なば、億禄《おろく》を巣守《すもり》に做《な》さんこと、是《これ》も亦不便《またふびん》也。是《これ》よりの後音耗絶《のちおとづれたえ》て、再会何時《さいくわいいつ》と期《ごし》がたくは、億禄《おろく》は相応《ふさは》しき依着《よすが》を求《もと》めて、他妻《ひとつま》になるとても、俺決《われけつし》て怨《うらみ》なし。こゝろ得《え》てよ。」

と叮嚀《ねんごろ》に、示《しめ》し諭《さと》しつ他事《たじ》もなく、告《つぐ》る別《わかれ》の理《ことわ》りなれば、九四蔵夫婦《くしぞうふうふ》は、感涙《かんるい》の、進《すゝ》むをおぼえず照書《あかしふみ》と、大刀《たち》さへ金子《かね》さへ受戴《うけいたゞき》て、答口納《こたへくごも》る开《そ》が中《なか》に、億禄《おろく》は涙禁《なみだとゞ》めあへぬ、膝《ひざ》に睡《ねむ》りし稚子《をさなこ》の、顔《かほ》さへ濡《ぬれ》て共音《ともね》泣《な》くを、敲着《たゝきつけ》つゝ横抱《よこだき》に、軈《やが》て乳首《ちくび》を含《ふくま》すれば、そが儘睡《まゝねむ》る夢《ゆめ》の夜《よ》や、覚《さめ》ねばこそあれ予《かね》てより、別《わかれ》は然《さ》しも知《しり》ながら、昨日《きのふ》は過《すぎ》てあすか川《かは》、明日《あす》といはれて今《いま》さらに、驚《おどろ》かれぬる愛惜《あいじやく》の、歎《なげき》ぞやる瀬《せ》なかりける、女児《むすめ》の心思《こゝろおも》ひ汲《く》む、母親《はゝおや》も涕《はな》うちかみて、慰難《なぐさめかね》つ「云云《かにかく》」と、倶《とも》に別《わかれ》を惜《をし》むのみ。是時《このとき》は年尚少《としなほわか》き、九四郎《くしらう》さへに愀然《しうねん》と、頭《かうべ》を低手《たれて》を叉《こまぬ》きて、倶《とも》に其言《そのこと》をうち聞居《きゝを》り。姑且《しばらく》して九四蔵《くしぞう》は、弘元《ひろもと》に向《むか》ひていふやう、

「仰承《おほせうけ給は》り候ひぬ。君幾《きみいつ》までも這浪速《このなには》に、在《いま》すべきにあらざりしを、苟且《かりそめ》ながら四稔以来《よとせこのかた》、親《したし》く交《まじは》り奉《たてまつ》りしのみならず、賎小娘億禄《わがむすめおろく》が、枕席《しんせき》を、薦《すゝ》め侍《はべ》りしより程《ほど》もなく、男子《おのこご》さへに挙《まう》けしは、是余《これあまり》ある歓《よろこ》びにて、

久後《ゆくすゑ》までも憑《たのも》しかり。況《まいて》心《こゝろ》を用《もち》ひられたる、三種《みくさ》を腋子《わくご》に畀賜《のこしたまは》る、そをしも推辞《いなみ》まつらんや。君今臣等親《きみいまおみらおや》子《こ》に、恵《めぐみ》給ふに誠《まこと》をもてす。臣等又君《おみらまたきみ》に答《こたふ》るに、忠心《まめごゝろ》をもてせずもあらば、不義《ふぎ》の奴《やっこ》といはれんのみ。君《きみ》御心安《みこゝろやす》かるべし。四郎君《しらうきみ》は左《と》にも右《かく》にも、護養《もりはぐゝみ》て長《ひと》と成《な》して、安芸《あき》へ倶《ぐ》しまつりてん。非如其事幸《よしやそのことさち》なくて、得遂《えとげ》がたく候とも、億禄《おろく》は腋子《わくご》の母《はゝ》といはれて、この儘《まゝ》に身《み》を終《をはり》なば、富栄《とみさかえ》ぬる他妻《ひとつま》に、做《な》るには優《まし》て本意《ほい》なるべし。然《さ》るを今別《いまわかれ》に臨《のぞみ》て、聞《きく》だにも忌々《いまいま》しき、他妻《ひとづま》になれなンど、宣《のたまは》するは情《なさけ》なし。」

と怨《ゑん》じて傍《かたへ》を見《み》かへれば、億禄《おろく》は涙《なみだ》を推拭《おしぬぐ》ふて、

「爹々《とと》さま、いしくも宣《のたま》ひけり。縦今《たとひいま》より年闌《としたけ》て、二親《ふたおや》在《あ》らずなり給ふとも、尚両個《なほふたり》の舎弟《いろと》あり、女弟品《いもとぼん》さへあるものを、寡居《やもめすまひ》も寓処《よすが》あり。『いかで腋子《わくご》を守育《もりそだ》て、長《ひと》と成《な》しまつらん。』と思《おも》ふ心《こゝろ》を知《し》らず貌《かほ》に、他《ひと》妻《つま》になれとある、御諭《おんさとし》こそ恨《うらめ》しけれ。」

といひも果《はた》さず「よゝ」と泣《な》くを、叱《しか》り禁《とゞ》むる二親《ふたおや》も、おなじ思《おも》ひをいへばえに、嵒斫流《いはきりなが》す渓水《たにみづ》の、浅《あさ》からざりし誠心《まこゝろ》は、清《きよ》き言葉《ことば》に見《あらは》れけり。

当下弘元感《そのときひろもとかん》じて已《や》まず、憮然《ぶぜん》として答《こたふ》るやう、

「今《いま》に創《はじめ》ぬ親子《おやこ》の実情《まこゝろ》、开《そ》を知《し》らざるにあらねども、正開《さかり》の花《はな》を萎《しぼ》むまで、人《ひと》にも見《み》せず埋木《うもれき》に、做《なし》なんことの最惜《いとをし》さに、思《おも》ひ憶《おもは》ず云云《かにかく》、といひしは口《くち》の過《あやまち》なりき。今《いま》は千万《せんまん》いふとも甲斐《かひ》なし。再会《さいくわい》は只《たゞ》、天《てん》《シゼン》に儘《まか》せん。四郎《しらう》が上《うへ》を憑《たの》むのみ。」

と慰《なぐさ》められて本意《ほい》ある親子《おやこ》が、心才《こゝろわづか》に解《とけ》ぬべき、春《はる》の淡雪《あはゆき》ならねども、松《まつ》に祝《いは》ふや留別《わかれ》の酒盃《さかづき》、准備《ようい》の酒《さか》

留別の酒盃《さかづき》九四蔵弘元《ひろもと》を欺待《のせる》を
九四蔵
九四蔵の妻
ゑ六
おつげ

ひろのと
おろく
四郎

菜《な》拿出《とりいで》て、九四郎《くしらう》さへに円坐《まとゐ》しつ。是時《このとき》は年《とし》十五六にて、乙芸《おつげ》と喚做《よびな》す食客女《かゝりむすめ》に、酌《しやく》を執《とら》する東道態《あるじぶり》に、弘元《ひろもと》も悄《やゝ》うち笑《ゑま》れて、献《さし》つ酬《さゝれ》つ篩程《くむほど》に、酒外《さかはづれ》せぬ柒六《なゝろく》は、是時年尚五《このときとしなほいつゝ》にて、「四郎君《しらうきみ》には二歳《ふたつ》の兄《あに》ぞ。」と窘《たしな》されて大人《(稍)おとなし》やかに、餬《もら》ふ肴《さかな》に累掌《かさねて》の、愛々《あい〳〵》しさに弘元《ひろもと》も、主人夫婦《あるじふうふ》も共侶《もろとも》に、憶《おもは》ず笑《ゑ》局《つぼ》に入日《いりひ》刺《さ》す、紙窓《あかりまど》ある次《つぎ》の間《ま》には、弘元《ひろもと》の伴当等《ともひとら》、既《すで》に九四郎《くしらう》に召登《よびのぼ》されて、残饗余殽《ざんけうよこう》《モテナシノアマリモノ》の管待《もてなし》あり。各《おの〳〵》飽《あく》まで飲啖《のみくらひ》して、倶《とも》に薄酔《ほろゑひ》ならぬはなし。

恁而在《かくてあ》るべきにあらざれば、弘元《ひろもと》は幾番《いくたび》となく、酒盃《さかづき》を辞《ぢ》し茶《ちや》を請《こ》ふて、告《つぐ》る別《わかれ》の詞寡《ことばすくな》く、刀《かたな》をやをら搔拿《かいとり》て、立去《たちさら》まくする程《ほど》に、九四蔵夫婦《くしぞうふうふ》は留難《とゞめかね》て、只再会《たゞさいくわい》を契《ちぎ》るのみ。億禄《おろく》は胸《むね》のみ塞《ふさが》りて、いはまくほしき事をしも、得《え》いはで四郎《しらう》の手《て》を掖立《ひきたて》て、倶《とも》に目送《みおく》る庭門《にはくち》なる、片折戸《かたをりど》の頭《ほとり》には、両個《ふたり》の伴当棲桔《ともひとつまはさみ》して、跪居《ついゐ》て主《しゆウ》の出《いづ》るを待《まち》けり。

当下《そのとき》九四郎《くしらう》は、那御寺《かのみてら》まで送《おく》らんとて、出《いづ》るを弘元推禁《ひろもとおしとゞ》めて、伴当《ともひと》を将《い》て遽《いそがは》しく、孟林寺《まうりんじ》へかへり来《き》つ。この宵《よ》行装《たびよそほひ》を整《とゝの》へて、木隠和尚《もくゐんおせう》に年来《としごろ》の、止宿《ししゆく》の歓《よろこ》びを舒相別《のべあひわかれ》て、曩《さき》に安芸《あき》より従《したが》ひ来《き》つる、伴当僅《ともひとわづか》に両名《ふたり》を将《い》て、其暁天《そのあけがた》に浪速《なには》なる、馬頭《ふなば》上に造《いた》り便船《びんせん》して、水路《ふなぢ》を西《にし》へいそぐ程《ほど》に、又峯張九四蔵通世《またみねはりくしぞうみちよ》は、其《その》子九四郎《こくしらう》と共侶《もろとも》に、甲夜《よひ》より夙《はや》く這里《ここ》に来《き》て、弘元《ひろもと》を待《まち》て在《を》り。弘元《ひろもと》が来《き》ぬるに及《およ》びて、准備《ようい》の裏飯《わりこ》簞酒《(簞)さゝえ》を開《ひら》きて、又酒盃《またさかづき》を薦《すゝむ》る程《ほど》に、九四郎《くしらう》は女兄億禄《あねおろく》の、弘元《ひろもと》へまゐらする、書翰《ふみ》一通《いつゝう》を呈閲《ていゑつ》す。左右《とかく》する程《ほど》に、横雲《よこくも》低《ひく》き水《みづ》や天《そら》、風波《なみかぜ》噪《さは》ぐ黎明時《かはたれとき》に、今纜《いまともつな》を解《と》くと叫《よ》ぶ、舵工《かこ》の訛声《だみこゑ》屢高《しばたか》ければ、便船《びんせん》の行客等《たびゞとら》、驚《おどろ》かされて聚《つど》ひ来《き》つ。弘元主僕《ひろもとしゆぼく》も遽《いそがは》しく、倶《とも》に其船《そのふね》に乗程《のるほど》に、峯張九四蔵九四郎《みねはりくしぞうくしらう》は、於是僅《ここにわづか》に水送《みづおくり》の、志《こゝろざし》を致《いた》せども、惜《をし》む別《わかれ》の果敢《はか》なさに、立尽《たちつく》しぬる浦曲《うらわ》の松《まつ》の、待《まつ》としいへど帰来《かへりく》る、時《とき》は幾《いつ》ともしら浪《なみ》に、任《まか》せてぞゆく澳津帆《おきつほ》の、見《み》えずなるまで目送《みおく》りけり。

抑《そも〳〵》　這箇一条《これこのひとくだり》は、前《まへ》に写《しる》し朱之介乙芸《あけのすけおつげ》等《ら》が、囚牢《ひとや》に繋《つなが》れし段《だん》より、十四五年上《ねんかみ》の昔話《むかしがたり》にて、大江四郎成勝《おほえのしらうなりかつ》、峯張柒六郎通能《みねはりなゝろくらうみちよし》、主僕両少年《しゆぼくりやうしようねん》の出処来歴《しゆつしよらいれき》を、備《つぶさ》に写《うつ》し出《いだ》せる也。是《これ》より下《しも》も、又孟林寺《またまうりんじ》の段《だん》に復《かへる》までは、右《みぎ》に続《つゞ》ける過去来《すぎこしかた》の、話説《ものがたり》なるを知《し》るべし。

因《より》て憶《おも》ふに、本伝《ほんでん》に説《と》く所《ところ》、昔年《むかし》陶瀬《すゑせ》十郎興房《おきふさ》が深草《ふかくさ》の茶店《さてん》にて、情妓《じやうぎ》《ナジミノゲイコ》阿夏《おなつ》と、其子《そのこ》珠之介《たまのすけ》に、相別《あひわか》るゝ折《をり》の事《こと》の趣《おもむき》と、今又大江備中介弘元《いままたおほえびつちうのすけひろもと》が、側室億禄《そばめおろく》と、其子《そのこ》四郎に留別《りうべつ》の事《こと》の趣《おもむき》と、相触《あひふ》るゝ所《ところ》あらで、君子小人貞女淫婦《くんししようじんていぢよいんふ》の情態《じやうたい》、恰《あたかも》雲壌《うんじよう》の差別《けぢめ》あり。彼《かれ》は則《すなはち》秘密《ひみつ》の哀別《あいべつ》、親子《おやこ》手《て》の甲《かふ》に点印《いれほくろ》して、再会《さいくわい》の徴《あかし》にせしも、後竟《のちつひ》に本意《ほい》を遂《とげ》て、骨肉相逢《こつにくあひあ》ふのみならず、最後《さいご》に其子《そのこ》家《いへ》を紹《つぎ》て、時《とき》と志《こゝろざし》を得《え》ぬれども、這親《このおや》子《こ》の行状《おこなひざま》、邪淫《じやいん》に起《おこ》りて、邪淫《じやいん》に尽《をはる》。這故《このゆゑ》に天鑑饒《てんかんゆる》さず、事敗《ことやぶ》れて滅族《めつぞく》の、禍《わざはひ》なきことを得《え》ざるべし。又弘元《またひろ》元《もと》の做《な》す所《ところ》、億禄《おろく》が是《これ》に仕《つか》ふる所《ところ》、倶《とも》に邪淫《じやいん》の行《おこな》ひなし。其相別《そのあひわか》るゝ時《とき》に臨《のぞみ》て、弘元則其子《ひろもとすなはちそのこ》に昇《のこ》すに、照書一通《あかしふみいつゝう》と、先祖相伝《せんぞさうでん》の両刀《りやうたう》をもてす。武士《ぶし》たる者《もの》の真面目《しんめんもく》、人《ひと》に対《たい》して説《とき》がたき、意中《いちう》の秘事毫《ひめごとちつと》もなし。しかはあれども夫婦父子《ふうふふし》、命《いのち》の長短各《ちやうたんおの〳〵》差《しな》あり。後竟《のちつひ》に再会《さいくわい》の、本意《ほい》を得遂《えとげ》ずなるとても、其子《そのこ》は果《はた》して両個《ふたり》の舎兄《あに》を、資《たす》けて家《いへ》を興《おこ》す事あらん。是則善《これすなはちぜん》を勧《すゝ》め悪《あく》を癉《やめ》る、本伝作者《ほんでんさくしや》の大関目《だいくわんもく》、隠微《いんび》を開《ひら》きて看官《みるひと》を覚《さまさ》まくす。那阿夏朱之介《かのおなつあけのすけ》母子《おやこ》《ボシ》の、猥褻《わいちよう》、邪慾《じやよく》を旨《むね》と綴《つゞ》りて、時好《じこう》に具《そなふ》る筆《ふで》ならぬを、いまだよく見果《みはて》ずして、評《ひやう》する者《ひと》もあらん歟《か》とて、漫《そゞろ》に贅言《ぜいげん》しぬるのみ。然《さり》とて天機《てんき》を漏《もら》すにあらず、只是老婆深切《ただこれろうばしんせつ》ならん歟《か》。

間話休題《あだしことはさておきつ》。弘元安芸《ひろもとあき》へかへり去《さ》りしより、光陰又捘《くわういんまたをさ》の如《ごと》く、四稔許《よとせばかり》を歴《へ》ぬる程《ほど》に、大江四郎《おほえのしらう》は年七《としなゝつ》になりしかば、外祖《とつおぢ》峯張《みねはり》九四蔵《くしぞう》其師《そのし》を択《えらみ》て、手習読書《てならひとくしよ》を教《をし》へ創《はじむ》るに、九四蔵《くしぞう》が季子柒六郎《すゑのこなゝろくらう》は、是時年九歳《このときとしこゝのつ》也。他《かれ》をば腋子《わくご》の陪堂《とぎ》にとて、倶《とも》に読書手習《とくしよてならひ》させて、四郎《しらう》が其師許《そのしがり》ゆく折《をり》には、必伴《かならずとも》に立《たゝ》せけり。是《これ》より又《また》鴻雁《かり》かへり玄鳥《つばめ》来《き》て、四郎《しらう》が九歳《こゝのつ》といふ春《はる》の時候《ころ》より、弓馬撃剣《きうばけんじゆつ》何《なに》くれとなく、武芸《ぶげい》を学《まなば》するに、柒六《なゝろく》も相従《あひしたが》ふて其師《そのし》を倶《とも》にす。折《をり》から戦国《せんこく》の習俗《ならひ》なれば、市井村落《いちまちゐなか》にも、武芸《ぶげい》の師《し》たる者《もの》に匱《ともし》からず。矧《いはんや》又大江《またおほえの》四郎《しらう》は、生《うまれ》ながらに文武《ぶんぶ》の才《さえ》あり。柒六《なゝろく》も亦愚魯《またおろか》ならねば、いまだ久《ひさ》しからずして、手習学問《てならひがくもん》いへばさら也、大刀《たち》合《あは》する技《わざ》なども、人《ひと》に勝《すぐ》れて見《み》えしかば、九四蔵夫婦《くしぞうふうふ》の歓《よろこ》びはいふべうもあらず。億禄《おろく》も是《これ》に慰《なぐさめ》て、猶《なほ》久後《ゆくすゑ》を俟《まつ》かひもなく、弘元《ひろもと》が安芸《あき》へかへり去《さ》りしより、六稔有余《むとせあまり》を歴《へ》ぬれども、風《かぜ》の便《たより》は一《ひと》たびも、こゝには絶《たえ》て浪速《なには》なる、浦《うら》の出船《でふね》も入船《いりふね》にも、外《よそ》の噂《うはさ》を聞《きく》のみなれば、億禄《おろく》は単幾《ひとりいつ》となく、思《おも》ひ細《ほそ》りし気積《きしやく》の疾病《いたつき》、積蘊《つもり〳〵》て後竟《のちつひ》に、病《やまひ》の牀《ゆか》に就《つき》しより、鍼灸薬餌《しんきうやくじ》の験《しるし》なく、尚杪若《なほうらわか》き二十五の、𦬇《ぼさつ》や迎《むか》へ給ひけん、其《その》暁《あかつき》の夢覚《ゆめさめ》て、那身《かのみ》空《むな》しくなりしかば、二親胞兄弟《ふたおやはらから》の歎《なげ》きはさら也、四郎《しらう》は九歳《こゝのつ》の童《わらべ》なれども、孝順《こうじゆん》特《こと》に浅《あさ》からねば、母親枕《はゝおやまくら》に就《つき》しより、間《ま》なく時《とき》なく身辺《ほとり》を離《はな》れず、或《あるひ》は手《て》を拊《なで》、腰《こし》さへ摩《さす》りつ、湯液《くすり》を薦《すゝ》め粥《かゆ》を薦《すゝ》めて、看病《みと》りし甲斐《かひ》も涙《なみだ》の種《たね》の、果《はて》は流《ながれ》て逝水《ゆくみづ》の、かへらぬ人《ひと》に做《な》りしより、倶《とも》に死《しぬ》べく哭泣《うちなき》たる、孝子《こうし》の薄命《はくめい》憐《あはれ》むべし。幸《さち》なきは只是《たゞこれ》のみならで、其次《そのつぎ》の年三月《としやよひ》の時候《ころ》より、九四蔵夫婦《くしぞうふうふ》は、温疫《ときのけ》にて、うち続《つゞ》きて身故《みまか》りけり。九四蔵《くしぞう》は年六十《としむそぢ》、妻《つま》は五十有余《いそぢあまり》なるべし。尚憑《なほたの》しく思《おも》ひたりし、九四郎柒六乙芸等《くしらうなゝろくおつげら》の、哀悼悲《あいたうひ》泣《きう》は凡庸《よのつね》に過《すぎ》て、里人《さとひと》も是《これ》が為《ため》に、絃歌《げんか》《ナリモノ》を禁《とゞ》め相弔《あひとむら》ふて、柩《ひつぎ》を送《おく》らざる者《もの》なかりけり。然《され》ばこそあれ、大江《おほえの》四郎《しらう》は、頼《たの》む樹下《このもと》に雨漏《あめもり》て、哀戚《かなしみ》《アイセキ》の袖乾《そでかは》く間《ひま》なきを、やうやくに忍《しの》び得《え》て、七七《なのかく》の墓参《はかまゐり》も、九四郎《くしらう》柒六《なゝろく》等《ら》と倶《とも》にすめり。

既《すで》にして、九四蔵《くしぞう》在《あら》ずなりしより、兵法《へいほう》の弟子《をしえご》は、胡越《こゑつ》の如《ごと》くなりもてゆきぬ。是時《このとき》九四郎《くしらう》は、いまだ定《さだ》めたる活業《なりはひ》なけれど、小松村《こまつむら》の辺《ほとり》には、親《おや》の購求《あがなひもと》めて、人《ひと》に預《あづ》けて耕《たがや》せぬる、些《ちと》の田園《たはた》あり。貯禄《たくはへ》も亦《また》なきにあらねば、次《つぎ》の年《とし》の孟夏《はじめのなつ》、住吉《すみよし》の里《さと》に、人《ひと》の売屋《うりいへ》あるを購得《あがなひえ》て、軈《やが》て其里《そこ》に移徙《わたまし》して、木櫛《きくし》を売《うり》て生活《なりはひ》にす。且乙芸《かつおつげ》をもて妻《つま》にして、をさ〳〵内《うち》を任《まか》せけり。這婚姻《このこんいん》の事《こと》はしも、二親《ふたおや》生平《つね》に九四郎《くしらう》に、云云《かにかく》といひし義《よし》あり、其遺言《そのゆいげん》に依《より》てなるべし。尓《しか》はあれども九四郎《くしらう》は、疎人《あらしを》にて文学《ぶんがく》を好《この》まず。撃剣白打《けんじゆつやわら》は人《ひと》並《なみ》にて、其性素《そのさがもと》より義侠《をとこぎ》《ギケウ》あれば、武家《ぶけ》に仕《つか》へて、五斗米《ごとべい》に、腰《こし》を折《かゞむ》る事を楽《ねが》はず。然《され》ばとて又商賈《またあきびと》の、来《き》ぬるを迎《むか》へ、還《かへ》るを送《おく》る、利潤《りじゆん》を屑《ものゝかず》とも思《おも》はず。この故《ゆゑ》に外看《ひとめ》ばかりの、店舗《みせ》には僅《わづか》に一両個《ひとりふたり》の、傭櫛工《やとひくしひき》を在《あ》らせて、他等《かれら》に櫛《くし》を売《うら》するのみ。闔《まうけ》の多《おほ》からぬを患《うれひ》とせず。九四郎《くしらう》が行状《おこなひざま》、大概《おほかた》はかくの如《ごと》く、親九四蔵《おやくしぞう》に同《おな》じからぬに、且這夫婦《かつこのふうふ》尚少《なほわか》ければ、四郎腋子《しらうわくご》の事《こと》はしも、九四蔵予《くしぞうかねて》九四郎《くしらう》に、定《さだ》しける遺教《ゐきよう》あり。九《く》四郎《しらう》も亦孝順《またこうじゆん》なれば、敢親《あへておや》の遺言《ゐげん》に違《たが》はず、是年《このとし》の秋《あき》の時候《ころ》、単孟林寺《ひとりまうりんじ》に詣《まゐで》て、木隠和尚《もくゐんおせう》に「云々《しかぐ》。」と四《し》郎《らう》の上《うへ》を遺《おち》もなく、初弘元《はじめひろもと》の別《わかれ》に臨《のぞみ》て、契《ちぎ》りし言《こと》の顚末《もとすゑ》と、照書《あかしふみ》の事、両刀《りやうたう》の事《こと》、養育料《やういくしろ》の金子《かね》の事まで、自他《これかれ》となく囁《さゝや》き告《つげ》て、

「既《すで》に知《し》らせ給ふ如《ごと》く、大昨年《おととし》より打続《うちつゞ》きて、俺姉《わがあね》も二親《ふたおや》も、世《よ》に在《あ》らずなりしかば、尚年少《なほとしわか》なる小人夫婦《やつがれふうふ》が、よく守育《もりそだつ》べくもあらず。然《さ》らでも腋子《わくご》は名家《めいか》の胤《たね》也。民間《みんかん》に人《ひと》と成《な》さんは、可惜《あたら》しき事《こと》ならずや。衣食《いしよく》

は小人餽《やつがれおく》りてん。今《いま》より御寺《みてら》へ召執《よびとり》て、教育《きよういく》あらば亡親姉《なきおやあね》の、遺言《ゐげん》を果《はた》すのみならず、大江大人《おほえうし》の教《をしえ》にも、称《かな》ふべくや候はん。這義誰何《このぎいかに》」

と談《だん》ずれば、木隠聞《もくゐんきゝ》つゝ点頭《うなづき》て、

「其義《そのぎ》寔《まこと》にしかるべし。四郎《しらう》が事は弘元《ひろもと》に、うち聞《きゝ》しより久《ひさ》しくなりぬ。他《かれ》は俺侄《わがおひ》なるに、何《な》でふ衣食《いしよく》の賄《まかなひ》を望《のぞま》ん。心《こゝろ》に係《かゝ》るは弘元《ひろもと》が、安芸《あき》へかへり去《さ》りしより、今《いま》に至《いた》りて信《おとつれ》なし。『那地《かのち》に異変《ゐへん》あらずや。』と思《おも》ふものから海山千里《うみやませんり》を、隔《へだて》てぞ居戦世《をるみだれよ》の、不自由《ふじゆう》なるを争何《いかゞは》せん。然《され》ばとて俺弟《わがおとゝ》の、頼《たの》みし事を今《いま》さらに、不《ふ》の字《じ》をいふべき拙僧《せつそう》ならず。この義《ぎ》は心安《こゝろやす》かるべし。なれども四郎《しらう》は総角《あげまき》なるに、那身単《かのみひとり》を寂莫《しゆくばく》たる、寺《てら》に在《あ》らせんは不便《ふびん》也。和殿《わとの》の弟《おとゝ》柒六《なゝろく》をも、共侶《もろとも》におこし玉へ。客《きやく》ある折《をり》に茶《ちや》の給仕《きうじ》には、予《かねて》より欲《ほし》かりき。好食客《よきかゝりひと》にこそあるなれ。」

と又他事《またたじ》もなき老和尚《ろうおせう》の、答《こたへ》に九四郎《くしらう》歓《よろこ》び承《うけ》て、明日《あす》と契《ちぎり》て退《まか》りけり。

却説《かくて》峯張九四郎《みねはりくしらう》は、其宵《そのよ》四郎《しらう》と、柒六乙芸《なゝろくおつげ》を喚聚《よびつど》へて、今日《けふ》孟林寺《まうりんじ》の木隠和尚《もくゐんおせう》に、商量《だんかふ》しける事《こと》の趣《おもむき》を、

「箇様《かやう》々《く》」と説示《ときしめ》して、

「明日《あす》は黄道吉日《くわうどうきちにち》なり。四郎《しらう》腋子《わくご》に、柒六《なゝろく》を傅《つけ》まゐらせて、御寺《みてら》へこそ遣《つかは》すべけれ。其頭《そこら》の准備《ようい》をし給へ。」

といふに大家《みなく》諸《うべ》なひて、誰《たれ》か亦《また》異議《ゐぎ》すべき。この次《つぎ》の日《ひ》も天《そら》よく晴《はれ》て、事《こと》の障《さは》りなかりしかば、九四郎《くしらう》は昼《ひる》餉《げ》を果《はた》して、四郎《しらう》柒六《なゝろく》主僕《しゆぼく》を将《い》て、孟林寺《まうりんじ》へ送《おく》りゆくに、四郎《しらう》には父弘元《ちゝひろもと》の畀《のこし》たる、両口《ふたこし》の名刀《めいたう》を帯《おび》させて、

且其護身嚢《かつそのまもりふくろ》には、弘元《ひろもと》の自筆《じひつ》なる、父子《おやこ》の照書《あかしふみ》を蔵《をさ》めて、警《いましむ》るに失《うしな》ふことなきを要《えう》とす。又柒六《またなゝろく》には、親九《おやく》四蔵《しぞう》の紀《かたみ》なる両刀《りやうたう》を取《とら》せて、主僕《しゆぼく》に袴《はかま》を穿《はかせ》などす。乙芸《おつげ》は亦四郎柒六《またしらうなゝろく》が、夏冬《なつふゆ》の衣夜物《きぬよるのもの》と、硯《すゞり》冊子《さうし》四書《ししよ》五経《ごきやう》、兵法七書《へいほうしちしよ》は書櫃《ほんはこ》に、蔵《をさ》めたる随《まゝ》にして、木隠和尚《もくゐんおせう》に餽進《おくりまゐら》する、飴子《もちひ》煮染《にしめ》東西《もの》を、折小櫃《をりこひつ》に装《もり》たるを、大袱《おほふろしき》に分包《わけつゝ》みつゝ、担造《につくり》て傭従僕《やとひともひと》に逓与《わたし》などす。是時《このとき》四郎《しらう》は年《とし》十一歳《さい》にて、柒六《なゝろく》は十三也。主僕《しゆぼく》迭《かたみ》に今《いま》の別《わかれ》の、惜《をし》からざるにあらねども、孟林寺《まうりんじ》は隣村《となりむら》にて、訪問《とひとは》るゝに便《たより》よければ、倶《とも》に志《こゝろざし》を奨《はげま》して、最大人《いとおとな》しく乙芸等《おつげら》に、告別《いとまごひ》して出《いで》てゆくめり。尓程《さるほど》に孟林寺《まうりんじ》の住持木隠《ぢゆうぢもくゐん》は、九四郎《くしらう》が約束《やくそく》を違《たが》へず、侄《おひ》の四郎《しらう》と他《かれ》が弟柒六《おとゝなゝろく》を、送《おくり》て住吉《すみよし》より来《き》ぬるに及《およ》びて、軈召入《やがてよびい》れて対面《たいめん》す。迭《かたみ》の口誼《こうぎ》さぞあるべし。言省《ことそぎ》て備《つぶさ》にせず。当下《そのとき》九四郎《くしらう》は、這童子主僕《このわらべしゆぼく》の上《うへ》を、木隠并《もくゐんならび》に徒弟《をしえご》なる、一両個《ひとりふたり》の青法師《わかほうし》等《ら》に憑聞《たのみきこ》えて、賫《もたらし》たる折小櫃《をりこひつ》と、四郎柒六《しらうなゝろく》が、衣裳調度《きるものちようど》を渡《わた》し果《はて》て、傭奴《やとひひと》を将《い》てかへり去《さり》ぬ。

是《これ》よりして木隠和尚《もくゐんおせう》は、方丈《はうぢやう》の次《つぎ》の間《ま》なる、小室《こざしき》を掻払《かきはらは》せて、四郎主僕《しらうしゆぼく》の子舎《へや》とし定《さだ》めて、手習読書《てならひとくしよ》を学《まなば》せらる。然《さ》ればとて、這両童子《このふたわらべ》は、僧《ほうし》に倣《な》すべき者《もの》ならねば、武芸《ぶげい》も亦原《またもと》の如《ごと》く、其師《そのし》許往還《がりゆきかよひ》して、習《なら》ふ事《こと》を饒《ゆる》せしかば、四郎柒六《しらうなゝろく》は相歓《あひよろこ》びて、昼《ひる》は出《いで》て武芸《ぶげい》を習《なら》ふに、敢一日《あへてひとひ》も懈《おこた》ることなく、夜《よる》は又入《またいり》て手習読書《てならひとくしよ》を事《わざ》とす。乙芸《おつげ》も年尚少《としなほわか》けれども、其性老実《そのさがまめやか》也ければ那習学《かのしうがく》の懈怠《おこたり》なきを、伝聞毎《つたへきくごと》にうち笑《ゑま》れて、折々《をり〳〵》飴果子《もちひくだもの》、飯《いひ》の菜蔬《あはせもの》などを、煮《に》もし茹《あえ》もして、餽遺《おくりつかは》す事屢《しば〳〵》也。或《あるひ》は又四郎主僕《またしらうしゆぼく》の不断衣《ふだんきぬ》、木隠師徒《もくゐんしてい》《シト》の敗衣《ふるきぬ》さへ、折々解洗《をり〳〵ときあらひ》して、老実《まめやか》にものせざる事なし。又九四郎《またくしらう》は月毎《つきごと》に、孟林寺《まうりんじ》へ詣来《まゐき》て、四郎柒六《しらうなゝろく》が為《ため》に、旦暮銭《こつかひぜに》を逓与《わたし》などす。然《され》ば這童子主僕《このわらべしゆぼく》は、内外《うちと》にかくの如《ごと》き幇助《たすけ》あるに、倶《とも》に其才《そのさえ》に匱《ともし》からねば、文武《ぶんぶ》の学《がく》術年《じゆつとし》に従《したがつ》て、薦《すゝま》ずといふことなし。尓程《さるほど》に這主僕《このしゆぼく》、寺《てら》に在《あ》る事四稔有余《よとせあまり》、五稔《いつとせ》といふ秋《あき》の時候《ころ》、木隠和尚《もくゐんおせう》遷化《せんげ》して、其徒弟《そのをしえご》、木玄道徳《もくげんどうとこ》、後住《ごぢゆう》に做《な》りぬ。這木玄《このもくげん》も老実児《まめやかひと》にて、師父《しふ》の遺教《ゐきやう》に叛《そむ》くことなく、四郎柒六《しらうなゝろく》等《ら》を相憐《あひあはれみ》て、管待初《もてなしはじめ》に変《かはら》ねば、四郎《しらう》はさらなり柒六《なゝろく》も、倶《とも》に憑《たのも》しき心地《こゝち》して、いよ〳〵武芸《ぶげい》を励《はげ》みけり。

恁而其次《かくてそのつぎ》の年《とし》、峯張柒六《みねはりなゝろく》は十八歳《さい》にて、大江四郎《おほえのしらう》は十六歳《さい》に做《な》りぬ。是時主僕《このときしゆぼく》自撰《みづからえらみ》て、四郎《しらう》は其名《そのな》を成《なり》勝《かつ》とす。柒六郎《なゝろくらう》は通能《みちよし》と名告《なのり》ぬ。又只《またたゞ》この義《よし》のみならず、大江四郎《おほえのしらう》は孟林寺《まうりんじ》にて、長《ひと》と成《なり》ぬる少年《しようねん》なれば、人或《ひとあるひ》は綽号《あだな》して、孟林四郎《まうりしらう》と喚做《よびな》しけり。然《さ》るを後《のち》にはみづからも、茂林四郎《もりしらう》と称《しよう》する日《ひ》もあり。又俗字《またぞくじ》に従《したが》ふて、杜四郎《もりしらう》ともいひけり。譬《たとへ》ば峯張九四郎《みねはりくしらう》が綽号《あだな》を、十三屋《じふさんや》といふが如《ごと》し。九《く》と四《し》を合《あは》すれば十三也。孟林《まうり》は大江《おほえ》の廟号《びやうごう》にて、其茂林《そのもり》といひ杜《もり》といふも、是《これ》に由《より》て知《し》るべきのみ。

間話休題《あだしことはさておきつ》。是年《このとし》の夏四月尽《なつうつきつごもり》に、十三屋九四郎《じふさんやくしらう》は、講夥家《こうなかま》と共侶《もろとも》に、安芸《あき》の厳島《いつくしま》へ詣《まうづ》るとて、四郎柒六《しらうなゝろく》、木玄道徳《もくげんどうとこ》に、告別《いとまこひ》に来《き》にけるに、其後《そのゝち》いまだ久《ひさ》しからずして、那家《かのいへ》に不測《ふしき》の祟《たゝり》あり。往日《いぬるひ》より十三屋《じふさんや》に止宿《ししゆく》の旅客《たびゞと》、朱之介《あけのすけ》と喚做《よびな》す青年児《わかうど》が、乳守《ちもり》の里《さと》の妓楼《あそびや》にて、今様《いまやう》と歟《か》いふ娼妓《あそびめ》を、刺殺《さしころ》したりければ、那身《かのみ》は矢庭《やには》に搦捕《からめと》られ、其歇店主人《そのやどあるじ》、九四郎《くしらう》の妻乙芸《つまおつげ》、乾児六市四摠《こぼんろくいちしさう》さへ、浪速《なには》の囚牢《ひとや》に繋《つなが》れしを、住吉《すみよし》の里人等《さとひとら》が、悄地《ひそか》に孟林寺《まうりんじ》に来《き》て報《つげ》しかば、四郎柒六《しらうなゝろく》の驚《おどろ》きいへばさら也、木玄道徳《もくげんどうとこ》も眉《まゆ》うち顰《ひそめ》て、其事《そのこと》の顚末《もとすゑ》を尋《たづぬ》るに、実《じつ》に是疑獄《これぎごく》にて、那旅客朱之介《かのたびひとあけのすけ》とやらンを除《のぞく》の外《ほか》、乙芸六市四摠等《おつげろくいちしさうら》は、冤屈《むじつのつみ》なる事疑《うたが》ひなし。こゝをもて柒六《なゝろく》は、浪速《なには》の陣館《ぢんやかた》へ推参《すいさん》して、この義《ぎ》を陳《のべ》て嫂等《あによめら》の、赦免《しやめん》を請《こひ》まつらんとて惴《はや》りしを、住吉《すみよし》の故老《としより》推禁《おしとゞ》めて、

「其義《そのぎ》究《きはめ》て無用《むよう》也。ゆかば必《かならず》禁獄《きんごく》せられん。九四郎大哥《くしらうあにき》のかへり来《こ》ざるは、反《かへつ》て幸《さいはひ》なるものを、和郎倘《わろもし》出《いで》て自訴《じそ》しなば、毛《け》を吹《ふく》とて疵《きず》を求《もとめ》んのみ。其故《そのゆゑ》は箇様《かやう》々々《〳〵》、如此《しか》々々《〴〵》の情由《わけ》あり」

とて、那鉄屑鍛冶郎《かのかなくそかぢらう》の舌兪《くわつゆ》が、哄騙《もがり》の事《こと》の顛末《もとすゑ》を、聞《きゝ》たる随《まゝ》に囁《さゝや》き告《つげ》て、

「他《かれ》は近曽《ちかごろ》周防《すはう》の山口《やまくち》にて、搦捕《からめと》られにき、といふ風声《ふうぶん》あり。この故《ゆゑ》に三好《みよし》の刀禰《との》は、朱之介《あけのすけ》さへ大哥《あにき》さへ、舌兪《くわつゆ》が伙家《なかま》ならずや、と御疑《おんうたが》ひの深《ふか》ければ、嫂《あねご》々を当坐《たうざ》の保質《ひとしち》にとて、そが儘禁置《まゝとゞめおか》るゝ也。然《され》ば大哥《あにき》も朱之《あけの》介《すけ》も、鉄屑《かなくそ》が伙家《なかま》ならずといふ、正《まさ》しき照据《せうこ》《アカシ》微《なか》りせば、弥勒《みろく》の出世《しゆつせ》に遇《あ》ふまでも、嫂《あねご》々を救《すく》ひ出《いだ》しがたけん。

其頭《そこら》にこゝろし給へ。」

と囁《さゝや》き示《しめ》してこの後《のち》は、孟林寺《まうりんじ》へ訪《とひ》も来《こ》ず。柒六《なゝろく》にも四郎《しらう》にも、白昼《ひる》は面《おもて》を顕《あらは》して、住吉《すみよし》の里《さと》にだに、往還《ゆきき》することを饒《ゆる》さねば、這両個《このふたり》の少年《しようねん》は、又一層《またいつそう》の憂《うれひ》を増《まし》て、「いかにせまし。」と相譚《かたらふ》のみ、謀《はかりこと》の出《いづ》る所《ところ》を知《し》らず。暮《く》るゝを俟《まち》て悄々《しのび〳〵》地に、住吉《すみよし》の里《さと》へ赴《おもむき》て、乙芸《おつげ》等《ら》の安危《あんき》を撈《さぐ》りて、頼《たのみ》て囚牢《ひとや》へ飯《いひ》を餽《おく》るも、人伝《ひとつて》なれば自由《じゆう》ならず。左右《とかく》する程《ほど》に、五月《さつき》は過《すぎ》て、暑熱《あつさ》弥増《いやます》六月《みなつき》も、既《すで》に中旬《なかば》になりぬれど、九四郎《くしらう》はいまだ還《かへ》らで、講伙家《こうなかま》の甲乙《たれかれ》のみ、帰村《きそん》の噂《うはさ》あるを探聞《さぐりきく》に、「九四郎《くしらう》は治比《はるひ》なる、相識《しるひと》許《がり》立《たち》よるとて、一路人《みちつれひと》と別《わか》れたり。然《され》ども五六日《にち》を経《へ》ば、必《かならず》かへり来《き》つべし」といふ。こも人伝《ひとつて》に聞《きこ》えけり。『安否《あんひ》を知《し》るは本意《ほい》なれども、かへりぬと聞《きこ》えなば、召捕《めしと》らるゝ事《こと》のなからずや。』と思《おも》へば是《これ》も胸安《むねやす》からず。只那犯人朱之介《たゞかのほんにんあけのすけ》は、大和《やまと》なる上市《かみいち》の、郷《さと》より来《き》にける旅客《たびびと》にて、旧里《ふるさと》には妻《つま》もあり、岳母《しうとめ》もありといふ、其事僅《そのことわづか》に聞《きこ》えしかば、四郎柒六《しらうなゝろく》は、この義《ぎ》を住持木玄《ぢゆうぢもくげん》に、囁《さゝや》き告《つげ》て、

「『咱等《われら》悄地《ひそか》に大和《やまと》へゆきて、那朱之介《かのあけのすけ》が宅眷《やから》を訪《と》ふて、他《かれ》が禁獄《きんごく》せられしよしを、詳《つまびらか》に告《つげ》もしつべく、他《かれ》が出処来歴《しゆつしよらいれき》と、路費《ろよう》の金《かね》の多《おほ》かるを、撈訂《さぐりたゞ》さば俺嫂《わがあによめ》の、罪《つみ》を償《あがな》ふに足《た》りもやせん。』とは思《おも》ひ候へども、其宅眷《そのやから》とは、知《し》る人《ひと》ならぬ、少年《しようねん》の俺們《われ〳〵》が、那地《かのち》に造《いた》りて談《だん》ずるとも、訝《いぶか》りて実《じつ》を報《つげ》られずは、こも亦労《またろう》して功《こう》なき所為《わざ》也。御意見《ごいけん》もや候。」

と問《と》へば木玄点頭《もくげんうなづき》て、

「开《そ》は究竟《くつきやう》なる人《ひと》こそあれ。和殿《わどのら》等も知《し》る如《ごと》く、前月《さきのつき》より当山《たうさん》へ、新参《いままゐり》なる奴隷《しもべ》柿八《かきはち》は、大和《やまと》の上市《かみいち》より、老後挣了《いんきよかせぎ》にとて、這頭《こゝら》へ来《き》ぬる者《もの》なりと聞《きゝ》にき。他《かれ》に問《と》はゞ知《し》るよしあらん。」

といひつゝ掌《たなそこ》うち鳴《なら》して、件《くだん》の奴隷《しもべ》を召《よび》よせけり。当下《そのとき》四郎《しらう》と柒六《なゝろく》は、柿八《かきはち》にうち向《むか》ひて、那朱之介《かのあけのすけ》が事《こと》の顚末《もとすゑ》を、「箇様《かやう》々々《〳〵》。」と説示《ときしめ》して、

「汝《いまし》旧里《ふるさと》に在《あ》りし時《とき》、件《くだん》の朱之介《あけのすけ》を知《し》らずや。」

と問《とへ》ば柿八《かきはち》、

「然《さ》ン候。宣《のたま》はする朱之介《あけのすけ》と、小可《やつがれ》は面前《おもしり》ならねど、那人《かのひと》の事はしも、人《ひと》の噂《うはさ》に聞《きゝ》しこと多《おほ》かり。首《はじめ》をいへば云々《しかぐ》也。尾《をはり》は箇様《かやう》々々《〳〵》也」

とて、朱之介《あけのすけ》が事《こと》の顚末《もとすゑ》、他《かれ》は東国《あづま》なる管領家《くわんれいけ》の使《つかひ》にて、如如来禅師《によくらいぜんし》を訪《とひ》し事、又山猍《またやまをとこ》を射《い》て殺《ころ》して、少女斧柄《をとめおのゑ》を救《すく》ひしかば、落葉《おちば》に女婿《むこ》にせられし事、他《かれ》が放蕩無頼《はうとうぶらい》のこと、安保箭五郎《あほやごらう》に哄誘《そゝのか》されて、主君《しゆくん》より預《あづか》り来《き》ぬる、許多《あまた》の沙金《さきん》白布《しらぬの》を、失《うしな》ひしより東国《あづま》へは、得《え》かへりがたく做《な》りしかば、逗留三稔《とうりうみとせ》に及《およ》びしこ

と、落葉《おちば》が慈善《ぢぜん》、斧柄《おのゑ》が貞実《ていじつ》、其崖略《そのあらまし》を聞《きゝ》たる随《まゝ》に、説示《ときしめ》して又《また》いふやう、

「那家《かのいへ》は杣木氏《そまきうぢ》にて、原《もと》は豪家《がうけ》で候ひしに、不幸《ふかう》にして先主人《さきのあるじ》、夫婦《ふうふ》うち読《つゞ》（続）きて身故《みまか》りしより、迹《あと》には一個《ひとり》の女児《むすめ》あり。斧柄《おのゑ》といひしは即是《すなはちこれ》也。然《さ》るを主人《あるじ》の女弟《いもと》なる、良人《をつと》の家《いへ》衰《おとろへ》果《はて》て、離別《りべつ》せられて、伊勢《いせ》の津《つ》より、かへり来《き》て在《あ》りしかば、只得守《ぜひなくまもり》に居《すゑ》られて、稚幼姪《をさなきめい》の斧柄女郎《おのゑぢよらう》を、愛慈《めでいつくし》み長《ひと》と成《な》す、婦女主人《をんなあるじ》で今《いま》もかも、家風《かふう》を乱《みだ》さぬ賢女《けんぢよ》なるを、里人《さとひと》知らぬ者《もの》ぞなき、落葉《おちは》の刀自《とじ》は即是《すなはちこれ》也。又那末朱《またかのすゑあけの》之介《すけ》は、落葉《おちば》の刀自《とじ》の離別《りべつ》の後《のち》、故夫《もとのをとこ》が後妻《のちぞひ》《ウハナリ》に、生《うま》せたりける孤《みなしこ》なりしを、初対面《しよたいめん》の折《をり》に知《し》られしかば、刀自《とじ》は旧縁恩義《きうえんおんぎ》を感《かん》じて、斧柄少女《おのゑをとめ》を妻《めあは》せて、入婿《いりむこ》にせられしに、那青年児《かのわかうど》は猶飽《なほあ》かで、酒《さけ》に耽《ふけ》りつ奸淫賭愽《たはけきあそび》《カンイントバク》の、債《おひめ》は多《おほ》く做《な》りけるを、落葉《おちば》の刀自《とじ》が賍《つくな》ふて、術《すべ》よく理《をさ》めたりといふ、噂《うはさ》も聞《きゝ》候ひき。是等《これら》によりて思《おも》ひ惟《み》るに、落葉《おちば》の刀自《とじ》が所以《ゆゑ》ありて、那青年児《かのわかうど》に金銀《かね》多《おほ》く、齎《もたら》して東西《もの》を買《かは》せんとて、浪速津《なにはわたり》へ遣《つかは》したる、事しもなしとすべからず。是《これ》よりの外舌僉《ほかくわつゆ》とやらン、鉄屑《かなくそ》と歟《か》いふ歹人《わろもの》の、噂《うはさ》は聞《きか》ず候ひき。」

と一五一十《いちぶしゞう》を説尽《ときつく》せば、両少年《りやうしようねん》も老和尚《ろうおせう》も、倶《とも》に耳《みみ》を欹《そばたて》て、うち含笑《ほうゑみ》つゝ听果《きゝはて》て、更《さら》に便宜《びんぎ》を得《え》たりける、其歡《そのよろこ》びはいふべうもあらず。姑且《しばらく》して柒六《なゝろく》がいふやう、

「今聞所《いまきくところ》をもて推《おせ》ば、朱之《あけの》介《すけ》は鉄屑《かなくそ》が、支党《どうるい》にはあるべからず。這柿八《このかきはち》に汲引《てびき》させて、夙《はや》く上市《かみいち》に赴《おもむ》きて、落葉《おちば》に告《つげ》て那金子《かのかね》の、出処正《しゆつしよまさ》しき照据《せうこ》《アカシ》を取《とり》て、三好殿《みよしどの》に聞《きこ》え上《あげ》なば、疑獄《ぎごく》は解《とけ》て朱之《あけの》介《すけ》の、罪軽《つみかろ》くなるときは、俺嫂《わがあによめ》は赦免《しやめん》せられて、家《いへ》に還《かへ》さるゝ事を得《え》つべし。這義《このぎ》什麼《いかに》」

と請問《こひと》へば、四郎《しらう》も「然《さ》也。」と頷《うなづ》きて、

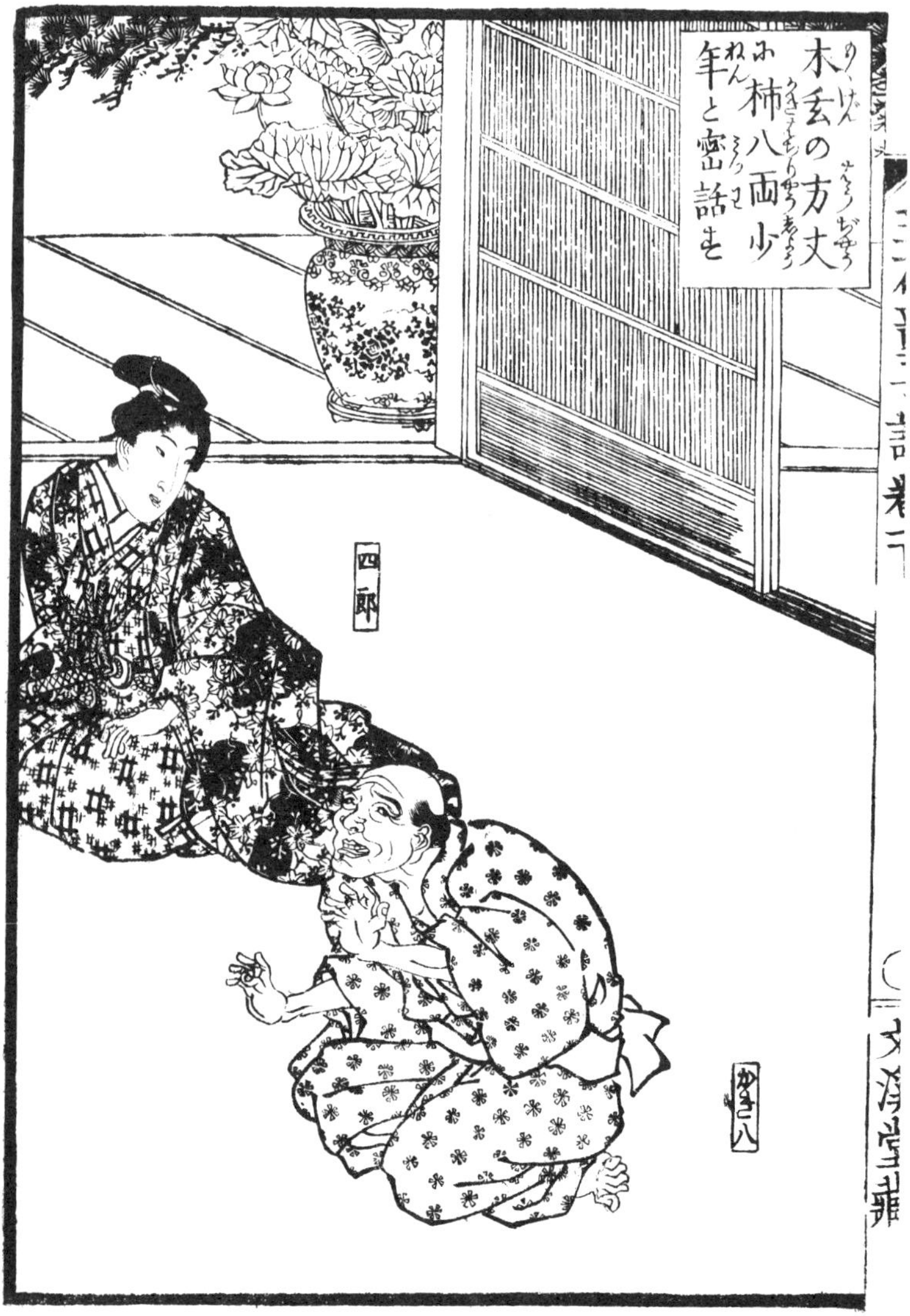
木玄《もくげん》の方丈《はうぢやう》に柿八《かきはち》両少《りやうせう》年《ねん》と密話《みつわ》を
四郎
かき八

めくけん
すく六

「俺們《われ〳〵》大和《やまと》へ起行《たびたち》せんに、先住吉《まづすみよし》なる故老等《としよりら》に、告《つげ》て心《こゝろ》を得《え》させずは、事《こと》ある折《をり》に不便《ふべん》ならん。」と議《ぎ》するを木玄《もくげん》うち聞《きゝ》て、

「开《そ》は勿論《もちろん》の事也かし。和郎達《わろたち》昼《ひる》は憚《はゞかり》あり。日暮《ひくれ》て先住吉《まづすみよし》へ、所要《しよえう》を果《はた》して翌《あす》の旦開《あさけ》に、柿八《かきはち》を将《い》て大和路《やまとぢ》へ、起行《たびたつ》こそよからめ。」

といふに両《りやう》少年《しようねん》諾《うべな》ひて、逆旅《たびぢ》の准備《ようい》をいそぎけり。

畢竟《ひつきやう》四郎《しらう》柒六《なゝろく》主僕《しゆぼく》が、是等《これら》の事《こと》の便宜《びんぎ》を得《え》て、後《のち》の話説《ものがたり》甚麼《いかに》ぞや。开《そ》は下回《しものめぐり》に、解分《ときわく》るを聴《きゝ》ねかし。

新局玉石童子訓巻之一下冊終

新局《しんきよく》玉石童子《ぎよくせきどうじ》訓巻《くんまき》之二上冊

東都　曲亭主人口授編次

第《だい》三十三回《くわい》

穴隙《けつげき》《スキマ》を鑽《きり》て二賊《ふぞく》夜師《よるし》徒《と》《シノボウトデシ》を脅《おびやす》す
生口《せいこう》《イケドリ》を呈《てい》して両《りやう》少年《しようねん》疑獄《ぎごく》を解《と》く

再説《ふたゝびとく》。大江杜四郎成勝《おほえのもりしらうなりかつ》、峯張柒六郎通能《みねはりなゝろくらうみちよし》は、料《はか》らずも柿八《かきはち》が話説《ものがたり》にて、事《こと》の便宜《びんぎ》を得《え》てければ、先住吉《まづすみよし》の故老們《としよりら》に、這義《このぎ》を告《つげ》てこゝろ得《え》させて、明日《あす》は大和《やまと》へ起行《たびたち》せんとて、是日《このひ》黄昏《たそがれ》の比及《ころおひ》より、主僕編笠《しゆぼくあみかさ》を戴《いたゞ》きて、倶《とも》に孟林寺《まうりんじ》を立出《たちいづ》るに、折《をり》から六月中旬《みなつきなかば》にて、昼《ひる》は酷暑《あつさ》に堪《たへ》かたかるも、夜《よる》は涼《すゞ》しき反畝路《たんぼみち》、天《そら》よく晴《はれ》て月清《つききよ》く、隈《くま》なき景《かげ》に送《おく》らるゝ、路《みち》の去向《ゆくて》の草蒸溽《くさいきれ》、冷《さめ》ては処得貌《ところえかほ》なる、馬造《うまおひ》いそぐ轡虫《くつわむし》、鳴《な》く音《ね》は人《ひと》の跫响《あしおと》に、一霎時《しばし》絶《たえ》ても堪《たへ》がたき、憂《うき》は浮世《うきよ》の哀愛苦労《あいあいくろう》、早稲《わせ》の葉並《はなみ》も短夜《みじかよ》の、深《ふけ》ぬ程《ほど》にといそぎけり。

然《さ》れば又《また》、この宵《よ》孟林寺《まうりんじ》の住持木玄《ぢゆうぢもくげん》は、大江峯張両少年主僕《おほえみねはりりやうしようねんしゆぼく》の、住吉《すみよし》へとて出《いで》てゆきしより、『必久《かならずひさ》しからずして、かへり来《き》つべし。』と思《おも》ひしかば、梵僕柿八《てらをとこかきはち》に吩咐《いひつけ》て、既《すで》に前門《おもてもん》は鎖《とざ》せども、角門《くゞりもん》は閉《たて》たるのみにて、閂《くわんぬき》を打《おろさ》せず。「他等《かれら》がかへり来《き》て敲《たゝ》きなば、疾開《とくあけ》て入《い》れよ。」といはれしかば、柿八則《かきはちすなはち》こゝろ得《え》て、己《おの》が小子舎《こへや》の窓推開《まどおしひら》きて、蚊退火《かやりひ》しつゝ月《つき》を燭《あかし》に、明日《あす》起行《たびだち》の、用意《こゝろかまへ》に、脚絆雨衣拿領《きやはんあまきぬとりよろ》ふ、笠《かさ》の紐縫《ひもぬ》ひ草鞋《わらんじ》の、締《ち》を融《とほ》しなどしつゝ、睡《ねむ》らで両個《ふたり》の少年《しようねん》を俟《まつ》に、短夜《みじかよ》なれば更闌《こうたけ》て、既《すで》に亥中《ゐなか》になりぬれど、他《かれ》等《ら》はいまだかへり来ず、『いかに〳〵。』と思《おも》ふのみ。果敢《はか》なく打肫《ねむり》（肫）を催《もよほ》して、寐《ぬる》とも知《し》らず在《あ》りし程《ほど》、子《ね》二刻時候《ふたつころ》になりぬべし。折《をり》から人《ひと》の磤々《ほと〳〵》と、角門《くゞりもん》を敲《たゝ》く音《おと》す。柿八《かきはち》宿耳《ねみゝ》にうち聞《きゝ》て、『是必《これかならず》青年達《わかうどたち》の、かへり来《き》にけり。』と思《おも》ひしかば、一声高《ひとこゑたか》く「応《おう》」と答《こたへ》て、遽《いそがは》しく身《み》を起《おこ》しつゝ、板金剛《いたこんごう》を撈《さぐ》りよせて、足《あし》に曳穿外《ひきかけと》に出《いで》て、「刀禰們《とのばら》還《かへ》り給ひし歟《か》。」と問《とひ》つゝ軈《やが》て角門《くゞりもん》の、掛鎖《かけかね》をやをら外《はづ》して、開《ひら》くを遅《おそ》しと外面《とのかた》より、突然《とつねん》と找《すゝ》み入《い》る者《もの》あり。四郎柒六主僕《しらうなゝろくしゅぼく》にあらで、小皐《こやま》の像《ごと》き両個《ふたり》の尷尬児《くせもの》、身《み》の材《たけ》五《ご》尺八九《さくはつく》寸《すん》、涅染《くりぞめ》なる広《ひろ》袖《そで》の、単衣《ひとへきぬ》を裙短《すそみじか》に被做《きな》したる、円括《まるぐけ》の帯尻高《おびしりだか》に、紈結《わがねむす》びし那腰《かのこし》には、銅鞾巻《だうかねつくり》なる山刀《やまかたな》の、二《に》尺《さく》七八寸許《すんばかり》あるを、璫下《こじりさが》りに揷做《さしなし》て、重裡《かさねうら》なる草鞋《わらんじ》を、紐短《ひもみじか》に穿《はき》たりける、面魂《つらたましひ》の鬼魅《おにおに》しきに、蚦蛇《はみ》かとぞ思《おも》ふ円《つぶら》なる、眼赫奕一対《まなこかゞやくいっつい》の、威勢当《いきほひあた》るべくもあらねば、柿八《かきはち》は「吐嗟《あなや》」とばかりに、叫《さけば》んとするに声立《こゑたゝ》ず。逃《にげ》んとせしを一個《ひとり》の強盗《ぬすびと》、走蒐《はしりかゝ》りつ項髪《えりかみ》を、搔抓《かいつか》み揉仆《ねぢたふ》して、背《そびら》を踏《ふま》へて動《うごか》せず、

「這奴倘声《こやつもしこゑ》を立《たて》なば、只一刺《たゞひとさし》に息《いき》の音《ね》留《とめ》ん。」

と晃哩《きらり》と引抜《ひきぬ》く刃《やいば》の光《ひかり》に、眼《まなこ》を射《い》らるゝ柿八《かきはち》は、更《さら》に生《いき》たる心地《こゝち》せず、「許《ゆるし》給へ。」といふ声《こゑ》も、脱歯《ぬけは》に漏《もれ》て術《すべ》なきを、『然《さ》もこそあらめ。』と蹴返《けかへ》せば、一個《ひとり》の強盗立替《ぬすびとたちかは》りて、起《おき》んと蠢《うごめ》く柿八《かきはち》を、起《おこ》しも果《はて》ず両手《もろて》を捉《とり》て、腰《こし》なる麻索掖出《あさなはひきいだ》しつゝ、最《いと》も緊《きび》しく結扭《しばり》けり。当下又一個《そのときまたひとり》の強盗《ぬすびと》は、柿八《かきはち》にうち向《むか》ひて、

「やをれ老耄児命惜《おいぼれいのちをし》くは、住持《ぢゆうぢ》の臥房《ふしど》へ案内《しるべ》をせよ。然《さ》るを今《いま》さら頭《かうべ》を掉《ふ》らば、其首即坐《そのくびそくざ》に撃落《うちおと》さん。蚤《はや》く立《たち》ね。」

と推立《おしたゝ》すれば、柿八《かきはち》は事《こと》の勢《いきほ》ひ、従《したが》はざることを得《え》ず、阿容《おめ》々〳〵と先《さき》に立《たち》て、引《ひき》て住持《ぢゆうぢ》の便室《ゐま》に至《いた》るに、件《くだん》の両個《ふたり》の強盗《ぬすびと》は、引《ひ》提《さげ》し刃《やいば》を鞘《さや》に斂《をさ》めて、含笑《ほゝゑみ》ながら迹《あと》に跟《つく》。闇《くら》き二間《ふたま》の坐席《ざしき》を過《すぎ》て、灯火《ともしび》見ゆる垂幙《たれかや》の、

臥房《ふしど》の辺《ほとり》へ近《ちか》つく程《ほど》に、所化子舎《しよけへや》に臥《ふし》たりける、両個《ふたり》の沙弥《しやみ》は驚《おどろ》き覚《さめ》て、「来《き》ぬるは誰《た》そ。」と問《とは》せも果《はて》ず、一個《ひとり》の強盗刀《ぬすびとかたな》を抜《ぬ》きて、蝒《かや》の吊緒《つりを》を斫墜《きりおと》せば、いよ〳〵噪《さは》ぐ両個《ふたり》の沙弥等《しやみら》は、『盗児入《ぬすびとい》りぬ。』と稍《やゝし》知りて、逃躱《にげかく》れまく欲《ほり》すれども、蝒《かや》に那身《かのみ》を包《つゝ》まれて、網羅《あがけ》の鶉《うづら》に異《こと》ならず、術《すべ》も夏野《なつの》の草枕《くさまくら》、『夢《ゆめ》になれ』とぞ念《ねん》じたる、程《ほど》もあらせず強盗《ぬすびと》は、甲乙倶《これかれとも》に膂力《ちから》に任《まか》せて、沙弥等《しやみら》を惨刻蹂躙《むごくふみにじ》れば、憐《あはれ》むべし両個《ふたり》の沙弥《しやみ》は、叫《さけば》んとするに息絶《いきたえ》て、死活《しくわつ》は知《し》らず倣《な》りにけり。

尓程《さるほど》に木玄道徳《もくげんどうとこ》は、四郎柒六《しらうなゝろく》がかへるを俟《まち》て、睡《ねむ》りも得《え》せで在《あ》りけるに、小夜深《さよふく》る随《まゝ》に堪《たへ》がたき、蚊《か》の多《おほ》ければ蝠帳《かちやう》に入《い》りて、軈《やが》て枕《まくら》に就兀自《つくものから》、心《こゝろ》に懸《かゝ》れば宿《い》も寝《ね》られず。既《すで》にして更《こう》いよ〳〵闌《たけ》て、子《ね》の時《とき》ならんと思《おも》ふ比《ころ》、盗児《ぬすびと》や入《い》りたりけん、平《つね》ならぬ物《もの》の响《おと》、所化子舎《しよけへや》のかたに聞《きこ》えしかば、驚《おどろ》きながら敢噪《あへてさは》がず、軈悄地《やがてひそか》に蝠帳《かちやう》を出《いで》て、吊緒《つりを》を解《と》きつ行灯《あんどん》の、灯心《とうしみ》を増搔起《ましかきおこし》て、蒲団小筵搔遣《ふとんさむしろかいや》りつ、趺坐《ふざ》して徐《しづか》に数珠《ずゞ》爪繰《つまぐり》て、念仏《ねんぶつ》して在《あ》りける程《ほど》に、既《すで》にして両個《ふたり》の強盗《ぬすびと》は、跫音高《あしおとたか》く找《すゝ》み近《ちか》つく、住持《ぢゆうぢ》の臥房《ふしど》は思《おも》ふにも似《に》ず、一個《ひとり》の法師《はうし》怕《おそ》るゝ色《いろ》なく、端然《たんねん》として在《あ》りければ、撃蒐《うちかゝ》らんはさすがにて、倶《とも》に刃《やいば》を引提《ひきさげ》て、金剛神《こんごうじん》の暴《あれ》たる像《ごと》く、双立《ならびたち》つゝ疾視《にらまへ》たり。

有恬《かかり》(ママ)りし程《ほど》に、大江《おほえ》峯張《みねはり》両《りやう》少主僕《しようしゆぼく》は、甲夜《よひ》に住吉《すみよし》の里《さと》に造《いた》りて、故老等《としよりら》の宿所《しゆくしよ》を訪《と》ふに、「他《かれ》は里長許《さとをさがり》赴《おもむ》きて、いまだ還《かへ》らず。」と聞《きこ》えしかば、只得還《ぜひなくかへ》るを俟程《まつほど》に、憶《おも》ふにも似《に》ず小夜深《さよふけ》て、遂《つひ》に亥中《ゐなか》の時候《ころ》に及《およ》びて、其人《そのひと》かへり来《き》にければ、則事《すなはちこと》の便宜《びんぎ》を告《つげ》て、云云《かにかく》と相譚《かたら》ふに、夏《なつ》の夜《よ》なれば短《みじか》くて、子《ね》の時近《ときちか》くなりしかば、遽《いそがは》しく辞《ぢ》し去《さ》りつ。「明日《あす》は早天《まだき》に大和路《やまとぢ》へ、起行《たびたち》の准備《ようい》はしたれども、這頭《こゝら》に小衣《さよ》(夜)を深《ふか》ししは、

角門《くゞりもん》を開《ひら》きて柿八《かきはち》二賊《にぞく》に綁《しば》らる

鈍《おぞ》ましかりき。」と共侶《もろとも》に、呟《つぶや》きつ路次《ろじ》をいそぎて、『子二刻《ねふたつ》ならん。』と思《おも》ふ時候《ころ》、倶《とも》に孟林寺《まうりんじ》へかへり来《き》て、と見《み》れば角門《くゞりもん》は開《ひら》きてあり。『真夜半《まよなか》なるに忘《わす》れたる歟《か》。柿八《かきはち》が歳老《としおひ》かひなく、最烏滸《いとをこ》也。』と思《おも》ふのみ。鎖《とざし》せざれば敲《たゝ》くに及《およ》ばず、主僕《しゆぼく》いそしく内《うち》に入《い》るに、庖湢《くりや》の戸《と》も亦開《またひら》きてあれば、倶《とも》にこゝろ訝《いぶか》りながら、开《そ》が儘《まま》に找《すゝ》み入《い》るに、庖湢中房所化子舎《くりやなかのましよけべや》まで、灯火滅《ともしびきえ》て黒白《あやめ》を分《わか》ず。只奥《たゞおく》のかたに丁《あた》りて、耳熟《きゝな》れぬ人《ひと》の声音《こはざま》にて、罵《のゝし》るごとく聞《きこ》えしかば、いよ〳〵訝《いぶか》る四郎柒六《しらうなゝろく》、「原来強盗《さてはぬすびと》入《い》りたりけん。師父《しふ》の上心許《うへこゝろもと》なし。惴《はや》りて愆《あやまち》し給ふな。」「こゝろ得《え》たり」と囁《さゝや》きつ、囁《さゝやか》れつゝ共侶《もろとも》に袴《はかま》の稜《そば》を袺《つまはさ》み、単衣《ひとへきぬ》の袖巻返《そでまきかへ》して、刀《かたな》の瑋甘《こひくちくつろぐ》る、准備《ようい》も倶《とも》に精悍《かひ〴〵》しく、熟《なれ》ては闇《くら》きに迷《まよ》ふことなく、窃歩《ぬきあし》しつゝ二間《ふたま》の坐席《ざしき》を、過《すぎ》て声《こゑ》する奥《おく》のかた、住持《ぢゆうぢ》の便室《ゐま》に近《ちか》づきけり。

是《これ》より先《さき》に両個《ふたり》の強盗《ぬすびと》は、住持木玄《ぢゆうぢもくげん》にうち向《むか》ひて、

「やをれ坊主《ばうず》落着貌《おちつきかほ》すな。今戦国《いませんこく》の習俗《ならひ》にて、弱《よはき》は強《つよき》に征《せい》せられ、小《しよう》は大《だい》に併《あはせ》らる。この義《ぎ》に拠《より》て俺們《われ〳〵》も、人《ひと》を屠《ほふ》りて東西《もの》を略《と》る、山豪栄曜《やまだちえよう》(耀)に誇《ほこ》りしも、一向《このころ》は造化歹《しあはせわろ》くて、獲《えもの》はあらず。銭竭《ぜにつき》たれば、今宵和尚《こよひおせう》に借《から》んと思《おも》ふて、白刃《ぬきみ》で推参《すいさん》したる也。銭《ぜに》まれ金《かね》まれある涯《かぎ》り、出《いだ》して夙《はや》くいなさずや。」

と両声尖《もろこゑするど》く責嚇《せめおど》すを、木玄怕《もくげんおそ》るゝ気色《けしき》なく、念珠《ねんじゆ》を止《とゞ》めて答《こたふ》るやう、

「和郎等《わろら》偶来《たま〳〵き》ぬれども、开《そ》は見《み》る所《ところ》の錯《たが》へる也。当寺《たうじ》は素《もと》より寒院《まどしきてら》にて、檀越坊料《だんゑつばうりやう》多《おほ》からず。況今戦世《まいていまみだれよ》の在俗《ざいぞく》は、残忍不仁《ざんにんふじん》ならぬは稀《まれ》にて、塔《たふ》を供養《くやう》し、法師《はうし》に布施《ふせ》する、善男善女《ぜんなんぜんによ》あることなし。然《さ》るを何等《なにら》の余財《よざい》をもて、和主等《わぬしら》に取《とらせ》んや。」

といはせも果《はて》ず甲乙両個《これかれふたり》の、強盗《ぬすびと》は又声苛立《またこゑいらたて》て、

「唔《ほざ》きたり老狸奴《ふるたぬきめ》が、縦術《たとひすべ》よくいひ瞞《くろむ》るとも、昨日《きのふ》も今日《けふ》も俺們《われ〳〵》が、昼悄地《ひるひそか》に来《き》て覘《うかゞひ》知《しつ》たる、本堂《ほんだう》の光景《ありさま》、阿弥陀《あみだ》の箔《はく》、客殿《きやくでん》の席薦障子《たゝみしようじ》まで、手《て》の届《とゞ》きたる造作結構《ぞうさくけつこう》、敗鋏経紀《ふるかねかひ》に見《み》せたりとも、銭《ぜに》なき寺《てら》と誰《たれ》かいふべき。詩《し》も語《ご》も入《い》らず疾身《とくみ》を起《おこ》して、財庫《かねくら》へ案内《しるべ》をせよ。开《そ》を猶惑《なほまよ》ふて不《ふ》の字《じ》をいはゞ、這巨刀《このだんびら》もて引導渡《いんどうわた》さん。いかにぞや〳〵。」

と刃《やいば》を席薦《たゝみ》へ衝立衝立《つきたてつきたて》、倶《とも》に睨《にらま》へ哮《たけ》れども、木玄噪《もくげんさは》がず推禁《おしとゞ》めて、小架棚《ことだな》より拿出《とりいだ》す、袈裟筥《けさはこ》の鎖《じよう》を開《ひら》きて、円金五両《こばんごりよう》を撈出《さぐりいだ》しつ、又強盗等《またぬすびとら》にうち向《むか》ひて、

「和郎等《わろら》いかばかり譴《せむ》るとも、是《これ》より外《ほか》に金子《かね》はなし。是《これ》もてゆきね。」

と投与《なげあたふ》るを、強盗等《ぬすびとら》はよくも見《み》ず、怒《いか》れる両声又震立《もろこゑまたふりたて》て、

「這奴究《こやつきはめ》て胆太《きもふと》し。強情張《ごうじやうはつ》て時《とき》を移《うつ》して、天《よ》を明《あか》さまく欲《ほり》するとも、虚々《うか〳〵》として其術《そのて》を喫《くは》んや。今《いま》はしも饒《ゆる》しがたかり。観念《かんねん》せよ。」

と左右斉一《さゆうひとしく》、刃《やいば》を晃哩《きらり》と震抗《ふりあぐ》る、那時遅《かのときおそ》し。這時速《このときはや》し。背後《うしろ》に覘《うかゞ》ふ両少年《りやうしようねん》、四郎柒六《しらうなゝろく》両声《もろこゑ》に、「盗児等《ぬすびとまて》」と喚禁《よびとむ》れば、驚《おどろ》き見《み》かへる両個《ふたり》の強盗《ぬすびと》、敵手《あひて》には数《かず》にも足《た》らざるべき、少年《しやうねん》なるを侮《あなど》りて、鷲《わし》の兎《うさぎ》を鷙《と》る像《ごと》く、蚤《はや》く踵《きびす》を施《めぐら》して、撃《うた》んと競《きそ》ふを四郎柒六《しらうなゝろく》、相迎《あひむかへ》て物《もの》ともせず、引外《ひきはづ》しつゝ共侶《もろとも》に、抜合《ぬきあは》したる刀《かたな》の電光《いなつま》、丁々《ちよう〳〵》托《は》地《た》と殺締《きりむす》ぶ、修煉《しゆれん》の刀尖撓《きつさきたゆ》みなく、岌《かさ》より蒐《かゝ》る勢《いきほ》ひに、強盗等《ぬすびとら》は胆落《きもおち》て、受刀《うけたち》にのみ做《な》りしかば、甲乙《これかれ》ともに浅痍《あさて》を負《お》ふて、流《なが》るゝ鮮血《ちしほ》に大刀《たち》筋乱《すぢみだ》れて、竟《つひ》に怺《こら》へず引外《ひきはづ》して、逃《にげ》んとするを毫《ちつと》も透《すか》さぬ、大《たい》

喝一声《かついつせい》、両少年《りやうしようねん》が武勇《ぶよう》も対《つひ》の剽姚《はやわざ》に、二賊《にぞく》は刀《やいば》を撃落《うちおと》されて、怯《ひる》むを「得《え》たり」と主僕《しゆぼく》の手術《てのうち》、倶《とも》に刀《かたな》の背撃《みねうち》に、窮所《きうしよ》を撲地《はた》と撃《うち》しかば、二賊《にぞく》は「苦《あつ》」と叫《さけ》びも果《はて》ず、身《み》を転《ひるがへ》して仆《たふ》れけり。

当下木玄道徳《そのときもくげんどうとこ》は、憶《おもは》ず「ヤヤ」と声《こゑ》を被《かけ》て、扇子《あふぎ》を開《ひら》きて両少年《りやうしようねん》を、うち扇《あふ》ぎつゝ誉《ほめ》ていふやう、

「思《おも》ふに優《まし》たる、和殿《わとの》等の武芸剽姚《ぶげいはやわざ》、然《さ》しも猛《たけ》かる這奴《こやつ》等を、殺《ころ》さずして撃仆《うちたふ》ししは、出家人《しゆつけにん》たる俺本意《わがほんい》に、相称《あひかな》ふて最愛《いとめで》たし。然《さり》とても油断《ゆだん》すべからず。陽滅《そらしに》ならば逃《にげ》もやせん。蚤《はや》く手脚《てあし》を括《くゝ》らずや。」

と心属《こゝろつく》れば両少年《りやうしようねん》は、応《いらへ》をしつゝ左見右見《とみかうみ》て、強盗毎《ぬすびとども》が腰《こし》に夾《はさ》みし、麻索《あさなは》あるを抜拿《ぬきとり》て、甲乙《かれこれ》倶《とも》に曳起《ひきおこ》すに、二賊《にぞく》は窮所《きうしよ》を中《あて》られたれば、半死半生《はんしはんしやう》にて身《み》を動《うごか》し得《え》ず。当下《そのとき》四郎柒六《しらうなゝろく》は、軈《やが》て件《くだん》の麻索《あさなは》をもて、思《おも》ひの随《まゝ》に二賊《にぞく》を結扭《しばり》て、且檐廓《かつえんがは》なる障子《しやうじ》を開《ひら》きて、背合《そびらあはせ》に真柱《まはしら》へ、団々巻《ぐる〱まき》に縢着《からげつけ》しかば、木玄《もくげん》うち見《み》つ含笑《ほうゑみ》て、

「それでこそ安堵《おちゐ》たれ。和殿《わどの》們は何等《なにら》の故《ゆゑ》に、那里《かしこ》で小夜《さよ》を深《ふか》したる。倘一歩遅《もしひとあしおそ》かりせば、俺身《わがみ》は非業《ひごう》に命《いのち》を果《はた》さん。好造化《よきしあはせ》でありけるよ。」

といひつゝ長《なが》く肱《ひぢ》を伸《のば》して、件《くだん》の金子《かね》を掻拿《かいとり》つゝ、又袈裟筥《またけさはこ》へ蔵《をさむ》れば、四郎柒六答《しらうなゝろくこたへ》ていふやう、

「住吉《すみよし》までは遠《とほ》くもあらぬに、今《いま》まで還《かへ》らず候ひしを、訝《いぶか》り給ふは理《ことわ》り也。俺們主僕甲夜《われ〱しゆぼくよひ》の間《ま》に、故老許《としよりがり》ゆきたりしに、『水田《みづた》の樋《かけひ》を修復《しゆふく》によりて、里長許参会《さとをさがりさんくわい》あり。召《よば》れて那里《かしこ》へゆきたり。』といふに只得屋主人《ぜひなくいへあるじ》の、還《かへ》るを俟《まつ》こと二時有余《ふたときあまり》。是等《これら》の故《ゆゑ》に小夜深《さよふけ》て、所用《しよよう》を果《はた》しつ稍方僅《やゝいまがた》、かへり来《き》ぬれば不慮《ふりよ》の賊難《ぞくなん》。師父《しふ》に傷《け》損《が》のなかりしは、是切《これせめ》てもの幸《さち》ながら、所化達《しよけたち》も柿八《かきはち》も、いかに做《な》りけん心許《こゝろもと》なし。いまだ知《し》らせ給はずや。」

と問《とへ》ば木玄《もくげん》

「然《され》ばとよ。他們《かれら》が上《うへ》は洒家《われら》も得知《えし》らず。疾紙燭《とくしそく》して見《み》給はずや。」

といふに柒六《なゝろく》こゝろ得《え》て、蠟燭《らうそく》に火《ひ》を移《うつ》しつゝ、手燭《てしよく》を秉《とり》て先《さき》に立《たて》ば、杜四郎《もりしらう》も共侶《もろとも》に、刀《かたな》を引提《ひさげ》て出《いで》て見《み》る、次《つぎ》の間《ま》なる壁際《かべきは》に、結扭《しばられ》て俯《ふ》したる者《もの》あり。是則《これすなはち》柿八《かきはち》也。火光《ほかげ》を見《み》つゝ頭《かうべ》を抬《もた》げて、

「腕児《わくご》よ咱等《われら》を救《すく》ひ給へ。」

と叫《さけ》べば四郎柒六《しらうなゝろく》は、手燭《てしよく》を抗《あげ》て得《とく》と見《み》て、「無慙《むざん》や是《これ》も強盗《ぬすびと》の、所為《わざ》なるべし。」と慰《なぐさ》めて、軈《やが》て其索《そのなは》を解《とき》捨《すつ》れば、柿八《かきはち》は先腕《まづかひな》を摩《さす》り、腰《こし》を敲《たゝ》きつ膝折布《ひざをりしき》て、却強盗《さてぬすびと》に結扭《しばら》れて、只得案内《ぜひなくしるべ》に立《たて》られて、這一室《このひとま》まで来《き》ぬる程《ほど》に、果《はて》は蹴《け》られて、仆《たふ》れける、首尾《はじめをはり》を報《つげ》しかば、木玄《もくげん》も是《これ》を聞《きゝ》て、倶《とも》に所化子舎《しよけべや》にゆきて見《み》るに、両個《ふたり》の沙弥《しやみ》も死《し》に至《いた》らず。嚮《さき》に他等《かれら》は強盗《ぬすびと》に、蟵《かや》の吊緒《つりを》を斫落《きりおと》されて、剰《あまさへ》酷《いた》く踶《ふま》れしかば、一旦気絶《いつたんきぜつ》したれども、倶《とも》に窮所《きうしよ》にあらざれば、姑且《しばらく》して息出《いきいで》て、那身《かのみ》に恙《つゝが》なけれども、又只物《またたゞもの》のおそろしさに、出《いで》も得《え》やらず在《あ》りといふ、事《こと》の趣《おもむき》を告《つげ》しかば、果《はて》は四郎《しらう》も柒六《なゝろく》も、住持《ぢゆうぢ》も絶《たえ》ず腹《はら》を抱《かゝへ》て、倶《とも》に無異《ぶゐ》をぞ歓《よろこ》びける。

　尓程《さるほど》に柿八《かきはち》は、竈《くど》に蒼柴折焼《ふししばをりたき》て、茶《ちや》を煮《に》て四郎柒六《しらうなゝろく》と、木玄《もくげん》に夜饌《やぜん》を薦《すゝ》めなどす。左右《とかく》する程《ほど》に、暁天《あけがた》に做《な》りし比《ころ》、件《くだん》の両個《ふたり》の強盗《ぬすびと》は、やうやくに息出《いきいで》て、気力《きりよく》は我《われ》に復《かへり》しかども、刀瘡痛《たちきずいたみ》て堪《たへ》がたければ、倶《とも》に頭《かうべ》を低《たれ》て在《を》り。当下峯張柒六《そのときみねはりなゝろく》は、うち見《み》て「呵々《かか》」と冷笑《あざわらひ》て、

「虎狼《とらおほかみ》も檻《おり》に入《い》りては、人《ひと》に命《いのち》を乞《こは》ざる者《もの》なし。やをれ強盗毎《ぬすびとども》、其身《そのみ》に做《な》りしは積悪《せきあく》の、報《むくひ》ならんを思《おも》ひ知《し》るや。姓名出処支党《せいめいしゆつしよとうるい》まで、招了《はくでう》して死《し》に就《つか》ずや。」

成勝《なりかつ》通能《みちよし》
雙《ならび》て二賊《にぞく》
を生《いけ》拘《と》る

あくけん
与四郎
だちやうな

といはれて両個《ふたり》の強盗《ぬすびと》は、頭《かうべ》を抬《もた》げ眼《まなこ》を睜《みは》りて、

「這頑童奴《このわかしゆめ》が何《なに》をいふや。咱等《われら》は名《な》もなき山豪《やまたち》ならねど、運尽《うんつき》て乳《ち》の臭失《かうせ》ざる、若們《なんぢら》に戦《たゝか》ひ負《まけ》て、俘擒《かくとりこ》に做《な》りたりとも、招了《はくでう》すべき口《くち》は得《え》もたず。烏滸《をこ》をないひそ。」

と罵《のゝし》れば、柒六《なゝろく》怒《いかり》て扇子《あふぎ》を拿《とり》て、撻懲《うちこら》さんとて身《み》を起《おこ》すを、杜四郎《もりしらう》推禁《おしとゞ》めて、徐《しづか》に二賊《にぞく》にうち向《むか》ひて、礼《いや》正《たゞし》くして諭《さと》すやう、

「今戦国《いませんごく》の習俗《ならひ》にて、武士《ぶし》たる者《もの》も糧竭《かてつく》れば、响馬剪陘《やまたちひはぎ》に做《な》る者《もの》あり。和郎等《わろら》も亦其儔《またそのたぐひ》なるべし。しかれども法度《はつと》を犯《をか》して、悪《あく》を做《な》す者《もの》は、律令《りつりやう》のある所、刑戮《けいりく》せざることを得《え》ず。こゝをもて天《よ》も明《あけ》ば、国《くに》の守《かみ》の庁《ちやう》へ牽《ひく》べし。なれども這道場《このどうじやう》より、罪人《つみびと》を出《いだ》さん事、豈是出家《あにこれしゆつけ》の本意《ほい》ならんや。実《じつ》に已《やむ》ことを得《え》ざるのみ。非如和主等《よしやわぬしら》免《まぬか》れがたくて、頭《かうべ》を法度《はつと》に喪《うしな》ふとも、我們《われ〳〵》必《かならずし》師父《ふ》に請《こふ》て、其《その》なき迹《あと》を弔《とふら》ひ得《え》させん。姓名出《せいめいしゆつ》処《しよ》を具《つぶさ》に告《つげ》よ。」

といへば木玄《もくげん》も倶《とも》にいふやう、

「四郎《しらう》の理言《りげん》俺意《わがこゝろ》に称《かな》へり。慈悲《ぢひ》は阿弥陀《あみだ》の本願《ほんぐわん》なるに、幸《さいはひ》にして東西《もの》を略《と》られず。俺《われ》さへ沙弥《しやみ》さへ一人《ひとり》として、傷損《けが》しつる者《もの》あることなければ、この儘《まゝ》に和郎等《わろら》を饒《ゆる》して、放遣《はなちやら》まく欲《ほし》けれども、いかにせん、這義《このぎ》を守《かみ》に訴《うつたへ》ずは、後難《こうなん》も亦料《またはか》りかたかり。俺自由《わがじゆう》を得《え》ざる所《ところ》、法度《はつと》に憑《よら》ずはあるべからず。この故《ゆゑ》に是《これ》なる少《しよう》年《ねん》、大江《おほえ》杜四郎成勝《もりしらうなりかつ》がいひつる如《ごと》く、和郎等《わろら》免《まぬか》れがたくして、死刑《しけい》に其身《そのみ》を終《をは》ることあらば、俺戒名《われかいみやう》を授《さづ》け、墓碑《ぼひ》を建《たて》て、永久菩提《ながくぼだい》を修《しゆ》し得《え》させん。其名《そのな》を問《とひ》しは這所以《このゆゑ》なりき。」

と諭《さと》せば峯張柴六《みねはりなゝろく》も、悟《さと》りて膝《ひざ》を打鳴《うちな》らして、

「尓也《しかなり》々々《〳〵》。俺愆《われあやま》ちぬ。威《ゐ》をもて拷問《ごうもん》せまくしつるは、倒《なかく》に益《やく》なかりき。山《やま》の刀禰《とね》達腹《たちはら》をな立《たて》そ。慚愧《ざんぎ》《ハヂイル》々々《〳〵》。」

と慰《なぐさむ》れば、両個《ふたり》の強盗《ぬすびと》うち聞《きゝ》て、

「尓《しか》いはるれば告《つげ》ざらんや。先這索《まづこのなは》を緩《ゆる》めてよ。」

といふに柴六心得《なゝろくこゝろえ》て、巻《まき》たる索《なは》を解復《ときかへ》しつゝ、両手《もろて》を饒《ゆる》さで推居《おしすゆ》れば、一個《ひとり》の強盗陳《ぬすびとちん》じていふやう、

「現《げ》に強弓《ごうきう》も、其弦斬《そのつるきる》る時《とき》あり。最小《さいしよう》の鍼《はり》も刺《さゝ》ざることなし。俺心《わがこゝろ》を和《やはらぐ》る、両少年《りやうしようねん》の文武《ぶんぶ》才幹《さいかん》、和尚《おせう》の慈《ぢ》善《ぜん》はいよ〳〵得《え》がたし。俺們《われら》も亦人《またひと》なり。既《すで》に諭《さとし》を承《うけ》ぬれば、今《いま》さらにいはで已《やま》んや。咱等《われら》両個《ふたり》は世《よ》に知《し》られたる、鉄屑鍛冶郎《かなくそかぢらう》が支党《どうるい》にて、俺《われ》は則《すなはち》低杭駝鳥太《ひくひのだちやうた》、又是《またこれ》なるは、狸毛吹五郎《たゝげのふいごらう》と喚做《よびな》されて、去歳《こぞ》より頭《とう》領《りやう》鉄屑《かなくそ》に、相従《あひしたが》ふて周防《すはう》なる、山口鸖峯《やまくちくわふのみね》の城下《きのもと》に在《あ》り。又煉金《またれんきん》の騙《たばかり》もて、人《ひと》を揣《はか》らまく欲《ほり》ししに、其事夙《そのことはや》く発覚《あらは》れて、討隊《うつて》の士卒向《しそつむか》ひしかば、一霎時《しばし》は防《ふせ》ぎ戦《たゝか》ふものから、終《つひ》には大刀折《たちを》れ勢力竭《いきほひつき》て、頭領鉄屑《とうりやうかなくそ》は搦捕《からめと》られ、俺們《われ〳〵》両個《ふたり》は、虎口《ここう》を脱《のが》れて、便船《びんせん》を得《え》て浪速《なには》に来《き》つ、歇店《やどり》を求《もと》めて潜《しの》びて居《を》り。」

といへば吹五郎其語《ふいごらうそのご》を続《つ》ぎて、

「然《され》ば又俺頭領《またわがとうりやう》の、情熟《なじみ》の土妓《おやま》に、今様《いまやう》と喚做《よびな》すあり。他《かれ》は人《ひと》に知《し》られたる、乳守《ちもり》なる浮世《うきよ》袋屋《ふくろや》の、名妓《めいぎ》《ナアルアソビ》にてありけるに、過世《すくせ》ありてや鉄屑《かなくそ》と、相狎《あひなれ》しよりこの年来《としごろ》、暢路《かよひぢ》の数累《かずかさな》りて、相愛《あひあい》する事魚水《ぎよするゐ》の如《ごと》く、死《し》をもて誓《ちか》ふ妹伕《いもせ》にあなれば、鉄屑遂《かなくそつひ》には秘密《ひみつ》を告《つげ》て、那煉金《かのれんきん》の術《てだて》を做《な》すに、他《かれ》を媒鳥《をとり》に使《つか》ふ事あり。其折《そのをり》には

浮世袋屋《うきよふくろや》の、主人《あるじ》に多《おほ》く閨房金《あげだい》を取《と》らせて、他《かれ》が両個《ふたり》の小三板《めのわらは》まで、或《あるひ》は三月小半年《さんげつこはんねん》、相携《あひたづさへ》て他郷《たけう》に遊時《あそぶとき》、今様《いまやう》を小槌《こづち》と喚做《よびな》し、又那両個《またかのふたり》の小三板《めのわらは》を、丁児打出《ちやうじうちで》と喚做《よびな》したり。然《さ》れば去歳《こぞ》の九月《きくつき》に、頭領西《とうりやうにし》へ赴《おもむ》く折《をり》、今様《いまやう》は別《わか》れを惜《をし》みて、幾日《いくか》も放難《はなちかね》たりしを、俺們《われ〳〵》屢《しば〳〵》是《これ》を諫《いさ》めて、竟《つひ》に袂《たもと》を分《わか》ちにき。」

といへば駝鳥太又《だちやうたまた》いふやう、

「然《され》ば又咱等《またわれら》両個《ふたり》が、周防《すはう》より脱《のが》れ来《き》て、潜《しの》びて浪速《なには》に居程《をるほど》に、坐《ざ》して啖《くら》へば箱《はこ》も空《むな》しく、盤纏既《ろようすで》に竭《つき》しかば、『いかで那今様《かのいまやう》に、些《ちと》の銭《ぜに》を借《から》ん』と思《おも》ひて、予相識《かねてあひし》る君《きみ》なれば、往《いぬ》る五月《さつき》の厶《それ》の宵《よ》に、咱等《われら》浮世袋屋《うきよふくろや》へ赴《おもむ》きて、初会《しよくわい》の客《きやく》なる面色《おもゝち》しつゝ、当晩《そのよ》今様《いまやう》に逢《あ》ふことを得《え》て、小夜深《さよふ》け人定《ひとしづま》りて、却周防《さてすはう》にてありし事《こと》、鉄屑搦捕《かなくそからめと》られしかば、竟《つひ》に死刑《しけい》に処《しよ》せらるべき、那折俺身《かのをりわがみ》は、吹五郎《ふいごらう》と、倶《とも》に這地《このち》に来《き》つるよしを、遺《おち》もなく囁《さゝや》き告《つげ》て、路費《ろよう》の資助《たすけ》を乞求《こひもとむ》るに、今様《いまやう》は聞《きゝ》も得果《えはて》ず、流《なが》るゝ涙《なみだ》は泉《いづみ》の如《ごと》く、終夜泣明《よもすがらなきあか》ししかば、俺《われ》も困《こう》じて睡《ねむ》ることを得《え》ず。其明旦別《そのあけのあさわか》れに臨《のぞ》みて、今様涙《いまやうなみだ》を止《とゞ》めていふやう、『憑《たの》ませ給ふ路費《ろよう》の事は、こゝろ得《え》て侍《はべ》れども、目今《たゞいま》は整《とゝのへ》がたかり。後《のち》に 必《かならず》使《つかひ》をもて、御歇店《おんやどり》へ齎《もたら》してん。』といふに咱等《われら》は歓《よろこ》び承《うけ》て、俺《わが》隠処《かくれが》と坊名《まちのな》と、屋主《いへあるじ》の名《な》を囁《さゝや》き告《つげ》て、後便《のちのたより》を契《ちぎ》りしに、果《はた》して其日《そのひ》の曛昏《ゆふくれ》に、今様《いまやう》は約束違《やくそくたが》へず、一個《ひとり》の密使《みそかつかひ》をもて、贈来《おくりこ》しける消息《せうそこ》あり。其書筩《そのふみはこ》に斂《をさ》めたる、円金十枚《こばんとひら》と一撮《ひとつかみ》の、雲鬢《くろかみ》を裏添《つゝみそへ》てありしかば、則是《すなはちこれ》を受拿《うけと》りて、然気《さりげ》もなく使介《つかひ》を返《かへ》しつ、其後宿《そののちやど》の閑室《かんしつ》にて、吹五郎《ふいごらう》と共倶《もろとも》に、其消息《そのせうそこ》を閲《けみ》するに、其文其書《そのぶんそのしよ》の美《うるは》しげにて、俺們《われ〳〵》が知所《しるところ》ならねど、写連《かきつら》ねたる事《こと》の趣《おもむき》は、哀《かな》しからずといふことなく、『鍛冶主《かぢぬし》世を去《さ》り給ひなば、誰《たれ》を所依《よすが》に 苦 海《くるしきうみ》の、湍《せ》に猶立《なほたち》てながら《流・存命》へん。有斯《かゝ》る浮世《うきよ》にすみ染《そめ》の、あまになるべきよしもなく、果敢《はか》なかりける一葉《ひとは》の船《ふね》の、こがれ《漕・焦》〳〵て死《し》なんのみ。単残《ひとりのこ》りて世《よ》にし在《あ》らば、竟《つひ》には那秘事《かのひめこと》を、人《ひと》に知《し》られて俺身《わがみ》すら、召捕《めしと》らるゝ事あらば、恩《おん》ありて怨《うらみ》なき、親方《おやかた》までも連累《まきそひ》の、罪免《つみまぬか》れがたくやあらむずらん。給《かれ》といひ恰《これ》といひ、既《すで》に覚期《かくご》を極《きは》め侍《はべ》り。聊《いさゝか》ながら御約束《おんやくそく》の、荼蘼花《やまぶき》十枚《とひら》まゐらする。紀念料《かたみしろ》とも見《み》給ひね。又《また》この黒髪《くろかみ》は、奴《わらは》が髻結《もとゆひ》の梢《うら》に侍《はべ》り。いかで紀《き》の高野《たかの》の御山《みやま》へ、斂《をさ》め給はゞ後《のち》の世《よ》の、苦《く》を免《まぬか》るゝよしもやあらん。憑《たの》みまゐらするはこの事のみ。あなかしこ。』とありしかば、開《ひら》きて悔《くや》しき鬼百合《おにゆり》も、露《つゆ》の涙《なみだ》に堪《たへ》ざりしを、巻復《まきかへ》して二《ふた》たびは見《み》ず。只其金子《たゞそのかね》を有負人《たのもしびと》と、做《な》していよ〳〵潜《しの》びて居《を》り。」

といへば吹五郎《ふいごらうご》語を次《つぎ》て、

「しかるに其夜《そのよ》の事なるべし。『件《くだん》の小槌《こづち》の今様《いまやう》は、自刃《じがい》《ジジン》して亡《うせ》にき。』と人《ひと》の噂《うはさ》に聞《きこ》えしかば、驚《おどろ》きもしつ不便《ふびん》なれども、『那身《かのみ》既《すで》に在《あ》らず做《な》りなば、俺們両個《われ〳〵ふたり》を鉄屑《かなくそ》が、支党《どうるい》なりと知者《しるもの》なく、人《ひと》の口《くち》より洩《も》るゝことあらじ。』と思《おも》へば倒《なか〳〵》に憚《はゞか》らず、後安《うしろやす》くて日《ひ》を弥《おく》る程《ほど》に、那十金《かのじふりやう》も房賃《やどせん》と、酒肉賭博《しゆにくとばく》に使果《つかひはた》して、せん術《すべ》のなき随《まゝ》に、旧癖《きうへき》《フルキクセ》発《おこ》らざることを得《え》ず、『這孟林寺《このまうりんじ》は先住《せんぢゆう》より、倹約《けんやく》をのみ宗《むね》とすなれば、編院《こてら》なれども銭《ぜに》あり。』と人《ひと》の噂《うはさ》に聞知《きゝし》りて、熟《なれ》し今宵《こよひ》の暴挊《あらかせ》ぎ、事十二分《ことじふにぶん》なりければ、『造化精妙《しあはせよし》。』と思《おも》ひしに、鈍《おそ》や和郎等《わろら》に雌伏《しふく》せられて、復生《またいく》べくも思《おも》はねば、今《いま》はこの世《よ》の遺裹《おきみやげ》に、有《あり》し実事《まこと》を吐尽《はきつく》して、和郎等《わろら》が為《ため》に後々《のち〳〵》までの、夜話種《よはなしぐさ》に做《な》せるのみ。是《これ》にて満腹《まんふく》したらんず。」

と多弁《たべん》に誇《ほこ》る歹人《わろもの》も、慈悲《ぢひ》と礼儀《れいぎ》に勝《かつ》よしもなき、招了備《はくでうつぶさ》なりければ、四郎柒六《しらうなゝろく》の歓《よろこ》びはさら也、木玄《もくげん》も言《こと》意表《いひやう》に出《いで》て、一霎時《しばし》嗟嘆《さたん》の声《こゑ》を得《え》たゝず、聞果《きゝはて》て二賊《にぞく》に向《むか》ひて、

「聞《きく》が如《ごと》きは那今様《かのいまやう》が、鍛冶郎《かぢらう》を歹人《わろもの》と、知《し》りつゝ倶《とも》に相愛《あひあい》して、他《かれ》が哄騙《もがり》の媒鳥《をとり》にさへ、做《な》りて其悪《そのあく》を幇助《たすけ》しは、是情慾《これじやうよく》の惑《まよ》ひにて、竟《つひ》にみづから刃《やいば》に伏《ふ》ししは、他天罰《かれてんばつ》の免《のが》れぬ所《ところ》。憎《にく》むべく憐《あはれ》むべし。遮莫人《さばれひと》の懺悔《さんげ》には、五逆十悪《ごぎやくじふあく》も滅《ほろぶ》るよしあり。然《され》ば汝等《いましら》の菩提《ぼだい》はさらなり、他《かれ》が剪《きり》たる頭髻《たぶさ》の梢《うら》も、俺《われ》必《かならず》廻《ゑ》向《こう》して、蓮華王院《れんげわうゐん》へ斂《をさめ》てん。其黒髪《そのくろかみ》はいかにしたる。」

と問《とへ》ば駝鳥太《だちやうた》答《こたへ》ていふやう、

「开《そ》は辱《かたじけな》く承《うけ給は》りぬ。今様《いまやう》が贈《おく》りたる、金子《かね》こそ使《つか》ひ果《はた》したれ、其書殻《そのふみがら》と黒髪《くろかみ》を、焼却《やきすて》んはさすがにて、今《いま》も俺懐《わがふところ》なる、勒肚《どうまき》に蔵《をさ》めて在《あ》り。疑《うたがは》しくは拿出《とりいだ》して、見《み》らるゝともけしうはあらず。」

といふに歓《よろこ》ぶ四郎柒六《しらうなゝろく》、共侶《もろとも》に身《み》を起《おこ》して、駝鳥太《だちやうた》の懐《ふところ》へ、手《て》を指入《さしい》れて掻撈《かきさぐ》るに、果《はた》して勒肚《どうまき》ありければ、締《むすび》を解《と》きつゝ曳出《ひきいだ》して、見《み》れば書簡《ふみ》と黒髪《くろかみ》あり。倶《とも》に其書簡《そのふみ》を読見《よみみ》るに、今這二賊《いまこのに》《ぞく》のいふ所《ところ》、詭譎《いつはり》ならぬを知《し》るに足《た》る。既《すで》に明証《あかし》を得《え》てければ、意外《いぐわい》の怡悦《よろこび》に勝《たへ》ざりける、四郎《しらう》は二賊《にぞく》にうち向《むか》ひて、

「汝等懺悔《いましらさんげ》のこゝろもて、其《その》いふ所《ところ》照据《しやうこ》《アカシ》あり。汝両個《いましふたり》が身《み》を殺《ころ》して、罪《つみ》なき男女四名《なんによよたり》まで、死《し》を免《まぬか》るゝ由《よし》あれば、其積悪《そのせきあく》は憎《にく》むべく、言《こと》の懺悔《さんげ》は賞《しよう》すべし。聞《きゝ》もしつらん今様《いまやう》が、自殺《じさつ》の夜艾《よさり》、初会《しよくわい》の客《きやく》なる、大和《やまと》の旅客《たびゞと》、朱之介《あけのすけ》と喚做《よびな》す壮佼《わかうど》は、分説《いひわけ》建《たゝ》ず禁獄《きんごく》せられて、剰《あまさへ》『鉄屑鍛冶郎《かなくそかぢらう》の、支党《どうるい》なるべし。』と疑《うたが》はる。這故《このゆゑ》に朱之介《あけのすけ》を宿《やど》したる、十三屋《じふさんや》九四郎《くしらう》の、逆旅《たび》の留守《るす》なる、渾家《つま》と両個《ふたり》の、乾児《こぼん》さへ連累《まきぞひ》せられて、今《いま》も猶囚牢《なほひとや》に在《あ》り。」

といへば柒六《なゝろく》も倶《とも》にいふやう、

「其九四郎《そのくしらう》は俺兄《わがあに》なり。いまだ安芸《あき》より還《かへ》らねども、嫂乾児《あによめこぼん》の冤屈《むじつ》の罪《つみ》を、救《すく》ふに由《よし》なく一日《いちにち》も、安《やす》き心《こゝろ》のなかりしに、時《とき》なる哉料《かなはか》らずも、汝等両個《いましらふたり》の、照児《あかしひと》を得《え》てけるは、日属念《ひごろねん》ずる神明仏陀《しんめいぶつだ》の、霊応利益《れいおうりやく》にぞあらむずらん。陣館《ぢんやかた》へ牽《ひか》るゝ折《をり》、言《こと》を違《たが》へず招了《はくでう》するや。」

といはれて駝鳥太吹五郎《だちやうたふいごらう》は、面《おもて》を注《あは》し嘆息《たんそく》して、

「其解屍人《そのげしにん》の事《こと》はしも、風声《ふうぶん》により聞《きか》ざる事《こと》なし。『然《さ》しも冤屈《むじつ》の分説達《いひわけた》たで、皆其首《みなそのかうべ》を喪《うしな》はゞ、是俺們《これわれ〳〵》が身代《みかはり》にて、いよ〳〵後安《うしろやす》かるべし。』と思《おも》ひしは虚負《そらたのめ》にて、反《かへつ》て咱等《われら》が其男女《そのなんによ》を、救《すく》ふ奇貨《くしたから》にせらるゝは、造化《ぞうくわ》の小児《しように》の所行《わざ》なる歟《か》。天《てん》の網《あみ》こそ漏《もれ》がたけれ。不思議《ふしぎ》々々《〳〵》。」

とばかりに、呆《あき》れて又《また》いふよしもなし。当下峯張柰六《そのときみねはりなゝろく》は、今様《いまやう》の書簡《ふみ》と黒髪《くろかみ》を、分《わか》ちて鼻紙《はなかみ》に推裹《おしつゝ》みて、却《さて》木玄《もくげん》に呈閲《ていゑつ》しぬれば、木玄則其黒髪《もくげんすなはちそのくろかみ》を受拿《うけと》りて、書簡《ふみ》をば柰六《なゝろく》にかへしけり。

左右《とかく》する程《ほど》に、茂林《もり》を離《はな》るゝ鴉《からす》の声《こゑ》して、天《よ》は夙《はや》く明《あけ》しかど、杜四郎《もりしらう》も柰六《なゝろく》も、乙芸等《おつげら》を救《すく》ひ拿《と》るべき、照据《あかし》《ショウコ》の二賊《にぞく》を獲《え》てければ、今《いま》さら大和《やまと》へ起行《たびたつ》に及《およば》ず、先住吉《まづすみよし》なる、里長故老等《さとをさとしよりら》に這義《このぎ》を告《つげ》て、出訴《しゆつそ》の准備《ようい》をいそがんとて、倶《とも》に庖湢《くりや》へ退《しりぞ》けば、既《すで》にして柿八《かきはち》は、早飯《あさいひ》を炊《かし》き果《はて》て、先這両個《まづこのふたり》の少年《しようねん》に、薦《すゝ》めて出《いだ》し遣《やら》まくす。早飯果《あさいひはて》て柰六《なゝろく》は、住吉《すみよし》へ赴《おもむ》きつ、杜四郎《もりしらう》は又《また》、駝鳥太吹五郎《だちやうたふいごらう》が、招了《はくでう》の条々《おぢ〳〵》を、告文《こうぶん》に写《うつ》さんとて、料紙硯《りやうしすゞり》を携《たづさへ》て、単所化子舎《ひとりしよけへや》に在《あ》り。又住持木玄《またぢゆうぢもくげん》は、柿八《かきはち》に吩咐《いひつけ》て、大《おほ》きやかなる握飯《にぎりいひ》に、焼塩《やきしほ》を塗《まみ》らして、綁《しば》りし儘《まゝ》なる駝鳥太《だちやうた》と、吹五郎《ふいごらう》に喫《はま》せなどす。こも亦出家《またしゆつけ》の慈悲《ぢひ》なるべし。

尓程《さるほど》に、この日巳《ひみ》の比及《ころほひ》に、峯張柰六郎通能《みねはりなゝろくらうみちよし》は、住吉《すみよし》の里長故老《さとをさとしより》と、十三屋《じふさんや》の近隣《ちかきわたり》なる、里人櫛工們《さとひとくしひきら》を将《い》

て、孟林寺《まうりんじ》にかへり来《き》にければ、木玄《もくげん》則《すなはち》召入《よびい》れて、杜四郎《もりしらう》と倶《とも》に対面《たいめん》す。登時《そのとき》里長故老等《さとをさとしよりら》は、四郎柒六《しらうなゝろく》の武勇大功《ぶようたいこう》を相祝《あひしゆく》し、且乙芸等《かつおつげら》を救《すく》ふべき、告愬《こうそ》の一義《いちぎ》を商量《だんかふ》して、『陣館《ぢんやかた》へ訟人《うつたへひと》は、則《すなはち》峯張柒六《みねはりなゝろく》と、住持《ぢゆうぢ》木玄《もくげん》の名代《みやうだい》には、木訥《もくとつ》と喚做《よびな》したる、沙弥《しやみ》一名《ひとり》参《まゐ》るべし。』と定《さだ》しけり。杜四郎《もりしらう》は名家《めいか》の子《こ》なれば、功《いさを》を秘《かく》して、這隊《このむれ》に入《い》らまく欲《ほり》せず。『なれども陣館《ぢんやかた》の門前《もんぜん》まで、倶《とも》にゆくべし』とて身装《みこしらへ》す。這小松村《このこまつむら》は、住吉《すみよし》の枝邨《えだむら》なれば、那里《かしこ》の差配《さはい》に由《よ》らざることなし。這故《このゆゑ》に村正《むらをさ》を置《おか》ず。只孟林寺《たゞまうりんじ》の門前《もんぜん》なる、貧民《まどしきたみ》八九名《にん》、詣来《まゐき》て伴《とも》に立《たゝ》んといふ、商量既《だんかふすで》に果《はて》たれども、生口《いけどり》の二賊駝鳥太吹五郎《にぞくだちやうたふいごらう》は、倶《とも》に脚《あし》に刀瘡《たちきず》あれば、曳立《ひきたつ》れどもいかにせん、歩《かち》より行《ゆく》べうもあらざれば、他等《かれら》は軈《やが》て籅《はんだ》に乗《のせ》て、貧民們《まどしきたみら》に舁《かゝ》せけり。

偖而大家孟林寺《かくてみな〳〵まうりんじ》を立出《たちいで》て、酷暑《あつさ》を忍《しの》びていそぎしかば、既《すで》に未《ひつじ》《ヤツ》の時候《ころ》に至《いた》りて、三好木工頭職善《みよしむくのかみもとよし》の、陣館《ぢんやかた》へ来《き》にければ、杜四郎《もりしらう》は里人櫛工等《さとひとくしひきら》と倶《とも》に、其門前《そのもんぜん》に集合《つどひ》て居《を》り。当下峯張柒六《そのときみねはりなゝろく》は、孟林寺《まうりんじ》の沙弥木訥《しやみもくとつ》、并《ならび》に住吉《すみよし》の里長故老等《さとをさとしよりら》と倶《とも》に、告文《こうぶん》を捧《さゝ》げ衙下《やくしよ》に参《まゐ》りて、

「住吉《すみよし》なる櫛賈《くしあきひと》、十三屋九四郎《じふさんやくしらう》の弟《おとゝ》、峯張柒六等《みねはりなゝろくら》、同宿《どうしゆく》して小松《こまつ》の孟林寺《まうりんじ》に在《あ》り。昨宵件《よんべくだん》の寺《てら》に推入《おしい》りたる、両個《ふたり》の強盗《ぬすびと》は、鉄屑鍛冶郎《かなくそかぢらう》が残党《ざんたう》にて、低杭駝鳥太《ひくひのだちやうた》、狸毛吹五郎《たゝげのふいごらう》と喚做《よびな》す者《もの》なりしを、搦捕《からめと》りて候へば、牽《ひき》もて参上《まゐのぼ》り候。」

と聞《きこ》え上《あげ》て、則告文一通《すなはちこうぶんいつつう》と、照据《しようこ》の書簡《ふみ》を呈閲《ていゑつ》ししかば、家臣悳島皆人頼紀《かしんとくしまみなとよりとし》、其二書《そのふたふみ》を受拿《うけと》りつ、生口《いけどり》の二賊《にぞく》と柒六里長等《なゝろくさとをさら》を、庁《ちやう》の局《つぼ》の内《うち》へ召入《よびい》れて、伙兵《くみこ》四五名《にん》をもて守《まも》らせけり。

尓程《さるほど》に三好木工頭職善《みよしむくのかみもとよし》は、曩《さき》に禁獄《きんごく》したりける、大和《やまと》の旅客朱之介《たびゞとあけのすけ》、及連坐《またれんざ》の罪人《つみひと》九四郎《くしらう》が妻乙芸《つまおつげ》、乾児《こぼん》

六市四《ろくいちし》捴等《そうら》の、疑獄《ぎごく》の虚実《きよじつ》を定難《さだめかね》て、屢《しば〳〵》朱之介等《あけのすけら》を、囚牢《ひとや》より牽出《ひきいだ》させて、拷問《ごうもん》の笞《しもと》を緊《きび》しくしたれども、朱之介等《あけのすけら》は、素《もと》より知《し》らぬことなれば、皆只冤屈《みなたゞむじつ》を叫《さけ》ぶのみ、倶《とも》に承伏《しようふく》せざりしかば、職善《もとよし》いよ〳〵思惑《おもひまよ》ひて、竟《つひ》に本月《このつき》の初旬《はじめ》に至《いた》りて、両個《ふたり》の間諜児《しのびのもの》をもて、大和《やまと》の上市《かみいち》へ遣《つかは》しつ、朱之介《あけのすけ》は那郷《かのさと》なる、落葉《おちば》が女婿《むこ》歟《か》、非耶《あらざるか》、且他《かつかれ》が年来《としごろ》の、行状《おこなひざま》と、落葉《おちば》が心術《こゝろざま》の好歹《よしあし》を、那里人《かのさとひと》に因《よ》りて揆《さぐ》らせしに、其間諜児《そのしのびのもの》かへり来《き》て、聞《きゝ》つる随《まゝ》に告《つげ》しかば、朱之介《あけのすけ》が上市《かみいち》にて、放蕩無頼《はうとうぶらい》の事《こと》の趣《おもむき》、且他《かつかれ》は前《さき》にも罪《つみ》ありて、国《くに》の守《かみ》に召捕《めしとら》れしを、落葉《おちば》が救《すく》ひし事《こと》の顚末《もとすゑ》、且這春《かつこのはる》に至《いた》りて、落葉《おちば》は朱之介《あけのすけ》の為《ため》に、沙金《さきん》と唐布《たうもめん》を買《かは》せんとて、他《かれ》に金子《かね》を多《おほ》く齎《もた》して、京《きやう》へ遣《つかは》したりといふ、其崖略《そのあらまし》を知《し》られしかば、職善疑《もとよしうたが》ひ半分解《なかばとけ》て、肚裏《はらのうち》に思《おも》ふやう、

『然《さ》らば那百《かのひやく》九十余《よ》金《きん》は、落葉《おちば》とやらンが朱之介《あけのすけ》に、東西《もの》を買《かは》せん為《ため》なれば、是不良《これふりやう》の財《たから》にあらず。遮莫《さばれ》朱之介《あけのすけ》は、今様《いまやう》を殺《ころ》したる、罪《つみ》を償《あがな》ふ所《ところ》なし。矧又舌兪《いはんやまたくわつゆ》の鉄屑《かなくそ》が、支党《どうるい》ならずといふ、照据《あかし》なければ其罪《そのつみ》の、軽重《けいぢゆう》いまだ定《さだ》むべからず。但九四郎《たゞくしらう》の還《かへ》るを俟《まち》て、敲《たゝ》かば知《し》るよしあるべし。』

と更《さら》に尋思《しあん》をしたりしかば、是《これ》より呵責《かしやく》の杖《しもと》を禁《とゞ》めて、朱之介《あけのすけ》を牽出《ひきいだ》させず。就中乙芸等《なかんづくおつげら》を、獄卒毎《ごくそつども》に勦《いたは》らせて、摸稜《もりよう》の手段《しゆだん》に効《なら》ふのみ。

其次《そのつぎ》の日《ひ》、船積城蔵《ふなつみしろぞう》を召《めし》よするに、城蔵《しろぞう》は是《これ》より先《さき》に、屢《しば〳〵》陣館《ぢんやかた》へ召《め》されしかども、猶疾病《なほいたつき》に推托《かこつ》けて在《あ》りしに、今《いま》は辞《いろ》ふに詞《ことば》なく、驪《やが》て鼠七《ねずしち》と倶《とも》に参《まゐ》りしかば、職善《もとよし》則《すなはち》朱之介《あけのすけ》がいふ所《ところ》をもて、他《かれ》と旧縁《きうえん》の虚実《きよじつ》を問《と》ふに、城蔵《しろぞう》は連累《まきぞひ》の、罪《つみ》を怕《おそ》れて具《つぶさ》に答《こた》へず。但云《たゞいふ》、

「曩《さき》にも鼠七《ねずしち》が稟上《まうしあげ》し如《ごと》く、那朱之介《かのあけのすけ》は、当春売買《このはるあきなひ》の事《こと》により、賤父《わがちゝ》荷《に》三太《さうだ》の店鋪《みせたな》に来《き》つ、折《をり》から入船《いりふね》を俟《まつ》

よしありて、姑且止宿《しばらくししゆく》しぬるのみ。其折《そのをり》まで小人《やつがれ》は、他《かれ》と相識《しるひと》に候はず。況《まいて》小人《やつがれ》の兄《あに》、桟太郎《さんたらう》の妻《つま》黄金《こがね》と、旧縁《きうえん》あるべくも候はず。黄金《こがね》の故郷《こけう》は近江《あふみ》にて、荷三太《にさうだ》が親族《しんぞく》の、独女《ひとりむすめ》で候ひしを、迎拿《むかへと》りたる新婦《よめ》なれば、いかにして朱之介《あけのすけ》と、旧縁《きうえん》の候はん。皆是他《みなこれかれ》が陳《ちん》ずる所《ところ》、佯誑《いつはり》にこそ候はめ。」

と弁《べん》に儘《まか》して稟《まう》ししかば、職善《もとよし》聞《きゝ》つゝ点頭《うなづ》きて、

「さぞあらんさぞあらん。曩《さき》に鼠七《ねずしち》が、答稟《こたへまう》ししと相同《あひおな》じ。然《さ》ては你等《なんぢら》に所要《しよえう》なし。重《かさ》ねて参《まゐ》るに及《およば》ず」

とて、鼠七《ねずしち》と共侶《もろとも》に、身《み》の暇《いとま》を取《とら》せけり。

恁而二三日《かくてふつかみか》を経《へ》ぬる程《ほど》に、

「是日《このひ》孟林寺《まうりんじ》に同宿《どうしゆく》の一少年《いつしようねん》、峯張柒六郎通能《みねはりなゝろくらうみちよし》と喚做《よびな》す者《もの》、昨宵《よんべ》鉄屑鍛冶郎《かなくそかぢらう》が支党《どうるい》なる、二賊《にぞく》を搦獲《からめえ》たりとて、孟林寺《まうりんじ》の沙弥《しやみ》、住吉《すみよし》の里長《さとをさ》と倶《とも》に、件《くだん》の二賊《にぞく》を牽《ひき》もて来《き》て、訴《うつたへ》まつる」

と聞《きこ》えしかば、職善《もとよし》則《すなはち》有司《ゆうし》を従《したが》へて、正庁《まんどころ》に着坐《ちやくざ》しぬる程《ほど》に、悳島頼紀《とくしまよりとし》承《うけ給は》りて、先《まづ》伙兵《くみこ》をもて、罪人《つみひと》末《すゑ》朱之介《あけのすけ》と、乙芸《おつげ》六市《ろくいち》四摠《しさうら》等を、囚牢《ひとや》より召出《めしいだ》させて、並《なべ》て局《つぼ》の内《うち》に在《あ》り。頼紀《よりとし》則《すなはち》、孟林寺《まうりんじ》の住持木玄《ぢゆうぢもくげん》と、峯張柒六《みねはりなゝろく》等《ら》が、連署《れんしよ》の告愬状《うつたへふみ》をうち開《ひら》きて、声朗《こゑほがらか》に読《よ》むこと一遍《いつへん》、職善是《もとよしこれ》を聞果《きゝはつ》る時《とき》、頼紀又今様《よりとしまたいまやう》が、遺墨《かきおき》也といふ、一通《いつつう》を呈閲《ていゑつ》す。職善《もとよし》みづから是《これ》を読見《よみみ》て、先住吉《まづすみよし》の里長《さとをさ》を、檐廓《えんがは》の下《もと》に召《よび》よせて問《と》ふやう、

「今告愬状《いまうつたへふみ》に由《よ》るに、武功《ぶこう》の少年峯張柒六《しようねんみねはりなゝろく》は、十三屋九四郎《じふさんやくしらう》の、弟《おとゝ》なるよし聞《きこ》えたり。遮莫俺《さばれわれ》いまだ九四《くし》郎《らう》に、弟《おとゝ》あることを聞知《きゝし》らず。あらば何《な》どて始《はじめ》より、聞《きこ》え上《あげ》ざるや。」

と詰《なじ》りけり。因《より》て里長答《さとをさこたふ》るよしあり。

這段《このだん》は尚長《なほなが》やかなれば、又《また》この次《つぎ》の回《めぐり》にこそ。

新局玉石童子訓巻之二上冊終

新局《しんきよく》玉石童子訓《ぎよくせきどうじくん》巻之《まきの》二下冊

第《だい》三十四回《くわい》　賞罰《しやうばつ》路《みち》を異《こと》にして乙芸《おつげい》家《いへ》に還《かへ》る　九四郎《くしらう》五金《ごきん》を晴賢《はるかた》に齎《もたら》す

登時《そのとき》住吉《すみよし》の里長《さとをさ》は、峯張《みねはり》柒六《なゝろく》の上云云《うへしかぐ〴〵》と、職善《もとよし》に詰問《なじりとは》れて、則《すなはち》答稟《こたへまう》すやう、

「御諚《ごぢやう》では候へども、柒六《なゝろく》は幼稚《をさなき》より、孟林寺《まうりんじ》に扈従《こしやう》して、兄《あに》九四郎《くしらう》と同居《どうきよ》せず、小松人《こまつひと》で候へば、稟上《まうしあげ》ず候ひき。」

といふを職善《もとよし》うち聞《きゝ》て、

「現《げに》柒六《なゝろく》は少年《しやうねん》なれども、武芸《ぶげい》の本事《てなみ》あればこそ、両個《ふたり》の夜盗《よたう》を擒捕《からめとり》けめ。やをれ柒六《なゝろく》。伱《なんぢ》は実《じつ》に身単《みひとつ》にて、這両賊《このりやうぞく》を生拘《いけとり》たる歟《か》。」

と問《と》へば柒六《なゝろく》答《こたへ》ていふやう、

「然《さ》ン候。小人《やつがれ》が親《おや》、峯張九四蔵《みねはりくしぞう》は、兵法武芸《へいはうぶげい》を人《ひと》に教《をしえ》て、名《な》を知《し》られたる者《もの》也しかば、小人《やつがれ》も其大刀筋《そのたちすぢ》を、聊《いさゝか》学得《まなびえ》たれども、実《じつ》に昨宵《よんべ》の挊《はたら》きは、助剣《すけたち》の者《もの》ありて、俺身《わがみ》の武功《ぶこう》に做《な》り候ひき。」

といふに職善《もとよし》点頭《うなづき》て、件《くだん》の二賊《にぞく》を執索児《なはとり》に、牽《ひき》よせさせて佶《きつ》と見《み》て、

「やをれ駝鳥太吹五郎《だちやうたふいごらう》。若們《なんぢら》が出処来歴《しゆつしよらいれき》、且今様《かついまやう》が自殺《じさつ》の事、都《すべ》て孟林寺《まうりんじ》の住持木玄《ぢゆうぢもくげん》と、峯張柒六《みねはりなゝろく》が告愬状《うつたへぶみ》

に、具《つぶさ》に載《のせ》たる条々《おぢ〳〵》と、相違《さうゐ》あらぬ歟《か》甚麼《いかに》ぞや。」

と問《とは》れて二賊《にぞく》は些《ちつと》も疑議《ぎぎ》せず、言語《ことば》斉一《ひとしく》答《こたふ》るやう、

「然《さ》ン候。俺們《われ〳〵》が、命運《めいうん》の尽《つく》る処《ところ》、這少年等《このしようねんら》に戦《たゝかひ》負《まけ》て、倶《とも》に痛痍《いたて》を負《おひ》しより、生捕《いけとら》れて候へば、何事《なにこと》をか隠《かく》すべき。告愬状《うつたへふみ》に載《のせ》られたる、首伏《はくでふ》の事《こと》の趣《おもむき》、些《ちつと》も相違《さうゐ》候はず。」

といふに職善《もとよし》は今様《いまやう》の、書簡《ふみ》をやをら拿抗《とりあげ》て、

「尓《しか》らんにはこの書簡《ふみ》は、今様《いまやう》が自筆《じひつ》にて、終焉《をはり》に莅《のぞみ》て若們《なんぢら》に、贈《おくり》しは是実《これじつ》なる歟《か》。」

と問《とふ》を二賊《にぞく》は聞《きゝ》あへず、

「开《そ》は御尋《おんたづね》までもなし。告愬状《うつたへふみ》に明白《めいはく》ならめ。」

といふに職善《もとよし》又問《またとふ》やう、

「然《さ》らば這朱之介《このあけのすけ》と、十三屋九四郎等《じふさんやくしらうら》は、若們《なんぢら》と相識《あひし》らず、素《もと》より鉄屑鍛冶郎《かなくそかぢらう》の、支党《どうるい》にはあらざるや。」

と問《と》ふを二賊《にぞく》は聞《きゝ》あへず、

「开《そ》は勿論《もちろん》にこそ候へ。他等《かれら》は何《な》でふ支党《どうるい》なるべき。疑《うたがは》れしは這人々《このひと〳〵》の、不幸《ふかう》にこそ候はめ。」

といふに職善嗟歎《もとよしさたん》して、

「尓《しか》らば実《じつ》に今様《いまやう》が、横死《わうし》は則《すなはち》自殺《じさつ》にて、朱之介《あけのすけ》が所為《わざ》ならず。又九四郎《またくしらう》に罪《つみ》なき上《うへ》は、乙芸六市四摠等《おつげろくいちしさうら》は、赦《ゆる》して放《はな》ち返《かへ》すべき者《もの》也。然《さり》けれども、只這二賊《たゞこのにぞく》の片言《かたくち》をもて、事忽焉《ことゆるかせ》にすべからず。明日《あす》又暖簾次等《またのれんじら》を召《めし》よせて、相質《あひたゞ》して違《たがは》ずは、実《じつ》に疑《うたがひ》を解《とく》に足《た》るべし。柰六木訥等《なゝろくもくとつら》は、這旨《このむね》を得《え》て、明日《あす》又当庁《またたうちやう》へ参《まゐ》るべし。

駄鳥太《だちやうた》吹五《ふいご》二《に》賊《ぞく》はさら也、朱之介《あけのすけ》乙芸《おつげ》、六市《ろくいち》四摠《しさうら》等も、這儘《このまゝ》獄舎《ひとや》へ返《かへ》すべし。住吉《すみよし》の里長故老《さとをさとしより》等も、都《すべ》て這《この》意《い》を得《え》よかし。」

と最厳《いとおごそか》に宣示《のりしめ》して、是日《このひ》の庁《ちやう》は果《はて》にけり。

却説其詰朝《かくてそのあけのあさ》、峯張柒六沙弥木訥《みねはりなゝろくしやみもくとつら》等は、住吉《すみよし》の里長故老《さとをさとしよりら》等と倶《とも》に、又浪速《またなには》の陣館《ぢんやかた》へ来《き》ぬる程《ほど》に、浮世《うきよ》袋屋《ふくろや》暖《の》簾次《れんじ》も、当庁《たうちやう》へ召《めし》よせられて、今様《いまやう》に使《つかは》せたる両個《ふたり》の小三板《めのわらは》、早歌調子《はやうたしらべ》と喚做《よびな》して、今茲《ことし》は倶《とも》に十二三歳《さい》なるを相倶《あひぐ》しつ、乳《ち》守《もり》の里長故老《さとをさとしより》まで、既《すで》に局《つぼ》の内《うち》に在《あ》り。当下悳島皆人《そのときとくしまみなと》頼紀《よりとし》承《うけ給は》りて、両個《ふたり》の強人《ぬすびと》、低杭《ひくひの》駝《だ》鳥太《ちやうた》、狸毛吹五郎《たゝけのふいごらう》、并《ならび》に末朱之介晴賢《すゑあけのすけはるかた》、十三屋九四郎《じふさんやくしらう》の老婆《にようばう》乙芸《おつげ》、乾児《こぼんろくいちし》六市四摠《さうら》等を、囚牢《ひとや》より牽出《ひきいだ》させて、執索児《なはとりら》等うち守《まも》りて居《を》り。既《すで》にして、三好《みよし》木工頭《むくのかみ》職善《もとよし》は、出《いで》て公案《おしまつき》《コウアン》の上《ほとり》に着坐《ちやくざ》しつ、召人《めしひとら》等は皆《みな》、檐廓《えんがは》の下《もと》に召《めし》よせられて、膝行頓首《しつこうとんしゆ》せざるはなし。職善《もとよし》列々《つらく》是《これ》を見《み》て、先《まづ》暖簾次《のれんじ》に問《とひ》けるやう、

「你《なんぢ》は這駝鳥太《このだちやうた》と吹五郎《ふいごらう》を、認《みし》りてぞあらんずらん。」

といはれて暖簾次《のれんじ》頭《かうべ》を抬《もた》げて、見《み》つゝ驚《おどろ》く色《いろ》もなく、

「否《いな》。小人《やつがれ》は、この者毎《ものども》を、毫《ちつと》も認《みし》り候はず。」

といふに又職善《またもとよし》は、今様《いまやう》の書簡《ふみ》を拿出《とうで》て、悳島皆人《とくしまみなと》に執接《とりつが》せて、是《これ》を暖簾次《のれんじ》に見《み》せていふやう、

「暖簾次《のれんじ》其書簡《そのふみ》は、今様《いまやう》が、自筆《じひつ》なるや。非《あらず》や。」

と問《とは》れて暖簾次《のれんじ》訝《いぶか》りながら、承戴《うけいたゞ》きつゝうち開《ひら》きて、読見《よみみ》て愕然《がくねん》と驚《おどろ》きて、

「寔《まこと》に是《これ》は仰《おほせ》の如《ごと》く、小人《やつがれ》が認《みし》りたる、今様《いまやう》の手迹《しゆせき》にて、紛《まが》ふべくも候はず。」

といへば職善冷笑《もとよしあざわらひ》て、

「尓《しか》らば是今様《これいまやう》が、横死《わうし》は則《すなはち》自殺《じさつ》にて、朱之介《あけのすけ》の所為《わざ》ならず。知《しら》ずや其首《そこ》に牽《ひか》せし駝鳥太吹五郎《だちやうたふいごらう》は、有験《うげん》観主舌兪道人《くわんしゆくわつゆどうじん》、鉄屑鍛冶郎《かなくそかじらう》が支党《どうるい》也。你《なんぢ》は他等《かれら》を知《しら》ずといへども、曩《さき》に你《なんぢ》か鉄屑鍛冶郎《かなくそかぢらう》に、娼妓今様《あそびいまやう》を貸《かし》て、他郷《たけう》へ遣《つかは》し し時《とき》、随即今様《すなはちいまやう》をもて、他《かれ》が哄騙《もがり》の媒鳥《をとり》にせしといふ、駝鳥太吹五郎《だちやうたふいごらう》が招了《はくでふ》にて、事既《ことすで》に発覚《あらはれ》たり。有恁《かか》れば、你《なんぢ》も鍛冶郎《かぢらう》の、支党《どうるい》なること分明《ふんみやう》也。素《もと》より覚期《かくご》の上《うへ》なるべし。」

といはれて暖簾次《のれんじ》駭《おどろき》怕《おそ》れて、うち戦慄《わなゝき》つゝ陳《ちん》ずるやう、

「御諚《ごじよう》では候へども、小人《やつがれ》何でふ那客《かのきやく》の、歹人《わろもの》なりしを知《し》り候はん。乳守《ちもり》の里《さと》の恒例《ごうれい》にて、身品宜《みぼんよろし》き熟人《なじみ》の客《きやく》には、所望《しよまう》によりて娼妓《あそび》を貸《かし》て、遊《ゆ》山《さん》に従《したがは》すること間是《まゝこれ》あり。今《いま》より四五稔前《よとせいつとせさき》つ比《ころ》、洛北嵒倉《らくほくいはくら》の辺《ほとり》より、今様許暢来《いまやうがりかよひき》ぬる客《きやく》ありて、銭《ぜに》を使《つか》ふこと大《おほ》かたならず。約莫一稔許《およそひとゝせばかり》を経《へ》て、今様《いまやう》を将《い》て筑摩《ちくま》なる、温泉《いでゆ》にゆかんといはれしかば、其間《そのあはひ》なる身価《みのしろ》は思《おも》ひの随《まゝ》に受拿《うけとり》て、貸遣《かしつかは》し候ひき。今稍思合《いまやゝおもひあは》すれば、件《くだん》の客《きやく》は歹人《わろもの》の、鉄屑鍛冶郎《かなくそかぢらう》とやらンなりし歟《か》。然《さ》りとは知《し》らで疎忽《そこつ》の至《いた》り。今《いま》さら後悔仕《こうくわいつかまつ》りぬ。」

といはせも果《はて》ず職善《もとよし》は、眼《まなこ》を瞪《いか》らし声苛立《こゑいらたて》て、

「里《さと》の恒例《ごうれい》なればとて、筑摩《ちくま》の温泉《いでゆ》は信濃《しなの》にて、其路近《そのみちちか》きにあらざるに、今様《いまやう》を貸遣《かしつかは》す折《をり》、僅《わづか》に両個《ふたり》の小三板《めのわらは》をのみ、随従《したがは》せしは甚麼《いかに》ぞや。最烏滸《いとをこ》也。」

と叱《しか》り懲《こら》しつ、暖簾次《のれんじ》が俱《ぐ》したりける、又那両個《またかのふたり》の小三板《めのわらは》、早歌調子《はやうたしらべ》を召《よび》よせて、詞《ことば》を和《やはら》げて諮《たづぬ》るやう、

「曩《さき》に若們《なんぢら》は、今様《いまやう》と共侶《もろとも》に、鍛冶郎《かぢらう》に俱《ぐ》せられて、筑摩《ちくま》の温泉《いでゆ》にゆきし時《とき》、他《かれ》が煉金《れんきん》の計較《もくろみ》を、必《かならずみ》見も

聞《きゝ》もしつらん。慝《つゝま》ず告《つげ》よ。いかにぞや。」

と屢《しば》〳〵問《とは》れて早歌調子《はやうたしらべ》は、おそる〳〵答《こたふ》るやう、

「否《いな》。筑摩《ちくま》とやらンへゆきし比《ころ》は、奴毎《わらはども》は年《とし》九《こゝの》歟《つか》、十《とを》ばかりにてありしかば、何事《なにこと》も記臆《おぼえ》(憶)侍《はべ》らず。況《まいて》怪《あや》しと思《おも》ひしことは、聊《いさゝか》もあらざりき。一霎《しば》時名《しな》をのみ更《かへ》られて、打出《うちで》丁児《ちようじ》と喚《よば》れしのみ。この余《よ》の事は知《し》らず侍《はべ》り。」

といふよしさへに取捨《しどろ》にて、佯誑《いつはり》ならず聞《きこ》えしかば、職善《もとよし》は亦是《またこれ》を詰《なじ》らず、駝鳥太《だちやうた》等《ら》にうち向《むか》ひて、

「若們《なんぢら》はこの年来《としごろ》、鍛冶郎《かぢらう》が腹心《ふくしん》にて、機密《きみつ》は都《すべ》て知《しり》つらん。暖簾次《のれんじ》は始《はじめ》より、『鍛冶郎《かぢらう》を騙賊《もがり》也。』と知《し》りつゝ他《かれ》に相譚《かたらは》れて、其利《そのり》の為《ため》に今様《いまやう》を、貸《かし》て他郷《たけう》へ遣《つかは》せし歟《か》。」

と問《と》ふを二《に》賊《ぞく》は聞《きゝ》あへず、

「そは言新《ことあたら》しくこそ候へ。今様《いまやう》こそ鍛冶郎《かぢらう》と、死《し》をもて誓《ちかひ》し中《なか》なれば、竟《つひ》に機密《きみつ》を囁《さゝや》き示《しめ》して、哄騙《もがり》の囮児《をとり》に使《つか》ひしのみ。暖簾次《のれんじ》なンどがいかにして、知《し》る事に候べき。鍛冶郎《かぢらう》は始《はじめ》より、支党《どうるい》の多《おほ》きを嫌《きら》へり。這故《このゆゑ》に年許多《としあまた》、他《かれ》が行《おこな》ひし騙術《もがりのてたて》の、洩《も》るゝことあらざりき。幵《そ》を這浮世《このうきよ》袋屋《ふくろや》さへ、罪《つみ》せられんは無益《むやく》にこそ。」

といふを職善《もとよし》うち聞《きゝ》て、

「暖簾次《のれんじ》は鍛冶郎《かぢらう》が、支党《どうるい》にあらずとも、他今様《かれいまやう》を従《したが》はせて、其囮児《そのをとり》に做《なし》たるを知《しら》ざりしは、数日《すじつ》の閨房銭《あげだい》多《おほ》かるを、利《り》としぬる罪《つみ》、免《まぬか》るべからず。兵毎《ものどもこ》這奴《やつ》を綁《いまし》めて、駝鳥太《だちやうた》吹五郎《ふいごらう》と共侶《もろとも》に、夙《はや》く獄舎《ひとや》に繋《つなが》ずや。」

と烈《はげし》き下知《げぢ》に伙兵《くみこら》等は、応《いらへ》も果《はて》ず衝《つ》と寄《よせ》て、駭怕《おどろきおそ》るゝ暖簾次《のれんじ》の、両手《もろて》を背《そびら》へ捩抗々々《ねぢあげ〳〵》、緊《きび》しく、索《なは》を被《かけ》にけ

り。当下《そのとき》職善《もとよし》又《また》いふやう、

「駝鳥太《だちやうた》吹五郎《ふいごらう》暖簾次《のれんじ》等《ら》は、猶拷問《なほごうもん》の義《よし》あれば、开《そ》が儘獄舎《まゝひとや》へ遣《つかは》すべし。又早歌調子《またはやうたしらべ》等《ら》も、今様《いまやう》に相似《あひに》たる、其罪《そのつみ》なきにあらねども、年尚《としなほ》十五未満《みまん》にて、且今様《かついまやう》に従《したが》ふて、鍛冶郎《かじらう》に倶《ぐ》せられし、其比《そのころ》は猶幼小《なほえうしよう》にて、善《ぜん》悪邪正《あくじやしよう》を知《し》らずといへば、他等《かれら》は格別《かくべつ》の義《ぎ》を以《もつて》、里長等《さとをさら》に預置《あづけおき》てん。乳守《ちもり》の里長故老《さとをさとしより》毎《ども》、皆這旨《みなこのむね》を得《え》よかし。」

といひ渡《わた》されて「阿《あ》」とばかりに、答口訥《こたへくごも》る乳守《ちもり》の衆人《もろひと》、怕惑《おそれまど》ひつ早歌《はやうた》と、調子《しらべ》を倶《ぐ》して外面《とのかた》へ、出《いで》て承《うけ》書一通《ふみいつつう》を、猛可《にはか》に物《もの》して呈《てい》すれば、身《み》の暇《いとま》を賜《たまは》りつ、早歌調子《はやうたしらべ》を伴《ともな》ふて、乳守《ちもり》へ還《かへ》りゆく程《ほど》に、吹五《ふいご》駝鳥太《だちやうた》暖簾次《のれんじ》は、執索郎《なはとりひと》に牽立《ひきたて》られて、囚牢《ひとや》を投《さし》て退《まか》りけり。

登時沙弥《そのときしやみ》木訥《もくとつ》と、峯張柒六《みねはりなゝろく》は、悳島皆人《とくしまみなと》承《うけ給は》りて、喚登《よびのぼ》されて檐廊《えんがは》に在《あ》り。他《かれ》は九四郎《くしらう》の弟《おとゝ》なれども、孟《まう》林寺《りんじ》に扈従《こしよう》せる、寺院《てら》侍《さむらひ》なればなり。又乙芸《またおつげ》六市《ろくいち》、四揔朱之介《しさうあけのすけ》は、一個《ひとり》々々《く》に喚《よび》よせられて、並《なべ》て檐廊《えんがは》の下《もと》に在《あ》り。开《そ》が中《なか》に、乙芸六市四揔三名《おつげろくいちしさうみたり》は、既《すで》に紲縛《いましめ》の索《なは》を解饒《ときゆる》されて、倶《とも》に頭《かうべ》を低《たれ》て居《を》り。職善先柒六《もとよしまづなゝろく》にうち向《むか》ひて、

「峯張柒六《みねはりなゝろく》、尚少年《なほしようねん》の小腕《こうで》をもて、二賊《にぞく》を搦捕《からめと》りし事《こと》、助剣《すけたち》の者《もの》ありといへども、其掙《そのはたら》きの故《ゆゑ》をもて、料《はから》ずも疑獄《ぎごく》を解《と》くこと、其功《そのいさを》賞《しよう》すべし。恁《かゝ》れば那身《かのみ》に所要《しよえう》なし。木訥《もくとつ》も這旨《このむね》を得《え》て、倶《とも》に帰寺《きじ》して木玄《もくげん》に、這《この》義《ぎ》を具《つぶさ》に伝《つた》ふべし。又乙芸《またおつげ》六市四揔《ろくいちしさう》は、二賊《にぞく》吹五郎《ふいごらう》駝鳥太《だちやうた》の、招了《はくでふ》により実《じつ》を得《え》たれば、九四郎《くしらう》は鉄屑《かなくそ》が、支党《どうるい》ならぬ事分明《ふんみやう》也。九四郎既《くしらうすで》に罪《つみ》なき上《うへ》は、若們男女三個《なんぢらなんによみたり》の者《もの》を、権且《しばらく》も留置《とゞめお》くべからず。こゝをもて

放免《はうめん》す。住吉《すみよし》なる里長《さとをさ》故老《としより》等《ら》も、共侶《もろとも》に這意《このい》を得《え》て、九四郎《くしらう》が安芸《あき》より還《かへ》るとも、倶《ぐ》して当庁《たうちやう》へ参《まゐ》るに及《およ》ばず。只《ただ》這旨《このむね》を告知《つげしら》しね。独《ひとり》朱之介《あけのすけ》は同《おな》じからず。他《かれ》も亦幸《またさいはひ》に、罪解《つみげ》屍人《しにん》を免《まぬか》れたれども、俺《われ》いぬる日《ひ》間諜児《しのびのもの》をもて、大和《やまと》の上市《かみいち》へ遣《つかは》して、他《かれ》が那里《かしこ》に在《あり》し日《ひ》の行状《おこなひざま》と、二百金《にひやくきん》の盤纏《ろよう》の事まで、那里人《かのさとひと》に縁《より》て撈《さぐ》らせしに、朱之介《あけのすけ》は東国《あづま》なる、一諸侯《いつしよこう》の愛臣《あいしん》にて、主君《しゆくん》に使《つかひ》を奉《うけ給は》り、大和路《やまとぢ》へ来《き》て逗留《とうりう》の程《ほど》、故《ゆゑ》ありて上市《かみいち》なる、落葉《おちば》が女婿《むこ》に做《な》るものから、那身《かのみ》は放蕩無頼《はうとうぶらい》にて、主君《しゆくん》より預《あづかり》来《き》ぬる、沙金《さきん》三百両《さんびやくりやう》と白布幾百反《しろぬのいくひやくたん》を、賭博《とばく》の為《ため》に喪《うしな》ひつ、贋《あまさへ》同郷《おなじさと》なる破落戸《いたづらもの》、安保甲某《あほなにがし》に謀《はか》られて、奸淫《かんいん》の罪脱《つみのが》るゝ路《みち》なく、国守《くにのかみ》に召捕《めしと》られしを、落葉《おちば》が辛《から》く救《すく》ひ得《え》て、又那家《またかのいへ》に養《やしな》ひつ、教訓数《きやうくんす》日詞《じつことば》を尽《つく》して、嚮《さき》に他《かれ》が喪《うしな》ひたる、沙金《さきん》と唐布《たうもめん》を買《かは》せんとて、金二百両《かねにひやくりやう》を齎《もたら》して、京師《みやこ》へ遣《つかは》したりといふ、其事正可《そのことまさか》に知《しら》れたり。但這旧悪《たゞこのきうあく》のみならず、他《かれ》は浮宝《うきたか》屋《らや》に止宿《ししゆく》の程《ほど》、做《な》せる悪事《あくじ》のある故《ゆゑ》に、荷三太《にさうた》怒《いかり》て追出《おひいだ》ししといふ、這《この》事も粗聞《ほゞきこ》えたり。矧《いはんや》又今様《またいまやう》が自殺《じさつ》の夜《よ》艾《さり》、朱之介《あけのすけ》が旅刀《たびかたな》をもて、吭《のんど》を刺《さし》て死《し》したりけるに、枕《まくら》を並《ならべ》て臥《ふし》ながら、开《そ》を夢《ゆめ》にだも知《し》らざりしは、寔《まこと》に烏滸《をこ》の白物《しれもの》也。袷《かれ》と云恰《いひこれ》と云《いひ》、有恁《かか》る無慙《むざん》の尷尬児《くせもの》を、この儘饒《まゝゆる》して還《かへ》しなば、何《なに》をもて江湖上《よのなか》の、歹人《わろもの》を懲《こら》すべき。この故《ゆゑ》に朱之介《あけのすけ》は、大和《やまと》へ還《かへ》ることを饒《ゆる》さず。又京浪速住吉左《またきやうなにはすみよしさ》界《かい》に、脚《あし》を留《とゞむ》ることを饒《ゆる》さず。背《そびら》を一百鞭《いつひやくむちうた》せて、東《あづま》へ追放《ついはう》すべき者《もの》也。又嚢《またさき》に朱之介《あけのすけ》が、九四郎《くしらう》に預《あづ》けし金《かね》也とて、乙芸《おつげ》が当庁《たうちやう》へ差出《さしいだ》したる、百《ひやく》九十五両《りやう》は、朱之介《あけのすけ》が盤纏《ろよう》にあらず。素是上市《もとこれかみいち》なる落葉《おちば》が、沙金《さきん》と唐布《たうもめん》を買《かは》せんとて、他《かれ》に遁与《わた》せし要金《えうきん》なれば、必故《かならずもと》へ返《かへ》すべし。この故《ゆゑ》に俺既《われすで》に、使《つかひ》を上市《かみいち》へ遣《つかは》して、件《くだん》の落葉《おちば》を召《よば》せにき。異《ゐ》日落葉《じつおちば》が来《き》ぬる日《ひ》に、這義《このぎ》を以他《もつてかれ》に取《とら》せん。柰六《なゝろく》乙芸《おつげ》里長等《さとをさら》、皆這旨《みなこのむね》をこゝろ得《え》て、九四郎《くしらう》に伝示《つたへしめ》しね。

疑獄不思議《ぎごくふしぎ》に氷解《ひやうかい》したるは、正《まさ》に公私《こうし》の歓《よろこ》び也。」

と称《たゝえ》て身《み》の暇《いとま》を取《とら》すれば、大家倶《みなくとも》に額衝《ぬかつき》て、「唯々《ゐゐ》」と言承《ことうけ》したりける。

当下頼紀声高《そのときよりとしこゑたか》やかに、

「兵毎蚤《ものどもはや》く朱之介《あけのすけ》に、笞《しもと》を中《あて》て追立《おひたて》ずや。」

と劇《はげ》しく下知《げぢ》を伝《つたふ》れば、執索《なはとり》の獄卒等《ごくそつら》、「承《うけ給は》りぬ。」と応《いらへ》つゝ、朱之介《あけのすけ》に被《かけ》たる索《なは》の、小手《こて》を饒《ゆる》しつ推伏《おしふせ》て、笞《しもと》を抗《あげ》て撻懲《うちこら》す、数《かず》は百八煩悩《ひやくはちぼんなう》の、迷《まよひ》も斯《かく》や堕獄《だごく》の鬼《おに》を、冥府《みやうふ》の呵責目前《かしやくもくぜん》に、見《み》るも鬱悒《いぶせ》き乙芸等《おつげら》は、傍痛《かたはらいた》く思《おも》へども、然而在《さてあ》るべきにあらざれば、六市四摠《ろくいちしさう》いへばさら也、柒六木訥里長故老《なゝろくもくとつさとをさとしより》、皆身《みなみ》の暇《いとま》を賜《たまは》りつ、外面投《とのかたさし》て退出《まかで》けり。尓程《さるほど》に朱之介《あけのすけ》は、背《そびら》を撻《うた》るゝこと一百杖《いつひやくぢやう》、殆《ほと〳〵》苦痛《くつう》に堪《たへ》ざれば、声《こゑ》を涯《かぎ》りに叫《さけ》ぶのみ。遮莫俗《さばれよ》に云藤身《いふふぢみ》なる歟《か》、皮破《かはやぶ》るゝに至《いた》らねば、獄卒夙《ごくそつはや》く撻果《うちはて》て、曳起《ひきおこ》して推居《おしすゑ》けり。登時伙兵《そのときくみこ》両三名《ふたりみたり》、下知《げぢ》によりて共侶《もろとも》に、朱之介《あけのすけ》を受拿《うけとり》て、退《しりぞ》きて准備《ようい》しつ、赶立《おひたて》て出《いで》んとす。是日《このひ》浪速《なには》の里稍尽処《さとはづれ》まで、倶《ぐ》して追放《ついはう》すべき為《ため》也。

是《これ》より先《さき》に、乙芸《おつげ》六市四摠等《ろくいちしさうら》は、柒六木訥里長《なゝろくもくとつさとをさ》に倶《ぐ》せられて、退《まか》りて門前《もんぜん》に出《いで》しかば、大江杜四郎成勝《おほえもりしらうなりかつ》は、柿八《かきはち》を従《したが》へて、十三屋《じうさんや》の隣人《となりひと》、及九四郎《またくしろう》(ママ)が乾児櫛工等《こぼんくしひきら》の、この地《ち》に躱在《かくれを》る者《もの》と、甲乙都《これかれすべ》て八九名《にん》、其頭《そこら》の茶店《さてん》に侍《まち》て居《を》り。蚤《はや》く乙芸等《おつげら》を見出《みいだ》して、走《はし》り出《いで》つゝ皆共侶《みなもろとも》に、軈《やが》て茶店《さてん》に誘容《いざなひいれ》て、歓《よろこ》びの声洋々《こゑやう〳〵》と、甲《かれ》一《いつ》句《く》乙《これ》一句、先茶《まづちや》を薦《すゝ》め、簟(簞)食《わりご》を拿出《とうで》て、開《ひらか》まくする程《ほど》に、木訥《もくとつ》は是《これ》を推辞《いなみ》て、衆人《もろひと》に向《むか》ひていふやう、

「師父《しふ》の待不楽《まちわび》給はんに、小僧《われら》は蚤《はや》く寺《てら》に退《まか》りて、這歓《このよろこ》びを告稟《つげまう》さん。大江峯張《おほえみねはり》は格別《かくべつ》也。嫂々《あねご》を宿所《しゆくしよ》へ

四郎《しらう》衆人《もろひと》茶《さ》店《てん》に乙藝《かつげ》等《ら》を迎《むか》ふ
待合
六市
にぞう

玉石童子川 巻三下

うま八　ひ四郎　くくろ

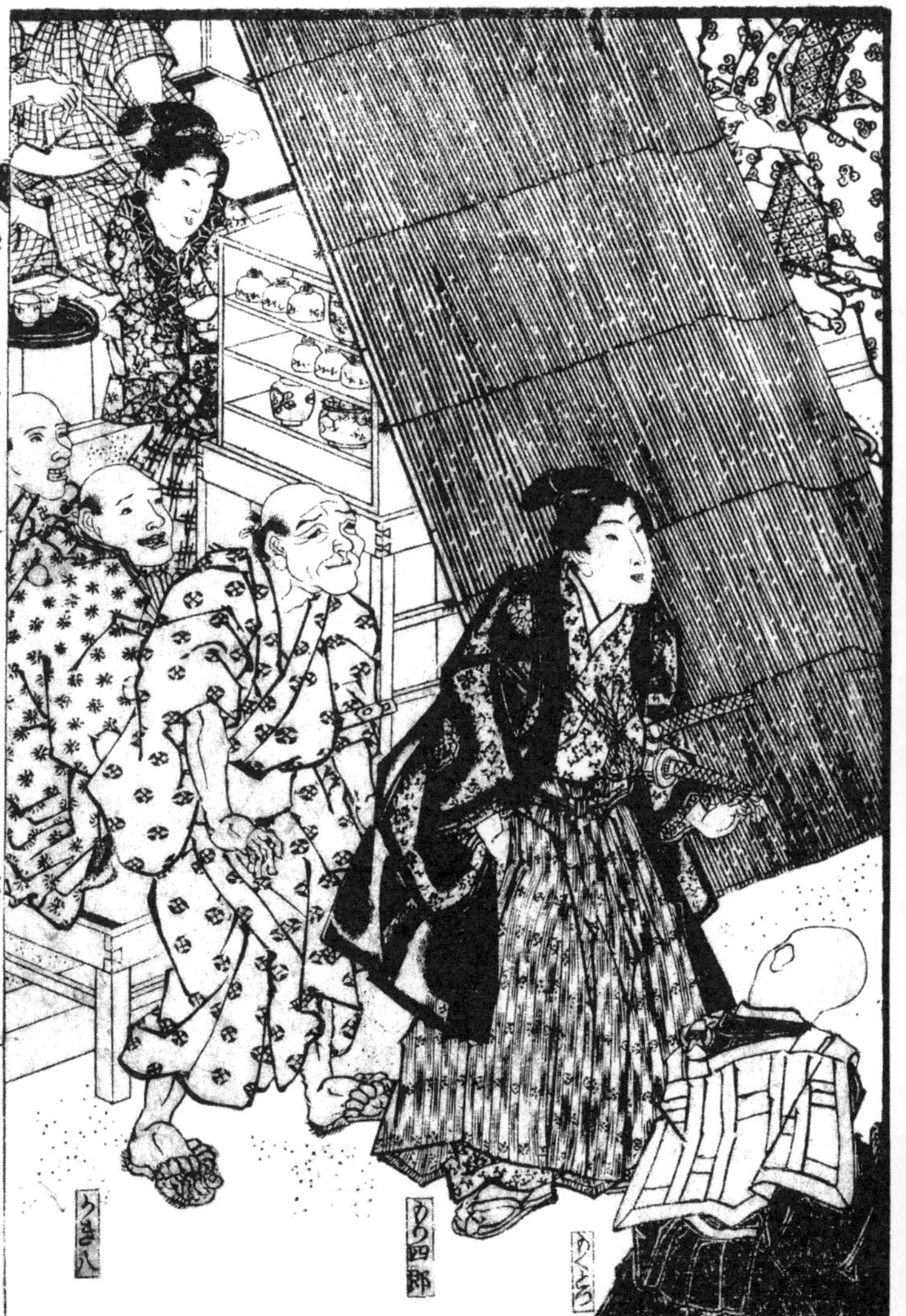

送届《おくりとゞ》けて、明日《あす》還《かへ》るともけしうはあらじ。」

といふを柒六《なゝろく》うち聞《きゝ》て、

「其義《そのぎ》寔《まこと》にしかるべし。娌《あね》の窮阨解《きうやくとけ》たれども、俺兄《わがあに》逆旅《たびぢ》の留守《るす》なれば、急《いそ》ぎて宿所《しゆくしよ》へ送《おく》るは要《えう》なし。この義《ぎ》を師父《しふ》へ稟《まう》し給へ。」

といへば亦杜四郎《またもりしらう》も、木訥《もくとつ》にうち向《むか》ひて、

「咱等《われら》も亦時宜《またじぎ》によりて、明日《あす》ならでは還《かへ》りかたけん。這義《このぎ》をこゝろ得《え》給ひね。」

と憑《たのめ》ば木訥応《もくとついらへ》をしつゝ、却衆人《さてもろひと》に別《わかれ》を告《つげ》て、柿八《かきはち》を将《い》て遽《いそが》はしく、孟林寺《まうりんじ》へかへりゆく程《ほど》に、住吉《すみよし》なる里長《さとをさ》故老等《としよりら》も、簞(簞)食《わりご》を辞《いろ》ひて還《かへ》らまくす。当下《そのとき》隣人《となりひと》等のいふやう、

「今日《けふ》は赦免《しやめん》の聞《きこ》えあれば、妖様《あねご》の麻衣一襲《あさきぬひとかさね》と、帯《おび》と日傘《ひかさ》は主《ぬし》の宿所《しゆくしよ》にて、索出《たづねいだ》してもて来《きた》り。被更《きかへ》給へ。」

と袱包《ふろしきつゝみ》を、渡《わた》せば、乙芸《おつげ》は受戴《うけいたゞ》きて、

「危《あやふ》かりける大厄《だいやく》にて、思《おも》ひかけなく大家《みなく》さまの、御阨会《ごやくくわい》に做侍《なりはべ》り、衣《きぬ》のみ蚤《はや》く被更《きかへ》ても、顔《かほ》さへ手《て》さへ垢脂染《あかじみ》て、久《ひさ》しく櫛《くし》の歯《は》を容《い》れぬ、這頭顱《このつぶり》を争何《いかゞ》はせん。」

といふを乾児等《こぼんら》諾《うべ》なひて、

「六市《ろくいち》が小母《をば》の宿所《しゆくしよ》は、這里《ここ》よりして十町《とまち》に過《す》ぎず。こゝにて時《とき》を移《うつ》さんより、那里《かしこ》へ立《たち》より給ひなば、身装《こしらへ》は易《やす》かりてん。」

といふに六市四摠《ろくいちしさうら》等も、聞《きゝ》つゝ倶《とも》に点頭《うなづき》て、

「咱等《われら》も如右《しか／＼》こそ思《おも》ひたれ。卒立《いざたち》給へ。」

といそがすを、自余《じよ》の乾児等《こぼんら》推禁《おしとゞ》めて、

「しかりとも午《ひる》は過《すぎ》たり。皆物発《みなものほ》しき時候《ころ》なるべし。這齎《このもたらし》を喫《たうべ》てこそ、左《と》も右《かく》もし給ひね。」

といひつゝ軈《やが》て茶博士《ちややあるじ》に、茶《ちや》を請《こ》ひつ(簞)簞食《わりご》を開《ひら》きて、里長故老乙芸《さとをさとしよりおつげ》はさら也、六市四摠《ろくいちしさう》を首《はじめ》にて、四郎柒六《しらうなゝろく》以下《いか》の毎《ともがら》、手《て》に〳〵(簞)簞食《わりご》を引《ひき》よせて、装《も》る果子《くわし》盆《ぼん》に握飯《にぎりいひ》、迭《かたみ》に世話《せわ》を焼塩《やきしほ》に、交《まぜ》たる胡麻《ごま》は色見《いろみ》えて、鹿児《かのこ》皷《か》、斑竹子《まだらたけのこ》は、延《のび》て節立生魚《ふしたつなまふ》哺《し》に、蕗菎蒻《ふきこんにやく》の煮《に》染物《しめもの》、裂箸添《さきはしそへ》て配《くば》り做《な》す、中酒《ちうしゆ》の壺漿《さゝえ》拿抗《とりあげ》て、甘《あま》き辛《から》きは嘗《なめ》て知《し》る、一口茄子《ひとくちなす》紫《びむらさき》の、灰後《はひおく》れざる、糠漬《ぬかづけ》は、半分入《なかばいり》たる庖丁《ほうちやう》の、斫離《きれはな》れよき男同士《をとこどし》、女一人《をんなひとり》を上客《しようきやく》にて、昼飯既《ひるいひすで》に果《はて》しかば、乾児櫛工共侶《こぼんくしひきもろとも》に、食籠《じきろう》小盆拿斂《こぼんとりをさめ》て、裹《つゝ》む袱《ふろしき》、中結《なかゆひ》の、紐《ひも》は一筋千筋《ひとすぢせんすぢ》なる、縞《しま》の麻衣《あさきぬ》拿出《とりいだ》す、隣人《となりひと》等は帯《おび》さへに、乙芸《おつげ》に締更《むすびかへ》させて、「卒《いざ》」とばかりに皆共侶《みなもろとも》に、身《み》を起《おこ》す時誰《ときたれ》やらん、蹴蚤《けとば》す茶碗《ちやわん》の忘《わす》れ水《みづ》、「忘《わす》れはせじ。」と一緡《ひとさし》の、銭《ぜに》を出《いだ》しつ茶博士《ちややあるじ》に、還《わた》して出《いづ》る日昼《ひさかり》に、流《なが》るゝ汗《あせ》を絞《しぼ》りもあへず、日蔭《ひかげ》索《たづ》ねていそぐ程《ほど》に、遠《とほ》くもあらぬ六市《ろくいち》が、小母《をば》の宿所《しゆくしよ》に来《き》にければ、里長故老隣人《さとをさとしよりとなりひと》、乾児櫛工《こぼんくしひき》等はこゝより辞《いろ》ひて、「明日《あす》は又御宿所《またおんしゆくしよ》へ、参《まゐ》りて歓《よろこ》びを稟《まう》さめ。」といふもいはぬも誠《まこと》ある、乙芸《おつげ》四郎柒六等《しらうなゝろくら》に、目礼《もくらい》しつゝ各々《おのも／＼》、去向《ゆくて》いそぎて別《わか》れけり。

復説《またとく》。六市《ろくいち》が小母《をば》夫《むこ》は、世話介《せわすけ》と喚做《よびなし》たる、小《こ》経紀《あきひと》なりければ、この日《ひ》も又早旦《またまだき》より、生活《なりはひ》の為《ため》に出《いで》ていまだ還《かへ》らず。然《され》ども小母《をば》は今日《けふ》六市等《ろくいちら》を、赦免《しやめん》せらるべしと聞知《きゝし》りて、其歓《そのよろこ》びに堪《たへ》ざれば、飯《いひ》を炊《かし》ぎつ湯《ゆ》を沸《わか》して、他《かれ》が立《たち》よるを侍程《まつほど》に、果《はた》して亭午過《まひるすぐ》る時候《ころ》、六市四摠《ろくいちしさう》共侶《もろとも》に、乙芸《おつげ》杜四郎《もりしらう》柒六《なゝろく》を先《さき》に立《たゝ》して、額《ひたひ》の

汗《あせ》を拭《ぬぐ》ひつゝ、背門口《せどくち》より来《き》にければ、小母《をば》は遽《いそがは》しく出迎《いでむかへ》て、

「こは六市《ろくいち》も恙《つゝが》なかりしや。皆《みな》さまよくこそ来《き》ましたれ。先這方《まづこなた》へ。」

と華筵《はなござ》を、坐席《ざしき》に布《しき》て請《しやう》ずれば、大家《みな〱》倶《とも》に応《いらへ》つゝ、袂《たもと》を撈《さぐ》り手拭《てぬぐひ》をもて、各《おの〱》裳《もすそ》の塵埃《ほこり》を払《はら》ひて、倶《とも》に母屋《おもや》にうち登《のぼ》るに、四郎乙芸《しらうおつげ》を上坐《かみくら》にて、柒六《なゝろく》六市《ろくいち》四摠《しさう》等《ら》は、程《ほど》よく左右《まて》に侍《はべ》りたり。当下《そのとき》屋主《いへあるじ》の老婆《にようばう》は、先《まづ》恭《うや〱》しく乙芸《おつげ》に向《むか》ひて、不慮《ふりよ》の厄難《やくなん》赦免《しやめん》の歓《よろこ》び、祝《しゆく》せば乙芸《おつげ》も「云云《かにかく》。」と四郎《しらう》柒六《なゝろく》六市《ろくいち》四摠《しさう》、詞《ことば》も長《なが》き夏《なつ》の日《ひ》の、炎暑《あつさ》斁《いと》はぬ東道態《あるじぶり》に、先《まづ》昼饌《ひるぜん》を薦《すゝめ》んとて、いそしく立《たゝ》まくする小母《をば》を、大家《みな〱》急《きう》に推禁《おしとゞ》めて、

「飯《いひ》は方僅《いまがた》茶店《さてん》にて、思《おも》ひの随《まゝ》に喫《たう》べたり。いかで嫂々《あねご》に浴《ゆあみ》させて、結髪《かみあげ》をこそ願《ねが》はしけれ。」

といふに
「开《そ》はいと易《やす》かり」

とて、庭《には》に雨戸《あまと》を二枚三《ふたひらみ》枚《ひら》、うち遶《めぐ》らして大盥《おほたらひ》を、出《いだ》して直《なほ》す仮浴室《かりふろや》、汲拿《くみと》る熱湯《あつゆ》二手桶《ふたてをけ》、水汲入《みづくみい》るゝ大柄《おほひ》杓《さく》、二三四手《ふたつみつよつて》を入《い》れて、是《これ》で加減《かげん》は吉岡染《よしおかぞめ》の、浴衣《ゆかた》を出《いだ》す管侍態《もてなしぶり》に、「卒《いざ》」とて乙芸《おつげ》に薦《すゝむ》れば、乙芸《おつげ》は屢《しば〱》歓《よろこ》びを、野辺《のべ》の石竹植《せきちくうゑ》られて、盛過《さかりすぎ》たる盤片《はちかた》よせて、「饒《ゆる》し給へ。」と簀子《すのこ》の上《うへ》に、衣脱措《きぬぬぎおき》て湯《ゆ》に入《い》れば、老婆《にようばう》は猶《なほ》精悍《かひ〱》しく、襷《たすき》を掛《かけ》て手拭《てぬぐい》を、団《まろ》めて垢脂《あか》を搔《かか》まくす。迭《かたみ》の口誼《こうぎ》果《はて》しなく、『鄙語《ことわざ》にいふ湯《ゆ》の辞義《じぎ》は、水《みづ》にやならん。』と齧笑《ほくそゑむ》、六市《ろくいち》四摠《しさう》は身《み》を起《おこ》して、

「俺們《われ〱》は街衢《ちまた》なる、湯《ゆ》にも入《い》るべく髯《ひげ》をも剃《そら》して、先《いで》や男《をとこ》を作《つく》らん」

とて、小母《をば》を喚《よび》つゝ銭《ぜに》を借《かり》て、手拭《てぬぐひ》引提《ひさげ》て出《いで》てゆく程《ほど》に、杜四郎《もりしらう》と柒六《なゝろく》は、吹入《ふきい》るゝ風《かぜ》を待貌《まちかほ》に、凭柱《もたれはしら》に身《み》

を倚《よせ》て、憶《おもは》ず一霎時《しばし》打盹《ゐねむり》たり。恁而《かくて》乙芸《おつげ》は浴《ゆあみ》し果《はて》て、櫛笥《くしげ》を借《かり》て梳《くしけづ》る、有繫《さすが》に長《なが》き雲鬟《くろかみ》の、乱《みだ》れ苦《くる》しき憂事《うき》を、今《いま》ぞ稍《やゝ》解水櫛《とくみづくし》に、掻下《かきおろ》し又拊着《またなでつけ》て、小指《こゆび》に縢《からむ》髺結《もとゆひ》の、締《しま》り心《こゝろ》も夏《なつ》の日《ひ》に、流《なが》るゝ臘油《あぶら》厭《いとは》しく、照《てら》す鏡《かゞみ》に水髪《みづかみ》の、淡《あは》きも時《とき》を移《うつ》しつゝ、結髪《かみあげ》も亦果《またはて》にけり。

当下《そのとき》主《あるじ》の老婆《にようばう》は、土瓶《どびん》の素湯《さゆ》に茶《ちや》を入《い》れて、盧生《ろせい》が枕《まくら》ならねども、碟子《さら》に儲《まうけ》の粟餅《あはもち》を、装《もり》つゝ四郎《しらう》柒六《なゝろく》をも、喚覚《よびさま》しつゝ乙芸《おつげ》より、次第《しだい》に煎茶《せんちや》を薦《すゝむ》る程《ほど》に、六市《ろくいち》四摠《しさう》は浴《ゆあみ》しつ、結髪《かみあげ》させてかへり来《き》ぬれば、乙芸《おつげ》は円坐《まとゐ》に召入《よびい》れて、主《あるじ》の老婆《にようばう》に、歓《よろこ》びを舒《のべ》ていふやう、

「いそぎて家《いへ》に還《かへ》るとも、良人《をつと》は長《なが》き旅宿《たびね》にて、信《おとつれ》いまだ聞《きこ》えねば、悦《よろこば》るべきよしもなく、かへり栄《ばえ》なき宿《やど》ながら、いぬる比《ころ》より稍久《やゝひさ》しく、近《ちか》き辺《わたり》の人々《ひと〳〵》に、阨会《やくくわい》被《かけ》て守《まも》らるゝを、知《しら》ず貌《がほ》して在《あ》るべくも侍《はべ》らず。日蔭《ひかげ》は程《ほど》よく出来《いでき》しに、宿所《しゆくしよ》へ還《かへ》り侍《はべ》るべし。御庇《みかげ》によりて浴《ゆあみ》しつ、髪《かみ》さへ結《あげ》て侍《はべ》るから、恁《かく》ては外看歹《ひとめわろ》かならず。小父《をぢ》の還《かへ》り給ひなば、六市等《ろくいちら》も恙《つゝが》なく、赦免《しやめん》せられし歓《よろこ》びを、宜《よろし》く稟《まう》し玉ひね。」

といふに老婆《にようばう》は禁難《とゞめかね》て、

「开《そ》は其該《そのはづ》で侍《はべ》れども、日《ひ》は尚未《なほやつ》《ヒツジ》の時候《ころ》ならん。今《いま》一霎時《しばし》憩《いこは》せ給へ。夕饌《ゆふぜん》をこそまゐらすべけれ。」

といふを四郎《しらう》と柒六《なゝろく》は、側聞《かたへきゝ》して倶《とも》にいふやう、

「嫂々《あねご》の量箇《りやうけん》寔《まこと》に好《よし》。五保子《ごにんくみし》に留守《るす》せらるゝに、幾《いつ》まで賅這里《かここ》に在《あ》るべき。卒立《いざたち》給へ。」

といそがせば、六市《ろくいち》も禁《とゞ》めあへず、敗《ふり》たる菅笠《すげかさ》両箇《ふたつ》まで、索出《たづねいだ》しつ其一箇《そのひとつ》を、四摠《しさう》に逓与《わた》して先《さき》に立《たて》ば、乙芸《おつげ》は猶《なほ》も老婆《にようばう》に、歓《よろこ》びを舒《のべ》て身《み》を起《おこ》せば、杜四郎《もりしらう》と柒六《なゝろく》も、詞《ことば》を添《そへ》つ青傘《あをかさ》を、乙芸《おつげ》に逓与《わた》して各々《おのも〳〵》、菅笠《すげかさ》

引提《ひさげ》て皆共侶《みなもろとも》に、出《いづ》るを目送《みおく》る主《あるじ》の妻《つま》に、四摠《しさう》も亦別《またわかれ》を告《つぐ》る、詞短《ことばみじか》き笠《かさ》の紐《ひも》、引伸《ひきのば》しつゝ倶《ぐ》しにけり。

却説乙芸《かくておつげ》は四郎《しらう》柒六《なゝろく》、六市《ろくいち》四摠《しさう》に送《おく》られて、俺宿《わがやど》にしもかへり来《き》ぬれば、思《おも》ふにも似《に》ず店《みせ》の檐《のき》には、生平《つね》に変《かは》らず十三屋《じふさんや》と、染做《そめなし》たる暖簾《のれん》を掛亘《かけわた》してあり。訝《いぶか》りながら内《うち》に入《い》る程《ほど》に、両隣《もろとなり》の老婆《にようばう》が、莞尓《にこ》やかに立《たち》迎《むかへ》て、

「こは乙芸《おつげ》さま思《おも》ひしより、然《さ》ばかり牢痩《ひとやつかれ》もなく、還《かへ》らせ給ひし愛《めで》たさよ。六市《ろくいち》四摠《しさう》両哥々《ふたあにき》も、辛《から》き目《め》に遇《あ》ひ給ひけん。孟林寺《まうりんじ》の刀禰達《とのたち》も、炎暑《あつさ》戮《いと》はで御苦労《ごくろう》や」

と、いと喋々《てうてう》しく慰《なぐさ》めて、乙芸《おつげ》が右《みぎ》より左《ひだり》より、扇《あふ》ぐ団扇《うちは》も深草《ふかくさ》や、鶉《うづら》の床《とこ》に対《つま》を思《おも》ふ、乙芸《おつげ》は四下《あたり》を見《み》かへりて、

「料《はか》らざりける禍鬼《まがつみ》の、崇《たゝり》は俺上《わがうへ》のみならで、皆《みな》さまにすら御苦労《ごくろう》を、被《かく》ると聞《きゝ》ていとゞなほ、心苦《こゝろくる》しく侍《はべ》りしに、稍厄解《やゝやくとけ》て還《かへ》され侍《はべ》り。一向《このごろ》留守《るす》し給ひける、人達《ひとたち》は在《いま》さずや。」

と問《とへ》ば老婆等答《にようばうらこたへ》ていふやう、

「然《さ》也。五保達《ごにんくみたち》は、迭代《かたみかは》りに二人宛《ふたりつゝ》、今朝《けさ》までこゝに在《いま》せしが、奴家毎《わらはども》が来《き》ぬるによりて、剛才出《いまがたいで》てゆき給ひにき。今日《かふ》は此上《こよ》なき吉日《きちにち》也けん、斯《かう》うち揃《そろ》ふて還《かへ》らせ給ふ、赦免《しやめん》の歓《よろこ》びのみならず、巳《み》の比及《ころおひ》に九四郎《くしらう》主《ぬし》が、安芸《あき》より還《かへ》り給ひにき。然《され》ば這回《こたび》の禍事《まがこと》と、今日《けふ》御赦免《ごしやめん》の事をしも、こゝに初《はじめ》て聞知《きゝし》りて、其驚《そのおどろ》きは大《おほ》かたならず、又歓《またよろこ》びも一入《ひとしほ》にて、『先《いで》や里長以下《さとをさいか》の毎《ともがら》、故老達《としよりたち》にも五保《ごにんくみ》にも、礼稟《いやまう》さん』とてそが儘《まゝ》に、出《いで》て一郷《ひとさと》をうち巡《めぐ》りて、還《かへ》り給ひしは午《ひる》の時候《ころ》也。この故《ゆゑ》に庖厨儲《くりやまうけ》を、奴家毎《わらはども》が憑《たのま》れて、倶《とも》におん身《み》を待程《まつほど》

に、主《ぬし》は疲労《つかれ》に堪《たへ》ざりけん、軈《やが》て納戸《なんど》へ退《しりぞ》きて、仮寝《うたゝね》してこそいますなれ。」

と告《つぐ》るに乙芸《おつげ》は含笑《ほうゑみ》て、

「そは歓《よろこ》ばしき涯《かぎ》りに侍《はべ》り。然《さ》あらんとは知《し》るよしもなく、幾日《いくか》ともなく垢脂《あかじみ》染て、海松《みる》の像《ごと》くに搔垂《かきたれ》し、髪《かみ》をそが儘結《まゝあげ》もせで、還《かへ》りいなんはさすがにて、六市小母《ろくいちをば》様の宿所《しゆくしよ》に立《たち》より、憶《おもは》ず時《とき》を移《うつ》ししは、悔《くや》しくこそ。」

とうち陪話《わぶ》れば、四郎柒六《しらうなゝろく》いへばさら也、六市四摠《ろくいちしさう》も歓《よろこ》びて、

「折《をり》から大哥《あにき》の帰郷《ききやう》ありしは、水母《くらげ》の骨《ほね》にあふ心地《こゝち》して、斯歓《かうよろこ》ばしき事はなし。喚覚《よびさま》さん歟《か》。」

と散動《どよめき》たる、声《こゑ》に九四郎《くしらう》は目《め》を覚《さま》しけん、うち咳《しはぶ》きつゝ間《あはひ》なる、重紙戸《ふすまと》開《ひら》きて出《いで》て来《き》つ、其頭《そこら》に程《ほど》よく坐《ざ》を占《しめ》て、

「こは皆恙《みなつゝが》なかりしや。腋子《わくご》よ四郎《しらう》をいふ其首《そこ》は端近《はしちか》かり。這方《こなた》へ找《すゝ》み給ひね。」

といふに四郎《しらう》は応《いらへ》をしつゝ、乙芸柒六共侶《おつげなゝろくもろとも》に、折《をり》に幸《さち》ある帰寧《たびかへり》と、大厄解《だいやくとけ》し歓《よろこ》びを、云云《かにかく》といはまくするを、九四郎《くしらう》は聞《きゝ》あへず、

「否《いな》。洒家《われら》は郷《さき》に還《かへ》ると聴《やが》て、里長刀禰《さとをさとの》にも故老達《としよりたち》にも、逢《あ》ふて具《つぶさ》に聞知《きゝし》りたり。又只其事《またたゞそのこと》のみならず、孟林寺《まうりんじ》の木訥法師《もくとつほうし》が、陣館《ぢんやかた》より事果《ことはて》て、還《かへ》る路《みち》にて出会《いであひ》しかば、腋子《わくご》と柒六《なゝろく》が武勇《ぶよう》の捋《はたら》き、鉄屑《かなくそ》とやらゝが支党《どうるい》なりし、二賊《にぞく》を輒《たやす》く生拘《いけとり》て、竟《つひ》に疑獄《ぎごく》を解《と》きしといふ、其顛末《そのもとすゑ》をいへばさら也、柿八老奴《かきはちおやぢ》が話説《ものがたり》にて、肇《はじめ》て知《し》られし大和《やまと》なる、落葉《おちば》とやらゝが信義老実《しんぎろうじつ》、聞事毎《きくごと》に感嘆《かんたん》せられて、又《また》いふべうもあらずかし。是《これ》に

就《つき》ても好《このま》しからぬは、朱之介《あけのすけ》が浮薄《ふはく》の本性《ほんしやう》。人《ひと》は形貌《かたち》によらぬ者《もの》にて、女《をんな》にして見《み》まほしき、艶冶郎《やさをとこ》なりければ、俺《われ》憖《なまじい》に他《かれ》を留《とゞ》めて、薄情《うたて》や事《こと》を惹出《ひきいだ》されしは、俺思《わがおも》ひ足《た》らざりし、愆《あやまち》なるを争何《いかゞ》はせん。遮莫《さばれ》乙芸《おつげ》も六市四摠《ろくいちしさう》も、命芽《いのちめ》出《で》たくかへり来《き》ぬるは、是切《これせめ》てもの歓《よろこ》び也。却俺《さてわれ》厳島詣《いつくしままうで》して、料《はから》ずも昨今《きのふけふ》まで、長《なが》旅《たび》に倣《なり》し故《ゆゑ》は、治比《はるひ》の郷《さと》に立《たち》よりて、大人《うし》大江《おほえ》弘元《ひろもと》をいふに見参《けんざん》したれば也。約莫是等《およそこれら》の秘事《ひめこと》は、四郎腕子《しらうわくご》に所要《しよえう》あれども、开《そ》は後《のち》にこそ告稟《つげまう》さめ。」

といひつゝ傍《かたへ》を見《み》かへりて、

「喃妭様達《なうあねごたち》、誂《あつらへ》たりける酒餚《さけさかな》を、今《いま》こそ出《いだ》し給はずや。」

といふに両個《ふたり》の隣妻《となりつま》は、応《いらへ》をしつゝ共侶《もろとも》に、軈《やが》て庖湢《くりや》へ退《しりぞ》きて、酒盪《さけあたゝ》めてもて来《き》ぬる、坐着酒菜《ざつきさかな》の二種《ふたくさ》と、三脚《みつあし》なりし吸物膳《すひものぜん》を、一個々々《ひとりく》に措居《おきすゆ》るを、六市四摠《ろくいちしさう》は執接《とりつぎ》て、似《に》げなく酌《しやく》を拿舵《とりかぢ》や、船切《ふなきり》の蕎麦《そば》は後段《ごだん》にて、先酒盃《まづさかつき》を拿揚《とりあぐ》る、主人《あるじ》の一度《いちど》を首《はじめ》にて、強飲《じようご》も沙量《げこ》も推並《おしなべ》て、迭《かたみ》にさしつ瑣《さ》小《さ》蟹《かに》の、蠨子《くも》の行《おこな》ひそれならで、かへり来《き》にける俺夫《わがせ》子《こ》の、恙《つゝが》なかりし歓《よろこ》びと、又俺妹《またわきも》子《こ》も幸《さいはひ》に、冤屈《むじつ》の罪《つみ》を免《まぬか》れし、其寿《そのことぼ(ママ)》ぎの酒祝《さかいは》ひ、憂《うれひ》を転《かへ》す歓《よろこ》びに、過《すぎ》にし事《こと》をいひも出《いで》、うち聞《きゝ》もしつ時移《ときうつ》るまで、迭《かたみ》に酔《ゑひ》を尽《つく》しけり。

当下又九四郎《そのときまたくしらう》は、乙芸《おつげ》柒六《なゝろくら》等にうち向《むか》ひて、

「聞《きく》が如《ごと》きは那朱之介《かのあけのすけ》は、其性善《そのさがよか》らぬ者《もの》なればこそ、果《はた》して禍《わざはひ》を醸《かも》せしより、乙芸《おつげ》六市四摠《ろくいちしさう》さへ、連累《まきそひ》の祟《たゝり》にあへり。开《そ》は疑獄《ぎごく》の所以《ゆゑ》にして、他《かれ》がみづから作《な》ししにあらず。然《さ》るを乙芸《おつげ》六市四摠等《ろくいちしさうら》は、厄解《やくとけ》て赦《しや》にあひしに、他《かれ》のみ単鞭撻《ひとりむちうた》れて、大和《やまと》へは返《かへ》されず、そが儘追放《まゝついはう》せられしは、旧悪《きうあく》の咎《とが》也とても、最《もつとも》不幸《ふこう》とい

ひつべし。他百《かれひやく》九十五金《きん》を没官《とりあげ》られて、鐚一文《びたいちもん》の盤纏《ろよう》なく、他郷《たけう》へ追《おひ》も放《はな》されなば、必《かならず》路頭《ろとう》に立《たつ》べからん。俺慭《われなまじひ》に他《かれ》を留《とゞ》めて、今其窮阨《いまそのきうやく》を救《すく》はずは、始《はじめ》ありて終《をはり》なし。何《なに》をもて俠者《をとこ》といはれん。柒六《なゝろく》は大義《たいぎ》ながら、是《これ》もて他《かれ》を赶《おは》ずや。」

といひつゝ懐《ふところ》なる長財囊《ながさいふ》より、円金五両《こばんごりやう》を数《かぞ》へ出《いだ》して、是《これ》を柒六《なゝろく》に逓与《わた》していふやう、

「俺意《われおも》ふに那壮佼《かのわかうと》は、必《かならず》浪速《なには》の郷稍尽処《さとはづれ》まで、伙兵達《くみこたち》に俱《ぐ》せられて、追放《おひはなさ》るゝにぞあらんずらむ。八彦爺《はちけんや》の這方《こなた》まで、赶《おひ》もてゆかば逢《あふ》こともあらん歟《か》。なれども時既《ときすで》に後《おく》れたり。及《およ》びかたくはそれまで也。倘幸《もしきいはひ》に遠《とほ》く得去《えさ》らで、他跉竍《かれたゆたふ》て其頭《そこら》に在《あ》らば、汝《いまし》よく俺意《わがこゝろ》を伝《つた》へて、其金子《そのかね》を路費《ろよう》に取《とら》せよ。こゝろ得《え》たりや。」

といそがするを、六市四揔《ろくいちしさう》もうち聞《きゝ》て、

「然《さ》らば咱等《われら》も俱《とも》にゆきてん。捷径《ちかみち》こそあるなれ。」

と惴《はや》るを柒六推禁《なゝろくおしとゞ》めて、

「已《やみ》ねく〵。和主等《わぬしら》は、既《すで》に大《いた》く酔《ゑい》たるに、俱《ぐ》しなば路《みち》の障《さはり》にならん。」

といふを六市四揔等《ろくいちしさうら》は、聞《きゝ》も果《はた》さずうち笑《わらひ》て、

「柒公其義《なゝこうそのぎ》は心安《こゝろやす》かれ。出《いで》なば幾程《いくほど》もなく、夕風《ゆふかぜ》に吹醒《ふきさま》されて、走《はし》る勢《いきほひ》生平《つね》に増《ま》すべし。いでく〵。」

といひつゝも、裳《もすそ》を褰《かゝげ》て出《いで》まくするを、九四郎《くしらう》「ヤヤ」と喚返《よびかへ》して、

「若們《なんぢら》が酔狂《すいきやう》なる。俱《とも》にゆくとも柒六《なゝろく》に、佶《き》と従《したが》ふて愆《あやまち》すな。」

といふに乙芸《おつげ》も杜四郎《もりしらう》も、心《こゝろ》を属开《つくるそ》が程《ほど》に、柒六《なゝろく》は件《くだん》の金子《かね》を、懐《ふところ》に楚《しか》と夾《をさ》めて、外套《はふり》を腰《こし》に挟《さしはさ》み、両刀《りやうたう》

手《て》はやく帯倣《おびなし》て、「卒走一走《いざひとはしり》にいて来《き》てん。」といひつゝ軈《やが》て外《と》に出《いで》て、脚半草履《あしなかざうり》穿《はく》だにも、心《こゝろ》急迫《せわ》しき夏《なつ》の日《ひ》の、暮《く》れぬ程《ほど》にと出《いで》てゆく、勢《いきほ》ひ奔馬《ほんば》に異《こと》ならねば、六市四摠《ろくいちしさう》は兵兵《よろめ》く脚《あし》を、駐《とゞ》めもあへず、後《おく》れじとて、喘々《あへぎ〳〵》ぞ従《したが》ひける。この時晷敧《ときひかげかたむ》きて、晡時《ゆふなゝつ》に倣《なり》しかば、両隣《もろとなり》の老婆《にようばう》は、手《て》に〳〵運《はこ》ぶ盃盤《はいばん》を、遺《おち》なく庖湢《くりや》へ退《しりぞ》けて、乙芸《おつげ》等《ら》に向《むか》ひていふやう、

「奴家毎《わらはとも》は暇《いとま》を賜《たまは》りて、明日《あす》の炊《かし》きも致《いた》すべく、汗流《あせながし》の湯《ゆ》をも沸《わか》してん。思《おも》ひかけなく饗饌《けうぜん》の、御款侍《おんもてなし》に与《あづか》り侍《はべ》り。」

といふに乙芸《おつげ》も九四郎《くしらう》も、共侶《もろとも》に労《ねぎら》ふて、

「好御幇助《よきおんたすけ》を得《え》たればこそ、手《て》をも濡《ぬら》さで内祝《うちいは》ひの、酒盃《さかもり》を済《すま》したれ。明日《あす》は又主達《またぬしたち》を、招《まね》きて薄酒《はくしゆ》をまゐらすべし。宜《よろし》く稟《まう》し給ひね。」

といふに両個《ふたり》の隣妻《となりつま》は、応《いらへ》をしつゝ身《み》を起《おこ》して、左右《さゆう》の宿所《しよくしよ》へ還《かへ》りけり。恁而四下《かくてあたり》に外人《よそひと》なければ、九四郎《くしらう》は恭《うや〳〵》しく、杜四郎《もりしらう》にうち向《むか》ひて、

「和子《わこ》今《いま》こそ聞給《きゝ》へ。小可安芸《やつがれあき》へ赴《おもむき》しは、今茲《ことし》が初旅《はつたび》なる兀自《ものから》、厳島詣《いつくしままうで》は附《つけ》たりにて、いかで治比《はるひ》へ立《たち》よりて、大人《うし》弘元《ひろもと》《いふ》をに見参《けんざん》せまくほしさに、講夥計《こうなかま》に相別《あひわかれ》て、単那里《ひとりかしこ》へ推参《すいさん》しけるに、大人《うし》は果《はた》して遐棄《さけすて》《カキ》給はず、『九四郎《くしらう》よくこそ来《き》つれ』とて、先一両日憩《まづひとひふたひいこは》せて、遂《つひ》に拝見《はいけん》を饒《ゆるし》給ひけり。折《をり》から大人《うし》は風湿《ふうしつ》の疾病《いたつき》あり。なれども大病《たいびやう》ならざれば、病牀《やまひのとこ》に在《いま》しながら、小可《やつがれ》を近《ちか》く召《め》させて、うち相譚《かたらは》せ給ひにき。曩《さき》に別《わか》れまつりしより、十稔《とゝせ》有余過《あまりすぎ》にしことを、云云《かにかく》と告《つげ》まつるに、俺二親《わがふたおや》九四蔵《くしざう》夫妻《ふさい》の身故《みまか》りし事、女児億禄《あねおろく》は短命《たんめい》にて、

事皆画餅《ことみなぐわべい》になる兀自《ものから》、和子《わこ》杜四郎《もりしらう》をいふは健《すこやか》に生育《おひたち》給ふ事、柒六《なゝろく》を傅《つけ》まゐらせて、孟林寺《まうりんじ》へ寓居《ぐうきよ》の事、木隠和尚《もくゐんお》遷化《せうせんげ》の事《こと》、後住木玄道徳《ごぢゆうもくげんどうとこ》の、老実遺教《ろうじつゐきよう》に背《そむか》ざる事、和子《わこ》の才幹《さいかん》、文学武芸《ぶんがくぶげい》に、志《こゝろざし》厚《あつ》かる事まで、詳《つまびらか》に告稟《つげまう》ししかば、大人《うし》は聞《きゝ》つゝ或《あるひ》は歓《よろこ》び、或《あるひ》はうち歎《なげ》き給ひて、驚《おどろ》きも亦大《またおほ》かたならず、這里《ここ》にも恁《かゝ》る事《こと》ありとて、告《つげ》させ給ふを承《うけ給は》るに、和子《わこ》の大兄《おほえ》、備中新司興元君《びつちうのしんしおきもときみ》は不幸短命《ふこうたんめい》にて、三稔前《みとせさき》に世《よ》を去《さ》り給ひぬ。憂《うき》は只《たゞ》この事のみならで、興元主《おきもとぬし》の冢子《うひこ》なる、幸松君《こうまつきみ》も四五歳《さい》にて、果敢《はか》なく殞《うせ》させ給ひにき。興元主《おきもとぬし》の母上《はゝうえ》弘元《ひろもと》孺人《つま》のは、うち続《つゞ》きし御歎《おんなげ》きにて、是《これ》も亦去歳《またこぞ》の秋《あき》、暴《にはか》に黄泉《よみぢ》に赴《おもむ》き給ひぬ。なれども和子《わこ》の両兄《ふたいろね》、太郎君《たらうきみ》大江《おほえ》音就《おとなり》二郎《じらう》君《きみ》基《もと》綱《つな》は、倶《とも》に恙《つゝが》あることなく、既《すで》に長《ひと》と成《なり》給ひしかば、小可御目《やつがれおんめ》を賜《たまは》りつ、和子《わこ》の上《うへ》さへ叮嚀《ねんごろ》に、問《とは》せ給ふに答《こたへ》まつりぬ。

当日《そのひ》大人《うし》の宣《のたま》ふやう、

『相別《あひわかれ》しより十余年《じふよねん》、這里《ここ》にも亦其方《またそなた》にも、鬼籍《きせき》に入《い》る者多《ものおほ》かりける。老少不定《ろうしようふじやう》の世《よ》は夢《ゆめ》也。今戦国《いませんこく》の時《とき》也とて、俺一筆《われひとふで》の雁書《がんしよ》を惜《をし》みて、四郎《しらう》が安否《あんひ》を問《とは》せざるにあらず。其故《そのゆゑ》は西七国《にしなゝくに》の守《かみ》、大内義興主《おほうちよしおきぬし》世《よ》を去《さ》りしより、嫡子義隆少年《ちやくしよしたかしようねん》なれば、佞人稍時《ねいじんやゝとき》を得《え》て、賢者《けんしや》を遠離忠臣《とほさけちうしん》を譖《しこ》ちて、人《ひと》を損《そこな》ふ事間是《まゝこれ》あり。俺《われ》は那家《かのいへ》の被官《ひくわん》ならねども、附庸《ふよう》に似《に》たる小身《しようしん》なれば、従《したが》はざることを得《え》ず。こゝをもて近曽《ちかごろ》は、出仕《しゆつし》を歇《とゞ》め謹慎《きんしん》を宗《むね》として、遠《とほ》く使札《しさつ》を出《いだ》す事なし。遮莫荊婦《さばれわがつま》の世《よ》に在《あり》し日《ひ》に、他《かれ》はさら也音就《おとなり》にも、基綱《もとつな》にも告示《のりしめ》して、四《し》郎億禄《らうおろくら》等母《はゝ》と子《こ》の、上《うへ》をしこゝろ得《え》させしかば、其頭《そこら》に障《さは》りあることなく、荊婦《わがつま》は臨終《いまは》にも、四郎《しらう》に対面《たいめ》しがたきを、遺憾《のこりを》しとて不娛《わび》たりき。況《まいて》音就基綱《おとなりもとつな》は、なつかしくこそ思《おも》ふべけれ。然《さ》るを俺荊婦《わがつま》はさら也、

あつげ

廿八

億禄《おろく》は年尚三十《としなほみそぢ》に足《た》らで、黄泉《よみぢ》の客《たびと》に做《な》りにしを、今初《いまはじめ》て知《し》る慨《うれは》しさよ。俺年年《われとしとし》に衰《おとろ》へて、病苦《びやうく》かくの如《ごと》く身《み》に添《そへ》ば、魂気《たまのを》必《かならず》長《なが》かるべからず。この故《ゆゑ》に再会《さいくわい》を、四郎《しろう》（ママ）に契《ちぎ》る事を得《え》ず。和郎《わろ》俺為《わがため》に言伝《ことつて》せよ。四郎《しらう》は民間《みんかん》に生出《なりいで》て、且寺院《かつじゐん》に寓居《ぐうきよ》しぬれば、縦《たとひ》武芸《ぶげい》の志《こゝろざし》ありとも、竟《つひ》に緇流《すみぞめひと》に化《くわ》せられて、仏意《ほとけこゝろ》の凭《つき》もやせん。今《いま》はしも好時候《よきころ》也。柒六《なゝろく》と共侶《もろとも》に、孟林寺《まうりんじ》を辞《ぢ》し去《さ》りて、武者修行《むしやしゆぎやう》して諸国《くにぐに》なる、豪傑《がうけつ》に交《まじは》りて、資助《たすけ》を求《もと》むるにしくことなし。夫百足《それひやくそく》の虫《むし》の、死《し》して仆《たふ》れざる者《もの》は、扶助多《たすけおほ》きによりて也。其《そ》も他尊大《かれそんだい》なるときは、必人《かならずひと》に疎《うとま》るべし。然《され》ば汝弟兄《いましはらから》は、四郎《しらう》が外叔父《はゝかたのをぢ》なれども、柒六《なゝろく》は四郎《しろう》（ママ）に増《ま》す事、僅《わつか》に二歳《ふたつ》の兄《あに》ならずや。こゝをもて、主僕《しゆぼく》の尊卑《そんぴ》をいふことなく、倶《とも》に胞兄弟《はらから》の思《おも》ひを做《な》して、是《これ》を資助《たすけ》の創《はじめ》にせば、竟《つひ》に武功《ぶこう》を做《なす》事あらん。其成功《そのせいこう》を家裏《いへつと》にして、この地《ち》に到《いたり》て兄音就《あにおとなり》を、輔佐《たすけ》て地《ち》を開《ひら》く事あらば、大孝順《だいこうじゆん》といひつべし。這義《このぎ》を四郎《しらう》に伝《つたへ》てよ。』

と宣《のたま》ふ声《こゑ》も悩《なやま》しげにて、病苦《びやうく》に堪《たへ》ず見《み》え給へば、慰難《なぐさめかね》つ『唯々《ゐゐ》』とばかりに、言承《ことうけ》しつゝ退《しりぞ》きて、却両三日《さてふつかみか》を経《へ》て、立去《たちさ》らまく欲《ほり》せしに、大人《うし》は別《わかれ》を惜《をし》み給ひて、一日《ひとひ》々々《く》と留《とゞ》め給ふに、太郎君《たらうきみ》二郎君《じらうきみ》も、倶《とも》に孝順《かう じゆん》也ければ、朝夕枕方脚方《あさゆふまくらべあとべ》に侍《はべ》りて、慰《なぐさめ》給ふ、詞敵《ことばかたき》に、小可《やつがれ》をも日毎《ひごと》に召《め》させて、放《はな》ち給ふべくもあらざれば、憶《おも》はず淹留久《えんりうひさ》しくなりて、三伏《さんふく》の夏闌《なつたけ》たり。俺家《わがいへ》の事和子《わこ》の事《こと》、心《こゝろ》に掛《かゝ》らざるにあらねば、屢《しばく》身《み》の暇《いとま》を乞稟《こひまう》すに、大人《うし》は竟《つひ》に禁《とゞ》め難《かね》て、看病《みとり》に侍《はべ》る女房《にようばう》に吩咐《いひつけ》て、鎰櫃《よろひつ》に蔵措《をさめおか》れたる、金二裏《かねふたつゝみ》拿出《とりいだ》させて、开《そ》を小可《やつがれ》に逓与《わた》させて、且宣《かつのたま》ふやう、

『其一裏《そのひとつゝみ》は四郎柒六《しらうなゝろく》が、武者修行《むしやしゆぎやう》の路費《ろよう》に取《とら》せよ。又一裏《またひとつゝみ》は、這年来《このとしごろ》汝夫婦《いましふうふ》と、孟林寺《まうりんじ》の現住《げんぢゆう》が、四郎《しらう》を

教育《きやういく》の報《むく》ひとす。逆路《たびぢ》の重荷《おもに》なるべけれど、もてかへりて配分《はいぶん》せよ。』

と仰《おほせ》に小可《やつがれ》畏《かしこ》み承《うけ》て、

『這一裹《このひとつゝみ》は左《と》も右《かく》も、小可《やつがれ》なンどに賜《たまもの》は、当《あたり》かたく候。』

と推辞《いなみ》稟《まう》せば頭《かうべ》を掉《ふり》て、

『そは又要《またえう》なき口誼《こうぎ》也。病中自由《びやうちうじゆう》ならざれば、音就《おとなり》に写《かゝ》せたる、短文《たんぶん》の一書《いつしよ》あり。其《それ》を証据《あかし》に四郎《しらう》に見《み》せよ。』

と言叮寧《ことねんごろ》に示《しめ》し給へば、太郎君《たらうきみ》は件《くだん》の御書《ごしよ》を、小可《やつがれ》に渡《わた》し賜《たまは》りて、異日《るじつ》を契《ちぎ》り給ふにも、身《み》は感涙《かんるい》の外《ほか》あらず。却《さて》あるべきにあらざれば、身《み》の暇《いとま》を賜《たまは》りつ、退《しりぞ》きて件《くだん》の金子《かね》を、藁苞《わらつと》にして恙《つゝが》もなく、水路《ふなぢ》の旅宿《たびね》日数《ひかず》歴《へ》て、かへり来《き》て聞《き》けば宿所《しくしよ》の凶変《けうへん》。乙芸《おつげ》六市《ろくいち》四揔等《しさうら》の、疑獄《ぎごく》は和子《わこ》と柒六《なゝろく》の、武功《ぶこう》に解《とけ》たる歓《よろこ》びを、大人《うし》には告《つぐ》る由《よし》なさよ。先那御書《まづかのごしよ》を。」

と懐《ふところ》より一通《いつゝう》を拿出《とりいだ》して、杜四郎《もりしらう》に逓与《わた》す折《をり》から、外面《とのかた》に人《ひと》の脚响《あしおと》して、這方《こなた》を投《さし》て来《く》る者《もの》あり。开《そ》は又下《またしも》の回《めぐり》に、解分《ときわく》るを聴《きゝ》ねかし。

新局玉石童子訓巻之二下冊終

新局《しんきよく》玉石《ぎよくせき》童子《どうじ》訓《くん》巻之《まきの》三上冊

東都　曲亭主人口授編

第《だい》三十五回《くわい》　陰徳陽報《いんとくやうほう》如如来柩《によによらいひつぎ》を導《みちび》く／積善天感《せきぜんてんかん》落葉《おちば》其実《そのみ》を賜《たま》ふ

再説《ふたゝびとく》。十三屋《じふさんや》九四郎《くしらう》は、当日《そのひ》杜四郎《もりしらう》成勝《なりかつ》に、絶《たえ》て久《ひさ》しき治比《はるひ》の信《おとづれ》、弘元《ひろもと》風湿病臥《ふうしつびやうぐわ》の事、且《かつ》教訓《きようくん》の言《こと》の顚《もと》末《すゑ》、又贈《またおくら》れし金子《かね》の事《こと》、音就基綱《おとなりもとつな》の上《うへ》さへに、言詳《ことつまびらか》に伝示《つたへしめ》して、弘元《ひろもと》の授《さづけ》たる、一書《いつしよ》を取出《とうで》て逓与《わた》しゝかば、杜四郎《もりしらう》は今始《いまはじめ》て知《し》る、父《ちゝ》の疾病《いたつき》嫡母《ちやくぼ》の逝去《せいきよ》、大兄《おほえ》興元《おきもと》親子《おやこ》の早逝《そうせい》、聞事毎《きくことごと》に胸潰《むねつぶ》れて、漫《そゞろ》に涙《なみだ》の進《すゝ》むを覚《おぼえ》ず、其書《そのしよ》を屢《しばく〵》承戴《うけいたゞ》きて、歎息《たんそく》しつゝ且《かつ》いふやう、

「思《おも》ひきや治比《はるひ》にも、不幸《ふこう》かくの如《ごと》くならんとは。斯《かう》いはゞ女々《めめ》しくて、啣言《かごと》には似《に》たれども、俺薄命《わがはくめい》の致《いた》す所歟《ところか》。髫歳《あげまき》にして実母刀自《うみのはゝとじ》を、喪《うしな》ひしより幾程《いくほど》もなく、外祖父母《とつおぢおば》さへ世《よ》を去《さり》て、今《いま》は安芸《あき》なる親弟兄《おやはらから》に、会《あは》まくほしとのみ思《おも》ひしに、大兄《おほえ》も命長《いのちなが》からず、況《まいて》や大人《うし》は疾病《いたつき》に、臥《ふし》給ひぬと聞《き》くからに、翅《つばさ》なき身《み》を怨《うらむ》るのみ。縦去向《たとひゆくて》は幾百里《いくひやくり》、雲《くも》と水《みづ》とに隔《へだつ》るとも、一葉《ひとは》の舟《ふね》に便《たよ》り求《もと》めて、瞬間《またゝくひま》に彼御許《かのおんもと》へ、参《まゐ》りて拝見《はいけん》せずもあらば、後《のち》に悔《くや》しく思《おも》ふとも、何《なに》をもて及《およば》んや。然《さ》は然《さり》ながらいかにせん。御教訓《ごきようくん》の重《おも》かるに、今一《いまいつ》介《かい》の功《いさを》なくて、那里《かしこ》へは参《まゐ》りがたかり。悲《かな》しきかな。」と声立《こゑたて》て、泣《なか》ぬは泣《な》くに弥増《いやまし》たる、孝子《こうし》の心思《こゝろおも》ひ汲《くむ》、九四郎《くしらう》「さこそ」と慰《なぐさ》めて、

「其御歎《そのおんなげ》きは理《ことわ》りながら、大人《うし》の欠安《つゝが》の大病《たいびやう》ならねば、療薬《りやうやく》必《かならず》経験《しるし》ありて、竟《つひ》には瘥《おこた》り給はなん。路費《ろよう》の金《かね》さへ賜《たまは》りたるに、其義《そのぎ》は権且《しばらく》思《おも》ひ復《かへ》して、柰六《なゝろく》を将《い》て東《あづま》の方《かた》に、武者修行《むしやしゆぎやう》し給はゞ、大人《うし》の教《をしえ》に悖《もと》る事《こと》なく、後《のち》の見参《げんざん》安《やす》かるべし。」

といふに乙芸《おつげ》も云云《かにかく》と、詞《ことば》を添《そへ》て諫《いさむ》れば、四郎《しらう》は僅《わづか》に点頭《うなづき》て、

「現《げ》に愆《あやまち》ぬ。行《ゆく》も従《とゞまる》も、親《おや》の教《をしえ》に従《したが》ふを、孝子《こうし》の道《みち》といはれんのみ。這一通《このいつつう》は、俺兄《わがいろね》の代筆《だいひつ》にて、大人《うし》の賜《し》書《しよ》と承《うけ給は》れば、今見参《いまげんざん》の心地《こゝち》ぞする。いで〳〵。」

といひつゝも、又其一書《またそのいつしよ》を戴《いたゞ》きて、封皮《ふうじ》を折《さか》まくしぬる折《をり》から、跫然《きようねん》として外面《とのかた》より、這方《こなた》を投《さし》て来《き》ぬる者《もの》あり。と見《み》れば、一個《ひとり》の老女《おうな》の、年齢《としのよはひ》は六十《むそぢ》に近《ちか》くて、手袋脛衣巳《かふかけきやはんみ》の時《とき》なる、夏衣《なつぎぬ》ながら行装《たびよそほひ》は、貧《とも》しからざる打扮《いでたち》にて、繻子《しゆす》の前帯裳短《まへおびすそみじか》なる、副帯《そへおび》さへに精悍《かひく》しく、後方《あとべ》に吊《つら》せし行轎《たびのりもの》子の、轎夫両名従《かごかきふたりしたが》ふて、十三《じふさん》屋《や》の店前《みせさき》へ、来《き》つゝ暖簾《のれん》を瞻仰《あほぎみ》見て、『這里《ここ》也けり。』と単領《ひとりうなづ》く、老女《おうな》は莞尓《にこやか》に揖譲《えしやく》して、

「卒尓《そつじ》ながら問侍《とひはべ》らん。九四郎主《くしらうぬし》は宿所《しゆくしよ》に在《ま》すや。」

といふを四郎《しらう》は見《み》かへりて、『折万《をりわろ》かり。』と父《ちゝ》の書《しよ》を、开《そ》が儘《まゝ》に懐《ふところ》へ、夾《をさ》めて急《きう》に身《み》を起《おこ》しつゝ、避《さけ》て奥《おく》へぞ退《まか》りける。当下乙芸《そのときおつげ》は端近《はしちか》く、件《くだん》の老女《おうな》を立迎《たちむか》へて、

「那里《いづこ》より歟知《かし》らず侍《はべ》れど、訪《とは》せ給ふ九四郎《くしらう》は、西《にし》へ旅宿《たびね》の日数《ひかず》歴《へ》て、今日《けふ》かへり来《き》て宿所《しゆくしよ》に在《あ》り。櫛《くし》の御《ご》用《よう》や候。」

と問復《とひかへ》されて、

「嬉《うれ》しやな。饒《ゆるし》給へ。」

と徐《しづ》やかに、草履《ざうり》を其里《そこ》に脱措《ぬぎおき》て、黍登《にじりのぼ》（ママ）れば九四郎《くしらう》も、訝《いぶか》りながら膝《ひざ》を找《すゝ》めて、

「訪《とは》せ給ふ屋主人《いへあるじ》、十三屋《じふさんや》九四郎《くしらう》は、咱等《われら》にこそ候なれ。什麼《そも》那里《いづこ》より来《き》ましたる。」

と訝《いぶか》り問《と》へば点頭《うなづき》て、

「まだ面善《おもしり》にも侍《はべ》らぬに、恁地《かう》狎々《なれなれ》しげなるを、こゝろ得《え》かたく思《おもは》れん。奴家《わらは》は、曩《さき》に這御宿所《このおんしゆくしよ》に、在《あ》りと聞《きこ》えし大和《やまと》の旅客《たびびと》、末朱之介《すゑあけのすけ》に由縁《ゆかり》ある、上市《かみいち》なる落葉《おちば》に侍《はべ》り。」

と名告《なのる》に驚《おどろ》く九四郎乙芸《くしらうおつげ》、

「思《おも》ひかけなや。幵《そ》はよくこそ。其里《そこ》はあまりに端近《はしちか》にて、御話説《おんものがたり》を听侍《きゝはべ》るに宜《よろ》しからず。且這方《まづこなた》へ」

と右《みぎ》ひだりより、上坐《かみくら》へ請居《こひをら》しつゝ、二枚折《ふたひらをり》なる小屏風《こびやうぶ》を、建《たて》て片象《かたと》る客儲《きやくまうけ》に、乙芸《おつげ》は店舗《みせ》の火盤《ひはち》なる、真《しん》鍮《ちゆう》薬鑵《やくわん》拊《なで》試《こゝろみ》て、温茶《ぬるちや》汲拿《くみと》る筩茶碗《つゝちやわん》、茶托《ちやだい》尋《たづね》てうち載《のせ》て、「卒《いざ》」とばかりに薦《すゝむ》れば、受戴《うけいたゞ》きつゝ傍《かたへ》に置《おき》て、

「原来《さては》御身《おんみ》は、九四郎主《くしらうぬし》の御対偶《おんつれあひ》、乙芸刀自《おつげとじ》にをはする歟《か》。」

といはれて乙芸《おつげ》はこゝろを得《え》ず、

「乙芸《おつげ》は即《すなはち》奴家《わらは》に侍《はべ》り。幾《いつ》の程《ほど》にか知《し》られけん。故《ゆゑ》こそあらめ。」

と訝《いぶか》れば、九四郎《くしらう》も倶《とも》にいふやう、

「洒家《われら》は今朝《けさ》旅《たび》より還《かへ》りて、人伝《ひとづて》に聞《きゝ》し御身《おんみ》の事《こと》。彼朱刀禰《かのあけとの》を幾番《いくたびか》歟、救《すく》ひ給ひし慈愛良善《ぢあいりやうぜん》、及《およ》びがたし、と思《おも》ひしのみ。今日《けふ》俺家《わがいへ》に来《き》まさんとは、神《かみ》ならぬ身《み》の知《し》らざりき。」

といへば落葉《おちば》は又点頭《またうなづき》て、

「开《そ》は其該《そのはづ》で侍《はべ》るかし。奴家《わらは》也とて這頭《こゝら》まで、出《いで》て来《く》べうは思《おも》はざりしに、近曽御身《ちかごろおんみ》の宿《やど》し給ひたる、朱之《あけの》介《すけ》は俺女婿《わがむこ》ながら、いふかひもなき浮薄《ふはく》《ウハキ》の本性《ほんしよう》、そを知《し》らざるにあらねども、已《やみ》かたき情由《わけ》ありて、当春《このはる》東西《もの》を買《かは》せんとて、京師《みやこ》のかたに遣《つかは》しゝに、夏闌《なつたく》るまでかへり来《こ》ず、『遊興《ゆふきよう》の癖又起《くせまたおこ》りて、那金子《かのかね》をしもなごりなく、喪《うしな》ひやしつらん。』と猜《すい》ししのみにて大和《やまと》なる、家《いへ》にも慨《うれは》しきこと多《おほ》く、うち歎《なげ》きてのみ在《あ》りける程《ほど》に、いぬる日《ひ》浪速《なには》の陣館《ぢんやかた》より、御使《おんつかひ》を下《くだ》されて、猛可《にはか》に奴家《わらは》を召《めさ》せ給ひぬ。思《おも》ひかけなきことなれば、うち驚《おどろ》きつゝ承《うけ給は》るに、朱之介《あけのすけ》の一義《いちぎ》也。国守《くにのかみ》にも告《つげ》られけん、守《かみ》よりも亦御下知《またおんげぢ》あれば、等一等《まてしばし》ある時誼《しぎ》には侍《はべ》らず。留守《るす》には故老隣人《としよりとなりひと》の、老実《まめやか》なるに憑在《たのみあ》らせて、其次《そのつぎ》の日《ひ》の早旦《あさまだき》に、村長刀禰《むらをさとの》に倶《ぐ》せられて、上市《かみいち》の家《いへ》を立出《たちいで》しより、一日《ひとひ》二日《ふたひ》と旅宿《たびね》をしつゝ、炎暑《あつさ》に堪《たへ》ぬ今日《けふ》午《ひる》の時候《ころ》、倶《とも》に浪速《なには》に来《き》にければ、軈《やが》て陣《ぢん》館《やかた》へ参上《まゐのぼ》りしを、局《つぼ》の内《うち》へ召《めし》よせられて、頭《かう》の殿《との》《いふ》職善《もとよし》を御《ご》出坐《しゆつざ》在《あ》り、有司《ゆうし》に読《よま》せて聞《きか》せ給ふ、朱之介《あけのすけ》が越度《おちど》の条々《をぢ〳〵》、其顚末《そのもとすゑ》を創《はじめ》て知《し》りぬ。

朱之介《あけのすけ》は這十三屋《このじふさんや》を、宿《やど》にして在《あ》りし日《ひ》に、今様《いまやう》と歟《か》喚做《よびなし》たる、娼妓《あそび》の自殺《じさつ》に事起《ことおこ》りて、那身《かのみ》はさら也、宿《やど》の内室乙芸刀自《うちかたおつげとじ》さへ乾児達《こぼんたち》、両三名《ふたりみたり》繫累《まきそひ》せられて、久《ひさ》しく獄舎《ひとや》に繋《つなが》れしに、九四郎主《くしらうぬし》の舎弟《いろと》なる、勇少年《ゆうしようねん》の挊《はたら》きにて、鉄屑《かなくそ》と歟《か》いふ騙賊《もがりぬすびと》《ヘンゾク》の、手下《てした》の夜盗《よたう》を両名《ふたり》まで、擒捕《からめとり》給ひしかば、其強盗等《そのぬすびとら》の招了《はくでふ》にて、今様《いまやう》が自殺《じさつ》も知《し》られ、又朱之介《またあけのすけ》も九四郎主《くしらうぬし》も、鉄屑《かなくそ》が支党《どうるい》ならぬ、証《あかし》も其里《そこ》に達《たち》しかば、頭《かみ》の御疑《おんうたがひ》悄(稍)解《やゝとけ》て、刀自《とじ》と両個《ふたり》の乾児達《こぼんたち》は、今朝《けさ》共侶《もろとも》に赦《しや》にあふて、宿所《しゆくしよ》に還《かへ》り給ひし事、开《そ》が中《なか》に朱之介《あけのすけ》は、旧悪多《きうあくおほ》かる事までも、這時既《このときすで》に聞《きこ》えしかば、更《さら》に罪《つみ》を被《かうむ》りて、大和《やまと》へは返《かへ》されず、背《そびら》を一百鞭《いつひやくむちうた》せて、東《あづま》へ追放《つひはう》せられし事まで、其条々《そのをぢ〱》に備《つぶさ》なりき。

有司《ゆうし》達読果《たちよみはつ》る時《とき》、頭《かう》の殿宣《とののたま》ふやう、

『落葉《おちば》你《なんぢ》が慈善《ぢぜん》なる、俺《われ》間諜児《しのびのもの》をもて、予具《かねてつぶさ》に聞知《きゝし》りたれば、你《なんぢ》を召《めし》よせし事別義《べつぎ》にあらず。嚢《さき》に朱之介《あけのすけ》が盤纏《ろよう》なりとて、九四郎《くしらう》に預《あづ》けしといふ、百《ひやく》九十五金《きん》は、聞《き》くに朱之介《あけのすけ》が有財《もの》ならず。你《なんぢ》が沙金《さきん》と唐布《たうもめん》を買《かは》せんとて、朱之介《あけのすけ》に遆与《わたし》たる、金子《かね》なる故《ゆゑ》に没官《もつくわん》《アガリモノ》せず、你《なんぢ》に返《かへ》し取《とら》する也。但《たゞ》し其金《そのかね》は、故二百両《もとにひやくりやう》也けるを、五両《ごりやう》は朱之介《あけのすけ》が路次《ろじ》の行簏《はたご》に、使減《つかひへら》したりといひにき。這義《このぎ》をもよく存《ぞん》ぜよ。』とみづから仰渡《おほせわた》させて、件《くだん》の金子《かね》を賜《たまは》りしかば、感《かんじ》まつるも畏《かしこ》さに、一霎時《しばし》退《まか》りて長刀禰《をさとの》の、加印《かいん》の承書《うけふみ》をまゐらせしかば、事立地《ことたちところ》に着落《ちやくらく》して、身《み》の暇《いとま》を賜《たまは》りにき。於是初《こゝにはじめ》て聞知《きゝし》りける、刀自《とじ》達三名《たちみたり》の冤屈《むじつ》の罪《つみ》は、俺女婿《わがむこ》朱之介《あけのすけ》所以《ゆゑ》也しに、『俺身料《わがみはら》らず這地《このち》に来《き》ながら、宿所《しゆくしよ》を訪《と》ふて勧解《わび》もせず、朱之介《あけのすけ》が房銭《やどせん》の、債《おひめ》もあらんを償《つくの》はで、大和《やまと》へ還《かへ》りいなれんや。』と思《おも》ふ心《こゝろ》を村長刀禰《むらをさとの》に、告《つげ》て浪速《なには》に宿投《やどとり》て、一霎時《しばし》這身《このみ》の暇《いとま》を請《こ》ふて、吊《つら》せし行轎《かご》にうち乗《の》りつ、方僅這頭《いまかたこゝら》へ来《き》て聞《き》けば、九四郎主《くしらうぬし》は今朝《けさ》安芸《あき》より、かへり来《き》ませしといふ人《ひと》の誨《をしえ》に、いよ〱便歹《たよりわろ》からねば、さてこそ推参《すいさん》し侍《はべ》りにき。」と告《つぐ》る詞《ことば》の淀《よど》なきに、流《なが》るゝ汗《あせ》も納《い》れつべき、夕風《ゆふかぜ》よりも憑《たのも》しく、思《おも》ふ乙芸《おつげ》は応《いらへ》をしつゝ、

「僅《わづか》に聞知《きゝし》る御身《おんみ》の誠心《まこゝろ》、違《たがは》ざりしも不思議《ふしぎ》の対面《たいめん》。俺們三人《われ〱みたり》は罪饒《つみゆる》されて、世間広《よのなかひろ》くなりけるに、那人《かのひと》ばかり追放《おひはな》されて、往方《ゆくへ》も知《し》らずなり給ひしを、心苦《こゝろくる》しく思《おも》ひしのみ。救《すく》ふべくもあらざりき。」

といふを九四郎《くしらう》推禁《おしとゞ》めて、落葉《おちば》が実義《じつぎ》を謝《しや》していふやう、

「初俺《はじめわれ》、朱刀禰《あけとの》を、家《いへ》に留《とゞ》めしは故《ゆゑ》ある事にて、那人《かのひと》は俺隣《わがとなり》なる、岸松屋《きしまつや》を宿《やど》にせんとて、左界《さかい》より来《き》にけるに、其岸松屋《そのきしまつや》は他郷《たけう》へ徙《うつ》りて、這地《このち》にあらず做《なり》しかば、『左界《さかい》の人《ひと》と約束《やくそく》したる、宿違《やどちが》ひては便《びん》なし。』といはるゝにうちも置《おか》れず、其隣《そのとなり》なる故《ゆゑ》をもて、只得俺家《ぜひなくわがいへ》に留《とゞ》めし也。矧又那百《いはんやまたかのひやく》九十五金《きん》は、洒家安芸《われらあき》へ赴《おもむ》く折《をり》、朱刀禰《あけとの》より預《あづかり》しを、乙芸《おつげ》に蔵置《をさめおか》せしに、幾程《いくほど》もなく禍事起《まがことおこ》りて、件《くだん》の金子《かね》を陣館《ぢんやかた》へ、召《め》されて出《しゆつ》処《しよ》を鞫問《きくもん》あり。故《もと》の主《ぬし》なればとて、御身《おんみ》に返《かへ》し賜《たまは》りしは、是切《これせめ》てものことながら、俺豈今《われあにいま》さら那人《かのひと》の、房銭《やどせん》を欲《ほり》せんや。皆是時《みなこれとき》の不幸《ふかう》にて、乙芸《おつげ》と六市四《ろくいちし》摠等《さうら》を、一旦連累《いつたんまきそひ》せられたりとて、怨《うら》むべきことにはあらず。那人《かのひと》の心術《こゝろざま》は、好《よく》もあれ歹《わろく》もあれ、俺《われ》は俺誠心《わがまこゝろ》をもて、権且家《しばらくいへ》に留《とゞ》めしに、『無慙《むざん》や、那人追放《かのひとつひはう》せられて、鐚一文《びたいちもん》の盤纏《ろよう》もなきを、救《すくは》ずは俠者《をとこ》にあらず。』と思《おも》ひにければ俺弟《わがおとゝ》、柒六《なゝろく》をもて金五両《かねごりやう》を、贈《おく》らせんとて赶《おは》せたり。なれども時《とき》の移《うつり》しかば、及《およぶ》べきや否《あらずや》を知《し》らず。又那二《またかのに》賊《ぞく》を生拘《いけとり》しより、遂《つひ》に疑獄《ぎごく》を解《と》きし捍《はたら》きは、弟柒六《おとゝなゝろく》の功《いさを》のみならず、另《べち》に一個《ひとり》の勇少年《ゆうしようねん》あり。幵《そ》は杜四郎成勝《もりしらうなりかつ》と喚做《よびなし》て、柒六《なゝろく》と共侶《もろとも》に、小松《こまつ》の孟林寺《まうりんじ》に寓居《ぐうきよ》しつ、嚮《さき》に訪来《とひき》て奥《おく》に在《あ》り。」

といひつゝ外面瞻仰《とのかたあほぎみ》見て、

「日《ひ》ははや没《いり》て黄昏《たそがれ》たり、乙芸《おつげ》行灯《あんどん》を出《いだ》さずや。喃大和《なうやまと》の姨御《おばご》、いふべき事も聞《きく》べき事も、迯《かたみ》に猶多《なほおほ》かるに、今宵《こよひ》は這里《ここ》に留《とま》らせ給へ。」

といふに乙芸《おつげ》も共侶《もろとも》に、

「留守《るす》の程《ほど》なる禍事《まかこと》にて、櫛工《くしひきら》等も炊妾《かしめき》《ゲヂョ》さへ、一個《ひとり》もあらず做《な》りしかば、然《さ》せる款待《もてなし》は得《え》ならねども、先夕《まづゆふ》饌《ぜん》をまゐらせん。陜《せま》くはあれど納戸《なんど》にて、夜《よ》と共《とも》に語《かた》り給ひねかし。」

といひつゝ立《たつ》を掖歇《ひきとめ》て、

「否《いな》。剛才《いまがたき》来ぬる路《みち》にて、物喫《ものたべ》たれば欲《ほし》からず。然《さ》らでもうち続《つゞ》く憂《うき》事にて、痞《つかえ》はいまに治《をさま》らず。自由《じゆう》には侍《はべ》れども、夕風《ゆふかぜ》のよく吹入《ふきい》るゝ、這里《ここ》にこの儘置《まゝおか》れんこそ、こよなき管待《もてなし》なるべけれ。」

といふに九四郎《くしらう》諾《うべな》ひて、

「尓《しか》らば両個《ふたり》の轎夫《かごかきひと》は、背門《せと》に召容《よびいれ》て酒飲《さけのま》せんず。」

といふを落葉《おちば》は聞《きゝ》あへず、

「否《いな》。他等《かれら》は浪速《なには》の宿所《しゆくしよ》へ返《かへ》して、今宵《こよひ》の情由《わけ》を村長刀禰《むらをさとの》に、告《つげ》ずは不便《ふべん》に侍《はべ》るべし。」

といひつゝやをら身を起《おこ》しつゝ、店頭《みせさき》へ立出《たちいで》て、「こや〳〵」と喚《よび》よすれば、店舗《みせ》の傍《かたへ》に行轎《たびのりもの》を、舁居《かきすゑ》て主《ぬし》を俟《まつ》、件《くだん》の両個《ふたり》の轎奴《かごかき》は、「応《おう》」と答《こたへ》て来《き》にけるを、落葉《おちば》は猶《なほ》も近《ちか》つけて、

「奴家《わらは》は這里《ここ》に所要《しよえう》あり。一夜《ひとよ》明《あか》して明日《あす》いなん。和郎達《わろたち》は浪速《なには》の宿《やど》へ、退《まか》りて由《よし》を長刀禰《をさとの》に、告《つげ》て明日《あす》又《また》朝夙《あさはや》く、奴家《わらは》を迎《むかへ》に来《こ》よかし。」

と詞《ことば》急迫《せわ》しく吩咐《いひつく》れば、九四郎《くしらう》も労《ねぎら》ひて、

「和郎達《わろたち》大義《たいぎ》にあらんずらん。酒菜《さかな》はなけれど酒《さけ》はあり。背門《せど》より入《い》りて喫《のま》ずや。」

といふを轎奴等《かごかきら》は聞《きゝ》あへず、

「否沙量《いなげこ》なれば欲《ほし》からず。飯《いひ》も剛才《いまがた》賜《たまは》りぬ。卒然《いざさ》らば阿懐《おふくろ》さま。明日《あす》又迎《またむかへ》にまゐりてん。」

と告別《いとまこひ》しつ行轎《たびのりもの》を、抬起《もたげおこ》して浪速《なには》なる、歇店《やどり》を投《さし》て退《まか》りける。

当下《そのとき》九四郎《くしらう》は外《と》に出《いで》て、暖簾《のれん》卸《おろ》しつ推畳《おしたゝみ》て、箱招牌《はこかんばん》にうち乗《のせ》て、开《そ》が儘《まゝ》店舗《みせ》の片隅《かたすみ》へ、遽《いそがは》しく拿入《とりい》れて、戸《と》を繰下《くりをろ》す両三枚《ふたひらみひら》、都《すべ》ては閉《たて》ぬ夏《なつ》の夜《よ》の、風《かぜ》も馳走《ちそう》の一蒸熱《ひといきれ》。乙芸《おつげ》は行灯《あんどん》引《ひ》提来《さげき》て、碟子《さら》に装做《もりな》す葛《くず》の粉餅《こもち》に、掛《かけ》し砂糖《さたう》は夏《なつ》の霜《しも》、心《こゝろ》も解《と》けし款待態《もてなしぶり》に、煎茶《せんちゃ》の出《で》飪《はな》汲更《くみかえ》て、

「何《なに》はなけれど是《これ》也とも、御口取《おんくちとり》に。」

と薦《すゝむ》るを、落葉《おちば》は受《うけ》つ戴《いたゞ》きて、

「こはうち措《おか》せ給はずて、御阨会《ごやくくわい》に做《な》り侍《はべ》り。這葛餅子《このくずもちひ》を賜《たまは》るだに、吉野《よしの》に近《ちか》き俺家《わがいへ》の、事《こと》をし思《おも》ひ出《いで》られて、常言《ことわざ》にいふ『憂者《うきもの》は、逆旅《たびぢ》』にこそ。」

と涙啗《なみだぐ》む、庖湢《くりや》の蚊遣《かやり》煙《けぶ》り来《き》て、人《ひと》を泣《なか》する袖《そで》の露《つゆ》、夜《よる》の席《むしろ》の蕭然《しめやか》に、閑談時《かんだんとき》を移《うつ》すめり。

姑且《しばらく》して九四郎《くしらう》は、坐《ざ》して落葉《おちば》にうち向《むか》ひて、

「前《さき》にもいひし事ながら、杜四郎《もりしらう》と柒六《なゝろく》が、御身《おんみ》の上《うへ》を聞知《きゝし》りしは、いかで上市《かみいち》へ赴《おもむ》きて、那百《かのひやく》九十五両《りやう》の、金子《かね》の、出処来歴《しゆつしよらいれき》を、問《とひ》も質《たゞ》して自他《じた》一件《ひとくだり》の、疑獄《ぎごく》を解《とか》ん為《ため》なりき。尓程《さるほど》に、孟林寺《まうりんじ》に新参《いままゐり》なる、柿《かき》八《はち》と喚做《よびな》す奴隷《しもべ》の、故郷《こけう》は上市《かみいち》也と聞《きこ》えしかば、他《かれ》に就《つき》て朱刀禰《あけとの》の、出処《しゆつしよ》の虚実《きよじつ》を問《とひ》しより、那人《かのひと》の放蕩《はうたう》無頼《ふらち》、御身《おんみ》の慈善徳義《ぢぜんとくぎ》まで、具《つぶさ》に聞知《きゝし》ることを得《え》て、倶《とも》に大和《やまと》へ起行《たびたち》せんとて、准備《ようい》をしける其夜《そのよ》艾《さり》、疑獄《ぎごく》を解《と》くべき照据《あかし》を得《え》たれば、大和《やまと》へゆかず做《な》りけるに、反《かへつ》て御身《おんみ》に訪《とは》るゝは、縁《えん》ある所以《ゆゑ》歟《か》、こも奇《き》也。」

といふに落葉《おちば》は胆向《きもむか》ふ、心《こゝろ》の裏《うち》に思《おも》ふ事、うち出《いで》て尓《しか》いへばえに、喦越《いはこ》す波濤《なみ》歟《か》、堰歇難《せきとめかね》し、涙《なみだ》に答口《こたへく》籠《こも》りけり。

有係《かか》る折《をり》から窃歩《ぬきあし》しつゝ、這店頭《このみせさき》へ来《く》る者《もの》あり。是則《これすなはち》別人《ことひと》ならず、末朱之介晴賢《すゑあけのすけはるかた》也。他《かれ》は旧悪《きうあく》の故《ゆゑ》をもて、嚮《さき》に陣館《ぢんやかた》の雑兵二三名《ざふひやうふたりみたり》に、追立《おひたて》られ将《い》て去《さ》られて、則《すなはち》浪速《なには》の申明亭《ふだのつぢ》にて、幵《そ》が儘《まゝ》に追放《おひはな》されて、雑《ざふ》兵等《ひやうら》はかへり去《さ》りけり。尓程《さるほど》に朱之介《あけのすけ》は、罪解《つみげ》屍人《しにん》を免《まぬか》れたれども、既《すで》に追放《つひはう》の身《み》と做《な》りて、僅《わつか》に銭一緡《ぜにひとさし》の、盤纏《ろよう》だにあることなければ、進退其里《しんたいそこ》に谷《きはま》りて、ゆきも得《え》やらず路傍《みちはた》なる、極下《このもと》に立《たち》よりて、跪居《ついゐ》て肚裏《はらのうち》に思《おも》ふやう、

『曩《さき》には俺冤屈《われむじつ》の罪《つみ》にて、宿《やど》の老婆乾児等《にようばうこぼんら》さへ、一旦獄舎《いったんひとや》に繫《つなが》れたれども、俺做《わがな》せる孽《わざ》にあらず。況《まいて》や他《かれ》等《ら》は饒《ゆる》されて、異《こと》なく家《いへ》に返《かへ》されたれば、俺《われ》を憐愍思《あはれみおも》はずとも、怨《うら》むべき事にはあらず。九四郎《くしらう》は安芸《あき》よりして、いまだかへり来《こ》ずもあれ、老婆乙芸《にようばうおつげ》に悲《かなし》み請《こ》ふて、銭《ぜに》まれ金《かね》まれ借《か》らばや。』と尋思《しあん》をしつゝ路《みち》を易《かへ》て、執《とつ》て返《かへ》しつ浪速《なには》を過《よぎ》りて、住吉《すみよし》の里《さと》に来《き》ぬる程《ほど》に、既《すで》にして日《ひ》は暮《くれ》けり。

当下《そのとき》朱《あけの》之介《すけ》は、甲夜《よひ》闇《やみ》に紛《まぎ》れつゝ、十三屋《じふさんや》の店頭《みせさき》に潜来《しのびき》て、閉遺《ひきのこ》したる戸《と》の問《あはひ》より、家内《いへのうち》の光景《ありさま》を覗《うかゞ》ふに、奇《くし》きは又只是《またたゞこれ》のみならで、思《おも》はざりける九四郎《くしらう》は、何《いつ》の程《ほど》にかかへり来《き》にけん、乙芸《おつげ》と倶《とも》に店舗《みせ》に在《あ》り。大和《やまと》なる落葉《おちば》さへ、主人夫婦《あるじふうふ》にうち対《むか》ひて、打譚《うちかたら》ふてありしかば、「吐嗟《あなや》。」とばかり胆潰《きもつぶ》れて、『夢《ゆめ》ならずや。』と思《おも》ふのみ。内《うち》に入《い》るべき便宜《びんぎ》ならねば、悄《そ》と退《しりぞ》きて呼門《おとなひ》せず、猶《なほ》も容子《やうす》を知《しら》まく欲《ほし》さに、這店舗《このみせ》の傍《かたへ》なる、抬簀子《あげすのこ》を悄地《ひそか》に下《おろ》して、柱《はしら》に身《み》を倚《よ》せ尻《しり》うち掛《かけ》て、罩面《ほうかむり》しつ耳《みゝ》を澄《すま》して、主客《しゆかく》うち相譚《かたらふ》を、窃聞《たちぎゝ》し

てぞ居《ゐ》たりける。

裏面《うち》には是《これ》を知《し》るよしもなく、落葉《おちば》は屢《しば〳〵》嗟《さ》嘆《たん》して、九四郎《くしらう》に答《こたふ》るやう、

「人《ひと》にして人《ひと》ならぬ、朱之介《あけのすけ》の禍事故《まがことゆゑ》に、尚年少《なほとしわか》き刀禰達《とのたち》の、近《ちか》くもあらぬ俺家《わがいへ》を、訪《とは》んとまで准備《ようい》ありけん、心操《こゝろばえ》こそ憑《たのも》しけれ。斯《かう》いはゞ暗《くら》き恥《はぢ》を、明々地《あからさま》に做《な》すに似《に》たれど、朱之介《あけのすけ》の事《こと》はしも、柿八《かきはち》とやらンが話説《ものかたり》にて、知《し》られたらば匿《かくす》も要《えう》なし。他《かれ》は俺姪斧柄《わがめひをのゑ》の必死《ひつし》を、拯《すく》ひて妖怪《えうくわい》を、対治《たいぢ》したる者《もの》なりき。且奴家《かつわらは》が伊勢《いせ》の阿濃《あの》の津《つ》に、遣嫁《よめり》して、商賈《あきひと》の妻《つま》也し時《とき》、其家《そのいへ》痛《いた》く衰《おとろへ》果《はて》て、夫婦離別《ふうふりべつ》しける折《をり》、其年僅《そのとしわづか》に五歳《いつゝ》なる、独女児《ひとりむすめ》に泣別《なきわかれ》して、旧里《ふるさと》なれば大和《やまと》なる、兄杣木斧七《あにそまきをのしち》の、家《いへ》に歇《かゝ》りて在《あ》りし程《ほど》、斧七夫婦《をのしちふうふ》は時疫《ときのけ》にて、共侶《もろとも》に身故《みまか》りつ、遺《のこ》るは姪《めひ》の斧柄《をのゑ》のみ。其比《そのころ》は尚稚《なほをさな》かりしを、稍守育長《やゝもりそだてひと》と成《な》して、好女婿《よきむこ》欲得《がな》と徴《もとむ》る折《をり》から、朱之介《あけのすけ》が斧柄《をのゑ》を拯《すく》ひし、恩義《おんぎ》あるのみならず、他《かれ》は俺故《わがもと》の良人《をつと》の、後妻《うはなり》に生《うませ》たる、独子《ひとりこ》なりき、と聞《きこ》えしかば、新恩旧縁両《しんおんきうえんふたつ》ながら、深《ふか》くも感《かん》じ思《おも》ふの故《ゆゑ》に、漫《そゞろ》に斧柄《をのゑ》を妻《めあは》せしより、斧柄《をのゑ》は遂《つひ》に有身《みごもり》て、五月《いつゝき》に做《なり》し今茲《ことし》の春《はる》、朱之介《あけのすけ》に東西買《ものかは》せんとて、京《きやう》へ遣《つかは》したりけるに、久《ひさ》しくなるまでかへり来《こ》ず、信《おとづれ》だにもあることなければ、斧柄《をのゑ》はそれを苦《く》に病故《やむゆゑ》にや、いまだ臨月《りんげつ》には做《な》らざるに、猛可《にはか》に産《さん》の紐解《ひもと》きて、八月子《やつきこ》を生《うみ》たりき。其生《そのうまれ》しは男児《をのこご》にて、然《さ》しも恙《つゝが》はなけれども、只痛《たゞいたま》しきは斧柄《をのゑ》の薄命《はくめい》、其夜急症《そのよきうしよう》にて身故《みまか》りにき。年来《としごろ》守《もり》も育《そだて》たる、姪《めひ》にはあれど実子《うみのこ》に、異《こと》ならず思《おも》ふ老《おい》が身《み》の、頼《たの》む樹下《このもと》に雨漏《あめも》りて、袖《そで》のみ濡《ぬら》す憂《うき》事の、憂《うき》に堪《たへ》ねば共侶《もろとも》に、死《しな》ばやとうち歎《なげ》きつゝ、一日《ひとひ》二日《ふたひ》と弁《わく》よしもなく、安葬《ほうむり》もせでありける程《ほど》に、思《おも》ひかけなき如如来様《によによらいさま》の、六田《むた》の庵《いほり》を出《いで》まして、這頭《こゝら》を券縁《くわんけ》《ケチエン》し給ふとて、人多《ひとおほ》く俺門《わがかど》に、立集《たちつど》ふと聞《きこ》えしかば、慌惑《あはてまど》ひ

憂《うれひ》に丁《わく》りて
禪師《ぜんし》杣木《そまき》の
家《いへ》に光臨《くわうりん》を
このこころの本文
八丁目に見えたり
おちよ
さとおや

ゆきくら
さと人
さと人
さと人
さと人
さと人

つ走《はし》り出《いで》て、禅師《ぜんし》様《さま》の御《み》法衣《ころも》の、袖《そで》に携《すが》りつ斧柄《をのゑ》が為《ため》に、廻《ゑ》向《こう》を願《ねが》ひまつりしかば、姑且《しばらく》錫《しやく》を駐《とゞ》めつゝ、俺《わが》家《いへ》にのみ立《たち》より給ひて、斧柄《をのゑ》が柩《ひつぎ》に廻《ゑ》向《こう》あり。且《かつ》奴家《わらは》に諭《さとし》給ふやう、

『約莫《およそ》生《いき》とし活《いけ》る物《もの》、那生《かのしよう》あれば這死《このし》あり。喪《うしなは》ざれば得《う》ることなし。何《なに》をか哀《かなし》み何《なに》をか歎《なげか》ん。俺今《われいま》無量《むりやう》の法《ほう》語《ご》あり。善女《ぜんによ》謹《つゝしん》で聴聞《ちやうもん》せよ。汝《いまし》はさら也死《し》しける女児《むすめ》も、其心《そのこゝろ》貞実《ていじつ》にて、悪心悪行《あくしんあくぎやう》なしといへども、不幸《ふこう》かくの如《ごと》くなるは、倶《とも》に前世《ぜんせ》の業報《ごうほう》のみ。今《いま》この悪報《あくほう》あらざれば、死《し》して清果《せいくわ》を得《え》べき事かたかり。又汝《またいまし》の女婿《むこ》、末朱之介《すゑあけのすけ》の如《ごと》きは、原是邪物《もとこれじやぶつ》の後《のち》の身《み》也。縁《えん》に触事《ふれこと》に感《かん》じて、斧柄《をのゑ》が必死《ひつし》を拯《すく》ひしは、是孽《これわざはひ》の寓《よ》る所《ところ》。其拯《そのすく》ひしは拯《すく》ふにあらで、反《かへつ》て是《これ》を殺《ころ》す也。然《さ》るを汝《いまし》が疎忽《そこつ》なる、初対面《しよたいめん》より婿做《むこがね》の、約束《やくそく》して悔《くひ》もせず、夙《はや》く斧柄《をのゑ》を妻《めあは》せて、他《かれ》が邪淫《じやいん》に喪《うしな》ひたる、主君《しゆくん》の財貨《たから》を喪《うしな》はせじとて、償《あがなひえ》得させしは惑《まよ》ひのみ。慭《なまじい》に義《ぎ》に仗《よら》まく欲《ほり》して、邪物《じやぶつ》の悪《あく》を肥《こや》ししかば、其益《そのゑき》なきを今《いま》こそ知《し》らめ。然《され》ば朱之介《あけのすけ》に齎《もたら》したる、二百金《にひやくきん》も空《あだ》花《はな》にて、生《うま》れし小児《ちご》も孫《まご》ならぬを、後《のち》に悟《さと》るよしあらん。然《され》ばとて世《よ》を果敢《はか》なみて、女僧《あま》に做《な》らまく欲《ほり》するとも、這家《このいへ》いよ〳〵羈《ほだし》に做《な》りて、今《いま》は本意《ほい》を遂《とげ》かたかり。好《よき》も歹《わろ》きも自然《しぜん》に任《まか》して、哀《かなし》むべからず歎《なげ》くべからず。只愛惜《ただあいじやく》の念《おもひ》を断《たち》て、斧柄《をのゑ》がことを忘《わす》れよ。』

と教化一入叮寧《きようけひとしほねんごろ》にて、いまだ告《つげ》ざるに俺家《わがいへ》に、ありにし事を見《み》る如《ごと》く、知《しら》せ給ひし善智識《ぜんちしき》の、法語《ほうご》に驚《おどろ》き、且畏《かつかしこ》みて、合掌《がつしよう》しつゝ稟《まう》すやう、

『罪深《つみふか》かりし迷《まよひ》の雲《くも》も、御教化《ごきようけ》によりて霽《はれ》侍《はべ》り。然《さ》るにても朱之介《あけのすけ》に、齎《もたら》したる金二裏《かねふたつゝみ》は、斧柄《おのゑ》が厄《やく》を救《すくは》れたりし、報恩《ほうおん》の其一種《そのひとくさ》なれば、他又遊興淫楽《かれまたゆふきよういんらく》に、使失《つかひうしな》ひたればとて、惜《をし》むに足《た》らず侍《はべ》れども、他《かれ》が東《あづま》の主《しゆ》

君《くん》より、仰《おほせ》を承《うけ》てもて来《き》にける、唐布百反《たうもめんひやくたん》と、沙金五百両《さきんごひやくりやう》也と聞《きゝ》しのみ、开《そ》は禅師《ぜんし》に乞《こひ》まつる、造仏《ぞうぶつ》の為《ため》なりしを、他《かれ》淫楽《いんらく》に使捨《つかひすて》て、残《のこ》るは沙金《さきん》二十一包《つゝみ》、留《とゞ》めて俺家《わがいへ》に在《あ》り。他《かれ》は倘那儘《もしあのまゝ》に、這地《このち》へかへらず做《な》りもせば、件《くだん》の沙金《さきん》を遣《やる》かたなし。其折《そのをり》には禅師様《ぜんしさま》、いかで受《うけ》させ給ひね。』

と願《ねが》へば頭《かうべ》をうち掉《ふり》て、

『造仏《ぞうぶつ》は是《これ》有漏《うろ》の縁《えん》、扇谷《あふぎがやつ》の情願《じやうぐわん》を、許《ゆる》さざりしは這故《このゆゑ》也。なれども汝《いまし》が深信切義《しんぐせつぎ》、賞《しよう》すべきよしあれば、其沙金《そのさきん》は柩《ひつぎ》に乗《のせ》て、斧柄《をのゑ》が亡骸《なきから》と倶《とも》に瘞《うづ》めよ。其金《そのかね》後《のち》に世《よ》に見《あらは》れて、為《ため》に仏像《ぶつぞう》を作《つく》る者《もの》あらん。然《され》ば扇谷《あふぎがやつ》朝興《ともおき》の、夙願《しゆくぐわん》を果《はた》すに足《た》るべし。必《かならず》な疑《うたが》ひそ。』

と諭《さと》しつ料紙硯《りやうしすゞり》を求《もと》めて、則《すなはち》斧柄《をのゑ》が法名《はうみやう》を、梅雪信女《ばいせつしんによ》と命《めい》じ給ひつ、件《くだん》の沙金《さきん》を出《いだ》させて、財嚢《さいふ》の随《まゝ》に柩《ひつぎ》の上《うへ》へ、紐《ひも》もて結付《むすびつけ》させて、又《また》教《をしえ》給ふやう、

『俺《われ》思《おも》ふ旨《むね》あれば、這亡骸《このなきから》は六田川《むたかは》の、辺《ほとり》へ抬《もた》げ出《いだ》させて、俺庵《わがいほ》近《ちか》く葬《ほうむ》るべし。是《これ》も縁《えん》あることなりかし。』

といひつゝ四下《あたり》を見《み》かへり給ふに、里《さと》の老弱《ろうにやく》百十数名《ひやくじつすうにん》、禅師《ぜんし》を渇仰《がつこう》しぬる者《もの》、倶《とも》に這坐席《このざしき》へ稠《こみ》入りて、囲《ゐ》繞《によう》して在《あ》りしかば、禅師《ぜんし》列々看亘《つらくみわたし》て、

『衆人《もろひと》目今《たゞいま》俺為《わがため》に、這柩《このひつぎ》を抬《もた》げ出《いだ》して、六田川《むたかわ》の辺《ほとり》に葬《ほうむ》れ。疾々《とくく》せよ。』

といそがし給へば、里人《さとひと》歓《よろこ》び承《うけ》ざる者《もの》なく、惴雄《はやりを》の壮佼《わかもの》五六名《ごろくにん》、合肩《もろかた》入《い》れて抬《もた》げ出《いだ》せる、柩《ひつぎ》に従《したが》ふ里《さと》の老《ろう》弱《にやく》、皆《みな》後《おく》れじとて外《と》に立《たて》ば、禅師《ぜんし》は錫杖《しやくぢやう》衝鳴《つきなら》して、是《これ》を導《みちび》き給ひけり。憶《ゆく》りなかりし野辺送《のべおくり》に、奴家《わらは》はさら也一家児《いへのうち》なる、炊婦《みづしをんな》も鍼妾《しんみやう》も、且《かつ》呆《あき》れ且《かつ》畏《かしこ》みて門方《かどべ》に立《たち》て目送《みおく》る程《ほど》に、数珠《ずゞ》もて拝《おが》むも多《おほ》かりけり。誠《まこと》に

不測《ふしき》の仏縁《ぶつえん》なる哉《かな》。如如来様《によによらいさま》を信《しん》ずる者《もの》も、腹黒《はらくろ》き毎《ともがら》は、十《と》遍百遍詣《たびもゝたびまうづ》るとも、拝面《はいめん》を饒《ゆる》し給はず、と予聞《かねてきゝ》たる事しもあるに、斧柄《をのゑ》が不幸《ふこう》、死亡《しぼう》の折《をり》、招《まねか》ざるに出《いで》まして、聚合《つどひ》し里《さと》の衆人《もろひと》に、柩《ひつぎ》を舁《かゝ》せて将《い》て去《さ》りて、六田川《むたかは》の上《ほとり》なる、御庵《おんいほり》の傍《かたはら》に、安葬《ほうむら》せ給へるは、過世《すくせ》ありける洪福《さいはひ》にて、歎《なげ》きの中《うち》の歓《よろこ》び也。最淡々《いとあはく》しき女子《をなご》の浅智《せんち》に、量知《はかりしる》べきよしもなき、活菩薩《いきぼさつ》の教化《きようけ》に任《まか》せて、形貌《かたち》は有髪《うはつ》の優婆姨《うばい》也とも、寧煩悩《むしろぼんなう》の絆《ほだし》を断《たち》て、心《こゝろ》を安養極楽浄土《あんやうごくらくじようど》に、置《おか》ば何《なに》ぞ措《おか》ざらん、と思《おも》ひ復《かへ》しつ歎《なげ》きを禁《とゞめ》て、今《いま》は斧柄《をのゑ》が像見《かたみ》なる、赤子《ちご》の為《ため》に乳《ち》を討《もとむ》るに、片山里《かたやまさと》は亟《とみ》の所用《しよよう》に、妳母《めのと》を徴《もと》め易《やす》からず。折《をり》から新町《にひまち》なる敗銕経紀《ふるかねあきひと》、釘六《くぎろく》の老婆《にようばう》も、二十日《はつか》已前《いぜん》に子《こ》を生《うみ》たるに、其赤子《そのちご》は亡《なく》なりて、懐《ふところさみ》寂しきのみならず、乳房《ちふさ》盈《はり》て堪《たへ》がたさに、雛鵖《さとこ》を索《もと》むると聞《きこ》えしかば、先当分《まづたうぶん》の凌《しのぎ》の為《ため》に、斧柄《をのゑ》が赤子《ちご》の乳名《をさなな》を、玉五郎《たまごらう》と命《なづ》けてぞ、釘六許遣《くぎろくがりつかは》して、其老婆《そのにようばう》に字育《はぐゝま》すれば、聊《いさゝかむね》心は安堵《おちゐ》たり。

是《これ》よりの後《のち》、梅雪信女《ばいせつしんによ》の、為《ため》に香《かふ》を焼花《たきはな》を賻《たむ》けて、看経《かんきん》に日《ひ》を送《おく》る程《ほど》に、まだ三七日《みなのか》にはならざりける、当日《そのひ》浪速《なには》の陣館《ぢんやかた》より、召《めさ》るゝと聞《きこ》えしかば、うち驚《おどろ》きつゝ喪服《もふく》を脱《ぬぎ》て、這地《このち》に来《き》つる事《こと》の顚末《もとすゑ》、長々《ながく》しくて飽《あか》れやすらん。要《えう》なき身上話説《みのうへはなし》にこそ。」といひ果《はて》て歎息《たんそく》す。九四郎乙芸《くしらうおつげ》は共侶《もろとも》に、聞《き》くに哀《かな》しき人《ひと》の家《いへ》の、艱《なやみ》を今《いま》さら慰難《なぐさめかね》て、屢《しばく》嗟嘆《さたん》したりける。

当下落葉《そのときおちば》は、項《うなぢ》に掛《かけ》たる、紐《ひも》を延《のば》しつ財嚢《さいふ》を出《いだ》して、主人夫婦《あるじふうふ》に示《しめ》していふやう、「前《さき》にも告《つげ》たる事ながら、這箇金二百両《これこのかねにひやくりやう》は、朱之介《あけのすけ》の為《ため》に調達《ちやうたつ》して、他《かれ》に逓与《わた》しし开《そ》が内中《うち》を、五両歟《ごりやうか》他《かれ》は使《つか》ひしのみ。残《のこ》る一百九十五金《いつひやくくじふごきん》は、這財嚢《このさいふ》の中《うち》にあり。今日《けふ》陣館《ぢんやかた》より賜《たまは》りて、故《もと》へ復《かへり》し金子《かね》ながら、嬉《うれ》しくも思《おも》はぬに、もてかへらんは心似《こゝろに》ず。いはでも知《し》るき事ながら、朱之介《あけのすけ》が醸《かも》したる、禍鬼《まがつみ》に拘《かゝ》つらひて、乙芸刀自《おつげとじ》さへ乾児達《こぼんたち》さへ、疑獄《ぎごく》に繋《つなが》れ給ひしかば、御活業《おんなりはひ》さへ禁《とゞ》められたる、東西《もの》の没匁《いりめ》の多《おほ》かりけん。然《さ》るを朱之介《あけのすけ》を憎《にく》みもせで、他《かれ》に盤纏《ろよう》を取《とら》せんとて、賢弟《おんいろと》をもて赶《おは》せ給ひし、九四郎主《くしらうぬし》の任俠《をとこぎ》の、有《あり》かたきまで忝《かたじけな》きに、些《ちと》の報《むくひ》をせずもあらば、這地《このち》へ来《き》つる甲斐《かひ》はなし。願《ねが》ふは御夫婦《ごふうふ》這金子《このかね》を、受納《うけをさめ》て是《これ》までの、費《つひえ》に充《みて》させ給へかし。」

といひつゝ財嚢《さいふ》を拿抗《とりあげ》て、逓与《わたさ》まく欲《ほり》するを、九四郎《くしらう》は手《て》にだに触《ふれ》ず、推戻《おしもど》して且《かつ》いふやう、

「开《そ》は思《おも》ひかけもなき、其金受《そのかねうけ》て何《なに》にせん。御身《おんみ》こそ朱刀禰《あけとの》に、幾層《いくそ》の鈔《もの》を没《い》れながら、那人都《かのひとすべ》て事《こと》を得遂《えとげ》ず。开《そ》が上《うへ》に令愛《むすめご》の、不幸《ふこう》の没匁《いりめ》もさぞあらん。其《それ》は其儘《そのまゝ》もてかへりて、仏事《ぶつじ》に用《もち》ひ給ひね。」

と推辞《いな》めば乙芸《おつげ》も倶《とも》にいふやう、

「如如来様《にょくらいさま》の事はしも、這里《ここ》にも人《ひと》のいふ者《もの》あり。其活仏《そのいきほとけ》の引接《いんぜふ》を、承《うけ》給ひしは御息女様《ごそくぢよさま》の、孝順貞義《こうじゆんていぎ》と御身《おんみ》の慈善《ぢぜん》の、故《ゆゑ》にこそあらんずらめ。其《そ》に及《およ》ぶべくはあらねども、九四郎《くしらう》が任俠《をとこぎ》なる、人《ひと》に東西《もの》を施《ほどこ》しはすれ、然《さ》もなき故《ゆゑ》に人《ひと》さまより、東西《もの》を受《うく》る事は侍《はべ》らず。开《そ》を云云《かにかく》と強《しひ》給ふは、憚《はゞか》りながら人《ひと》を知《し》り給はぬ、故《ゆゑ》にこそ侍《はべ》らめ。」

と辞《いろ》ふを落葉《おちば》は推復《おしかへ》して、

「そは其該《そのはづ》で侍《はべ》れども、目今《たゞいま》いひし情由《わけ》なれば、枉《まげ》て受《うけ》させ給ひね。」

と又薦《またすゝむ》るを毫《ちつと》も聞《き》かぬ、夫婦《ふうふ》斉一《ひとしく》固辞《いなむ》のみ、遣《や》りつ返《かへ》しつ果《はて》しなければ、落葉《おちば》は只得件《ぜひなくくだん》の財嚢《さいふ》を、幵《そ》が儘《まゝ》側《かたへ》に閣《さしお》きて、憶《おもは》ず落《おつ》る感涙《かんるい》を、袖《そで》に堰《とゞ》めて又《また》いふやう、

「思《おも》ふに増《まし》て誠《まこと》ある、御夫婦《ごふうふ》の方正《ものがた》さに、負《まけ》て本意《ほい》なく侍《はべ》るかし。斯《かう》いはゞ心裏《うら》恥《はづか》しき、不問語《とはずかたり》に侍《はべ》れども、這金子《このかね》也とて有余《ありあまる》、游財《あそびかね》にはあらずかし。朱之介《あけのすけ》を世《よ》に出《いだ》さまく、思《おも》ふばかりに内百両《うちひやくりやう》は、他借《たしやく》して他《かれ》に遁与《わた》ししに、そも亦空《またあだ》に做《な》りしかば、『切《せめ》て御身《おんみ》御夫婦《ごふうふ》と、舎弟達《いろとたち》二柱《ふたはしら》の、恩義《おんぎ》に報《むく》ひまつらん。』と思《おも》ふばかりの寸志《すんし》に侍《はべ》れど、幵《そ》も听《きか》れぬを争何《いかゞ》はせん。知《しら》せ給はぬことながら、奴家《わらは》が伊勢《いせ》の津《つ》に在《あ》りし時《とき》、故《もと》の良人《をつと》木偶介《でくすけ》は、家《いへ》をも子《こ》をも忘《わす》るゝまでに、色《いろ》に惑《まよ》ひて銭財《ぜにかね》を、湯水《ゆみづ》の如《ごと》く使捨《つかひすて》たる、其後妻《そののちつま》《ウハナリ》に生《うま》せしといふ、朱之介《あけのすけ》も父《ちゝ》に似《に》て、いふかひなきこそ悲《かな》しけれ。是《これ》に就《つき》ても思《おも》ひ出《いづ》る、奴家《わらは》が実《うみ》の単女児《ひとりむすめ》、乙柚《おつゆ》は僅《わづか》に五歳《いつゝ》の時《とき》、生別《いきわかれ》して二十稔《はたとせ》有余《あまり》、絶《たえ》て信《おとづれ》なかりしに、近曽《ちかごろ》朱之介《あけのすけ》が話説《ものがたり》にて、創《はじ》めて聞知《きゝし》る他《かれ》が薄命《はくめい》、名《な》を小夏《こなつ》と歟《か》喚更《よびかえ》られて、継母《まゝはゝ》の手《て》に養《やしな》はれ、華《はな》の洛陽《みやこ》も身《み》は杪枯《うらかれ》の、果敢《はか》なき世渡《よわた》りして在《あ》りしに、親《おや》は京師《みやこ》に住托《すみわび》けん、乙柚《おつゆ》が九歳《こゝのつ》なりし秋《あき》、男女両個《なんにょふたり》の子《こ》を携《たづさへ》て、夫婦《ふうふ》鎌倉《かまくら》へ赴《おもむく》道中《どうちう》、摺鍼巓《すりはりたふげ》を踰《こゆ》る折《をり》、山豪《やまたち》に撞見《いであふ》て、木偶介主《でくすけぬし》は命《いのち》を喪《うしな》ひ、乙柚《おつゆ》の小夏《こなつ》は谷底《たにそこ》へ、投棄《なげすて》られて、陽炎《かぎろひ》の、命空《いのちむな》しく做《な》りけん、と聞《きゝ》にし折《をり》は胸潰《むねつぶ》れて、哀《かなし》さ涯《かぎ》りなかりける。遮莫《さばれ》其折《そのをり》朱之介《あけのすけ》は、年三《としみつ》の秋《あき》なれば、事《こと》の光景《ありさま》を覚《おぼえ》ねども、年闌《としたけ》て母親《はゝおや》阿夏《なつ》の、夜話《よはなし》に聞《きゝ》しとて、告《つげ》られたれば実《まこと》なるべし。其哀悼《そのかなしみ》に袖濡《そでぬれ》て、まだ乾《かは》かぬに斧柄《をのゑ》すら、命短《いのちみじか》く子《こ》をのみ遺《のこ》して、先《さき》たちたれば千万《ちよろづ》の、金《かね》ありとても何《なに》にせん。寄処《よるべ》なき這老《このおい》の身《み》を、慰《なぐさ》めはせで、御夫婦達《ごふうふたち》、情強《こゝろつよ》や。」

とばかりに、憶《おもは》ず財嚢《さいふ》を投捨《なげすて》て、よゝと泣《なき》つゝ伏沈《ふししづ》めば、九四郎《くしらう》は手《て》を叉《こまぬ》きて、黙然《もくねん》たる幵《そ》が程《ほど》に、乙芸《おつげ》は涙雨《なみだあめ》の如《ごと》く、同《おな》じ浮世《うきよ》の笠宿《かさやど》り、夕立《ゆふた》ッ天《そら》にあらねども、曇《くもる》や胸《むね》に思《おも》ふ事、いはまくすれど悲《かな》しさと、歓《よろこ》ばしさに濡《ぬる》る袖《そで》を、絞《しぼり》もあへず身《み》を倚《よ》せて、落葉《おちば》が背《そびら》を拊下《なでおろ》し、又拊下《またなでおろ》して、

「喃御懐様《なうおふくろさま》。今宣《いまのたまは》せし綷《こと》の趣《おもむき》、俺身《わがみ》に思《おも》ひ合《あは》するよしあり。御身《おんみ》の故《もと》の対偶《つれあひ》は、伊勢《いせ》の阿濃《あの》なる町人《まちひと》にて、木偶介主《でくすけぬし》と宣《のたま》ひし、其屋号《そのいへな》は末松《すゑまつ》にて、乙柚《おつゆ》の小夏《こなつ》は奴家《わらは》に侍《はべ》り。」

と名告《なの》るに落葉《おちば》は驚《おどろ》きながら、頭《かうべ》を抬《もた》げて左見右見《とみかうみ》て、

「原来其方《さてはそなた》は俺女児《わがむすめ》、乙柚《おつゆ》也し歟《か》。しかれども、他《かれ》は九歳《こゝのつ》なりし時《とき》、冤家《あた》の為《ため》に千仭《ちひろ》の谷《たに》へ、投落《なげおと》されしと聞《きゝ》たるに、世《よ》に存命《ながらへ》てあるべしや。こゝろ得《え》がたし。」

と訝《いぶか》れば、九四郎《くしらう》「然《さ》こそ。」と膝《ひざ》を找《すゝ》めて、

「其疑《そのうたが》ひは理《ことわ》り也。俺身《わがみ》総角《あげまき》なりし比《ころ》、二親《ふたおや》に聞《きゝ》しことあり。言多《ことおほ》くとも詳《つまびらか》に、告《つげ》て御身《おんみ》の惑《まよ》ひを解《とか》ん。

抑《そも〳〵》俺父《わがちゝ》也ける、峯張九四蔵中原通世《みねはりくしぞうなかはらのみちよ》は、原是《もとこれ》信濃《しなの》の一諸侯《いつしよこう》、木曽氏《きそうぢ》の家臣《かしん》なりしに、壮年《さうねん》の時故《ときゆゑ》ありて、致仕《ちし》して宅眷《やから》を携《たづさへ》て、浪速《なには》に移来《うつりき》て卜居《ぼくきょ》しつ、兵法武芸《へいはうぶげい》を人《ひと》に教《おしえ》て、左《と》も右《かく》もしてありける程《ほど》に、永正九年《ゑいしようくねん》八月《はつき》の時候《ころ》、旧里《ふるさと》に要事《えうじ》ありて、一僕《いちぼく》を将《い》て峯張《みねはり》の、岐岨路《きそぢ》に赴《おもむき》たりけるに、其比摺鍼巓《そのころすりはりとふげ》には、折々《をり〳〵》山賊《さんぞく》の禍《わざはひ》ありと聞《きこ》えしかば、素《もと》より武芸《ぶげい》に事足《ことた》る兀自《ものから》、謹慎《きんしん》《ツツシミ》其身《そのみ》を愛《あい》する故《ゆゑ》に、敢危《あへてあやふ》きに近《ちか》つかず、其往《そのゆ》く折《をり》にも還《かへ》るさにも、件《くだん》の高嶺《たかね》を上下《のぼりくだり》せず、案内知《あんないし》つたる上《うへ》なれば、樵夫《きこり》のみ通《かよ》ふといふ、山脚路《ふもとぢ》に分入《わけい》りて、荊棘《いばら》を踏啓《ふみひらき》、渓水《たにみづ》を渉《わた》しつゝ、辛《から》くしてかへり来《き》ぬる程《ほど》に、日《ひ》は既《すで》に傾《かたむ》きし比《ころ》、前面《むかひ》より来《き》ぬる一個《ひとり》の旅僧《たびそう》

朱之介
おちえ
悲泣《ひきう》に副り て落葉《おちえ》財《さい》嚢《ふ》を擲ん

九四郎
おつげ

ありけり。頭《かうべ》には檜笠《ひのきかさ》を戴《いたゞ》きて、背《そびら》に駝《おひな》做す網代《あじろ》の笈《おひ》、手《て》に錫杖《しやくぢやう》を携《たづさへ》たる、其形容《そのかたち》飄々然《ひやう〳〵ぜん》として、面色《おもゝち》も亦凡《またよのつね》ならず。蔦《つた》の細路相譲《ほそみちあひゆづら》んとて、行過《ゆきすぐ》るを俟程《まつほど》に、件《くだん》の行僧歩《たびそうあゆみ》を停《とゞ》めて、俺父《わがちゝ》に向《むか》ひていふやう、

『這里《ここ》より西《にし》なる渓松《たにまつ》の辺《ほとり》に、賊難危窮《ぞくなんききう》の、童女《どうによ》《コムスメ》あり。他《かれ》は和殿親子《わとのおやこ》に過世《すくせ》ありて、必媳《かならずよめ》に做《な》るべき者《もの》ぞ。

今勉《いまつとめ》て那死《かのし》を救《すく》はゞ、後《のち》に幸《さいはひ》多《おほ》からん。是《これ》を用《もち》ひて死《し》を起《おこ》しね。』

と説示《ときしめ》しつゝ懐《ふところ》より、拿出《とりいだ》す一貼《いつてう》の、薬《くすり》を与《あたへ》て答《こたへ》を俟《また》ず、飄然《ひやうねん》として行過《ゆきすぎ》けり。思《おも》ひかけなきことなれば、俺父《わがちゝ》は奇異《きゐ》の思《おも》ひを做《な》すのみ。然《され》ばとて疑《うたが》はず、行《ゆく》こと一町有余《ひとまちあまり》にして、と見《み》れば老《ふり》たる歧松《はひまつ》の、渓水《たにみづ》の上《うへ》に指出《さしいで》たる、木杈《このまた》に夾《はさま》れて、死《し》したる如《ごと》き一個《ひとり》の童女《どうによ》あり。『是《これ》なるべし。』と思《おも》ふにぞ、伴当《ともひと》と共侶《もろとも》に、脛《はぎ》の濡《ぬ》るゝを斁《いとは》ず、やうやくに近《ちか》づきて、見《み》れば那身《かのみ》に痍《きず》はなし。やをら推揚《おしあげ》て抱拿《いだきとり》つゝ、旧《もと》の処《ところ》へ退《しりぞ》きて、草《くさ》を折布《をりし》き臥《ふさ》しめて、先四下《まづあたり》を見《み》かへるに、其頭《そこら》に冤家《あた》のあることなし。又其童女《またそのどうによ》をよく見《み》るに、年《とし》は八《やつ》か九《こゝのつ》にぞあるべからん。敗《ふり》たる栲《たへ》の夾衣《あはせきぬ》を壺折《つぼをり》て、藍染《あゐそめ》なる仁田山紬《にたやまつむぎ》の帯《おび》の、申時《さるのとき》ばかりなるを、端短《はしみじか》に結《むすび》做《な》して、手《て》には肱被足《かうかけあし》には脚絆《きやはん》、小形《こかた》の草鞋《わらんじ》を穿《はき》たれば、旅《たび》ゆく賤女《しづのめ》なるべしと猜《すい》せらる。形貌《かたち》こそ斯窶《かうやつ》れたれ、容顔醜《かほばせみにく》からざれば、痛《いた》ましさも一入《ひとしほ》にて、其脈《そのみやく》を診《とりこゝろみる》に、絶《たえ》たる如《ごと》く有《ある》に似《に》たり。軈《やが》て件《くだん》の散薬《こくすり》を、口中《こうちう》に揮入《ふりい》れて、渓水《たにみづ》を掬《むすび》て扻下《そゝぎくだ》しつ。主僕力《しゆぼくちから》を勠《あは》せて勦《いたは》る程《ほど》に、件《くだん》の童女《どうによ》は稍息出《やゝいきいで》て、死《しな》ざることを得《え》たれども、ものいふまでに至《いたら》ねば、只得伴当《ぜひなくともひと》に搭駝《せおは》せて、其夜歇店《そのよやどり》に就《つき》てこそ、創《はじめ》て聞知《きゝし》る他《かれ》が素生《すしやう》と、名《な》を小夏《こなつ》と喚《よば》れたる、事云々《ことしか〳〵》也といへるのみ。

『父《ちゝ》も亦継母《またまゝはゝ》も、稚《をさな》き弟《おとゝ》も山豪《やまたち》に、屠《ほふ》られて命《いのち》をや殞《おと》しけん、恙《つゝが》あらずや知《し》らねども、外《ほか》に親族《しんぞく》とてもなき、

憂身《うきみ》を憐愍《あはれみ》給ひね。』

と泣口説《なきくどか》れて俺父《わがちゝ》は、いよ〳〵捨《すて》がたき思《おも》ひあり。尚見《なほみ》る由《よし》あらん歟《か》とて、他《かれ》が護身嚢《まもりふくろ》を撿《けみ》するに、臍帯《ほそのを》あれども父母《ちゝはゝ》の名《な》を写《しる》さず。この余《よ》は 皇 大神宮《すめらみおほんかんみや》の雛太麻《まめおはらひ》と、除厄弘法大師《やくよけこうはうだいし》の御影《みゑい》あり。こゝに至《いたり》て俺父《わがちゝ》は、蹴然《しゆくねん》として思《おも》ふやう、

『原来那行僧《さてはかのたびそう》は、必《かならず》 大師《だいし》の化現《けげん》にて、伊勢《いせ》の御神《みかみ》の擁護《おうご》もあるべし。そを疑《うたが》はゞ不仁《ふじん》に似《に》たり。』

と深念《しあん》をしつゝ开《そ》が儘《まゝ》に、童女《どうによ》を浪速《なには》へ将《い》てかへりて、俺母《わがはゝ》に告《つげ》しかば、母《はゝ》も慈善《ぢぜん》の本性《ほんしよう》なれば、相憐《あひあはれみ》て乙芸《おつげ》と名《な》づけて、手習縫刺何《てならひぬひはりなに》くれとなく、教導《をしえみちび》き愛慈《めでいつくし》む、恩愛《おんあい》は俺女兄《わがあね》なりし、億禄《おろく》にしも異《こと》ならず。恁而二親世《かくてふたおやよ》を去《さり》て後《のち》、遺言《ゆいげん》なればそが儘《まゝ》に、乙芸《おつげ》を妻《つま》にしつるにこそ。」

と一五一十《いちぶしゞう》を説示《ときしめ》せば、乙芸《おつげ》は僅《わづか》に涙《なみだ》を歇《とゞ》めつ、肌膚護《はだまもり》の嚢《ふくろ》を開《ひら》きて、拿出《とりいだ》す臍帯《ほそのを》の、包紙《つゝみかみ》を拊伸《なでのば》して、

「やよ喃奶々《なうはゝご》。這紙《このかみ》に、『永正元年《ゑいしようぐわんねん》、甲子《きのえね》の冬《ふゆ》、十一月三日《しもつきみか》の誕生《たんしよう》、乙柚《おつゆ》が臍帯《ほそのを》』とある幾文字《いくもじ》は、御身《おんみ》の手迹《しゆせき》で侍《はべ》るべし。相別《あひわかれ》しは五歳《いつゝ》の春《はる》にて、生平《つね》には奶《はゝ》さまと喚《よび》しのみ、実《まこと》の御名《みな》も顔色《かほばせ》も、いかにありけん得《え》も覚《おぼえ》ず。況御身《まいておんみ》の親里《おやさと》は、伊勢歟大和歟《いせかやまとか》知《しら》ざれば、年七八《としなゝつやつ》に做《なり》し比《ころ》、开《そ》を爹々《てゝご》に問《とひ》しかど、忌《いむ》よしありけん実《まこと》を告《つげ》ず。『汝《いまし》が実《うみ》の母親《はゝおや》は、相別《あひわかれ》し比身故《ころみまか》りにき。开《そ》を問《と》ふこと歟《か》。』と叱《しか》られて、哀《かな》しかりしに思《おも》ひきや、父《ちゝ》は身《み》を刺摺鍼《さすすりはり》の、巓《とふげ》を死天《しで》の山豪《やまだち》に、亡《うしなは》れ給ひしを、知《し》らで過《すぐ》せし十九年《ねん》、環会日《めぐりあふひ》のあらん歟《か》とて、空憑《そらたのめ》して薪樵《たきゞこ》る、鎌倉《かまくら》へゆく人《ひと》あれば、言伝遣《ことつてやり》し甲斐《かひ》なさよ。其存亡《そのいきしに》は反覆《うらうへ》にて、世《よ》になき人《ひと》と思《おも》ひぬる、奶々《はゝご》は今《いま》も恙《つゝが》なく、過世《すくせ》吉野《よしの》に程遠《ほどとほ》からぬ、上市《かみいち》の里《さと》を出《いで》まして、料《はか》らず名告会《なのりあひ》給ふ、這歡《このよろこ》びに就《つき》て

亦《また》、最浅《いとあさ》ましきはいぬる比《ころ》、這里《こゝ》に宿《やど》せし朱之介《あけのすけ》は、異母《はらかはり》なる俺弟《わがおとゝ》、珠之介《たまのすけ》也けるを、迭《かたみ》に知《し》らず知《しる》よしもなく、倶《とも》に獄舎《ひとや》に繋《つなが》れし、身《み》は免《まぬか》れてかへり来《き》つ、他《かれ》のみ単追放《ひとりつひはう》の、往方《ゆくへ》も知《し》らずなりけるは、『現《げ》に善悪《ぜんあく》の報《むくひ》にこそ。』と思《おも》へど不便《ふびん》に侍《はべ》るかし。」

といふに落葉《おちば》は泉做《いづみな》す、涙《なみだ》に声《こゑ》は口籠《くごも》りて、

「現《げ》に理《ことわ》り也俺《われ》も亦《また》、久後憑《ゆくすゑたのも》しく思《おも》ひたる、斧柄《をのゑ》は反《かへつ》て短命《たんめい》にて、死《し》せりと聞《きゝ》し其方《そなた》は異《こと》なく、環会《めぐりあひ》ける歓《よろこ》びは、現《うつゝ》か夢《ゆめ》か幻歟《まぼろしか》、量知《はかりし》られぬ生死《いきしに》の、海《うみ》と山迹《やまと》に老樹《おいき》の桜《さくら》、枯《かれ》たる枝《えだ》に開《さ》く花《はな》の、一重《ひとへ》は疎《おろか》八重《やへ》九歳《こゝのつ》の、秋《あき》より受《うけ》し屋主《いへあるじ》の、再生《さいせい》の恩《おん》を忘《わすれ》給ふな。」

と慰《なぐさ》めつ慰《なぐさめ》られて、迭《かたみ》に手《て》を拿拿《とりとら》れつゝ、向上直下《みあげみおろ》す両対《ふたおもて》の、肖《に》たるを今《いま》ぞ心憑《こゝろつ》く、目《め》鼻貌《はなたち》さへ黒子《ほくろ》まで、現《げ》に争《あらそは》れぬ親子《おやこ》の照据《しようこ》《アカシ》、鬼神不測《きしんふしき》の再会《さいくわい》を、倶《とも》に歓《よろこ》ぶ九四郎《くしらう》も、只管感嘆《ひたすらかんたん》したりける。

新局玉石童子訓巻之三上冊終

新局玉石童子訓浄書画工剛人目次
出像画工　一陽斎後豊国（印）
浄書筆耕　谷金川
　沢正次代稿
　文渓堂敬白

雛彪新話中本三巻　この編は翁の旧作山中鹿之介稚物語を翻案せらる尤興ある冊子也　初編近刻
荘蝶翁再遊外記　夢想兵衛胡蝶物語の拾遺にて一トたび巻を開けば手を放ちがたかる滑稽奨全の奇書也　初編十冊の内五冊近刻
開巻驚奇俠客伝第五集十冊近刻
この編更に玉石童子訓と名つけたる　玉石は善悪邪正の由なり　素より架空の寓言といへども童蒙婦女子よく読味ふるときは覚えずして奨善の域に入る　裨益なしとすべからず　こゝをもて童子訓といふ　全編五巻分巻十冊なるを今刊刻成所の五冊を発板し下帙五冊も続きて刊行すべしと也　四方の君子全編皆成の折を俟給へかし

○家伝神女湯一包代百銅

○精製奇応丸大包中包小包共にこの度相改いよ〳〵最上の薬種をえらみ下直に売弘候　但しはしたうり不仕候
○熊胆黒丸子右同様に随分下直に売弘候一包代五分
○婦人つぎ虫の妙薬右におなじ一包代六十四文
製薬　四ッ谷隠士　滝沢氏
弘所　江戸元飯田町中坂下南側中程　たき沢氏

作者　沢　清右衛門
弘化二年乙巳春正月吉日開板発行

大坂書肆
心斎橋筋博労町角
河内屋茂兵衛
心斎橋筋南久太郎町
秋田屋市兵衛

江戸書肆
大伝馬町弐丁目
丁子屋平兵衛板

新局玉石童子訓　浄書画工剞人目次

出像画工　一陽齋後豊國

浄書筆畊　谷金川

澤正次代稿

雛彪新話 中本三巻

この編ハ翁の舊作山中鹿之介稚物語を翻案せらるゝ由ある冊子也　初編近刻

荘蝶翁再遊外記

荘周胡蝶物語の拾遺にして下の巻を前に出すと故ちがへたる滑稽奇書也　初編十冊の内五冊近刻

開巻驚奇侠客傳第五集十冊近刻

この編更に玉石童子訓と名づけたる玉石ハ善悪邪正の由なり素より架空の寓言といへども童蒙婦女子よく讀味ふるときハ覺えずして勧善の域に入る裨益なしとせざるべきものにて童子訓と云全編五巻分巻十冊なる是今刊刻成所の五冊を發板し下帙五冊も續いて刊行すべし四方の君子全編皆成の折を俟給ふべし　文溪堂敬白

○家傳神女湯　一包代百銅

大包中包小包共にとめ元ある製ゆゑ最上の薬種をえらみて下直に賣弘は望しにたらりぬ往来

○精製奇應丸

右同様に随分下直に賣弘ル

○熊胆黒丸子

一包代五十ト

○婦人つぎ虫の妙薬　右に同じ　一包代六十四文

製薬　四ツ谷隠士　瀧澤氏

弘所　江戸元飯田町中坂下南側中程　たき沢氏

作者　澤　清右衛門

弘化二年乙巳春正月吉日開板發行

大坂書肆

心齋橋筋博労町角
河内屋茂兵衛

心齋橋筋南久太郎町
秋田屋市兵衛

江戸書肆

大傳馬町貳丁目
丁子屋平兵衛板

新局玉石童子訓

讃者成編前未聞
斯文婦幼必伴書傳

曲亭老翁口授編
一陽齋後豐國畫
第二版自第三十
六回至第四十回
書肆文溪堂精刊

新局玉石童子訓《しんきよくぎよくせきどうじくん》下帙《げちつ》五冊《ごさつ》自第《よりだい》三十六回《くわいより》至四十回《くわいにいたる》總目録《そうもくろく》

将擇福艾
危而後安
近江判官
高頼
多賀典膳
政朝

多賀志賀奴
政賢
信夫晩稲
羊間人

戦者必傷
勝者自強
高嶋石見守
好純
五足斎
延明

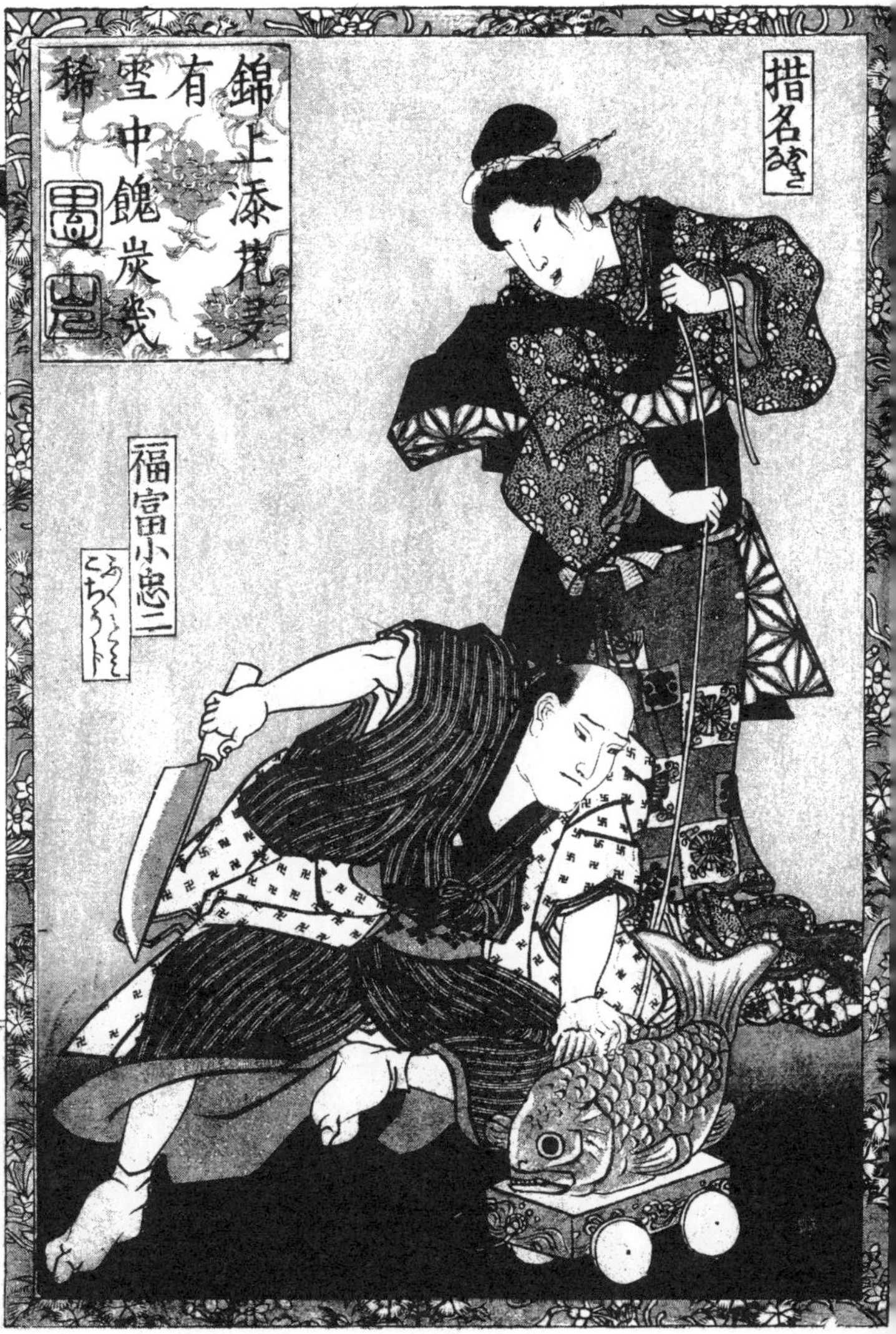
錦上添花妻有
雪中饋炭戯稀
措名
福富小忠二

信夫老苧《しのぶのおいそ》
三池宿六《みいけのやどろく》

雕窩老
寺僕柿八
てらをとこかきはち
隠沼女僧
うくれぬのあま

題《ス》二簑笠先生《ノ》隠居《ニ》一　関　弘道

蕭蕭《タル》倏竹遶《ル》二茅廬《ヲ》一　雨笠煙簑《ノ》一老漁
紫石潭頭《ノ》閑《ニ》下《シテ》レ筆《ヲ》　釣来《ヌル》新著幾篇《ノ》書

関賢才者三世与《リ》レ子同好《ノ》友也　童年嗣《テ》二父祖《ノ》簑笈《ヲ》一而善《シ》レ書《ヲ》且嗜《ムト》レ詩《ヲ》云　劣孫興邦嚮《ニ》得《テ》二此詩《ヲ》一即呈二‐閲《ス》於予《ニ》一
吟誦之間唱歎有《リ》レ余《リ》　蓋才之長短不レ由《ラ》二老弱《ニ》一　譬《ハ》彼我之年歳相距《ルコト》六二十有一于茲《ニ》一　老而顧《レバ》レ己《ヲ》似《タリ》レ有《ルニ》二庭
径一矣　彼出‐藍之所レ稀《ナル》　自《シテ》レ今而後上達可《シ》レ知《ル》　時《ニ》童子訓第二版剛人告《グ》レ成《ルヲ》　因《テ》而叨《リニ》取《テ》以録《ス》二於簡端《ノ》余紙《ニ》一
弘化二年如月清明前一日　著作堂老禿（印）

新局《しんきよく》玉石《ぎよくせき》童子《どうじ》訓《くん》巻之《まきの》三下《さんげ》冊《さつ》

東都　曲亭主人口授編次

第《だい》三十六回《くわい》　善悪《ぜんあく》少年《しようねん》月下《げつか》に雌雄《しゆう》を争《あらそ》ふ
多財《たざい》を復《とりかへ》して柒六郎《なゝろくらう》多財《たざい》を喪《うしな》ふ

前回《さきのめぐり》十三屋《じふさんや》九四郎《くしらう》が店舗《みせたな》の段《だん》、落葉《おちば》乙芸《おつげ》が会話《つもるものかたり》に、いまだ言《こと》を罄《つく》さねば、重《かさね》てこゝに文《ぶん》を続《つぎ》て、却説《さてとく》《カクテ》。登時《そのとき》末朱之介《すゑあけのすけ》は、野干玉《ぬばたま》の夜《よ》に紛《まぎ》れて、久《ひさ》しく外面《とのかた》に在《あ》り。店《みせ》の柱《はしら》に身《み》を倚《よせ》て、既《すで》に窃聞《たちぎゝ》したりける、落《おち》葉《ば》乙芸《おつげ》親子《おやこ》の再会《さいくわい》、其過去来《そのすぎこしかた》の話説《ものがたり》に、胆《きも》を潰《つぶ》しつ且呆《かつあき》れて、肚裏《はらのうち》に思《おも》ふやう、『誰《たれ》か知《し》るべき那乙芸《あのおつげ》は、俺《われ》も亦予《またかねて》より、那名《かのな》ばかりを聞知《きゝし》りたる、異母《はらかはり》にて女兄《あね》品《ぼん》なる、小夏《こなつ》也しは最奇《いとき》也。然《さ》では大和《やまと》の阿懐《おふくろ》も、実《うみ》の女児《むすめ》に心引《こゝろひか》れて、主張始《ふんべつはじめ》に同《おな》じからずは、俺今阿《われいまお》容《め》々《く》々と恥《はぢ》を忍《しの》びて、裏面《うち》に入《い》りて哀乞《かなしみこふ》とも、那金一百《あのかねいつひやく》九十五両《りやう》を、遺《おち》なく俺《われ》には返《かへ》すべからず。僅《わづか》に五両《りやう》十両《りやう》の、仂財《はしたかね》を貰《もらは》んとて、愁《なまじひ》に面出《つらだし》して、脂取《あぶらと》らるゝ長談義《ながだんぎ》を、うち聞《きか》んは鈍《おぞ》ましくて、そは智恵《ちゑ》なき者《もの》に似《に》たり。又前《またさき》には九四《くし》郎《らう》が、金五両《かねごりやう》を柒六《なゝろく》に齎《もたら》して、俺《われ》を赶《おは》せたりといひしかど、俺這《わがこ》里《こ》へ来《き》ぬる途《みち》にて、遭《あは》ざりければ开《そ》も益《ゑき》なし。非如今柒六《よしやいまなゝろく》が、折《をり》よくかへり来《き》ぬるとも、多寡《たくわ》の知《し》れたる五両金《ごりやうきん》。往方定《ゆくへさだ》めぬ俺逆旅《わがたびぢ》の、路費《ろよう》に足《たる》べくもあらず。所詮《しよせん》窘《おぼつかな》き人《ひと》を頼《たの》みて、其懐《そのふところ》を当《あて》にせんより、兀自那財嚢《いつそあのさいふ》を掻攫《かきさら》ひて、走《はし》らば西《にし》まれ東《ひがし》まれ、世《よ》を渡《わた》るに本銭《もとで》あり。噫嘻《ああ》尓《しか》也。』

と歹人《わろもの》の、恩《おん》を思《おも》はぬ非義《ひぎ》の本性《ほんしやう》。計較《もくろみ》既《すで》に定《さだま》りて、悄地《ひそか》に四下《あたり》を見《み》かへるに、這時《このとき》十八日《にち》の月出《つきいで》て、外面《とのかた》は稍明《やゝあか》かるに、と見《み》れば抬簀子《あげすのこ》の辺《ほとり》に、朝夕暖簾《あさゆふのれん》を上下《あげおろし》する、鈎竿《かぎさを》の長《なが》きあり。是究竟《これくつきやう》と拿抬《とりあげ》て、閉遺《ひきのこ》したる戸《と》の間《あはひ》より、裏面《うち》の光景《ありさま》を覘《うかゞ》ふに、落葉乙芸《おちばおつげ》は泣《なき》つ笑《わら》ひつ、過去来《すぎこしかた》の物語《ものがたり》に、外《よそ》を見《み》かへる暇《いとま》なく、九四《くし》郎《らう》も亦愀然《またしうねん》と、眼《まなこ》を閉手《とぢて》を叉《こまぬ》きて、其会　話《そのつもるものがたり》を、うち聞《きゝ》て在《あり》しかば、朱之介《あけのすけ》は『便《たより》を得《え》たり。』とうち含笑《ほゝゑみ》つゝ鈎竿《かぎさを》を、徐々《そろ〳〵》と刺伸《さしのば》して、落葉《おちば》が投捨《なげすて》たる那財嚢《かのさいふ》の、登框《あがりかまち》の頭《ほとり》に在《あ》りしを、闇《くら》き方《かた》より引掛《ひきかけ》て、悄地《ひそか》に奪拿《うばひと》らまくす。

尓程《さるほど》に、峯張柒六郎通能《みねはりなゝろくらうみちよし》は、嚮《さき》に朱之介《あけのすけ》を赶《おは》んとて、六市四摠《ろくいちしそう》を従《したが》へて、連《しき》りに路《みち》を走《はし》りつゝ、是日《このひ》下晡《なゝつさがり》の時候《ころ》、浪速《なには》の申明亭《ふだのつぢ》に造《いた》りて、悄地《ひそか》に其頭《そこら》の人《ひと》に問《と》ふに、既《すで》に朱之介《あけのすけ》は追放《ついはう》せられて、那地《いづち》ゆきけん知《し》る者《もの》なし。且其時刻《かつそのじこく》を尋《たづぬ》るに、「両三晌《ふたときみとき》已前《さき》なりき。」といはるゝに力及《ちからおよ》ばず、只得其首《ぜひなくそこ》より思《おも》ひ捨《すて》て、亦復路《またまたみち》をいそぎつゝ、住吉《すみよし》の里《さと》へかへり来《き》ぬる程《ほど》に、六市四摠《ろくいちしそう》も壮佼《わかもの》なれども、囚牢疲労《ひとやつかれ》ある故《ゆゑ》に、還《かへ》さは路《みち》を走《はし》り得《え》ず、「世話介許立《せわすけがりたち》よりて、将息《やうしやう》をすべけれ」とて、途《みち》にて柒六《なゝろく》に相別《あひわか》れしかば、柒六《なゝろく》は身単《みひとつ》にて、いよ〳〵いそぎて立《たち》も憩《いこ》はず、既《すで》に日《ひ》は暮《くれ》たれども、いまだ月《つき》の出《いで》ざる時候《ころ》、十三屋《じふさんや》の店前近《みせさきちか》くかへり来《き》ぬるに、夏夜《なつのよ》なれば戸《と》を閉果《ひきはた》さず、裏面《うち》には老女客《おうなきやく》ありて、九四郎乙芸《くしらうおつげ》と額《ひたひ》を合《あは》して、うち譚《かたら》ふ声聞《こゑきこ》えしかば、訝《いぶか》りて左右《さう》なく入《い》らず。又只那客《またたゞかのきやく》のみならで、抬簀子《あげすのこ》の辺《ほとり》に人《ひと》ありて、窃聞《たちきゝ》しぬる者《もの》に似《に》たり。甲夜《よひ》闇《やみ》なればば見《み》えわかねど、『老女客《おうなきやく》の伴当歟《ともひとか》。』と思《おも》ふものから『他《かれ》も亦《また》、蚊《か》に螫《さゝ》るゝを厭《いとは》ずして、潜《しの》びて在《を》るは疑《うたが》ふべし。是鑑梲児《これくせもの》にあらずや。』と猜《すゐ》しつ敢《あへ》て驚《おどろか》さず、开《そ》が儘庇間《まゝひあはひ》に身《み》を潜《ひそま》して、内外《うちと》の容子《やうす》を覘《うかゞ》ふ程《ほど》に、身《み》に寄《よ》る長脚蚊《やぶか》を払《はら》ひつゝ、猶覘《なほうかゞ》ふこと一晌許《ひとゝきばかり》。料《はか》らず聞知《きゝし》る落葉《おちば》乙芸《おつげ》の、親子《おやこ》の再会《さいくわい》長談《ながものがたり》の、奇《く》しく妙《たへ》なる幾条《いくくだり》に、感嘆《かんたん》しつゝありける程《ほど》に、夜《よ》は既《すで》に初更《しよこう》《イッツ》に過《すぎ》て、月出《つきいで》て影涼《かげすゞ》しく、相端近《のきばちか》く飛蛍《とぶほたる》は、風《かぜ》に撲《うた》れて墜《おつ》るもありけり。柒六《なゝろく》は今這月《いまこのつき》の、光《ひかり》に就《つき》て、悄《ひそ》やかに頭《かうべ》を出《いだ》して、件《くだん》の尶尬児《くせもの》を熟々《つら〱》視時《みるとき》、他《かれ》が罨面《ほうかふり》せし手拭《てぬぐひ》の、風《かぜ》に吹《ふか》れて落《おち》しかば、疑《うたが》ふべくもあらざりける、昨日《きのふ》も今《けふ》も陣館《ぢんやかた》にて、既《すで》に面《おもて》を見知《みし》りたる、末《すゑ》朱之介《あけのすけ》也ければ、心悄地《こゝろひそか》に訝《いぶか》りて、『原来他《さてはかれ》は要《えう》ある故《ゆゑ》に、潜《しの》びて来《き》つるにぞあらむずらん。何《な》とてや内《うち》に入《い》らざりける。』と思《おも》ひつゝ声《こゑ》をば被《かけ》ず、猶《なほ》も闚窺《かいまみ》る程《ほど》に、朱之介《あけのすけ》は是《これ》を知《し》らず、悄地《ひそか》に鈎竿《かぎさを》を刺伸《さしのば》して件《くだん》の財嚢《さいふ》を引掛《ひきかけ》て、竿《さお》を手繰《たぐり》つ引《ひき》よするに、框《かまち》の辺《ほとり》は灯火《ともしひ》の、光届《ひかりとゞ》かで暗《くら》かりけるに、落葉《おちば》乙芸《おつげ》九四郎《くしらう》さへ、心其里《こゝろそこ》にあらざれば、盗児《ぬすびと》あるを毫《ちつと》も知《し》らず。只峯張柒六《たゞみねはりなゝろく》のみ、見《み》ること既《すで》に分明《ふんみやう》なれば、且驚《かつおどろき》且怒《かついかり》に堪《たへ》ず、性起《はや》るを推鎮《おしじつ》(ママ)めて思《おも》ふやう、

『噫無慙《あなむざん》やな。朱之介奴《あけのすけめ》が賊心《ぞくしん》なる、後闇《うしろくら》き事《こと》をせずとも、明々地《あからさま》に哀乞《かなしみこ》はゞ、落葉《おちば》の刀自《とじ》の慈善《ぢぜん》なる、俺舎兄《わがいろね》の義侠《ぎけう》なる、財嚢《さいふ》の金子《かね》は左《と》まれ右《かく》まれ、盤纏《ろよう》の為《ため》に幾十金《いくじつきん》、百金《ひやくきん》也とも惜《をし》むことなく、取《とら》せざることやある。开《そ》を恥《はぢ》て盗《ぬすむ》を恥《はぢ》とせず。愚物《ぐぶつ》の本性《ほんしよう》憎《にく》むべし。推捕《おしと》らへ撻懲《うちこら》して、目今金子《たゞいまかね》をとり復《かへ》さずは、俺《わが》かへり来《き》たる甲斐《かひ》はなし。』

と尋思《しあん》をしつゝ又《また》よく思へば、

『這里《ここ》にて那奴《かやつ》を撻懲《うちこら》して、二包一財嚢《ふたつゝみひとさいふ》なる、金子《かね》をとり復《かへ》すは易《やす》けれども、然《さ》しては那刀自《かのとじ》の、慈善《ぢぜん》にしも悖《もと》るべく、且俺兄《かつわがあに》の為《ため》にも恥《はぢ》なり。一霎時《しばし》遣過《やりすぐ》し、這里《こゝら》を離《はな》れて、せん術《すべ》あり。』

と深念《しあん》をしつゝ、猶身《なほみ》を潜《ひそ》めて在《あ》りける程《ほど》に、朱之介《あけのすけ》は財嚢《さいふ》の金子《かね》を、既《すで》に盗拿《ぬすみと》りしかば、うち戴《いたゞ》きつゝ懐《ふところ》へ、楚《しか》と夾《をさ》めて退《しりぞ》く時《とき》、落《おち》たる手拭《てぬぐひ》拿揚《とりあげ》て、罩面《ほうかふり》して窃歩《ぬきあし》しつゝ、浪速《なには》の方《かた》に逃去《にげさる》を、柒六《なゝろく》は『吐嗟《あなや》』とばかりに、蚤《はや》く庇間《ひあはひ》より立出《たちいで》て、相距《あひさる》こと十間許《じつけんばかり》、月《つき》を便《たより》に跟《つけ》てゆく。善少悪少《ぜんしようあくしよう》道異《みちこと》なれども、走《はし》るは同《おな》じ夏《なつ》の夜《よ》に、吹風涼《ふくかぜすゞ》しく更初《ふけそめ》て、人定近《ゐのときちか》くなりにける。

然《さ》れば這時十三屋《このときじふさんや》の店内《みせのうち》には、落葉《おちば》乙芸《おつげ》が、今昔《いまむかし》の話説《ものがたり》稍果《やゝはて》しかば、九四郎《くしらう》は惆然《ちやうねん》たる、頭《かうべ》を抬《もた》げ膝《ひざ》を拺《すゝ》めて、更《さら》に落葉《おちば》に向《むか》ひていふやう、

「離合時《りがふとき》あり。禍福斉《くわふくひとし》く至《いた》らず。抑《そも〱》乙芸《おつげ》が不幸《ふこう》なる、奶々《はゝご》に相別《あひわかれ》しより、今十《いまとを》あまり九《こゝのつ》の、春秋《はるあき》を歴《へ》て憶《ゆく》りなく、再会《さいくわい》の本意《ほい》を遂《とげ》しは、俺二親《わがふたおや》の素懐《そくわい》に称《かな》ふて、己《おのれ》も深《ふか》く歓《よろこ》びおもへり。是《これ》併《しかしながら》慈悲《ぢひ》積善《せきぜん》を宗《むね》とし給ふ、御身《おんみ》の老後《ろうご》を神仏《かみほとけ》の、憐《あはれ》ませ給ひぬる、感応利益《かんおうりやく》にこそあらめ。然《され》ばにや、御身《おんみ》年来《としごろ》苦《く》労《ろう》して、守《もり》育《そだて》給ひたる、姪女斧柄刀禰《めいぢよをのゑとの》とやらンの、孝順《かうじゆん》にして短命《たんめい》なりける、其代《そのかへ》に年五《としいつゝ》より、棄《すて》て生死《いきしに》だも知《し》るよしなかりし、実《うみ》の女児《むすめ》を得《え》給ひにき。斧柄刀禰《をのゑとの》には及《およ》ばずとも、他《かれ》も孝順《かうじゆん》の心《こゝろ》なからんや。斯《かく》いふ俺九四郎《われくしらう》も、今《いま》よりして御身《おんみ》の女婿《むこ》也。大和津国同郷《やまとつのくにどうけう》ならねど、一臂《いつぴ》の力《ちから》を尽《つく》すべし。心《こゝろ》つよく思《おも》ひ給ひねかし。」

と詞徐《ことばしづか》に慰《なぐさ》むれば、乙芸《おつげ》も亦倶《またとも》にいふやう、

「瓢形《ひさかた》の天《あめ》、鉱金《あらかね》の、地《つち》に等《ひと》しき生《うみ》の恩《おん》、返《かへ》すよしなき玉鉾《たまほこ》の、身《み》の薄命《はくめい》《フシアハセ》とはいひながら、二十《はたち》の上《うへ》を七《なゝつ》まで、歳長《としたけ》て今料《いまはか》らずも、環会《めぐりあひ》まつりしは、過世《すくせ》ありける幸《さち》ながら、开《そ》も九歳《こゝのつ》の秋《あき》よりぞ、養《やしな》ひの恩浅《おんあさ》からぬ、這里《ここ》なる故《もと》の家主人《いへあるじ》、御夫婦《みふうふ》の慈悲《ぢひ》微《なか》りせば、今《いま》この歓《よろこ》びあるべしや。是《これ》に就《つき》ても痛《いたま》しき、家尊《かぞ》の大人《うし》木偶介《でくすけ》をいふ

のみ東路《あづまぢ》に、ゆきて還《かへ》らぬ人《ひと》の数《かず》に、入《い》りにし山《やま》の恨《うらめ》しさよ。」

といひつゝ「よゝ」と泣沈《なきしづ》めば、落葉《おちば》も洟《はな》をうちかみて、

「現《げ》に其事《そのこと》也。親子《おやこ》兄弟《はらから》、うちも揃《そろ》ひし仁義《じんぎ》の家《いへ》に、養《やしな》はれぬる汝《いまし》の果報《くわほう》。過世《すくせ》あるべき事《こと》ながら、皆《みな》九四蔵《くしざう》主御夫婦《ぬしごふうふ》の、慈恩《ぢおん》といふもあまりあり。俺身《わがみ》なンどが及《およば》んや。縁《えん》に触《ふれ》ぬる身《み》の幸《さち》に、猶願《なほねがは》しき事侍《はべ》り。」

といひつゝ九四郎《くしらう》にうち向《むか》ひて、

「喃女婿《なうむこ》の刀禰《との》。斯《かう》いはゞ卒尓《そつじ》に似《に》たれど、知《し》らるゝ如《ごと》く大和《やまと》なる、杣木《そまき》の家《いへ》は続《つ》ぐ者《もの》なし。朱之介《あけのすけ》をば義《ぎ》絶《ぜつ》しつ、斧柄《をのゑ》が遺《のこ》しし孤《みなしご》なる、玉五郎《たまごらう》ありといへども、他《かれ》は生《うま》れて五十日《いか》にも至《いたら》ぬ、赤子《ちご》なれば憑《たのも》しからず。譬《たとへ》ば水《みづ》の上《うへ》なる泡《あは》に似《に》たり。非如成長《よしやせいちやう》しぬるとも、久後短《ゆくすゑみじか》き老《おい》が身《み》の、よく後見《うしろみ》をすべくもあらず。願《ねが》ふは御身《おんみ》乙芸《おつげ》と倶《とも》に、上市《かみいち》なる家《いへ》に移《うつ》り来《き》て、杣木《そまき》の跡《あと》を嗣《つぎ》ねかし。豪農《がうのう》《大ヒヤクセウ》名家《めいか》ならねども、二十町八反《はたまちはつたん》の田園《たはた》あり。又年毎《またとしごと》に伐出《きりいだ》す、山《やま》の林《はやし》も少《すく》なからねば、衣食《いしよく》に物《こと》を欠《かく》べくも侍《はべ》らず。然《さ》らば奴家《わらは》は隠居《いんきよ》して、仏《ほとけ》に仕《つかへ》まつりてん。この義《ぎ》を憑《たの》み侍《はべ》るのみ。」

といはれて九四郎《くしらう》沈吟《うちあん》じて、

「そも亦要《またえう》ある事ながら、必《かならず》や『軽諾《けいだく》《ヤスウケアヒ》は、信寡《まことすくな》し。』と古語《こご》にもいへり。いかにして今即坐《いまそくざ》に、決定《けつじやう》の答《こたへ》に及《およば》ん。勿論《もちろ》俺家《わがいへ》は幸《さいはひ》に弟柒六《おとゝなゝろく》あり。他《かれ》は武士《ぶし》にて武芸《ぶげい》さへ、親《おや》の後《あと》を嗣《つぐ》に足《た》れり。其頭《そこら》は後安《うしろやす》けれども、己《おの》が随意《まにく》世《よ》を渡《わた》る、九四郎《くしらう》が分際《ぶんさい》にて、熟《な》れぬ農家《のうか》の一世帯《いつせたい》を、よく承嗣《うけつ》ぐべくもあらず。俺身《わがみ》は左《と》まれ右《かく》もあれ。便寡《たよりすくな》き御身《おんみ》の為《ため》に、異《ゐ》日《じつ》乙芸《おつげ》をまゐらすべし。幾《いつ》までも留在《とゞめあ》らせて、商量敵《だんかふがたき》にしたまへかし。

便宜《びんぎ》は只《たゞ》この事《こと》のみならず、御身《おんみ》は又遠《またとほ》からずして、一個《ひとり》の孫《まご》を得《え》給ふべし。开《そ》は乙芸《おつげ》に問《とひ》給ひね。」

といはれて乙芸《おつげ》も倶《とも》にいふやう、

「俺身《わがみ》良人《をつと》に仕《つかへ》しより、十稔《とゝせ》近《ちか》くなりぬれど、子《こ》といふ者《もの》は得《え》がたかりしに、今茲《ことし》は春《はる》より身重《みおも》く做《な》りて、三月四月《みつきよつき》になりける程《ほど》に、折《をり》から思《おも》ひかけもなき、禍鬼起《まがつみおこ》りて稍久《やゝひさ》しく、獄舎《ひとや》に繋《つなが》れたりければ、『必傷《かならずしよう》産《さん》するならん。』と思《おも》ひつゝ胸安《むねやす》からざりしに、肌膚《はだ》に掛《かけ》たる護身嚢《まもりふくろ》に、蔵《をさ》めて深信怠《しんじんおこた》らざりける、長谷清《はせきよ》水《みづ》の両観世音《りやうくわんせおん》、及除厄弘法大師《またやくよけこうほうだいし》の、御影《みえい》の利益《りやく》にやありけん、俺身《わがみ》はさら也胎内《たいない》なる、赤子《ちご》さへ恙《つゝが》あらずかし。」

と告《つぐ》るに落葉《おちば》は歓《よろこ》びて、

「吁《あな》めでた。尓《しか》らんには、俺身《わがみ》にも亦子孫《またしそん》あり。喃九四郎主《なうくしらうぬし》。諄《くど》きは老《おい》の癖《くせ》ながら、御身耕《おんみたがや》し転《くさぎ》る技《わざ》に、得《え》熟《な》れずとてもけしうはあらず。老女《おうな》の咱《われ》すらこの年来《としごろ》、傭作《いれさく》して人並《ひとなみ》に、秋《あき》の登《みのり》を得《え》たるなり。いかで乙芸《おつげ》共侶《もろとも》に、杣木《そまき》の家《いへ》を嗣《つぎ》給はゞ、其子宝《そのこたから》を大和《やまと》へ移《うつ》して、久後《ゆくすゑ》いよ〳〵安《やす》かるべし。开《そ》を乙芸《おつげ》のみ召拿《よびと》りて、御身独宿《おんみひとりね》し給はゞ、俺心何《わがこゝろなに》ぞ安《やす》かるべき。いかで〳〵。」

と請談《こひだん》すれば、九四郎頭《くしらうかうべ》を傾《かたむ》けて、

「這櫛店《このくしみせ》は俺親《わがおや》より、譲《ゆづ》られたるにあらざれば、六市四摠《ろくいちしさう》に任用《うちまか》せて、俺身大和《わがみやまと》に移住《うつりすむ》とも、开《そ》は左《と》も右《かく》もの事《こと》ながら、明日又柒六《あすまたなゝろく》、四郎腋子《しらうわくご》に、告《つげ》て商量《だんかふ》して後《のち》に、是非《よしあし》を定《さだ》め候はん。」

と答《こたふ》る折《をり》から杜四郎《もりしらう》は、咳《しはぶ》きしつゝ奥《おく》より出《いで》て、九四郎乙芸《くしらうおつげ》を呼《よび》ていふやう、

「夜《よ》は深《ふけ》て候に、店《みせ》の戸鎖《とさし》て客人《きやくじん》を、納戸《なんど》へ伴《ともな》ひ給はずや。柰六哥々《なゝろくあにき》が今《いま》までも、かへり来《こ》ざるは心許《こゝろもと》なし。猶戸《なほと》鎖《ざ》さずして竢《まち》給ふや。」

と問《と》ふを九四郎《くしらう》聞《きゝ》あへず、

「否柰六《いななゝろく》は遅《おそ》くとも、六市四摠《ろくいちしさう》を倶《ぐ》したれば、他《かれ》が上《うへ》は後安《うしろやす》かり。且這方《まづこなた》へ。」

と傍《かたへ》に召《まね》きて、更《さら》に落葉《おちば》に向《むか》ひていふやう、

「嚮《さき》にも既《すで》にいひけらし、この少年《しようねん》は俺故女兄《わがなきあね》の腹《はら》なりける、大江大人《おほえうし》の蔭子《かくしこ》にて、杜四郎成勝是《もりしらうなりかつこれ》なり。這回柰六《こたびなゝろく》と共侶《もろとも》に、朱之介乙芸等《あけのすけおつげら》の、疑獄《ぎごく》を解《と》きける一人《いちにん》なりき。」

と告《つぐ》れば落葉《おちば》は席《むしろ》を譲《ゆづ》りて、

「开《そ》はよき折《をり》に拝面《はいめ》し侍《はべ》り。奴家《わらは》は乙芸《おつげ》の実《うみ》の母《はゝ》、大和《やまと》の落葉《おちば》で侍《はべ》るかし。」

と名告《なのる》を四郎《しらう》はうち聞《きゝ》て、

「咱等《われら》も甲夜《よひ》より奥《おく》の間《ま》にて、御話語《おんものがたり》の条々《おぢ〱》を、遺《おち》もなく洩聞《もれきゝ》たれば、感心《かんしん》の外《ほか》候はず。俺《われ》も亦《また》九四郎柰六《くしらうなゝろく》の、外伍《とつおひ》に候へども、柰六《なゝろく》とは弟兄《はらから》の、思《おも》ひをさへ做《な》す者《もの》なれば、介意《かいい》《エンリヨ》せらるべくもあらず。やよ嫂々《あねご》。更《かう》闌《たけ》たるに、奶々《はゝご》はさぞな冷《ひや》やかならん。納戸《なんど》へ伴《ともな》ひ給へかし。」

といへば乙芸《おつげ》は点頭《うなづき》て、

「然《さ》也。奥《おく》へ臥簟《ふしど》を儲《まう》けて、母《はゝ》を休《やすま》せ侍《はべ》りてん。喃奶々《なうはゝご》、甲夜《よひ》には不如意《ふにょい》に焦燥《いらち》給ひけん、投捨《なげすて》られし那《かの》財嚢《さいふ》は、其頭《そこら》にこそあらんずらめ。拿納《とりをさ》め給はずや。」

といはれて落葉《おちば》は心《こゝろ》つきて、

「寔《まこと》に然《さ》也。尓《しか》なりき。平生《つね》には鐚一文《びたいちもん》でも、棄《すつ》べうは思《おも》はざりしに、主人夫婦《あるじふうふ》の方正《ものがた》さに、強難《しひかね》て性起《はや》りにけん。一百《いつひやく》九十五両《りやう》ある、財嚢《さいふ》を漫《そゞろ》に投捨《なげすて》しは、歳《とし》に似《に》げなき短慮《たんりよ》にて、傍痛《かたはらいた》く思《おもは》れけん。俺後方《わがあとべ》にあるべきに、乙芸《おつげ》看一看拿《ちよとみてと》りてよ。」

といふに乙芸《おつげ》は行灯《あんどん》の、灯口《ひくち》を其方《そなた》へ引向《ひきむ》けて、身《み》を起《おこ》しつゝ左右《あちこち》と、件《くだん》の財嚢《さいふ》を索《たづぬ》るに、あるべくもあらざれば、杜四郎《もりしらう》も指燭《しそく》して、店《みせ》の四隅《すみぐ》脱履場《くつぬぎには》、箱招牌《はこかんばん》の蔭《かげ》までも、漏《もら》す隈《くま》なく求猟《あさ》れども、那地《いづち》ゆきけんあることなければ、落葉《おちば》が後悔《こうくわい》いへばさら也、九四郎《くしらう》眉《まゆ》をうち顰《ひそ》めて、

「原来外面《さてはとのかた》に盗児《ぬすびと》ありて、事紛《ことまぎ》れて搔攫《かきさら》ひけん。甲夜《よひ》には殊《こと》に熱《あつ》かりければ、漫《そゞろ》に風《かぜ》を貪《むさぼ》りて、店《みせ》の戸《と》を三《みつ》が一《ひとつ》、閉遺《ひきのこ》したる由断《ゆだん》は大敵《たいてき》。脱落《ぬかり》にけり。」

と悔恨《くひうら》めば、落葉《おちば》は連《しきり》に嗟嘆《さたん》して、

「金銀《きんぎん》は上《うへ》なき御宝《みたから》。聊《いさゝか》也とも受戴《うけいたゞ》きて、等閑《なほざり》にすべき物《もの》ならぬを、誰《たれ》も知《し》りたる事なるに、薄情婦女子《うたてやをなご》の胸狭《むねせま》く、悲泣《ひきう》に心狂《こゝろくるは》しくてや、苟且《かりそめ》ながら二包《ふたつゝみ》の金子《かね》を疎忽《そこつ》にしたりしは、是《これ》まで覚《おぼ》えぬ俺身《わがみ》の失誤《あやまち》。左《と》ても右《かく》ても那金《あのかね》は、無益《むやく》に喪《うしな》ふ時節《じせつ》ならめ。やよ乙芸《おつげ》、四郎腋子《しらうわくご》も、うち捨《すて》て措《おき》給へかし。」

と制《とゞ》められても疑《うたが》ひ解《とけ》ねば、乙芸《おつげ》杜四郎《もりしらう》は慰《なぐさ》めて、

「世《よ》の常言《ことわざ》に、『七《なゝ》たび索《たづ》ねて、後《のち》に人《ひと》を疑《うたが》へ。』といふこともあれば」

とて、迭《かたみ》に手燭《てしよく》を続更《つぎかへ》て、同処《おなじところ》を幾番《いくたび》も、索《たづぬ》るかひぞなかりける。

話《ものがたり》分両頭《ふたつにわかる》。尓程《さるほど》に、峯張柒六郎通能《みねはりなゝろくらうみちよし》は、末朱之介《すゑあけのすけ》が後《あと》を跟《つけ》て、ゆくこと約十《およそと》町許《まちばかり》。既《すで》に住吉《すみよし》の里《さと》を離《はな》れて、右《みぎ》に川《かは》あり、左《ひだり》に小隄防《こどて》あり。逃《にぐ》べき岐路《えだみち》あることなければ、『こゝ究竟《くつきやう》』と去向《ゆくて》を揣《はか》りて、脚《あし》を蚤《はや》めつ声高《こゑたか》やかに、「盗児等《ぬすびとまて》。」と喚禁《よびとむ》れば、朱之介《あけのすけ》は驚《おどろ》きながら、後方《あとべ》を見《み》かへる程《ほど》しもあらせず、柒六蚤《なゝろくはや》く跳蒐《をどりかゝ》りて、項髪捉《えりかみとつ》て動《うごか》せず、怒《いか》れる声《こゑ》を震立《ふりたて》て、

「刑余《けいよ》の尷尬児《くせもの》朱之介《あけのすけ》。陣館《ぢんやかた》にて面善《おもしり》なる、峯張柒六《みねはりなゝろく》を忘《わす》れはせじ。剛才十三屋《いまがたじふさんや》の店前《みせさき》にて、伱《なんぢ》が窃《ぬす》みて走《はし》りぬる、財嚢《さいふ》の金子《かね》をとり復《かへ》さんとて、跟《つけ》て来《き》ぬるを知《し》らざるや。夙《はや》く返《かへ》せ。」

と懐《ふところ》へ、手《て》を刺入《さしい》れて掖出《ひきいだ》す、財嚢《さいふ》を楚《しか》と拿禁《とりとめ》て、

「唶《ほざ》きたり、前髪猴子《まへがみこぞう》。この金一百《かねいつひやく》九十五両《りやう》は、俺大和《われやまと》よりもて来《き》たる、俺物《わがもの》なれば俺物《わがもの》するを、伱《なんぢ》に干《あづか》る事《こと》やある。盗児喚《ぬすびとよば》はり外聞歹《ひとぎゝわろ》し。こゝ放《はな》さずや。」

と挑拿《もぎと》りて、逃《にげ》んとするを柒六《なゝろく》は、毫《ちつと》も透《すか》さず肩尖抓《かたさきつか》みて、掖戻《ひきもど》しつゝ件《くだん》の財嚢《さいふ》を、捉《とる》を放《はな》さぬ朱之介《あけのすけ》、自《じ》得《とく》の白丁術《やわらて》を尽《つく》して、挑争《いどみあらそ》ふ一生懸命《いつしようけんめい》、財嚢《さいふ》を後方《あとべ》へ投退《なげのく》《シリゾク》れば、柒六《なゝろく》いよ〳〵怒《いかり》に堪《たへ》ず、『身《み》に両刀《りやうたう》を帯《おび》たる甲斐《かひ》に、撃果《うちはた》すは易《やす》けれども、然《さ》しては亦落葉《またおちば》の刀自《とじ》の、歎《なげ》きやすらん』と思《おも》ふ可《ばかり》に、敢其本事《あへてそのてなみ》を尽《つく》さず、『一霎時《しばし》他《かれ》を疲労《つから》して、拉《とりひしが》ん』と思《おも》ひしかば、柔受々々《あしらひ〳〵》挑《いど》む程《ほど》に、天《そら》ゆく雲《くも》の雨催《あまもよ》ひ、今《いま》まで明《あか》かる夏《なつ》の夜《よ》の、月《つき》を隠《かく》して朦朧《おぼろ〳〵》と、忽地暗《たちまちくら》くなりにける。


浩処《かゝるところ》に一個《ひとり》の行客《たびびと》、年齢《としのよはひ》は四十有余《よそぢあまり》、身《み》には単衣《ひとへきぬ》を袺折《つぼをり》て、上《うへ》に重縹《こひはなだ》の麻《あさ》の雨衣《あまきぬ》の、身半《みなから》なるをうち披《はふ》り、腰《こし》に短《みじか》き両刀《りやうたう》を跨《よこたへ》たれば、是則《これすなはち》武士《ぶし》なるべし。頭《かうべ》に戴《いたゞ》く竹皮笠《たけのかはかさ》、脚《あし》には脚絆草鞋《きやはんわらんじ》の、打扮《いでたち》さへに精悍《かひ〴〵》し

柒六《そろく》に逐《おは》れて朱之介《あけのすけ》夜《よる》財嚢《さいふ》を擲《なげう》つ
朱之介
そく六

塩冶判官

巨口童子川巻二下

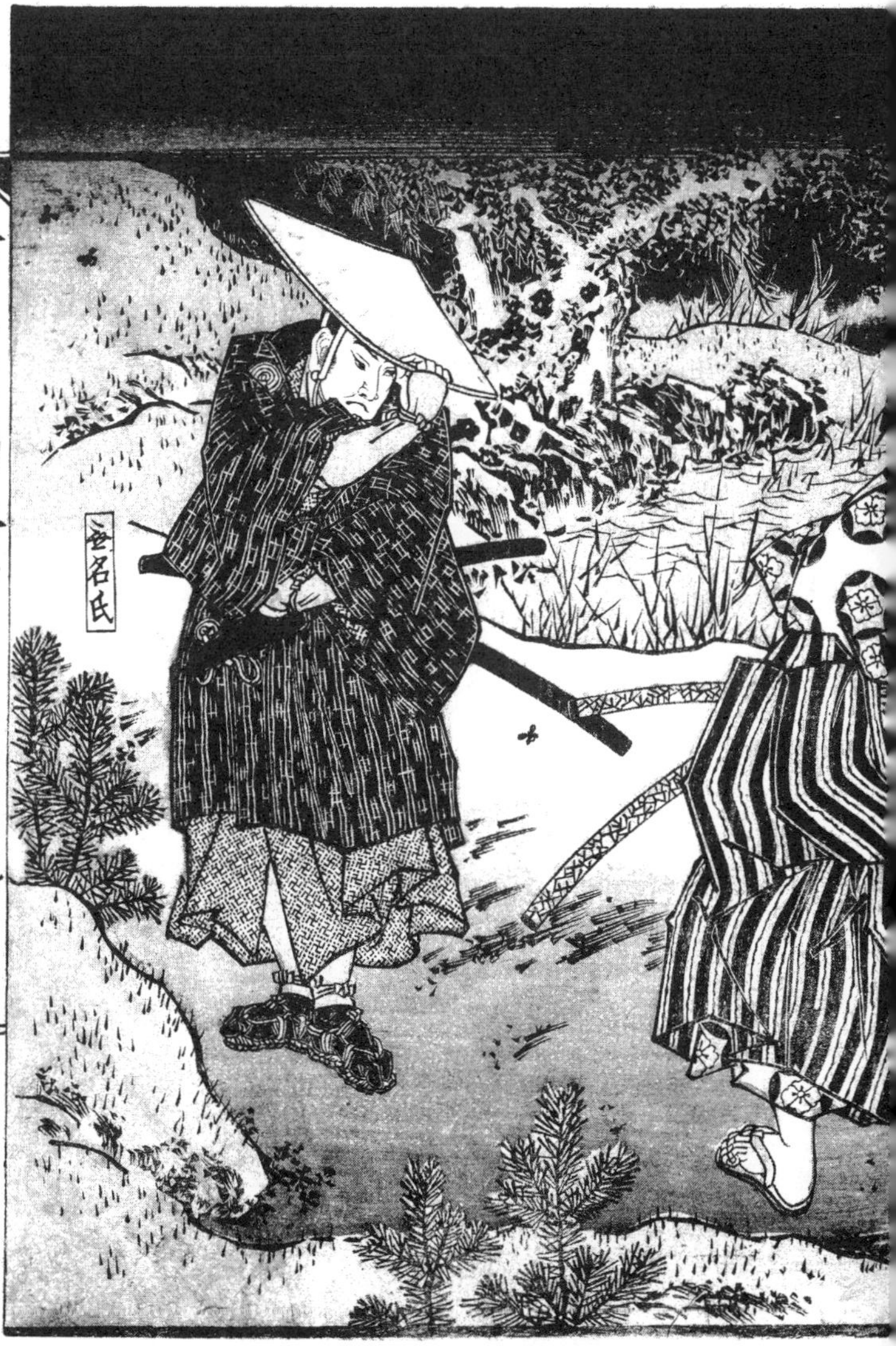

く、故《ゆゑ》ありぬべき夜《よる》の行《みち》に、伴《とも》をも倶《ぐ》せず只一人《たゞひとり》、住吉《すみよし》の方《かた》よりして、歩《あし》を蚤《はや》めて来《き》にける程《ほど》に、今柒六《いまなゝろく》と朱之介《あけのすけ》が、挑角《いどみすま》ふを遙《はるか》に見《み》て、うち驚《おどろ》きつゝ近《ちか》づき来《き》て、相距《あひさる》こと一丈許《ひとつゑばかり》、『勝負什麼《しようぶいかに》』と覘《うかゞ》ふ程《ほど》に、月《つき》は忽地雲隠《たちまちくもかく》れして、四下小暗《あたりこくら》くなりしかば、又只件《またたゞくだん》の行客《たびゞと》は、慾《よく》に心《こゝろ》や動《うご》きけん、窃歩《ぬきあし》しつゝ找《すゝ》み出《いで》て、今朱《あけ》之《の》介《すけ》が投《なげ》たりける、財嚢《さいふ》を左右《あちこち》と搔撈《かいぐ》りて、拿揚試《とりあげみる》に重《おも》ければ、憶《おもは》ず莞尓《にっこ》と微笑《ほゝゑみ》て、手《て》はやく紐《ひも》を解開《ときひら》きつゝ、那二包百《かのふたつゝみひやく》九十五両《りやう》の、金子《かね》をのみ懐《ふところ》へ、楚《しか》と夾《をさ》めて又搔撈《またかいぐる》に、恰好小石両箇《ころよきこいしふたつ》あり。『是究竟《これくつきやう》』と搔拿《かいと》りて、悄地《ひそか》に財嚢《さいふ》へ入替《いれかへ》て、故《もと》の如《ごと》くに紐《ひも》さへ結《むす》びて、ありける処《ところ》へ閣《さしお》きて、蚤《はや》く那身《かのみ》を躱《かく》してぞ、往方《ゆくへ》は知《し》らずなりにける。『両虎食《りやうこしよく》を争《あらそ》ふ時《とき》、狐其虚《きつねそのきよ》に乗《のる》』といふ、古語《ふること》は現《げ》に以《ゆゑ》ある哉《かな》。

然《され》ば這方《こなた》の両敵《りやうてき》は、迭《かたみ》に是《これ》を見《み》ず知《し》らず、猶《なほ》も争《あらそ》ふ廾《そ》が程《ほど》に、天《そら》には月《つき》の雲霽《くもはれ》て、影復鮮明《かげまたさやか》也けれぱ、柒《なゝ》六是《ろくこれ》に便宜《びんぎ》を得《え》て、既《すで》に疲労《つかれ》し朱之介《あけのすけ》を、「耶《や》」と声《こゑ》かけて投《なげ》しかば、朱之介《あけのすけ》は筋斗《とんぼかへ》りつ、蠕子《くも》の像《ごと》くに平張《へたばり》て、亟《とみ》には起《おき》も得《え》ざりしを、柒六透《なゝろくすか》さず登《のぼ》し蒐《かゝ》りて、背《そびら》を踏締《ふみしめ》て動《うご》かせず。勇《いさめ》る声高《こゑたか》やかに、

「やをれ朱之介思《あけのすけおも》ひ知《し》るや。那金百《あのかねひやく》九十五両《りやう》は、你《なんぢ》が大和《やまと》より、もて来《き》ぬるといへども、原是落葉《もとこれおちば》の刀自《とじ》の慈善《ぢぜん》にて、沙金《さきん》と唐布《たうもめん》を買《かは》せんとて、你《なんぢ》も甲夜《よひ》より窃聞《たちきゝ》して、必《かならず》や聞知《きゝし》りつらん。然《さ》りとても那折《かのをり》に、你《なんぢ》刀自《とじ》に対面《たいめ》して、明々地《あからさま》に哀乞《かなしみこ》はゞ、素《もと》より刀自《とじ》は慈善《ぢぜん》の人《ひと》なり。時宜《じぎ》によりて那金子《あのかね》を、你《なんぢ》が盤纏《ろよう》の為《ため》にとて、取《と》らする事《こと》もあるべきに、何《な》とて窃《ぬす》みて走《はし》りたる。其賊情《そのぞくじよう》を懲《こら》さんとて、俺這里《われここ》まで跟《つけ》て来《き》つ、今《いま》那金子《あのかね》を拿復《とりかへ》して、落葉《おちば》の刀自《とじ》に返《かへ》さまくす。俺身《わがみ》の慾《よく》に做《な》す事《こと》ならんや。憎《にく》むに勝《たへ》たる你《なんぢ》が賊心《ぞくしん》。有恁《かゝ》るべしとは思《おも》はざりける、俺兄九四郎《わがあにくしらう》の義俠《ぎけう》なる、你《なんぢ》は旧悪《きうあく》ある故《ゆゑ》なれども、単追放《ひとりつひはう》せられしを、殊《こと》に不便《ふびん》

に思《おも》ふの故《ゆゑ》に、金《かね》五両《りやう》を齎《もたら》して、俺《われ》に課《おほ》せて追《おは》せしに、時後《ときおく》れて及《およば》ねば、日暮《ひくれ》て徒《いたづら》にかへり来《き》にける、十三《じふさん》屋《や》の門傍《かどべ》にて、伱《なんぢ》が甲夜闇《よひやみ》に立紛《たちまぎ》れて、裏面《うち》の容子《やうす》を張居《うかゞひゐ》たるを、見出《みいだ》したれども、訝《いぶか》しさに、声《こゑ》をも被《かけ》ず裏面《うち》にも入《い》らず。況《まいて》や件《くだん》の金《かね》五両《りやう》を、遁与《わた》すべき時宜《じぎ》ならねば、事《こと》の茲《こゝ》に及《およ》ぶものから、俺兄《わがあに》の好意《こゝろざし》を、空《あた》に做《な》さんはさすがにて、落葉《おちば》の金子《かね》を拿復《とりかへ》すは則是公道《すなはちこれこうどう》也。俺兄《わがあに》の貺《たまもの》を、伝《つた》へ取《とら》するは人情《にんじよう》也。公道《こうどう》と人情《にんじよう》と、両《ふたつ》ながら闕《かく》べからず。伱這義《なんぢこのぎ》を弁《わきまへし》知りて、今《いま》よりみづから新《あらた》にせよ。落葉《おちば》の刀自《とじ》には義絶《ぎぜつ》の婿《むこ》也。この故《ゆゑ》に譎断《けつだん》せられて、大和《やまと》へは返《かへ》されず。俺嫂乙芸《わがあによめおつげ》には、義絶《ぎぜつ》の弟《おとゝ》なり。十三屋《じふさんや》へ立入《たちい》るべからず。この義《ぎ》を後《のち》まで忘《わす》るゝな。」

と思《おも》ひの随《まゝ》に罵懲《のりこら》して、却懐《さてふところ》を掻撈《かゝぐり》て、紙《かみ》に包《つゝみ》し金五両《かねごりやう》を、开《そ》が儘《まゝ》に拿出《とりいだ》して、「卒《いざ》」とばかりに朱之介《あけのすけ》の、頭《かうべ》に托地《はた》と投付与《なげつけあた》へて、そが儘些《まゝすこ》し退《しりぞ》きて、月《つき》を燭《あかし》に四下《あたり》を見《み》るに、朱之介《あけのすけ》が投退《なげしりぞ》けたる、財嚢《さいふ》は故《もと》の儘《まゝ》にして、後方八九尺《あとべはつくしやく》の間《あはひ》に在《あ》り。柒六是《なゝろくこれ》を拿上《とりあげ》て、沙《すな》うち払《はら》ひて懐《ふところ》へ、夾《をさ》めていそぐ夜《よる》の路《みち》、十三屋《じふさんや》を投《さし》てかへりゆく程《ほど》に、十八日《にち》の月影《つきかげ》も、真夜半時候《まよなかころ》になりにけり。

尓程《さるほど》に朱之介《あけのすけ》は、頭《かうべ》を鶴《のば》し身《み》を亀《ちゞ》めて、屢《しば〳〵》四下《あたり》を見《み》かへるに、柒六《なゝろく》は故《もと》の路《みち》へ、かへりゆきけんあらずなりしかば、やうやくに身《み》を起《おこ》して、柒六《なゝろく》が投与《なげあた》へたる、金《かね》五両《りやう》を掻拿《かいと》りて、包《つゝみ》を開《ひら》き数《かぞ》へ見《み》て、嘆口気《したうちなら》して其金子《そのかね》を、包《つゝみ》て先犢鼻褌《まづふみとほし》へ、結着《むすびつけ》ても東西《もの》足《た》らぬ、身《み》の往方《ゆくへ》さへ定《さだ》め難《かね》て、只諄々《たゞぐど〳〵》と呟《つぶや》くやう、

「折角物《せつかくもの》せし金二包《かねふたつゝみ》を、柒六奴《なゝろくめ》に拿復《とりかへ》されて、其損料《そのそんりよう》には五両金《ごりやうきん》。是《これ》を落葉《おちば》と乙芸《おつげ》等《ら》が、断縁金《えんきりかね》には廉《やす》けれども、『斧柄《をのゑ》は産後《さんご》に身故《みまか》りて、生《うま》れし赤子《ちご》は恙《つゝが》なし。』と落葉《おちば》が口説《くど》きし愁歡(歎)話《なきものがたり》を、窃聞《たちきゝ》したる事《こと》もあれば、

この金子《かね》の竭《つき》たる比《ころ》に、悄地《ひそか》に大和《やまと》へ赴《おもむ》きて、又物《またもの》にする時宜《じぎ》もあらん。只是星煞《たゞこれときのまはりあはせ》にて、好《よき》も歹《わろ》きも七《なゝ》転《ころび》、八起《やおき》に起《おき》ねば男子《をとこ》にあらず。先京師《まづみやこ》まで退《しりぞ》きて、せん術《すべ》あらん」

と独言《ひとりご》つ、胸逞《むねたくま》しき虎狼《こらう》の本性《ほんしやう》、臂《ひぢ》と膝《ひざ》とに塗《まみ》れたる、壌《つち》を払《はら》ひつ拊摩《なでさす》りて、身《み》を起《おこ》しつゝ悠々《ゆう〳〵》と、東《ひがし》を投《さし》て立去《たちさり》ける、迹《あと》には聚鳴虫《すだくむし》の声《こゑ》。土旺中央《どようなかば》に立秋風《たつあきかぜ》に、戦《そよ》ぐや隄防《どて》の細芒《いとすゝき》も、招《まねか》ざるべき歹人《わろもの》の、一進一退《いつしんいつたい》出没不測《しゆつぼつふしき》の、久後《ゆくすゑ》も猶怕《なほおそ》るべし。


案下某生再説《そはさておきてふたゝびとく》。当晩十三屋《そのよじふさんや》の店内《みせのうち》には、乙芸杜四郎《おつげもりしらう》は財嚢《さいふ》の金子《かね》を、索難《たづねかね》つゝ精疲労《せいつか》らして、『窃《ぬすま》れけん』とやうやくに、思《おも》ひ絶《たえ》て店《みせ》の戸《と》を、鎖《さゝ》んとて手《て》を掛《かく》る折《をり》から、外面《とのかた》より来《き》ぬる者《もの》あり。是則柒六《これすなはちなゝろく》也。近《ちか》つく随《まゝ》に声《こゑ》を被《かけ》て、

「嫂々目今《あねごたゞいま》かへり侍《はべ》りぬ。其里《そこ》開《あけ》て給ひね。」

といふに乙芸《おつげ》も杜四郎《もりしらう》も、

「噫遅《あなおそか》りし待不楽《まちわび》たり。疾這方《とくこなた》へ。」

と閉《ひき》かけたる、戸《と》を又一枚推開《またひとひらおしひら》けば、柒六《なゝろく》は衝《つ》と找《すゝ》み入《い》りて、坐《ざ》して九四郎《くしらう》に向《むか》ひていふやう、

「嚮《さき》に小弟《それがし》、六市四摠《ろくいちしさう》と共侶《もろとも》に、走《はし》りて申明亭《ふだのつぢ》に造《いた》りしに、朱之介《あけのすけ》は亭午《まひる》の時候《ころ》、追放《おひはな》されたりと聞《きこ》えしのみ、時《とき》も後《おく》れ往方《ゆくへ》も知《し》れねば、只得《ぜひなく》かへり来《き》ぬる程《ほど》に、六市四摠《ろくいちしさう》は疲労《つかれ》に堪《たへ》ず。『世話介許止宿《せわすけがりしゆく》して、明日《あす》参《まゐ》らめ』とて別《わか》れたり。是《これ》よりして俺身単《わがみひとり》、日暮《ひくれ》て這店舗頭《このみせさき》まで、既《すで》にかへり来《き》にけるに、又不慮《またふりよ》の事《こと》ありて、見過《みすぐ》しがたくて裏面《うち》には入《い》らず。其義《そのぎ》は後《のち》に稟《まう》さめ。」

と告《つぐ》るを九四郎《くしらう》うち聞《きゝ》て、

「开《そ》は何事《なにごと》か知《し》らねども、這里《ここ》にも甲夜《よひ》に賊難《ぞくなん》あり。そは今急《いまきう》に告《つぐ》るとも益《ゑき》なし。這客人《このきやくじん》は和郎《わろ》も聞知《きゝし》る、那上市《かのかみいち》なる落葉《おちば》の刀自《とじ》なり。乙芸《おつげ》の実《うみ》の奶々《はゝご》なりしを、今宵不測《こよひふしき》に知《し》り得《え》たり。」

といふに柒六《なゝろく》恭《うや〳〵し》く、落葉《おちば》に向《むか》ひて口誼《こうぎ》を舒《のぶ》れば、落葉《おちば》もやをら膝《ひざ》を找《すゝ》めて、初対面《しよたいめん》の歓《よろこ》びを、尽《つく》す詞《ことば》の露《つゆ》の間《ま》に、乙芸《おつげ》は店舗《みせ》を戸鎖果《とさしはて》て、杜四郎《もりしらう》と共侶《もろとも》に、柒六《なゝろく》にうち向《むか》ひて、甲夜《よひ》に落葉《おちば》が喪《うしな》ひたる、那財嚢《かのさいふ》の金《かね》百《ひやく》九十五両《りやう》の、事云云《ことしか〴〵》といひ出《いづ》るを、柒六《なゝろく》は聞《きゝ》もあへず、

「其義《そのぎ》は咱等《われら》よく知《し》りたり。今詳《いまつまびらか》に説示《ときしめ》さん。刀自《とじ》も長兄《あにき》も聞《きゝ》給へ。其故《そのゆゑ》は箇様々々《かやう〳〵》。」

と甲夜《よひ》に末朱之介《すゑあけのすけ》が、這店頭《このみせさき》に潜《しの》び来《き》て、主客《しゆかく》の話説《ものがたり》を窃聞《たちきゝ》しつゝ、財嚢《さいふ》の金子《かね》を窃拿《ぬすみと》る時《とき》、柒六《なゝろく》はそを闚窺居《かいまみを》り。推捉《おしとら》へ撻懲《うちこら》して、金子《かね》を拿復《とりかへ》さまく思《おも》ひしかども、然《さ》しては又落葉《またおちば》の刀自《とじ》の、為《ため》に妙《みよう》ならざれば、朱之介《あけのすけ》が窃《ぬす》み得《え》て、浪速《なには》の方《かた》へ立去折《たちさるをり》、十町許《とまちばかり》跟《つけ》ゆきて、如云々《しか〴〵》の地方《ところ》にて、喚禁《よびとゞ》め厮闘《あひたゝか》ふて、思《おも》ひの随《まゝ》に投伏《なげふせ》て、件《くだん》の財嚢《さいふ》をとり復《かへ》しつ、九四郎《くしらう》が拿《とら》せぬる、金五両《かねごりやう》を投与《なげあた》へて、かへり来《き》にける顚末《もとすゑ》を、今見《いまみ》る如《ごと》く説誇《ときほこ》りつ、懐《ふところ》より其財嚢《そのさいふ》を、拿出《とうで》て落葉《おちば》に返《かへ》すにぞ、九四郎落葉《くしらうおちば》を首《はじめ》にて、杜四郎《もりしらう》も乙芸《おつげ》さへ、膝《ひざ》の找《すゝ》むを覚《おぼえ》ぬまでに、倶《とも》に感嘆《かんたん》したりける。

当下落葉《そのときおちば》は羞《はぢ》たる色《いろ》あり、九四郎乙芸《くしらうおつげ》に向《むか》ひていふやう、

「這金子《このかね》の失《うせ》たるは、朱之介《あけのすけ》が所為《わざ》ならば、然《さ》ばかり惜《をし》むべくも侍《はべ》らず。一旦他《いつたんかれ》に取《とら》せたる、金子《かね》なる者《もの》を明々地《あからさま》に、乞《こ》はで後闇《うしろくら》き事《わざ》をしたれば、冥罰覿面柒六主《みやうばつてきめんなゝろくぬし》に、とり復《かへ》されける鈍《おぞ》ましさよ。」

柒六《ろく》を制
めて九《く》四郎《しらう》
意見《いけん》を示《しめ》さ
柒六
九四郎

ろうけ

あちえ

ゆり四年

十六毛〇文菱花蔵

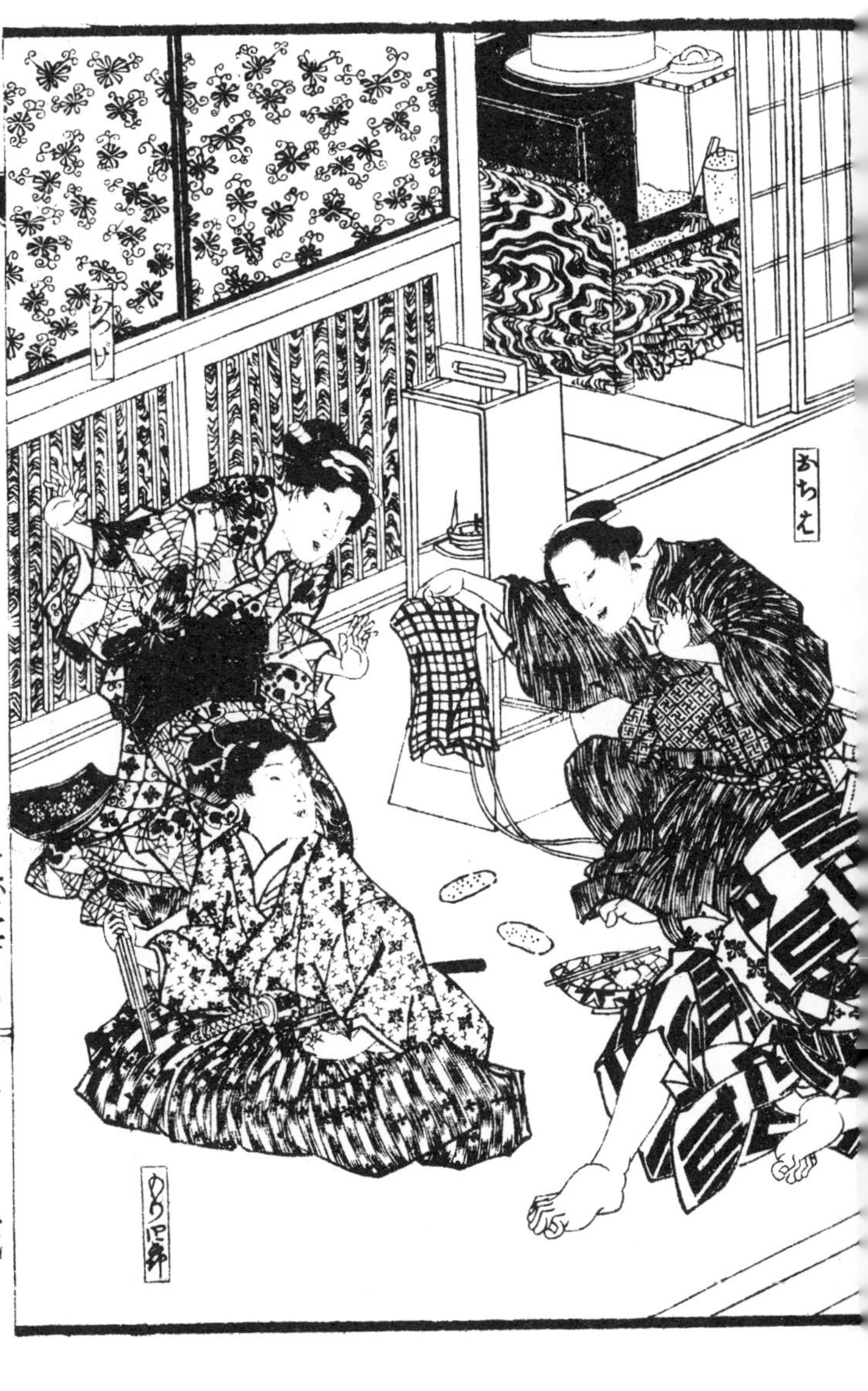

といひつゝ財嚢《さいふ》を拿掊《とりあぐ》れば、九四郎《くしらう》急《きう》に推禁《おしとゞ》めて、

「親《した》しき中《なか》にも念《ねん》の為《ため》也。内《うち》を閲《けみ》して受拿《うけとり》給へ。」

と心属《こゝろつく》れば、「然《さ》也。」と答《こたへ》て、財嚢《さいふ》の紐《ひも》を解開《ときひら》きて、拿出《とりいだ》すは二包《ふたつゝみ》の、金子《かね》にはあらで小石《こいし》也。『是《これ》は什麼《いかに》。』とばかりに呆《あき》れてやをら投出《なげいだ》せば、九四郎乙芸杜四郎《くしらうおつげもりしらう》も、倶《とも》に訝《いぶか》る开《そ》が中《なか》に、柒六《なゝろく》は驚《おどろ》き見《み》て、且《かつ》恥且悔《はぢかつくひ》ていふやう、

「原来《さては》夙《はや》くも朱之介《あけのすけ》奴《め》が、財嚢《さいふ》に小石《こいし》を容易《いれかへ》て、俺《われ》を欺《あざむ》きたるならん。然《さり》とは知《し》らで疎忽《そこつ》の態儛《ふるまひ》、いひ解《と》くだにも面目《めんぼく》なし。那里《いづこ》までも赶蒐《おひかけ》て、金子《かね》拿復《とりかへ》さでやは已《やま》ん。いで〳〵。」

といひつゝも、刀《かたな》を拿《とり》て身《み》を起《おこ》すを、九四郎《くしらう》はやく喚禁《よびとゞ》めて、

「柒六《なゝろく》そは労《らう》して功《こう》なし。和郎《わろ》幾里《いくさと》赶《お》ふとても、逃《にぐ》る者《もの》は路《みち》を択《えら》まず。他虚々《かれうか〳〵》と和郎《わろ》を俟《また》んや。敦圉《いきま》くとても今《いま》は要《えう》なし。惴《せか》ずに仔細《しさい》を告《つげ》よかし。」

といはれて柒六《なゝろく》嗟《さ》嘆《たん》に堪《たへ》ず、姑且《しばらく》して答《こたふ》るやう、

「現《げ》に愆《あやまち》ぬ。今《いま》さらに、身《み》の非《ひ》を飾《かざ》るに似《に》たれども、朱之介《あけのすけ》が那金子《かのかね》を、窃拿《ぬすみとり》し首《はじめ》より、俺《われ》闚覦《かいまみ》て由断《ゆだん》せず。开《そ》が儘迹《まゝあと》を跟《つけ》ゆきて、投伏《なげふせ》て這財嚢《このさいふ》を、とり復《かへ》しし終《をはり》まで、他《かれ》いかにして這小石《このこいし》を、容易《いれかゆ》る暇《いとま》あらんや。但《たゞ》挑《いど》み角《すま》へる折《をり》、他財嚢《かれさいふ》を投退《なげしりぞけ》しに、照《て》る月猛可《つきにはか》に雲隠《くもかく》れして、一霎時《しばし》暗《くら》く做《なり》しかど、それ将久《はたひさ》しきことにはあらず。雌雄《しゆう》を争《あらそ》ふ折《をり》なるに、三面六臂《さんめんりくひ》ならざりせば、他何等《かれなにら》の暇《いとま》ありて、然《さ》る科玉《しなたま》を要《えう》せんや。是《これ》に由《より》て是《これ》を思《おも》へば、這小石《このこいし》は朱之介《あけのすけ》が、窃拿《ぬすみとら》ざる以前《いぜん》より、財嚢《さいふ》の内《うち》にありける歟《か》。其事《そのこと》なしといふ時《とき》は、

いよ〳〵奇《く》しくます〳〵怪《あや》し。斯《かう》と知《し》らば這店頭《このみせさき》にて、朱之介《あけのすけ》を推捉《おしとら》へて、財嚢《さいふ》をとり復《かへ》すべかりしに、落葉《おちば》の刀自《とじ》の心《こゝろ》を汲《くみ》て、地方《ところ》を易《かへ》たる故《ゆゑ》にこそ。照据人《あかしひと》《ショウコニン》ある事なければ、俺分説《わがいひわけ》も闇《くら》きに似《に》たり。悔《くや》しき事をしてけり。」

と喞言《かごと》がましく陳《ちん》ずれば、乙芸杜四郎《おつげもりしらう》も慰難《なぐさめかね》て、「左《と》あらん右《かく》やあらん。」といふのみ。倶《とも》に疑《うたがひ》解《とけ》ざりけり。

　この段文《だんぶん》猶多《なほおほ》ければ、いまだ説《とき》も尽《つく》すべからず。又巻《またまき》を更《かへ》て下回《しものめぐり》に、解分《ときわく》るを聴《きゝ》ねかし。

新局玉石童子訓巻之三下冊終

新局《しんきよく》玉石童子《ぎよくせきどうじ》訓巻之《くんまきの》四上冊

東都　曲亭主人口授編次

第《だい》三十七回《くわい》

成勝《なりかつ》通能《みちよし》遊歴《ゆうれき》して東路《あづまぢ》に赴《おもむ》く
晴賢《はるかた》松下《しようか》に睡《ねむ》りて蚺蛇《うはばみ》《オロチ》に呑《のま》る

登時《そのとき》九四郎《くしらう》は、柒六《なゝろく》が陳《ちん》じぬる、財嚢《さいふ》の事《こと》をうち聞《きゝ》て、沈吟《うちあん》じて且《かつ》いふやう、

「聞《きく》が如《ごと》きは朱之介《あけのすけ》が、汝《いまし》と挑争《いどみあらそ》ふ折《をり》、財嚢《さいふ》の金《かね》を逓与《わた》さじとて、後方《あとべ》遙《はるか》に投遣《なげやり》けるに、照月《てるつき》猛可《にはか》に雲隠《くもがく》れして、四下《あたり》暗《くら》くなりしといへば、その折《をり》朱之介《あけのすけ》の支党《どうるい》の、躱居《かくれゐ》ける者《もの》ありて、金子《かね》に小石《こいし》を入易《いれかへ》たる歟《か》。是《これ》も亦知《またし》るべからず。とは思《おも》へども倘果《もしはた》して、支党《どうるい》の所為《わざ》ならば、径《たゞ》に財嚢《さいふ》を掻攫《かきさら》ひて、逃《にげ》も躱《かくれ》もすべかるに、人《ひと》を欺《あざむ》く便直《てだて》もて、金子《かね》に小石《こいし》を入易《いれかへ》たるは、何等《なにら》の意《こゝろ》ぞ解《げ》しがたかり。」

と詞急迫《ことばせわ》しく論《ろう》ずれば、落葉《おちば》も聞《きゝ》つゝ推禁《おしとゞ》めて、

「九四郎刀禰《くしらうとの》閣《おき》給へ。开《そ》は左《と》まれ右《かく》もあれ、素《もと》より那金《あのかね》二百両《ひやくりやう》は、朱之介《あけのすけ》の為《ため》にとて、調《とゝの》へて逓与《わた》ししに、非如所要《よしやしよえう》を果《はた》さずとも、又他《またかれ》が手《て》に入《い》りたらば、断縁金《えんきりかね》と思《おもは》んのみ、惜《をし》けくもあらずかし。故何《ゆゑいかに》とならば、他《かれ》が主君《しゆくん》より与《あづか》り来《き》ぬる、沙金《さきん》は二十一包《つゝみ》。残《のこ》りて俺家《わがいへ》にありしを、如如来様《によくらいさま》の示教《じきよう》によりて、梅雪信女《ばいせつしんによ》の柩《ひつぎ》と共《とも》に、六田《むた》の河辺《かはべ》に瘞《うづ》めさせしは、那作仏《かのさくぶつ》の志願《しぐわん》に因《よ》る。そも朱之介《あけのすけ》の為《ため》なれども、其沙《そのさ》金《きん》と那円金《かのこばん》を、交易《かへかへ》にしたりと思《おも》へば、いよ〳〵後安《うしろやす》かりき。」

と諭《さと》せば九四郎《くしらう》うち笑《わら》ひて、

「开《そ》は只是婦人《たゞこれふじん》の仁《じん》のみ。仏意《ほとけこゝろ》は然《さ》もあるべし。なれども柒六《なゝろく》が慭《なまじい》に、那金子《かのかね》をとり復《かへ》さんとて、反《かへつ》て金子《かね》を失《うしな》ふて、其財嚢《そのさいふ》をのみもて来《き》にければ、鄙語《ことわざ》にいふ『璧《たま》を返《かへ》して、櫝《ひつ》を留《とゞ》むる』者《もの》に似《に》たり。倘他人《もしたにん》をもて是《これ》をいはゞ、柒六《なゝろく》にも疑《うたが》ひなきにあらず。然《され》ば件《くだん》の百《ひやく》九十五金《ごきん》は、咱等《われら》必贖《かならずあがな》ふべし。」

といふを落葉《おちば》は聞《きゝ》あへず、

「そは又要《またえう》なき理論《りろん》也。俺世帯《わがせたい》をしも譲《ゆづ》らん、と思《おも》ふ御身等《おんみら》に那金子《あのかね》を、贖《あがな》はせて何《なに》にせん。他人《たにん》がましき事いはるゝは、似《に》げなく聞《きこ》え侍《はべ》るかし。」

と諭《さと》すを九四郎推復《くしらうおしかへ》して、猶云云《なほかにかく》と論《ろう》ずるを、杜四郎諫《もりしらういさめ》ていふやう、

「其義《そのぎ》は今宵《こよひ》に限《かぎ》るべからず。短夜《みじかよ》なれば酷《いた》く深《ふけ》たり。明日又商量《あすまただんかふ》し給へかし。」

といふに乙芸《おつげ》も共侶《もろとも》に、良人《をつと》を勧《なだむ》る言果《ことはて》て、落葉《おちば》を納戸《なんど》へ案内《しるべ》をすれば、柒六《なゝろく》は兄《あに》の意見《いけん》の、理《ことわ》りなるに感《かん》服《ふく》して、重《かさね》て復《かへ》す詞《ことば》もなく、「咱等《われら》は店《みせ》に寝泊《ねまら》ん」とて、帚《はゝき》をもて来《き》て掃《はき》などす。乙芸《おつげ》はいとゞ勒《いそ》しげに、臥簟儲《ふしどまうけ》も三所《みところ》へ、配《くば》る三張《みはり》の幮垂《かやたれ》て、各《おのく》枕《まくら》に就《つき》にけり。

恁而其詰朝《かくてそのあけのあさ》、十三屋《じふさんや》の炊妾櫛工《かしきめくしひきら》等は、乙芸《おつげ》が赦《しや》にあひし事《こと》、九四郎《くしらう》も恙《つゝが》なく、帰郷《ききやう》のよしを聞知《きゝし》りて、早旦《まだき》にかへり来《き》にければ、薪水《かしき》の事《わざ》に其人《そのひと》あり。早飯既《あさいひすで》に果《はて》しかば、九四郎《くしらう》は落葉乙芸《おちばおつげ》、杜四郎柒六《もりしらうなゝろくら》等を、皆納戸《みななんど》へ招聚《まねきつど》へて、又只昨日《またたゞきのふ》の金子《かね》の事《こと》を、悄《しのび》やかに談《だん》するやう、

「上市《かみいち》の奶々聞《はゝごきゝ》給へ。那一百《かのいつひやく》九十五金《きん》は、其盗児《そのぬすびと》を知《し》りながら、とり復《かへ》し得《え》ざりしは、柒六《なゝろく》が愆《あやまち》なるに、

御身《おんみ》は慈善《ぢぜん》の心《こゝろ》もて、『朱之介《あけのすけ》に返《かへ》し遣《やり》ぬ、と思《おも》へば惜《をし》からず。』と宣《のたま》ひしを、俺歹《われわろ》く聞《きく》にはあらねど、銭財《ぜにかね》の事はしも、親《した》しき中《なか》にも言品《いひぼん》の出来《いでき》て、迭《かたみ》に疎《うと》く做《な》る者《もの》あり。況任俠《まいてをとこ》を磨《みが》く者《もの》は、授受明白《とりひきめいはく》ならざれば、乾児仮子《こぼんこかた》も従《したが》はず。何《なに》をもてよく人《ひと》を制《せい》せん。この故《ゆゑ》に、柒六《なゝろく》が失《うしな》ふたる、一百《いつひやく》九十五金《きん》の内中《うち》、俺百金《われひやくきん》を贖《つくの》ふて、目今御身《たゞいまおんみ》に返《かへ》すべし。」

といふを落葉《おちば》は推禁《おしとゞ》めて、

「开《そ》は又御身《またおんみ》の一徹《いつてつ》ならずや。昨宵《よんべ》もいひし事ぞかし。杣木《そまき》の家《いへ》を嗣《つが》せんと、思《おも》ふ御身《おんみ》に損被《そんかけ》て、其百金《そのひやくきん》を受《うけ》られんや。況那金子《まいてあのかね》の亡《うせ》たるは、柒六刀禰《なゝろくとの》の愆歟《あやまちか》、愆《あやまち》ならぬ歟《か》。俺手親《わがてづから》、俺渡《わがわた》しし財嚢《さいふ》ならねば、那《あの》子《こ》を咎《とがむ》るは無理《むり》なるべし。人《ひと》の得《え》ぬると失《うしな》ふとは、皆是時運《みなこれじうん》に由《よ》ると歟聞《かきゝ》ぬ。只《たゞ》うち捨《すて》て措《おき》給ひね。」

と言叮嚀《ことねんごろ》に諭《さと》せども、九四郎《くしらう》听《きか》ず頭《かうべ》を掉《ふり》て、

「开《そ》は辱《かたじけな》き御心《みこゝろ》ながら、人《ひと》の養嗣《やうし》たる者《もの》は、其家《そのいへ》に益《ゑき》あらせて、減《へら》す事《こと》なき挊《はたら》きあらずは、其養嗣《そのやうし》たる甲斐《かひ》はなし。然《さ》るを今俺們《いまわれ〲》夫婦《ふうふ》は、小弟《をとゝ》の所以《ゆゑ》といひながら、いまだ養家《やうか》に贅《い》らずして、養母《やうぼ》に一百《いつひやく》九十五金《きん》の、損《そん》をしも被《かけ》たらんには、誰《たれ》か益《ゑき》ある者《もの》といふべき。然《さ》るを矧那金子《いはんやかのかね》の内中《うち》、御身《おんみ》百両《ひやくりやう》は他借《たしやく》して、朱之介《あけのすけ》に逓与《わた》し給ひしならずや。其金子《そのかね》だにも今返《いまかへ》さずは、守《かみ》の御善政《ごぜんせい》を空《あだ》にしまつる、単御身《ひとりおんみ》のみならず、俺《われ》も亦百金《またひやくきん》の、債《おひめ》ある者《もの》に似《に》たり。必《かならず》な推辞《いなみ》給ひそ。」

と義《ぎ》を見《み》て勇《いさ》む俠気《をとこぎ》に、落葉《おちば》は竟《つひ》に争難《あらそひかね》て、又《また》いふよしもなかりけり。

当下九四郎《そのときくしらう》は、懐《ふところ》なる長財嚢《ながさいふ》より、金二包《かねふたつゝみ》を拿出《とりいだ》して、四郎柒六等《しらうなゝろくら》に向《むか》ひていふやう、

「昨日《きのふ》も既《すで》に告《つげ》し如《ごと》く、這金《このかね》二百両《ひやくりやう》は、治比《はるひ》の大人《うし》弘元《ひろもと》をいふの賜《たまもの》にて、『内中《うち》五十金《きん》は、四郎腋子《しらうわくご》へ、五十金《きん》は柒六《なゝろく》へ、こは武者修行《むしやしゆぎやう》の路費《ろよう》にせよ』とて、取《とら》せ給ふ所《ところ》也。又《また》五十金《きん》は、孟林寺《まうりんじ》へ布施《ふせ》すべく、五十金は俺九四郎《われくしらう》へ、賜《たま》ふ物《もの》即是《すなはちこれ》也。是《こゝ》をもて俺《わが》五十金《きん》と、柒六《なゝろく》の五十金《きん》と、合《あは》して百金《ひやくきん》は、目今《たゞいま》乙芸《おつげ》が奶々《はゝご》に返《かへ》して、那債《かのおひめ》を贖《つくな》ふべし。猶《なほ》九十五金足《きんた》らねども、开《そ》は奶々《はゝご》の慈善《ぢぜん》なる、『那沙金《かのさきん》と交易《かへがへ》に、朱之介《あけのすけ》に取《とら》せにき。』と思《おも》はれなば恨《うらみ》はあらじ。勿論《もちろ》柒六《なゝろく》が路費《ろよう》は、俺別《われべち》に調《とゝの》へて、起行折《たびたつをり》に遁《わ》与《た》すべし。四郎腋子《しらうわくご》の五十金《きん》は、目今渡《たゞいまわた》し参《まゐ》らせてん。」

といふを杜四郎《もりしらう》推禁《おしとゞ》めて、

「否其金子《いなそのかね》をいそぐは要《えう》なし。啓行《かしまたち》の日《ひ》にても好《よし》。勿論《もちろ》俺們二人《われくふたり》が修行《しゆぎやう》の路費《ろよう》は、五十金《きん》にて足《た》りぬべし。逆旅《たびぢ》に財貨多《たからおほ》かるは、是禍《これわざはひ》を招《まね》くに庶幾《ちかし》。」

と辞《いろ》へば柒六《なゝろく》も倶《とも》にいふやう、

「昨宵咱等《よんべわれら》がとり復《かへ》したる、財嚢《さいふ》は反《かへつ》て仇《あた》と做《な》りて、斯《かく》まで劬労《くろう》を被《かけ》まつるは、心苦《こゝろくる》しき涯《かぎ》りなるに、何《な》でふ路費《ろよう》を欲《ほり》すべき。術《すべ》よく計《はから》ひ給ひね。」

と勧解《わぶ》れば九四郎点頭《くしらううなづき》て、

「然《さ》では商量整《だんかふとゝの》ふたり。いで〱。」

といひつゝも、先一包《まづひとつゝみ》の金子《かね》を拿《とり》て、故《もと》の如《ごと》く長財嚢《ながさいふ》に、斂《をさ》めて残《のこ》る一包《ひとつゝみ》を、傍《かたへ》にありける団扇《うちは》に載《のせ》て、

「卒《いざ》」とて落葉《おちば》に遁《わ》与《た》すにぞ、落葉《おちば》は左右《さう》なく受難《うけかね》て、猶云云《なほかにかく》と辞《いろ》へども、九四郎《くしらう》敢承引《あへてうけひか》ず、柒六《なゝろく》も亦杜四《またもりし》

郎《らう》も、倶《とも》に薦《すゝ》めて已《やま》ざれば、乙芸《おつげ》は孰《いづれ》を孰《いづれ》とも、分《わく》るよしなく慰難《なぐさめかね》て、心苦《こゝろくる》しく思《おも》ふのみ、黙然《もくねん》として在《あ》りし程《ほど》、落葉《おちば》はやうやく件《くだん》の金子《かね》を、受戴《うけいたゞ》きつゝ涙嗜《なみだぐみ》て、

「非如何《よしやなに》といはるゝとも、今這金子《いまこのかね》の情由《わけ》さへ聞《きゝ》ては、受《うく》べうは思《おも》はねども、受《うけ》ねば人《ひと》の志《こゝろざし》に、悖《もと》るとあるを争何《いかゞ》はせん。受《うけ》ての後《のち》に左《と》も右《かく》も、又《また》せんかたのありぬべし。好意《こゝろざし》を戴《いたゞ》き侍《はべ》り。乙芸《おつげ》宜《よろ》しく憑《たのむ》ぞや。」

と謝《しや》して財嚢《さいふ》へ件《くだん》の金子《かね》を、納《をさ》めて項《うなぢ》に掛《かく》る折《をり》から、炊婢《みづしめ》が来《き》て告《つぐ》るを聞《きく》に、上市《かみいち》なる村長《むらをさ》は、今朝《けさ》夙《まだき》より、落葉《おちば》を酷《いた》く俟托《まちわび》て、伴当二名《ともひとふたり》を従《したが》へて、且《かつ》両個《ふたり》の轎夫《かごかき》に、落葉《おちば》が行轎子《たびのりもの》を吊《つら》せつゝ、索《たづね》て十三屋《じふさんや》へ来《き》にければ、落葉《おちば》は九四郎乙芸《くしらうおつげ》と倶《とも》に、遽《いそがは》しく出迎《いでむか》へて、奥《おく》なる坐席《ざしき》に請登《こひのぼ》しつ、先茶《まづちや》を薦《すゝ》め果子《くわし》を薦《すゝ》むる、主人夫婦《あるじふうふ》が初対面《しよたいめん》の、口誼《こうぎ》も稍果《やゝはて》し時《とき》、落葉《おちば》は村長《むらをさ》に向《むか》ひていふやう、

「奴家《わらは》は今朝夙《けさまだき》より、歇店《やどり》へ還《かへ》るべかりしに、迎《むかへ》の篢轎《かご》はいまだ来《こ》ず、且奇事《かつくしこと》のありしかば、憶《おもは》ず時《とき》を移《うつ》しにき。其故《そのゆゑ》は箇様《かやう》〳〵。」

と乙芸《おつげ》は実《うみ》の女児《むすめ》なりしを、迭《かたみ》に知《し》らず知《し》られずして、環会《めぐりあひ》ける崖略《あらまし》を、囁《さゝや》き告《つげ》て又《また》いふやう、

「是等《これら》の内縁《ないえん》あるなれば、這夫婦《このふうふ》を上市《かみいち》へ、喚《よび》とりて杣木《そまき》の家《いへ》を、嗣《つが》せまく欲《ほり》しぬる、商量《だんかふ》もし侍《はべ》りにき。この義《ぎ》を歓《よろこ》び給へかし。」

と説《とか》れて村長《むらをさて》掌を拍鳴《うちな》らして、

「吁芽出《あなめで》たやな。丌《そ》は料《はか》らざる洪福《さいはひ》也。御身《おんみ》が老実慈善《ろうじつぢぜん》なるも、是《これ》まで善報《よきむくひ》はあらで、朱刀禰《あけとの》の無頼《ふらち》、いへばさらなり、斧柄少女《をのゑをとめ》の夭折《わかじに》を、最悼《いといたま》しく思《おも》ひしに、幼稚時《をさなきとき》に生別《いきわかれ》しし、令愛夫婦《むすめごふうふ》に、環会《めぐりあひ》給ひしは、是《これ》

則《すなはち》陰徳陽報《いんとくやうほう》。御身《おんみ》の慈善《ぢぜん》と薄命《はくめい》を、神仏《かみほとけ》の憐《あはれ》み給ふ、利益《りやく》にこそあらんずらめ。寔《まこと》に賀《が》すべし〳〵。」

と祝《しゆく》して九四郎乙芸《くしらうおつげ》等《ら》に、其歓《そのよろこ》びを舒《のべ》にけり。

当下《そのとき》落葉《おちば》は、又村長《またむらをさ》に談《だんず》るやう、

「御身《おんみ》も知《し》らせ給ふ如《ごと》く、昨日陣館《きのふぢんやかた》より返賜《かへしたまは》りたる、其金《そのかね》百《ひやく》九十五両《りやう》を、単奴家《ひとりわらは》が腰《こし》に纏《まと》ひて、大和《やまと》へ還《かへ》らば重荷《おもに》にて、不便《ふべん》にこそあらんずらめ。這春御身《このはるおんみ》に借用《しやくよう》したる、百金《ひやくきん》を返《かへ》しまつるべし。御身《おんみ》も重担《おもに》なるべけれど、這里《ここ》にて受拿《うけとり》給ひねかし。」

といひつゝ財嚢《さいふ》を解開《ときひら》きて、金一包《かねひとつゝみ》を拿出《とりいだ》して、幵《そ》が儘村長《まゝむらをさ》に返《かへ》して、又《また》いふやう、

「利金《りきん》は何《いか》ばかりか知《し》らず侍《はべ》れど、こは本金《もときん》のみに侍《はべ》り。」

といふに村長含笑《むらをさほうゑみ》て、件《くだん》の金《かね》を受戴《うけいたゞ》きつゝ、懐《ふところ》より眼鏡《めがね》を拿出《とうで》て、掛《かけ》て円金《こばん》の包《つゝみ》を開《ひら》きて、両三番数《ふたゝびみたびかぞ》へ見《み》つ、眼鏡外《めがねはづ》して懐《ふところ》なる、財嚢《さいふ》へ件《くだん》の百金《ひやくきん》を、楚《しか》と納《をさ》めて行畳帖《たびたゝふ》より、証書《しようもん》二《に》三通《さんつう》を拿出《とりいだ》して、甲乙《これかれ》と開《ひら》き見《み》つ、其一通《そのいつゝう》を落葉《おちば》に返《かへ》して、残《のこ》るを又懐《またふところ》へ、夾《をさ》めて落葉《おちば》に向《むか》ひていふやう、

「有斯《かゝ》るべしとは知《し》らねども、『陣館《ぢんやかた》にて那金子《かのかね》の、事《こと》をし問《とは》せ給はん歟《か》。』と思《おも》ふばかりに証書《しようもん》を、懐《ふところ》にして来《き》にければ、授受都《とりやりすべ》て事済《ことすみ》たり。原那金子《もとあのかね》は山歳貢《やまねんぐ》の、積金《つみきん》をもて用達《ようたち》たれば、利銀《りぎん》は決《けつし》て欲《ほし》からず。夙《はや》く鎖印《しようゐん》し給へかし。」

といはれて落葉《おちば》は感謝《かんしや》に堪《たへ》ず、受戴《うけいたゞ》きつゝ開《ひら》き見《み》て、幵《そ》が儘九四郎《まゝくしらう》に渡《わた》ししかば、九四郎《くしらう》も又是《またこれ》を読見《よみみ》て、随即乙芸《すなはちおつげ》に吩咐《いひつけ》て、鍱硯《かけすゞり》を拿《とり》よせて、筆《ふで》を染《そめ》つゝ印信《いんぎやう》を、抹《けし》て落葉《おちば》に返《かへ》しけり。

当下《そのとき》村長《むらをさ》は、又落葉《またおちば》にうち向《むか》ひて、

「御身《おんみ》は這回思《こたびおも》ひかけなく、絶《たえ》て久《ひさ》しき令愛《むすめご》に、環会《めぐりあひ》給ひしかば、猶所要多《なほしよえうおほ》かるべし。復来《またき》まさんは易《やす》からぬに、姑且止宿《しばらくししゆく》し給ひね。咱等《われら》は暇《いとま》を稟《まう》す也。」

といひつゝ聽《やが》て身《み》を起《おこ》すを、落葉《おちば》は急《きう》に推禁《おしとゞ》めて、

「奴家《わらは》とても人《ひと》さまに、留守《るす》を憑《たのみ》て来《き》にけるに、幾《いつ》までか逗留《とうりう》すべき。乙柚《おつゆ》の乙芸《おつげ》も九四郎《くしらう》も、大和《やまと》へ訪来《とひく》る該《はず》なれば、又逢《またあひ》がたき別《わかれ》にあらず。奴家《わらは》は御身《おんみ》と共侶《もろとも》に、今日《けふ》昼起《ひるたち》にして退《まか》るべし。」

といふ間《はし》に九四郎《くしらう》は、乙芸等《おつげら》に吩咐《いひつけ》たる、銚子《さしなべ》盃《さかづき》酒菜《さかな》さへ、甲乙《これかれ》となく安排《おきならべ》て、村長《むらをさ》と落葉《おちば》に薦《すゝめ》ける、迭《かたみ》の口誼《こうぎ》献酬《さしおさえ》も、沙量《げこ》なりければ時《とき》を移《うつ》さず、更《さら》に准備《ようい》の昼饌《ひるぜん》は、只這席《たゞこのむしろ》のみならず、村長《むらをさ》の伴当轎夫《ともびとかごかきら》等にも、款待届《もてなしとゞか》ざる所《ところ》なく、各《おの〳〵》飽《あき》て辞《いろ》ふ時《とき》、住吉《すみよし》の神社《やしろ》にて、吹鳴《ふきな》らす午《うま》の貝《かひ》の、遠音遥《とほねはるか》に聞《きこ》えけり。

当下《そのとき》落葉《おちば》は九四郎《くしらう》と、乙芸《おつげ》を召《よび》て別《わかれ》を告《つぐ》れば、九四郎乙芸《くしらうおつげ》は留《とゞ》めあへず、倶《とも》に異日《ゐじつ》を契《ちぎ》りていふやう、

「切《せめ》て猶両三日《なほふつかみか》も、留《とゞ》めまつらまく思《おも》へども、御一路《おんみちつれ》人のあるなるに、『人《ひと》に任《まか》する留守《るす》の宿《やど》の、心許《こゝろもと》なし。』と宣《のたま》はすれば、今《いま》さらに力及《ちからおよ》ばず。四郎柒六《しらうなゝろく》が起行《たびたち》を、見送果《みおくりはた》し候はゞ、乙芸《おつげ》を大和《やまと》へ参《まゐ》らすべし。時宜《じぎ》によりて九四郎《くしらう》も、共侶《もろとも》にと思《おも》ふなる、一霎時《しばし》の御別《おんわかれ》に候へば、通路酷暑《みちすがらこくしよ》を凌《しの》ぎて、後《のち》の便《たより》を俟《まち》給ひね。」

と言語斉一慰《ことばひとしくなぐさ》めて、九四郎《くしらう》が家裏《いへづと》なる、安芸半紙《あきはんし》幾十帖《いくじふでふ》と、手製《しゆせい》の木櫛十枚有余《きくしとひらあまり》を、土産《みやげ》にとて轎夫《かごかき》に、渡《わた》して轎子《のりもの》に容措《いれおか》しつ、又村長《またむらをさ》には土産料《みやげしろ》に、一裹《ひとつゝみ》の人情《おくりもの》あり。この余伴当轎夫《よともひとかごかき》にも、遺《おち》なく取《とら》する裹銭《つゝみぜに》、行《ゆき》届《とゞ》きたる饗応《あるじまうけ》に、皆歓《みなよろこば》ざる者《もの》もなく、告別《いとまごひ》さへ散動《どよ》めきて、草鞋《わらじ》を更《かへ》て立程《たつほど》に、落葉《おちば》は今《いま》さら思《おも》ふ事《こと》、い

はまくすれど嬉《うれ》しさと、又悲《またかな》しさに胸窒《むねふたが》りて、詞寡《ことばすくな》く村長《むらをさ》に、うち続《つゞ》きつゝ立出《たちいづ》れば、杜四郎《もりしらう》と枲六《なゝろく》は、孟林寺《まうりんじ》へかへるさに、途《みち》まで是《これ》を送《おく》らんとて、身装《みこしらへ》して出《いで》て来《き》つ、落葉《おちば》村長《むらをさ》に別《わかれ》を告《つげ》て、轎子《のりもの》の後方《あとべ》に立程《たつほど》に、九四郎乙芸《くしらうおつげ》を首《はじめ》にて、炊婢《みづしめ》も櫛工等《くしひきら》も、皆店頭《みなみせさき》へ立出《たちいで》て、見送《みおく》る栄《はえ》は故郷《ふるさと》へ、飾《かざ》るや秋《あき》の錦《にしき》ならで、冬《ふゆ》樹《き》の黄楊《つげ》の櫛店舗《くしみせたな》に、惜別《をしむわかれ》は峯張《みねはり》の、岐岨《きそ》に異《こと》なる大和路《やまとぢ》も、同《おな》じ山路《やまぢ》を想像《おもひや》る、乙芸《おつげ》の小夏暑日《こなつあつきひ》に、出《いだ》しやる親《おや》の轎子《のりもの》の、見《み》えずなるまで慕《したは》れて、立尽《たちつく》してぞ奥《おく》に入《い》りにける。

恁而是日《かくてこのひ》九四郎《くしらう》は、六市四摠《ろくいちしさう》が来《き》ぬるに及《およ》びて、昨宵《よんべ》よりありし奇事《くしこと》を、遺《おち》もなく説示《ときしめ》すに、六市四摠《ろくいちしさう》は駭嘆《おどろきたん》じて、朱之介《あけのすけ》を憎《にく》む事、日属《ひごろ》に倍《まし》て甚《はなは》だしく、更《さら》に落葉《おちば》の誠心《まこゝろ》を、感《かん》じて慕《したは》しく思《おも》ひけり。左右《とかく》する程《ほど》に、未過時候《ひつじすぐるころ》に做《なり》しかば、九四郎《くしらう》は孟林寺《まうりんじ》へ詣《まうで》んとて、這回《こたび》安芸《あき》よりもて来《き》ぬる、土産物《みやげもの》一裹《ひとつゝみ》を、伴当《ともひと》四《し》摠《さう》にもたせなどして、倶《ぐ》して件《くだん》の寺《てら》に赴《おもむ》きて、住持木玄《ぢゆうぢもくげん》に見参《げんざん》す。杜四郎《もりしらう》と枲六《なゝろく》も、其席《そのむしろ》にぞ侍《はべ》りける。

当下《そのとき》九四郎《くしらう》は、木玄《もくげん》に拝面《はいめ》して、治比《はるひ》にてありしこと、大江弘元《おほえひろもと》の病臥《いたつき》の事、且其口状《かつそのこうでう》を伝達《でんたつ》して、寄進《きしん》の金《かね》五十両《りやう》を、拿出《とうで》て木玄《もくげん》に逓与《わた》しけり。是《これ》より先《さき》に木玄《もくげん》は、杜四郎枲六《もりしらうなゝろく》がかへり来《き》て、言詳《ことつまびらか》に告《つげ》たりける、落葉乙芸親子《おちばおつげおやこ》の再会《さいくわい》、当晩《そのよ》朱之介《あけのすけ》が潜来《しのびき》て、落葉《おちば》の金百《かねひやく》九十五両《りやう》を、窃拿《ぬすみとり》て走《はし》りし折《をり》、枲六《なゝろく》が赶蒐《おひかけ》て、拿復《とりかへ》ししは小石《こいし》にて、財嚢《さいふ》の金子《かね》のなかりしかば、九四郎《くしらう》は已《やむ》ことを得《え》ず、嚢《さき》に弘元《ひろもと》の、那身《かのみ》と枲六《なゝろく》に賜《たまは》りたる、金子一百両《かねいつひやくりやう》をもて、那失《かのあやまち》を贖《つくな》ふて、落葉《おちば》に返《かへ》しし事までも、既《すで》に聞知《きゝし》りたりければ、又其事《またそのこと》をいひ出《いで》て、意見《いけん》を九四郎《くしらう》に示《しめ》すやう、

「弘元主《ひろもとぬし》の病臥《いたつき》は、胸安《むねやす》からず思《おも》へども、まだ老朽《おいくち》たる那身《かのみ》ならぬに、霜露《さうろ》の軽症《けいしやう》なるべければ、久《ひさ》しから

ずして瘥《おこた》り給はん。就《つき》て那主《かのぬし》の、和殿《わとの》と柰六《なゝろく》に、賜《たまは》りたる百金《ひやくきん》を、義俠《ぎけう》の所以《ゆゑ》とはいひながら、那贖《かのつくのひ》に喪《うしな》ひしは、惜《をし》むべき事《こと》ならずや。事《こと》の不便《ふべん》は是《これ》のみならで、柰六《なゝろく》の武者修行《むしやしゆぎやう》にも、和殿夫婦《わとのふうふ》の大和《やまと》へゆくにも、盤纏《ろよう》多《おほ》からずはあるべからず。この故《ゆゑ》に、俺今這《われいまこの》五十金《きん》を、和殿弟兄《わとのはらから》の、餞別《はなむけ》に拿《とら》せんず。」

といふを九四郎《くしらう》聞《きゝ》あへず、

「そは忝《かたじけな》く候へども、治比《はるひ》の大人《うし》の布施《ふせ》し給ふ、金子《かね》を賜《たまは》りて俗事《ぞくじ》に充《みて》なば、仏《ほとけ》の箔《はく》を剝《はが》すに似《に》たり。小可《やつがれ》も然《さ》ばかりの、貯禄《たくはへ》のなきにあらず。其義《そのぎ》は許《ゆる》させ給ひね。」

と辞《いな》めば柰六《なゝろく》も倶《とも》にいふやう、

「予知《かねてしら》せ給ふなる、兄《あに》が気質《きしつ》に候へば、受奉《うけたてまつ》るべくもあらず。うち措《おか》せ給ひねかし。」

と執合《とりあは》すれば木玄《もくげん》は、頭《かうべ》を左右《さゆう》にうち掉《ふり》て、

「然《さ》にあらず。〱。這金子《このかね》は弘元主《ひろもとぬし》の、布施《ふせ》にはあれど両少年《りやうしようねん》の、年来当寺《としごろたうじ》に同宿《どうしゆく》の、謝物《しやもつ》にこそあらんずらめ。然《され》ば今両少年《いまりやうしようねん》の、往方定《ゆくへさだ》めぬ武者修行《むしやしゆぎやう》に、出《いづ》るを祝《しゆく》して恁《か》ばかりの、餞別《はなむけ》をせざらんや。約莫《およそ》出家人《しゆつけにん》たる者《もの》の、銭《ぜに》を欲《ほり》するは仏《ほとけ》の教《をしえ》に、叛《そむ》きて塵俗《ぢんぞく》にも劣《おと》る事あり。況《まいて》今当寺《いまたうじ》には、破損修復《はそんしゆふく》の費用《いりよう》なし。徒《いたづら》にこの金子《かね》を、蔵《をさ》めて賊難《ぞくなん》を怕《おそれ》んより、今弟兄《いまはらから》の路費《ろよう》に做《な》さば、弘元主《ひろもとぬし》の素意《そい》にも称《かな》ふて、其利益莫《そのりやくばく》大《だい》ならん。然《さり》とも徒法師《たゞほうし》の手《て》より、受《うく》るを厭思《いとゐおもは》れなば、発跡《なりいで》て後年毎《のちとしごと》に、三両《さんりやう》まれ五両《ごりやう》まれ、徐《しづか》に返《かへ》さば貰《もら》ふにあらず。非如俺《よしやわが》なき後《のち》也とも、後住《ごぢゆう》の為《ため》に反《かへつ》て益《ゑき》あり。枉《まげ》て這意《このい》に任《まか》してよ。」

と諭《さと》しつ件《くだん》の五十金《きん》を、幵《そ》が儘《まゝ》柰六《なゝろく》に逓与《わた》ししかば、柰六《なゝろく》は受戴《うけいたゞ》きて、感謝《かんしや》に堪《たへ》ず、杜四郎《もりしらう》と、倶《とも》に其歓《そのよろこ》び

を陳《のべ》て、九四郎《くしらう》を諫《いさむ》るにぞ、九四郎《くしらう》僅《わづか》に頭《かうべ》を抬《もた》げて、

「師父《しふ》の清談理《せいだんり》の当然《たうぜん》。然《さ》では脱《のが》るゝ路《みち》あらず。権且借用仕《しばらくしやくようつかまつ》らん。柒六手実《なゝろくてがた》を写《かゝ》ずや。」

といふを木玄推禁《もくげんおしとゞ》めて、

「いかでかは手実《てがた》に及《およば》ん。貸《かす》は俺心《わがこゝろ》也。借《かり》るは人《ひと》の心《こゝろ》也。縦数通《たとひすつう》の手実《てがた》ありとも、借《かり》て返《かへ》さずは争何《いかゞ》はせん。又一行《またいちぎやう》の手実《てがた》なくとも、返《かへ》す人《ひと》は必返《かならずかへ》さん。況法師《まいてほうし》の物《もの》を貸《かす》に、其人《そのひと》を疑《うたがは》んや。已《やみ》ねく。」

と手《て》を掉《ふれ》ば、九四郎《くしらう》いよく感服《かんふく》して、

「師父《しふ》の大量《たいりやう》、今《いま》の世《よ》の、出家人《しゆつけにん》には多《おほ》く得《え》がたし。『以取《もつてとる》べし。取《と》れば廉《れん》を破《やぶ》る。以取《もつてとる》事なかるべし。取《と》らざれば恵《めぐみ》を破《やぶ》る。』と『孟子《まうし》』にあるを総角《あげまき》の時《とき》、読《よみ》しを思《おも》ひ出《いで》ながら、俺《われ》は反《かへつ》て及《およば》ざりける。師父《しふ》も亦義士《またぎし》なる哉《かな》。御意《ぎよい》承《うけ給は》り候ひぬ。」

と称《たゝえ》て拝謝《はいしや》したりける。

姑且《しばらく》して杜四郎《もりしらう》は、九四郎《くしらう》に談《だんず》るやう、

「咱等《われら》家尊《かぞ》の大人《うし》の病臥《いたつき》を、伝聞《つたへきゝ》し其日《そのひ》より、千里《せんり》の路《みち》も一時《ひととき》に、走《はし》り行《ゆか》まく思《おも》へども、大人《うし》の消息《しようそこ》こゝに在《あ》り。いまだ一功《ひとつのいさを》もあらで、治比《はるひ》へ入《い》ることを許《ゆる》されず。然《され》ば今番《こたび》の武者修行《むしやしゆぎやう》は、故郷《こけう》へ還《かへ》る首途《かどいで》也。一日《ひとひ》も蚤《はや》く起《たゝ》まく欲《ほり》す。這義《このぎ》を計《はから》ひ給ひね。」

といふを九四郎《くしらう》うち聞《きゝ》て、

「其《そ》は理《ことわ》りに候へども、一月半稔《いちげつはんねん》の逆路《たびぢ》ならば、啓行《かしまだち》をいそぎもせめ、幾《いつ》を涯《かぎ》りと量知《はかりし》られぬ、宿旅《たびね》に去向《ゆくて》

二《ふ》賊《ぞくいち》一婦《ふ》人《にん》夢《ゆめ》に正《しやう》覚《ぐ》を示《しめ》す
此の所の本文十丁の左りに見えたり
いまゆう
だちようき

めくげん

をいそぐは要《えう》なし。三伏果《さんふくはて》て盂蘭盆《うらぼん》まで、俟《また》ば必《かならず》焔熱醒《あつささめ》て、朝夕《あさゆふ》は涼《すゞ》しからん。其折《そのをり》までに起行《たびたち》の、准備《ようい》をこそ仕《つかまつ》らめ。」

といひつゝ先懐《まづふところ》より、円金《こばん》五十両《りやう》を拿出《とりいだ》して、是《これ》を杜四郎《もりしらう》に逓与《わた》していふやう、

「柒六《なゝろく》も聞《きゝ》候へ。主僕《しゆぼく》の盤纏《ろよう》を合《あは》すれば、正《まさ》に是百両《これひやくりやう》あり。馬轎《うまかご》に乗《のら》ず、粗飯《そはん》を厭《いと》はず、旅宿《たびね》に倹約《けんやく》を旨《むね》とせば、五六稔《いつとせむとせ》は拄《さゝ》ゆべし。四郎腋子《しらうわくご》は才子《さいし》也。俺言《わがこと》を俟《また》ずして、万事《よろづ》にこゝろ得《え》あるべけれども、柒六《なゝろく》はいよ〳〵慎《つゝし》め。孰《いづれ》の郷《さと》に造《いた》るとも、皆敵地《みなてきち》の思《おもひ》を做《なし》て、賊難《ぞくなん》を防《ふせ》ぐべし。色《いろ》に惑《まよ》はず慾《よく》に導《みちびか》れず、才《さえ》あるにも欺《あざむか》れず、愚《おろか》なるをも侮《あなど》らず、主僕心《しゆぼくこゝろ》を一緒《ひとつ》にして、世《よ》の英雄《えいゆう》と交《まじは》りて、功《いさほ》なくは還《かへ》るべからず。この義《ぎ》をこゝろ得《え》給ひね。」

と諭《さと》せば四郎《しらう》も柒六《なゝろく》も、共侶《もろとも》に感佩《かんはい》して、

「教訓道理至極《きやうくんどうりしごく》せり。胆《きも》に銘《めい》じて忘《わす》るべからず。遮莫百金《さばれひやくきん》は路費《ろよう》に多《おほ》かり。半分《なかば》は留《とゞ》めて大和《やまと》へ赴《おもむ》く、所用《しよよう》に做《なし》給へかし。」

といひつゝ返《かへ》す柒六《なゝろく》の、五十金《きん》を九四郎《くしらう》は、手《て》にだも触《ふれ》ず、推戻《おしもど》して、

「否其金子《いなそのかね》は治比《はるひ》の大人《うし》と、当寺師父《たうじしふ》の和郎達《わろたち》へ、餞別《はなむけ》に做《な》さるゝに、俺私《わがわたくし》に用《もち》ひんや。益《やく》なきことを。」

と窘《たしな》めて、猶《なほ》も余談《よだん》に及《およ》ぶ程《ほど》に、木玄《もくげん》も其義《そのぎ》を感《かん》じて、急《きう》に掌《たなそこ》うち鳴《なら》して、木訥《もくとつ》を召《よび》よせて、「茶《ちや》を看《に》よ果子《くわし》を薦《すゝめ》よ」とて、款待《もてな》す程《ほど》に没日刺《いりひさす》、風《かぜ》も涼《すゞ》しく做《なり》しかば、九四郎《くしらう》は木玄《もくげん》に、歓《よろこ》びを舒《のべ》、別《わかれ》を告《つげ》て、四揔《しそう》を将《い》て遽《いそがは》しく、家路《いへぢ》を投《さし》て退《まか》りけり。

然《され》ば乙芸《おつげ》は是等《これら》のよしを、伝聞《つたへきゝ》しこの日《ひ》より、四郎柒六《しらうなゝろく》が起行《たびたち》と、自親《みづから》も大和《やまと》へ赴《おもむ》く、准備《ようい》に衣《きぬ》の解洗《ときあらひ》して、襤褸《つゞれ》刺《さ》せてふ鳴虫《なくむし》は、まだ鳴《なか》ねども縫刺《ぬひはり》に、暇《いとま》はあらず夏過《なつすぎ》て、七月中旬《ふつきなかば》に做《なり》し時候《ころ》、又聞一《またきくひとつ》の奇事《くしこと》ありけり。其故《そのゆゑ》を原《たづぬ》るに、曩《さき》に浮世《うきよ》袋屋《ふくろや》暖簾次《のれんじ》は、鍛冶郎《かぢらう》と今様《いまやう》の、悪事《あくじ》によりて罪《つみ》を免《まぬか》れず、久《ひさ》しく獄舎《ひとや》に繋《つなが》れて、駝鳥太吹五郎《だちやうだふいごらう》と共侶《もろとも》に、拷問厳《ごうもんきび》しかりけれども、駄鳥太吹五郎《だちやうだふいごらう》は死《し》を究《きは》めて、詭詐《いつはり》をもて人《ひと》を誣《しひ》ず、暖簾次《のれんじ》が為《ため》に直言《ちよくげん》して、

「他《かれ》は鍛冶郎《かぢらう》が、騙賊《もがり》なりしを知《し》らず、又今様《またいまやう》が鍛冶郎《かぢらう》の悪《あく》を幇助《たすけ》たるを暁《さと》らず、只目前《たゞめのまへ》の利《り》に惑《まよ》ふて、今様《いまやう》を貸《かし》たるのみ。其悪意《そのあくい》あらざる事は、俺們《われ〳〵》素《もと》より是《これ》を知《し》りぬ。」

と陳《ちん》じて数回《あまたゝび》の拷問《ごうもん》に、毫《ちつと》も言《こと》を変《かへ》ざりければ、木工頭《むくのかみ》職善《もとよし》は、竟《つひ》に其疑《そのうたがひ》解《とけ》て、七月《ふみつき》の初旬《はじめつかた》に、暖簾次《のれんじ》を獄舎《ひとや》より、饒《ゆる》し出《いだ》して、家《いへ》に屏居《とぢこめ》在《あら》せけり。左右《とかく》する程《ほど》に、駄鳥太《だちやうた》と吹五郎《ふいごらう》は、那身《かのみ》に刀瘡《たちきず》ある上《うへ》に、数日《すじつ》の呵責《かしやく》に其痍《そのきず》破《やぶ》れて、遂《つひ》に破傷風《はしようふう》に做《なり》しかば、倶《とも》に獄舎《ひとや》に身故《みまか》りけり。この故《ゆゑ》に梟首《きようしゆ》せられず、職善下知《もとよしげぢ》して、件《くだん》の両個《ふたり》の亡骸《なきから》を、倶《とも》に市《いち》に棄《すて》させて、則《すなはち》暖簾次《のれんじ》と、乳守《ちもり》の里長等《さとをさら》を召《よび》よせて、みづから件《くだん》の趣《おもむを》を、云云《しかぐ》と言示《のりしめ》して且《かつ》いふやう、

「暖簾次《のれんじ》は鍛冶郎《かぢらう》の、悪事《あくじ》には与《くみ》せざれども、今様《いまやう》を貸《かし》たる罪《つみ》あり。這故《このゆゑ》に賄銅《あがなひしろ》、百貫文《ひやくくわんもん》を献《たてまつ》りて、もて軍用《ぐんよう》に充《みつ》べし。又小槌《またこづち》の今様《いまやう》に使《つかは》れたる、両個《ふたり》の小三板《めのわらは》、打出《うちで》の早歌《はやうた》、丁児《ちやうじ》の調子《しらべ》は、始《はじめ》より事《こと》の仔細《しさい》を弁《わきまへし》知らず、且年三五未満《かつとしさんごみまん》の僮女《ちいさめ》なれば、倶《とも》に罪《つみ》を饒《ゆる》すべし。」

と掟《おきて》らる。賞罰是《しようばつこれ》にて果《はて》にけり。

尓程《さるほど》に、十三屋九四郎《じふさんやくしらう》は、人《ひと》の噂《うはさ》に件《くだん》の一義《いちぎ》を、聞知《きゝし》りて感《かん》じて已《やま》ず、悄地《ひそか》に旃陀羅《せんだら》に相譚《かたら》ふて、駄鳥太《だちやうた》吹五《ふいご》両個《ふたり》の屍骸《しがい》を、柩《ひつぎ》に斂《をさ》め是《これ》を舁《かゝ》せて、当晩孟林寺《そのよまうりんじ》へ送《おく》り来《き》て、住持木玄《ぢゆうぢもくげん》と、杜四郎《もりしらう》柒六《なゝろく》木訥等《もくとつら》に、この義《ぎ》を告知《つげし》らして、又《また》いふやう、

「俺意《われおも》ふに低杭《ひくゐの》駄鳥太《だちやうた》狸毛吹五郎《たゝげのふいごらう》は、鉄屑鍛冶郎《かなくそかぢらう》に、等《ひと》しかるべき強人《ぬすびと》なれども、倶《とも》に義侠《ぎけう》の心《こゝろ》ありけん、最期《さいご》の正念殊勝《せうねんしゆしよう》にて、其招了《そのはくでふ》に、敢《あへて》善人《よきひと》を誣《しひ》ず。こゝをもて、朱之介《あけのすけ》を首《はじめ》にて、乙芸《おつげ》六市《ろくいち》四摠《しさう》、暖簾次《のれんじ》に至《いた》るまで、皆《みな》疑獄《ぎごく》を免《まぬか》れたり。我《われ》に功《いさを》なしとせず。この故《ゆゑ》に俺《われ》憐思《あはれみおも》へり。いかで件《くだん》の亡骸《なきがら》を、当寺《たうじ》の境内《けいだい》に葬《ほうむ》らまく欲《ほり》す。この義《ぎ》を饒《ゆる》させ給へかし。」

と憑《たの》めば木玄《もくげん》点頭《うなづき》て、

「俺《われ》も亦始《またはじめ》より、那二賊《かのにぞく》の謟《いつは》らざるを粗知《ほゞし》れり。悪縁《あくえん》なれども其亡骸《そのなきがら》を、葬《ほうむ》る事《こと》は厭《いとは》しからず。但《たゞ》墓所《はかところ》には憚《はゞか》りあり。門外《もんぐわい》なる藪蔭《やぶかげ》に、埋《うづ》むべし」

とて饒《ゆる》ししかば、九四郎《くしらう》随即《すなはち》旃陀羅《せんだら》に、課《おほ》せて其地《そのち》を深《ふか》く穿《ほら》せて、両箇《ふたつ》の柩《ひつぎ》を埋葬《うづめほうむ》るに、沙弥《しやみ》木訥等《もくとつら》承《うけ給は》りて、安葬《あんそう》の読経《どきやう》あり。木玄《もくげん》も立出《たちいで》て、是《これ》を引導《いんどう》したりける。其次《そのつぎ》の日《ひ》より、大江《おほえ》杜四郎《もりしらう》、峯張《みねはり》柒六等《なゝろくら》、為《ため》に施主《せしゆ》に倣《なり》て、寺《てら》の門前《もんぜん》なる石工《いしや》に課《おほせ》て、無銘《むめい》の五輪石塔婆《ごりんせきたうば》を造立《つくりたて》て、駄鳥太《だちやうた》吹五郎《ふいごらう》の墓表《はかしるし》にしけり。又住持《またぢゆうぢ》木玄《もくげん》は、那時《かのとき》より蔵置《をさめおき》たる、今様《いまやう》が頭髻《たぶさ》の杪《うら》を、他《かれ》が生前《しようぜん》の願《ねが》ひの随意《まにく》、高野山《かうやさん》なる骨堂《こつだう》に斂《をさめ》んとて、柿八《かきはち》に吩咐《いひつけ》て、寄進《きしん》の黄白《かね》さへ齎《もたら》して、紀伊国《きのくに》へぞ遣《つかは》しける。左右《とかく》する程《ほど》に、盂蘭盆会《うらぼんゑ》になりしかば、木玄《もくげん》は又《また》近村《ちかきむら》なる、僧徒《ほうし》を多《おほ》く招会《まねきあは》せて、駄鳥太《だちやうた》吹五郎《ふいごらう》今様等《いまやうら》が為《ため》に、施餓饑《せがき》の法会《ほうゑ》を修行《しゆぎやう》しけり。是日《このひ》も杜四郎《もりしらう》九

四郎柒六等《しらうなゝろくら》、又施主《またせしゆ》に做《な》りて、衆徒《しゆと》に斎《とき》を薦《すゝ》めなどす。結縁《けちえん》の為《ため》に参詣《さんけい》しぬる、老弱男女《らうにやくなんによ》極《きは》めて多《おほ》かり。

既《すで》にして、法会《ほうゑ》果《はて》ける其夜分《そのよさり》、住持木玄《ぢゆうぢもくげん》の夢《ゆめ》に、今様駄鳥太吹五郎《いまやうだちやうたふいごらう》等《ら》が、在《あ》りし世《よ》の姿《すがた》にて、倶《とも》に枕上《まくらべ》に来《き》て稟《まう》すやう、

「俺們三人《われくみたり》は、前世《さきのよ》の悪業《あくごう》によりて、竟《つひ》に其死然《そのしぜん》を得《え》ず、身《み》を白刃《はくじん》に串《つらぬか》れて、死《し》しては地獄《ぢごく》に堕《おつ》べかりしに、禅師大慈悲《ぜんしだいぢひ》の引接《いんぜふ》によりて、解脱清果《げだつせいくわ》の洪福《さいはひ》あり。極楽浄土《ごくらくじようど》に到《いた》ることを得《え》たり。疑《うたが》はしくは是見《これみ》給へ。」

といふ歟《か》と思《おも》へば、倶《とも》に身《み》を転《ひるがへ》して、忽地三茎《たちまちみもと》の蓮華《れんげ》に変《なり》て、西《にし》に靡《なび》きて失《うせ》にけり。当下木玄《そのときもくげん》驚《おどろ》き覚《さめ》て、単其事《ひとりそのこと》を思《おも》ふに、有《ある》にも似《に》たり無《なき》にも似《に》たり。折《をり》から鱗《きし》る土圭《とけい》の音《おと》を、聞《きゝ》つゝ徐《しづか》に数《かぞふ》れば、正《まさ》に丑《うし》の時《とき》にぞありける。其詰朝木玄《そのあけのあさもくげん》は、四郎柒六木訥等《しらうなゝろくもくとつら》に、這奇夢《このくしゆめ》を説示《ときしめ》せば、駭歎《おどろきたん》ぜざるはなく、倶《とも》に仏法不可思議《ぶつほうふかしぎ》の、妙要《みやうえう》をぞ感《かん》じける。

この比又住吉《ころまたすみよし》の里《さと》に、今様《いまやう》をよく知《し》りたる者《もの》ありて、九四郎《くしらう》に語道《かたるらく》、

「那今様《かのいまやう》は容止美《かほばせうるは》しく、心操《こゝろばへ》も風流《みやび》て、平生《つね》に歌《うた》を好《この》みて詠《よみ》けり。何《いか》なる折《をり》にやありけん、河竹《かはたけ》の浮節繁《うきふししげ》くて、夜毎《よごと》に替《かは》る枕《まくら》の数《かず》の、定《さだ》めなき世《よ》を果敢《はか》なみて、

今宵誰《こよひた》が来《き》てやぬるらん敷《しき》たへの　枕《まくら》は知《し》らめ吾《われ》またなくに

有恁《かゝ》る風流女《みやびめ》なれども、其心《そのこゝろ》の惑《まよ》ひにて、染　所宜《そまるところよろ》しからず。惜《をし》むべし。其生涯《そのしようがい》を謬《あやまち》しは、彼《かれ》に愚《ぐ》にして、此《これ》に賢《けん》也とやいはまし。

是《これ》に就《つき》て又一話《またひとつのはなし》あり。近曽東《ちかごろあづま》に、隠沼《かくれぬ》と喚做《よびな》して、才闌《さえたけ》たる名妓《めいぎ》の、老《おい》て女僧《あま》に做《な》りたるありけり。書《ふみ》

読事《よむこと》を好《この》みしかば、ある人当春世《ひとそのはるよ》に見《あらは》れし、細人《さいじん》の瑣《さ》言《げん》せる、随筆《ずゐひつ》やうの刻本《ゑりまき》をもて来《き》て、『是見給《これみ》へ』とて貸《かし》たりければ、受《うけ》て是《これ》を読見《よみみ》る程《ほど》に、其人又訪来《そのひとまたとひき》て、那書《かのふみ》の好歹《よしあし》を問《とひ》しかば、隠沼《かくれぬ》の女《あ》僧《ま》答《こたへ》ていふやう、『己《おのれ》を知《し》らざる曲学者《なまものしり》は、忌憚所《いみはゞかるところ》なく、人《ひと》を人《ひと》とも思《おも》はざりけん。熟《つら〳〵》是冊子《このさうし》をよみ見《み》るに、只一書一説《たゞいっしょいっせつ》を信容《うけい》れて、古《いにしへ》より人《ひと》のいひもて伝《つたへ》て、証文多《あかしふみおほ》かる、故事《ふること》を誣《しひ》たるものあり。或《あるひ》はまた方位《はうゐ》を論《ろん》ずるに、今《いま》の暦日《れきじつ》にも載《のせ》させ給ふ、金神八将神《こんじんはっしょうじん》などを、取《と》るに足《た》らずといひしは、過当《くわたう》の浪言《みだりこと》也。抑《そも〳〵》方位《ほうゐ》の事は、近曽唐舶《ちかごろたうはく》の載来《のせき》ぬる通書多《つうしょおほ》かり。術者《じゅつしゃ》の世《せ》俗《ぞく》を恐嚇《きゃうかく》しぬる者《もの》、豈只金神《あにたゞこんじん》のみならんや。倘方位《なほはうゐ》の用捨《ようしゃ》を論《ろん》ぜまく欲《ほり》さば、唐山《からくに》なる通書《つうしょ》を、遺《おち》なく看《み》破《やぶ》りて後《のち》にいふべし。意《おも》ふに這編者《このへんしゃ》は、唐本《たうほん》などを読《よみ》うべくもあらず。其学《そのまなび》の浅薄《あさくうすき》は、聊《いさゝか》なる文《ぶん》を見《み》ても知《し》らる。況巻《まいてまき》を成《なし》たるをや。其考証《そのこうしょう》ある条《くだり》は、窃《ひそか》に人《ひと》の説《せつ》を取《とり》て、己《おのれ》が説《せつ》に倣《な》せるなるべし。又近曽高名家《またちかごろかうめいか》の戯《ぎ》墨《ぼく》に、粗地《ほゞち》名《めい》の弁《べん》あるを酷《いた》く譏《そし》りて、道灌《どうくわん》の歌《うた》を証《あかし》にしたれど、『廻国雑記《くわいこくざつき》』にも証歌《しょうか》あるを引《ひか》ず。开《そ》を引《ひか》ば己《おのれ》が説《せつ》の窮《きう》する故《ゆゑ》也。又《また》『東鑑《あづまかゞみ》』にも証据《あかし》あるを知《し》らずして、おろか也、うるさしなど、いひ罵《のゝし》るは怨《うらみ》ある故歟《ゆゑか》。譬《たとへ》ば陳寿《ちんじゅ》が、諸葛武侯《しょかつぶこう》に旧怨《ふるきうらみ》ある故《ゆゑ》に、『蜀志《しょくし》』の列伝《れってん》に、軍旅《ぐんりょ》の事は拙《つたな》しとて、譏《そし》りし心術《こゝろざま》に同《おな》じ、といはんは猶過《なほすぎ》たり。或《あるひ》は又孔子《またこうし》の言《こと》を引《ひき》て、『論語《ろんご》』を中《ちう》庸《よう》とす。何《なに》ぞ疎《そ》忽《こつ》なる。人《ひと》の非《ひ》をいはまく欲《ほり》さば、先己《まづおのれ》を正《たゞ》しく詳《つまびらか》にすべし。這他珍説《このたちんせつ》也と思《おも》ひけん話《はなし》も、遼東《りようとう》の豚《ゐのこ》に似《に》たる事多《ことおほ》かり。其文《そのぶん》の杜《づ》撰《ざん》なる、仮字《かな》づかひの孟浪《まんらん》《ミダリ》なる。けりけるけれの、天尓遠波《てにをは》だも知《し》らず。是等《これら》をこそおろか也とも、うるさしともいふべけれ』とて、四巻《よまき》ありけるを、僅《わづか》に二巻見《ふたまきみ》て、『其似而非《そのゑせ》冊子《さうし》を返《かへ》す』とて、戯笑歌《たはれうた》をよみて遣《つかは》しける其歌《そのうた》、

仮字《かな》つかひ天尓遠波《てにをは》だにも叨《みだり》なる　生《なま》ものしりの生著述《なまちよじゆつ》哉《かな》

又《また》

浅《あさ》つきなわけきも知《し》らで人《ひと》の非《ひ》を　いはつきねぶか口《くち》の臭《くさ》さよ

世《よ》にはかくの如《ごと》き才女《さいぢよ》あれども、其香臭《そのかふしう》に心《こゝろ》つきなく、只其形状《たゞそのかたち》の似《に》たるを見《み》て、蕙蘭《けいらん》も葱韮《そうきう》も、一草《ひとつくさ》也と思《おも》ふも多《おほ》かるべし。もて弁《べん》ぜずはあるべからず。」とぞいひける。こは是後《これのち》の話説《ものがたり》也。

尓程《さるほど》に、残《のこ》る暑《あつさ》の悄(稍)退《やゝしりぞ》きて、七月二十日《ふつきはつか》あまりに做《な》りしかば、大江杜四郎成勝《おほえもりしらうなりかつ》、峯張柒六郎通能《みねはりなゝろくらうみちよし》は、武者《むしや》修行《しゆぎやう》の首途《かどいで》に、心只管《こゝろひたすら》いそがれて、倶《とも》に吉日《きちにち》を択《えら》みつゝ、住持木玄《ぢゆうぢもくげん》に別《わか》れを告《つげ》て、身《み》の暇《いとま》を乞《こひ》しかば、木《もく》玄《げん》則《すなはち》其義《そのぎ》を許《ゆる》して、柿八《かきはち》をもて送《おく》らするに、柿八《かきはち》は高野山《かうやさん》より、既《すで》にかへりて寺《てら》に在《あ》り。四郎柒六《しらうなゝろく》が為《ため》に所要《しよえう》の袱包《ふろしきつゝみ》を、駝《おひ》もしつ引提《ひさげ》もして、十三屋《じふさんや》まで従《したが》ひてゆくめり。然《され》ば木訥《もくとつ》を首《はじめ》にて、同宿《どうしゆく》の沙弥《しやみ》等《ら》別《わかれ》を惜《をし》みて、出《いで》て是《これ》を目送《みおく》りけり。

是日《このひ》亭午《まひる》の比及《ころおひ》に、杜四郎柒六《もりしらうなゝろく》は、倶《とも》に十三屋《じふさんや》に来《き》にければ、九四郎乙芸《くしらうおつげ》は予《かねて》より、准備《ようい》して待《まち》て在《を》り、柿八《かきはち》を労《ねぎら》ふて、昼飯《ひるいひ》を喫《はま》せなどして、折乾《さかしろ》には銭二緡《ぜにふたさし》を、取《とら》せて寺《てら》へ還《かへ》し遣《つかは》し、却《さて》四郎《しらう》と柒六《なゝろく》には、奥坐席《おくざしき》にて酒飯《しゆはん》の儲《まうけ》あり。万里《ばんり》の首途《かどいで》を寿《ことぶ》きて、去向《ゆくて》の小心《ようしん》を教誨《きようくわい》し、且《かつ》この秋《あき》は、九四郎《くしらう》も乙芸《おつげ》と倶《とも》に大和《やまと》へゆくべきよしを、説示《ときしめ》しなどす。只這席《たゞこのむしろ》のみならず、日暮《ひくれ》ても其言《そのこと》罄《つき》ず、迭《かたみ》に別《わかれ》を惜《をし》むのみ。然《さり》とていそぐ逆旅《たびぢ》ならねど、杜四郎《もりしらう》と柒六《なゝろく》は、其暁《そのあかつき》に喚覚《よびさま》されて、早飯果《あさいひはて》て、倶《とも》に旅装《たびよそほひ》す。路費《ろよう》の金子《かね》は、各《おの〳〵》勒肚《どうまき》に

近江《あふみ》の山《やま》路《ぢ》に朱之介《あけのすけ》蛇腹《ぢやふく》に葬《はうむ》らる
朱之介

草かりわらべ
木こり

斂《をさ》め、或《あるひ》は肌衣《はだきぬ》の襟《えり》に縫入《ぬひいれ》たるもあり。杜四郎《もりしらう》が両刀《りやうたう》は、那身《かのみ》仂《いはけなか》りし時《とき》、父弘元《ちゝひろもと》の賜《たまは》りたる、大江家伝《おほえかでん》の名刀《めいたう》也。又柒六《またなゝろく》が両刀《りやうたう》は、父通世《ちゝみちよ》が遺刀《かたみ》にて、関《せき》の孫六《まごろく》にぞありける。行裹《たびつゝみ》重《おも》かるは、路《みち》の煩《わづら》ひなればとて、倶《とも》に身軽《みがる》に打扮《いでたち》て、油衣菅笠《あまきぬすげかさ》の外《ほか》に、所要《しよえう》ある袱包《ふろしきつゝみ》を、背《そびら》にしたるのみ。

恁而其詰朝《かくてそのあけのあさ》、杜四郎柒六《もりしらうなゝろく》は、先《まづ》京師《みやこ》まで造《いた》らんとて、乙芸《おつげ》に年来《としごろ》愛顧《なさけ》浅《あさ》からざりし、歓《よろこ》びを舒《のべ》、且別《かつわかれ》を告《つげ》て、草鞋《わらじ》穿締《はきしめ》て立出《たちいづ》れば、九四郎《くしらう》は六市四摠《ろくいちしさう》を従《したが》へて、みづから浪速《なには》まで送行《おくりゆき》て、竟《つひ》に袂《たもと》を分《わか》ちけり。

是日《このひ》杜四郎柒六《もりしらうなゝろく》は、路《みち》を走《はし》る事十三四里《り》にして、蚤《はや》く京都《みやこ》に来《き》にければ、姑且這里《しばらくここ》に旅宿《たびね》して、日毎《ひごと》に出《いで》て洛内洛外《らくないらくぐわい》なる、名所古跡《めいしよこせき》を遊覧《ゆふらん》しつゝ、憶《おもは》ず秋《あき》を送《おく》る程《ほど》に、当時《そのころ》近江《あふみ》なる観音寺《くわんおんじ》の城《しろ》は、佐々木近江判《さゝきあふみのはふ》官高頼在住《くわんたかよりざいぢゆう》して、六角殿《ろくかくとの》と称《しよう》せらる。其家累世《そのいへだいぐ》、武功《ぶこう》多《おほ》かる、大諸侯《だいしよこう》なりければ、繁昌西《はんじやうにし》の都《みやこ》なる、大内《おほうち》家《け》の鸛峯《くわうのみね》にこそ及《およ》ばね、威勢室町殿《いきほひむろまちとの》をも憚《はゞか》らず、既《すで》に独立《どくりう》の思《おも》ひありしかば、武芸《ぶげい》に勝《すぐ》れたる浮浪人等《ふらうにんら》、那城下《かのきのもと》に集合来《つどひき》て、仕官《つかへ》を求《もとむ》る者少《ものすくな》からず。況城内《まいてじようない》なる諸臣《しよしん》には、兵法陣列《へいはうぢんれつ》、弓馬《きうば》撃剣《けんじゆつ》、槍棒白打《さうぼうやはら》に捷《すぐ》れたる者《もの》、多《おほ》かりと聞《きこ》えしかば、杜四郎柒六《もりしらうなゝろく》は、「卒《いざ》や是《これ》より先観音寺《まづくわんおんじ》の城下《きのもと》に赴《おもむ》きて、権且修行做《しばらくしゆぎやうな》すならば、世《よ》の英雄豪傑《えいゆうごうけつ》に、値遇《ちぐ》する事もあるべし」とて、遂《つひ》に京師《みやこ》を立去《たちさり》て、近江《あふみ》へゆかまく思《おも》ひけり。

話分両頭《ものかたりふたつにわかる》。尓程《さるほど》に、末朱之介晴賢《すゑあけのすけはるかた》は、落葉《おちば》が財嚢《さいふ》の金《かね》を窃《ぬす》みて、走《はし》りける其夜分《そのよさり》、峯張柒六《みねはりなゝろく》に追蒐《おひかけ》られ、件《くだん》の財嚢《さいふ》を拿復《とりかへ》されて、僅《わづか》に九四郎《くしらう》が取《とら》せぬる、円金五両《こばんごりやう》を得《え》てければ、只得是《ぜひなくこれ》を盤纏《ろよう》にして、投《さし》て往方《ゆくへ》は定《さだ》めずも、こも亦京師《またみやこ》に来《き》ぬれども、洛内《らくない》は憚《はゞか》りあれば、東山《ひがしやま》の辺《ほとり》にて、托《わび》たる歇店《はたごや》に止宿《ししゆく》しつゝ、憶《おもは》ず三伏《さんふく》の夏《なつ》の日《ひ》を徒《いたづら》に送《おく》る程《ほど》に、単《ひとり》熟《つら〱》思《おも》ひ惟《み》るに、

『大和《やまと》なる上市《かみいち》は窒《ふさが》り也。然《され》ばとて這様《このざま》にて、今《いま》は故郷《こけう》にありと聞《きこ》えし、叔興房《おぢおきふさ》に便《たより》求《もと》めて、周防《すはう》の山口《やまくち》へはゆきがたかり。只近江国坂田郡《たゞあふみのくにさかたのこふり》、福富村《ふくとみむら》なる、福富氏《ふくとみうぢ》は、旧縁《ふるきえにし》あり。那家《かのいへ》衰《おとろへ》果《はて》たれども、黄金《こがね》の母《はゝ》親阿鍵刀禰《おやおかぎとの》は、賽武則《をんなあるじ》で村尽処《むらはづれ》に、小店《こたな》を開《ひら》きて在《あ》りとしいへば、先《いで》や那里《かしこ》へ尋行《たづねゆき》て、身《み》の隠処《かくれが》に做《な》さばや。』とやうやくに尋思《しあん》しつ、是《これ》より折々市《をりくいち》に閲《けみ》して、解洗《ときあらひ》たる夏秋《なつあき》の敗衣《ふるきぬ》と、一尺五寸《いつしやくごすん》ばかりなる、短中刀《こわきさし》を買《かひ》拿《とり》て、聊《いさゝか》身《み》の皮《かは》を繕《つくろ》ひつ、又阿鍵《またおかぎ》へ贈《おく》る、些《ちと》の土産物《みやげもの》を准備《ようい》ししかば、数日《すじつ》の宿銭《やどせん》と共《とも》に、盤纏《ろよう》に憑《たの》む五《いつ》枚《ひら》の円金《こばん》は、残《のこ》り纔《わづか》に做《な》りしかど、『近江《あふみ》は隣国《りんこく》なるをもて、事足《ことたる》べし。』と思《おも》ひつゝ、其六月下旬《そのみなつきすゑつかた》に、東《ひがし》山《やま》なる歇店《やどり》を立去《たちさ》りて、単近江路《ひとりあふみぢ》に分入《わけい》るに、坂田郡《さかたこふり》は殊《こと》さらに、山又山《やままたやま》に連《つらな》りて、去向《ゆくて》に嶮岨多《そはみちおほ》ければ、朱之介《あけのすけ》は一日《ひとひ》にして、いまだ福富村《ふくとみむら》に造《いた》り得《え》ず。次《つぎ》の日《ひ》も残《のこ》る暑《あつさ》に疲果《つかれはて》て、山蔭《やまかげ》なる松《まつ》の下《もと》に、憩《いこひ》て憶《おもは》ず睡《ねむり》し程《ほど》に、忽地一箇《たちまちひとつ》の蚺蛇《うははみ》あり。太《ふと》さは十囲《ひとかゝえ》にあまるべく、長《なが》さはいまだ量知《はかりし》られず。近《ちか》き沼《ぬま》より見《あらは》れ出《いで》て、松《まつ》に掛《かゝ》りて朱之介《あけのすけ》を、只一口《たゞひとくち》に呑《のみ》にけり。

畢竟這悪少年《ひつきやうこのあくしようねん》が大蛇《おろち》の腹《はら》に、葬《はうむら》れて後甚麼《のちいかに》ぞや。开《そ》は下回《しものめぐり》にこそ。

新局玉石童子訓巻之四上冊終

新局《しんきよく》 玉石《ぎよくせき》童子《どうじ》訓《くん》巻之《まきの》四下冊

第《だい》三十八回《くわい》　罪過《ざいくわ》を秘《かく》して晴賢《はるかた》阿鍵《おかぎ》を訪《と》ふ
小《こ》忠二《ちうじ》怒《いかり》て朱之介《あけのすけ》を逐《お》ふ

復説《またとく》。末朱之介晴賢《すゑあけのすけはるかた》は、近江《あふみ》の山路《やまぢ》を辿《たど》りも果《はて》ず、亭午《まひる》の炎暑《あつさ》堪《たへ》がたければ、樹蔭《こかげ》求《もと》めて路傍《みちのべ》なる、老《ふり》たる松《まつ》の下涼《したすゞ》み、『一霎時《しばし》』とて立《たち》よりしより、『拭《ぬぐ》はで汗《あせ》を納《いれ》つべき、風《かぜ》は極楽上品浄土《ごくらくじようほんじようど》』と、程《ほど》よき石《いし》に尻《しり》うち掛《かけ》て、憶《おもは》ず睡《ねむ》りて在《あ》りし時《とき》、但見一箇《たゞみるひとつ》の蚺蛇《うはばみ》あり。眼《まなこ》は百煉《ひやくれん》の鏡《かゞみ》の如《ごと》く、舌《した》は燃《もゆ》る柴薪《たきぎ》に似《に》て、松《まつ》の幹《みき》より太《ふと》かるべき、身《み》を樹《こ》の杈《また》より下《おろ》し来《き》つ、口《くち》を張舌《はりした》を吐《はき》て、黒白《あやめ》も知《し》らぬ朱之介《あけのすけ》を、只一呑《たゞひとのみ》にぞ呑《のみ》にける。尓程《さるほど》に朱之介《あけのすけ》は、既《すで》に大蛇《おろち》に腹《ふく》せられて、蚤《はや》く咽喉《のんど》を下《くだ》る時《とき》、愕然《がくねん》と驚覚《おどろきさめ》て、『こはいかに』と訝《いぶか》るのみ。いまだ其故《そのゆゑ》を知《し》らず、悄地《ひそか》に其頭《そこら》を撈試《さぐりみ》るに、黏《ぬめ》ること粘瓶《のりかめ》に陥《おち》たる如《ごと》く、熱《あつ》きこと沸湯《にえゆ》を沃《そゝ》ぐに似《に》たり。『原来俺身《さてはわがみ》は蚺蛇《うはばみ》に、呑《のま》れにけん。』とやうやくに、心《こゝろ》つきても今《いま》さらに、謀《はかりこと》の出《いづ》る所《ところ》を知《し》らず、苦《くるし》き随《まゝ》に又《また》よく思《おも》ふに、

『今手《いまて》を空《むな》しく做《な》すならば、竟《つひ》に這身《このみ》は消化《しようくわ》せられて、蛇糞《じやふん》と做《な》りて肛門《こうもん》より、出《いで》て知《し》る人《ひと》あらずなるべし。克《かなは》ぬまでも一方《いつはう》を、听破《きりやぶ》らば呼吸《いき》の中《うち》に、免《まぬか》れ出《いづ》ることなからずや。』

と思《おも》ふ心《こゝろ》を励《はげま》して、腰《こし》を撈《さぐ》るに幸《さいはひ》に、短刀《たんたう》は落《おち》も失《う》せず。『我物得《わがものえ》たり。』と引抜《ひきぬき》て、『腹《はら》なるべし』と思《おも》ふ

辺《あたり》を、力《ちから》に儘《まか》せて禺《ぐ》煞《さ》と刺《さ》す。刺《さゝ》れて大蛇《おろち》は苦痛《くつう》に得堪《えたへ》ず、二十尋《はたひろ》有余《あまり》の身《み》を縮《ちゞ》め、又身《またみ》を伸《のば》す七転八倒《しつてんばつたふ》。腹内《はらのうち》なる朱之介《あけのすけ》も、倶《とも》に其身《そのみ》を拮据《きつこう》《アゲサゲ》せられて、輾転反側《てんてんはんそく》《フシマロビソリカヘリ》しぬれども、持《もつ》たる刀《かたな》の柄《つか》を緩《ゆる》めず、拳《こぶし》を定《さだ》めて斫破《きりやぶ》るに、其短刀《そのたんたう》はいぬる比《ころ》、骨董店《ふるどうぐや》にて買拿《かひとり》ける、価僅《あたひわづか》の賤物《やすもの》と、思《おも》ふにも似《に》ず、世話《せわ》にいふ、掘出物《ほりだしもの》歟《か》、鋭味精妙《きれあぢせいみやう》、刃《やいば》は拳《こぶし》に従《したが》ふて、厚《あつ》く固《かた》かる大蛇《おろち》の腹《はら》を、裂《さく》こと布《ぬの》に異《こと》ならず。手《て》も亦利《またきゝ》たる危窮《ききう》の剽捷《はやわざ》、思《おも》ひの随《まゝ》に斫開《きりひら》けば、潑《さ》と濆《ほとばし》る鮮血《ちしほ》の勢《いきほ》ひ、朱之介《あけのすけ》さへ推出《おしいだ》されて、地上《ちしやう》に磤《はた》と輾《まろ》ぶと思《おも》へば、是《これ》なん南柯《なんか》の夢《ゆめ》也ける。

登時晴賢愕然《そのときはるかたがくねん》と、驚覚《おどろきさめ》ても安《やす》からぬ、心神《たましひ》いまだ定《さだま》らず、恍惚《うつとり》《クワウコツ》として病《やま》しげなる、頭《かうべ》を抬《もた》げて東西《あちこち》を、見《み》かへりつ大息嗒《おほいきつき》て、

「世《よ》とて時《とき》とて這容《このざま》に、做《な》り果《はて》しより夢《ゆめ》にすら、虚驚《あだおどろ》きせし鈍《おぞ》ましさよ。吉凶《きつけう》いまだ知《し》らずといへども、俺《わが》奶々《はゝご》の生来《しやうらい》は、巳《み》の年《とし》也と歟聞《かきゝ》し事あり。十二《じふに》生肖《せいしやう》巳《み》も亦蛇《またへび》也。其腹内《そのふくない》より生出《なりいで》たる、俺生来《わがしやうらい》を思《おも》ふにも、相別《あひわかれ》しより八九年《ねん》、音信絶《おとつれたえ》てなつかしき、母親《はゝおや》の事今《ことゝいま》も猶《なほ》、忘《わす》れたるにあらねども、薄情《うたて》や虚《あだ》し夫《をとこ》の為《ため》に、子《こ》は棄《すて》られし藪《やぶ》の下《した》の、別《わかれ》を思《おも》へば恩《おん》でもなし。それよりも猶忘《なほわす》れがたきは、独那君《ひとりかのきみ》の事《こと》也き。世《よ》に子宝《こだから》といふめれど、俺《われ》は黄金《こがね》に優者《ますもの》なし。曩《さき》には悄々地《しのび〱》なる、那洞房《かのどうばう》《フカキネヤ》の細々密言《さゝめごと》に、又逢《またあ》ふまでの紀念《かたみ》にとて、五色《ごしき》の玉《たま》を三箇分《みつわか》ちて、贈《おくら》れしより今《いま》も猶《なほ》、護身嚢《まもりふくろ》に斂《をさ》めてあり。『なつかしく思《おも》ふ折々《をり〱》は、拿出《とうで》てみづから慰《なぐさ》めよ。』といはれしことも野干玉《ぬばたま》の、夜《よる》の衣《ころも》の余香《うつりが》も、耳《みゝ》に住《とゞま》り袂《たもと》に残《のこり》て、別果敢《わかれはか》なき短宵《みじかよ》の、彼《かれ》も夢《ゆめ》也是《これ》も亦《また》、地方替《ところかは》れば品降《しなさが》る、鄙《ひな》を去向《ゆくて》の山中《やまなか》に、草《くさ》を裀《しとね》の草枕《くさまくら》、逆旅《たびぢ》の疲労《つかれ》思《おも》はずも、結《むす》びし夢《ゆめ》こそ怪《あや》し

けれ。」

と独語《ひとりごち》つゝ項《うなぢ》に掛《かけ》たる、護身嚢《まもりぶくろ》の紐解緩《ひもときゆる》めて、やをら拿出《とりいだ》す三色《みいろ》の玉《たま》を、掌《たなそこ》にうち載《のせ》て、左見右見《とみかうみ》つゝ含笑《ほうゑみ》て、

「素《もと》この玉《たま》は五色《ごしき》にして、其数《そのかず》則《すなはち》五《いつゝ》あり。初福富太夫次《はじめふくとみたいふじ》が、蛇甑《へびこしき》を撈《さぐ》りしより、獲《え》たりといひし無類《むるい》の瑞玉《ずいぎよく》。宮殿人物禽獣花草《きうでんじんぶつきんじふくわさう》、自然《しぜん》と見《み》ゆる幵《そ》が中《なか》なる、黄《き》と白黒《しろくろ》なる三色《みいろ》の玉《たま》は、嚢《さき》に黄金《こがね》に別《わか》るゝ折《をり》、俺分《われわか》ち拿《とり》てこゝにあり。此《これ》は是陰《これいん》の玉《たま》也。又青赤《またあをあか》二色《にしき》の陽玉《やうのたま》は、留《とゞ》めて黄金《こがね》が懐《ふところ》に在《あ》り。過《すぎ》にし事《こと》を云云《かにかく》と、思《おも》ひ出《いで》つゝ見《み》る玉《たま》は、今《いま》も初《はじめ》に変《かは》らねど、替《かは》るは人《ひと》の有為転変《うゐてんぺん》。俺身《わがみ》京師《みやこ》に在《あ》りし時《とき》、香西元盛主《かゞにしもともりぬし》に仕《つかへ》し日《ひ》も、後又扇谷朝興主《のちまたあふぎがやつともおきぬし》に仕《つかへ》て、武蔵《むさし》の河踰《かはこえ》に在《あ》りし日《ひ》も、寵愛朋輩《ちようあいほうばい》を傾《かたむ》けて、出頭《しゆつとう》せざる事なかりしに、皆《みな》禍鬼《まがつみ》に損《そこなは》れて、得遂《えとげ》ざりしのみならず、果《はて》は大和《やまと》の上市《かみいち》なる、杣木《そまき》の女婿《むこ》に做降《なりくだ》りても、其里《そこ》にすら猶落着《なほおちつか》で、恩愛冤家《おんあいあた》と做《な》るまでに、斧柄《をのゑ》は産後《さんご》に身故《みまか》りつ、分娩《うみおと》しゝは男児《をのこご》にて、玉五郎《たまごらう》と贓名《かな》つけしといふ、落葉《おちば》の媼《うば》の、世迷言《よまひごと》さへいぬる比《ころ》、窃聞《たちきゝ》しても親甲斐《おやかひ》に、見《み》る事克《ことかな》はぬ身《み》の往方《ゆくへ》、定難《さだめかね》たる逆旅《たびぢ》の天《そら》に、物《もの》を思《おも》ふは愚痴《ぐち》なりき。」

と独言《ひとりごち》つゝ余念《よねん》なく、件《くだん》の玉《たま》を撮拿《つまみとり》て、うち返《かへ》し見《み》つ左《ひだり》へ移《うつ》し、右《みぎ》へ移《うつ》して又見《またみ》る程《ほど》に、松《まつ》の梢《こずゑ》に集鳥《いるとり》あり。突然《とつねん》と降《おと》し来《き》つ、疾《とき》こと宛《さながら》投石《つぶて》の像《ごと》く、朱之介《あけのすけ》が掌《たなそこ》に、載《のせ》て他事《たじ》なく弄《もてあそ》ぶ、三彩《みいろ》の玉《たま》の幵《そ》が中《なか》に、黄《き》なる一玉《ひとたま》を抓攫《かいさら》ふて、虚空《こくう》遙《はるか》に飛去《とびさり》ける、勢《いきほひ》禁《とゞ》むべくもあらざりし。朱之介《あけのすけ》は「吐嗟《あなや》」とばかりに、驚慌《おどろきあはて》て、向上《みあぐ》るのみ。鳥《とり》の形《かたち》も認得《みとめえ》ず。翅《つばさ》なき身《み》はいかにして、及《およぶ》べくもあらざれば、後悔臍《こうくわいほぞ》を噬《かむ》までに、蹉跎《あしずり》し

つゝ恨《うら》めども、其甲斐《そのかひ》なければ思《おも》ひ捨《すて》て、歎口気《したうちなら》して残《のこ》れる玉《たま》を、護身嚢《まもりふくろ》へ斂《をさ》めつゝ、項《うなぢ》に掛《かけ》て呟《つぶや》くやう、「俺《われ》慭《なまじい》に過去来《すぎこしかた》を、思《おも》ひ出《いで》ずは這頭《こゝ》にて、黄金《こがね》が紀《かたみ》の奇玉《くしたま》を、拿出《とうで》て単《ひとり》玩《もてあそば》んや。那畜生面《あのちくしようめ》が『卵《かいこ》ぞ。』と見違《みたがへ》て銜《つひば》み去《さり》にけん。こも亦意外《またいぐわい》の禍事《まがこと》なる哉《かな》。夫黄《それき》は中央土《ちうわうつち》に象《かたど》る。今其黄玉《いまそのきたま》を喪《うしな》ひしは、俺身《わがみ》住《すみ》にし土地《とち》に離《はな》れて、流浪《るらう》しつべき兆《さが》なる歟《か》。或《あるひ》は又那玉《またあのたま》を、喪《うしな》ふべかりし前兆《もとつさが》にて、大蛇《おろち》に呑《のま》るゝ夢《ゆめ》を見《み》たる歟《か》。遮莫浮《さばれうき》开《そ》は左《と》まれ右《かく》もあれ、黄金《こがね》に再会《さいくわい》しぬる折《をり》、『件《くだん》の玉《たま》はいかにしつる。』と問《とは》れなば何《なに》と答《こた》ふべき。もて攞《さらは》れしは誰《た》宝屋《たからや》は窒《ふさがり》なり。生涯黄金《しようがいこがね》に逢《あひ》がたくは、售《うり》て許多《あまた》の銭《ぜに》にしつべき、奇貨《くしもの》なるを畜生面《ちくしようめ》に、もて攫れしは誰が愆《あやまち》ぞ。鈍《おぞ》きも涯《かぎ》りあるものを、星煞《まはりあはせ》の歹《わろ》ければ、心《こゝろ》も鈍《にぶ》くなりけるよ。」と不問語《とはずかたり》に身《み》を摘《つみ》て、腹《はら》より出《いだ》す思《おも》ふ事、『由《よし》なや憩過《いこひすぐ》したり。卒《いざ》や去向《ゆくて》をいそがん』とて、玉《たま》に恨《うらみ》の玉櫛《たまくし》笥《げ》、二裹《ふたつゝみ》なる行袱《たびふろしき》を、开《そ》が儘肩《まゝかた》にうち掛《かく》れば、中細《なかほそ》くして首尾《しゆび》円《まろ》く、蟢子《くも》にも似《に》たり蜘蛛《くも》の囲《す》の、編手《あみて》の菅《すげ》笠戴《かさいたゞ》きて、窘《おぼつかな》くも脚曳《あしびき》の、山路《やまぢ》を只管《ひたすら》いそぎつゝ、ゆくこと二三里《り》許《ばかり》にして、日《ひ》影傾《かげかたむ》く夏《なつ》の日《ひ》の、暮《くる》るに近《ちか》き久《く》礼《れ》畑《はた》の、三《み》池邨《いけむら》に辿《たど》り来《き》にけり。

這頭《こゝら》は大概《おほかた》熟路《なれたるみち》《ジュクロ》にて、年《とし》十二三なりし比《ころ》まで、遊耽《あそびふけ》りし地方《ところ》なれども、今《いま》の福富《ふくとみ》の家《いへ》を知《し》らねば、又《また》通路人《みちすがらひと》に諮《たづね》て、福富村《ふくとみむら》の稍尽処《はづれ》なる、那店舗《かのみせたな》に来《き》て見《み》れば、『是歟《これか》』とまでに驚《おどろ》かるゝ、在《あ》りし昔《むかし》の俤《おもかげ》はなく、間口僅《まぐちわづか》に二《に》間《けん》に過《すぎ》ず、渋染《しぶそめ》の暖簾《のれん》酒帘《さかはやし》、杉葉《すぎは》建《たて》たる又六《またろく》が、門《かど》ならなくに極楽《ごくらく》と、人《ひと》はいへども世渡《よわた》りは、苦《くる》しき海《うみ》と山里《やまさと》に、憂《うき》と繁《しげ》き夏草《なつくさ》の、しのぶ《垣衣・偲》にあまる萱《かや》の檐《のき》、半分《なかば》は朽《くち》し板庇《いたひさし》、哀《あはれ》は日々《ひび》に桝売《ますうり》の、地《ぢ》酒《さけ》をや鬻《ひさ》ぐらん、店《みせ》の傍《かたへ》に水埒《みづらち》あり。又半切《またはんきり》の沙桶《ひらをけ》あり。裏面《うち》には左右《さゆう》に酒樽《さかたる》あり。皆吸子《みなのみくち》を附《つけ》られたる。

片隅《かたすみ》に灯油樽《ともしあぶらたる》あり。棚《たな》には大小《だいしよう》の紙嚢《かみふくろ》に、稠《つめ》たる晩茶《ばんちや》と線香《せんかふ》あり。中折《なかをり》の鼻紙返魂紙《はなかみすきかへし》あり。草履《ざうり》草鞋《わらじ》は吊《つる》されて、地天泰《ちてんたい》の象《かたち》あり。年《とし》十四五許《ばかり》なる、一個《ひとり》の小厮《こもの》が酒沽《さけか》ふ客《きやく》を、待托《まちわび》しげに牀児《しようぎ》に尻《しり》を、掛《かけ》て外面《とのかた》を長視《ながめ》て居《を》り。又店《またみせ》の上屋《うはや》なる、銭埒《ぜにらち》の頭《ほとり》には、年《とし》二十八九なる一個《ひとり》の女房《にようばう》の、京染《きようそめ》の栲《たへ》の単衣《ひとへきぬ》の、申《さる》の時《とき》可《ばかり》なるに、両麻《もろあさ》の襷《まへかけ》して、徒然《つれ〴〵》なる歟《か》、苧《を》を績《うみ》て在《を》り。

当下朱之介《そのときあけのすけ》は、這店舗《このみせたな》の光景《ありさま》を、熟々《つく〴〵》とうち見入《みい》れて、脱拿《ぬぎと》る菅笠引提《すげかさひきさげ》て、找《すゝ》み入《い》らまくしぬる時《とき》、小厮《こもの》は蚤《はや》く声《こゑ》を被《かけ》て、

「入《い》らせ給へ〳〵。好酒《よきさけ》の候ぞ。上酒《じようしゆ》は一斤京銀六分《いつきんきようぎんろつふん》。酒《さけ》の御用《ごよう》に候歟《か》。」

と問《と》ふを朱之介聞《あけのすけきゝ》あへず、

「否咱等《いなわれら》は物買《ものか》ふ客《きやく》にあらず。大和《やまと》より来《き》ぬる旅客《たびゞと》にて、末朱之介晴賢《すゑあけのすけはるかた》即是《すなはちこれ》也。初俺姓名《はじめわがせいめい》を、末松珠之介《すゑまつたまのすけ》と喚《よば》れし時《とき》、当家《たうけ》に寓居《ぐうきよ》の旧縁《きうえん》あり。阿鍵刀自《おかぎとじ》は恙《つゝが》まさずや。このよし稟《まう》し給ひね。」

といはれて小厮《こもの》は頭《かうべ》を搔《かき》て、

「然《さ》るむつかしく長々《なが〳〵》しき、口状《かうでう》は得稟《えまう》されず。先《まづ》よく習《なら》ふて後《のち》にこそ。」

と推辞《いなむ》を女房叱禁《にようばうしかりとゞ》めて、

「やよ丁太郎閣《ちようたらうおき》ね〳〵。奴家《わらは》が執接稟《とりつぎまう》さん」

とて、苧《を》桶《をけ》搔遣《かひやり》身《み》を起《おこ》して、开《そ》が儘奥《まゝおく》に退《まか》りける。

姑且《しばらく》して屋主人《いへあるじ》、阿鍵《おかぎ》は奥《おく》より出《いで》て来《き》つ。出居《いでゐ》に垂《たれ》たる長暖簾《ながのれん》を、推開《おしひら》きつゝ朱之介《あけのすけ》を、見《み》つゝ遽《いそがは》しく立《たち》

出《いで》て、

「現《げ》に珠刀称《たまとの》にてありけるよ。やよ丁太郎《ちやうたらう》よ。盥《たらひ》をもて来《き》て、脚《あし》を濯《そゝが》せまゐらせずや。」

といふを朱之介《あけのすけ》推禁《おしとゞ》めて、

「否《いな》。今来《いまき》ぬる路《みち》の程《ほど》、一町許《ひとまちばかり》那方《あなた》にて、底脱草鞋《そこぬけわらじ》を解棄《ときすて》て、草履《ざうり》を買《か》ふて穿《はき》し時《とき》、脚《あし》をば濯《そゝ》ぎ候ひき。饒《ゆるし》給へ」

と裳《もすそ》を下《おろ》して、両掛《りやうかけ》にせし行裹《たびつゝみ》を、引提《ひさげ》て膝衝登《にじりのぼ》りつゝ、恭《うや〳〵》しく阿鍵《おかぎ》に向《むか》ひて、三拝《さんはい》して且《かつ》いふやう、

「別《わかれ》まつりしより八九年《ねん》。御居宅《おんゐたく》こそ変《かは》りたれ、恙《つゝが》もまさで最愛《いとめで》たし。小可親子《やつがれおやこ》が薄命《ふしあはせ》なる、曩《さき》には遙《はる》けき周防《すはう》なる、山口《やまくち》へゆきしかひもなく、叔父《をぢ》には得逢《えあは》ず母《はゝ》にも別《わか》れて、身《み》はこの年来《としころ》大和《やまと》に在《あ》り。這回《こたび》京《きやう》へ上《のぼ》りしかば、人伝《ひとつて》に聞《きゝ》し当家《たうけ》の災害《まがつみ》。胸《むね》の潰《つぶ》るゝ事《こと》のみなれば、『いかで安否《あんひ》を訪《とひ》まつらん。』と思《おも》ふばかりの寸志《すんし》にこそ。」

といひつゝ一箇《ひとつ》の行包《たびつゝみ》を、遽《いそがは》しく解開《ときひら》きて、出《いだ》す両箇《ふたつ》の嚢物《ふくろもの》を、准備《ようい》の盆《ぼん》にうち載《のせ》て、是《これ》を阿鍵《おかぎ》に贈《おく》りていふやう、

「こは聊《いさゝか》に候へども、大和綿《やまとわた》也吉野葛《よしのくづ》なり。土産《みやげ》の識《しるし》と稟《まう》さんは、恥《はづか》しくこそ候なれ。」

といひつゝ猶《なほ》も指寄《さしよ》すれば、阿鍵《おかぎ》は受《うけ》て傍《かたへ》に閣《おき》て、

「こは御土産《おんみやげ》に預《あづか》り侍《はべ》り。既《すで》に人伝《ひとづて》に聞《きか》れたらば、又《また》いふべくもあらねども、思《おも》ひがけなき当家《たうけ》の滅亡《めつばう》。大人《うし》大夫次《たいふじ》をいふは果敢《はか》なく世《よ》を去《さ》り給ひて、俺良人大夫五主《わがをっとたいふごぬし》は、いかに做《な》りけん今《いま》までも、信《おとつれ》絶《たえ》て知《し》るよしもな

遺跡《ゐせき》を尋《たづね》て朱之介《あけのすけ》福富《ふくとみ》村《むら》ふ造《いさ》る
あきろ
あけの丞
あうた

き、景市爪作《かげいちつまさく》いへばさら也、年来家《としごろいへ》に仕《つかへ》たる、奴婢們《ぬびら》は並《なべ》て己《おの》か自恣《じし》、散《ちり》ばひゆきし开《そ》が中《なか》に、おん身《み》も予面善《かねておもしり》なる、老僕《おとな》小《こ》忠二《ちうじ》のみ憑《たのも》しき、忠心《まめこゝろ》ある者《もの》なれば、僅《わづか》に他《かれ》に後見《うしろみ》せられて、這店舗《このみせたな》を執達《とりたて》侍《はべ》り。身《み》さへ心《こゝろ》も細本銭《ほそもとで》なる、是《これ》を昔《むかし》の余波《なごり》ぞ、といはれんは最恥《いとはづか》しけれど、世《よ》也時《とき》也争何《いかゞ》はせん。然《され》ば是等《これら》の小《こ》経紀《あきなひ》して、明《あか》し暮《くら》しぬる事も、又年来《またとしごろ》になる随《まゝ》に、小《こ》忠二《ちうじ》には措名《おきな》といふ、妻《め》を娶《めと》らせて今《いま》はしも、夫婦《ふうふ》に世帯《せたい》を任《まか》ししより、人見《ひとめ》ばかりの楽隠居《らくいんきょ》、朝夕安《あさゆうやす》きにあらねども、昔御身《むかしおんみ》と中好《なかよし》なりし、黄金《こがね》は単《ひとり》幸歹《さちわろ》からず、曩《さき》に左界《さかい》の親族《しんぞく》なる、船積荷《ふなつみに》三太翁《さうたおぢ》の息子《むすこ》の新婦《よめ》に、乞《こは》れて遣《つかは》したりしより、猶富栄《なほとみさかえ》て那里《かしこ》に侍《はべ》り。」

といひつゝ外面見《とのかたみ》かへりて、

「やよ丁太郎奥《ちようたらうおく》へいて、茶《ちや》を汲《くみ》もて来《き》てまゐらせずや。噫俺《あなわれ》ながら鈍《おぞ》ましかりき。御身《おんみ》の上《うへ》を問《とひ》はせで、いひたき随《まゝ》の身《み》の贅詫《ぜいたく》を、傍痛思《かたはらいたくおもは》れけん。相別《あひわかれ》しより十稔《ととせ》に近《ちか》き、浮世《うきよ》は通《なべ》て夢《ゆめ》なるかな。大人備《おとなび》給ひし御《おん》身《み》の面影《おもかげ》。僂《かぞなふ》れば年既《としすで》に、二十歟《はたちか》二十一なるべし。遮莫優質《さばれやさかた》なる所以《ゆゑ》に、尚少年《なほしようねん》の心地《こゝち》ぞする。奶々《はゝご》は今《いま》も恙《つゝが》まさずや。御身《おんみ》は又何等《またなにら》の故《ゆゑ》に、年来大和《としごろやまと》にいま《在》したる。這回京師《こたびみやこ》に出《いで》給ひしは、売買《あきなひ》の為《ため》なる歟《か》。夏《なつ》の最中《もなか》に炎暑《あつさ》も厭《いと》はで、よくこそ訪《とは》せ給ひたれ。有繫《さすが》に昔偲《むかししのば》るゝ、熟客《なじみ》に何《なに》か優者《ますもの》あらん。寛裕《ゆたか》に相譚《かたらひ》給ひね。」

と女主人《をんなあるじ》の老婆心《ろうばしん》に、慰《なぐさめ》らるゝ朱之介《あけのすけ》は、其言毎《そのことごと》に応《いらへ》をしつゝ、聞果《きゝはて》て答《こたふ》るやう、

「然《さ》也。母《はゝ》は周防《すはう》なる、旅宿甲斐《たびねかひ》なく流浪《るらう》の折《をり》、憶《おもは》ずも相識人《あひしるひと》に、依処《よすがもと》求めて陸奥《みちのく》へ、伴《ともなは》れたりしより、今《いま》に至《いた》りて八九年《ねん》、音耗絶《おとつれたえ》て候へども、恙《つゝが》なくこそ在《ある》べけれ。又小可《またやつがれ》は大和《やまと》なる、親族許身《しんぞくがりみ》を寓《よせ》て、左《と》も右《かく》も

して在《あ》りしかど、鄙語《ことわざ》にいふ、『一桝瓢簞《いつしようふくべ》の、身《み》の一生《いつしよう》』を量《はか》り思《おも》へば、憑《たのも》しからず住不楽《すみわび》て、『京《きよう》に上《のぼ》りて売買《あきなひ》せん歟《か》。然《さ》らずは良賈《よきあきびと》の、家《いへ》の小厮《こもの》にならばや。』と尋思《しあん》をしつゝ来《き》にけるに、京師《みやこ》も戦馬《せんば》の蹄《ひづめ》に荒《あれ》て、膝《ひざ》を容《い》るゝに所《ところ》を得《え》ず。『売買《あきなひ》せんにも仕《つかへ》んにも、便宜《びんぎ》なければいかにせまし。』と思難《おもひかね》つゝありける程《ほど》に、人伝《ひとづて》に聞《きゝ》し当家《たうけ》の大変《たいへん》。『昔承《むかしうけ》たる洪恩《こうおん》を、復《かへ》しまつらんは是時《このとき》也。御身《おんみ》の安否《あんひ》を訪《とひ》まつるべく、時宜《じぎ》によらば生活《なりはひ》の、幇助《たすけ》にこそ做《な》るべけれ。』と尋思《しあん》をしつゝ来《き》ぬる也。給銀《きうぎん》なンどは欲《ほし》からず。然《さ》せる所用《しよよう》に達《たゝ》ずとも、心隈《こゝろくま》なく使《つかは》れなば、素《もと》より願所《ねがふところ》也。這義《このぎ》を饒《ゆる》させ給へかし。」と言真実《ことまめ》しげに説瞞《ときくろ》めつゝ、己《おの》が悪事《あくじ》を塗秘《ぬりかく》す、舌《した》も輪《まは》るや燕脂《べに》刷毛《はけ》の、色《いろ》には出《いだ》さぬ弁佞利口《べんねいりこう》に、阿鍵《おかぎ》は浅《あさ》く説惑《ときまよ》はされて、承歓《うけよろこ》びつゝ点頭《うなつき》て、

「思《おも》ふに勝《まし》たる御身《おんみ》の誠心《まこゝろ》、最辱《いとかたじけな》く侍《はべ》れども、見《み》らるゝ如《ごと》く恁《か》ばかりなる、寒店《やせたな》なるにいかにして、人《ひと》がましき副管《てだい》なンどを、使《つか》ふ力《ちから》はあらずかし。然《さ》りとても面《つれ》も難《な》く、出《いで》ていねといふにはあらず。小忠二《こちうじ》は京浪速《きようなには》に、先代《せんだい》の賖多《かけおほ》くあり。非如《よしや》ゆきて債《はた》るとも、今《いま》は人代《ひとかは》り世《よ》も異《こと》なれば、誰歟《たれか》よく旧算用《ふるさんよう》を、果《はた》さるべくは思《おも》はねども、然《され》ばとて那儘《あのまゝ》に、うち棄《すて》んは可惜事《あたらこと》也。取《と》らるゝ涯《かぎ》り債《はた》りもしつべく、且左界《かつさかい》へも立《たち》よりて、那里《かしこ》の安否《あんひ》も訪《とは》んとて、猛可《にはか》に逆旅《たびぢ》の准備《ようい》をしつゝ、身単出《みひとりいで》てゆきけるは、大昨日《おとつひ》の事なりき。非如其賖如意《よしやそのかけによい》ならで、淹留久《ゑんりうひさ》しくなるとても、盂蘭盆前《うらぼんまへ》には必還《かならずかへら》ん。其折《そのをり》にこそ御身《おんみ》の上《うへ》を、告《つげ》て言《こと》よく商量《だんかふ》して、成《な》ると成《な》らぬは他《かれ》が随意《まにく》、奴家《わらは》が自由《じゆう》に做《なし》がたかり。其折《そのをり》までは店番《みせばん》して、留守《るす》の幇助《たすけ》に做《なり》給はゞ、小忠二《こちうじ》も歹《わろ》くは思《おも》はじ。先奥《まづおく》へ赴《おもむ》きて、措名《おきな》にも相識《しるひと》に、做《な》りて休《やすら》ひ給へかし。やよ這方《こなた》へ。」

と他事《たじ》もなく、心隔《こゝろへだて》ぬ長暖簾《ながのれん》、抗《あげ》て徐《しづか》に誘《いざな》へば、朱之介《あけのすけ》は応《いらへ》をするのみ、开《そ》が儘亟《まゝとみ》には立難《たちかね》る、計較《もくろみ》折《くぢ》けて安《やす》からぬ、肚裏《はらのうち》に思《おも》ふやう、

『小忠二《こちうじ》が京浪速《きやうなには》を、走《はし》り遶《めぐ》れる賒乞《かけこひ》は、首尾《しゆび》好《よく》もあれ歹《わろ》くもあれ、俺《われ》に干渉《あづか》る事《こと》ならねども、他果《かれはた》して左界《さかい》に造《いた》りて、船積許止宿《ふなつみがりししゆく》せば、俺《われ》と黄金《こがね》が情由《わけ》ある事も、又浪速《またなには》の陣館《ぢんやかた》にて、俺身《わがみ》追放《つひはう》せられし事も、他《かれ》必《かならずきゝし》聞知りて、この盆前《ぼんまへ》にかへり来《こ》ば、阿鍵《おかぎ》が商量空《だんかふあだ》と做《なり》て、必《かならず》俺《われ》を追出《おひいだ》さん。然《さ》る時《とき》は盤纏《ろよう》もなし。阿《お》容《め》々《く》々と出《いで》てゆかば、智計《ちゑ》なき者《もの》に似《に》たれども、开《そ》は其折《そのをり》に主張《ふんべつ》せん。苦《く》に病事《やむ》歟《か》。』

と大胆無敵《だいたんふてき》の、色《いろ》には毫《ちつと》も見《あらは》さず、猶然気《なほさりげ》なき面色《おもゝち》しつゝ、引《ひか》れて奥《おく》にぞ入《い》りにける。恁而措名《かくておきな》も朱之介《あけのすけ》に、初対面《しよたいめん》の口誼《こうぎ》果《はて》て、夕膳《ゆふぜん》を薦《すゝ》め浴《ゆあみ》させぬる、款待《もてなしこと》殊に浅《あさ》からねば、朱之介《あけのすけ》は其甲夜間《そのよひのま》に、故《ふり》にし事さへいひ出《いで》て、詞巧《ことばたくみ》に慰《なぐさむ》れば、阿鍵《おかぎ》はさら也措名等《おきなら》も、『詞敵得《ことばかたきえ》たり』とて、倶《とも》に憑《たのも》しく思《おも》ひけり。

尓程《さるほど》に朱之介《あけのすけ》は、店《みせ》に敗《ふり》たる幗垂《かやたれ》て、丁太郎《ちやうたらう》と共侶《もろとも》に、軈《やが》て枕《まくら》に就《つき》しより、長途《ちやうど》の暑熱《あつさ》に疲果《つかれはて》て、熟睡《うまい》二時許《ふたときばかり》にして、忽然《こちねん》と睡覚《ねむりさめ》て、心地《こゝち》猛可《にはか》に例《れい》ならず、全身《みのうちいた》太く発熱《ほつねつ》して、且癬《かつかゆ》き事堪《たへ》がたければ、姑且《しばらく》も手《て》を放《はな》し得《え》ず、現心《うつゝこゝろ》に抓《か》く程《ほど》に、其暁天《そのあけかた》に又睡《またねむり》て、起出《おきいづ》る比《ころ》は熱気《ねつき》醒《さめ》て、心地《こゝち》生平《つね》に異《こと》なることなし。只怪《たゞあやし》きは一夜《ひとよ》の間《から》に、朱之介《あけのすけ》が全身《みのうち》に、粟《あは》の如《ごと》き瘡出《かさいで》きて、毫《ちつと》も絶間《たえま》あらざりしを、みづからはいまだ知《し》らず、丁太郎《ちやうたらう》は夙《はや》く見出《みいだ》して、『こは什麼《いかに》』と訝《いぶか》れば、阿鍵措名《おかぎおきな》も是《これ》を見《み》て、告《つぐ》るに朱之介《あけのすけ》は驚《おどろ》きて、袖《そで》を褰《かゝ》げて其手《そのて》を見《み》つ、裳《もすそ》を反《かへ》して脚《あし》を見《み》つ、鏡《かゞみ》を借《かり》て照《てら》し見《み》る、面部《めんぶ》総身《さうしん》果《はた》して瘡《かさ》あり。何《なに》の故《ゆゑ》なるを知《しる》よしなければ、且驚《かつおどろ》き且訝《かついぶか》りて、肚裏《はらのうち》に思《おも》ふやう、

『「大蛇《おろち》に呑《のま》れて死《し》なざる者《もの》も、蛇毒《じやどく》によりて、宍爛《しゝむらたゞ》れ毛髪脱《かみのけぬけ》て、目《め》鼻《はな》も一緒《ひとつ》に做《な》る者《もの》あり。」と物《もの》の本《ほん》には写《しる》しもすめり。俺大蛇《わがおろち》に呑《のま》れしは、是仮寐《これかりね》の夢《ゆめ》也ければ、蛇毒《じやどく》に中《あた》るべくもあらず。こは浪速《なには》の陣館《ぢんやかた》にて、久《ひさ》しく禁獄《きんごく》せられたる、牢瘡《ひとやかさ》なるべし。』

と思《おも》ふものからうち明《あけ》て、人《ひと》に告《つぐ》べきことならねば、敢又憂《あへてまたうれひ》とせず、『日《ひ》を歴《へ》ば自然《しぜん》に愈《いゆ》べし。』と思《おも》ひつゝありける程《ほど》に、是《これ》よりの後漸々《のちしだい〳〵》に、其瘡都《そのかさすべ》て大《おほき》くなりて、全身腫《みのうちはれ》ざる処《ところ》なければ、阿鍵措名《おかぎおきな》も是《これ》を厭《いと》ふて、『あらずもがな。』と思《おも》へども、「出《いで》ていね」とはいひかねて、山帰《さんき》来忍冬《らいにんどう》なンどを、連《しき》りに煎《せん》じて薦《すゝむ》るのみ。然《さ》ばかりの湯液《くすり》にて、瘥《おこた》るべくもあらざれば、果《はて》は膿水《うみ》流《なが》れ蝨《しらみ》生《わき》て、其臭《そのくさき》気に堪《たへ》ざりける、人僉鼻《ひとみなはな》を掩《おほ》ふのみ。今《いま》は店《みせ》にも在《あら》せがたくて、臥篭儲《ふしどまうけ》も間数《まかず》なき、奥《おく》にはいよ〳〵斁《いとは》しく、人《ひと》に伝染《うつら》んことを怕《おそ》れて、僅《わづか》に席二枚布《むしろふたひらしき》たる、空小室《あきべや》に在《あら》せて、三度《みたび》の飯《いひ》を与《あたふ》るのみ。よく看病者《みとるもの》なかりけり。

　左右《とかく》する程《ほど》に、二十日《はつか》有余《あまり》の日数歴《ひかずへ》て、七月《ふつき》十一日の曛昏《ゆふぐれ》に、小忠二《こちうじ》は恙《つゝが》もなく、京浪速《きようなには》の賖《かり》を果《はた》して、左界《さかい》よりかへり来《き》にければ、阿鍵措名等《おかぎおきなら》の歓《よろこ》びいふべうもあらず。軈《やが》て浴《ゆあみ》させ飯《いひ》を薦《すゝ》めて、留守《るす》の損益《そんゑき》を告《つぐ》れども、朱之介《あけのすけ》の事をのみ、阿鍵《おかぎ》すらいひ難《かね》て、猶黙《なほもく》してありしかば、小忠二《こちうじ》はいまだ是《これ》を知《し》らず。恁而其《かくてその》詰朝《あけのあさ》、阿鍵《おかぎ》は竟《つひ》に已《やむ》ことを得《え》ず、小忠二《こちうじ》に囁《さゝや》くに、いぬる比《ころ》、朱之介《あけのすけ》に訪《とは》れたる首《はじめ》より、他《かれ》は悪瘡出来《あしきかさいでき》て、難義《なんぎ》に及《およ》びし尾《をはり》まで、事遺《ことおち》もなく告《つげ》しかば、小忠二《こちうじ》は驚《おどろ》きながら、聞果《きゝはて》て答《こたふ》るやう、

「那珠之《あのたまの》介《すけ》の朱某《あけそれ》は、人《ひと》に忌《いま》るゝ破落戸《いたづらもの》にて、剰《あまさへ》罪人《つみひと》に做《な》りしかば、身《み》を措処《おくところ》なき故《ゆゑ》に、這頭《こゝら》へ流寓《さそらへ》来《き》ぬるならん。其故《そのゆゑ》は箇様《かやう》々々《〳〵》、如此《しか》々々《〴〵》の情由《わけ》あり」

とて、当春《このはる》朱之介《あけのすけ》が、大和《やまと》より左界《さかい》へ来《き》て、船積許止宿《ふなつみがりししゆく》せしは、物買《ものかは》ん為《ため》なるに、悄地《ひそか》に黄金《こがね》と狎親《なれしたし》みて、臭声《わろきふうぶん》や聞《きこ》えけん、又其事《またそのこと》を見《み》たりけん、荷三太翁《にさうたおぢ》は周防《すはう》より、還《かへ》ると軈《やが》て断《ことわり》いふて、朱之介《あけのすけ》を追出《おひいだ》しし事《こと》、其後又朱之介《そのゝちまたあけのすけ》は、乳守《ちもり》の娼妓今様《あそびいまやう》が、自殺《じさつ》の事《こと》に拘《かゝ》つらひて、久《ひさ》しく禁獄《きんごく》せられしに、幸《さいはひ》にして解屍人《げしにん》の、罪《つみ》を免《まぬか》れたりけれども、他《かれ》は大和《やまと》に在《あ》りし時《とき》、旧悪《きうあく》も又多《またおほ》かりければ、三好職善主《みよしもとよしぬし》の制度《さだ》として、那身《かのみ》を追《つひ》放《はう》せられし事《こと》まで、聞《きゝ》たる随《まゝ》に囁《さゝや》き告《つぐ》れば、阿鍵《おかぎ》はさら也措名《おきな》さへ、呆《あき》れて口《くち》を鉗《つぐみ》て居《を》り。

当下《そのとき》小忠二《こちうじ》又《また》いふやう、

「左界《さかい》にては浮宝屋《うきたからや》の御一家児《おんいへのうち》、孰《いづれ》も恙《つゝが》ましまさず、勿論《もちろ》大爺《おほだんな》荷三太主《にさうたぬし》は、所以《ゆゑ》ありて桟太郎刀称《さんたらうとの》(編)と、黄《こ》金刀称《がねとの》(編)を携《たづさへ》て、又周防《またすはう》なる枝店《でたな》へとて、船出《ふなで》做《な》されし留守《るす》なれば、咱等《われら》は御目《おんめ》に懸《かゝ》り得《え》ず。朱之介《あけのすけ》の事《こと》はしも、城蔵主《しろぞうぬし》の噂《うはさ》にて、創《はじ》めて聞知《きゝし》り候ひき。尓《しか》るに那破落戸《かのいたづらもの》を、這頭《こゝら》に留在《とゞめあ》らする事の、異日《ゐじつ》左界《さかい》へ聞《きこ》えなば、御身《おんみ》も亦在下《またそれがし》も、疼《いた》からぬ腹《はら》を捞《さぐ》られて、歹《わろ》く思《おも》はれんのみならず、第一黄金刀称《だいいちこがねとの》(編)の為《ため》に宜《よろ》しからず。倘離縁《もしりえん》などせられなば、後悔臍《こうくわいほぞ》を噬《かま》んのみ。矧又京浪速《いはんやまたきやうなには》なる旧《ふる》き賖《かけ》は、債《はた》りても悲乞《かなしみこ》ふても、誰《たれ》も皆《みな》沙汰《さた》に及《およ》ばず、可惜盤纏《あたらろよう》を費《つひや》して、浪速三界京左界《なにはさんがいきやうさかい》まで、炎暑《あつさ》も厭《いと》はで西東《あちこち》と、走遶《はしりめぐ》りて徒《いたづら》に、還《かへ》りて聞《き》けば無要《むえう》の客《きやく》あり。冤家《あた》に等《ひと》しき歹人《わろもの》を、知《し》らぬ事《こと》とはいひながら、留《とゞ》め給ひしはいかにぞや。疾追出《とくおひいだ》し給へかし。世《よ》の常言《ことわざ》に、『人増《ひとませ》ば、水増《みづます》』といふなるに、要《えう》なき人《ひと》を一日《いちにち》も、養《やしな》ふて何《なに》にせん。無益《むやく》にこそ。」

と呟《つぶや》けば、措名《おきな》も倶《とも》に慰難《なぐさめかね》て、

「そは理《ことわ》りに侍《はべ》れども、奶々《はゝご》也とて故《ゆゑ》よしを、予《かねて》より知《し》り給はゞ、一宿《ひとよ》も留《とゞ》め給はんや。昔馴染《むかしなじみ》をいひ立《たて》て、訪《とは》れし人《ひと》を开《そ》が儘《まゝ》に、出《いだ》し遣《やら》んはさすがにて、御身《おんみ》のかへり来《き》ますするを、俟《まち》給ひし故《ゆゑ》にこそ。」

といへば阿鍵《おかぎ》も嗟嘆《さたん》して、

「今《いま》は千万悔《せんまんくひ》ても甲斐《かひ》なし。和殿術《わとのすべ》よく誘《こしら》へて、出《いだ》し遣《やり》なば安《やす》かりなん。」

といふに小忠二《こちうじ》沈吟《うちあん》じて、身《み》を起《おこ》しつゝ外面《とのかた》へ、遽《いそが》はしく出《いで》てゆきぬ。約莫《およそ》半晌《はんとき》許《ばかり》にして、那里《いづこ》にて賖《か》買拿《かひとり》けん、小忠二《こちうじ》は最故《いとふり》たる、坐行車《ゐざりくるま》を牽《ひき》もて来《き》つ、却《さて》朱之《あけの》介《すけ》の臥簟《ふしど》に造《いた》りて、別後《べつご》の口誼《こうぎ》を述《のべ》ていふやう、

「和殿旧縁《わとのきうえん》ある故《ゆゑ》に、訪《とは》れしは然《さ》る事ながら、俺左界《われさかい》にて聞《きゝ》たる事あり。开《そ》はいはずとも覚《おぼえ》あるべし。知《し》るゝ如《ごと》く俺家《わがいへ》は、船積氏《ふなつみうぢ》の親族《しんぞく》にて、且黄金《かつこがね》が媥家《えんか》也。庇《かげ》に依《よら》ざることを得《え》ず。這故《このゆゑ》に他《かれ》に対《たい》して、和殿《わとの》を這里《ここ》に留《とゞ》めがたかり。又和殿《またわとの》は罪《つみ》ありて、浪速《なには》にて追放《つひはう》せられしならずや。且当国《かつたうこく》は、京浪速《きやうなには》に遠《とほ》からず。是《これ》も亦憚《またはゞか》りあるべし。袷《かれ》と云《いひ》、恰《これ》と云《いひ》、身《み》に瘡《かさ》ある病人《びやうにん》を、出《いだ》し遣《やる》は無慈悲《むぢひ》に似《に》たれど、実《じつ》に已《やむ》ことを得《え》ざるのみ。速《すみやか》に立去《たちさり》て、他所《たしよ》へ歇店《やどり》を移《うつ》してよ。」

と、言苦々《ことにがく》しく宣示《のりしめ》せば、朱之介《あけのすけ》うち聞《きゝ》て、予期《かねてご》したる事《こと》なれば、敢嗓《あへてさは》ぐ気色《けしき》なく、稍身《やゝみ》を起《おこ》して答《こたふ》るやう、

「开《そ》はいはるゝ事《こと》ながら、左界《さかい》にて俺上《わがうへ》を、云云《かにかく》と歹《わろ》くいひしは、只是人《たゞこれひと》の娼嫉《そねみ》なるを、よくも査《さつ》し給はぬなるべし。又浪速《またなには》の陣館《ぢんやかた》にて、俺身《わがみ》追放《つひはう》せられしは、素《もと》より冤屈《むじつ》の罪《つみ》なるを、誰《たれ》とて知《し》らぬ者《もの》はなし。なれども出《いで》てゆけといはるゝ、宿《やど》に幾《いつ》までかくてあるべき、身《み》は野曝《のざらし》になるまでも、俺《われ》も亦男子《またをとこ》也。立去《たちさ》る事は厭《いとは》しからねど、今俺腰《いまわがこし》に盤纏《ろよう》なし。昔俺母《むかしわがはゝ》の、福富翁《ふくとみおぢ》より受拿《うけと》るべき、算帳《さんちやう》の残《のこ》りあり。其金《そのかね》目今《たゞいま》遁与《わた》し

ねかし。」

と豪乞《ねだ》るを小忠二《こちうじ》聞《きゝ》あへず、

「丌《そ》は何《なに》をいはるゝやらん。昔和殿親子《むかしわとのおやこ》の別《わかれ》に、故翁《もとのおきな》大夫次《たいふじ》をいふの取《とら》せ給ひし、金子《かね》は則《すなはち》十両《じふりやう》なるを、俺《われ》もよく知《し》る所《ところ》也。其外《そのほか》に算帳《さんちやう》の、遺《のこ》りあるべきことかは。」

といはせも果《はて》ず朱之介《あけのすけ》は、「呵々《かや〱》」と冷笑《あざわら》ひて、

「小父《をぢ》よみづから思惟《おもひみ》よ。俺母《わがはゝ》当家《たうけ》に在《あ》りし程《ほど》、四稔五稔《よとせいつとせ》扱使《こきつかは》れしに、給銀《きうぎん》なんどは夢《ゆめ》にも見《み》ず。況世《まいてよ》に類《たぐひ》なき、五色《ごしき》の玉《たま》を、返《かへ》したれども其報《そのむくひ》に、何取《なにとら》せたる事やある。矧《いはんや》又黄金少女《こがねをとめ》に、飽《あく》まで琴《こと》を教《をし》えさせたる、中免許奥免許《なかゆるしおくゆるし》は、謝物《しやもつ》の定《さだめ》あるものを、其頭《そこら》も都《すべ》て無賽《むざい》にて、別《わかれ》に臨《のぞみ》て十両金《じふりやうきん》の、餞別《はなむけ》を恩《おん》がましく、物《もの》せられしに腹《はら》は立《たて》ども、俺母《わがはゝ》は人歹《ひとわろ》からねば、何《なに》ともいはで受《うけ》たりし、是等《これら》の残金《ざんきん》なしといはんや。今《いま》この折《をり》に其算帳《そのさんちやう》を、果《はた》されずは神輿《みこし》を居《すゑ》て、幾《いつ》までも養《やしなは》れん。手鈷《てこ》でも動《うご》く俺《われ》にはあらず。先其金《まづそのかね》から出《いだ》さずや。」

と執篦返《しつへいかへ》しに歹人《わろもの》の、膝《ひざ》うち鳴《な》らして説誇《ときほこ》れば、小忠二《こちうじ》も亦勃《またむつ》として、声高《こゑたか》やかに答《こたふ》るやう、

「丌《そ》を今《いま》さらにいはるゝ事歟《か》。昔世盛《むかしよさかり》なりし日《ひ》に、故翁《もとのおきな》の慈善《ぢぜん》なる、和殿親子《わとのおやこ》を年許多《としあまた》、留《とゞ》め在《あ》らせ給ひたる、衣裳調度《いしやうちやうど》の費《つひえ》を厭《いと》はず、和殿《わとの》には其師《そのし》を択《えら》みて、手習読書《てならひとくしよ》を教《をしえ》給ひし、洪恩海山《こうおんうみやま》而已《のみ》ならんや。然《さ》るを又別《またわかれ》に臨《のぞみ》て、十両金《じふりやうきん》を賜《たまは》りしは、過分《くわぶん》の造化《しあはせ》なるべかりしに、其折不足《そのをりふそく》をいひはせで、当家《たうけ》既《すで》に衰《おとろへ》て、昔《むかし》の事《こと》に預《あづか》らざりける、咱等《われら》に向《むか》ひて理《ことわ》りならぬ、理《ことわ》りを理《ことわ》りめかして、いはるゝとても聞《き》く耳《みゝ》あらんや。

然《さ》りとても出《いで》てゆかじとならば、是則《これすなはち》豪奪《ゆすり》也。先村長《まづむらをさ》に告知《つげし》らせて、守《かみ》へ訴奉《うつたへたてまつ》らん。卒観音寺《いざくわんおんじ》へゆかずや。」

と敦圉《いきまき》暴《あら》く曳立《ひきたつ》る、其手《そのて》を払《はら》ひて毫《ちつと》も動《うごか》ず、疾視《にらまへ》哮《たけ》る声高《こゑたか》やかに、

「観音寺《くわんおんじ》でも勢至院《せいしゐん》でも、この義《ぎ》に就《つき》ては一分《いちぶ》一厘《いちりん》、闇《くら》き事なき俺《われ》なるに、碟子《さら》に受装《うけも》る凍藻《ところてん》、衝出《つきいだ》さる〻を怕《おそ》る〻者歟《ものか》。」

と弱目《よはみ》を見《み》せぬ歹人《わろもの》の、負《まけ》じ魂《たましひ》火《ひ》を発《おこ》す、争《あらそ》ひ果《はて》しなかりしを、前《さき》より窃聞《たちきゝ》したりける、阿鍵《おかぎ》は开《そ》が儘《まゝ》出《いで》て来《き》つ、朱之介《あけのすけ》にうち向《むか》ひて、

「珠刀《たまと》称《の》(禰)そは人歹《ひとわろ》かり。初御身《はじめおんみ》の来《き》ませし時《とき》、奴家《わらは》がいひしを忘《わす》れし歟《か》。『今《いま》は有《か》恁《か》る寒店《やせたな》にて、副管《てだい》なンどは要《えう》なけれども、小忠二《こちうじ》が還《かへ》るまで、止宿《ししゆく》は然《さ》ばかり厭《いとは》しからず〔○〕成《な》ると成《な》らぬは他《かれ》が随意《まに〱》、奴家《わらは》が自《じ》由《ゆう》に做《な》しがたかり。』といひしは今《いま》の事ぞかし。然《さ》るを思《おも》ひがけもなき、昔《むかし》の事をいひ出《いで》て、銭《ぜに》にせまく欲《ほり》するとも、承引《うけひか》る〻事《こと》にはあらず。こは聊《いさゝか》に侍《はべ》れども、奴家《わらは》が間銭《ほまち》なるをもて、路資《みちのたすけ》にまゐらせん。観音寺《くわんおんじ》までゆき給はゞ、好薬湯《よきくすりゆ》もありぬべし。湯治《とうぢ》して瘡愈《かさいえ》なば、左《と》も右《かく》もして身単《みひとつ》の、生活種《なりはひぐさ》は出来《いでき》もせん。由《よし》なき腹《はら》を立《たゝ》ずとも、鄙語《ことわざ》にいふ『膝《ひざ》とも商量《だんかふ》。』人《ひと》の意見《いけん》に就《つく》も亦《また》、其身《そのみ》の為《ため》にあらずや。」

と賺《すかし》勧《なだむる》解包金《つゝみかね》は、搔集《かきあつめ》たる藻塩草《もしほぐさ》、二《に》分《ぶ》歟《か》、三分歟《か》、紅白線《みづひき》を、掛《かけ》たる儘《まゝ》に取《と》らすれば、朱之介《あけのすけ》は黙然《もくねん》たる、肚裏《はらのうち》に思《おも》ふやう、

『小忠二《こちうじ》が言品《いひぼん》憎《にく》さに、俺《われ》も亦《また》いひたき随《まゝ》を、角口《ことばたゝかひ》したれども、然《さ》りとて物《もの》になるべくもあらず。今阿鍵《いまおかぎ》

が和解《あつかひ》を、听《き》かで二分《にぶ》まれ三分《さんぶ》まれ、拿《と》らずは俺身《わがみ》は円潰《まるつぶれ》に、做《なり》て立端《たちは》を失《うしな》ふべし。聊《いさゝか》也とも和解料《あつかひしろ》あり。俺言品《わがいひぼん》の立《たゝ》ぬにあらねば、是《これ》を別《わかれ》の潮《しほ》にして観音寺《くわんおんじ》へゆきて湯治《とうぢ》せん。』

と尋思《しあん》をしつゝ包金《つゝみかね》を、拿上《とりあげ》て押《おし》て見《み》つ、阿鍵《おかぎ》に向《むか》ひて答《こたふ》るやう、

「教諭寔《きようゆまこと》に其理《そのり》あり。咱等《われら》也とて争《あらそ》ひを、好《この》むにはあらねども、忠公《ちうこう》が言品《いひぼん》の、積《しやく》に礙《さは》れば堪難《たへかね》て、いふべき涯《かぎ》りいふたればこそ、この人情《おくりもの》は出来《いでき》たれ。実《じつ》に御身《おんみ》の意見《いけん》に任《まかせ》て、観音寺《くわんおんじ》へ赴《おもむ》きて、湯治《とうぢ》すべう思《おも》へども、俺腰《わがこし》立《たゝ》ぬを争何《いかゞ》はせん。篢轎《かご》を央《やと》ふて那里《かしこ》まで、融通《とほし》で遣《や》りね。憑《たの》むぞよ。」

と豪《ね》乞《だ》るを小忠二《こちうじ》推禁《おしとゞ》めて、

「そは又栄《またえ》曜《よう》(耀)の上装《うはもり》也。観音寺《くわんおんじ》までは路《みち》の程《ほど》、五六里《り》に余《あま》る山路《やまぢ》なるに、其轎銭《そのかごちん》を誰歟《たれか》出《いだ》さん。況今《まいていま》荘客《ひやくせう》は、田《た》の莠《くさ》を抜《とる》最中《もなか》なれば、傭轎《やとひかご》に出《いづ》る者《もの》なし。なれども准備《ようい》せざらんや。咱等《われら》今朝《けさ》市《いち》に閲《けみ》して、車一輌《くるまいちりやう》買拿《かひとり》たり。和郎《わろ》を載《のせ》て遣《やら》ん為《ため》也。みづから推《おし》て徐《しづか》にゆかば、路費《ろよう》を省《はぶ》く便宜《びんぎ》あり。謝状写《れいでうかき》て疾《とく》ゆきね。」

と説訖《ときをはり》て声高《こゑたか》やかに、

「やよ丁太郎措名《ちようたらうおきな》も在《を》らずや。夙《はや》く膳《ぜん》を拵《こしらへ》て、珠刀《たまと》(禰)称《の》に飯《いひ》を薦《すゝ》めよ。硯《すゞり》と紙《かみ》を先《まづ》もて来《こ》よ。」

と叫《さけ》ぶ随意《まに〳〵》丁太郎《ちようたらう》は、応《いらへ》をしつゝ箱硯《かけすゞり》を引《ひ》提《さげ》て紙《かみ》さへもて来《き》にければ、小忠二《こちうじ》は墨摺流《すみすりながし》て、謝書《れいでう》の文言《もんごん》を、朱之介《あけのすけ》に好《この》みなどす。既《すで》に和睦《わぼく》の上《うへ》なれば、勢《いきほひ》推辞《いなむ》ことを得《え》ず、朱之介《あけのすけ》は阿容《おめ》々々《〳〵》と、書写《かきしる》す一通《いつつう》に、花押《くわおう》《カキハン》を物《もの》して小忠二《こちうじ》に、渡《わた》す折《をり》から丁太郎《ちようたらう》は、措名《おきな》が指揮《さしづ》の膳拵《ぜんこしらへ》して、もて来《き》て朱之介《あけのすけ》に薦《すゝ》めけり。当下《そのとき》阿鍵《おかぎ》は立《たゝ》まくしつゝ、又朱之介《またあけのすけ》に向《むか》ひていふやう、

「珠刀《たまと》称（禰）《の》今《いま》は余波《なごり》に做《な》りぬ。飽《あく》まで飯《いひ》を喫給《たうべ》ひね。嚮《さき》にもいひし事ながら、御身《おんみ》を留《とゞ》めがたかるは、左界《さかい》なる浮宝屋《うきたからや》へ、聞《きこ》えを憚《はゞか》る故《ゆゑ》なれば、迭《かたみ》に疎《うと》くならんのみ。願《ねが》ふは早《はや》く瘡愈《かさいえ》て、孰《いづれ》の里孰《さといづれ》の浦《うら》にも、住着《すみつき》給へ、と祈《いの》るのみ。然《さ》らばにこそ。」と告別《いとまごひ》。了得《さすが》に老婆《ろうば》深切《しんせつ》の、柔《じふ》よく剛《ごう》を征《せい》すれば、朱之介《あけのすけ》は「唯々《ゐゐ》」とばかりに、飯《いひ》は吭《のんど》に噎《むせ》ねども、答《こたへ》難《かね》てぞ目送《みおく》りける。

恁而《かくて》湯淘飯《ゆつけいひ》果《はて》しかば、小忠二《こちうじ》は丁太郎《ちようたらう》にも手伝《てつだは》せて、朱之介《あけのすけ》が坐《ざ》したる蒲団《ふとん》を、吊《つり》もて背戸《せど》へ将《い》てゆきて、准備《ようい》の車《くるま》にうち載《のす》るに、その蒲団《ふとん》を折累《をりかさね》て敷物《しきもの》にす。この他《た》は敗《ふり》たる蓑一箇《みのひとつ》。大《おほ》きなる竹笠一箇《たけかさひとつ》。湯飲《ゆのみ》の碗《わん》。飯筹笓《いひこり》の内《うち》には、昼食《ちうじき》の握飯《にぎりいひ》あり。又朱之介《またあけのすけ》が従来《じふらい》の行裹《たびつゝみ》、小腋挿《こわきさし》の行刀《たびかたな》、手拭扇子《てぬぐひあふぎ》に至《いた》るまで、漏《もら》すことなく車《くるま》に載《のす》れば、措名《おきな》も背戸《せど》に出《いで》て告別《いとまこひ》す。准備遺《よういおち》なく整《とゝの》ひしかば、小忠二《こちうじ》は丁太郎《ちようたらう》に、朱之介《あけのすけ》の坐行車《いざりくるま》を、曳《ひか》せて村尽処《むらはづれ》まで送《おく》りゆくめり。事懇切《ことねんごろ》に似《に》たれども、小忠二《こちうじ》が肚《はら》は尓《しか》らず。『倘当村《もしたうむら》にて事《こと》あらば、猶係《なほかゝり》合《あひ》になるべし。』と思《おも》へばみづから送行《おくりゆき》て、夙《はや》く境《さかひ》を出《いだ》さんとて也。

尓程《さるほど》に、福富《ふくとみ》の村尽処《むらはづれ》なる、他邨《たむら》の境《さかい》に来《き》にける時《とき》、小忠二《こちうじ》は朱之介《あけのすけ》に、観音寺《くわんおんじ》の城下《きのもと》に至《いた》るべき、去向《ゆくて》の路《みち》を具《つぶさ》に教《をしえ》て、丁太郎《ちようたらう》を将《い》て還去《かへりさ》りける。素《もと》より惜《をし》む別《わかれ》にあらねど、小忠二《こちうじ》は思《おも》ひの随《まゝ》に、朱之介《あけのすけ》を出《いだ》し遣《やり》ても、反《かへつ》て心《こゝろ》に快《こゝろよ》からざる所《ところ》あり。況朱之介《まいてあけのすけ》が残忍《ざんにん》なる、物《もの》の哀《あはれ》を知者《しるもの》ならねど、今《いま》は脚《あし》なき蟹《かに》と做《なり》て、他郷《たけう》に呻吟《さまよ》ふ憂苦《ゆうく》艱難《かんなん》、猢猻《ましら》の枝《えだ》に離《はな》れし如《ごと》く、水虎《かつぱ》の水《みづ》を失《うしな》ふに似《に》たる、心細《こゝろほそ》さのやる方《かた》なさに、小忠二《こちうじ》主僕《しゆぼく》のかへりゆくを、幾番《いくたび》となく見《み》かへりけり。小忠二《こちうじ》夫《ふ》妻阿《さいお》鍵《かぎ》の事、この下《しも》に話《ものがたり》なし。

福富《ふくとミ》の村畫《むらをさ》処《かれ》に小忠《こちう》二《ど》朱之丞《あけのすけ》を出《いだ》し遣《や》る
朱之丞

是より東　福富村掃除揚
小忠二
丁志弁

尓程《さるほど》に朱之介《あけのすけ》は、是《これ》より推木《おしき》を左右《まて》に拿《とり》て、みづから車《くるま》を遣《やら》まくすれど、素《もと》より熟《なれ》ぬ技《わざ》なるに、病《やみ》て腕《かひな》に力《ちから》なければ、一推推《ひとおしおし》ては息《いき》を吻《つ》き、二推推《ふたおしおし》ては車上《しやしよう》に俯《ふ》す。其苦辛《そのくしん》いふべくもあらず。只沸々《たゞぶつ〳〵》と口《くち》を極《きは》めて阿鍵《おかぎ》と小忠二《こちうじ》を罵《のゝし》るのみ。『恁《かく》ては孰《いづれ》の日《ひ》孰《いづれ》の時《とき》に、観音寺《くわんおんじ》へ造《いた》らんや。』と思《おも》へば心焦燥《こゝろいらだて》ども、筋力及《ちからおよぶ》べくもあらざれば、ゆくこと這日《このひ》は十《と》町《まち》に過《すぎ》ず。饑《うゝ》る時《とき》は一碗《いちわん》の、飯《いひ》を買《か》ふて喫《くら》ふのみ。宿《やどり》を求《もと》めまく欲《ほり》するに、人皆其毒瘡《ひとみなそのどくさう》を見《み》て、怕《おそ》れて一宿《ひとよ》も留《とゞむ》る者《もの》なし。夜《よる》は只得稲塚《ぜひなくいなつか》の蔭《かげ》、或《あるひ》は又里《またさと》の空家《あきや》の檐下《のきは》に便《たよ》りて、車《くるま》を寄《よせ》て露宿《のじゆく》するのみ。残暑《ざんしよ》いまだ退《しりぞ》かざれば、昼《ひる》は路《みち》をゆくべくもあらず。況雨《まいてあめ》ふり風《かぜ》の吹日《ふくひ》は、路《みち》の泥土《ぬかり》に車找《くるますゝ》まで、笠《かさ》は破《やぶ》れて凌《しの》ぐに足《た》らず、蓑《みの》も敗《ふり》たれば雨《あめ》の漏《もら》ざることなし。身《み》は濡瘡《ぬれかさ》も亦痛《またいた》みて、心《こゝ》地《ち》死《し》ぬべく覚《おぼゆ》る事、其折々《そのをり〳〵》にこれあれども、命数《めいすう》いまだ尽《つき》ざればにや、恁《かく》ても猶死《なほし》なざりけり。

抑這朱之介晴賢《そも〳〵このあけのすけはるかた》は、始母親阿夏《はじめはゝおやおなつ》と倶《とも》に、近江《あふみ》の賊塞《ぞくさい》に在《あ》りし時《とき》、強人《ぬすびと》の所作《しよさ》を見《み》て、長《ひと》と成《なり》たる者《もの》なれば、心残忍《こゝろざんにん》ならざる事なし。其後福富大夫次《そのゝちふくとみたいふじ》の、家《いへ》に寓居《ぐうきよ》しぬる時《とき》、其気質見《そのきしつあらは》れたれども、いまだ甚《はなはだ》しきに至《いた》らざりき。恁而香西元盛《かくてかゞにしもともり》に仕《つかへ》し日《ひ》も、又扇谷朝興《またあふぎがやつともおき》に仕《つかへ》し時《とき》も、単《ひとり》竜陽《りうやう》《ナンショク》の寵《いつくしみ》を負《たの》みて、竟《つひ》に敗《やぶれ》を取《とら》ざることなし。矧又大和《いはんやまたやまと》にて、義姑賢妻《ぎこけんさい》の幇助《たすけ》を得《え》たる、恩《おん》に報《むく》ふに仇《あた》をもてせし、其悪既《そのあくすで》に極《きはま》りて、冥罰《みやうばつ》の致所《いたすところ》、この悪病《あくびやう》を稟《うけ》たるなるべし。尓《しか》れども人《ひと》の果報《くわほう》は、善悪倶《ぜんあくとも》に過世《すくせ》あり。報《むく》ふことの速《はや》かると、遅《おそ》かると同《おな》じからず。人其遅《ひとそのおそ》きを見《み》て、天《てん》を怨《うらむ》るは、其時《そのとき》あるを知《し》らざる也。朱之介《あけのすけ》が一浮《いつふ》一沈《いつちん》、前身霊蛇《さきのみれいじや》の怨《うらみ》に由《よる》、其終《そのをはり》を見《み》て知《し》るべきのみ。

間話題休《あだしことはさておきつ》(休題)。是時末朱之介《このときすゑあけのすけ》は、約莫《およそ》五六里《り》なる路《みち》を、ゆくこと四五日《にち》にして、枸杞村《くこむら》と喚做《よびな》したる、片《かた》山里《やまさと》まで辿《たど》り来《き》にけり。這里《ここ》よりして、観音寺《くわんおんじ》の城下《きのもと》へは、二十町《はたまち》あまり也といへども、去向《ゆくて》は都《すべ》て山路《やまぢ》にて、車《くるま》の找《すゝ》むべくもあらず。『権且《しばらく》這里《ここ》に車《くるま》を駐《とゞ》めて、将息《やうじやう》しても克《かなは》ずは、人《ひと》を央《やと》ふて牽《ひか》せばや。』と尋思《しあん》をしつゝ其曛昏《そのゆふくれ》に、孤屋《ひとつや》なりける荘客《ひやくしやう》の、門《かど》に車《くるま》を遣駐《やりとゞ》めて、呼門《おとなひ》て請《こ》ふよしあり。何《いか》なる事をいふやらん。开《そ》は下《しも》の回《めぐり》に、解分《ときわく》るを聴《きゝ》ねかし。

新局玉石童子訓巻之四下冊終

新局《しんきよく》 玉石童子《ぎよくせきどうじ》訓《くん》巻之《まきの》五上冊

東都　曲亭主人口授編次

第《だい》三十九回《くわい》　非常《ひじやう》の根抵《このね》妙《たへ》に奇瘡《くしかさ》を美《うるはしく》す　刑余《けいよ》の細人《しれひと》迭《かたみ》に機会《きくわい》に驚《おどろ》く

却説《さてとく》。末朱之介晴賢《すゑあけのすけはるかた》は、枸杞村《くこむら》なる孤屋《ひとつや》の、門《かど》に車《くるま》を遣留《やりとゞ》めて、只管《ひたすら》に呼門《おとな》ふ程《ほど》に、主人《あるじ》とおぼしき一個《ひとり》の荘客《ひやくしやう》、年齢《としのよはひ》は五十有余《いそぢあまり》にて、蚊払団扇《かやりうちは》を手《て》に持《もち》ながら、「応《おう》」と答《こたへ》て出《いで》て来《き》つ、朱之介《あけのすけ》を左見右見《とみかうみ》て、

「這癩蝦蟇《このかたゐ》が何事《なにごと》ぞ。曛昏《ゆふくれ》に物々《ものく》しく、人《ひと》を呼出《よびいだ》す事やある。手《て》の内欲《うちほし》くは始《はじめ》より、乞《こ》はで何等《なにら》の所用《しよよう》あるや。」

と叱《しか》るを朱之介《あけのすけ》聞《きゝ》あへず、

「否《いな》。咱等《われら》は、乞児非人《かたゐひにん》にあらず。福富村《ふくとみむら》より、観音寺《くわんおんじ》へ、湯治《とうぢ》の為《ため》にゆく者《もの》なれども、身《み》に悪瘡《あしきかさ》ある故《ゆゑ》に、人敢《ひとあへ》て宿《やど》を貸《か》さず、稍《やゝ》這里《ここ》まで来《き》にけるに、前程《ゆくて》は都《すべ》て山路《やまぢ》にて、単車《ひとりくるま》を遣《や》るべくもあらず。俺腰《わがこし》に些《ちと》の盤纏《ろよう》あり。願《ねが》ふは御身《おんみ》俺為《わがため》に、今宵《こよひ》より人《ひと》を央《やと》ふて、明日《あす》は早天《まだき》に車《くるま》を牽《ひか》せて、観音寺《くわんおんじ》へ送《おく》らせ給はゞ、俺然《われさ》ばかりの報《むくひ》をすべし。這義《このぎ》を憑《たのみ》まゐらする。」

と請《こ》ふを主人《あるじ》はうち聞《きゝ》て、

「开《そ》はかたくもあらぬ事《こと》ながら、当村《たうむら》は観音寺《くわんおんじ》の、御城《みしろ》の普請《ふしん》の夫役《ぶやく》に徴《めさ》れて、壮佼毎《わかものども》は一人《ひとり》も居《を》らず。

偶《たま〳〵》家《いへ》に在《あ》る者《もの》は、俺《われ》に等《ひと》しき老人《ろうじん》なれば、傭《やと》ふべき者《ひと》ある事なし。开《そ》は又外《またよそ》を頼《たの》みねかし。」

と辞《いろ》ふを朱之介《あけのすけ》聞《きゝ》あへず、

「然《さ》らば其人々《そのひと〴〵》のかへり来《く》るまで、咱等《われら》はこの地《ち》に車《くるま》を留《とゞ》めて、姑且将息《しばらくやうじやう》せまく欲《ほり》す。見《み》れば前面《むかひ》に空小屋《あきこや》あり。要《えう》なくは咱等《われら》に貸《かし》て、四五日起臥《にちおきふし》を饒《ゆる》し給はゞ、其房銭《そのやどせん》は仡《き》とまゐらせん。いかで〳〵。」

と請求《こひもとむ》るを、主人《あるじ》は聞《きゝ》つゝ沈吟《うちあん》じて、

「那里《あしこ》は咱等《われら》が稲置小屋《いなおきこや》にて、只今《たゞいま》は要《えう》なけれども、出処不定《しゆつしよふじやう》の孤旅客《ひとりたび》の、而《しか》も難病《なんびやう》ある者《ひと》を、留《とゞむ》ることは做《な》しがたかり。」

と固辞《いなめ》ば朱之介《あけのすけ》は恨《うらめ》しげに、其顔《そのかほ》熟々《つく〴〵》うち向上《みあげ》て、

「思《おも》ひ出《いで》たり。珍《めづら》しや、和主《わぬし》は是《これ》三池邨《みいけむら》なる、宿六叟《やどろくおぢ》にあらずや。」

と問《とは》れて主人《あるじ》は胆《きも》を潰《つぶ》して、

「开《そ》をいかにして知《し》られけん。抑《そも〳〵》和郎《わろ》は何人《たれ》なるぞ。」

と問復《とひかへ》されて、

「然《され》ばとよ。咱等《われら》は八九年前《ねんさき》つ比《ころ》まで、母親《はゝおや》と共侶《もろとも》に、福富許寓居《ふくとみがりぐうきよ》したる、末松珠之介《すゑまつたまのすけ》即是《すなはちこれ》也。和主《わぬし》必《かならず》覚《おぼえ》あるべし。今《いま》は姓名《せいめい》を改《あらた》めて、末朱之介晴賢《すゑあけのすけはるかた》と喚做《よびなし》て、久《ひさ》しく大和《やまと》にありけるに、福富《ふくとみ》には猶受拿《なほうけとる》べき、算帳《さんちやう》の余波《なごり》ある故《ゆゑ》に、そを乞《こは》んとて来《き》にけるに、其次《そのつぎ》の日《ひ》よりこの瘡出来《かさいでき》て、身《み》の難義《なんぎ》に做《なり》しかば、和主《わぬし》の宿所《しゆくしよ》を訪《とは》ざりき。然《さ》るを小忠二《こちうじ》が貪慾《どんよく》なる、逓与《わた》すべき金子《かね》を渡《わた》しはせで、『観音寺《くわんおんじ》へゆきて湯治《とうぢ》せよ』と

て、車《くるま》に載《のせ》て追出《おひいだ》したり。腹《はら》は立《たて》ども身《み》の甲斐《かひ》なさに、稍《やゝ》這里《ここ》まで来《き》つる也。和主《わぬし》は又何等《またなにら》の故《ゆゑ》に、三池邨《みいけむら》に居《を》らずして、這頭《こゝら》に転宅《てんたく》したるぞや。」

と問《と》へば宿六《やどろく》嗟嘆《さたん》して、

「和郎《わろ》の面影変《おもかげかは》りしかば、名告《なの》られねば知《し》るよしなきを、現《げ》に声音《こはざま》に覚《おぼえ》あり。原来《さては》珠刀《たまと》称《の》にてありけるよ。人《ひと》の落魄《おちめ》は知《し》られぬ者《もの》にて、只痛《たゞいた》ましく思《おも》ふのみ。這里《ここ》は咱等《われら》が宿所《しゆくしよ》にあらず。舎弟《いろと》留守《るす》（補）七《しち》と喚做《よびな》す者《もの》、夫《ふう》婦《ふ》身故《みまか》りたりけるに、其子《そのこ》盆九郎《ぼんくらう》は夫役《ぶやく》に徴《めさ》れて、家《いへ》を守者《もるもの》なき故《ゆゑ》に、只得咱等《ぜひなくわれら》が留守《るす》する也。阿加加《おかゝ》は三《み》池《いけ》の宿所《しゆくしよ》に在《を》り。昔馴熟《むかしなじみ》の和郎《わろ》なるに、非如難病《よしやなんびやう》なればとて、空小屋《あきこや》ばかりは貸《かし》もせん。観音寺《くわんおんじ》には温泉《いでゆ》なし。薬湯風炉《くすりゆふろ》はあるなれど、然《さ》る難病《なんびやう》の愈《いえ》たりといふ、噂《うはさ》を聞《き》くことあらざりき。今些《いますこ》し瘥《おこた》らば、那里《かしこ》へゆきて名《な》ある医師《くすし》に、療治《りやうぢ》を乞《こ》ふこそよかンめれ。其折《そのをり》までは那里《かしこ》にて、徐《しづか》に将息《やうじやう》し給ひね。」

と懇切《ねんごろ》に慰《なぐさ》めて、軈《やが》て車《くるま》を推遣《おしや》りつゝ、件《くだん》の空屋《あきや》へ資入《たすけい》れて、菰莚二枚《こもむしろふたひら》を、布儲《しきまうけ》などしつゝ、朱之介《あけのすけ》の臥簟《ふしど》にす。其後大《そのゝちおほ》きなる、握飯三四箇《にぎりいひみつよつ》と、煎茶《せんちや》の土瓶執添《どびんとりそへ》て、もて来《き》て夕餉《ゆふげ》に取《と》らすれば、朱之介《あけのすけ》は且感《かつかん》じ、且歓《かつよろこ》びに堪《たへ》ずして、犢鼻褌《ふみとほし》に結着《むすびつけ》たる、金一分《かねいちぶ》を撈出《さぐりいだ》しつ、是《これ》を宿六《やどろく》に贈《おく》りていふやう、

「こは聊《いさゝか》に侍《はべ》れども、今《いま》より後《のち》の食料《しよくりやう》に、先受収《まづうけをさ》め給ひね。」

といふを宿六聞果《やどろくきゝはて》ず、

「いかでかは其義《そのぎ》に及《およば》ん。人並《ひとなみ》ならぬ和郎《わろ》の難病《なんびやう》。療治《りようぢ》に多《おほ》く銭《ぜに》は没《いる》べし。瘥《おこたり》て後《のち》にこそ、謝物《しやもつ》とならば受《うけ》もせめ。今《いま》は要《えう》なし〳〵。」

と辞《いろ》うて出《いで》てゆきしかば、朱之介《あけのすけ》は一銭《いっせん》を、費《つひや》さずして三度《みたび》の飯《いひ》あり、僅《わづか》に安身《あんしん》の所《ところ》を得《え》て、八月《はつき》の時候《ころ》まで這里《ここ》に在《を》り。

約莫《およそ》この一村《ひとむら》は、枸杞《くこ》最多《いとおほ》かる地方《ところ》にて、芟棄《かりすつ》れども又生出《またおひいで》て、せんかたのなき随《まゝ》に、家毎《いへごと》に是《これ》をもて、生牆《いけがき》に做《な》さゞるはなく、或《あるひ》は田園《たはた》の畔《くろ》などに、この物多《ものおほ》きを芟拿《かりとり》て、薪《たきゞ》にすれども尽《つき》ざれば、人喚做《ひとよびな》して枸《く》杞村《こむら》といへり。枸杞《くこ》は素是神薬《もとこれしんやく》にて、顔色《がんしょく》を増髯髪《ましびんぱつ》を黒《くろ》くし、歯《は》を固《かた》くし精《せい》を壮《さかん》にす。皆是補益《みなこれほゑき》の良剤《りやうざい》にて、脾胃《ひゐ》を調《とゝのへ》瘀血《おけつ》を和《やはら》げ、毒瘡《どくさう》を治《ぢ》し、雨湿《うしつ》を払《はら》ふ。この他《た》の効験《こうげん》、枚挙《かぞへあぐる》に遑《いとま》あらず。しかれどもこの地《ち》の愚民《ぐみん》等、是《これ》を知《し》る者《もの》あることなければ、徒《いたづら》に藪《やぶ》を做《なし》て、芟《かれ》ども尽《つき》ざるを患《うれひ》とす。然《さ》れば秋《あき》八九月に至《いた》る毎《ごと》に、其実《そのみ》絳《くれなゐ》に染做《そめなし》て、有繫《さすが》に長視《ながめ》なきにあらねど、枝《えだ》に刺《はり》あれば手折者《たをるもの》なく、況《まいて》食料《しよくりやう》に做《な》すに当《あた》らず。只春《たゞはる》毎《ごと》に、其蒻葉《そのわかば》を摘採《つみとり》て、蒸《むし》て煎茶《せんちゃ》に代《かふ》る者《もの》あり。この故《ゆゑ》に本村《このむら》の荘客《ひやくしよう》は、長寿《ちようじゆ》七八十に至《いた》る者《もの》あり。しかれども其経験《そのけいげん》を知《し》らず。世《よ》に千里《せんり》の馬《うま》なきにあらねど、李《り》伯楽《はくらく》にあらざれば、誰歟《たれか》よく是《これ》を知《し》るべき。そをもて畎圃《けんほ》に糞《つちか》ふのみ。良薬《りやうやく》も是《これ》に似《に》たる事あり。只知《たゞし》らざるを怨《うらみ》とす。

間(歟)話休題《あだしことはさておきつ》。尓程《さるほど》に朱之介《あけのすけ》は、盆九郎《ぼんくらう》の空小屋《あきこや》に、単《ひとり》起臥《おきふし》しぬる程《ほど》に、秋《あき》も八月《はつき》の中旬《なかば》になりて、夾衣《あはせ》欲《ほし》かる時候《ころ》なれども、件《くだん》の小屋《こや》の辺《ほとり》には、一叢《ひとむら》の枸杞藪《くこやぶ》あり。又左右三面《またさゆうさんめん》には、枸杞《くこ》の生牆《いけがき》ありければ、長脚蚊《やぶか》はいまだ亡《うせ》ずして、昼《ひる》も身《み》に寄《よ》るを払《はら》ふのみ。夜《よる》は漸々《やう〳〵》枕《まくら》に聚《すだ》く、虫《むし》の声《こゑ》より外《ほか》に友《とも》なく、衣片布《ころもかたし》く霜《しも》は置《おか》ねど、折《をり》から十五夜《や》の月隈《つきくま》なく霽《はれ》て、茂林《もり》を匝《めぐ》る鴉《からす》の声《こゑ》す。「罪《つみ》なくて配所《はいしよ》の月《つき》を、見《み》まく欲《ほし》」といひけん、昔《むかし》の歌人《うたびと》の風流《みやび》には、似《に》るべくもあらざりける。賢《けん》となく不肖《ふしよう》となく、人静《ひとしづか》なる時《とき》は、万慮祛《ばんりよしりぞ》きて妄想《まうざう》なし。動《うご》くによりて慾情《よくじやう》起《おこ》る。歹《わろ》しと知《し》りつゝ做《な》す事《こと》あるは、慾《よく》を禁《とゞ》め得《え》ざれば也。譬《たとへ》は朱之介《あけのすけ》の如《ごと》き者《もの》も、難病《なんびやう》既《すで》に身《み》に逼《せま》りて、只其平愈《たゞそのへいゆ》を祈《いの》るの外《ほか》なく、思慮《しりよ》を費《つひや》す所《ところ》あらず。矧《いはんや》又《また》今宵《こよひ》は特《こと》に、天霽《そらはれ》月明《つきあきらか》にして、睡《ねむら》んとするに宿《い》も寝《ねら》れず、只得《ぜひなく》清光《せいくわう》の下《もと》に坐《ざ》して、単《ひとり》更闌《こうたく》るまで在《を》り。

浩処《かゝるところ》に、最小《いとちいさ》なる両箇《ふたつ》の獣《けもの》、忽然《こちねん》と出《いで》て来《き》て、朱之介《あけのすけ》の身辺《ほとり》に在《あ》り。朱之介是《あけのすけこれ》を見《み》て、『田鼠《のねずみ》《ウゴロモチ》ならん。』と思《おも》ひしかば、手《て》を拍鳴《うちな》らして是《これ》を逐《お》ふに、走《はし》りて枸杞藪《くこやぶ》の内《うち》に入《い》りつ、姑且《しばらく》して又出《またいで》て来《き》ぬるを、朱之介《あけのすけ》は月《つき》を蠋《あかし》(灯)に、其小獣《そのこけだもの》を覘見《うかゞひみ》るに、鼠《ねずみ》にはあらずして、形状狗児《かたちいぬ》に肖《に》たりしかば、深《ふか》く心《こゝろ》に訝《いぶか》りて、『こは奇《くし》き獣《けもの》なるかな。生拘《いけどり》て人《ひと》に売《う》らば、銭《ぜに》に做《な》ることなからずや。』と尋思《しあん》をしつゝ傍《かたへ》なる、竹笠《たけかさ》をそと引《ひき》よせて、猶近《なほちか》つくを俟程《まつほど》に、又只件《またたゞくだん》の小獣《こけだもの》は、敵人《あへてひと》を怕《おそ》るゝことなく、又朱之介《またあけのすけ》の膝《ひざ》の辺《ほとり》へ、うち連立《つれたち》て来《き》ぬる時《とき》、待儲《まちまうけ》たる朱之介《あけのすけ》は、手《て》はやく准備《ようい》の竹笠《たけかさ》もて、「阿呀《あつ》」と叫《さけ》びてうち掩《おほ》へば、獣《けもの》は逃《にぐ》るに暇《いとま》なく、二頭《にひき》ながら笠《かさ》に布《しか》れて、透《すき》を求《もと》めて出《いで》まくす。

当下《そのとき》朱之介《あけのすけ》思《おも》ふやう、『這奴《こやつ》些《すこ》し傷《いため》ずは、捉逃《とりにが》す事もあらん。要《えう》こそあれ。』と車《くるま》の推木《おしき》を、搔拿《かいとり》つ、笠《かさ》の上《うへ》より、漏《もら》す曲《くま》なく突《つき》しかば、両箇《ふたつ》の獣《けもの》は弱《よは》りにけん、寂《しゆく》として音《おと》なく做《な》りぬ。『今《いま》はよき比《ころ》なるべし』とて、やをら笠《かさ》を抬《もた》げて見《み》るに、果《はた》して奇《く》しき両箇《ふたつ》の獣《けもの》は、死《し》して笠《かさ》の下《した》に在《あ》り。

「生拘《いけとら》まく思《おも》ひしに、突《つき》たればとても笠《かさ》を隔《へだて》て、身《み》を傷《やぶ》るに至《いた》らざりしに、詭《もろ》き奴《やつ》かな。」

と呟《つぶや》きて、やをら拿抗《とりあげ》て又《また》よく見《み》るに、頭《かうべ》より尾《を》に至《いた》りて、長《ながさ》僅《わづか》に四五寸《すん》に過《すぎ》ず。形状《かたち》は狗児《いぬ》に似《に》たれども、真《まこと》の獣《けもの》にあらずして、正《まさ》に是《これ》木《き》の根《ね》にて、彫《ゑれ》るが如《ごと》くおのづから、狗状《いぬのかたち》を做《な》せる也。造化《ざうくわ》の精妙《せいみやう》涯《かぎ》りなき、這天工《このてんこう》に又驚《またおどろ》く、朱之介《あけのすけ》は呆果《あきれはて》て、左《と》さま右《かう》さま思《おも》へども、素是何等《もとこれなにら》の物《もの》なるを知《し》らず。其形《そのかたち》の奇《くし》きのみならず、馥郁《ふくいく》として香気《かふき》あり。『啖《くら》はゞ饑《うゑ》を凌《しのぐ》べき、事もやあらん』と思《おも》ふにぞ、夜《よ》は丑三《うしみつ》の時候《ころ》にして、既《すで》に物欲《ものほ》しく做《な》りしかば、試《こゝろみ》に其一箇《そのひとつ》の獣《けもの》の、前脚《まへあし》を嚼《かみ》見るに、木根《きのね》なれども塗《まみ》れし壌《つち》なく、味《あぢはひ》甘《あま》くして固《かた》からねば、敢手《あへて》を放《はな》つことなく、憶《おもは》ずも其一箇《そのひとつ》を、遺《おち》なく喫尽《たうべつく》ししかば、立地《たちどころ》に飽満《はうまん》《ハラハル》して、心地《こゝち》清爽《すがやか》に做《な》りにけり。『遺《のこ》る一箇《ひとつ》は人《ひと》に見《み》せて、後々《のちく》までの話柄《かたりくさ》に、做《な》さばや。』と思《おも》ひしかば、开《そ》が儘飯《まゝいひ》筹篭《こり》の内《うち》に斂《をさ》めて、是《これ》をもて枕《まくら》にしけり。

有恁《かゝ》りし程《ほど》に、朱之介《あけのすけ》が全身《みのうち》の毒瘡《どくさう》より、猛可《にはか》に水膿《みづうみ》の流《なが》るゝこと、雨《あめ》の樹杪《こずゑ》に沃《そゝぐ》が如《ごと》く、石滂《しみづ》の山《やま》より溜《したゝ》るに似《に》たれば、朱之介《あけのすけ》は驚《おどろ》きて、手拭《てぬぐひ》をもて是《これ》を拭《ぬぐ》ふに、単衣《ひとへきぬ》さへ絞《しぼ》る可《ばかり》に、身《み》の濡《ぬ》るゝこと一時《ひとゝき》有余《あまり》。其暁天《そのあけかた》に水濃《みづうみ》の、流《ながれ》も出《いで》ず做《な》りしかば、身《み》も随《したがつ》て軽《かろ》く覚《おぼえ》て、且睡眠《かつねむり》に堪《たへ》ざれば、単衣《ひとへきぬ》の乾《かは》くを俟《ま》たず、赤裸《はだか》にて車蒲団《くるまふとん》を、被《かつぎ》て、熟睡《うまゐ》したりける。

恁而其次《かくてそのつぎ》の日《ひ》に、宿六《やどろく》は例《いつも》の如《ごと》く、炊《かし》きし朝飯《あさいひ》を喫果《たうべはて》て、野田巡《のらめぐり》などして来《き》ても、朱之介《あけのすけ》はいまだ覚《さめ》ず。呼覚《よびさま》さば『他《かれ》は難治《なんぢ》の病人《びやうにん》なるに、倘宿没《もしねしに》などすることあらば反《かへつ》て村《むら》の厄会《やくくわい》にて、俺銭《わがぜに》の没《いる》事もあるべし。や。』と思《おも》ひつゝ、握措《にぎりおき》たる朝飯《あさいひ》に、団味噌《たまみそ》煎茶《せんちや》を拿添《とりそえ》て、空小屋《あきこや》へもてゆきつ、轄《きし》らぬ蓆戸《むしろと》推開《おしあけ》て、「やよ珠刀《たまと》称（禰）《の》起《おき》給へ。日《ひ》の高《たか》きこと三四丈《さんよでう》、巳牌《みのとき》は既《すで》に過《すぎ》たり。やよ起《おき》給へ。」と呼覚《よびさま》せば、朱之介《あけのすけ》は「応《おう》」と答《こたへ》て、被《かつ》ぎし蒲団《ふとん》を掻遣《かひや》りつ、赤裸《あかはだか》にて起出《おきいづ》るを、と見《み》れば又怪《またあやし》むべし、他《かれ》が全身《みのうち》透間《すきま》もなく、抓乱《かきみだ》したる毒瘡《どくさう》の、一夜《ひとよ》の間《から》に余波《なごり》なく、皆悉《みなことぐく》愈果《いえはて》て、瘡痂《かさぶた》だにも遺者《のこるもの》なく、面部《めんぶ》

朱之介

奇薬《きやく》の即効《そくこう》朱之介《あけのすけ》が
毒瘡《どくさう》一夜《いちや》に平愈《へいゆ》を
狗神牝牡《めを》の図《づ》
宿六

総身潔白《さうしんいさぎよ》く、全身《みのうち》美《うるは》しく做《な》りしかば、宿六《やどろく》は胆《きも》を潰《つぶ》して、『是《これ》は什麼《いかに》。』とばかりに、即《すなはち》今《いま》見《み》る所《ところ》をもて、事云々《ことしか〳〵》と朱之介《あけのすけ》に、告《つげ》て其故《そのゆゑ》を諮《たづね》れば、朱之介《あけのすけ》も亦驚《またおどろ》きて、みづから手《て》を見つ脚《あし》を見《み》つ、頭《かうべ》と顔《かほ》を拊《なで》て見《み》て、其瘡痊《そのかさおこた》り果《はて》しを知《し》る、歓《よろこ》びに堪《たへ》ざれば、既《すで》に乾《かは》きし単衣《ひとへきぬ》を、掻拿《かいとり》つ是《これ》を被《き》て、遽《いそが》しく帯《おび》を結《むす》びて、謝《しや》して宿《やど》六《ろく》に答《こたふ》るやう、

「小父《をぢ》よ、俺瘡《わがかさ》の愈《いえ》たるは、箇様々々《かやう〳〵》の事《こと》あり」

とて、昨宵《よんべ》両箇《ふたつ》の奇獣《くしけもの》を、捉得《とりえ》たる首《はじめ》より、折《をり》から物欲《ものほし》くなる随《まゝ》に、其一箇《そのひとつ》を喫《たうべ》しかば、猛可《にはか》に瘡《かさ》より水出《みづいで》て、拭《ぬぐ》ふに遑《いとま》なかりし事、其後睡眠《そのゝちねむり》を催《もよほ》して、今《いま》まで熟睡《うまゐ》しける尾《をはり》まで、説尽《ときつく》して又《また》いふやう、

「件《くだん》の獣《けもの》は最小《いとちい》さなる、狗児《いぬ》に似《に》て真物《まもの》にあらず。実《まこと》は木根《きのね》の天然《てんねん》と、其形状《そのかたち》を做《な》せる也。とばかりいふては人疑《ひとうたが》ふて、虚談《そらごと》にこそせられめ、と思《おも》ひにければ其一箇《そのひとつ》を、留《とゞ》めて則這里《すなはちこゝ》に在《あ》り。是見《これみ》給へ。」

と飯等笓《いひこり》を、開《ひら》きて件《くだん》の奇木根《くしきのね》を、拿出《とうで》て开《そ》が儘指示《まゝさししめ》せば、宿六《やどろく》は聞《きく》事毎《ごと》に、感嘆《かんたん》の声《こゑ》を得絶《えたゝ》ず、件《くだん》の木根《きのね》を、左見右見《とみかうみ》て、且歓《かつよろこ》びて談《だん》ずるやう、

「此《これ》は是予聞《これかねてき》く、枸神《くじん》と歟《か》喚做《よびなし》たる、神薬《しんやく》にこそあらんずらめ。世《よ》に得《え》がたき良剤《りやうざい》なるに、和郎不用意《わろふようい》に是《これ》を獲《え》て、毒瘡立地《どくさうたちどころ》に愈《いえ》けるは、年来《としごろ》信《しん》ずる神仏《かみほとけ》の、利益《りやく》にもやあるべからん。就《つき》て一条《ひとくだり》の話説《ものがたり》あり。近曽《ちかごろ》観音寺《くわんおんじ》の城下《きのもと》に、吾足斎延明子《ごそくさいゑんめいし》と喚做《よびな》したる、一個《ひとり》の医師《くすし》あり。开《そ》はいぬる比俺弟《ころわがおとゝ》、留守七夫婦《るすしちふうふ》の大病《たいびやう》の折《をり》、久《ひさ》しく療治《りやうぢ》を乞《こひ》しかば、咱等《われら》も粗面善《ほゞおもしり》なり。しかるに那吾足斎《かのごそくさい》に、一個《ひとり》の女児《むすめ》あり。其名《そのな》を晩稲《おしね》とか喚《よば》れて、今茲《ことし》は十六七歳《さい》なるべし。儔稀《たぐひまれ》なる美女《びぢよ》なれば、観音寺《くわんおんじ》の城内《じやうない》にて、第一《だいいち》の権臣《きりもの》なる、多賀某甲殿《たがなにがしとの》に恋《こは》れて、

既《すで》に媚談《えんだん》ありけるに、無慙《むざん》や件《くだん》の小姐《ぢやう》さまは、面瘡《おもかさ》猛可《にはか》に那身《かのみ》に出来《いでき》て、花《はな》の顔《かほばせ》忽地《たちまち》に、羅刹《らせつ》の如《ごと》く做《な》り給ひしかば、二親《ふたおや》痛《いた》く憂歎《うれひなげ》きて、素《もと》より家業《かぎやう》の事なれば、和漢《わかん》の薬種《やくしゆ》、価《あたひ》を惜《をし》まず、煎薬膏薬《せんやくかうやく》、いへばさら也、或《あるひ》は煉薬《ねりやく》薬風呂《くすりぶろ》、療治《りやうぢ》にをさ〳〵術《て》を尽《つく》せども、竟《つひ》に効験《かうげん》あることなければ、吾足斎《ごそくさい》嗟嘆《さたん》して、『俺療治今《わがりやうぢいま》はしも、尽《つき》たるに似《に》たれども、猶一箇《なほひとつ》の奇薬《きやく》あり。枸神《くじん》を用《もちゆ》るにあらざれば、即効《そくかう》を得《え》がたかるべし。『述異記《じゆつゐき》』にいはずや。人参千歳《にんじんせんざい》なる時《とき》は、其精《そのせい》化《け》して小児《しように》に做《な》りて、夜出《よるいで》て薬圃《くすりはたけ》に遊《あそ》ぶ事あり。枸《く》杞《こ》も亦千年《またせんねん》なる時《とき》は、其根《そのね》化《け》して狗児《いぬ》に做《な》りて、夜出《よるいで》て遊《あそ》ぶこと、人参《にんじん》に相同《あひおな》じ。所云枸神《いはゆるくじん》は即是《すなはちこれ》也。況今京《まいていまきやう》この事載《のせ》て『本草《ほんさう》』にもあり。然《さ》りけれども古《いにしへ》より、和漢《わかん》の名医《めいい》是《これ》を得《え》て、よく用《もち》ひし者極《ものきはめ》て稀《まれ》也。浪速《なには》の、薬舗《くすりみせ》にはあるべくもあらず。但《たゞ》し枸杞村《くこむら》は昔《むかし》より、枸杞最《くこいとおほ》多かる地方《ところ》なれば、其地《そのち》の荘客《ひやくしやう》是《これ》を得《え》て、蔵措者《をさめおくもの》あるべき歟《か》、是《これ》も亦《また》知るべからず。非如然《よしやさ》る者《もの》あらずとも、多《おほ》かる枸杞《くこ》の根《ね》を穿《ほり》て、形状《かたち》狗児《いぬ》に似《に》たるあらば、俺百金《われひやくきん》をもて是《これ》を買《かは》ん。急々如律令《きう〳〵によりつりやう》。』と書写《かきしる》して、当村《たうむら》の衆人《もろひと》に就《つき》て、求《もと》むること急《きう》也ければ、欲深《よくふか》き毎《ともがら》は、各《おの〳〵》家《いへ》の四下《あたり》なる、牆《かき》ともいはず藪《やぶ》ともいはず、皆枸杞《みなくこ》の根《ね》を穿啓《ほりひら》きて、狗児《いぬ》に似《に》たるを採《とら》まくすれども、素《もと》よりあるべき物《もの》ならねば、労《らう》して功《こう》なきのみならず、果《はて》は胡慮《ものわらひ》になりにけり。こは七月《ふみつき》の事にして、然《さ》ばかり久《ひさ》しき話《はなし》にあらず。然《さ》るを和郎《わろ》は手《て》も濡《ぬら》さで、枸神両箇《くじんふたつ》を輒《たやす》く獲《え》て、其一箇《そのひとつ》をもて身《み》の毒瘡《どくさう》に、即効《そくかう》ありしは十二分《ぶん》の、好造化《よきしあはせ》といふべきに、残《のこ》る一箇《ひとつ》を金百両《かねひやくりやう》に、売《う》らば冥加《みやうが》に余《あま》りぬる、一大奇事《いちだいきじ》にあらずや。」と鼻蠢《はなうご》めかして説諭《ときさと》せば、満面笑《まんめんゑま》るゝ朱之介《あけのすけ》は、听《きゝ》つゝ憶《おもは》ず雀躍《こをどり》して、

「そは又《また》奇《き》也妙《みやう》なるかな。和主《わぬし》夙《はや》く媒妁《なかたち》して、這奇貨《このくしたから》を百両《ひやくりやう》に、売《うり》て其金子《そのかね》を受拿《うけと》らば、俺其折《われそのをり》に報《むくひ》をせん。徒《たゞ》にはあらず骨折《ほねをり》給へ。」

と憑《たの》めば宿六点頭《やどろくうなづき》て、

「开《そ》はこゝろ得《え》たり。しからんには、俺《われ》は枸神《くじん》を携《たづさへ》て、吾足大人《ごそくうし》許《がり》赴《おもむ》きて、見《み》せて機《き》にだに入《い》るならば、其《その》折和郎《をりわろ》を将《い》ていなん。既《すで》に身《み》の瘡愈《かさいえ》たるに、幾《いつ》まで歟《か》這里《ここ》にあるべき。卒母屋《いざおもや》へ来《き》て留守《るす》し給へ。善《ぜん》はいそげ、といふ事《こと》あるに、一刻《いつこく》也とも早《はや》きがよけん。」

といふに朱之介《あけのすけ》再議《さいぎ》に及《およ》ず、「しかるべし。」と応《いらへ》つゝ、件《くだん》の枸神《くじん》を飯筹笓《いひこり》に、容《いれ》たる儘《まゝ》に宿六《やどろく》に、遞与《わた》して倶《とも》に母屋《おもや》に造《いた》れば、宿六《やどろく》は持《もち》かへりたる、握飯《にぎりいひ》と煎茶《せんちや》の土瓶《どびん》を、地炕《ゐろり》の辺《ほとり》に閣《さしお》きて、遽《いそがは》しく葛籠《つゞら》より、洗《あらひ》晒《さら》して粘剛《のりこは》なる、単衣《ひとへきぬ》と麻《あさ》の外套《はふり》を、出《いだ》しつ手蚤《てはや》く被更《きかえ》つゝ、帯引結《おびひきむすび》て枸神《くじん》の筹笓《こり》を、懐《ふところ》へ楚《しか》と夾《をさ》めて、又《また》朱之介《あけのすけ》に向《むか》ひていふやう、

「哥々《あにき》握飯《にぎりいひ》に飽《あき》たらば、飯櫃《いひびつ》は這里《ここ》にあり。やよ又茶《またちや》を煮《に》て手装《てもり》にし給へ。いで〳〵。」

といひつゝも、脚半草履《あしなかぞうり》引穿《ひきかけ》て、立出《たちいづ》る時菅笠《ときすげかさ》を、搔拿《かいとり》つ戴《いたゞ》きて、観音寺《くわんおんじ》を投《さし》ていそぎけり。

尓程《さるほど》に朱之介《あけのすけ》は、早飯《あさいひ》を喫《たうべ》などして、単宿六《ひとりやどろく》のかへるを俟《まつ》に、昨宵《よんべ》はこの暁天《あかつき》まで、得睡《えねむ》らざりければ、調敵《ことばかたき》もなき宿《やど》に、単徒然《ひとりつれ〴〵》に堪《たへ》ざれば、横臥《よころび》しより嗜睡《いぎたな》くて、この日《ひ》未牌過《ひつじすぐ》る比《ころ》、稍覚《やゝさめ》て起出《おきいで》て、又昼飯《またひるいひ》を、喫果《たうべはた》しなどせし程《ほど》に、宿六《やどろく》かへり来《き》にければ、朱之介《あけのすけ》は出向《いでむか》へて、

「小父《をぢ》よさぞ熱《あつ》かりけん。那里《かしこ》の首尾《しゆび》は甚麼《いかに》ぞや。」

と問《と》へば宿六《やどろく》、

「好首尾好首尾《じようしゆびじようしゆび》。开《そ》は緩《ゆる》やかに話《はな》すべし。朝夕《あさゆふ》は冷《ひや》やかなれども、頃者《このころ》の秋日和《あきひより》にて、昼《ひる》は暑中《しよちう》に異《こと》ならず、八朔《はつさく》の晴衣《はれきぬ》を絞《しぼ》るばかりに濡《ぬら》したり。この汗《あせ》を先晒乾《まづさぼし》てこそ。」といひつつ帯《おび》を解捨《ときすて》て、単刺子《ひとへさしこ》に脱更《ぬぎかへ》る、手《て》も遽《いそが》しき渋団扇《しぶうちは》、扇《あふ》ぎも果《はて》ず筩茶碗《つゝちやわん》に、渋茶汲拿《しぶちやくみと》り、一呼吸《ひといき》に、飲《のみ》て开《そ》が儘高胡坐《まゝたかあぐら》。却朱之介《さてあけのすけ》に向《むか》ひていふやう、

「哥々先听《あにきまづきゝ》給へ。咱等《われら》嚮《さき》に観音寺《くわんおんじ》なる、吾足大人《ごそくうし》許《がり》赴《おもむ》きて、面談《めんだん》を請稟《こひまう》ししに、折《をり》よく大人《うし》は在宿《ざいしゆく》にて、即出《すなはちいで》て対面《たいめ》あり、綷《こと》の来意《らいい》を問《とは》れしかば、咱等《われら》枸神《くじん》の一義《いちぎ》を告《つげ》て、『こは俺家《わがいへ》に寓居《ぐうきよ》の旅客《たびゞと》、朱之介《あけのすけ》と喚《よび》倣《な》す壮佼《わかうど》が、不用意《ふようい》にして両箇《ふたつ》を獲《え》たる、其一箇《そのひとつ》にて候也。綷《こと》の所以《ゆゑ》は箇様々々《かやう〱》。』と和郎《わろ》が毒瘡難義《どくさうなんぎ》の事、又其枸神一箇《またそのくじんひとつ》を喫《たうべ》て、一夜《ひとよ》の間《から》に毒瘡《どくさう》の、余波《なごり》もあらず愈《いえ》しよしを、言詳《ことつまびらか》に説示《ときしめ》して、『曩《さき》に我村中《わがむらぢう》へ寄《よせ》させ給ひし、告文《こうぶん》に違《たが》ふことなく、価百金《あたひひやくきん》を賜《たまは》らば、朱之介《あけのすけ》は売《うら》んといへり。先饗《まづみそなはせ》。』と飯筹笔《いひこり》を、開《ひら》きて枸神《くじん》を指出《さしいだ》せば、吾足斎《ごそくさい》は聞事毎《きくことごと》に、感悦特《かんゑつこと》に浅《あさ》からず、やをら枸神《くじん》を拿抗《とりあげ》て、左見右見《とみかうみ》る事半晌許《はんときばかり》、含《ほう》笑《ゑま》れたる額《ひたひ》を拊《なで》て、『俺徴《わがもとむ》るは是也是也《これなり〱》。遮莫世《さばれよ》に稀《まれ》なる者《もの》なれば、俺《われ》も見《み》ること多《おほ》からず。然《さ》れば目前這《たゞいまこの》枸神《くじん》の、真偽《しんぎ》をいまだ定《さだ》めがたかり。先俺女児《まづわがむすめ》に是《これ》を用《もち》ひて、面瘡《おもかさ》に即効《そくこう》あるならば、這価金百両《このあたひきんひやくりやう》は、明日《あす》必遁与《かならずわた》すべし。言相違《ことさうゐ》なき照据《あかし》には、先《いで》や手実《てがた》を取《とら》せんず』とて、軈《やが》て手親筆《てづからふで》を染《そめ》て、其一通《そのいつつう》を書写《かきしる》しつ、印《いん》して是《これ》を渡《わた》されしかば、咱等《われら》則受拿《すなはちうけとり》て、明日《あす》と契《ちぎ》りて退《まか》る時《とき》、吾足斎又宣《ごそくさいまたのたま》ふやう、『明日《あす》といへども早天《まだき》より、問《とは》れなば薬《くすり》の効験《こうげん》、いまだ詳《つまびらか》ならざりせば、事不便《ことふべん》にこそあらんずらめ。未牌《ひつじ》の時候《ころ》より其人《そのひと》

と、共侶《もろとも》に来《く》るならば、俺《われ》も在宿《ざいしゆく》して俟《まつ》べき也。こゝろ得《え》てよ。』といはれにき。吾足大人《ごそくうし》の奥《おく》ざまには、いまだ御目《おんめ》に掛《かゝ》らねども、この義《ぎ》を夙《はや》く知《し》られけん、歓《よろこ》びの声聞《こゑきこ》えたり。是好首尾《これじようしゆび》にあらずや。」と説誇《ときほこ》りつゝ、件《くだん》の手実《てがた》を、拿出《とうで》て渡《わた》せば朱之介《あけのすけ》は、受拿《うけとり》て開《ひら》き見《み》るに、其書《そのしよ》に道《いへら》く、

可買取薬種《かひとるべきやくしゆ》の事《こと》。枸神一枚《くじんいちまい》、価直金百両也《あたひきんひやくりやうなり》。右於即効有之者《みぎそくこうこれあるにおいては》、明《みやう》十七日《にち》、金子《きんす》無遅滞可渡之候《ちたいなくこれをわたすべくそろ》。

為後照手実仍如件《ごしようのためてがたよつてくだんのごとし》。

享禄《きようろく》三年《ねん》八月十六日《にち》　吾足斎延明《ごそくさいゑんめい》　印《いん》

旅人《たびゞと》　朱之介丈《あけのすけぢやう》
保人《うけひと》　宿六丈《やどろくぢやう》

とありしかば、朱之介《あけのすけ》は含笑《ほうゑみ》て、

「是《これ》だにあれば百両《ひやくりやう》は、明日未後《あすひるすぎ》にものいはず、受取《うけと》るは知《し》れてあり。小父《をぢ》よ這前祝《このさきいはひ》に、酔《ゑひ》を尽《つく》して寝《ね》て待《また》ん。有恁《かか》る果報《くわほう》を徒《いたづら》に、渋茶啜《しぶちやすゝ》りて居《を》ることかは。」

といひつゝ先件《まづくだん》の手実《てがた》を、畳《たゝ》み斂《をさ》めて懐《ふところ》より、金一分《かねいちぶ》を搔撈出《かゝぐりいだ》して、宿六《やどろく》に逓与《わた》していふやう、

「小父《をぢ》是《これ》をもて好酒《よきさけ》二斤《にきん》と、何《なに》まれ殺《さかな》を買《かひ》もて来《こ》よ。生鮭《なまさけ》は這頭《こゝら》になし。源五郎《げんごらうふ》鮒《な》魚瀬《せ》田《た》蜆《しゞみ》、豆腐《とうふ》に初茸《はつたけ》もよかゝンなん。銭《ぜに》をな惜《をし》みそ〔○〕こゝろ得《え》てよ。」

といへば宿六《やどろく》うち笑《わら》ひて、

「まだ那金子《かのかね》を手《て》に拿《と》らで、一分《いちぶ》郤舎《はづむ》は早《はや》からずや。俺《われ》よき程《ほど》にものしてん。いで〳〵。」

といひつゝも、緒付《をつき》の籠引提《かたまひきさげ》て、市《いち》を投《さし》てぞ出《いで》にける。

尓程《さるほど》に朱之介《あけのすけ》は、宿六《やどろく》がかへり来《き》ぬるを、俟《まつ》こと約莫半晌許《およそはんときばかり》、下晡《なゝつさがり》に做《な》りし時候《ころ》、宿六《やどろく》は思《おも》ひの随《まゝ》に、酒《さけ》と酒菜《さかな》を買拿《かひと》りて、左右《まて》に引提《ひさげ》てかへり来《き》つ、罇《たる》と籠《かたま》を階框《あがりかまち》の、頭《ほとり》にやをら閣《さしお》きて、是《これ》を朱之介《あけのすけ》に見《み》せていふやう、

「朝市《あさいち》ならば、自由《じゆう》なれども、夕市《ゆふいち》には然《さ》せる物《もの》なし。和郎《わろ》の機《き》には入《い》るまじけれど、是《これ》でも五緡費《いつさしつひや》したり。」

といひつゝ残《のこ》れる銀《かね》と銭《ぜに》を、拿出《とうで》て還《かへ》せば朱之介《あけのすけ》は、手《て》にだも触《ふれ》ず推戻《おしもど》して、

「然《さ》ばかりの銭何《ぜになに》にせん。开《そ》は又明日《またあす》の飲料《のみしろ》に、小父《をぢ》預《あづか》りて別当《べつたう》せよ。」

といひつゝ提籠引《さげかごひき》よせ見《み》て、

「噫無慙《あなむざん》やな炙鯽五串《やきふないつくし》、泥鰌一笊《どじやうひとざる》、油《あぶら》のやうなる酒一升《さけいつしよう》、豆腐《とうふ》はあれども初茸《はつたけ》なし。是《これ》で五百《ごひやく》は高間《たかま》の原《はら》に、留《とゞ》まり給ふ八十万《やそよろず》の、神《かみ》には御酒《みき》を献《まゐら》せずとも、夾殺《はさみさかな》のなき代《かへ》に、蟹味噌《かにみそ》摺《すり》て汁《しる》にせん。小父《をぢ》先窖《まずくど》を焼《たか》ずや。」

と我《われ》から口《くち》に使《つかは》るゝ、客《きやく》と主《あるじ》と二人《ふたり》して、抓料理《つかみりやうり》の両三種《ふたくさみくさ》、迭《かたみ》に骨《ほね》を折暦手《をりこよみて》の、茶碗酒《ちやわんさけ》には間没《ひまい》らず、夙《はや》くも罇《たる》を尽《つく》しける。現《げ》に張樊《ちようはん》が当喫《あてのみ》に、物見《ものみ》の松《まつ》と杉箸《すぎはし》を、裂《さき》て養歯《やうじ》に使《つか》ふまで、強飲敵《ごういんてき》なき癖《くせ》なれば、己《おの》が随《まゝ》なる戯言《たはこと》を、諄返《くりかへ》しぬる自負傲慢《じふごうまん》、竟《つひ》には倶《とも》に酔臥《ゑひふし》て、日《ひ》の暮《くれ》たるも知《し》らざりけり。

恁而其次《かくてそのつぎ》の日《ひ》に朱之介《あけのすけ》は、日属膿《ひごろうみ》に塗《まみ》れたる、単衣《ひとへきぬ》を洗《あらひ》などして、乾《かは》くを俟《まち》て是《これ》を着《き》て、市《いち》に出《いで》て浴《ゆあみ》しつ、

髪《かみ》を結《ゆは》せてかへり来《き》ぬれば、秋《あき》の日《ひ》最大《いとゞ》短《みじか》くて、既《すで》に未牌《ひつじ》の時候《ころ》に做《な》りけり。『時分《じぶん》はよけん』と宿六《やどろく》を、いそがしつうち連立《つれたち》て、吾足斎《ごそくさい》許《がり》赴《おもむ》くに、宿六《やどろく》は異議《ゐぎ》に及《およ》ばず、

『今日《けふ》事成《ことな》らば百両《ひやくりやう》の、十分一《いちわり》は俺物《わがもの》也。いかで障《さは》る事あらで、金子《かね》受拿《うけとら》せて一本銭《ひともとで》の、福分《ふくわけ》させん。』と肚裏《はらのうち》に、思《おも》へば倶《とも》に歩《あし》も抜《すゝ》みて、蚤《はや》く観音寺《くわんおんじ》へ来《き》にければ、朱之介《あけのすけ》をば开《そ》が儘《まゝ》に、那宿所《かのしゆくしよ》の門《かど》に立《たゝ》せて、宿六《やどろく》先《まづ》裏面《うち》に入《い》りて、声高《こゑたか》やかに呼門《おとな》ふ程《ほど》に、奥《おく》の方《かた》にて「応《おう》」と答《こたへ》て、吾足斎《ごそくさい》出《いで》て来《き》つ、宿六《やどろく》を見《み》て笑《ゑま》しげに、

「こは早《はや》かりきよき折《をり》也。先這方《まづこなた》へ。」

と請登《こひのぼ》すれば、宿六《やどろく》は「唯々《ゐゝ》」とばかりに、軈《やが》て玄関《げんくわん》にうち升《のぼ》りて、吾足斎《ごそくさい》と面談《めんだん》す。当下《そのとき》朱之介《あけのすけ》は、那声《かのこゑ》をうち聞《きゝ》て、『是必屋主人《これかならずいへあるじ》、吾足斎《ごそくさい》ならん』と猜《すい》して、外面《とのかた》より闚窺《かいまみ》るに、物色安定《ものいろさだか》ならねども、年齢《としのよはひ》は正《まさ》に是《これ》、四十有余《よそぢあまり》にて総髪《さうはつ》也。身《み》には仁田山紬《にたやまつむぎ》を、縹纁《はなだ》に染做《そめなし》たる単衣《ひとへきぬ》を被《き》て、聖柄《ひじりつか》なる短刀《たんたう》を佩《おび》たり。

当下宿六《そのときやどろく》は、吾足斎《ごそくさい》にうち向《むか》ひて、

「昨日《きのふみ》見せまゐらせたる、枸神《くじん》は即効《そくこう》候ひし歟《か》。御約束《おんやくそく》で候へば、活主《うりぬし》を相倶《あひぐ》して、伺《うかゞ》ひまつり候也。」

といふを吾足斎《ごそくさい》聞果《きゝはて》ず、

「然《さ》ればとよ其事《そのこと》なれ。昨日和主《きのふわぬし》がかへると軈《やが》て、咱等《われら》枸神《くじん》を製剤《せいざい》して、拙女《せつぢよ》《ムスメ》晩稲《おしね》に服用《ふくよう》させしに、『味《あぢはひ》最宜《もつともよろ》し』とて、時《とき》を移《うつ》さず其一剤《そのいちざい》を、嘗尽《なめつく》したりければ、『心地《こゝち》清爽《すがやか》に做《な》りぬ』といへり。恁而其曛昏《かくてそのゆふくれ》より、晩稲《おしね》が面瘡《おもかさ》の腫増《はれまし》て、薄膿《みづうみ》の流《なが》るゝこと、涌成《わきな》す泉《いづみ》に異《こと》ならず。さてぞ拭《ぬぐ》ふに遑《いとま》もなく、約莫一時許《およそひとゝきばかり》に

して、膿竭《うみつき》て地腫減《ぢはれげん》じ、病人《びようにん》は快《こゝろよ》げに、軈《やが》て睡《ねむり》に就《つき》しかば、敢又驚《あへてまたおどろか》さず、母《はゝ》は枕方《まくらべ》に是《これ》を護《まも》りて、其覚《そのさむ》るを俟程《まつほど》に、今朝《けさ》しも巳《み》の時候《ころ》に至《いた》りて、覚《さめ》て起出《おきいづ》るを見《み》れば、晩稲《おしね》が面瘡瘥《おもがさおこた》り果《は》て、瘡痂《かさふた》だにも残《のこ》る者《もの》なく、其容止《そのかほばせ》は病《やま》ざる時《とき》に、倍《まし》て美《うるは》しく做《な》りしかば、那身《かのみ》はさら也俺們夫婦《われ〱ふうふ》が、歓《よろこ》び何事《なにごと》か是《これ》に勝《ます》べき。然《さ》れば晩稲《おしね》に浴《ゆあみ》させ、髪結化粧《かみあげけはひ》に時移《ときうつ》りて、今身装《いまみこしらへ》を果《はた》しにき。有恁《かか》れば那媥談《かのえんだん》に憚《さは》りなく、俺情願《わがじようぐわん》を果《はた》さん事、誠《まこと》に枸神《くじん》の即効《そくこう》に由《よ》れり。然《さ》れば約束《やくそく》に違《たが》ふ事なく、那代金《かのだいきん》を逓与《わた》すべし。活主朱之介《うりぬしあけのすけ》とやらンにも、咱等目今対面《われらたゞいまたいめ》せん。這意《このい》を伝《つた》へて件《ともな》ひ給へ。」

といふに宿六再議《やどろくさいぎ》に及《およ》ばず、歓《よろこ》び承《うけ》て答《こたふ》るやう、

「开《そ》は又愛《まためで》たき涯《かぎ》りに侍《はべ》り。小姐様《ぢようさま》の面瘡御平愈《おもがさごへいゆ》と、朱之介《あけのすけ》が毒瘡《どくさう》の、平愈《へいゆ》と其事相似《そのあひに》たり。現《げ》に神薬《しんやく》の効《こう》験《げん》は、争《あらそ》ひがたき者《もの》にこそ候へ。金子《かね》をば他《かれ》に賜《たまは》りね。手実《てがた》を返《かへ》しまゐらすべけれ。」

といひつゝ軈《やが》て身《み》を起《おこ》して、走出《はしりいで》つゝ朱之介《あけのすけ》に、件《くだん》の首尾《しゆび》を囁《さゝや》き示《しめ》せば、朱之介《あけのすけ》は天《てん》に歓《よろこ》び、地《ち》に喜《よろこ》びて点頭《うなづく》のみ、余談《よだん》に暇《いとま》なき折《をり》なれば、引《ひか》れて玄関《げんくわん》に登《のぼ》り来《き》つ、宿六《やどろく》は云々《しか〲》と、執合《とりあは》すれば吾足斎《ごそくさい》は、「是へ〱。」と招《まね》くにぞ、朱之介《あけのすけ》は「阿《あ》」とばかりに、膝行頓首《しつこうとんしゆ》、初見参《ういげんざん》の、礼《いや》を做《な》す事大《おほ》かたならず、僅《わずか》に頭《かうべ》を抬《もた》げていふやう、

「昨日《きのふ》は宿六《やどろく》の媒妁《なかたち》にて、御用《ごよう》に達《たち》し奇薬《きやく》の即効《そくこう》、仰示《おほせしめ》させ給ひぬる、御歓《おんよろこ》びを査《さつ》しまつりぬ。いかで価《あたひ》の百金《ひやくきん》を、目今逓与《たゞいまわた》し給ひねかし。」

と乞《こ》ふを吾足斎《ごそくさい》うち聞《きゝ》て、

「开《そ》は勿論《もちろん》の事也かし。百　術尽《ひやくじゆつつき》たる俺女児《わがむすめ》、晩稲《おしね》が面瘡《おもがさ》の一夜《ひとよ》の間《から》に、愈《いえ》て痕《あと》だにあらず做《な》りしは、正《まさ》に和殿《わとの》の　賜《たまもの》　也。和殿《わとの》は大和《やまと》の人《ひと》と歟聞《かきゝ》ぬ。料《はか》らざりける対面《たいめん》也。やよ先近《まづちか》く找《すゝ》み給へ。然《さ》ばかり介意《かいい》《エンリヨ》することかは。」

といはれて朱之介《あけのすけ》は辞《いろ》ふによしなく、

「しからば饒《ゆる》させ給ひね。」

と応《いらへ》つゝ膝《ひざ》を找《すゝ》めて頭《かうべ》を抬《もた》げて吾足斎《ごそくさい》に、うち向《むか》ふ時創《ときはじめ》て知《し》る、心《こゝろ》の驚《おどろ》き大抵《おほかた》ならず、憶《おもは》ずも声《こゑ》を被《かけ》て、

「御身《おんみ》は是辛踏氏《これからふみうぢ》、无四郎主《むしらうぬし》にあらずや。」

といはれて驚《おどろ》く吾足斎《ごそくさい》は、睛《まなこ》を定《さだ》め、佶《きつ》と見《み》て、

「思《おも》ひがけなや。現《げ》に和郎《わろ》は、珠之介《たまのすけ》にてありけるよ。幾《いつ》の程《ほど》にか大人備《おとなび》て、童顔《わらべかほ》の耗《うせ》たれば、見忘《みわす》れしこそ鈍《おぞ》ましけれ。汝《いまし》の母《はゝ》は奥《おく》に在《を》り。夙《はや》く逢《あは》して、歓《よろこ》ばせんず。」

といひつゝ声《こゑ》をふり立《たて》て、

「やよ老苧《おいそ》、其里《そこ》にや居《を》る。珠之介《たまのすけ》が来《き》つるぞよ。出《いで》て対面《たいめ》し給はずや。」

と両三番呼《ふたゝびみたびよば》はれば、阿夏《おなつ》は『夢歟《ゆめか》。』とばかりに、慌惑《あはてまど》ひて出《いで》て来《き》て、朱之介《あけのすけ》を見《み》つ、宿六《やどろく》を、見《み》つゝ二《ふた》たび胆《きも》を潰《つぶ》して、

「現《げ》に珠之介《たまのすけ》でありける也。思《おも》ふに倍《まし》て大《おほ》きう做《なり》にき。主《ぬし》の見忘《みわす》れ給ひしも、故《ゆゑ》なきにあらずかし。宿六主《やどろくぬし》さへ連立《つれたち》て、訪来《とひき》ませしは不思議《ふしぎ》の再会《さいくわい》。誰《たれ》に聞《きゝ》て歟《か》珠之介《たまのすけ》を、将《い》て来《き》て逢《あは》し給ひぬる、御情《おんなさけ》こそ嬉《うれ》しけ

れ。」

と謝《しや》すれば又宿六《またやどろく》も、呆《あき》るゝこと半晌許《はんときばかり》、頭《かうべ》を掻《かき》つゝ答《こたふ》るやう、

「否《いな》。小可《やつがれ》は這御宿所《このおんしゆくしよ》を、然《さ》る方《かた》ざまとは思《おも》ひもかけず、昨日《きのふ》枸神《くじん》の事に就《つき》て、推参《すゐさん》しまつりし折《をり》、故弟《なきおとゝ》留守七《るすしち》の、噂《うはさ》の外《ほか》に余談《よだん》なく、今日《けふ》珠刀《たまと》称《の》（禰）を将《い》て来《き》つるのみ。人《ひと》には聞《き》くこと候はず。」

といへば吾足斎点頭《ごそくさいうなづき》て、

「然《さ》也。和主《わぬし》の事はしも、阿夏《おなつ》に聞《きゝ》たるよしあれども、今《いま》は忘《わす》れて思《おも》ひも出《いで》ず。名《な》を宿六《やどろく》と告《の》られても、其《その》人《ひと》也とは知《し》らざりき。況大和《まいてやまと》の旅客《たびゞと》なる、枸神《くじん》の活主朱之介《うりぬしあけのすけ》と、いふ名《な》は昨日《きのふ》より聞《きゝ》たれども、実《じつ》は俺《わが》乾児《こぼん》なる、珠之介《たまのすけ》にてありけるを、神《かみ》ならずして誰歟悟《たれかさと》らん。开《そ》は其該《そのはづ》にあらずや。」

といひつゝ「呵々《かゝ》」とうち笑《わら》へば、朱之介《あけのすけ》は母親阿夏《はゝおやおなつ》と、吾足斎《ごそくさい》にうち向《むか》ひて、

「別《わかれ》まつりしより八九稔《ねん》、『猶陸奥《なほみちのく》に在《いま》するならん。』と思《おも》ひし者《もの》を思《おも》ひきや、幾《いつ》の比《ころ》に歟這郷《かこのさと》へ、移《うつ》り来《き》まして今料《いまはか》らずも、再会《さいくわい》の本意《ほい》を遂《とげ》んとは、世《よ》に稀《まれ》なるべき幸《さち》ながら、大人《うし》の姓名俺名《せいめいわがな》さへ、今《いま》は昔《むかし》に同《おな》じからねば、迭《かたみ》に知《し》らず知《し》るよしもなく、酷《いた》く無礼《ぶれい》を仕《つかまつ》りぬ。」

と陪話《わぶれ》ば阿夏《おなつ》は恥《はぢ》たる色《いろ》あり。朱之介《あけのすけ》にうち向《むか》ひて、

「名《な》を改《あらた》めしは主《ぬし》と汝《いまし》と、又只二人《またたゞふたり》のみならず、俺身《わがみ》も亦故《またゆゑ》ありて、近曽這里《ちかごろここ》へ来《き》ぬる時《とき》より、名《な》を更《あらた》めて老苧《おいそ》の刀自《とじ》と、喚做《よびな》され侍《はべ》りにき。この余《よ》会話《つもるものかたり》は、亟《とみ》に尽《つく》すべくもあらず。宿六叟《やどろくおぢ》も共侶《もろとも》に、卒這方《いざこなた》へ」

と請找《こひすゝ》むれば、吾足斎《ごそくさい》も倶《とも》にいふやう、

「多《おほ》くもあらぬ若党奴隷《わかたうしもべ》は、前日猛可《さきのひにはか》に故《ゆゑ》ありて、身《み》の暇《いとま》を取《と》らせしかば、折《をり》から無僕《むぼく》の宿《やど》にして、然《さ》せる款待《もてなし》は得《え》ならずとも、心《こゝろ》ばかりの酒盃《さかづき》を、薦《すゝ》めて歓《よろこ》びを尽《つく》さゞらんや。卒先奥《いざまづおく》へ。」と右《みぎ》ひだりより、誘《いざな》ひ立《たて》て已《やま》ざれば、宿六《やどろく》は困《こう》じながら、応《いらへ》をしつゝ朱之介《あけのすけ》を、立《たゝ》せて倶《とも》に奥《おく》に入《い》る。儲《まうけ》の席《むしろ》は六畳可《ろくでうばかり》を、布成《しきなし》たる小室《こざしき》にて、檐廊《えんがは》あり莎庭《こには》あり。朱之介《あけのすけ》と宿六《やどろく》は、相双《あひなら》びて、客坐《きやくざ》に就《つき》ぬ。旡四郎《むしらう》の吾足斎《ごそくさい》と、打譚《うちかたら》ふてありし時《とき》、程遠《ほどとほ》からぬ酒肆《さかや》の小廝《こもの》が、所用《しよよう》を聞《きゝ》に来《き》にければ、阿夏《おなつ》の老苧《おいそ》は悄《しのび》やかに、酒殽《さけさかな》を吩咐《いひつけ》て、いそがし立《たて》て遣《つかは》しつ、女児晩稲《むすめおしね》に茶《ちや》を煮《に》させて、手親是《てづからこれ》を宿六《やどろく》と、朱之介《あけのすけ》に薦《すゝめ》などす。姑且《しばらく》して酒肆《さかや》の小廝《こもの》が、酒一罇《さけひとたる》と酒菜幾種歟《さかないくくさか》、引提《ひさげ》の沙桶《ひらをけ》に容《いれ》たるを、背門口《せとくち》よりもて来《き》にければ、老苧《おいそ》は是《これ》を受拿《うけとり》て、銭《ぜに》を還《わた》して小廝《こもの》をかへしつ、晩稲《おしね》に酒《さけ》を盪《あたゝめ》させて、或《あるひ》は碗或《わんあるひ》は碟子《さら》に、酒菜《さかな》を装分《もりわけ》などしつゝ、酒《さか》盃《づき》銚子《ちようし》《サシナベ》と共侶《もろとも》に、次第《しだい》に客坐席《きやくざしき》に安排《おきならべ》て、晩稲《おしね》に酌《しやく》を執《とら》する時《とき》、朱之介等《あけのすけら》に告《つげ》ていふやう、

「こは俺家《わがいへ》の螟蛉女児《やしむすめ》にて、名《な》を晩稲《おしね》と喚做侍《よびなしはべ》り。陸奥《みちのく》に在《あ》りし時《とき》、主《ぬし》吾足斎《ごそくさい》をいふの親族《しんぞく》の孤《みなしご》にて、便着《たつき》なき者《もの》なれば、年《とし》七許《ばかり》なる時《とき》より、養《やしな》ひ取《とり》て今《いま》はしも、年来《としごろ》に做侍《なりはべ》り。珠之介《たまのすけ》には義女弟《いもとぼん》也。宿六叟《やどろくおぢ》も相識《しるひと》に、做《なり》給ひね。」

と正首《まめやか》に、女児《むすめ》自慢《じまん》の親心《おやこゝろ》、執合《とりあは》すれば朱之介《あけのすけ》と、宿六《やどろく》も応《いらへ》をしつゝ、倶《とも》に目《め》を挙《あげ》て晩稲《おしね》を見《み》るに、『面瘡《もがさ》病《やみ》たる少女《をとめ》に似《に》ず、世《よ》に稀《まれ》なるべき美人《びじん》にて、沈魚落雁《うをはしづみかりはおち》《チンギョラクガン》、閉月羞花《つきもとぢはなもはづる》《ヘイゲツシフクワ》、とやいふべからん、玉顔《たまのかほばせ》雪膚《ゆきのはだ》、鄙《ひな》にして鄙《ひな》ならず、眉連《まゆつらな》れる蝦夷《えぞ》遠《とほ》からぬ、陸奥《みちのく》の尽処《はて》にしも、這固小《これこのこ》町《まち》もありけるよ。』と思《おも》へば倶《とも》に羞慚《はなしろ》みて、初対面《しよたいめん》の口状《こうでう》も、果敢《はか》々《ぐ》々しくはいはざりけり。

偖而吾足斎《かくてごそくさい》は、宿六等《やどろくら》に揖譲《ゐしやく》して、盃《さかつき》を創《はじむ》るに、主《あるじ》も客《きやく》も強飲家《のみどち》なれば、献酬《さしおさえ》の間《あはひ》には、長談多弁余念《ちようだんたべんよねん》なく、倶《とも》に笑局《ゑつぼ》に入《い》りにける。当下老苧《そのときおいそ》は、朱之介《あけのすけ》にうち向《むか》ひて、

「珠《たま》よ汝《いまし》は這年来《このとしごろ》、孰地《いづち》に歟身《かみ》を寓《よせ》たる。俺身《わがみ》陸奥《みちのく》に在《あ》りし時《とき》、京師《みやこ》の便《たより》に言伝《ことつて》て、雁《かり》の翅《つばさ》に書《ふみ》の数《かず》、両三番《ふたゝびみたび》に及《およ》ぶまで、西殿《にしとの》へとて訪《とは》せしに、『往方《ゆくへ》知れず。』とのみ聞《きこ》えて、術《すべ》も歎《なげ》きの杜《もり》ならで、神《かみ》に仏《ほとけ》に願《ねぎ》言《ごと》の、今日《けふ》届《とゞ》きしこそ娯《うれ》しけれ。是《これ》に就《つき》ても痛《いた》ましきは、福富翁《ふくとみおぢ》の事也き。俺身《わがみ》この地《ち》に旅宿《たびね》の比《ころ》、人《ひと》の噂《うはさ》に聞知《きゝし》りたる、那家《かのいへ》の禍鬼《まがつみ》は、又《また》いふべくもあらずかし。宿六叟《やどろくおぢ》は何等《なにら》の故《ゆゑ》に、三池邨《みいけむら》に在《を》らずして、何《な》どて枸杞村《くこむら》に移《うつ》り給ひたる。袷《かれ》と云恰《いひこれ》と云《いひ》、情由《わけ》を聞《きか》ねばこゝろ得《え》がたかり。具《つぶさ》に告《つげ》よ、甚麼《いかに》ぞや。」

と問《とは》れて朱之介《あけのすけ》は嗟嘆《さたん》に堪《たへ》ず、受《うけ》て手《て》にある盃《さかづき》の、酒《さけ》を一口《ひとくち》に飲乾《のみほし》て、主《ぬし》に返《かへ》して答《こたふ》るやう、

「奶々《はゝご》の疑《うたがひ》寔《まこと》に所以《ゆゑ》あり。俺身《わがみ》御身《おんみ》に別《わかれ》し後《のち》、日野西殿《ひのにしとの》中納言《ちうなごん》兼顕卿《かねあきけう》の紹介《ひきつけ》にて、香西元盛主《かゞにしもともりぬし》に扈従《こしよう》しつ、寵遇《ちようぐう》時《とき》を得《え》たりしに、元盛主《もともりぬし》は人《ひと》の為《ため》に、讒訴《ざんそ》せられて撃《うた》れ給ひぬ。其折俺身《そのをりわがみ》は辛《から》くして、海《うみ》を渉《わた》しつ播磨路《はりまぢ》と、備前国《びぜんのくに》の封疆《さかひ》なる、三石《みついし》の城《しろ》に届《いた》りし時《とき》、料《はか》らずも叔父《をぢ》興房主《おきふさぬし》に、環会《めぐりあひ》ける歓《よろこ》びあり。是時《このとき》より俺乳名《わがをさなな》の、珠之介《たまのすけ》を改《あらた》めて、末朱之介晴賢《すゑあけのすけはるかた》と喚做《よびなし》たり。こも亦《また》小父公《をぢご》の教《をしえ》によれり。然《さ》れども那里《かしこ》に留《とゞ》められず、則《すなはち》小父公《をぢご》の指揮《さしづ》にて、武蔵《むさし》の河踰《かはこえ》に赴《おもむ》きて、扇谷朝興主《あふぎがやつともおきぬし》に仕《つかへ》しより、愛顧《あいこ》老党《ろうたう》に弥増《いやまし》て、出頭《しゆつとう》せずといふ事なく、大和《やまと》へ使《つかひ》を奉《うけ給は》りつ、沙金白布《さきんしらぬの》を多《おほ》く賷《もた》して、遙《はるか》に那地《かのち》に届《いた》りし時《とき》、山賊《さんぞく》の為《ため》に孽《わざはひ》せられて、那御物《かのおんもの》を喪《うしな》ひしかば、進退其里《しんたいそこ》に谷《きはま》りて、せん術《すべ》のなき折《をり》から、俺亡父《わがなきちゝ》の前妻《もとつめ》と聞《きこ》えたる、落葉《おちば》の刀自《とじ》の姪《めひ》也ける、斧柄少女《をのゑをとめ》の大厄難《だいやくなん》を、咱等《われら》料《はか》らず救《すく》ひたる、恩義《おんぎ》によりて女婿《むこ》にせられて、三稔以来那家《みとせこのかたかのいへ》に在《あ》り。単生活《ひとりなりはひ》

離《そ》合《が》時《とき》あり
小人僥倖《ギヨウコウ》と
ゑ《え》くり
多んめい
おいそ

朱之丞
おきね
宿六

に骨《ほね》を折《をり》て、よく岳母《しうとめ》に仕《つかへ》しに、斧柄《をのゑ》は曩《さき》に難産《なんざん》にて、身故《みまか》りしより岳母《しうとめ》の、心始《こゝろはじめ》の如《ごと》くならず、折《をり》に触《ふれ》ては燻《いぶ》さるゝが、最難面《いとつら》ければ、辞《ぢ》し去《さ》りつ、径《たゞ》に浪速《なには》に赴《おもむ》きて、十三屋《じふさんや》てふ客店《はたごや》に、逗留《とうりう》して在《あ》りし時《とき》、人《ひと》の為《ため》に誣《しひ》られて、思《おも》ひがけなく浪速《なには》なる、陣館《ぢんやかた》へ召捕《めしと》られて、久《ひさ》しく獄舎《ひとや》に繋《つなが》れしに、そも亦冤屈《またむじつ》の罪《つみ》なれば、竟《つひ》に俺身《わがみ》の厄解《やくと》けて、世間広《よのなかひろ》く做《なり》しかど、盤纏《ろよう》なければ福富《ふくとみ》なる、阿鍵《おかぎ》に銭《ぜに》を借《から》んと思《おも》ひて、単那里《ひとりかしこ》へ赴《おもむ》きける、其次《そのつぎ》の日《ひ》より身《み》に瘡出来《かさいでき》て、打臥《うちふし》て在《あ》りけるに、小忠二《こちうじ》が残忍《ざんにん》なる、銭《ぜに》をば貸《か》さで罵《のゝし》るのみ。果《はて》は俺身《わがみ》を車《くるま》に載《のせ》て、逐出《おひいだ》されて端《あぢき》なく、理《り》には勝《かて》ども威勢《いきほひ》に、克《かつ》よしなければ辛《から》くして、枸杞村《くこむら》まで来《き》にける程《ほど》に、宿六叟《やどろくおぢ》に環会《めぐりあひ》て、厄会《やくくわい》に做《なり》しより、枸神《くじん》の即効《そくこう》、悪瘡平愈《あくさうへいゆ》の、俺身《わがみ》安《やす》かるのみならず、創《はじめ》て逢見《あひみ》る義女弟《いもとぼん》、晩稲《おしね》が面瘡瘥《おもかさおこた》り果《はて》て、思《おも》ひかけなく親達《おやたち》に、今日再会《けふさいくわい》は予《かねて》の情願《じやうぐわん》、得易《えやす》からざる幸《さち》なるかな。」と口《くち》に信《まか》する巧言多弁《こうげんたべん》。現《げ》に小人《しようじん》の癖《くせ》なれば、舌《した》の剣《つるぎ》は莫邪《ばくや》にて、恩《おん》ある人《ひと》を恩《おん》とせず、是《これ》を誣《しひ》るに怨《うらみ》を以《もつ》て、悪事《あくじ》を秘《かく》して身《み》の非《ひ》を飾《かざ》る、其詐佯《そのいつはり》も時《とき》に取《とり》ては、実事《まこと》ならずと听者《きくもの》なければ、吾足斎晩稲《ごそくさいおしね》いへばさら也、宿六《やどろく》さへに感激《かんげき》して、嗟嘆《さたん》に堪《たへ》ぬ开《そ》が中《なか》に、阿夏《おなつ》の老苧《おいそ》は涙唔《なみだぐみ》て、朱之介《あけのすけ》に向《むか》ひていふやう、

「思《おも》ふに増《まし》たる汝《いまし》の艱難《かんなん》。三石《みついし》とやらンにて、小父公《をぢご》に環会《めぐりあひ》けるを、今聞《いまきく》だにも歓《よろこ》ばしく、思《おも》ふものから久後遂《ゆくすゑとげ》ず、何《な》どて果敢《はか》なく別《わかれ》にけん。それだにあるに大和《やまと》にて、木偶介主《でくすけぬし》の前妻《もとつめ》の、女婿《むこ》に做《なり》しは其家《そのいへ》の、女児《むすめ》の危難《きなん》を救《すく》ひたる、恩義《おんぎ》に二《ふた》たび結《むすば》れぬる、旧《ふる》き縁《えに》しの故《ゆゑ》なれば、开《そ》は切《せめ》てもの事《こと》ながら、家《いへ》の女児《むすめ》の身故《みまか》りしとて、汝《いまし》に惨刻《むごく》中《あた》りけん、落葉《おちば》の老婦《うば》の腹黒《はらくろ》さよ。旧怨《ふるきうらみ》を思《おも》へばや。憑《たのも》しからぬ岳母《しうとめ》の、機嫌《きげん》を然《さ》しも取難《とりかね》て、辞《ぢ》し去《さ》りしより浪速《なには》にて、冤屈《むじつ》の罪《つみ》の縲絏《ひとやなは》、かゝる憂身《うきみ》に枉津神《まがつみ》の、夙《はや》くも解《と》けし夏《なつ》の霜《しも》、

月《つき》さへ雨《あめ》の漏宿《もるやど》を、頼《たのむ》に堪《たへ》ず福富《ふくとみ》へ、辛《から》くも尋《たづね》ゆきけんに、那家《かのいへ》今《いま》は衰《おとろ》へて、昔《むかし》の如《ごと》くならずとも、小忠二《こちうじ》が慳貪《けんどん》なる、旧熟児《ふるきなじみ》を思《おも》ひはせで、主人貌《あるじかほ》していかにぞや、恩《おん》をも知《し》らず、義《ぎ》も知《し》らず。現《げ》に塵《ちり》の世《よ》の塵《ちり》塚《つか》に、在《あり》とし人《ひと》に人《ひと》らしき、人《ひと》のなきこそ怨《うらみ》なれ。开《そ》は左《と》まれ右《かく》もあれ、今日《けふ》より大人《うし》の資助《たすけ》あり。発跡《なりいづ》るまで茲《こゝ》に居《ゐ》て、時《とき》を俟《まつ》こそよかめれ。」

と詞《ことばを》雄《を》々しく諭《さと》すのみ。只己《たゞおの》が子《こ》の虚言《そらごと》を、実語《まこと》と承《うけ》て身《み》勝手《かつて》に、耳《みゝ》を貴《たうと》む婦女子《をなご》の愚痴《ぐち》を、宿六《やどろく》は慰《なぐさめ》難《かね》て、

「喃阿夏様《なうおなつ》。开《そ》は理《ことわ》りに侍《はべ》るかし。咱等《われら》も今《いま》は福富《ふくとみ》へ、疎《うと》ければ小忠二叟《こちうじおぢ》の、心術《こゝろざま》をよくも知《し》らねど、大夫《たいふ》次大人《じうし》のあらず做《なり》ては、憑《たのも》しからぬ事もあるべし。其頭《そこら》には同《おな》じからぬ、咱等《われら》が枸杞村《くこむら》に来《き》て居《を》るは、一向《このごろ》留守居《るすゐ》なき弟《おとゝ》の、孩児《せがれ》の後見《うしろみ》すれば也。阿加々《おかゝ》は三池《みいけ》の宿《やど》に在《を》り、折《をり》に触《ふれ》ては御身《おんみ》の噂《うはさ》を、いひ出《いで》ける日《ひ》も多《おほ》かりしに、今日《けふ》の団坐《まとゐ》を聞知《きゝし》らば、然《さ》ぞ羨《うらやま》しく思《おも》ひ侍《はべ》らん。単咱等《ひとりわれら》が手《て》に乗《のら》ぬは、侄盆九郎《おひぼんくらう》のみ也き。銭《ぜに》だにあれば酒《さけ》を喫《のめ》ども、親《おや》の薬礼《やくれい》を今《いま》に果《はた》さず、大人《うし》に御無沙汰仕《ごぶさたつかまつ》りぬ。」

と陪話《わぶ》るを吾足斎推禁《ごそくさいおしとゞ》めて、

「いかでかは其義《そのぎ》に及《およば》ん。俺始《われはじめ》より珠之介《たまのすけ》に、俺素生《わがすじよう》を告《つげ》ざりしは、其比他《そのころかれ》は童年《どうねん》にて、いふかひなきを思《おも》へば也。今《いま》は昔《むかし》と同《おな》じからぬ、他《かれ》にこの義《ぎ》を説示《ときしめ》さずは、疑《うたが》ひ氷解《ひやうかい》すべからず。宿六叟《やどろくおぢ》は老苧《おいそ》の旧識《きうしき》《フルキシルヒト》、倶《とも》に听《きく》ともけしうはあらず。いで〳〵。」

といひつゝも、又酒盃《またさかづき》を遣替《やりかは》して、説出《ときいだ》す一条《ひとくだり》の、文多《ぶんおほ》ければ尽《つく》しがたかり。开《そ》は又下回《またしものめぐり》にこそ。

新局玉石童子訓巻之五上冊終

新局玉石童子訓《しんきよくぎよくせきどうじくん》巻之《まきの》五下冊《げさつ》

第《だい》四十回《くわい》　吾足斎《ごそくさい》盃《さかづき》を挙《あげ》て往事《こしかた》を詳《つまびらか》にす　晩稲袖《おしねそで》を払《はらふ》て独閨門《ひとりけいもん》を正《たゞ》しくす

登時辛踏旡四郎《そのときからふみむしらう》の吾足斎延明《ごそくさいゑんめい》は、朱之介《あけのすけ》と宿六等《やどろくら》にうち対《むかひ》て、「目今《たゞいま》もいひつる如《ごと》く、珠《たま》は咱乾児《わがこぼん》なり。又宿六叟《またやどろくおぢ》は、俺渾家《わがつま》阿夏《おなつ》の老苧《おいそ》が旧識《きうしき》《フルキシルヒト》ならば、今《いま》さらに何《なに》を歟《か》隠《かく》さん。俺上《わがうへ》は箇様《かやう》々々《〳〵》、如此《しか》々々《〴〵》の事《こと》あり」とて、言詳《ことつまびらか》に説示《ときしめ》すを、朱之介《あけのすけ》も宿六《やどろく》も、耳《みみ》を攲《かたむ》けてうち听《き》くに、原這個辛踏旡四郎寧成《もとこれこのからふみむしらうやすなり》の父《ちゝ》は、辛踏悳庵《からふみとくあん》と喚做《よびな》して、陸奥国信夫《むつのくにしのぶ》の郡《こふり》、信夫《しのぶ》の郷《さと》なる医生《くすし》なりき。然《さ》せる方術《はうじゆつ》あるにあらねど、家伝《かでん》の田圃十余町《たはたじふよてう》あり、是《こゝ》をもて其家貰《そのいへとも》しからず。彼身《かのみ》は半農半医《はんのうはんい》にてありける程《ほど》に、本妻《もとつめ》に生《うま》せたる、独子《ひとりこ》旡四郎《むしらう》が、年《とし》七八歳《なゝつやつ》なりける夏《なつ》の時候《ころ》、妻《つま》は時疫《ときのけ》にて身故《みまか》りけり。人《ひと》の家《いへ》に婦人《つま》なきは、臼《うす》に離《はな》れし杵《きね》に似《に》たり。況《まいて》十歳《とを》にも足《た》らぬ稚子《をさなこ》を、父親《てゝおや》の身単《みひとつ》もて、孚養《はごくむ》べきにあらざれば、悳庵《とくあん》は已《やむ》ことを得《え》ず、後妻《のちそひ》《ウハナリ》を娶《めと》りてぞ、一家児《いへのうち》を任用《うちまか》せける程《ほど》に、旡四郎《むしらう》が稍成長随《やゝひとゝなるまゝ》に、生《な》さぬ中《なか》とて母《はゝ》も慈《ぢ》ならず、子《こ》も亦孝順《またこうじゆん》ならざれば、動《やゝ》もすれば口舌起《くぜつおこ》りて、四隣《あたり》を閙《さはが》すること屢《しば〳〵》なりけれども、悳庵是《とくあんこれ》を制《せい》し得《え》ず、肚裏《はらのうち》に思《おも》ふやう、『右《と》にも左《かく》にも旡四郎《むしらう》を、這地方《このところ》に在《あ》らせては、俺家《わがいへ》一日《ひとひ》も安《やす》かるべからず。姑且彼身《しばらくかのみ》を遠離《とほさけ》て、又《また》せん術《すべ》もあらん』
とて、无《む》四《し》郎《らう》には然気《さりけ》なく、「京師《みやこ》へ登《のぼ》りて遊学《ゆうがく》せよ」とて、路費《ろよう》程《ほど》よく取《と》らせなどしつ、旧縁《きうえん》ありける日野《ひの》西殿《にしとの》へ、消息《せうそこ》をたてまつりて、其子《そのこ》の上《うへ》を憑《たの》みまうしける。然《され》ば无四郎寧成《むしらうやすなり》は、継母《まゝはゝ》の讒言《さかしら》を、最朽惜《いとくちをし》く思《おも》へども、威勢辞《いきほひいら》ふことを得《え》ず、遂《つひ》に京師《みやこ》に赴《おもむ》きて、日野《ひの》西中納言《にしちうなごん》兼顕卿《かねあきけう》に扈従《こしよう》しつ、雑掌《ざつしよう》の如《ごと》くにてありける事《こと》の光景《ありさま》は、第《だい》一《いつ》集《しふ》二《に》集《しふ》に見《み》えたる如《ごと》し。

尓后又年《そのゝちまたとし》を歴《へ》て、无《む》四《し》郎《らう》が継母《まゝはゝ》、陸奥《みちのく》にて身故《みまか》りしと聞《きこ》えしに、這時《このとき》父悳庵《ちゝとくあん》は、歳七旬《としなゝそぢ》の翁《おきな》にあなれば、万事《よろづ》に就《つ》きて不便《ふべん》にやありけん、手親《てづから》无《む》四《し》郎《らう》に消息《せうそこ》して、「汝《いまし》蚤《はや》く故《こ》郷《けう》に還《かへ》りて、俺《われ》を資助《たすけ》よ」とある郵《ゆう》書《しよ》《シユクツギノシヨデフ》、京師《みやこ》に届《とど》き来《き》にければ、无《む》四《し》郎《らう》稍地《ひそか》に歓《よろこ》びて、兼顕卿《かねあきけう》に乞稟《こひまう》しつ、奥《みちのく》へ退《まか》らんとしぬる程《ほど》に、漫《そゞろ》に阿《お》夏《なつ》の色《いろ》に惑《まよ》ふて、尚総角《またあげまき》なる珠《たまの》之介《すけ》を、君家《くんか》に留《とゞ》め在《あ》らせつゝ、事《こと》の術《すべ》よく誘《こしらへ》果《はた》して、阿《お》夏《なつ》を倶《ぐ》して陸奥《みちのく》なる、信夫《しのぶ》の郷《さと》へ還《かへ》りゆきけることの顛末《もとすゑ》は、又是第二集《またこれだいにしふ》に説次《ときついで》たれば、今《いま》さらにいふべくもあらず。

然程《さるほど》に辛踏《からふみ》无《む》四《し》郎《らう》は、当時《そのをり》逆旅《たびぢ》の日数《ひかず》歴《へ》て、旧里《ふるさと》信夫《しのぶ》に近《ちか》つく程《ほど》に、阿《お》夏《なつ》が事《こと》こゝろに掛《かゝ》りて、『親《おや》の允《ゆる》さぬ妻《つま》をしも、京師《みやこ》にて娶《めと》りしとて、親《おや》にも所親《しよしん》にも、告知《つげし》らせんは今《いま》さらに、面正《おもたゞ》しくもなき所為《わざ》也。いかにすべき。』と、思難《おもひかね》て、家《いへ》に還着《かへりつき》ぬる日《ひ》に、其夜《そのよ》阿《お》夏《なつ》をのみ客店《はたごや》に、留在《とゞめあ》らせて、无《む》四《し》郎《らう》一箇信夫《ひとりしのぶ》の家《いへ》に還来《かへりき》て聞《き》くに、是《これ》より前《さき》に父悳庵《ちゝとくあん》は、老病《ろうびやう》既《すで》に身《み》に逼《せま》りて、鍼灸薬餌《しんきうやくじ》の験《しるし》なく、命危《いのちあやふ》き折《をり》なりければ、所親《しよしん》はさらなり、疎《うと》からぬ、郷党《さとのともがら》相歓《あひよろこ》びて、有来事《ありこしこと》を云々《しかぐ》と、告《つげ》て病床《びやうしよう》へ件《ともな》ひなどす。悳庵《とくあん》は類中《るいちう》にて、ものいふことの不便《ふべん》なれども、今《いま》无四郎《むしらう》が還《かへ》り来《き》にけるを見《み》て、喜《よろこ》びの涙《なみだ》禁《とゞ》め得《え》ず、枕方《まくらべ》に侍《はべ》らせて、霜《しも》の朝《あした》に鳴《な》く虫《むし》よりも、衰《よは》りし声《こゑ》を絞出《しぼりいだ》して、後《のち》の事《こと》を「云云《かにかく》。」といはまくすれど舌強《したこは》りて、一言《いちご》半句《はんく》も安定《さだか》ならねば、孰《たれ》かよく聞《きゝ》取《と》るべき、応《いらへ》のみして慰《なぐさ》めたる。无四郎《むしらう》是《これ》に便宜《びんぎ》を得《え》て、当晩《そのよ》阿夏《おなつ》を里稍尽処《さとはづれ》なる、客店《はたごや》より召取《よびと》りて、親《おや》にも亦《また》所親《しよしん》にも詭《いつは》りて、

「俺身《わがみ》京師《みやこ》に在《あ》りし時《とき》、兼顕卿《かねあきけう》に給事《みやつかへ》しし女房《にようばう》を、這回《こたび》餞別《うまのはなむけ》に、『妻《つま》にせよ。』とて賜《たまは》りしかば、已《やむ》ことを得《え》ず将《い》て還《かへ》りにき。」

と誠《まこと》しやかに告知《つげし》らするを、悳庵《とくあん》は只《たゞ》うち聞《き》くのみ、其事《そのこと》の好歹《よしあし》を、訂《たゞ》すべくもあらざれば、所親《しよしん》も不《ふ》の字《じ》をいふに由《よし》なく、皆面《みなめ》出《で》たしとて祝《しゆく》しけり。

是《これ》より纔《わづか》に一日《ひとひ》を経《へ》て、悳庵《とくあん》竟《つひ》に身故《みまか》りければ、送葬《のべおくり》の事《こと》仏事《ぶつじ》追薦《つひぜん》、都《すべ》て无四郎《むしらう》が随意《まにく》せざる事なし。家《いへ》には奴婢《ぬび》三四名《にん》あり、家伝《かでん》の田圃《たはた》十余町《じふよてう》あり。況《まいて》貯禄《たくはへ》の金《かね》、思《おも》ひしよりも少《すくな》からぬを、无四郎《むしらう》都《すべ》て受納《じゆなふ》しつ、是《これ》よりの後《のち》、月額《さかやき》を剃《そら》ず、総髪《さうはつ》と歟《か》いふ頭顱《つふり》に做済《なりすま》したる。其忌開《そのいみあけ》の日《ひ》より、親《おや》の名《な》を紹《つぎ》て、辛踏悳庵《からふみとくあん》と自称《じしよう》しつ、医《い》をもて家業《かぎよう》にしぬるのみ。曩《さき》に京師《みやこ》に在《あ》りし程《ほど》、彼身《かのみ》名医《めいい》に負笈《ふきう》して、学得《まなびえ》たるにあらざれば、匙《さぢ》は親《おや》にだも及《およば》ねども、地方《ところ》に久《ひさ》しき医生《くすし》なれば、療治《りやうぢ》を乞《こ》ふ者《もの》絶《たえ》ずして、両三稔《ふたとせみとせ》を歴《へ》にけるに、阿夏《おなつ》が腹《はら》に子《こ》の出来《いでき》ねば、无四郎《むしらう》の悳庵《とくあん》は、猶飽《なほあか》ぬ心地《こゝち》して、『養子《やうし》せばや。』と思《おも》ふ程《ほど》に、辛踏《からふみ》の家《いへ》に旧縁《きうえん》ある、似我八《じがはち》といふ寒民《まづしきたみ》あり。夫婦《ふうふ》うち続《つゞ》きて世《よ》を去《さ》りたる、跡《あと》には年七八歳《としなゝつやつ》なる、独女児《ひとりむすめ》のみありて、憑《たの》しき親族《しんぞく》なければ、件《くだん》の女児《むすめ》は、親似我八《おやじがはち》の店保人《たなうけひと》、某甲《なにがし》の家《いへ》に歇居《かゝりをれ》ども、其保人《そのうけひと》も、最貧《いとまづ》しき者《もの》なれば、憐《あはれ》む

べし件《くだん》の女児《むすめ》は、娼妓《あそび》にや售《う》れんといふ、人《ひと》の噂《うはさ》に聞知《きゝし》りたる、悳庵是《とくあんこれ》を不便《ふびん》に思《おも》ひて、みづから其保人許《そのうけひとがり》行《ゆき》て、件《くだん》の孤女《みなしむすめ》を見《み》るに、顔《かほ》は垢染《あかじみ》て、髪《かみ》には膏脂《あぶら》なきまでに、形貌《かたち》こそ窶《やつ》れたれ、其眉目人《そのみめひと》に勝《すぐ》れたれば、『成長《ひとゝな》る後々《のちく》は、傾国《けいこく》の本色《もとついろ》を、出《いだ》すことあるべし。』と思《おも》へば捨《すて》がたき心《こゝろ》あり。軈《やが》て保人某甲《うけひとなにがし》に、旧縁《きうえん》を告《つ》げ、商量《だんかう》して、養女《やうぢよ》の一議《いちぎ》整《とゝの》ひしかば、俗《よ》にいふ親不知《おやしらず》の約束《やくそく》にて、保人某甲《うけひとなにがし》には、手断金《てきりかね》を程《ほど》よく取《と》らせて、後《のち》の為《ため》に証書《しようもん》《アカシブミ》を取迭《とりかは》し、其日《そのひ》件《くだん》の女児《むすめ》を将《い》て、宿所《しゆくしよ》に還《かへ》りて事云々《ことしかぐ》と、阿夏《おなつ》に具《つぶさ》に告知《つげし》らするに、阿夏《おなつ》も歓《よろこ》び愛慈《めでいつくし》みて、湯浴《ゆあみ》させ結髪《かみあげ》させて、猛可《にはか》に新《あたら》しき衣裳《いしやう》を製《せい》して被《き》せなどす。是《これ》より其名《そのな》を改《あらため》て、晩稲《おしね》と呼《よび》て手習《てならひ》させ、艶曲歌舞《ゑんきよくかぶ》《イトタケマヒヲドリ》何《なに》くれとなく、遊芸《いうげい》さへに習《ならは》する、其費寡《そのつひえすくな》きにあらず。矧又後《いはんやまたのち》の悳庵《とくあん》は、其本性《そのほんしやう》親《おや》に似《に》ず、酷《いた》く酒《さけ》を嗜《たし》むの故《ゆゑ》に、客《きやく》を愛《あい》して家業《かぎよう》に怠《おこた》り、専《をさく》外物《ひとめ》を飾《かざ》る故《ゆゑ》に、敗《ふる》きを悪《にく》みて費《つひえ》を厭《いと》はず。世《よ》の常言《ことわざ》に、「似《に》たる者《もの》は夫婦《ふうふ》」といへり。阿夏《おなつ》は素是歌妓《もとこれうたひめ》なれば、浮《うき》たる事《こと》にこそ賢《かしこ》かるべけれ、人《ひと》の妻《つま》のよく内《うち》を政《まつりご》ちて、薪炊《しんすゐ》の損益《そんゑき》に、心《こゝろ》を用《もちふ》る性《さが》ならねば、良人《をつと》と共《とも》に酒《さけ》を貪《むさぼ》りて、食好《しよくこの》みをせざる日《ひ》もなく、有《ある》が上《うへ》にも衣裳《いしやう》を欲《ほり》して、流行《はやり》を旨《むね》としぬれども、其将人《それはたひと》に縫《ぬは》せて、糸針《いとはり》を手《て》にだも取《と》らず。然《さ》せる所要《しよえう》なき折《をり》も、良人《をつと》と共《とも》に夜《よ》を深《ふか》し、良人《をつと》と共《とも》に朝寝《あさい》して、猶暇《なほいとま》ある随《まゝ》に、女児晩稲《むすめおしね》に教《をしへ》ぬ折《をり》も、筑《つく》紫《し》琴《こと》を掻鳴《かきなら》し、三絃《さみせん》を弾《ひき》て身《み》の勤《つとめ》とす。この余《よ》は只朝夕《たゞあさゆふ》に、彼身《かのみ》の化粧結髪《けはいかみあげ》に、時《とき》の移《うつ》るを知《し》らざりける。

夫婦《ふうふ》かくの如《ごと》くにして、五七年《ごしちねん》を送《おく》る程《ほど》に、所帯《しよたい》を驕奢《おごり》の為《ため》に使減《つかひへら》して、親《おや》の禅《ゆづ》りし田圃《たはた》さへ、質《しち》に典《いれ》ざることを得《え》ず、岌《かさ》むは借財《しやくざい》のみなれども、悳庵《とくあん》が人《ひと》と成《な》り、素《もと》より浮薄《ふはく》の性《さが》なれば、既《すで》に人歹《ひとわろ》くなりて、東西《あちこち》なる財主《きんしゆ》の債《はた》りを物《もの》とも思《おも》はず。這時件《このときくだん》の螟蛉女《やしなひむすめ》、晩稲《おしね》は年三五《としきんご》にて、鄙《ひな》に稀《まれ》なる美女《びぢよ》なれば、媒妁《なかたち》をもて婚縁《こんえん》を、欲《ほり》する者多《ものおほ》けれども、悳庵敢承引《とくあんあへてうけひか》ず、「我女児《わがむすめ》は数《す》万貫《まんぐわん》なる、国守城主《こくしゆじようしゆ》にあらざりせば、いかにして女婿《むこ》にせん。要《えう》なき事《こと》を。」と誇《ほこ》るのみ。筋歹《すぢわろ》き借財《しやくざい》の、債《はた》りに分説術竭《いひわけすべつき》て、『銭欲《ぜにほ》し。』とのみ思《おも》ふをり、又縁談《またえんだん》を誼《ぎ》する者《もの》あり。抑《そも〱》這信夫《このしのぶ》の郷《さと》に、両箇《ふたり》の豪家《とめるひと》ありけり。西《にし》に居《をる》は西岳氏《にしおかうぢ》にて、東《ひがし》なるは東原氏《ひがしはらうぢ》也。因《より》て土人彼等《ところのひとかれら》を称《たゝえ》て、西《にし》の長者《ちやうじや》、東《ひがし》の長者《ちやうじや》と喚做《よびなし》たる、其西岳某甲《そのにしおかなにがし》が、妾《をんなめ》を欲《ほり》するとて、晩稲《おしね》を媒妁《なかたち》する者《もの》あり。悳庵《とくあん》は債《はた》りに困《こう》じて、術計《じゆつけい》尽《つき》たる折《をり》なれば、敢又尋思《あへてまたしあん》に及《およ》ばず、先他《まづかれ》を囮児《をとり》にして、金《かね》を借《か》らんと思《おも》ひしかば、一議《いちぎ》に及《およ》ばず其意《そのい》に任《まかせ》て、晩稲《おしね》を飽《あく》まで粧飾《よそほは》せて、初見参《うひげんさん》に遣《つかは》しけるに、事立地《ことたちどころ》に整《とゝの》ひて、俗《よ》にいふ支度料《したくりやう》にとて、金百両《かねひやくりやう》を贈《おく》られけり。悳庵《とくあん》則是《すなはちこれ》をもて、免《まぬか》れがたき借財《しやくざい》の、債《おひめ》を僅《わづか》に果《はた》す程《ほど》に、東《ひがし》長者《ちやうじや》もこの事《こと》を、伝聞《つたへきゝ》たるや、聞《きか》ざるや、昔《むかし》も今《いま》も両雄《りやういう》は、双立《ならびたゝ》ざる物《もの》にしあれば、西《にし》に負《まけ》じとや思《おも》ひけん、「俺其晩稲《われそのおしね》を妾《そばめ》にせん」とて、又媒妁児《またなかたちひと》をもて、晩稲《おしね》が衣裳調度《いしようちようど》の料《りやう》に、金百五十両《かねひやくごじふりやう》を贈《おく》りしかば、悳庵是《とくあんこれ》をも受納《じゆなふ》して、諸方《しよはう》の借財《しやくざい》は多《おほ》くも還《かへ》さず、日毎《ひごと》に飲食《のみくらひ》の友《とも》を集合《つどへ》て、只酒醼遊楽《たゞしゆえんゆうらく》に、夜《よ》をもて日《ひ》に接《つが》ざることなく、其折々《そのをり〱》に阿夏《おなつ》に歌《うたは》せ、晩稲《おしね》に舞踊《まひをどら》せて、猶飽《なほあか》ぬ心地《こゝち》すめり。

尓程《さるほど》に、東西《とうざい》の両長者《りやうちやうじや》の媒妁児等《なかだちびとら》は、只管悳庵《ひたすらとくあん》に催促《さいそく》して、「蚤《はや》く令愛《むすめご》を主家《しゆウか》へまゐらせ給へ」とて、其《その》懈《おこた》りを責《せむ》れども、悳庵噪《とくあんさは》ぐ気色《けしき》なく、或《あるひ》は病着《いたつき》、或《あるひ》は月《つき》の障《さは》りありとて、約束《やくそく》の日《ひ》を延《のば》すのみ、遣《つかは》すべうもあらざれば、東西《とうざい》の媒妁児等《なかだちひとら》、初《はじめ》は疑《うたが》ひ、後《のち》は皆《みな》、「謀《はか》られけり。」とうち腹立《はらたち》て、云合《いひあは》さねど東西斉一《これかれひとしく》、辛《から》踏《ふみ》の宿所《しゆくしよ》に来《き》て、憶《おも》はず声《こゑ》の高《たか》くなるまで、其怠慢《そのおこたり》を責罵《せめのゝし》れども、悳庵阿容《とくあんおめ》たる色《いろ》もなく、呵々《かや〱》と冷笑《あざわら》ひて、「噫噪《あながま》や。汝等思《いましらおも》ひね。天《てん》に不測《ふしき》の風雨《ふうう》あり、人《ひと》に不測《ふしき》の疾病《やまひ》あり。仮令約束《たとひやくそく》したりとも、晩稲《おしね》は一向病着《このころいたつき》に、打臥《うちふし》たるを争何《いかゞ》はせん。非除《よしや》一年三箇月《いちねんさんがつき》、事遅々《ことちゝ》に及《およ》ぶとも、我等閑《わがなほざり》にはあらざる也。気《け》長《なが》く等《まち》ね。」

といはせも果《はて》ず、

「そは虚言《そらごと》なり。已《やみ》ね〱。郷《さき》に来《く》る時令愛《ときむすめご》の、背影《うしろかげ》を見《み》しを知《し》らずや。詩《し》も語《ご》もいらず疾渡《とくわた》しね。」

と一箇《ひとり》がいへば、又一箇《またひとり》が、惴立《せきた》つ訛声振立《たみこゑふりた》て、

「咱等《われら》は既《すで》に先約《せんやく》なるに、女児一人《むすめひとり》を東西《とうざい》へ、斫売《きりうり》にする事《こと》やある。开《それ》では済《すま》ず里正許《さとをさがり》、牽《ひき》もてゆきて思《おも》ひ知《し》らせん。蚤《はや》く立《たち》ね」

と曳立《ひきたつ》るを、「烏滸技《をこわざ》すな。」と突仆《つきたふ》す、その手《て》を捉《とり》たる東《ひがし》の媒人《なかうど》、

「先約後約《せんやくごやく》は知《し》らねども、咱等《われら》が花主《だんな》は西《にし》よりも、支度料《したくりやう》に五十両《りやう》の、増金《ましきん》あれば西《にし》へは遣《や》らず、這方《こなた》へ渡《わた》せ。」

「然《さ》はさせじ。」

と主人《あるじ》を中《なか》に捕籠《とりこめ》て、挑争《いどみあらそ》ふ慾界《よくかい》の、風波《なみかぜ》噪《さは》ぐ口舌《くぜつ》の海《うみ》に、玉《たま》を採得《とりえ》ぬ志渡《しど》の蜑戸《あま》、取次《しどろ》に狂《くる》ふ程《ほど》しもあらせず、奥《おく》に集合《つどひ》し悳庵《とくあん》の、酒肉《しゆにく》の悪友《あくいう》洩聞《もれきゝ》て、「素破事《すはこと》あり。」と共侶《もろとも》に、驚　立《おどろきたち》たる酒気《しゆき》に乗《まか》して、襖戸蹴開《ふすまとけひら》き吐《ど》也《や》々々《〱》と、跳出《をどりいで》つゝ理不尽《りふじん》に、件《くだん》の両箇《ふたり》の媒人《なかうど》を、目鼻《めはな》もわかず撃仆《うちたふ》せば、「吐嗟《あなや》」と叫《さけ》びて起《おき》んと蠢《うごめ》く肩腰《かたこし》に、登蒐《のぼりかゝ》りて蹂躙《ふみにじ》れば、憐《あはれ》むべし媒人等《なかうどら》は、頭顱《かうべ》を傷《やぶ》られ板歯《ぬかば》を折《をら》れて、血《ち》に塗《まみ》れつゝ平張《へたばり》たる、事《こと》の騒劇《さはぎ》に四下《あたり》なる、里人等《さとひとら》走来《はしりき》て、或《あるひ》は両箇《ふたり》の痍負児《ておひひと》を勦《いたはり》助《たす》け、或《あるひ》は悳庵《とくあん》を推鎮《おしじつ(ママ)》めて、事《こと》の顛末《もとすゑ》を諮問《たゞしと》ふ程《ほど》に、側杖打《そばつゑうつ》たる、酒客等《なまゑひら》は、『序次《ついで》歹《わろ》し』と思《おも》ひけん、何《いつ》の程《ほど》に賕《か》退《しりぞ》きて、背門《せど》より出《いで》てゆきにけり。這時《このとき》に

しも悳庵《とくあん》は、忽地酒《たちまちさけ》の酔醒《ゑひさめ》て、後悔《こうくわい》すれども及《およ》ばねば、身《み》の非《ひ》を飾《かざ》りて陳《ちん》ずるのみ。言果《ことはつ》べくもあらざりける。然《さ》れども両箇《ふたり》の媒妁児等《なかだちひとら》は、幸《さいは》ひに痍深《きずふか》からず、命《いのち》に恙《つゝが》なきものから、事私《ことわたくし》に、治《をさま》るべきにあらざれば、随即事《すなはちこと》の顛末《もとすゑ》を、里正《さとをさ》に告知《つげし》らせて、領主《りやうしゆ》の庁《ちよう》に訴《うつたへ》けり。尓程《さるほど》に当国守《たうこくのかみ》、大崎左少将《おほさききさしようく》の陣代《ぢんだい》なりける、信夫《しのぶ》の郡司《ぐんじ》充信《みつのぶ》、件《くだん》の訴訟《うつたへ》をうち听《きゝ》て、双方《さうはう》を召問《めしと》ふに、悳《とく》庵陳《あんちん》ずることを得《え》ず、其非義《そのひぎ》既《すで》に分明《ふんみやう》なれば、彼身《かのみ》を禁獄《きんごく》せられけり。尓后又充信《そのゝちまたみつのぶ》は、西岳東原《にしおかひがしばら》の両長者《りやうちやうじや》を召《めし》よせて、事《こと》の虚実《きよじつ》を質問《たゞしと》ふに、彼等《かれら》も亦隠《またかくす》ことを得《え》ず、

「辛踏悳庵《からふみとくあん》が女児晩稲《むすめおしね》を、妾《をんなめ》にせん為《ため》に、西《にし》は百金《きん》、東《ひがし》は百五十金《きん》を齎《もたら》して、衣裳料《いしやうりやう》に遣《つかは》ししに、悳庵女児《とくあんむすめ》を重売《やへうり》して、金《かね》を奪《うば》ふて女児《むすめ》を逓与《わた》さず、事延引《ことゑんいん》に及《およ》ぶの故《ゆゑ》に、緊《きび》しく催促《さいそく》しぬるを怒《いか》りて、反《かへつ》て媒人等《なかだちひとら》に、打擲《ちやうちやく》の拳《こぶし》を中《あて》て、事《こと》の茲《こゝ》に及《およ》びぬる、其伎倆騙児《そのたくみもがり》に異《こと》ならねば、已《やむ》ことを得《え》ず憲断《けんだん》を、仰《あほ》ぎまつるにこそ」

といふ、東西同病同憂《とうざいどうびやうどうゆう》にて、口状吻《こうでうふ》合《がふ》したりける。左右《とかく》する程《ほど》に、両箇《ふたり》の媒妁児等《なかだちひとら》が、撲傷平愈《うちきずへいゆ》したりしかば、這歳《このとし》の冬《ふゆ》の終《をはり》に、信夫《しのぶ》の郡司《ぐんじ》充信《みつのぶ》は、罪人辛踏悳庵《つみひとからふみとくあん》を、獄舎《ひとや》より牽出《ひきいだ》させて、且東西《かつとうざい》の訴訟児等《うつたへひとら》と、信《しの》夫《ぶ》の里正故老《さとをさとしより》を召《めし》よせて、則《すなはち》宣示《のりしめ》すらく、

「医生辛踏悳庵《くすしからふみとくあん》の事《こと》、云云《しかぐ》の罪《つみ》あれば、家《か》伝《でん》の田圃居《たはたゐ》宅《たく》まで、皆悉《みなことぐ》く没官《もつくわん》して、宅眷《やから》も倶《とも》に追放《つゐはう》すべき者《もの》也。又西岳東原甲乙等《またにしおかひがしはらなにがしら》は、各齢五十《おのくよはいいそぢ》に及《およ》びて、色《いろ》を好《この》みて財貨《たから》を擲《なげう》ち、反《かへつ》て悳庵《とくあん》に謀《はか》られて、恥《はぢ》を恥《はぢ》とし思《おも》はぬは、寔《まこと》に烏《を》滸《こ》の白徒《しれひと》也。今《いま》その奢侈《おごり》を戒《いまし》めずは、何《なに》をもて後《のち》を懲《こら》さん。この故《ゆゑ》に賄銅《つみしろ》各《おのく》五十貫文《くわんもん》を

晩稲《おしね》甦生《そせい》して二親《ふたおや》蛇《へび》の蛻に駭《おどろ》く
琴鶴
おしね
おいそ

とく庵

まゐらせて、以後《こののち》を佐《き》と慎《つゝし》むべし。又両箇《またふたり》の媒妁《なかたち》児丙丁《ひとなにがしら》等は、倶《とも》に利《り》の為《ため》に、人《ひと》の女児《むすめ》を媒妁《なかたち》して、『謀《はか》られけり』と悟《さと》りなば、蚤《はや》く訴《うつたへ》稟《まう》すべきに、然《さ》はせずして闘諍《たうじやう》に及《およ》びしは、疎忽《そこつ》の至《いた》り烏滸《をこ》ならずや。這回《こたび》は且《しばらく》宥免《ゆうめん》す。この後《のち》を佐《き》と慎《つゝし》むべし。」と事厳重《ことげんぢゆう》に掟《おきて》らる。

有恁《かか》りし程《ほど》に、阿夏等《おなつら》は、屏居《とぢこめ》られてありけるに、「この日《ひ》良人悳庵《をつととくあん》は、所帯遺《しよたいおち》なく没官《もつくわん》せられて、追放《おひはな》さるべし。」と聞《きこ》えしかば、いよ〳〵駭《おどろ》き且患《かつうれ》ひて、事《こと》の迫《せま》らぬ先《さき》にとて、当晩悄地《そのよひそか》に腹心《ふくしん》の人《ひと》を頼《たの》みて、衣裳《いしよう》調度《ちようど》を沽却《うりしろな》すに、其価《そのあたひ》四五十金《きん》を得《え》たりしかば、則《すなはちこれ》是を懐《ふところ》にして、女児晩稲《むすめおしね》と共侶《もろとも》に、行装《たびよそほひ》を整《とゝの》へて、領《りやう》主《しゆ》の沙汰《さた》を俟《まち》てをり。

有恁而次《かくてつぎ》の日《ひ》、里正故老《さとをさとしより》等が来《き》て、領主《りやうしゆ》の下知《げぢ》を伝《つたふ》るに及《およ》びて、阿夏《おなつ》は宅《いへ》をも戸帳《こちやう》をも、皆里正《みなさとをさ》等に相渡《あひわた》して、晩稲《おしね》を倶《ぐ》して立去《たちさり》て、里尽処《さとはずれ》にて良人《をつと》を俟程《まつほど》に、是日《このひ》辛踏悳庵《からふみとくあん》は、背《そびら》を一百鞭《むち》うたれて、軈追放《やがてついはう》せられしかば、計《はか》らず阿夏晩稲《おなつおしねら》等に、逢《あふ》ことを得《え》て歓《よろこ》ぶのみ。当晩《そのよ》は近郊《ちかきいなか》《キンコウ》なる、白屋《くさのや》に宿《やど》りを投《もと》めて、笞傷《しもときず》の痊《いゆ》るを俟《また》ず、往方執処《ゆくへいずこ》と定《さだめ》ねども、京師《みやこ》の方《かた》を心当《こゝろあて》に、次《つぎ》の日《ひ》より路次《ろぢ》を急《いそ》ぐに、『倘西岳東原《もしにしおかひがしはら》の徒《ともがら》の、先度《せんど》の遺恨《いこん》を復《かへ》さんとて、追蒐来《おひかけき》ぬる事《こと》もや。』と思《おも》ふ心《こゝろ》の安《やす》からねば、人馬《にんば》稀《まれ》なる間道《わきみち》を、走《はし》ること両三日《ふつかみか》。是《この》日《ひ》は都《すべ》て山路《やまぢ》にて、鳥路熊径《ちようろゆうけい》の幽《かすか》なる、頃《ころ》は歳梢《しはす》の孟《はじめ》なれば、天寒《そらさむ》くして雲雪《くもゆき》を催《もよほ》し、風暴《かぜあ》れて梢罹《こずゑあみ》に似《に》たり。宛《さながら》屏風《びやうぶ》を建《たて》たる如《ごと》き、山又山《やままたやま》を登《のぼ》りゆく、親子《おやこ》三名《みたり》背《そびら》に汗《あせ》する、一歩《いつほ》は一歩《いつほ》の艱難《かんなん》あり、百歩《ひやくほ》は百歩《ひやくほ》の苦患《くげん》に堪《たへ》ず。

幵《そ》が中《なか》に、晩稲《おしね》は咽喉《のんど》の渇《かは》くとて、只管水《ひたすらみづ》を欲《ほり》すれども、這頭《こゝら》は人家遠《ひとさととほ》くして、茶店《さてん》あるべくもあらざれば、已《やむ》ことを得《え》ず嵒蔭《いはかげ》に、流《なが》るゝ石滂《しみづ》を見出《みいだ》して、阿夏《おなつ》が准備《ようい》の腰着碗《こしつけわん》に、溢《あふ》るゝ可《ばかり》に汲拿《くみと》りしを、「卒《いざ》」とて晩稲《おしね》に飲《のま》すれば、晩稲《おしね》は「最旨《いとうま》し」とて、飲《のむ》こといまだ半分《なかば》に至《いた》らず、忽地《たちまち》に舌強《したこは》り、面色変《おもゝちかは》りて仆《たふ》れんとす。阿夏《おなつ》は是《これ》に驚《おどろ》きて、晩稲《おしね》を楚《しか》と抱《いだ》き停《とゞ》めて、叫《さけ》びて良人《をつと》に告知《つげし》らすれば、悳庵《とくあん》も驚《おどろ》きながら、先其脈《まづそのみやく》を診《み》ていふやう、

「約莫太山《およそみやま》には嶂気《しようき》あり、又其水《またそのみづ》には、蛇毒《じやどく》あり。意《おも》ふに晩稲《おしね》は蛇毒《じやどく》ある、水《みづ》を飲《のみ》たるにぞあらむずらん。」

といひつゝ、四下《あたり》を見《み》かへるに、其頭《そこら》に老《ふり》たる松《まつ》の枝《えだ》に、最大《いとおほ》きなる蛇蛻《へびのきぬ》、三四掛《みつよつかゝ》りてありしかば、阿夏《おなつ》は毛骨竦《みのけたつ》までに、丈夫《をつと》の言《こと》の違《たがは》ぬを、感《かん》ずるのみにて術《すべ》を知《し》らず。

当下悳庵又《そのときとくあんまた》いふやう、

「今這蛇毒《いまこのじやどく》を解《とか》んには、良薬麝香《りやうやくじやかふ》に優者《ますもの》なし。又白柿《またころかき》も的中《てきちう》す。俺信夫《わがしのぶ》の宿所《しゆくしよ》には、麝香竜脳這那《じやかうりうなふこれかれ》となく、使用余《つかひあまり》もありつらんに、這逆路《このたびぢ》にて争何《いかゞ》はせん。」

といふを阿夏《おなつ》は聞《きゝ》あへず、

「其頭《そこら》に脱落《ぬかり》は侍《はべ》らずかし。往《いぬ》る日《ひ》宿所《しゆくしよ》を立去《たちさ》るをり、銭《ぜに》になるべき薬種《やくしゆ》をば、皆行嚢《みなたびふくろ》に拿籠《とりこめ》て、腰《こし》に着《つけ》てもて来《き》にき。麝香《じやかう》も茲《こゝ》になからずや。」

といひつゝ手蚤《てはや》く行嚢《たびふくろ》を、解開《ときひら》きつゝ棗形《なつめかた》なる、薬盒《くすりいれ》を拿出《とりいだ》して、渡《わた》すを悳庵受拿《とくあんうけとり》て、「奇妙《きみやう》々《く》々」と嘆賞《たんしやう》しつゝ、件《くだん》の麝香《じやかう》を思《おも》ひの随《まゝ》に、撮拿《つまみとり》て晩稲《おしね》が舌《した》に、幾回《いくたびか》歟塗《まみ》らしつ、猶《なほ》も咽喉《のんど》に吹入《ふきい》れて、うち守《まも》りて在程《をるほど》

に、晩稲《おしね》は一声《ひとこゑ》「呀《あ》」と叫《さけ》びて、水《みづ》を吐《は》くこと二三合《がふ》、忽地《たちまち》に我《われ》に復《かへ》りて、「心地《こゝち》清爽《すがやか》になりし」といへば、阿夏《おなつ》は「然《さ》こそ。」と歓《よろこ》びて、麝香《じやかう》の即効《そくかう》「云云《しかぐ〜》。」と告《つぐ》るを悳庵推禁《とくあんおしとゞ》めて、

「有恁《かゝ》る太山《みやま》は蛇毒《じやどく》のみかは、豺狼《やまいぬ》も出《いで》つべく、山豪《ひはぎ》の害怕《おそれ》なからずや。誘《いざ》ゆくべし。」

と急《いそ》がして、辛《から》くして山《やま》を下《くだ》りて、這宵《このよ》は山脚《ふもと》の客店《はたごや》に、天《よ》を明《あか》してぞ猶急《なほいそ》ぐ、去向《ゆくて》は都《すべ》て駅路《うまやぢ》にて、二十日《はつか》あまりの旅宿《たびね》をしつゝ、既《すで》に京師《みやこ》に近《ちか》づく程《ほど》に、有一日《あるひ》悳庵《とくあん》は、阿夏晩稲《おなつおしね》に譚《だん》ずらく、

「這《こゝ》より京師《みやこ》へ赴《おもむ》きて、兼顕卿《かねあきけう》に、憑稟《たのみまう》さば、恥《はぢ》を知《し》らざる者《もの》に似《に》たり。匇《いはんや》京師《みやこ》は戦馬《せんば》に暴《あれ》て、王室《わうしつ》の卑《いや》しかりしより、搢紳達《ながそでたち》も衣食足《いしよくた》らぬは、西《にし》の都《みやこ》に巣《す》を易《かへ》給ふも、尠《すくな》からずと聞《きこ》えたり。憑《たのも》しからぬ故主《こしゆう》に身《み》を寓《よ》せて、人《ひと》の胡慮《ものわらひ》にならんより、近江《あふみ》の観音寺《くわんおんじ》へゆくこそよかめれ。国守近江判官《こくしゆあふみのはうぐわん》佐々木高頼主《さゝきたかよりぬし》は、武威《ぶゐ》隣《りん》国《こく》を威服《ゐふく》して、室町殿《むろまちとの》を補佐《ほさ》し給へば、今観音寺《いまくわんおんじ》の城下《きのもと》は、繁昌《はんじやう》京浪速《きやうなには》に優《まさ》れり。曩《さき》に俺《われ》京師《みやこ》に在《あり》し時《とき》、那《かの》藩中《はんちう》の人々《ひとぐ〜》に、相識《あひし》られしもなきにあらず。先《いで》や那里《かしこ》に赴《おもむ》きて、便宜《びんぎ》を徴《もと》めて生涯《しやうがい》の、謀《はかりこと》を做《な》さまく欲《ほり》す。渾家《そなた》の意《こゝろ》いかにぞや。」

と問《と》へば、阿夏《おなつ》は異議《ゐぎ》もなく、「然《しか》るべし。」と応《いらへ》しかば、悳庵随即宅眷《とくあんすなはちやから》を将《い》て、観音寺《くわんおんじ》の城下《きのもと》に赴《おもむ》きつ、津《つ》問屋《とひや》といふ客店《はたごや》に杖《つゑ》を駐《とゞ》めて、相応《ふさは》しき借屋《しやくや》を求《もとむ》るに、去歳《こぞ》は果敢《はか》なく逆路《たびぢ》に暮《くれ》て、春正月《はるむつき》の初旬《はじめ》になりぬ。折《おり》から津問屋《つとひや》の東隣《ひがしとなり》に、間口二丈《まくちふたつゑ》あまりの借屋《しやくや》の、庭《には》もあり土蔵《ぬりこめ》あるを借得《かりえ》て、二月上旬《きさらぎはじめ》に移徙《わたまし》しつ。この時无四郎《ときむしらう》の辛踏悳庵《からふみとくあん》は、吾足斎延明《ごそくさいゑんめい》と名《な》を改《あらた》め、阿夏《おなつ》は老苧《おいそ》と呼易《よびかへ》られて、良人《をつと》の医業《いぎやう》を資助《たすけ》たる、是《これ》までの諸雑費《しよざつひ》は、曩《さき》に阿夏《おなつ》が陸奥《みちのく》を立去時《たちさるとき》、沽転《うりこか》しける衣裳調度《いしやうちやうど》の価《あたひ》、四五十金《きん》あれば也。

　斯《かく》てぞ悳庵《とくあん》の吾足斎《ごそくさい》は、療治人並《りようぢひとなみ》に行《おこな》はれて、観音寺《くわんおんじ》の城内《じようない》へも、折々出入《をりくいでいり》する程《ほど》に、晩稲《おしね》が美女《びぢよ》なるを聞《きゝ》知《し》りて、病《やまひ》もなき少年輩《わかうど》の、开《そ》を見《み》ん為《ため》に吾足斎許《ごそくさいがり》、来《き》つゝ湯液《くすり》を乞《こ》ふもありけり。开《そ》が中《なか》に佐々木家《さゝきけ》の権臣《きりもり》なる、多賀典膳政朝《たがてんぜんまさとも》の冢男《ちようなん》、志賀介政賢《しがのすけまさかた》と倣喚《よびな》したる少佼《わかうど》あり。こも亦晩稲《またおしね》を眷恋《けんれん》《ミソメル》して、親《おや》に乞《こ》ふて娶《めと》らまく欲《ほり》す。父政朝是《ちゝまさともこれ》を聞《きゝ》て、先吾足斎《まづごそくさい》と相識《あひし》る者《もの》をもて、他《かれ》か素生《すじよう》を問《とは》するに、吾足斎延明《ごそくさいゑんめい》は、其事情《そのことのこゝろ》を得《え》て、歓《よろこ》びて答《こたふ》るやう、

「蓋我遠祖《けだしわがとほつおや》は、在昔奥陸郡《むかしおくろくぐん》の主《ぬし》なりける、安倍頼時《あべのよりとき》の氏族《うから》にて、金氏《きんうぢ》より出《いで》たり。数世《すせ》の後信夫郡《のちしのぶこふり》に移住《うつりすみ》て、遂《つひ》に医生《くすし》に做《な》りしより、国守大崎氏《くにのかみおほさきうぢ》に従事《じうじ》して、侍医《じい》の員《かず》に充《みて》られし後俺身《のちわがみ》に至《いた》りて、父祖《ふそ》の家業《かぎよう》を零《おと》さず。尓《しか》るに近曽朋輩《ちかころはうばい》の讒言《さかしら》にて、罪《つみ》ならぬ罪《つみ》を得《え》たりしかば、已《やむ》ことを得《え》ず身《み》の暇《いとま》を給はりて、這地《このち》の繁《はん》昌《じやう》、佐々木殿《さゝきとの》の、武徳《ぶとく》を景慕《けいぼ》しぬるの故《ゆゑ》に、遠《とほ》く宅眷《やから》を携《たづさへ》て、這地《このち》に僑居《きようきよ》《カリスマヰ》しぬる也。」

と実《まこと》しやかに説誇《ときほこ》れば、其人承歓《そのひとうけよろこ》びて、退《まか》りて政朝父子《まさともふし》に告《つぐ》るに、政朝聞《まさともきゝ》て、

「尓《しか》らんには、先其親《まづそのおや》を薦挙《すゝめあげ》て、当家《たうけ》の医官《くすし》に做《な》して後《のち》、咱児《わがこ》の媾談《えんだん》に及《およ》ぶべし。事速《ことすみやか》には成《なし》かたし」

といひけり。吾足斎阿夏《ごそくさいおなつ》の老苧《おいそ》は、件《くだん》の首尾《しゆび》を伝聞《つたへきゝ》て、「時至《ときいた》りぬ」と歓《よろこ》ぶ程《ほど》に、這年《このとし》の夏五月《なつさつき》の時候《ころ》より、晩稲《おしね》が面部総身《めんぶさうしん》に、怪《あや》しき瘡多《かさおほ》く出来《いでき》て、其人《そのひと》としも見《み》えわかず、花《はな》の枝《えだ》に毛虫群《けむしむら》がり、月《つき》の前《まへ》に雲哀《くもあつま》る。毛嬙西施《もうしようせいし》の嬋妍《かほよき》も、変《へん》じて黒暗女《こくあんによ》に做《な》りしに弥増《いやます》、晩稲《おしね》を見《み》る者唾《ものつばき》して、「他癩病《かれらいびよう》ならざりせば、必楊梅《かならずやうばい》瘡《さう》なるべし」とて、爪弾《つまはぢき》をせざるはなし。この事蚤《ことはや》く観音寺《くわんおんじ》の、城内《ぜうない》に聞《きこ》えしかば、多賀《たが》の政朝政賢《まさともまさかた》は、倶《とも》に驚《おどろ》き呆《あき》れ果《はて》て、

「原来彼少女《さてはかのをとめ》には、癩病《らいびやう》の筋《すぢ》ありけんを、猶《なほ》知《し》らずして娶《めと》りなば、必我家《かならずわがいへ》を汚《けが》さん。怕《おそる》べし〱。」と舌《した》を掉《ふる》ひつ色《いろ》も恋《こひ》も、醒《さめ》て彼議《かのぎ》は止《やみ》にけり。

尓程《さるほど》に吾足斎老苧等《ごそくさいおいそら》は、揺銭樹《かねのなるき》と負《たの》みたる、晩稲《おしね》が不慮《ふりよ》の悪瘡《あくさう》に、胆《きも》を潰《つぶ》しつ其日《そのひ》より、膏薬煎湯術《こうやくせんたうて》を尽《つく》せども、徑験《しるし》あるべくもあらざれば、吾足斎《ごそくさい》は匙《さじ》を駐《とゞ》めて、阿夏《おなつ》の老苧《おいそ》に囁《さゝや》くやう、

「俺顧《われおも》ふに、『這回晩稲《こたびおしね》が病着《いたつき》は、癩病《らいびやう》ならず、黴毒《ばいどく》にもあらず。去歳《こぞ》の冬《ふゆ》、陸奥《みちのく》より来《き》ぬるをり、他蛇毒《かれじやどく》に中《あて》られて、命危《いのちあや》ふかりけるに、幸《さいはひ》に麝香《じやかう》の功《こう》あり、恙《つゝが》もあらず成《な》りしかど、其余毒猶腹内《そのよどくなほふくない》に在留《とゞま》りて、悪瘡《あくさう》に做《な》れるならん。』と思《おも》ひにければ始《はじめ》より、多《おほ》く麝香剤《じやかうざい》をもてせしかども、今《いま》に至《いた》りて徑験《しるし》なし、只這上《たゞこのうへ》は、白柹《ころかき》を煎《せん》じ用《もちふ》るにしく事《こと》なし。俺陸奥《われみちのく》に在《あ》りし時《とき》、謬《あやまつ》て、小蛇《こへび》を飲《のみ》し者《ひと》ありけり。『其蛇《そのへび》死《し》なず、腹内《ふくない》にあり。患者《やむもの》苦痛《くつう》に勝《たへ》ざれども、亦《また》いかにともせん術《すべ》なく、命危《いのちあや》ふかりし時《とき》、白柹《ころかき》を多《おほ》く切《きざ》みて、煎《せん》じて五六升《しやう》を用《もちふ》る程《ほど》に、其人《そのひと》酷《いた》く水瀉《すいしや》して、蛇《へび》の肛門《こうもん》より降《くだ》るを見《み》るに、約《およそ》一寸許《すんばかり》に断離《ちぎ》れて、首尾《しゆび》続《つゞ》く者《もの》あることなし。是《これ》より補薬《ほやく》を用《もちふ》ること、一七日《ひとまはり》にして本復《ほんふく》したり。』と当時人伝《そのときひとつて》に聞《きゝ》し事《こと》あり。疾白柹《とくころかき》を求《もと》め給へ。」といふに老苧《おいそ》は歓承《よろこびうけ》て、猛可《にはか》に人《ひと》を央《やと》ひなどしつ、隣国美濃《りんごくみの》へ遣《つかは》して、大垣加納《おほかきかなふ》なンどの、白柹《ころかき》を多《おほ》く買《かひ》拏《とり》て、煎《せん》じて晩稲《おしね》に飲《のま》する事《こと》、十日《とをか》あまりに及《およ》べども、是《これ》も亦労《またろう》して功《こう》なく、悪瘡弥《あくさういよ〱》臭気《しふき》に堪《たへ》ねば、吾足斎疑惑《ごそくさいうたがひまよ》ふて、『原来晩稲《さてはおしね》の悪瘡《あくさう》は、蛇毒《じやどく》にはあらざる歟《か》。』と思《おも》ふのみにて今《いま》はしも、施《ほどこ》すべき奇方《きはう》を知《し》らねば、夫婦斉一旦暮《ふうふひとしくあけくれ》に、神仏《かみほとけ》に祈《いの》るのみ。酷暑《あつさ》に堪《たへ》ぬ六月《みなつき》の時候《ころ》、人《ひと》ありて吾足斎《ごそくさい》に告《つぐ》るやう、

「摂津国住吉《つのくにすみよし》の下禰宜《しもねぎ》の家《いへ》に、無名《むみやう》の悪瘡《あくさう》の妙薬《みようやく》あり、即効百発百中《そくこうひやくはつひやくちう》なりと聞《きゝ》にき。医師《くすし》也とて外《よそ》の薬《くすり》を、

忌《いみ》給ふべくもあらず。令愛《むすめご》の為《ため》なるに、ゆきて討《もと》め給はずや。」といひけり。吾《ご》足斎《そくさい》是《これ》を聞《きゝ》て、其匙尽《そのさぢつき》たるをりなれば、敢亦疑《あへてまたうたが》はず、軈老苧《やがておいそ》に商量《だんかふ》して、「俺《われ》みづからゆかん」とて、行装《たびよそほひ》も慌《あはたゝ》しく、往還《ゆきゝ》五六日《にち》の旅宿《たびね》をしつゝ、住吉《すみよし》に赴《おもむ》きて、件《くだん》の禰《ね》宜《ぎ》の宿所《しゆくしよ》を問《と》ふて、来意《らいい》を告《つげ》て、悪瘡《あくさう》の妙薬《みようやく》を求《もとむ》るに、主《あるじ》の禰《ね》宜《ぎ》答《こたふ》るやう、

「いはるゝ義《よし》はこゝろ得《え》たれども、开《そ》は聞錯《きゝたがへ》給ひしならん。我家《わがいへ》にて然《さ》る悪瘡《あくさう》の、妙薬《みようやく》を売《うる》にあらず。先祖《せんぞ》より伝来《でんらい》したる、奇妙《きみよう》の薬方是《やくはうこれ》あるのみ。然《さ》ればとて秘《ひ》するにあらず。約莫《およそ》無《む》名《めい》の悪瘡《あくさう》の、百薬径験《ひやくやくしるし》なき者《もの》に、枸神一枚《くじんいちまい》を、細末《さいまつ》にして用《もち》ふれば、響《ひゞき》の物《もの》に応《おう》ずる如《ごと》く、立地《たちどころ》に其瘡愈《そのかさいえ》て、痕《あと》だにあらず做《な》れる也。只《たゞ》其薬種《そのやくしゆ》の得《え》がたきのみ。和殿医師《わとのくすし》ならば無礼《ぶらい》ながら、枸神《くじん》は千歳《ちとせ》の枸杞《くこ》の根《ね》の、化《け》して狗《いぬ》の形《かたち》に做《な》れる物是《ものこれ》也。京浪速《きようなには》なる薬店《くすりたな》を、渉猟《あさり》給はゞありもやせん。非如《よしや》ありとも高料《こうりよう》ならんに、百金《きん》ならば猶廉《なほやす》かり。勉《つとめ》て尋《たづ》ね給へかし。」

と言叮寧《ことねんごろ》に誨《をしゆ》れば、吾《ご》足斎《そくさい》は思《おも》ひしに似《に》ず、茲《こゝ》に望《のぞ》みを失《うしな》ふものから、『奇方《きはう》を得《え》たるを切《せめ》てもの、幸《さち》なりけり。』と思《おも》ひかへしつ、主人《あるじ》に謝《しや》して退《しりぞ》きて、浪速三界蜑崎《なにはさんがいあまがさき》、堺《さかい》は勿論《もちろ》、京大津《きようおほつ》まで、薬店《くすりたな》のある限《かぎ》り、漏《もら》す隈《くま》なく適遶《ゆきめぐ》りて、「枸神《くじん》やある」と尋《たづぬ》るに、「元是何等《もとこれなにら》の物《もの》なるや。」と問復《とひかへ》すのみ其名《そのな》をだも、知《し》りたる者《もの》のあることなければ、吾足斎困果《ごそくさいこうじはて》て、只得宿所《ぜひなくしゆくしよ》にかへり来《き》つ、阿夏《おなつ》の老苧《おいそ》晩稲《おしね》等《ら》に、事云云《ことしか〱》と告知《つげし》らすれば、老苧《おいそ》は額《ひたひ》を病《やま》するのみ、計《はかりこと》の出《いづ》る所《ところ》を知《し》らず。

当下《そのとき》吾《ご》足斎《そくさい》又《また》いふやう、

「俺《われ》嘗《かつて》聞《き》けることあり。這里《ここ》より程遠《ほどとほ》からぬ、一村落《かたゐなか》に、枸杞村《くこむら》と喚做《よびな》すあり。其一村《そのひとむら》は皆枸杞《みなくこ》にて、芰《か》れども尽《つ》きず、弥生《いやおひ》に、生茂《おひしげ》るとぞいふなる。意《おも》ふに件《くだん》の枸杞村《くこむら》には、枸神《くじん》をもてる荘客《ひやくしよう》の、是《これ》なしとすべからず。縦令所蔵《たとひしよぞう》の者《ひと》なくとも、多《おほ》かる枸杞《くこ》の根《ね》を穿《ほ》らば、枸神《くじん》を得《え》ぬることもやあらん。なれども俺《われ》は那村《かのむら》に、一箇《ひとり》も相識《しるひと》あることなし。箇様《かやう》々々《〳〵》に計《はから》ひて、利《り》に誘《いざな》はゞ我望《わがのぞみ》を、遂《とぐ》ることもあらむずらん。」

といふを老苧《おいそ》はうち聞《きゝ》て、

「心許《こゝろもと》なき事《こと》ながら、手《て》を空《むなし》くして在《をら》んより、左《と》にも右《かく》にも計《はから》ひ給へ。」

といはれて吾足斎再議《ごそくさいさいぎ》に及《およ》ばず、紙《かみ》を剪牌《きりふだ》に為《つく》りて、枸神《くじん》を求《もとむ》ることの趣《おもむ》き、価《あたひ》百金《きん》をもて、買《かひ》とらんといふ事《こと》まで、幾枚瞰写《いくひらかしるし》つけて、心利《こゝろきゝ》たる者《ひと》を央《やと》ふて、持《もた》して枸杞村《くこむら》へ遣《つかは》しつ、則《すなはち》件《くだん》の紙牌《かみふだ》を、村人《むらひと》の背門柱《せどはしら》、或《あるひ》は門前《もんぜん》なる松柏《まつかや》の、幹《みき》などへ貼《はら》せたりしは、秋七月《あきふみつき》の時候《ころ》なるべし。其後八月《そのゝちはつき》の中浣《なかば》に至《いた》りて、思《おも》ひかけなき三池邨《みいけむら》なる、宿六《やどろく》が汲引《てびき》にて、枸神《くじん》を得《え》て晩稲《おしね》の悪瘡《あくさう》、立地《たちところ》に瘥《いえ》しのみならず、朱之介《あけのすけ》に再会《さいくわい》の歓《よろこ》びを尽《つく》したる、无四郎《むしらう》の吾足斎《ごそくさい》、阿夏《おなつ》の老苧《おいそ》が来歴《らいれき》の、実事《まこと》は恁地《かくのごとく》なれども、今朱之介《いまあけのすけ》と宿六等《やどろくら》に、「夫婦《ふうふ》の身《み》の上云々《うへしかゞ》。」と詳《つまびらか》に説示《ときしめ》すに及《およ》びて、忌《いむ》べき事《こと》は推隠《おしかく》して、愆《あやまち》を飾《かざ》り人《ひと》を虐《しへた》げ、只己《たゞおのれ》のみ賢《けん》なる如《ごと》く、云瞞《いひくろ》めたる長談脩話《ながものかたり》に、朱之介宿六等《あけのすけやどろくら》は、応《いらへ》するのみ聞果《きゝはて》て、倶《とも》に感嘆《かんたん》したりける。

当下吾足斎又《そのときごそくさいまた》いふやう、

「俺始《われはじめ》より枸神《くじん》の価《あたひ》を、金百両《きんひやくりやう》と定《さだ》めしは、他人《たにん》の物《もの》を買《かは》んとて也。尓《しか》るに今幸《いまさいはひ》に、枸神《くじん》を珠之介《たまのすけ》の手《て》より得《え》て、他《かれ》が為《ため》には義女弟《いもとぼん》なる、晩稲《おしね》の悪瘡瘥《あくさういえ》たれば、便是一家《すなはちこれいつけ》の事《こと》なり。何《な》でふ価《あたひ》を論《ろん》ずべき。況弱《まいてわか》き輩《ともがら》に、金多《かねおほ》く持《もた》せなば、無益《むやく》の事《こと》に使《つか》ひ果《はた》して、反《かへつ》て其身《そのみ》の害《がい》になるべし。然《さり》とても、俺其金《われそのかね》を惜《をし》むにあらず。珠《たま》が為《ため》に所縁《よすが》を求《もと》めて、相応《ふさは》しき事《こと》あらば、俺百金《われひやくきん》まれ、五十金《きん》まれ、其雑費《そのざつひ》を資《たすけ》ざらんや。先《まづ》よく這義《このぎ》をこゝろ得《え》てよ。又宿六叟《またやどろくおぢ》は、阿夏《おなつ》の老苧《おいそ》と旧縁《きうえん》の義《ぎ》をもつて、珠《たま》を幾日《いくか》賎養《かやしな》ふて、料《はか》らず案内《しるべ》をせられしかば、其歓《そのよろこ》びにこゝろばかりの、報《むく》ひをせずはあるべからず。」

といひつゝ老苧《おいそ》に目《め》を注《くは》すれば、老苧《おいそ》は早《はや》くこゝろ得《え》て、軈納戸《やがてなんと》に退《しりぞ》きつ、一霎時《しばし》ありて金三分《かねさんぶ》を、紙《かみ》に裹《つゝ》みてもて来《き》にければ、吾足斎受拿《ごそくさいうけとり》て、傍《かたへ》にありける黒漆盆《ぬりぼん》に、恭《うやく》しくうち載《のせ》て、是《これ》を宿六《やどろく》に薦《すゝ》めていふやう、

「叟《おぢ》よこは些少《さしよう》ながら、憶《おも》はず骨《ほね》を折《をら》せたる、俺歓《わがよろこ》びの折乾《さかしろ》なり。いかで笑納《しようなふ》あれかし。」

といはれて呆《あき》るゝ宿六《やどろく》より、朱之介《あけのすけ》は立腹《たつはら》を、圧難《おさへかね》つゝ黙然《もくねん》たる、おなじ思《おも》ひをいへばえに、岩《いは》が根松《ねまつ》に集《い》る鳥《とり》の、宿巣《ねぐら》にあらぬ宿六《やどろく》は、

「噫思《あなおも》ひかけもなき、御賜《みたまもの》よ。」

とばかりに、興《きよう》さへ酒《さけ》の酔醒《ゑひさめ》て、肚裏《はらのうち》に思ふやう、

『枸神《くじん》とやらンを朱之介《あけのすけ》に、売《うら》せなば其価《をのあたひ》の、一割十両《いちわりじふりやう》ものいはずに、押《おさへ》し促織《ばつた》と今《いま》までも、胸算盤《むなそろばん》の玉翦《たまそれ》て、這里《ここ》の主人《あるじ》の吝嗇《やぶさか》なる、朱之介《あけのすけ》の乾父面《おやぼんづら》して、咱等《われら》を阿夏《おなつ》の旧識《きうしき》なりとて、熟善転《なじみこか》しに甚《いかに》ぞや、佸許《かばかり》の金出《かねだ》さるゝこと歟《か》。』

と胸《むね》に恨《うらみ》の数数《かずかず》を、鎮《しづ》めて只得渋々《ぜひなくしぶく》に、件《くだん》の金《かね》を受戴《うけいたゞ》きて、

「こはうち閣《おか》し給はずに、御心使《みこゝろつかひ》に預《あづか》り侍《はべ》り。」

といひつゝ軃懐《やがてふところ》へ、楚《しか》と挟《をさ》めて盃《さかづき》を、辞《いろ》ふてかへり去《さ》らまくす。

這時既《このときすで》に日《ひ》の暮《くれ》たれば、吾足斎老苧《ごそくさいおいそ》等《ら》は、敢又強《あへてまたしい》て留《とゞ》めず、いはるゝ随《まゝ》に盃《さかづき》を、納《をさ》めて迭《かたみ》の辞誼《ぢぎ》口誼《こうぎ》、

「料《はか》らざりける珍客《ちんきやく》なるに、不用意《ふようい》にして然《さ》ばかりの、款待《もてなし》もせぬ鈍《おぞ》ましさよ、挑灯《ちようちん》をやまゐらすべき。」

といふを宿六聞《やどろくきゝ》あへず、

「否《いな》。那里《あしこ》の窓《まど》を臠《みそなは》せ。十七日《にち》の月出《つきいで》て、昼《ひる》の如《ごと》くに明《あか》るに、挑灯《ちようちん》を何《なに》にせん。珠刀禰《たまとの》話説《はなし》もあるべきに、暇《いとま》ある折来《をりき》給ひね。娘《ぢよう》さま造作《ぞうさ》になり侍《はべ》り。」

と告別《いとまこひ》しつ出《いで》てゆくを、阿夏《おなつ》の老苧《おいそ》と朱之介《あけのすけ》は、応《いらへ》をしつゝ遽《いそがは》しく、紙燭《しそく》を秉《とり》て共侶《もろとも》に、玄関《げんくわん》までぞ送《おく》りける。

是《これ》よりして末朱之介《すゑあけのすけ》は、吾足斎《ごそくさい》の宿所《しゆくしよ》に歇居程《かゝりをるほど》に、枸神《くじん》の価《あたひ》百金《きん》を、得《え》遆与《わた》されずなりにける、怨《うらみ》を隠《かく》して色《いろ》にも出《いだ》さず、朝《あした》には吾足斎《ごそくさい》の教《をしえ》を受《うけ》て、薬《くすり》の調合《ちようがふ》に預《あづか》り、夕《ゆふべ》には母親老苧《はゝおやおいそ》を資《たす》けて、薪炊《かしき》の事《わざ》に代《かは》り、万事精悍《よろづまめやか》に挙動《ふるま》ひける、底意《そこい》を暁《さと》らぬ吾足斎《ごそくさい》、阿夏《おなつ》の老苧《おいそ》は愛歓《めでよろこ》びて、『好食客《よきかゝりひと》を得《え》たり』とて、最憑《いとたのも》しく思《おも》ひけり。

尓程《さるほど》に吾足斎延明《ごそくさいえんめい》は、曩《さき》に多賀志賀介《たがしがのすけ》の、媥談《えんだん》の緍《いとくち》を曳《ひか》れしに、晩稲《おしね》の悪瘡《あくさう》の故《ゆゑ》をもて、その事聞《ことききこ》えずなりけるを、遺憾《のこりをし》く思《おも》ひしかば、病架《びやうか》の為《ため》に招《まね》かれて、観音寺《くわんおんじ》の城内《ぜうない》へ赴《おもむ》く毎《ごと》に、人《ひと》に対《むか》ひて説誇《ときほこ》る、晩稲《おしね》の悪《あく》瘡平愈《さうへいゆ》の顚末《もとすゑ》、枸神《くじん》の即功云云《そくこうしかぐ》、と其精妙《そのせいみやう》をいはざることなく、

「拙女晩稲《せつぢよおしね》が病着《いたつき》は、原是蛇毒《もとこれじやどく》に中《あて》られて、無名《むめい》の瘡《かさ》の出来《いでき》しのみ、黴癩《ばいらい》にはあらざりしを、花《はな》に毛虫《けむし》の世《よ》

の醜女《しこめら》等が、薄情《うたて》や妬《ねた》みこゝろもて、あらぬ事《こと》さへ云云《かにかく》、と言銜《いひふら》されしは一霎時《しばし》にて、雨夜《あまよ》の月《つき》も霽《は》るゝ時《とき》あり。今《いま》こそ人《ひと》の疑《うたが》ひは、おのづから解《とけ》たらめ。うるさき事にて候ひき」といふ、自問自答《とはずかたり》を笑《わら》ふもあり。又奇《き》を好《この》む壮佼《わかうどら》等は、語接《かたりつ》ぎいひもて伝《つた》へて、この事隈《ことくま》なく聞《きこ》えしかば、多賀志賀介政賢《たがしがのすけまさかた》は、父政朝《ちゝまさとも》に「如此《しか》々々《ぐ》。」と告《つげ》て晩稲《おしね》を娶《めと》らまくす。然《さ》れども政朝《まさとも》いまだ許《ゆる》さず、「先《まづ》吾足斎《ごそくさい》に対面《たいめ》して、屢《しばく》問試《とひこゝろ》みなば、事《こと》の虚実《きよじつ》も彼人《かのひと》の、心術《こゝろざま》《シンジユツ》も知《し》らるべし。急《いそ》ぐことかは。」と推禁《おしとゞ》めて、次《つぎ》の日病痾《ひやまひ》に仮托《かこつけ》て、吾足斎《ごそくさい》を招《まね》きしかば、吾足斎《ごそくさい》は『時来《ときき》にけり。』と心悄地《こゝろひそか》に歓《よろこ》びて、走《はし》りて多賀《たが》の宿所《しゆくしよ》にゆきて、主剤《くすり》を調進《ちようしん》したりしより、休薬《きうやく》の後々《のちく》まで、日毎《ひごと》に政朝《まさとも》を訪《とは》ざることなく、只顧《ひたすら》に媚諛《こびへつら》ひて、陪堂《とぎ》の如《ごと》くになりにけり。

不題《されば》復説《また》末《すゑ》朱之介《あけのすけ》は、思《おも》はずも吾足斎《ごそくさい》の、宿所《しゆくしよ》に光陰《つきひ》を過《すぐ》す程《ほど》に、晩稲《おしね》の容色《かほばせ》世《よ》に優《すぐ》れて、多《おほ》く得《え》がたしと見《み》るまでに、旧病《きうびよう》発《おこ》りて己《おのれ》のみ、狂《くる》ふ猿馬《こゝろ》を鎮《しづ》め得《え》ず、二親《ふたおや》の目《め》をしのびくに、調戯《たは》けき言葉《ことば》を吐《はき》ちらし、長《なが》き袂《たもと》を曳《ひ》く毎《ごと》に、晩稲《おしね》は酷《いた》くうち腹立《はらたち》て、其手《そのて》を払《はら》ふて物《もの》だにいはず、顔赧《かほあか》やかに走退《はしりの》く。『現《げ》に処女《きむすめ》の趣《おもむ》きなきは、恪《かく》こそあらめ。』と思《おも》ひ侮《あなど》る、朱之介《あけのすけ》は懲《こり》ずまに、猶《なほ》も便宜《びんぎ》を窺《うかゞ》ふ程《ほど》に、有一日《あるひ》吾足斎《ごそくさい》は、朝《あさ》より出《いで》ていまだかへらず、阿夏《おなつ》の老苧《おいそ》は「いぬる頃《ころ》、津問屋《つとひや》より物贈《ものおく》られし、歓《よろこ》びをいはん」とて、背門《せど》より出《いで》てゆきしかば、朱之介《あけのすけ》は折《をり》を得《え》て、中《なか》の間《ま》に衣縫《きぬぬひ》居たる、晩稲《おしね》を矢庭《やには》に掖捉《ひきとら》へて、口説《くどく》を晩稲《おしね》は「吐嗟《あなや》」と叫《さけ》びて、力涯《ちからかぎり》に衝仆《つきたふ》しつ、貌《かたち》を正《たゞし》くしていふやう、

「噫無慙《あなむざん》やな。調戯《たはむれ》も、人《ひと》にこそよらめ。一度《いちど》ならず二度《にど》ならず、猥《みだり》がはしく見《み》え給ふは、奴家《わらは》はおん身《み》の

女弟《いもと》なるを、忘《わす》れ給ふ歟《か》烏滸《をこ》也。」

と罵《のゝし》る間《はし》に朱之介《あけのすけ》は、身《み》を起《おこ》しつゝ冷笑《あざわら》ひて、

「さないひそ。汝《いまし》も烏滸《をこ》なり。俺《われ》は母《はゝ》こそ骨肉《こつにく》なれ、阿爺《おやぢ》は原是他人《もとこれたにん》也。況《まいて》汝《いまし》は螟蛉女《やしむすめ》にて、女弟《いもと》にあらず、兄《あに》にもあらず。非除縁《よしやえに》しに繫《つなが》れて、兄《あに》と呼《よば》れ妹《いもと》と喚《よぶ》とも、養嗣夫妻《やうしあはせ》といふことは、世間《よのなか》に間是《まゝこれ》あり。今《いま》さら何《なに》ぞ禁忌《さしあひ》を繰《くら》んや。矧《いはんや》又汝《またいまし》の悪瘡《あくさう》、百薬験《ひやくやくしるし》なかりしに、枸神《くじん》を贈《おく》れる俺《われ》なくは、汝《いまし》は生《いき》ながら蝍蛆《うじ》に化《な》りて、腐滅《くされじに》に死《し》ぬべからん。恁《かゝ》れば俺《われ》は命《いのち》の親《おや》なり。其大恩《そのだいおん》を思《おも》はずに、最強面《いとつれな》きは甚麼《いか》にぞや。」

と譴《せむ》るを晩稲《おしね》は聞《きゝ》あへず、

「幵《そ》はいはるゝことながら、養嗣夫妻《やうしあはせ》も二親《ふたおや》の、随意《まに〱》ならば推辞《いなむ》に由《よし》なし。そを護《まも》らずに妹《いも》と佚《せ》の、約束《やくそく》せんは是不義《これふぎ》也。又枸神《またくじん》を贈《おく》られし、はじめは只利《たゞり》の為《ため》にて、奴家《わらは》を『義女弟《いもとぼん》なり。』と知《し》られし故《ゆゑ》にあらざれば、恩《おん》には侍《はべ》らず只利《たゞり》のみ。」

といはせも果《はて》ず朱之介《あけのすけ》は、晩稲《おしね》を佶《きつ》と疾視《にらまへ》て、

「少女《をとめ》に似《に》げなき強情《ごうじやう》多弁《たべん》。俺身今《わがみいま》こそ零落《おちぶれ》たれ、今業平《いまなりひら》と世《よ》に謡《うたは》れて、思《おも》ひを被《かけ》し少女子《をとめこ》に、背見《うしろみ》せられし例《ためし》はなし。意《おも》ふに汝《いまし》は、多賀政賢《たがまさかた》の、媥談《えんだん》を聞知《きゝし》りて、襟《えり》に附《つく》にぞあらんずらむ。」

と詰《なじ》るを聞《き》かず立《たゝ》まくしぬる、晩稲《おしね》を遣《や》らじと掖留《ひきとむ》るを、「噫《あな》や」とばかり絹尺《ものさし》もて、打《うて》ど払《はら》へど女子《をなご》の甲斐《かひ》なさ、困《こう》じてせん術《すべ》なき折《をり》から、跫然《きようぜん》として庭門《にはぐち》に、蹄形木履《こまげた》の音聞《おときこ》えしかば、朱之介《あけのすけ》は『母親《はゝおや》の、かへりにけり。』と見《み》かへりて、身《み》を閃《ひら》めかして玄関《げんくわん》に、出《いで》て薬《くすり》を切《きざ》みてをり。

当下《そのとき》晩稲《おしね》は乱《みだ》れたる、鬢掻揚《びんかきあげ》ても雨後《うご》の水《みづ》、澄《すま》ぬこゝろを然気《さりげ》なく、母《はゝ》を迎《むか》へて小土瓶《こどびん》なる、茶《ちや》を汲取《くみとり》て、薦《すゝめ》などする程《ほど》に、吾足斎《ごそくさい》は笑《ゑま》しげに、外面《とのかた》より還《かへ》り来《き》て、老苧《おいそ》を納戸《なんど》へ招《まね》きよせて、囁《さゝや》くこと半晌許《はんときばかり》、其後《そのゝち》中《なか》の間《ま》に立出《たちいで》て、朱之介《あけのすけ》を召《よび》ていふやう、

「珠《たま》よ听《きゝ》ね。好事《よきこと》あり。俺《われ》今日《けふ》城内《ぜうない》なる、多賀殿《たがとの》へ参《まゐ》りしに、政朝主《まさともぬし》譚《かた》るらく、『明日《あす》は君侯《くんこう》馬見所《ばけんしよ》に出《いで》まして、当藩邸《たうはんてい》なる少年輩《わかものども》の、武芸《ぶげい》の勝負《しようぶ》二十番《ばん》を、御覧《ごらん》あるべしと仰《おほせ》らる。是《これ》に因《より》て兵頭《ものかしら》、高島石見介好純《たかしまいはみのすけよしずみ》が請稟《こひまう》すよしあり。其所以《そのゆゑ》は好純《よしずみ》の宿所《しゆくしよ》に、武者修行《むしやしゆぎやう》の両少年《りやうしようねん》逗留《とうりう》して在《を》り、共《とも》に武芸《ぶげい》の達者《たつしや》にて、好純《よしずみ》と旧縁是《きうえんこれ》あり。いかで明日《あす》の撃剣《たちあはせ》に、召加《めしくは》えらるべうもや、と只管願《ひたすらねが》ひ稟《まう》すにより、君侯随即《くんこうすなはち》御許容《ごきよよう》ありて、件《くだん》の両箇《ふたり》の少年等《しようねんら》を、其数《そのかず》に加《くは》へらる。聞《き》くに和老《わらう》の宿所《しゆくしよ》にも、乾児末朱之介《こぼんすゑあけのすけ》と欺喚做《かよびな》す壮佼《わかうど》の、逗留《とうりう》して在《を》るにあらずや。年《とし》は幾《いくつ》に成《な》るやらん。武芸《ぶげい》の本事《てなみ》あるならば、今《いま》より君侯《くんこう》に聞《きこ》え上《あげ》て、明日《あす》の隊《むれ》に召入《めしい》れてん。勿論《もちろ》衣裳武器《いしようぶき》などは、志賀介《しがのすけ》の副衣《きかへ》あれば、そを貸《かし》て間《ま》に合《あは》せん。この義甚麼《ぎいかに》』と問《とは》れしかば、己答《おのれこたへ》稟《まう》すやう、『そは忝《かたじけな》き造化《しあはせ》にこそ候なれ。拙郎末朱之介《せがれすゑあけのすけ》は、今茲《ことし》二八の弱輩《わかもの》にて、武芸《ぶげい》は人並《ひとなみ》にぞ候はん。然《さ》るを明日《あす》の撃剣《たちあはせ》に、召入《めしいれ》られ候はゞ、実《じつ》にこよなき幸《さいはひ》にて、第一《だいいち》の修行《しゆぎやう》になるべし。宜《よろし》く願《ねが》ひ奉《たてまつ》る。』と当坐《たうざ》の応《いらへ》に政朝主《まさともぬし》も、共《とも》に本意《ほい》ある面色《おもゝち》にて、『然《さ》らば明日未明《あすまだき》より、和老其朱之介《わろうそのあけのすけ》を、倶《ぐ》して俺宿所《わがしゆくしよ》に来《き》給へ。余談《よだん》は其折《そのおり》々《く》。』と頻《しき》りにいそがし立《たて》給へば、暇《いとま》まうしつ退出《まかりいで》て、走《はし》りてかへり来《き》にける也。思《おも》ひかけなき幸《さいはひ》なれども、只心許《たゞこゝろもと》なきは、和郎《わろ》が武芸《ぶげい》いかなるべき。俺其本事《われそのてなみ》を知《し》らざれば、胸安《むねやす》からざる所《ところ》あり。」

といふを朱之介《あけのすけ》聞《きゝ》あへず、忻然《きんぜん》と含笑《ほうゑみ》て、腕《かひな》を扼《とりしば》りて答《こたふ》るやう、「爹爹其義《てゝごそのぎ》は心易《こゝろやす》かれ。俺身《わがみ》十一二歳《さい》にして、福富《ふくとみ》の家《いへ》に在《あ》りし時《とき》、鷲津爪作《わしつつまさく》、日《ひ》高景市《たかかげいち》等《ら》と、諜合《しめしあは》しつ密《しのび》密《しのび》に、弓馬《きうば》剣法《けんじゆつ》、槍法《やりのて》白打《やはら》、自得《じとく》せずといふことなし。就中《なかんづく》射芸《ゆみいるわざ》は、百発百中《ひやくはつひやくちう》の手段《しゆだん》あり。こゝをもて、曩《さき》に大和《やまと》に在《あ》りし時《とき》、一箭《ひとや》に狒々《ひひ》を射《い》て仆《たふ》して、斧柄《をのゑ》の必死《ひつし》を救《すく》ひにき。明日《あす》の敵手《あひて》は孰《たれ》にもあれ、何等《なにら》の害怕《おそれ》候べき。」と威勢猛《いきほひたけ》く説誇《ときほこ》れば、老苧《おいそ》も聞《きゝ》つゝ呆《あき》るゝまでに、歓《よろこび》涯《かぎ》りなかりける。

当下吾足斎《そのときごそくさい》又《また》いふやう、「俺傻《われかゞなへ》見《み》るに、珠《たま》は今茲《ことし》二十歳《はたち》なる歟《か》、二十一歟《か》二ならんを、多賀主《たがぬし》へは実《まこと》を告《つげ》ず、『十六歳《さい》に候。』といひしは、其身少年《そのみしようねん》にて、武芸抜萃《ぶげいばつすい》ならんには、国守《こくしゆ》の賞感八入《しようかんやしほ》に増《まし》て、大禄《たいろく》をもて御家臣《ごかしん》に、なさるべうもやと思《おも》へば也。珠《たま》は病後《びようご》の儘《まゝ》にして、今《いま》に其月額《そのさかやき》を、剃《そら》ざりしこそ幸《さいはひ》なれ。今日《けふ》結髪《かみあげ》をしぬる折《をり》、額髪《ひたひかみ》を剃《そり》残《のこ》して、元《もと》の大童《おほわらんべ》に成《な》るとても、優貌《やさかた》なれば相応《ふさは》しくて、見《み》て怪《あや》しむ者《もの》なかるべし。疾銭湯《とくせんとう》に浴《いり》て来《こ》よ。身《み》装《こしらへ》して得《え》させんず。なれども一箇《ひとつ》の不足《ふそく》あり。俺《われ》は医師《くすし》の事《こと》なれば、珠《たま》に貸《か》すべき袴《はかま》なし。老苧《おいそ》隣家《となり》へ適一適《ちよとゆき》て、巳《み》の時可《ときばかり》の袴《はかま》あらば、借《かり》もて来《き》て明日《あす》の間《ま》に合《あは》せよ。嘻鬧《あないそが》しや。」と栄利《ゑのり》の為《ため》に、我《われ》から単使《ひとりつかは》るゝ、現《げ》に小人《しようじん》の時《とき》を得貌《えがほ》に、果敢《はか》なく憑《たの》む富貴《ふき》の宿《やど》、筧《かけひ》の水《みづ》にあらねども、只《たゞ》是僥倖《これこぼれさいはひ》を、被《かけ》てぞ願《ねが》ふ幵《そ》が中《なか》に、晩稲《おしね》は歓《よろこ》ぶ気色《けしき》なく、納戸《なんど》に在《あ》りて出《いで》ても来《こ》ず、只朱之介《たゞあけのすけ》が無礼《なめ》なるを、「憎《にく》し」とのみぞ呟《つぶや》きける。

是《これ》より下《しも》は衆少年《しふしやうねん》の撃剣《たちあはせ》の段《だん》なれども、楮数茲《ちようすうこゝ》に涯《かぎ》りあれば、作者《さくしや》の自由《じゆう》になしがたかり。又編《またへん》を続《つ》ぎ巻《まき》を改《あらた》めて、後板《のちのいた》に鐫著《ゑりあらは》すべし。蓋《けだし》前文《ぜんぶん》に既《すで》に云《いふ》、彼武者修行《かのむしやしゆぎやう》の両少年《りやうしやうねん》は是何《これた》人《れ》なるぞや。看官《みるひと》早《はや》く猜《すゐ》しけん。いはでもしるき大江杜四郎成勝《おほえもりしらうなりかつ》、峯張柒六郎通能《みねはりなゝろくらうみちよし》等《ら》が、武名《ぶめい》を観音城内《くわんおんぜうない》に、揚《あげ》ぬる事《こと》の光景《ありさま》は、綉像《さしゑ》を茲《こゝ》に出《いだ》すものから、猶《なほ》詳《つまびらか》に知《し》らまく欲《ほり》さば、亦是後《またこれのち》の一巻《ひとまき》に、編次《あみついづ》るを俟《まち》ねかし。

通能《みちよし》勇《ゆう》を奮《ふるつ》て晴賢《はるかた》を雌伏《ふく》を

あく六郎
みちよし

○新局玉石童子訓第二板代稿画工筆工目次
繍像画工　一陽斎後豊国（印）
代稿　沢正次
浄書筆耕　谷金川

新局玉石童子訓第三板　上帙五冊下帙五冊　当巳の年内　開板
開巻驚奇俠客伝第五集　上帙分巻五冊　下帙分巻五冊　近刻

○家伝神女湯　婦人ちのみち　諸病の妙薬　一包代百銅
○精製奇応丸　大包代金弐朱　中包壱匁五分　小包代五分　はしたうり不仕候
○熊胆黒丸子　くまのい汁を以丸す　多くのりをまじへず　一包代五分
○婦人つぎ虫の妙薬　つぎ虫はさら也　さん後をりもの丶とゞこほりに　用ひてけつくわいのうれひなし　一包六十四文
製薬本家　四谷隠士　滝沢氏
弘所　元飯田町中坂下南側四方みそ店の向　たき沢氏
童子訓猶多編なるを今より後年々に作　翁に乞求めて続刻遅滞あることなく終に全編に成さん事必遠かるべ

からず　冀は遠近賜顧の君子先この記を認めて春日秋夜の枕の伽になされんことを惟祈るといふ

書肆　文渓堂敬白

代稿作者　沢　清右衛門
弘化二年乙巳秋八月発行

大坂書肆　心斎橋筋博労町角
河内屋茂兵衛

江戸書肆　大伝馬町弐丁目
丁子屋平兵衛板

○新局玉石童子訓第二板代稿画工筆工目次

繡像畫工　一陽齋後豊國（豊国印）

代稿　澤正次

淨書筆耕　谷金川

新局玉石童子訓第三板

上帙五冊下帙五冊
當巳の年内　開板

開巻驚奇俠客傳第五集

上帙分巻五冊
下帙分巻五冊　近刻

童子訓猶ヨヲ編るを今より後年々に作翁に乞求めて續刻遅滞あることなく終に全編に成さん必遠かるべからず指冀ハ遠近賜顧の君子先々の記を認めて春日秋夜の枕の伽とせられなさまんことを惟祈るといふ

書肆文溪堂敬白

代稿作者　澤　清右衞門
弘化二年乙巳秋八月發行
大坂書肆　心齋橋筋博勞町角　河内屋茂兵衞
江戸書肆　大傳馬町貳丁目　丁子屋平兵衞板

山静如太古
日長似少年

童子訓

曲亭翁口授編
一陽齋豊國画

新局玉石第三版自四十一回至四十五回全五巻

文溪堂

新局《しんきよく》 玉石童子《ぎよくせきどうじ》訓《くん》第三版《だいさんはん》附言《ふげん》（印）

本編第三集《ほんへんだいさんしふ》、第《だい》三十回《くわい》廿三丁ウラに末朱之介《すゑあけのすけ》が住吉《すみよし》なる岸松屋《きしまつや》を尋《たづね》てゆく折《をり》、其路傍《そのみちのべ》なる尻掛酒肆《しりかけさかや》にて、十三屋《じふさんや》九四郎《くしらう》に邂逅《かいこう》する段《だん》に、他《かれ》が年齢《とし》を『四十《よそぢ》あまりなるべし』とあるは、当時朱之介《そのときあけのすけ》がうち見《み》たる推量《すいりやう》をもていへる也。九四郎実《くしらうじつ》は是時《このとき》三十歳許《さいばかり》なるべし。何《いかに》とならば、後版《こうはん》三十二回《くわい》に至《いた》りて、九四郎《くしらう》の女兄《あね》臆《お》禄《ろく》は年《とし》二十五歳《さい》にて、身故《みまか》りぬ。是年其子《このとしそのこ》大江四郎《おほえのしらう》は甫《はじめ》の九歳《さい》也。是《これ》より亦八稔《またやとせ》を歴《へ》て、杜四郎《もりしらう》十六歳《さい》になりし時《とき》、九四郎《くしらう》は朱之介《あけのすけ》に相逢《あひあ》ふて、己《おの》が宿所《しゆくしよ》に留在《とゞめあらせ》たり。この時《とき》まで臆《お》禄猶世《ろくなほよ》に在《あ》らば、正《まさ》に三十二歳《さい》なるべし。九四郎《くしらう》は臆《お》禄《ろく》の弟《おとうと》なれば、三十歳許《さいばかり》ならんを、人《ひと》はうち見《み》に、其面影《そのおもかげ》の老《ふけ》たるあり、弱《わか》きもなきにあらねば、朱之介《あけのすけ》が謬認《あやまりしたゝめ》て、『四十《よそぢ》あまりなるべし。』と思《おも》ひし也。第《だい》三十二回以下《くわいよりしも》に、九四郎《くしらう》の年齢《とし》を、幾歳《いくさい》といふ文《ぶん》なければ、看官思惑《みるひとおもひまど》はん歟《か》とて、作者《さくしや》みづから評注《ひやうちゆう》を、聊略記《いさゝかりやくき》しぬる也。

又只《またたゞ》この事のみならず、本編三集《ほんへんさんしふ》の端像《くちゑ》に、幻泡法師《げんはうほうし》といふ者見《ものみ》えたり。其像賛《そのぞうさん》に、「ふり捨《すて》て出《いで》にし里《さと》を見《み》かへれば あしたのけぶり軒《のき》のまつ風《かぜ》」といふ歌《うた》あれば、看官《みるひと》なべてこの幻泡《げんはう》は、福富大夫五《ふくとみたいふご》ならんと思《おも》ふべし。然《さ》るを今版《こんはん》四十五回《くわい》に至《いた》りて、頭陀《づだ》幻泡《げんはう》といふ法師《ほうし》出《いで》たり。この幻泡《げんはう》は大夫《たいふ》五《ご》入道《にふだう》にあらず。おのづから是別人《これことひと》なるを、看官心《みるひとこゝろ》つきなくて、訝《いぶか》り思《おも》ふもありぬべし。

是等《これら》の疑惑《ぎわく》は猶編《なほへん》を重《かさね》て、数《す》十回《くわい》の後後《のちのち》に至《いた》らざれば、必了解《かならずりやうかい》しかたかるべし。都《すべ》て長編《ちやうへん》なる物《もの》の本《ほん》は、作者《さくしや》の意匠《いしやう》も深長《しんちやう》にて、前《まへ》より知《し》らるゝ者《もの》にあらず。其前《そのまへ》より知《し》らるゝは、初心《しよしん》の短筆《たんひつ》に多《おほ》くあり。和漢《わかん》の兀籍是《こつせきこれ》より出《いで》たり。そをあげつらふ論にあらねども、いはで已《やま》んはさすがにて、彼津《かのわたり》を問《と》ふ人《ひと》しもあらば、後《のち》竟《つひ》に是《これ》をもて、広《ひろ》くして且深《かつふか》きを知《し》る、筏《いかだ》にもやなるべからん、と思《おも》ふも烏滸《をこ》のすさみにぞありける。

弘化二年乙巳皐月之吉

曲亭痴老識（印）（印）

新局玉石童子訓《しんきよくぎよくせきどうじくん》第《だい》三版《さんばん》自《より》四十一回《くわい》至《いたる》四十五回總目録《くわいそうもくろく》

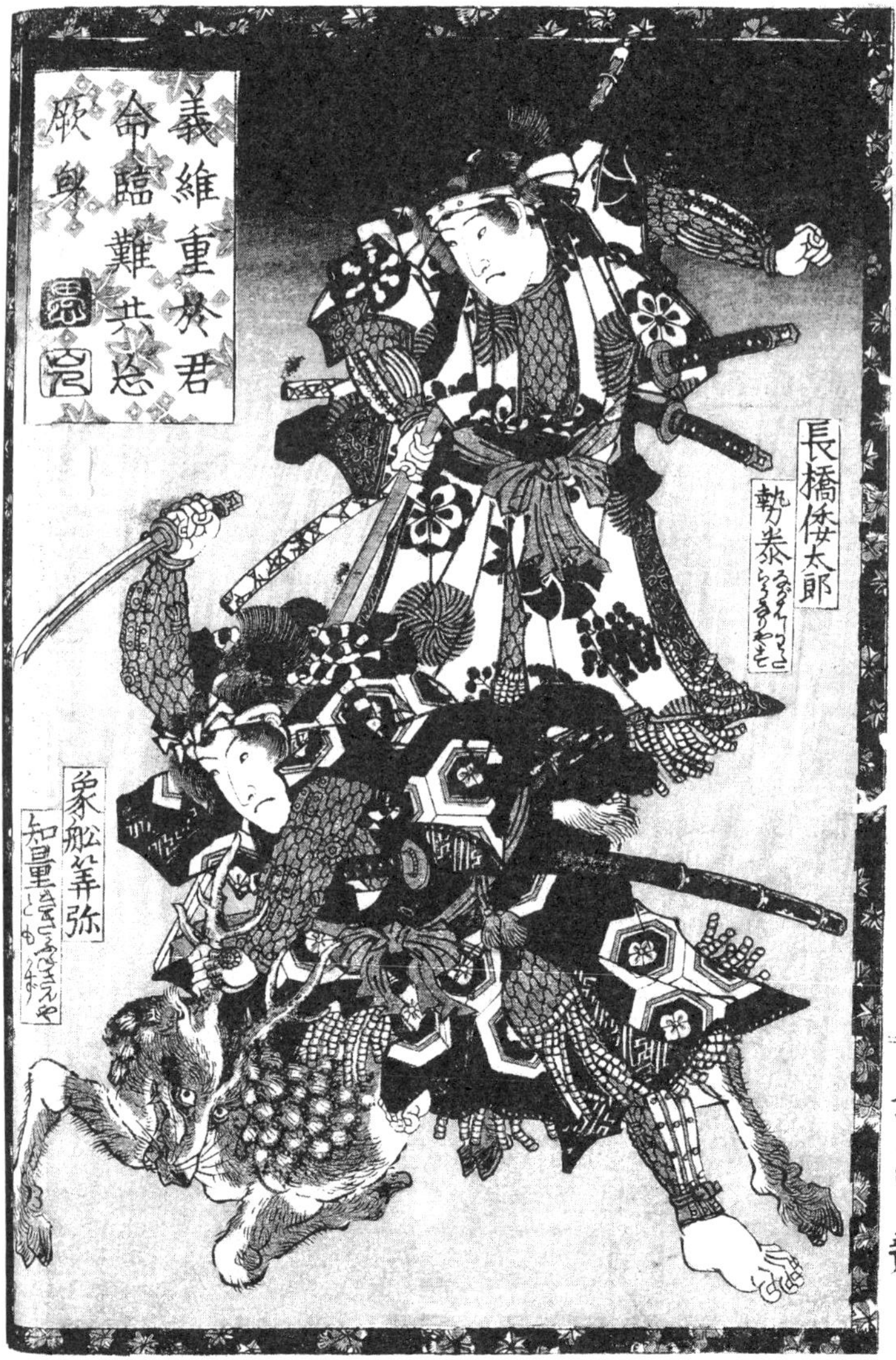

義維重於君
命臨難共忘
躯身
長橋倭太郎
勢泰
象舩笄弥
知量

生死の海ハわたり得
なには江のいかるがに
身をはなしぬる
半閑人
曽根見五郎平宗玄《そねみごろうへいむねはる》
拘杷村盆九郎《くこむらのぼんくらう》

舊泉流不竭
新司掬知清
御數書
福冨阿鍵
ふくとみ
おかぎ
一口鬼太夫
安倍やすまさ

庭の袖垣
玄同老人
高嶋長江
津問屋集三
旅人御宿仕り

狂婦有狂婦之勇何及侠者之雄哉
狂婦巨棋《きょうふおわめ》
重出十三屋九四郎

高嶋硯吉郎
重出浪華四摠

和漢《わかん》の稗史物《はいしもの》の本《ほん》の作者《さくしや》、多《おほ》く古人《こじん》の姓名《せいめい》に嫁《か》して、一部《いちぶ》の小説《しようせつ》を作設《つくりまうく》るは何《なに》ぞや。蓋編中《けだしへんちう》の人物《じんぶつ》世《よ》に聞《きこ》えて、婦幼《ふえう》も耳目《じもく》に克熟《よくなれ》たる、将相勇士《しようしやうくゆうし》の類《たぐひ》にあらざれば、其一部《をのいちぶ》の世界不立《せかいたゝず》。看官《みるひと》も亦拠《またよりどころ》あらざれば、飽《あか》ぬ心地《こゝち》すなれば也。是《こゝ》をもて事《こと》を故事《こじ》に借《かり》て、義《ぎ》を勧懲《くわんちよう》に作《な》せるのみ。この故《ゆゑ》に毛氏《まうし》が『琵琶記《びはき》』の評《ひよう》注《ちゆう》に、蔡邕《さいいよう》を評《ひよう》すらく、「後漢《ごかん》の蔡邕《さいいよう》にこの事《こと》なし。おのづから是同名異人《これどうめいゐじん(ママ)》。也と見《み》るべし」といへるは、其《その》言老実《ことろうじつ》に過《す》ぎたるに似《に》たれども、蒙昧《まうまい》の為《ため》に解《とか》んには、実《じつ》に是致言《これちげん》といはまじ。然《さ》るを克思《よくおも》はざる者《もの》、其正《そのせい》史《し》に合《あは》ざると、歳月《としつき》の錯《たが》へるを詰《なじ》りて、論《ろう》するもあるは笑《わら》ふべし。稗説伝奇《はいせつでんき》架空《かくう》の言《こと》、只情態《たゞじようたい》を写《うつ》し得《え》て、且善《かつぜん》を勧《すゝ》め悪《あく》を懲《こら》すを、作者《さくしや》の本意《ほんい》と做《な》せる也。或《あるひ》は是《これ》を無用《むよう》の技《わざ》とし、或《あるひ》は是《これ》を有用《うよう》の物《もの》とす。無用《むよう》の中《うち》に有用《うよう》あり。有用《うよう》の中《うち》に無用《むよう》なきにあらず。好憎《こうぞう》をもて褒貶《ほうべん》せば、私論《しろん》にして広《ひろ》からず。取捨《しゆしや》は人々《ひとぐ》の意衷《いちう》にあるべし。

曲亭老人重識

新局玉石童子《しんきよくぎよくせきどうじ》訓《くん》巻《まきの》六之十一

東都　曲亭主人口授編次

第《だい》四十一回《くわい》　観音寺《くわんおんじ》の城《しろ》に衆少年《しふしようねん》武芸《ぶげい》を呈《てい》す
弓馬《きうば》槍棒《さうばう》主僕《しゆぼく》朱之介《あけのすけ》を懲《こら》す

復説《またとく》〔○〕辛踏《からふみ》吾足斎《ごそくさい》延明《ゑんめい》は、次《つぎ》の日《ひ》の早旦《まだき》より、末朱之介《するゑあけのすけ》を将《い》て、観音寺《くわんおんじ》の城内《ぜうない》なる、多賀典膳政朝《たがてんぜんまさとも》の宿所《しよ》に赴《おもむ》く程《ほど》に、朱之介《あけのすけ》の身装《みこしらへ》の、早《とみ》に整《とゝの》ひかたかりしを、袴《はかま》は昨日《きのふ》阿夏《おなつ》の老苧《おいそ》が、隣家《となり》より借《かり》もて来《き》つ、時服《ときのきぬ》と腰刀《こしかたな》は、吾足斎《ごそくさい》が副衣副刀《きかへさしかへ》を取出《とりいで》て、被《き》せもしつ佩《はか》せもして、頭顱《かうべ》は額髪《ひたひかみ》を剃残《そりのこ》して、十六七なる少年《しようねん》の、像《ごと》くに作《つく》り做《な》しけるに、朱之介《あけのすけ》は猶飽《なはあか》ずやありけん、悄地《ひそか》に母《はゝ》の鏡台《きやうだい》なる、白粉《しろいもの》を取出《とりいだ》して、薄化粧《うすけはひ》さへしたりしかば、心術《こゝろざま》こそ奸悪《かんあく》なれ、うち見《み》は世《よ》に多《おほ》からぬ、美少年《びしようねん》なりけり、と謬思《あやまりおも》ふもあるなるべし。

尓程《さるほど》に吾足斎《ごそくさい》は、朱之介《あけのすけ》を相倶《あひぐ》して、政朝許来《まさともがりき》にければ、政朝則客《まさともすなはちきやく》の間《ま》に召入《よびい》れて、其子《そのこ》志賀介政賢《しがのすけまさかた》と共侶《もろとも》に、出《いで》て朱之介《あけのすけ》に対面《たいめん》す。当下《そのとき》吾足斎《ごそくさい》は、遽《いそがは》しく額《ぬか》を衝《つき》て、

「昨日御内意《きのふごないい》を承《うけ》まつりし、愚息末朱之介晴賢《ぐそくするゑあけのすけはるかた》を、召倶《めしぐ》してこそ候なれ。」

といひも果《はて》ぬに朱之介《あけのすけ》は、膝行頓首《しつこうとんしゆ》したりける。こゝに迨《いた》りて政朝《まさとも》は、朱之介《あけのすけ》を熟々《つらくく》相《み》るに、最優形《いとやさかた》なる少《しよう》年《ねん》なれば、憶《おも》はず眉《まゆ》をうち顰《ひそめ》て、朱之介《あけのすけ》に向《むか》ひていふやう、

「和殿《わどの》も予聞《かねてきか》れにけん。今日《けふ》の試撃《しあひ》は晴技《はれわざ》にて、国守《こくしゆ》高頼《たかより》をみづから御覧《ごらん》ぜらる。こゝをもて当藩中《たうはんちう》なる、

武勇《ぶよう》の少年《しようねん》、四十名《にん》を択出《えらみいだ》して、弓馬《きうば》撃剣《けんじゆつ》槍棒《やりの》白打《てやわら》、各《おの〳〵》得《え》たる所《ところ》をもて、勝負《かちまけ》を定《さだ》めらる。和殿《わとの》は員《かず》の外《ほか》にして、件《くだん》の隊《むれ》にあらねども、然《さ》ばかりの本事《てなみ》なくは、咱等《われら》汲引《てひき》を致《いた》しがたかり。実《じつ》に試撃《しあひ》を願《ねがは》るゝや。」

と問《とは》れて朱之《あけの》介《すけ》頭《かうべ》を抬《もた》げて、

「然《さん》候。武芸《ぶげい》は好所《このむところ》にて、年八九《としやつこゝのつ》の時《とき》よりして、習《なら》ひ得《え》て候へども、性鈍《さがにぶ》ければ人並《ひとなみ》にて、今猶《いまなほ》修行《しゆぎやう》の最《も》中《なか》に侍《はべ》り。开《そ》が中《なか》に弓馬《きうば》のみ、人《ひと》に譲《ゆづ》るべくも候はず。」

と雄々《をを》しく答《こたふ》る卑《ひ》下《げ》傲慢《ごうまん》《ヘリクダリテヲゴル》、庸人《たゞもの》ならず聞《きこ》えしかば、政朝《まさとも》屢《しば〳〵》頷《うなづ》きて、

「それでこそ安堵《おちゐ》たれ。是《これ》なる拙郎《せがれ》志賀介《しがのすけ》も、今日《けふ》の撰択《えらみ》に入《い》れられたれば、試撃《しあひ》の准備《ようゐ》進退《かけひき》は、志賀介《しがのすけ》に聞《きゝ》ねかし。」

と諭《さと》しつ又吾足斎《またごそくさい》にうち向《むか》ひて、

「和老《わろう》は事《こと》の果《はつ》るまで、終日《ひねもす》こゝに在《あら》んは要《えう》なし。宿所《しゆくしよ》に退《まか》りて吉左右《きつさう》を、俟《まつ》こそ便宜《びんぎ》なるべけれ。」

といはれて吾足斎歓《ごそくさいよろこ》び承《うけ》て、

「いかで宜《よろ》しく〳〵。」

と応《いらへ》をすれば朱之《あけの》介《すけ》も、主人父子《あるじおやこ》にうち向《むか》ひて、口誼《こうぎ》を演《のぶ》る开《そ》が程《ほど》に、両個《ふたり》の若党茶《わかたうちや》をもて来《き》て、這客親子《このきやくおやこ》に薦《すゝ》めつゝ、更《さら》に主《ぬし》《シユウ》にうち向《むか》ひて、

「准備宜《ようゐよろし》く候。」

と告《つぐ》るを政朝《まさとも》うち聞《きゝ》て、

「しからば出仕《しゆつし》をいそがんず。志賀介《しがのすけ》も疾立《とくたち》ね。」

といそがしつ吾足斎等《ごそくさいら》に、辞《ぢ》して父子共侶《おやこもろとも》に、そが儘奥《まゝおく》に退《まか》りしかば、吾足斎《ごそくさい》は朱之介《あけのすけ》を、留《とゞ》めて立《たゝ》まくする程《ほど》に、一霎時《しばし》囁《さゝや》きこゝろ得《え》させて、宿所《しゆくしよ》へとてぞ罷出《まかで》ける。有恁《かゝり》し程《ほど》に、志賀介政賢《しがのすけまさかた》は、遽《いそがは》しく奥《おく》に退《まか》りて、父《ちゝ》に向《むか》ひて囁《さゝや》くやう、

「大人《うし》はいかに思食《おぼしめし》けん。彼末朱之介《あのすゑあけのすけ》が皎皎《しらしら》しき、女子《をなご》の愛《めづ》べき艶冶郎《やさをとこ》にて、言語応答《ものいひざま》の浮薄《ふはく》なる、武芸《ぶげい》に勝《すぐ》れし者《もの》に似《に》ず。然《さ》るを今慭《いまなまじひ》に、他《かれ》を試撃《しあひ》に召倶《めしぐ》し給はゞ、我們《われく》さへに面目《めんもく》を、失《うしな》ふ事もや候はん。この義《ぎ》御深念《ごしあん》候歟《か》。」

と問《とへ》ば政朝沈吟《まさともうちあん》じて、

「尓《さ》也我《われ》も亦《また》、そを思《おも》はぬにあらねども、人《ひと》はうち見《み》によらぬ者《もの》にて、昔《むかし》の牛若御曹子《うしわかおんぞうし》、楠 正行新田義治《くすのきまさつらにつたよしはる》、皆是美少年《みなこれびしようねん》にして、武芸《ぶげい》は千騎万卒《せんきばんそつ》に、敵《てき》するに足《たり》しにあらずや。他其類《かれそのたぐひ》ならずとも、御用《ごよう》に達《たつ》べき者《もの》ならば、薦挙《すゝめあげ》て当家《たうけ》に留《とゞ》めん。若亦不覚《もしまたふかく》を取事《とること》ありとも、我力《わがちから》の及所《およぶところ》にあらず。其折《そのをり》には追退《おひしりぞ》けて当家譜第《たうけふだい》の壮佼等《わかものら》の、武芸《ぶげい》を都鄙《とひ》に知《しら》せんのみ。加旃《しかのみならず》他《かれ》が事は、昨日既《きのふすで》に君侯《くんこう》に、聞《きこ》え上《あげ》たりけるに、今《いま》さらに省《はぶ》きがたかり。然《され》ばとて、我贔屓《わがひいき》のこゝろもて、推挙《すいきよ》しぬるにあらざるを、知《し》る人《ひと》は知《し》るべからん。然《さ》のみ阽《あやぶ》むことかは。」

と諭《さと》せば志賀介再議《しがのすけさいぎ》に及《およ》ばず、

「仰寔《おふせまこと》に理《ことわ》り也。是《これ》に就《つき》てもいぬる頃《ころ》、吾足斎《ごそくさい》の女児晩稲《むすめおしね》とやらんを、娶《めとら》まく思《おも》ひしは、心恥《うらはづか》しき惑《まよ》ひなり

き。晩稲《おしね》が悪瘡愈《あくさういえ》たりとも、今其親《いまそのおや》と兄《あに》とを見《み》て、思《おも》へば愛《めづ》べき少女《をとめ》にあらず。この義《ぎ》は御心安《みこゝろやす》かりてん。」

と陪話《わぶ》れば政朝含笑《まさともほうゑみ》て、

「然《され》ばとよ其《その》事なれ。我始《われはじめ》より那婚姻《かのこんえん》を、許《ゆる》さざりしは所以《ゆゑ》ある事《こと》にて、『晩稲《おしね》が悪瘡愈《あくさういえ》たり。』と聞《きこ》えし後《のち》に吾足斎《ごそくさい》を、召近《よびちか》つけて試《こゝろみ》けるに、只是浮《たゞこれふ》薄《はく》の小人《しようじん》なり。遮莫其子朱之介《さばれそのこあけのすけ》は、吾足《ごそく》の実子《うみのこ》にあらず。乾児《こばん》なりと覰《か》いふめれば、親《おや》にも似《に》ざる者《もの》ならん、と思《おも》ひしは空負《そらたのめ》にて、我《われ》も亦疎忽《またそこつ》の失《あやまち》、是《これ》なしとすべからず。吾郎《わろ》の惑《まよひ》の醒《さめ》たるのみ、是我家《これわがいへ》の幸《さち》なるかな。」

といひつゝ外面瞻仰《とのかたあほぎみ》て、

「噫漫《あなそゞろ》なり。時《とき》もや移《うつ》らん。疾々《とく〱》。」

といそがして、親子衣裳《おやこいしやう》を改《あた》めつゝ、供《とも》の若党蒼頭《わかたうちうげん》に、准備《ようい》の武器《ぶき》を多《おほ》く持《もた》せて、朱之介《あけのすけ》を相倶《あひぐ》しつ、試撃《しあひ》の場《には》にぞいそぎける。

然《され》ば這多賀典膳政朝《このたがてんぜんまさとも》は、其妻三稔前《そのつまみとせさき》に世《よ》を去《さ》りて、志賀介《しがのすけ》の外《ほか》に児子《こども》なし。但年三十有余《たゞとしみそぢあまり》なる妾《をんなめ》あるのみ。この故《ゆゑ》に新婦《よめ》を欲《ほり》して、其子志賀介《そのこしがのすけ》の為《ため》に、をさ〱《専々》婚縁《こんえん》を求《もと》めしなるべし。

話分両頭《ものがたりふたつにわかる》。尓程《さるほど》に、大江杜四郎成勝《おほえもりしらうなりかつ》、峯張柒六郎通能《みねはりなゝろくらうみちよし》は、京師《みやこ》の旅宿《りよしゆく》を立去《たちさ》りて、本月《このつき》の上旬《はじめつかた》、近江《あふみ》なる観音寺《くわんおんじ》の、城下《きのもと》に来《き》にけるに、佐々木家《さゝきけ》の兵頭《ものかしら》、高島石見介好純《たかしまいはみのすけよしずみ》は、柒六《なゝろく》の父《ちゝ》なりける、峯張九四蔵通世《みねはりくしぞうみちよ》が為《ため》には、兵法七書《へいはうしちしよ》の弟子《をしえご》なりしに、通世《みちよ》が世《よ》を去《さ》りし後《のち》は、胡越《こえつ》の似《ごと》くなりもて行《ゆき》て、相訪《あひと》ふこともなきものから、四郎柒六《しらうなゝろく》も予《かねて》より、其名《そのな》ばかりは聞知《きゝし》りたれば、『先《いで》や高島氏《たかしまうぢ》を訪《と》ふて、彼人《かのひと》の意見《いけん》に就《つ》かば、万事《よろづ》に便宜《びんぎ》なるべし』とて、共《とも》に城内《ぜうない》に找《すゝ》み入《いり》て、甲乙《これかれ》となく人《ひと》に問《と》ふて、石見介《いはみのすけ》の宿所《しゆくしよ》に来《き》つ、姓名《せいめい》を告《のり》来意《らいい》を演《のべ》て、対面《たいめん》を請《こひ》しかば、好純《よしずみ》も亦予《またかねて》より、彼子《かのこ》あり彼孫《かのまご》ありしを、知《し》らざるにあらざれば、軈迎入《やがてむかへい》れて対面《たいめん》す。看茶《かんちや》の礼事畢《いやことをは》りて、杜四郎《もりしらう》柒六《なゝろく》主僕《しゆぼく》は、宿願《しゆくぐわん》の事武者修行《むしやしゆぎやう》の事、且当家《かつたうけ》の武功《ぶこう》を景慕《けいぼ》の故《ゆゑ》に、幸《さいはひ》に旧縁《きうえん》ある、主人《あるじ》の資助《たすけ》を借《から》んとて、推参《すゐさん》しける事情《ことのこゝろ》を、演説叮寧《ゑんせつねんごろ》なりければ、石見介《いはみのすけ》歓承《よろこびうけ》て、

「そはよくこそ訪《とは》れたれ。我身《わがみ》遊倅《へやすみ》なりし時《とき》、難波津《なにはわたり》に游学《ゆうがく》して、峯張翁《みねはりおぢ》の教《をしえ》を受《うけ》しを、思《おも》へば今《いま》は昔《むかし》に倣《な》りぬ。其折《そのをり》に和殿等《わとのら》は、尚幼仦《なほいはけな》かりしかば、迭《かたみ》に面善《おもしり》ならねども、柒六刀禰《なゝろくとの》の面影《おもかげ》は、故翁《もとのおきな》によく肖《に》たり。矧又大江主《いはんやまたおほえぬし》の尊大人《てゝうし》には、昔我一面《むかしわれいちめん》の好《よしみ》あり。尔後奶々《そのゝちはゝご》の不幸《ふこう》の事、風《かぜ》の便《たより》に聞《きこ》えしかども、其比我《そのころわれ》も憶《ゆく》りなく、失怙《しつこ》失恃《しつとく》《フタオヤヨヲサル》の憂《うれひ》あり。尔後家督《そのゝちかとく》を承嗣《うけつぎ》ては、紈袴《つかへ》に暇《いとま》あることなく、這里《ここ》より浪華《なには》へ路《みち》の程《ほど》、三宿《みよさぢ》なれば、往還自由《ゆきゝじゆう》ならで、年来疎闊《としごろそくわつ》にうち過《すぎ》しに、思《おも》ひかけなき両才子《りようさいし》に、訪《とは》れぬるこそ歓《よろこ》びなれ。外《よそ》に宿《やど》りを求《もとめ》んより、幾《いつ》までも這里《ここ》に居《ゐ》ませよ。させる款待《もてなし》はあらずとも、当藩中《たうはんちう》には忠義《ちうぎ》の士《さむらひ》、武芸修練《ぶげいしゆれん》の壮佼《わかもの》の、なきにしもあらざれば、異日面会《ゐじつめんくわい》し給ふとも、損友《そんゆう》にはあらざるべし。且《まづ》はや甘《くつろ》ぎ給へ」

とて、急《きう》に家《いへ》の老僕《おとな》を召《よび》て、乾浄《かけはなれ》たる小室《こざしき》へ、件《くだん》の主僕《しゆぼく》を誘引《いざなは》せて、开里《そこ》を起臥《おきふし》の処《ところ》と定《さだ》め、且湯《かつゆ》浴《あみ》させ、夕饌《ゆふぜん》を薦《すゝ》めたる、款待《もてなしこと》特に浅《あさ》からず。尔後主人《そのゝちあるじ》の妻《つま》も出《いで》て、この両少年《りやうしようねん》に対面《たいめ》しけり。聞《き》くに石見介好純《いはみのすけよしずみ》に独子《ひとりこ》あり。高島硯吉郎玄純《たかしまげんきちらうはるずみ》と喚做《よびな》して、今茲《ことし》は十四五歳《さい》なるべし。尚遊倅《なほへやすみ》也ければ、当春主君《このはるしゆくん》に願《ねが》ひ稟《まう》しつ、所縁《しよえん》に就《つ》きて周防《すはう》なる、山口《やまくち》へ遣《つかは》して、遊学《ゆうがく》させて彼地《かのち》に在《あ》り。今《いま》は対面由《たいめんよし》なけれども、好純《よしずみ》の侄《おひ》なりける、長橋倭太郎勢泰《ながはしわたらうなりやす》、及兵法《またへいはう》の弟子《をしえご》なりける、象船算弥知量《きさふねさんやともかず》と喚做《よびな》して、共《とも》に十七八歳《さい》なる、義勇《ぎゆう》の両少年《りようしようねん》あり

けり。国守《こくしゆ》の近習《きんじゆ》なりければ、勤仕《つかへ》の暇《いとま》ある毎《ごと》に、朝《あさ》となく夕《ゆふ》となく、高島《たかしま》の宿所《しゆくしよ》に詣来《まゐき》て、師説《しせつ》を受《うけ》ざる日《ひ》のなければ、大江《おほえ》峯張《みねはり》両《りやう》主僕《しゆぼく》に、一番言語《ひとたびことば》を交《まじ》へしより、迭《かたみ》に其才其智《そのさえそのち》に愛《めで》て、捨《すて》がたき思《おも》ひあり。只是《たゞこれ》のみにあらずして、好純《よしずみ》の弟子《をしえご》も、亦弟子《をしえご》ならざるも、親《した》しきは聚《つど》ひ来《き》て、文《ぶん》を談《だん》じ武《ぶ》を講《こう》ずるに、其才大《そのさえおほ》江《み》峯張《みねはり》の、右《みぎ》に出《いづ》るはなかりける。

　左右《とかく》する程《ほど》に、国守《こくしゆ》の命《おほせ》あり。当城内《たうぜうない》なる壮佼等《わかものら》の、武芸《ぶげい》を御覧《ごらん》あるべしとて、予《かね》より下知《げぢ》せられしかば、其撰択《そのえらみ》に充《みて》られたる、少年等《しようねんら》皆勇立《みないさみたち》て、稽古《けいこ》に暇《いとま》なかりしを、四郎柒六《しらうなゝろく》は羨《うらや》みて、石見介《いはみのすけ》に請《こ》ふよしあり。好純《よしずみ》も亦《また》『這少年等《このしようねんら》の、做《な》す事あらん。』と思《おも》ひしかば、軈《やが》て主君《しゆくん》に聞《きこ》え上《あげ》て、既《すで》に免許《めんきよ》を得《え》たりしより、当日《そのひ》の准備武器《よういぶき》身甲《はらまき》、衣裳兵鞋《いしやうむしやわらじ》に至《いた》るまで、主僕盤纏《しゆぼくろよう》に匱《とも》しからねば、思《おも》ひの随《まゝ》に相整《あひとゝの》へて、其日《そのひ》を遅《おそ》しと俟《まち》たりける。

　却説《かくて》是年《このとし》の秋九月十五日《あききくつきもちのひ》、当国守《たうこくのかみ》佐《さ》々木《き》六角弾正大弼《ろくかくだんしやうのたいひつ》源《みなもとの》高頼主《たかよりぬし》、高頼《たかより》或《あるひ》は定頼《さだより》に作《つく》る。はじめ左衛門尉《さゑもんのぜう》なりしかば、時《とき》の人相称《ひとあひたゝえ》て、近江《あふみ》の判官《はふくわん》ともいふなるべし。軍旅《ぐんりよ》の暇《いとま》あるをもて、城内《ぜうない》なる少年等《しようねんら》の、武芸《ぶげい》を撿覧《けんらん》すべしとて、本日《このひ》巳《み》の比及《ころほひ》より、儲《まうけ》の架屋《かりや》に着座《ちやくざ》あり。其事《そのこと》の為体《ていたらく》、縦《たて》六十間《けん》横《よこ》九間《けん》なる、走馬場《はしりばば》の中央《ちうわう》に、五間《けん》四面《めん》の架屋《かりや》あり。俗《よ》に云《いふ》馬見所《ばけんしよ》即是《すなはちこれ》也。四《よつ》目結《めゆひ》の花号《もん》染做《そめなし》たる、茬土紫《えどむらさき》の幔幕《まんまく》を引旋《ひきめぐ》らして、処々《ところ〳〵》を括揚《くゝりあげ》たる、裡面《うち》には金屏《きんびよう》二三双《さう》建連《たてつらね》て、真中《まなか》に儲《まうけ》の牀児《しようぎ》あり。高頼《たかより》則《すなはち》立烏帽子《たてえぼうし》を戴《いたゞ》きて、縹緋緺《はなだしぞら》の時服《ときのきぬ》に、長袴《ながはかま》を穿下《きくだ》しつ、小刀《ちひさかたな》を腰《こし》にして、手《て》に中啓《ちうけい》の扇《あふぎ》を把《とり》つ、件《くだん》の牀児《しようぎ》に尻《しり》うち懸《かけ》たる。左右《さゆう》には文武《ぶんぶ》の長臣《ちやうしん》二十余《よ》名《にん》、多賀典膳政朝《たがのてんぜんまさとも》、高島石見介好純《たかしまいはみのすけよしずみ》を首《はじめ》にて、共《とも》に朝服《はれきぬ》の袖《そで》を連《つら》ねて、斉々整々《せいゝゝせいゝゝ》と侍坐《じざ》したる。後方《あとべ》には近習《きんじゆ》の輩《ともがら》、童扈従等《わらはこしようら》、或《あるひ》は主君《しゆくん》の太刀《たち》を執《と》り、或《あるひ》は唾壺《だこ》鼻紙台《はなかみだい》を相捧《あひさゝ》げて、謹慎仕《つゝしみつか》へずといふ者《もの》なし。この他《た》架屋《かりや》の左右《さゆう》には、鳥羽《とりけ》の鎗《やり》二十条《すぢ》、弓《ゆみ》矢《や》三拾張《ちやう》を飾立《かざりたて》て、其隊《そのて》の頭人《とうにん》、隊兵等《てのものら》と共《とも》に這里《ここ》に在《を》り。架屋《かりや》の東西《とうざい》十四五丈《じやう》にして、試撃《しあひ》に召《めさ》るゝ少年《しようねん》等《ら》の、集会所《つどひところ》二箇所《かしよ》あり。西《にし》の方《かた》に二十名《にん》、東《ひがし》の方《かた》に二十名《にん》、各《おの〱》介副《かいそひ》の老兵《ろうひよう》あり。東西架屋《とうざいかりや》の四方《ほう》には、幕《まく》串建《くしたて》て幔幕《まんまく》を曳繞《ひきめぐ》らし、裡面《うち》には細縁《ほそへり》の薄席薦《うすたゝみ》、四五十枚布做《ひらしきなし》たる外面《とのかた》には、究竟《くつきやう》なる良馬《りようば》四十余頭《よひき》、磨立《みがきたて》たる鞍鐙《くらあぶみ》して、各《おの〱》両個《ふたり》の鑣奴等《くちつきら》が、絆《(た)はづな》を執《と》りてぞ立《たて》りける。又只是等《またたゞこれら》のみならで、這頭《このほとり》なる左右《さゆう》の小堤《こどて》に、袖摺《そですり》の竹牆《たけかき》を締連《ゆひつら》ねて、西《にし》の方《かた》に安土《あつち》あり。警固《けいご》の走卒二百名《あしかろにひやくにん》、各《おの〱》布袴《ぬのはかま》の稜高《そばたか》く袺《つまはさ》みて、藤柄《ふぢつか》の両刀《りようたう》を跨《よこた》へたる、手《て》に赤樫《あかかし》の捍棒《よりぼう》を、処々《ところ〱》に衝立《つきたて》々々《〱》、もて非常《ひじよう》に備《そなへ》らる。

是日《このひ》試撃《しあひ》の進退《かけひき》を、奉《うけ給は》りぬる頭人四五名《とうにんよたりいつたり》、各《おの〱》騎馬《きば》にて、東西《とうざい》に別《わか》れて立《たて》り。約莫《およそ》試撃《しあひ》の少年等《しようねんら》を、找《すゝむ》る時《とき》は大鼓《たいこ》(ママ)を鳴《なら》し、退《しりぞ》くには銅鑼《どら》をもてす。隊配《てくばり》等閑《なほざり》ならざりける。

折《をり》から秋《あき》の季《すゑ》なれば、馬場《ばゞ》の左右《さゆう》なる長小堤《ながこどて》に、残菊《ざんきく》這那里《こゝかしこ》に咲乱《さきみだ》れたる、白《しろ》きあり、黄《き》なるあり。況《まいて》松《まつ》柏《かや》の蒼然《さうぜん》たる、独楓《ひとりかへで》の折《をり》を得貌《えかほ》に、真紅《しんく》なるあり、黄黒《かち》も交《まじ》れり。鳥《とり》は梢躱《こかく》れて、声外《こゑほか》に聞《きこ》え、馬《うま》は嘶《いなゝき》立《たち》て乗《のる》を俟《まつ》めり。この日《ひ》は朝《あさ》より天《そら》よく晴《はれ》て、風《かぜ》さへ枝《えだ》をならさねば、馬蹄《ばてい》の黄土《ほこり》も多《おほ》く得起《えたゝ》ず。其方《そのかた》ざまの人々《ひと〱》は、各《おの〱》勝《かち》を祈《いの》らぬはなく、共《とも》に東西《とうさい》なる集会所《つどひどころ》に在《を》り。この他《た》試撃《しあひ》の少年等《しようねんら》の、件当《ともひと》奴隷《しもべ》夫役《ぶやく》等《ら》まで、各《おの〱》其主《そのしゆ》に引添《ひきそ》ふて、咸東西《みなとうさい》なる幕《まく》の内外《うちと》に、集合《つどひ》て混雑《こんざつ》したりける。

有恁《かくて》而この朝《あした》、辰《たつ》の時候《ころ》より試撃創《しあひはじま》りて、東西《とうざい》なる少年等《しようねんら》、予《かねて》より定《さだ》められたる、一番二番《いちばんにばん》の次第《しだい》を紊《みだ》さず、蒐大鼓《かけたいこ》(ママ)に従《したが》ふて、東西斉《とうさいひと》しく出《いで》て来《き》つ、或《あるひ》は剣法《けんじゆつ》槍棒《やりのて》白打《やわら》、迭《かたみ》に得《え》たる所《ところ》をもて、雌雄《しゆう》を争《あらそ》ふ者《もの》

高頼《たかより》馬場殿に
衆少年《あまたのしようねん》の武芸《ぶげい》を観る
さん弥

又郎平
けびいし使

二十番《はたつがひ》、記録《きろく》の祐筆《ゆうひつ》、其甲乙《そのかふおつ》を写《しる》しつけて、主君《しゆくん》に呈閲《ていゑつ》したりける。是《これ》よりして又《また》、走馬《はしりうま》の遅速《ちそく》を試《こゝろみ》られ、更《さら》に闘射《たうしや》の勝負《しようぶ》あり。幵《そ》が中《なか》に、弓矢《ゆみや》の故実《こじつ》に勝《すぐ》れたる者《もの》、共《とも》に笠掛十番《かさかけじふばん》を射《い》て、君《きみ》の撿覧《けんらん》にぞ備《そな》へける。然《され》ば試撃《しあひ》の少年等《しようねんら》、この日《ひ》を晴《はれ》と打扮《いでたち》たる、戎衣勒肚腰刀《ものゝぐはらまきこしかたな》、衣裳手甲脛衣《いしようこてすねあて》に至《いた》るまで、孰《いづれ》も錦《にしき》の上《うへ》に花《はな》を添《そへ》て、疎《おろか》なるはなきものから、負《まけ》たる者《もの》は色《いろ》を失《うしな》ひ、勝《かち》たる者《もの》は意気洋々《いきよう〱》と、式礼《しきれい》してぞ退《しりぞ》きける。

既《すで》にして事果《ことはて》て、高頼主《たかよりぬし》は、件《くだん》の少年等《しようねんら》の、武芸《ぶげい》の甲乙《かふおつ》を閲《けみ》し給ふに、就中《なかんづく》多賀《たが》典膳政朝《てんぜんまさとも》の独子《ひとりこ》なる、志賀介政賢《しがのすけまさかた》、并《ならび》に高島石見介好純《たかしまいはみのすけよしずみ》の侄《おひ》なりける、長橋倭太郎勢泰《ながはしわたらうなりやす》、及其弟子《またそのをしえご》、象船算弥知量《きさふねさんやともかずら》等は、試撃《しあひ》の本事抜萃《てなみばつすゐ》にて、射芸《しやげい》も亦人《またひと》に譲《ゆづ》らず、後《おくれ》を取《と》ること絶《たえ》てなければ、高頼感悦大《たかよりかんゑつおほ》かたならず、軈《やが》て架屋《かりや》に召《めし》よせて、誉《ほめ》て当坐《たうざ》の牽出物《ひきでもの》に、有名《ゆうめい》の刀《かたな》各《おの〱》一口《ひとこし》を、被《かづ》けさせ給ひしかば、政賢勢泰知量《まさかたなりやすともかずら》等は、時《とき》の面目身《めんぼくみ》にあまりて、共《とも》に君恩《くんおん》を拝《はい》しまつりしを、見《み》る者聞《ものき》く者嘆賞《ものたんしよう》して、羨《うらや》まざるはなかりけり。

当下典膳石見介《そのときてんぜんいはみのすけ》は、倶《とも》に席《せき》を降《くだ》り主君《しゆくん》を拝《はい》して、政賢勢泰知量《まさかたなりやすともかずら》等の、為《ため》に恩賜《おんし》の歓《よろこ》びを、稟果《まうしはて》て又《また》いふやう、

「昨日《きのふ》も聞《きこ》えまつりし如《ごと》く、浮浪武者修行《ふらうむしやしゆぎやう》の三少年《さんしようねん》の、武芸《ぶげい》を御覧《ごらん》あるべうもや。既《すで》に今朝《けさ》より召倶《めしぐ》して、東西《とうざい》なる集会所《つどひところ》に在《を》り。臣政朝《おみまさとも》に因《より》て、今日《けふ》の試撃《しあひ》を願《ねが》ふ者《もの》は、当城外《たうぜうぐわい》なる医師《くすし》にて候、吾足斎延明《ごそくさいゑんめい》の乾児《こぼん》と聞《きこ》えし、末朱之介晴賢《すゑあけのすけはるかた》、及臣好純《またおみよしずみ》に旧縁《きうえん》の両少年《りやうしようねん》、大江杜四郎成勝《おほえもりしらうなりかつ》、峯張柒六郎通能《みねはりなゝろくらうみちよし》等《ら》、即《すなはち》是《これ》也。いかに計《はか》ひ候はんや。」

と言語斉《ことばひと》しく請稟《こひまう》せば、高頼聞《たかよりきゝ》つゝ点頭《うなづき》て、

「現然者《げにさるもの》もありけるを、事《こと》に紛《まぎ》れて忘《わす》れたり。遮莫《さばれ》我家《わがいへ》の少年等《しようねんら》の、試撃《しあひ》は既《すで》に事果《ことはて》たるに、茲《こゝ》より敵手《あひて》を出《いだ》すは要《えう》なし。其少年等《そのしようねんら》を相番《あひつがは》せて弓馬《きうば》槍法《やりのて》を一覧《いちらん》せん。約莫《およそ》両軍《りやうぐん》相逢《あひあ》ふ時《とき》、遠《とほ》きは矢《や》を射出《いいだ》して、敵《てき》の一陣《いちぢん》を乱《みだ》すべく、近《ちか》きは必《かならず》 槍《やり》を入《い》れて、突頽《つきくづ》す事勿論《こともちろん》也。然《され》ば今《いま》の戦場《せんじやう》に、士卒《しそつ》の器械《うちもの》は弓矢《ゆみや》と槍《やり》のみ、是《これ》に勝者何歟《ますものなにか》あらん。この意《い》を其少年等《そのしようねんら》に、得《え》させて准備《ようい》を急《いそ》ぐべし。この余《よ》の事は箇様《かやう》々々《〳〵》、如此《しか》々々《〴〵》に致《いた》すべし」

とて、言語急迫《ことばせは》しく吩咐《いひつけ》給へば、政朝好純《まさともよしずみ》承《うけ給は》りて、猶《なほ》も架屋《かりや》に侍《はべ》りたる、志賀介《しがのすけ》と倭太郎等《わたらうら》に、「御意《ぎよい》の 趣《おもむき》云々《しか〴〵》。」と示《しめ》して准備《ようい》を急《いそ》がすれば、志賀介《しがのすけ》と倭太郎《わたらう》は、心得果《こゝろえはて》て東西《とうざい》なる、集会所《つどひところ》へ走去《はしりさ》りけり。

是《これ》よりの後時《のちとき》を移《うつ》さず、「准備整《よういとゝの》ひぬ。」と聞《きこ》えしかば、進退使《かけひきつかひ》《シンタイシ》の老兵二騎《ろうひようにき》、馬《うま》を東西《とうさい》に乗駐《のりとゞめ》て、

「東《ひがし》の少年末晴賢《しようねんすゑはるかた》、西《にし》なる少年峯張通能《しようねんみねはりみちよし》、出《いで》て勝負《しようぶ》を決《けつ》せずや。」

と相呼《あひよば》はりつ共侶《もろとも》に、扇《あふぎ》を抗《あげ》て指招《さしまね》けば、早打鳴《はやうちなら》す鼗大鼓《かけたいこ》の、鼕々《とう〳〵》たる高音《たかね》と共《とも》に、東西斉一馬《とうさいひとしくうま》を拢《すゝ》むる、末峯張《すゑみねはり》がこの日《ひ》の打扮《いでたち》、正《まさ》に是一対《これいつつひ》にて、黒革縅《くろかはをどし》の身甲《はらまき》(ママ)に、元涅腸綿袿《くろそめのふくさこそで》に、玄囉紗《くろらしや》の戦袍《ぢんはふり》、元青緞《くろしゆす》の加裙袴《のはかま》を穿下《きくだ》して、頭《かうべ》には裏銀《うらみがき》なる、戦笠《ぢんかさ》を戴《いたゞ》きたる、腰《こし》に両刀《りやうたう》を跨傚《おびな》して、手甲《こて》脛衣《すねあて》も黒《くろ》きを要《えう》とす。馬《うま》さへ純黒《くろけ》の逸物《いちもつ》にて、東西倶《とうさいとも》に腰靮《こしたづな》なる、手《て》には各《おの〳〵》一条《ひとすぢ》の、習学槍《けいこやり》を挟《わきはさ》みて、馬《うま》を徐々《しづ〳〵》と拢《すゝ》めたる、一箇《ひとり》は是《これ》白面《はくめん》の美少年《びしようねん》、臥蚕《ぐわさん》の眉丹花《まゆたんくわ》の唇《くちびる》、女子《をなご》にして見《み》まほしき、『昔鞍馬《むかしくらま》の御曹司《おんぞうし》も、かくや』と思《おも》ふ可《ばかり》なるに、一箇《ひとり》は亦問《またとは》でもしるき、勇士《ゆうし》の蘖《ひこばへ》、威風凛然《ゐふうりんぜん》、面《おもて》の色浅桃紅《いろうすもゝいろ》なる、星眼清《まなこすゞし》く鼻高《はなたか》く、筋骨《すぢほね》の逞《たくま》しげなる、『昔《むかし》筑紫《つくし》の八郎主《はちらうぬし》に、及《およ》ぶまでにあらずとも、必覚《かならずおぼえ》ある者《もの》ならん。』と衆人固唾《もろひとかたづ》を飲《のま》ぬはなし。

登下《そのとき》朱之《あけの》介《すけ》晴賢《はるかた》は、敵手《あひて》の姓名記憶《せいめいおぼえ》ある、彼十三屋九四郎《かのじふさんやくしらう》の、弟《おとうと》なりしと予聞《かねてき》く、峯張柒六《みねはりなゝろく》なりければ、且驚《かつおどろ》き且怪《かつあやし》みて、心《こゝろ》に十二分《じふにぶん》の鬼胎《おそれ》あり。『他《かれ》いかにして今日《けふ》の試撃《しあひ》に、召入《めしいれ》られたるやらん。』と思《おも》ふものから毫《ちつと》も撓《たゆ》まず、素《もと》より無敵《ふてき》の豪奸《くせもの》なれば、肚裡《はらのうち》に又思《またおも》ふやう、

『往《いぬ》る夏《なつ》の夜《よ》、彼奴《かやつ》の為《ため》に、追逼《おひせま》られて、彼財嚢《かのさいふ》さへ採復《とりかへ》されしは所以《ゆゑ》ある事《こと》にて、其折我身《そのをりわがみ》に寸鉄《すんてつ》なく、且牢獄疲労《かつひとやつかれ》にて膂力衰《ちからおとろ》へたれば也。先度《せんど》の遺恨《いこん》を復《かへ》さんこと、只《たゞ》この一挙《いつきよ》にこそあれ。』

と尋思《しあん》をしつゝいよ〳〵騒《さわ》がず。柒六《なゝろく》も亦朱之《またあけの》介《すけ》の、姓名《せいめい》を今聞《いまきゝ》しより、訝《いぶか》りながら其面影《そのおもかげ》を、見《み》れば果《はた》して其人《そのひと》也。

『今日《けふ》の敵手《あひて》は多《おほ》からんに、彼奴《かやつ》に逢《あふ》こそ幸《さいはひ》なれ。思《おも》ひの随《まゝ》に突伏《つきふせ》て、時宜《じぎ》に依《よ》らば往《いぬ》る夜艾《よさり》の、一百九《いつひやくく》十五金《じふごきん》の事《こと》も、責問《せめとは》でやは已《やむ》べき。』

と思《おも》へば勇気《ゆうき》十倍《じふばい》して、既《すで》に找《すゝ》むる馬《うま》の脚掻《あがき》に、鑣児《くつわ》の音《おと》も鈴々《りん〳〵》、と臨機応変便宜《りんきおうへんびんぎ》を料《はか》る、智《ち》あり忠《ちう》あり遠《ゑん》慮《りよ》ある、勇士《ゆうし》の心《こゝろ》と表裏《うらうへ》なる、朱之《あけの》介《すけ》も馬《うま》を找《すゝ》めて、東西《これかれ》斉《ひと》しく架屋《かりや》に向《むか》ひて、馬上《ばしよう》の式礼形《しきれいかた》の如《ごと》く、両《もろ》拍打《かくい》れて馳違《はせちが》はする、二馬《にば》の駿足《しゆんそく》目覚《めさま》しく、駆《かけ》を乗《の》る者両三遍《ものふたゝびみたび》、程《ほど》よく両敵相対《りやうてきあひむか》ひて、声《こゑ》を合《あは》せて衝出《つきいだ》す、槍《やり》の梢頭《ほさき》は電光石火《でんくわうせきくわ》の、閃《ひら》めくに異《こと》ならず。将《はた》この槍《やり》は真物《まもの》にあらで、梢頭《ほさき》には小毬《こまり》の像《ごと》き、括《くゝ》りたる布《ぬの》の団嚢《まるふくろ》あり、嚢《ふくろ》の内中《うち》には溢《あふ》るゝまでに、蛤粉《ごふん》を多《おほ》く籠《こめ》たれば、衝《つか》るゝ者《もの》は顕然《げんぜん》と、その迹遺《あとのこ》らざるはなし。

この故《ゆゑ》に末峯張《すゑみねはり》の衣裳《いしよう》も馬《うま》も、東西《もの》都《すべ》て、黒《くろ》きを着用《ちやくよう》せられたり。

間話休題《あだしことはさておきつ》。尓程《さるほど》に晴賢道能《はるかたみちよし》は、威力《ゐりよく》を出《いだ》し修錬《しゆれん》を尽《つく》して、挑戦《いどみたゝか》ふ者半晌許《ものはんときばかり》、劣《おと》らず優《まさ》ず見《み》ゆる兀自《ものから》、朱《あけ》

之介《のすけ》は自得《じとく》の芸術《げいじゆつ》、修錬《しゆれん》の上《うへ》にも透間《すきま》あり。又柒六《またなゝろく》は師伝《しでん》の槍法《やりのて》、藍《あゐ》より出《いで》て藍《あゐ》より青《あを》き、一人当千《いちにんたうせん》なりければ、晴賢竟《はるかたつひ》に敵《てき》し得《え》ず、這里《ここ》を衝《つか》れ那里《かしこ》を突《つか》れて、黒《くろ》き衣裳《いしよう》も馬《うま》さへに、只雪《たゞゆき》の日《ひ》の案山子《かかし》の像《ごと》く、総《すべ》て真白《ましろ》になりにけり。この段《だん》の綉像一頁《さしゑひとひら》は、前版《ぜんはん》五の下冊《さつ》の編末《をはり》に見《み》えたり。かくてぞ朱之介晴賢《あけのすけはるかた》は、腕《たゞむき》乱《みだ》れ眼《まなこ》眩《くら》みて、吐嗟目今馬上《あなやたゞいまばしよう》より、衝《つき》落《おと》さるべう見《み》えしかば、進退使《かけひきつかひ》の老兵《らうひやう》扇《あふぎ》を抗《あげ》て、

「やよや両少年《りやうしようねん》手《て》を止《とゞ》めよ。勝負《しようぶ》は既《すで》に分明《ふんみやう》也。」

と喚《よば》はる声《こゑ》と共侶《もろとも》に、打出《うちいだ》す銅鑼《どら》の響《ひゞ》きに、柒六《なゝろく》は自由《じゆう》を得《え》ず、『今一手《いまひとて》にて朱之介奴《あけのすけめ》を、衝落《つきおと》すべかりしに。』と思《おも》へばさらに不楽《わび》しげに、そが儘馬《まゝうま》を乗退《のりしりぞく》れば、朱之介《あけのすけ》は是幸《これさいはひ》、と一霎時《しばし》馬上《ばしよう》に喘《あへぎ》を止《とゞ》めて、進退使《かけひきつかひ》にうち向《むか》ひて、

「嚮《さき》にも多賀主《たがぬし》に稟《まう》しゝ如《ごと》く、在下槍法《それがしやりのて》は人並《ひとなみ》のみ。本事《てなみ》は只是弓箭《たゞこれゆみや》にて、百発百中《ひやくはつひやくちう》の手段《しゆだん》あり。いかで這《この》次《つぎ》の試撃《しあひ》には、射芸《しやげい》を試《こゝろみ》給へかし。」

と声振絞《こゑふりしぼ》りて乞求《こひもとむ》れば、進退使微笑《かけひきつかひほうゑみ》て、

「幵《そ》は左《と》も右《かく》もの事《こと》なるべし。且退《まづしりぞ》きて休息《きうそく》あれ。」

といふに柒六《なゝろく》も会釈《ゑしやく》しつ、軈《やが》て東西《とうざい》に別《わか》れつゝ、集会所《つどひどころ》へ退《しりぞ》く折《をり》、柒六《なゝろく》は架屋《かりや》の這方《こなた》にて、下馬《げば》して笠《かさ》へ脱捨《ぬぎすて》て、国守《こくしゆ》の面前《みまへ》を過《よぎ》りゆく、「其為体礼《そのていたらくいや》あり」とて、誉《ほめ》ぬ者《もの》なんなかりける。

　是《これ》よりして架屋《かりや》には、君臣件《くんしんくだん》の両少年《りやうしようねん》の、武芸《ぶげい》を云云《かにかく》と批評《ひひよう》して、倶《とも》に笑局《ゑつぼ》に入日《いりひ》刺《さ》す、景《かげ》は短《みじか》き秋《あき》の天《そら》、未歟申歟鎬々《やつかなゝつかかうく》、と遠《とほ》き山院《やまてら》の鯨音《かねのね》と、倶《とも》に亦復打鳴《またまたうちなら》す、蒐大鼓《かけたいこ》（ママ）に従《したが》ふて進退使《かけひきつかひ》の老兵二騎《らうひやうにき》、馬《うま》を東西《とうざい》に

乗出《のりいだ》して、扇《あふぎ》を啓《ひら》き指招《さしまね》きつゝ、

「東《ひがし》の少年末朱之介晴賢《しようねんすゑあけのすけはるかた》、西《にし》なる少年大江杜四郎成勝《しようねんおほえもりしらうなりかつ》、疾疾《とくとく》。」

と喚《よば》れば、成勝晴賢《なりかつはるかた》「阿《あ》」と答《こたへ》て、東西斉《とうざいひと》しく馬《うま》を拢《すゝむ》る、打扮前《いでたちまへ》と同《おな》じからず、笠《かさ》と腰刀《こしかたな》を除《のぞ》くの外《ほか》、戎装《ものゝぐ》衣裳両敵共《いしようりやうてきとも》に、咸淡官縁《みなうすはなだ》ならぬはなく、背《そびら》に白羽《しらは》の箭《や》を駝做《おびな》して左手《ゆんて》には握太《にぎりふと》なる、重藤《しげどう》の弓《ゆみ》を携《たづさ》へて、桃花《くりけ》の肥《こえ》て逞《たくま》しき、三歳駒《さんさいこま》馬に雲珠《うず》鞍置《くらおか》せて靮寛《たづなゆたか》に乗做《のりな》したる、両敵共《りようてきとも》に一対《いつつい》の、美少年《びしようねん》とは見《み》ゆるものから、大江杜四郎成勝《おほえもりしらうなりかつ》は、骨法朱之介《ひとがらあけのすけ》に立優《たちまさ》り、其面影《そのおもかげ》の花《はな》やぎて、最美《いとうるは》しきのみならず、威風凛々《ゐふうりんりん》たるも、凄《すさま》じからず。譬《たとへ》ば末朱之介《すゑあけのすけ》は、其眉目《そのみめ》剪綵《つくりはな》に似《に》たり。美《うるは》しけれども天然《てんねん》にあらず。又大江杜四郎《またおほえもりしらう》は、容止《かほばせ》の馨《にほ》やかなる、雪中《ゆきのうち》なる梅花《ばいくわ》の如《ごと》く、風《かぜ》に春知《はるし》る桜《さくら》に似《に》たり。『是《これ》なん牛若御曹司《うしわかおんぞうし》の、後身《のちのみ》としもいふべけれ』とて、心《こゝろ》ある者《もの》は評《ひよう》しける。

間話休題《あだしことはさておきつ》。尓程《さるほど》に朱之介晴賢《あけのすけはるかた》は、既《すで》に心《こゝろ》に計《はか》りし如《ごと》く、『這回弓箭《こたびゆみや》の勝負《しようぶ》には、柒六奴《なゝろくめ》を破滅《はめ》に傅《つけ》て、先度《せんど》の怨《うらみ》を復《かへ》さんず。』と思《おも》ひしは虚憑《そらたのめ》にて、殊人《ことひと》なれば本意《ほい》ならねども、往《いぬ》る夏十三屋《なつじふさんや》の店前《みせさき》にて、窃聞《たちきゝ》しける夜其名《よそのな》を知《し》る、杜四郎成勝《もりしらうなりかつ》にて、指敵《さすてき》にあらねども、『彼奴《かやつ》も冤家《あた》の半隻《かたわれ》也。允《ゆる》すものかは。』と思誇《おもひほこ》りし面色《おもゝち》なるを、四郎成勝遙《しらうなりかつはるか》に見《み》て、毫《ちつと》も擬議《ぎぎ》せず馬《うま》に拍《かくい》れ、驀地《まつしくら》に馳出《はせいづ》れば、朱之介《あけのすけ》も後《おく》れじとて、程《ほど》よき地方《ところ》に馳《はせ》よせたり。

這回《こたび》は騎馬《きば》の的弓《まとゆみ》にて、両敵《りやうてき》《フタアヒテ》三箭《さんせん》と定《さだ》められ、纔《わづか》に二寸《にすん》の金的《きんてき》を、安土《あづち》の辺《ほとり》に掛《かけ》られたり。然《され》ば末大江《すゑおほえ》の両少年《りやうしようねん》は、箭《や》を抜出《ぬきいだ》し馬《うま》を飛《とば》して、箭程《やころ》を測《はか》りて磦《ひよう》と射《い》る。共《とも》に覚《おぼえ》の手煅煉《てだれ》にあなれば、的《まと》の真中貫《たゞなかつらぬ》きけり。是《これ》より二箭《にのや》三箭《さんのや》まで、杜四郎《もりしらう》は虚箭《あだや》なくて、正《まさ》に皆中《かいちう》《ミナアタル》の誉《ほまれ》あり。又朱之介晴賢《またあけのすけはるかた》は、一箭《ひとや》二箭《ふたや》は的中《てきちう》したれど、第三箭《だいさんのや》は酷《いた》く翦《それ》て、安土《あづち》の礎《いし》を射削《いけづ》りけん、鏃砕《やじりくだ》けて怪蚩《けしとん》たり。是《これ》にて甲乙分明《かふおつふんみやう》なれば、杜四郎《もりしらう》も共《とも》に下馬《げば》して、安土《あづち》の辺《ほとり》を過《よぎ》る時《とき》、朱之介《あけのすけ》は腹立《はらたゝ》しさに、一個《ひとり》の進退使《かけひきつかひ》にうち向《むか》ひて、声高《こゑたか》やかに論《ろん》するやう、

「言無《ことな》礼《め》に似《に》て烏滸《をこ》なめれども、的《まと》は只是死物《たゞこれしぶつ》のみ。動静進退自由《どうじようしんたいじゆう》なる、人倫禽獣《じんりんきんじゆう》と同《おな》じからず。然《され》ば戦場《たゝかひのには》に莅《のぞ》む時《とき》、敵豈大小《てきあにだいしょう》の的《まと》の如《ごと》く、動《うご》かずして我箭《わがや》を受《うけ》んや。この故《ゆゑ》に小可《やつがれ》は、年《とし》十二三也し時《とき》より、翔鳥《かけとり》を射《い》て的《まと》を好《この》まず。是《こゝ》をもて今《いま》の一失《いつしつ》あり。この理《り》を思召《おぼしめ》されずや。」

と敦圄猛《いきまきたけ》き傲言《ごうげん》を、高頼主《たかよりぬし》洩聞《もれきゝ》て、『理《ことわ》りなり。』と思《おも》ふ程《ほど》に、時既《ときすで》に秋《あき》の季《すゑ》なれば、創《はじ》めて渡《わた》る天津《あまつ》鴈《かり》の、一行這方《ひとつらこなた》へ来《き》にけるを、高頼遙《たかよりはるか》に瞻仰《あほぎみ》て、

「こは究竟《くつきよう》なる物《もの》こそあれ。晴賢成勝《はるかたなりかつ》両少年《りやうしやうねん》に、那鴈《あのかり》を射《い》て落《おと》させよ。」

と仰《おほせ》によりて近習《きんじゆ》の士《さむらひ》、曽根見五郎平《そねみごらうへい》、檐廊《ゑんがは》に走出《はしりいで》て、

「末大江《すゑおほえ》の両少年《りやうしやうねん》。国守《こくしゆ》の御意《ぎよい》に候ぞ。今来《いまく》る鴈《かり》を射《い》て捉《とり》候へ。疾々《とく〱》。」

と急《いそが》せば、末《すゑ》も大江《おほえ》も「阿《あ》」とばかりに、心許《こゝろもと》なく思《おも》へども、辞《いろ》ふべき時宜《じぎ》ならざれば、共《とも》に弓箭《ゆみや》を把抗《とりあ》げても、雲居《くもゐ》迥《はるか》に遠《とほ》かりける、其鴈《そのかり》約莫《およそ》十隻《じつは》あまり、架屋《かりや》の辺《ほとり》を過《よぎ》る時《とき》、箭《や》を搔抓《かいつか》みて投上《なげあぐ》れば、是《これ》にぞ驚《おどろ》く一行《ひとつら》の、鴈《かり》は乱《みだ》れて降《くだ》り来《く》る、箭程《やごろ》を量《はか》りし末大江《すゑおほえ》、克彎固《よつひきかた》めて瞟《ひよう》と射《い》る、修錬違《しゆれんたが》はず二隻《には》の鴈《かり》、地上《ちじよう》に鶱《はた》と墜《おち》しかば、架屋《かりや》に侍《はべ》る老党近習《らうとうきんじゆ》、憶《おも》はずも声《こゑ》を合《あは》して、「射《い》たり〱。」と誉《ほめ》にけり。

登時両個《そのときふたり》の進退使《かけひきつかひ》は、透《すか》さず二隻《には》の鴈《かり》を押《おさ》えて、軈《やが》て架屋《かりや》へもて参《まゐ》りて、君侯《くんこう》に見《み》せ奉《たてまつ》るに、朱之介《あけのすけ》が射《い》

たりし鴈《かり》は、腹《はら》より背《そびら》へ射串《いぬか》れたれば、鮮血《ちしほ》に塗《まみ》れて既《すで》に死《し》したり。又杜四郎《またもりしらう》が射《い》たる鴈《かり》は、片隻《かたは》を縫《ぬは》れて身《み》を傷《やぶ》らねば、逃《にげ》まく欲《ほり》する勢《いきほひ》あり。高頼是等《たかよりこれら》を得《とく》と見《み》て、感悦特《かんゑつこと》に浅《あさ》からず、且《かつ》いへらく、

「成勝晴賢両少年《なりかつはるかたりようしようねん》の、射芸《しやげい》は多《おほ》く得《え》がたけれども、生《せい》は難《かた》くして死《し》は易《やす》かり。這回《こたび》も成勝勝《なりかつかち》なるべし。先《まづ》この旨《むね》を伝《つた》へよ。」

と仰《おほせ》に進退使《かけひきつかひ》こゝろ得《え》て、出《いで》て件《くだん》の両少年《りようしようねん》に、「御意云々《ぎよいしかく》」と宣示《のりしめ》せば、朱之介《あけのすけ》聞《きゝ》あへず、

「其義御諚《そのぎごじよう》で候とも、己等《おのれら》は感心《かんしん》しがたし。何《いかに》とならば、軍陣《ぐんぢん》に敵《てき》を射《い》る者《もの》、其箭彼身《そのやかのみ》を傷《やぶ》らずして、鎧《よろひ》の袖《そで》を縫《ぬ》ふたりとて、是《これ》を大功《たいこう》といはれんや。且翔鳥《かつかけとり》は殺《ころ》さぬも猶易《なほやす》かり。両敵東西《りようてきとうざい》に馳違《はせちが》ふ、乱軍《らんぐん》の中《うち》にして、指《さ》す敵《てき》を射《い》て墜《おと》すは、鴻鴈飛鳥《こうがんひちよう》の類《たぐひ》にあらず。いかで目今成勝《たゞいまなりかつ》と、射騎《しやき》の勝負《しようぶ》を試《こゝろ》み給へ。非如彼箭《よしやかのや》に身《み》を傷《やぶ》られて、死《し》するとも怨《うらみ》なし。いかで〳〵。」

と乞求《こひもと》むれば、進退使已《かけひきつかひやむ》ことを得《え》ず、「晴賢《はるかた》が稟《まう》す所《ところ》、箇様々々《かやう〳〵》。」と聞《きこ》え上《あぐ》れば、高頼主苦笑《たかよりぬしにがわら》ひして、

「扨《さて》も末奴《すゑめ》が口《くち》の強《こは》さよ。しかりとも今日《けふ》の試撃《しあひ》は、人《ひと》を殺《ころ》すべき為《ため》にあらず。然《され》ば鏃《やじり》を抜去《ぬきさ》りて、箇様々々《かやう〳〵》に計《はから》ひね。杜四郎《もりしらう》と今一度《いまいちど》、射騎《しやき》の勝負《しようぶ》を、決《けつ》するもよかンなん。准備《ようい》をせよ。」

と急《いそが》し給へば、進退使額衝承《かけひきつかひぬかつきうけ》て、

「かゝるべしとは知《し》らず候へども、鏃《やじり》なき箭《や》も予《かねて》より、聊准備仕《いさゝかよういつかまつ》りぬ。」

と応《いらへ》て軈《やが》て出《いで》て来《き》つ、末《すゑ》と大江《おほえ》の両少年《りようしようねん》に、「再度《さいど》の御諚云々《ごじようしかく》。」と言語《ことば》急迫《せは》しく宣示《のりしめ》しつ、

「大江生《おほえうぢ》も馬上《ばしよう》の闘射《たうしや》を、願《ねが》はるゝ歟《か》いかにぞや。」

と問《とは》れて杜四郎《もりしらう》敢《あへて》異議《ゐぎ》せず、

「仰承《おほせうけたまは》り候ひぬ。左《と》にも右《かく》にも晴賢《はるかた》の、随意《まに〳〵》一箭《ひとや》仕《つかまつ》らん。」

と言大人《ことおとな》しき即答《そくたう》に、進退使等《かけひきつかひら》歓《よろこび》感《かん》じて、準備《ようい》の征箭《そや》を出《いだ》し来《き》つ、是《これ》を両少年《りやうしやうねん》に示《しめ》していふやう、

「各《おの〳〵》先《まづ》この箭《や》を見《み》よ。鏃《やじり》に代《かふ》るに最小《さゝやか》なる、瓢《ひさご》をもてしたる故《ゆゑ》に、射《い》て中《あつ》るとも彼身《かのみ》を傷《やぶ》らず、反《かへつ》て其迹《そのあと》分《ふん》明《みやう》ならん。故何《ゆゑいかに》とならば、瓢《ひさご》の底《そこ》に穿《うがて》る竅《あな》あり。内中《うち》に桐灰粉《はひすみ》を籠《こめ》たれば也。勿論《もちろ》各《おの〳〵》二箭《ふたや》を涯《かぎ》りとす。多《おほ》く射出《いいだ》すことを許《ゆる》さず。但《たゞ》し其箭《そのや》を受《うく》る者《もの》は、箇《たて》なくは不便《ふべん》ならん。前後《ぜんご》は鬮《くじ》に依《よ》るべし」

とて、長短《ながきみじか》き紙索《こより》を出《いだ》して、末《すゑ》と大江《おほえ》に掖《ひか》するに、朱之介《あけのすけ》は長《なが》きを掖得《ひきえ》て、事《こと》の始《はじめ》に定《さだ》められて、其歓《そのよろこ》び大《おほ》かたならず。各《おの〳〵》彼箭《かのや》二条《ふたすぢ》と、小《こ》盾《たて》一枚《ひとひら》を受取《うけと》りつ、左《ひだ》りに弓《ゆみ》を挟《わきはさ》み、鞍《くら》の前輪《まへわ》に手《て》を掛《かけ》て、馬《うま》に閃《ひら》りとうち跨《の》れば、又打出《またうちいだ》す蒐大鼓《かけたいこ》の、音《おと》も烈《はげ》しき再度《さいど》の晴技《はれわざ》。朱之介《あけのすけ》晴賢《はるかた》は、『這回《こたび》こそ、四郎《しらう》奴《め》に、白泡《しろあは》喫《はま》せてくれんず。』と思《おも》ふ威勢《いきほひ》阿修羅《あしゆら》（ママ）の像《ごと》く、馬《うま》を東西《とうさい》に馳錯《はせちが》はせて、透間《すきま》を射《い》まく欲《ほり》すれども、大江《おほえ》は騎馬《きば》の達者《たつしや》にて、馬《うま》さへ駿足《しゆんそく》なりければ、秋《あき》の胡蝶《こてふ》の閃《ひらめ》く如《ごと》く、風《かぜ》に木《こ》の葉《は》の散《ち》るよりも、奔蹄進退自由《ほんていしんたいじゆう》を得《え》たれば、猛《たけ》く勇《いさ》める晴賢《はるかた》は、いまだ箭程《やごろ》を得《え》ざりける。

　然《され》ば『この勝負《しようぶ》を見《み》ん』とて、衆少年《しふしようねん》も件当《ともひとら》等も、集会所《つどひところ》を出《いで》て来《き》つ、埒《らち》の辺《ほとり》に身《み》を亀《かゞ》めて、『いかに〳〵。』と思《おも》ふも多《おほ》かり。況《まいて》峯張《みねはり》柒六《なゝろく》は、集会所《つどひところ》の幕《まく》の間《ひま》より、外目《よそめ》も揮《ふ》らずうち見《み》て在《を》り。然《され》ば又架屋《またかりや》なる、主《しゆウ》も家隷《けらい》も『今日《けふ》の見物《みもの》は、只《たゞ》この一挙《いつきよ》にありけり。』と思《おも》はぬもなきそが中《なか》に、高島石見《たかしまいはみ》、多賀《たが》典膳《てんぜん》、長橋倭太郎《ながはしわたらう》、象船算弥《きさふねさんや》、志賀介政賢《しがのすけまさかた》等、曽根見五郎平《そねみごらうへい》に至《いた》るまで、免許《めんきよ》を被《かふむ》り席《せき》を乱《みだ》して、倶《とも》に架屋《かりや》の檐廊《ゑんがは》

飄箭《ひようせん》を飛《とば》して杜四郎《もりしらう》朱之介《あけのすけ》を射《い》る

朱之介

の左右《さゆう》に出《いで》て是《これ》を見《み》る。折《をり》から秋《あき》の夕風《ゆふかぜ》に、左右《まて》なる小堤《こどて》に色《いろ》ぞ増《ま》す、梢《こずゑ》は高《たか》き丹楓葉《もみぢは》の、散蒐《ちりかゝ》りぬる光景《ありさま》は、矢塚《やつか》に狂《くる》ふ赤卒《あかとんぼう》の、群飛《むれと》ぶに似《に》て最興《いときよう》あり。

有斯《かか》りし程《ほど》に朱之介《あけのすけ》は、敵手《あひて》の人馬《にんば》の疲労《つかれ》をまたず、箭程《やごろ》を揣《はか》りて丁《ちやう》と射《い》る。那時遅《かのときおそ》し這時速《このときはや》し。杜四郎《もりしらう》は片鐙《かたあぶみ》を、閃《ひら》りと外《はづ》す至妙《しみやう》の剽軽《はやわざ》、鞍鞢《くらかく》れをしてければ、末《すゑ》が射《い》る箭《や》は徒《いたづら》に、遙《はるか》に飛《とん》で落《おち》にけり。朱之介《あけのすけ》は一《いち》の箭《や》を、射損《いそん》じたれば心慌《こゝろあはて》て、杜四郎《もりしらう》が鞍局《くらつぼ》に、居置《ゐなほ》る処《ところ》を丁《ちやう》と射《い》る。二《に》の箭《や》を四郎《しらう》は小盾《こだて》をもて、発矢《はつし》と受《うけ》たる神速精妙《しんそくせいみやう》、其箭《そのや》後方《あとべ》に反復《はねかへ》りて、朱之介《あけのすけ》の馬《うま》の鼻面《はなつら》を、下高《したたか》に打《うち》しかば、馬《うま》は嘶《いなゝ》き跳狂《をどりくる》ふて、駐《とゞま》るべくもあらざりしを、朱之介《あけのすけ》は辛《から》くして、乗鎖《のりしづ》めてもかひぞなき、始《はじめ》の広言《くわうげん》虚《あだ》となりて、箭《や》ははや既《すで》に尽《つき》しかば、且呆《かつあき》れ且恥《かつはぢ》て、姑且《しばらく》馬《うま》を駐《とゞ》めて在《を》り。当下《そのとき》四郎成勝《しらうなりかつ》は、盾《たて》を戞哩《からり》と投棄《なげすて》て、「適《あつはれ》候晴賢主《はるかたぬし》。迭《かたみ》に守《かみ》の御意《ぎよい》に因《よ》る、約速《やくそく》で候へば、己《おのれ》も一箭《ひとや》まゐらせん。よく受給《うけ》へ。」といはせも果《はて》ず、「いふにや及《およ》ぶ。」と朱之介《あけのすけ》は、弓《ゆみ》を棄《すて》小盾《こだて》を取《と》りて、倶《とも》に馬《うま》をぞ找《すゝ》めける。

この段爰《だんこゝ》に尽《つく》しがたかり。又下《またしも》の回《めぐり》に、解分《ときわく》るを聴《きゝ》ねかし。

新局玉石童子訓巻六之十一　終

新局《しんきよく》玉石童子《ぎよくせきどうじ》訓《くん》巻之《まきの》十二

東都　曲亭主人口授編次

第《だい》四十二回《くわい》　家伝《かでん》の刀子《こかたな》両《りやう》善少年《ぜんしようねん》を留《とゞ》む
百金《ひやくきん》の証書《しようしよ》同居《どうきよ》の母子《ぼし》を裂《さ》く

重説《かさねてとく》。大江杜四郎成勝《おほえもりしらうなりかつ》は、朱之介《あけのすけ》が射《い》る一二《いちに》の箭《や》を、払《はら》ふ剽軽《はやわざ》目覚《めさま》しく、彼箭《かのや》は既《すで》に尽《つき》しかば、主客《しゆかく》の勢《いきほ》ひ地《ち》を易《かへ》て、早《はや》くも射手《いて》になる随《まゝ》に、小盾《こたて》を投棄弓箭《なげすてゆみや》を刻《つが》ふて、射《い》んとて馬《うま》を找《すゝむ》れば、朱之介《あけのすけ》は心慌《こゝろあはて》て、悔《くや》しく思《おも》へど今《いま》さらに、已《やむ》べきにあらざれば、弓《ゆみ》を搔遣《かいや》り小盾《こたて》を取《とり》て、馬《うま》を東西《とうさい》に馳違《はせちがは》せて、寄《よせ》て組《くま》まく欲《ほり》すれども、杜四郎《もりしらう》は人馬《にんば》一致《いつち》の、奔蹄迅速自由《ほんていじんそくじゆう》を得《え》たれば、他《かれ》を毫《ちつと》も近《ちか》づけず、西《にし》へ走《はし》らせ東《ひがし》に返《かへ》して、互《たがひ》に駆《かけ》つ駆《かけ》らるゝ、鈴々《りん〳〵》たる鑣《くつわ》の音《おと》、丁々《てい〳〵》たる蹄《ひづめ》の響《ひゞき》、孰《いづれ》に暇《いとま》なかりける。馬《うま》は汗《あせ》し人《ひと》は疲《つか》るゝ、末《すゑ》は憶《おも》はず乗後《のりおく》れて、間程《あはひほど》よくなりしかば、杜四郎《もりしらう》は背《うしろ》さまに、身《み》を反《ひね》りつゝ剽《ひよう》と射《い》る。弦音高《つるおとたか》き馬上《ばしよう》の強弓《ごうきう》、朱之介《あけのすけ》は小盾《こたて》をもて、受《うけ》まくするに何《なに》ぞ及《およば》ん、鈍《おぞ》や右《みぎ》の肩尖《かたさき》を、射《い》られて骨《ほね》に徹《こた》ふるまでに、疼痛《いたみ》を忍《しの》び馬《うま》を回《かへ》して、避《さけ》くしぬる那時遅《かのときおそ》し、杜四郎《もりしらう》が射出《いいだ》す二《に》の箭《や》に、朱之介《あけのすけ》は胸《むね》を射《い》られて、一声《ひとこゑ》「呀《あつ》」と叫《さけ》びも果《はて》ず、身《み》を仰反《のけそら》して馬上《ばしよう》より、大地《だいち》に撻《だう》と墜《おち》しかば、是《これ》を見《み》る者堪《ものたへ》ずやありけん、斉一咄《ひとしくどつ》と笑《わら》ひけり。

当下多賀《そのときたが》の件当等《ともびとら》、両個《ふたり》の鑣奴《くちつき》と共侶《もろとも》に、東《ひがし》の集会所《つどひところ》より、遽《いそがは》しく走来《はしりき》つ、或《あるひ》は馬《うま》を牽駐《ひきとゞ》め、或《あるひ》は朱之介《あけのすけ》の手《て》を拿《とり》て、掖起《ひきおこ》さまく欲《ほり》するに、朱之介《あけのすけ》は墜《おち》ける時《とき》、馬《うま》に酷《いた》く踏《ふま》れしかば、速《すみやか》には、立《たち》も得《え》ず、苦痛《くつう》を忍《しの》

び声振絞《こゑふりしぼ》りて、

「衆人《もろひと》さのみ俺《われ》をな笑《わら》ひそ。俺豈彼箭《われあにかのや》に射《い》られんや。避《さけ》んとしつゝ謬《あやまち》て、鐙《あぶみ》を外《はず》して墜《おち》たるのみ。」

といふを鑣奴等《くちつきら》聞《きゝ》あへず、

「そは負惜《まけをし》みなり。是見《これみ》給へ。おん身《み》の衣裳《いしやう》は胸《むね》にも肩《かた》にも、桐灰粉《はひすみ》多《おほ》く塗《まみ》れたれば、射《い》られたる迹分明《あとふんみやう》也。卒立《いざたち》給へ。」

と窘《たしな》めて、肩《かた》に掖被辛《ひきかけから》くして、集会所《つどひところ》へ以《い》て去《さ》りければ、猶這里《なほこゝ》に在《あ》る少年等《しようねんら》は朱之介《あけのすけ》の口《くち》の歹《わろ》きを、憎《にく》みて勦《いたは》る者《もの》もなし。幵《そ》が中《なか》に、多賀志賀介政賢《たがしがのすけまさかた》は、憖《なまじい》に親《おや》の吹挙《すいきよ》したる、朱之介《あけのすけ》が事《こと》の為体《ていたらく》に、且羞且腹《かつはぢかつはら》は立《たて》ども、然而《さて》在《あ》るべきにあらざれば、伴《とも》の奴隷《しもべ》に吩咐《いひつけ》て、朱之介《あけのすけ》を宿所《しゆくしよ》に返《かへ》すに、膂力《ちから》ある奴隷毎《しもべども》、朱之介《あけのすけ》を搭駝《せおひ》つゝ、多賀《たが》の宿所《しゆくしよ》に将《い》て来《き》にければ、留守《るす》なる老僕《おとな》こゝろ得《え》て、朱之介《あけのすけ》に貸《かし》て被《きせ》たる、戎装衣裳《ものゝぐいしやう》を脱《ぬぎ》易《かへ》させて、猛可《にはか》に箯轎《かご》にうち載《のせ》て、吾足斎《ごそくさい》の宿所《しゆくしよ》へとて、送遣《おくりつかは》したりければ、是《これ》を見《み》る者《もの》いひもて伝《つた》へて、いよゝ胡盧《ものわらひ》になりにけり。

是《これ》より先《さき》に高頼主《たかよりぬし》は、末大江《すゑおほえ》の闘射果《たうしやはて》し時《とき》、左右《さゆう》に侍《はべ》る多賀典膳《たがてんぜん》と、高島石見介《たかしまいはみのすけ》を見《み》かへりて、

「汝等《いましら》は何《なに》と思《おも》ふや。彼大江杜四郎《かのおほえもりしらう》、峯張柒六郎《みねはりなゝろくらう》の槍棒弓馬《さうぼうきうば》は、今日《けふ》の試撃《しあひ》の花《はな》なり実《み》也。因《より》て這里《こゝ》へ召《よび》よせて、些《ちと》の賞禄《ほうび》を取《とら》すべし。然《さ》れども又彼末朱之介《またかのすゑあけのすけ》も、翔鳥《かけとり》を射《い》て墜《おと》したる、修錬《しゆれん》を思《おも》へば凡庸《よのつね》なる、少《しよう》年《ねん》にはあらずかし。不幸《ふこう》にして他《かれ》に一倍《いちばい》せる、成勝通能《なりかつみちよし》を敵手《あひて》にしたればこそ、竟《つひ》に後《おく》れを取《とり》つらめ。他《かれ》が負《まけ》たりとて然《さ》ばかりに、笑《わら》ふべき者《もの》ならねども、彼多《かのた》弁《べん》にして愆《あやまち》を、飾《かざ》りて人《ひと》を誣《しひ》るが如《ごと》きは、実《じつ》に是憎《これにく》む

べし。当城内《たうぜうない》なる壮佼等《わかものら》が、漫《そゞろ》に他《かれ》と交《まじは》らば、浮薄《ふはく》に成《な》るもあるべからん。汝等《いましら》よく這《この》こゝろを得《え》て、今《いま》よりの後朱之介《のちあけのすけ》を、城《しろ》に出入《いでいり》を禁《とゞ》めよ。」

と理《ことわ》り切《せめ》て諭《さと》さるゝ、典膳《てんぜん》は背《そびら》に汗《あせ》して、

「仰畏《おほせかしこ》うも承《うけ給は》り候ひぬ。臣《おみ》も彼朱之介《かのあけのすけ》を、然《さ》る者《もの》とは思《おも》はずして、今日《けふ》の試撃《しあひ》に召倶《めしぐ》ししを、後悔《こうくわい》の外《ほか》候はず。」

と陪話《わぶ》るを高頼主聞《たかよりぬしきゝ》あへず、

「否《いな》。汝《いまし》を疎忽《そこつ》として、咎《とがむ》るにはあらずかし。いはでもしるきことながら、今戦国《いませんこく》の最中《もなか》にあなれば、一芸《いちげい》ある者《もの》を薦挙《すゝめあげ》て、君《きみ》の役《やく》に立《たて》まくしぬるは、臣《おみ》たる者《もの》の職分《しよくぶん》也。然《され》ばとて其人毎《そのひとごと》に、賢良《けんりやう》の者《もの》のみあらんや。そを択《えらみ》て用《もちゆ》ると、用《もち》ひざるとは是《これ》も亦《また》、君《きみ》たる者《もの》の職分也。今《いま》よりの後朱之介《のちあけのすけ》に、懲《こ》りずに薦挙《せんきよ》を宗《むね》とせよ。何《なに》かは恥《はづ》ることあらんや。」

と最鷹揚《いとおうやう》なる君命《くんめい》に、典膳《てんぜん》は稍心《やゝこゝろ》おちゐて、畏《かしこま》りをぞ稟《まう》しける。

当下高頼主《そのときたかよりぬし》は、又石見介《またいはみのすけ》を見《み》かへりて、

「要《えう》なき言《こと》に時《とき》もや移《うつ》らん。彼成勝《かのなりかつ》と道能《みちよし》を、蚤《はや》く召《よび》ね。」

といそがし給へば、石見介《いはみのすけ》は「阿《あ》」と答《こたへ》(通)て、出《いで》て杜四郎《もりしらう》と柒六《なゝろく》を、倶《ぐ》して架屋《かりや》にかへり来《き》つ、かくと聞《きこ》え上《あげ》しかば、高頼席《たかよりせき》を改《あらた》めて、件《くだん》の両少年《りやうしようねん》に対面《たいめ》あり。且《かつ》いへらく、

「憶《おも》ふに倍《まし》たる汝等《いましら》の、武芸剽軽一人当千《ぶげいはやわざいちにんたうせん》、得《え》がたき俊傑《すぐれもの》なる哉《かな》。但《たゞ》し成勝《なりかつ》は、天飛鴈《あまとぶかり》を射《い》て墜《おと》しし時《とき》、傷《きず》

つけずして隻羽《かたは》を縫《ぬひ》しは、偶然《たま〳〵しか》るや然《さ》はあらで、こゝろありての技《わざ》なる歟《か》。」

と問《とは》れて杜四郎頭《もりしらうかうべ》を抬《もた》げて、

「然《さ》ン候、漢籍《からふみ》の例《ためし》を思《おも》ひ候に、鴈《かり》は素是信義《もとこれしんぎ》の鳥《とり》也。是《こゝ》をもて秋毎《あきごと》に来賓《らいひん》す、徳《とく》を諸侯《しよこう》に比《たく》らべたり。この故《ゆゑ》に諸侯《しよこう》の贄《にゑ》には、必鴈《かならずかり》を執《とる》といへり。然《さ》れば今《いま》、国守《こくしゆ》の御意《ぎよい》に従《したが》ひまつりて、射《い》て墜《おと》す鴈《かり》なりとも、殺《ころ》して捉《と》らんはさすがにて、形《かた》の如《ごと》くに仕《つかまつ》りぬ。」

と言爽《ことさはやか》に陳《のべ》しかば、高頼感悦大《たかよりかんゑつおほ》かたならず、憶《おもは》ず膝《ひざ》を打鳴《うちなら》して、

「然也々々《しかなり〳〵》実《まこと》に然《しか》也。汝《いまし》は武芸《ぶげい》のみならず、文学《ぶんがく》も亦今《またいま》の世《よ》に、稀《まれ》なる才子《さいし》といひつべし。今日《けふ》よりして道《みち》(通)能《よし》と、共侶《もろとも》に予《われ》に仕《つか》へよ。秩禄《ちつろく》は乞《こ》ふに任《まか》せん。諸国《しよこく》を遊歴《ゆふれき》することかは。」

と連《しき》りに留《とゞ》めて已《やま》ざりしを、杜四郎《もりしらう》は「阿《あ》」とばかりに、応難《いらへかね》つゝ後方《あとべ》に侍《はべ》る、柒六《なゝろく》を見《み》かへりて、倶《とも》に答《こたへ》稟《まう》すやう、

「思《おも》ひかけなき御懇命《ごこんめい》を、推辞《いなみ》まつるは無礼《なめ》なれども、臣等《わくら》は素《もと》より情願《じようぐわん》ありて、共《とも》に武者修行《むしやしゆぎやう》に出《いで》たるに、いまだ百里《ひやくり》の路《みち》だもゆかで、なでふ仕官《しくわん》を求《もと》むべき。その義《ぎ》は免《ゆる》させ給へかし。」

と辞《いろ》ふを高頼主聞《たかよりぬしきゝ》あへず、

「开《そ》は然《さ》る故《ゆゑ》もあるべけれども、芸術《げいじゆつ》未熟《みじゆく》の者《もの》ならば、武者修行《むしやしゆぎやう》するよしもあらん。修錬《しゆれん》の上《うへ》には要《えう》なき事歟《か》。」

と諭《さと》せども四郎柒六《しらうなゝろく》は、従《したが》ふべくもあらざれば、多賀典膳高島石見《たがてんぜんたかしまいはみ》、共侶《もろとも》に膝《ひざ》を進《すゝ》めて、言語斉一説諭《ことばひとしくときさと》せど

も、杜四郎《もりしらう》も柒六《なゝろく》も、只云云《たゞかにかく》と固辞《いなむ》のみ、言果《ことはつ》べくもあらざれば、主君《しゆくん》の後方《あとべ》に侍《はべ》りたる、曽根見五郎平堪《そねみごらうへいたへ》ずやありけん、突然《とつねん》と進《すゝ》み出《いで》て、杜四郎等《もりしらうら》にうち向《むか》ひて、名告《なのり》をしつゝ且《かつ》いふやう、

「和殿等《わとのら》さりとは情強《じようこはし》(ママ)し。いはでもしるきことながら、我君《わがきみ》は世々《よよ》当国《たうこく》の大国主《たいこくしゆ》、京都将軍家《きやうとしやうぐんけ》の御為《おんため》に、御後見《おんうしろみ》でをはしませば、主君《しゆくん》に取《とり》て不足《ふそく》はあらじ。よしもなき虚辞《そらぢ》退《たい》して、後悔《こうくわい》をなし給ひそ。」

と挑《いど》むを柒六《なゝろく》聞《きゝ》あへず、勃然《ぼつねん》として答《こたふ》るやう、

「开《そ》はいはるゝ事ながら、人各《ひとおの〳〵》情願《じやうぐわん》あり。匹夫《ひつふ》も志《こゝろざし》を奪《うば》ふべからず。己等《われら》主僕《しゆぼく》は故郷《こきやう》に親《おや》あり、兄《あに》さへあるに教《をしえ》に悖《もと》りて、他郷《たけう》の君《きみ》に仕《つか》へんや。」

といひも果《はて》ぬに杜四郎《もりしらう》は、目《め》を注《くは》せつゝ推禁《おしとゞ》めて、更《さら》に典膳石見介等《てんぜんいはみのすけら》に、向《むか》ひて謹《つゝしみ》て稟《まう》すやう、

「御諚《ごじやう》は実《まこと》に有《あり》がたきまで、辱《かたじけな》く候へども、既《すで》に柒六《なゝろく》が稟《まう》し如《ごと》く、臣等《わくら》は父兄《ちゝあに》の為《ため》に、已《やみ》がたきよしも候へば、いかで只《たゞ》この儘《まゝ》に、放《はな》ち遣《やら》せ給はんことを、願《ねが》ひまつるの外《ほか》候はず。御縁《ごえん》竭《つき》ずは異《ゐ》日《じつ》又《また》、見参《げんさん》に入《い》る日《ひ》もあるべし。この義宜《ぎよろ》しく御執成《おんとりなし》を。」

と辞《いろ》ふを高頼主《たかよりぬし》うち聞《きゝ》て、

「しからんには是非《ぜひ》に及《およ》ばず。抑留《よくりう》の念《おもひ》は断《たち》ぬ。五郎平《ごろうへい》賞禄《ほうび》を取《とら》せよ。」

と仰《おほせ》に五郎平《ごらうへい》「阿《あ》」と答《こたへ》て、懐《ふところ》にしたりける、目録二《もくろくに》通《つう》を拿出《とりいだ》して、「卒《いざ》」とて逓与《わた》せば四郎柒六《しらうなゝろく》、受戴《うけいたゞ》きつゝ開《ひら》き見《み》るに、『近江布十反《あふみぬのじつたん》、沙金五包《さきんいつゝゝみ》、大江杜四郎《おほえもりしらう》へ。』とあり。柒六《なゝろく》が受《うけ》たる目録《もくろく》も、亦是《またこれ》に同《おな》じきを、巻収《まきをさ》め懐《ふところ》にして、倶《とも》に恩《めぐみ》を拝《はい》していふやう、

「小人毎《やつがれども》は然《さ》せる功《こう》なし、尓《しか》るに是等《これら》の賜《たまもの》を、受奉《うけたてまつ》るはこゝろにず。然《さ》りとて又辞《またいろ》ひまつらば、不敬《ふけい》の罪《つみ》を増《まし》もやせん。殆《ほと〳〵》当惑《たうわく》仕《つかまつ》りぬ。」

と謝《しゃ》するを高頼主《たかよりぬし》うち聞《きゝ》て、

「然《さ》ばかりの東西《もの》何歟《なにか》あらん。今日《けふ》の武芸《ぶげい》を賞《しよう》するのみ。尚《なほ》この地《ち》に所要《しよえう》あらば、逗留《とうりう》は随意《まに〳〵》なるべし。石見介《いはみのすけ》も這意《このい》を得《え》て、他等《かれら》が他郷《たけう》へ立去《たちさる》をり、先《さき》たちて予《われ》に報《つげ》よ。卒退《いざまか》らん。」

とて立《たち》給へば、多賀典膳《たがてんぜん》、曽根見五郎平《そねみごらうへい》、以下《いか》の近臣相従《きんしんあひしたが》ふて、倶《ぐ》して後堂《おく》へぞ赴《おもむ》く程《ほど》に、晷《ひかげ》いよ〳〵傾《かたむ》き落《おち》て、下晡《なゝつさがり》になりにける。

当下《そのとき》杜四郎《もりしらう》柒六《なゝろく》は、高島石見介《たかしまいはみのすけ》と共侶《もろとも》に、遽《いそがは》しく架屋《かりや》を出《いで》て、土居《ついゐ》て国守《こくしゆ》を目送果《みおくりはて》て、杜四郎《もりしらう》は「要《えう》あり」とて、石見介《いはみのすけ》の袂《たもと》を曳《ひき》て、請《こ》ふて集会所《つどひところ》へ退《しりぞ》く程《ほど》に、試撃《しあひ》の為《ため》に召《め》されたる、少年等《しようねんら》は皆《みな》かへり去《さ》りて、只高島《たゞたかしま》の伴当《ともひと》と、十余箇《とたりあまり》の夫役等《ぶやくら》のみ、残《のこ》りて幕《まく》の外面《とのかた》に在《を》り。この余《よ》は人《ひと》のなくなりたれば、杜四郎《もりしらう》は密《ひそ》やかに、石見介《いはみのすけ》に談《だん》ずるやう、

「斯《かう》いはゞ何《なに》とやらん、面正《おもたゞ》しくもなき事ながら、嚮《さき》に在下憶《それがしゆく》りなく、這腋挿《このわきさし》の刀《かたな》に附《つけ》たる、刀子《こかたな》を失《うしな》ひぬ。抑《そも〳〵》俺這両刀《わがこのりようたう》は、昔天喜《むかしてんき》の年間《ころ》、鎮守府将軍《ちんじゆふしようぐん》源頼義朝臣《みなもとのよりよしあそん》の為《ため》に、筑石《つくし》の刀工《かぢ》が作《つく》る所《ところ》、青海波《せいかいは》の三言銘《さんじめい》あり。其後《そのゝち》多《おほ》くの春秋《はるあき》を歴《へ》て、建久《けんきう》の年《とし》にやありけん、我遠曽大江広元《わがとほつおやおほえひろもと》に、頼朝卿《よりともけう》の賜《たまは》りしといふ、家《いえ》の口碑《こうひ》に伝《つた》へしを、父《ちゝ》の遺書《いしょ》にて稍知《やゝし》りぬ。刀子《こかたな》も亦同作《またどうさく》にて、小柄《こつか》は則全白金《すなはちしろかねむく》なり。波濤《なみ》に知鳥《ちとり》の高彫《うきほり》あれば、紛《まが》ふべくも候はず。身《み》にも代《かへ》がたき至宝《しほう》なれば、今日《けふ》も亦腰《またこし》を放《はな》さず、只昼飯《たゞひるいひ》を賜《たまは》る時《とき》、解《ぬき》て傍《かたへ》に置《お》

きしのみ。折《をり》から衆少年《しふしようねん》の伴当等《ともひとら》、夫役《ぶやく》も多《おほ》く立稠《たちこみ》たる、混雑《こんざつ》の中《うち》なりければ、盗《ぬすま》れたるにぞあらむずらん。いかで我為《わがため》に、其盗児《そのぬすびと》を穿鑿《あなくり》て、とりかへして給ひね。」

と憑《たの》めば又柒六《またなゝろく》も声《こゑ》を低《ひく》めて、

「嚮《さき》に小可《やつがれ》も推並《おしなら》びて、其傍《そのかたはら》に在《あ》りながら、毫《ちつと》も心《こゝろ》つきなかりしは、野狐《のきつね》にや魅《ばか》されけん、面《おも》なくこそ候なれ。」

と共《とも》に囁《さゝや》く秘密《ひみつ》の要事《えうじ》を、石見介《いはみのすけ》は列々《つらく》と、听果《きゝはて》て嗟嘆《さたん》に堪《たへ》ず、屢《しばく》四下《あたり》を見《み》かへりて、

「現《げ》に安《やす》からぬ事なりき。頼《たの》まれずともそが儘《まゝ》に、捨措《すてお》くべき事にあらず。なれども暮《く》るゝに程《ほど》もなし。矧《いはんや》又《また》この処《ところ》は、長談《ちようだん》の室《むろ》にあらねば、誘《いざ》給へ。宿所《しゆくしよ》に退《まか》りて、左《と》にも右《かく》にも主張《ふんべつ》せん。」

といひつゝ更《さら》に声振立《こゑふりたて》て、伴当等《ともひとら》を召《よび》よせて、いそしく立《たて》ば杜四郎《もりしらう》も、柒六《なゝろく》も相従《あひしたが》ふて、宿所《しゆくしよ》へいそぐそが程《ほど》に、この日《ひ》も果敢《はか》なく暮《くれ》にけり。

復説高島《かくてたかしま》の宿所《しゆくしよ》には、主人《あるじ》も客《きやく》も終日《ひねもす》の、疲労《つかれ》なきにあらざれば、共《とも》に夕饌《ゆふぜん》を果《はた》して後《のち》、蚤《はや》く臥房《ふしど》に入《い》りしかど、杜四郎《もりしらう》は今日《けふ》失《うしな》ひし、刀子《こかたな》の事こゝろに掛《かゝ》りて、睡《ねむ》らんとするにいもねられず。おなじ思《おも》ひに柒六《なゝろく》も、小横児《こよぎ》を被《かつ》ぎ向坐《むかひざ》して、うち譚《かたら》ふ語次《ことのついで》に、柒六《なゝろく》がいふやう、

「今日《けふ》稠人《ひとこみ》の中《うち》なりとも、刀子《こかたな》の失《うせ》しは怪《あや》しきに、猶怪《なほあや》しきは朱之介《あけのすけ》が、試撃《しあひ》の隊《むれ》に入《い》りしのみ。其来歴《そのらいれき》を知《し》らざれば、左《と》にも右《かく》にもこゝろ得《え》がたかり。この折《をり》をもて推捉《おしとら》へて、敲《たゝ》かば他奴《かやつ》が窃拿《ぬすみとり》て、石《いし》を換玉《かへたま》に抓《つかま》せたる、一百《ひやく》九十五金《きん》の事はさら也、刀子《こかたな》の盗児《ぬすびと》をも、知《し》る所縁《よすが》にもやなるべからん。」

五郎平
石見介
ゆり四郎

杜四郎《もりしらう》楽六郎《らくろくらう》
高頼《たかより》に謁《まみ》を
高より
志賀女
てん膳
倭太郎
さん弥

といへば杜四《もりし》郎《らう》点頭《うなつき》て、

「そは勿論《もちろん》の事ながら、我們《われわれ》は旅客《たびひと》にて、権《けん》もなく威《ゐ》もなきに、人《ひと》を捕《とら》へて罪《つみ》を正《たゞ》さば、毛《け》を吹《ふ》きて疵《きず》を求《もとむ》るに似《に》たり。只高島生《たゞたかしまうぢ》にのみ、囁《さゝや》き告《つげ》て彼人《かのひと》の、意見《いけん》に由《よ》るにしくはあらじ。咱憶《われおも》ふに、今日《けふ》の試撃《しあひ》に、朱之介《あけのすけ》は東《ひがし》に在《を》り。我們《われ〳〵》は西《にし》に在《を》り。其間近《そのあはひちか》からねば、非除朱之介《よしやあけのすけ》を責訂《せめたゞ》すとも、百九十五金《ひやくくじふごきん》の外《ほか》に、彼《かの》盗児《ぬすびと》は知《し》れがたからん。然《さ》は思《おも》はずや。」

と囁《さゝや》けば、柒六《なゝろく》は「有理《げにも》」と答《こたへ》て、猶《なほ》も余談《よだん》に及《およ》ぶ程《ほど》に、長《なが》き秋《あき》の夜更闌《よこうたけ》て、丑三時候《うしみつころ》になりしかば、倶《とも》に枕《まくら》に就《つ》きにけり。

　然《され》ば杜四郎《もりしらう》と柒六《なゝろく》は、其詰朝疾起出《そのあけのあさとくおきいで》て、主人《あるじ》の身辺《ほとり》に人《ひと》なきをり、閑室《かんしつ》に請迎《こひむか》へて、杜四郎《もりしらう》は又刀子《またこかたな》のことをのみ、云云《かにかく》といひ出《いで》て、其資助《そのたすけ》を乞討《こひもとむ》れば、柒六《なゝろく》は又朱之介《またあけのすけ》の、旧悪《きうあく》の事《こと》の顚末《もとすゑ》、彼百九十五金《かのひやくくじふごきん》の事、及財嚢《またさいふ》に入換《いれかへ》られたる、両箇《ふたつ》の小石《こいし》の事《こと》はさら也、九四郎《くしらう》の義俠落葉《ぎけうおちば》の慈善《ぢぜん》、其崖略《そのあらまし》を説示《ときしめ》して、思《おも》ふよしさへ囁《さゝや》き告《つぐ》れば、石見介《いはみのすけ》は驚《おどろ》きながら、聞果《きゝはて》て答《こたふ》るやう、

「己《おのれ》も昨宵終夜《よんべよもすがら》、愚按《ぐあん》を旋《めぐら》したりけるに、『彼刀子《かのこがたな》の盗児《ぬすびと》は、必是外人《かならずこれよそひと》ならで、衆少年《しふしようねん》の伴《とも》の奴隷歟《しもべか》、然《さ》らずは夫役等《ぶやくら》の所為《わざ》ならん。』と思《おも》ふものから何人《たれ》と指《さ》す、証据《あかし》を得《え》ざれば是《これ》も亦《また》、雲《くも》を抓《つか》み風《かぜ》を追《お》ふより、果敢《はか》なかるべき闇猜《あんすゐ》なり。因《より》て又思《またおも》ふに、彼刀子《かのこかたな》の盗児《ぬすびと》は、必《かならず》人《ひと》に沽却《うりしろな》して、銭《ぜに》に換《かふ》るにぞあらむずらん。倘果《もしはた》してしからんには、夜々《よな〳〵》城外《ぜうぐわい》に立出《たちいで》て、或《あるひ》は典物舗骨董店《しちみせふるものたな》を、渉猟《あさり》もしつ問《とひ》も訂《たゞ》さば、見出《みいだ》すこともあるべからん。是《これ》より外《ほか》にせん術《すべ》を知《し》らず。又末朱之介《またすゑあけのすけ》の事《こと》はしも、旧悪形《きうあくかた》の如《ごと》くなりとも、其金子《そのかね》に識《しるし》なく

は、叨《みだり》に捉《とら》へて責問《せめとひ》がたかり。且他《かつかれ》が乾児吾《おやぼんご》足斎《そくさい》は、当家《たうけ》の権臣《きりもの》多賀《たが》典膳《てんぜん》の、宿所《しゆくしよ》に出入《いでいり》する者《もの》なり、と人《ひと》伝《つて》に聞《きゝ》し事《こと》あり。遮莫《さばれ》典膳《てんぜん》親子《おやこ》は、思慮《しりよ》ある老実家《まめやかひと》なれば、贔屓《ひいき》の沙汰《さた》を做《な》す者《もの》ならねど、証据《あかし》もなき朱之《あけの》介《すけ》の、旧悪《きうあく》を訴《うつたへ》かたかり。袷《かれ》と云恰《いひこれ》と云《いひ》、事皆難義《ことみななんぎ》にあらざるはなし。猶又再思《なほまたさいし》し給へ」

といふ、最正首《いとまめやか》なる密談《みつだん》に、柒六《なゝろく》はいふもさらなり、杜四郎《もりしらう》歓承《よろこびうけ》て、

「御示教寔《ごじきようまこと》に其理《そのり》あり。彼百九十五金《かのひやくくじふごきん》の事は、当時《たうじ》《ソノトキ》九四郎《くしらう》が償《つくな》ふて、其内中《そのうち》なる一百金《いつひやくきん》を、落葉《おちば》に還《かへ》したりければ、しうねく《執念深》祟《たゝ》らでもありぬべし。只等閑《たゞなほざり》にしがたきは、我家伝《わがかでん》の刀子《こがたな》なり。芳意《はうい》に儘《まか》せて今宵《こよひ》より、街衢《ちまた》に出《いで》て渉猟《あさり》てん。」

と答《こたふ》る間《はし》に老僕《おとな》が来て、「御客《おんきやく》あり。」と告《つげ》しかば、石見介急《いはみのすけきう》に見《み》かへりて、「誰《た》そ」と問《と》へば、別人《ことひと》《ベツジン》ならず、曽根見五郎平宗玄《そねみごらうへいむねはる》が、昨日守高頼主《きのふかみたかよりぬし》より、杜四郎柒六《もりしらうなゝろく》に賜《たまは》りたる、沙金十包《さきんとつゝみ》と白布《しろぬの》を、吊台《つりだい》に載《のせ》奴隷《しもべ》に舁《かゝ》せて、みづから齎《もたら》し来《き》ぬるなり。是《これ》により石見介《いはみのすけ》は、遽《いそが》はしく退《しりぞ》きて、衣裳《いしよう》を更《あらため》などする程《ほど》に、杜四郎《もりしらう》と柒六《なゝろく》も、袴《はかま》を穿《はき》て共侶《もろとも》に、客房《きやくのま》に出《いで》て対面《たいめん》す。迭《かたみ》の口誼《こうぎ》言果《ことはて》て、五郎平《ごらうへい》は又杜四郎《またもりしらう》と、柒六《なゝろく》に向《むか》ひていふやう、

「昨日《きのふ》は不慮《ふりよ》に君辺《くんへん》にて、論弁過言《ろんべんくわごん》に及《およ》びしを、後悔《こうくわい》の外《ほか》候はず。必《かならず》な介意《かいい》し給ひそ。就《つき》て其折寡君《そのをりくわくん》より、両兄《りようけい》に贈《おく》り給はせし、二種《ふたくさ》を齎《もたら》したり。」

といふ間《はし》に若党等《わかたうら》が、玄関《げんくわん》より運《はこ》び来《き》ぬる、四箇《よつ》の有脚《あしつき》の大折敷《おほをしき》に分《わか》ち載《のせ》たる、沙金十包《さきんとつゝみ》と白布《しろぬの》二十反《たん》を、処陜《ところせき》まで置並《おきならぶ》れば、四郎柒六額衝承《しらうなゝろくぬかつきうけ》て、言語斉一《ことばひとしく》答《こたふ》るやう、

「武芸《ぶげい》は家業《かぎよう》の事なるに、功《こう》あらずして恩貺《みたまもの》《オンキヨウ》を、受《うけ》まつるべくもあらねども、推辞《いなみ》稟《まう》さば不敬《ふけい》といはれん。

異日《ゐじつ》又好純《またよしずみ》をもて、稟上《まうしあぐ》るよしもあるべし。這義《このぎ》宜《よろし》く御承《おんうけ》を、頼《たの》みまつるにこそ」

と云《いふ》、其語《そのご》を接《つぎ》て石見介《いはみのすけ》も、五郎平《ごらうへい》に謝《しや》していふやう、

「今日《けふ》の一義《いちぎ》は、宰領《さいりやう》の、走卒《あしがろ》のみにてあるべきに、貴所《きしよ》の光臨《くわうりん》、当《あた》りがたかり。己《おのれ》も程《ほど》なく出仕《しゆつし》して、御《ご》恩《おん》を拝《はい》しまつるべし。」

といふに五郎平《ごらうへい》、

「否咱等《いなわれら》は、大江《おほえ》峯張《みねはり》の両才子《りやうさいし》に、送別《いとまごひ》を兼《かね》たるなり。幾比《いつころ》立去《たちさり》給ふぞや。」

と問《とは》れて杜四郎《もりしらう》、

「然《さ》ン候。仕官《つかへ》を辞《いろ》ひまつりし上《うへ》は、蚤《はや》く去《さら》まく思《おも》ひしに、争何《いかに》せん、已《やみ》がたき要緊《えうきん》の事出来《いでき》しかば、猶又《なほまた》時日《じじつ》を累《かさぬ》るまでに、長逗留《ながとうりう》になるべき歟《か》、料《はか》りがたく候。」

といふに五郎平《ごらうへい》頷《うなづ》きて、

「开《そ》は左《と》も右《かく》もの事《こと》ながら、其日《そのひ》定《さだま》らば高島主《たかしまぬし》、疾聞《とくきこ》え上《あげ》給へかし。暇《いとま》まうす。」

と身《み》を起《おこ》すを、石見介《いはみのすけ》推禁《おしとゞ》めて、

「猛可《にはか》の事にて儲《まうけ》なけれど、薄茶一服《うすちやいつふく》まゐらせん。」

といふをば聞《き》かで刀《かたな》を曳《ひき》よせ、

「そは忝《かたじけな》く候へども、知《し》らるゝ如《ごと》く多務《たむ》なれば、異日推参《ゐじつすゐさん》仕《つかまつ》らめ。」

と推辞《いろひ》つゝ立出《たちいづ》るを、四郎《しらう》柰六《なゝろく》石見介《いはみのすけ》も、玄関《げんくわん》まで是《これ》を送《おく》りて、異口同様《ゐくどうやう》に労《ねぎら》ひけり。

かくて杜四郎等《もりしらうら》は、主人《あるじ》と倶《とも》に退《しりぞ》きて、悄《しのび》やかに談《だん》ずるやう、

「予心《かねてこゝろ》を知《し》られし如《ごと》く、仕《つか》へずして去《さら》まく欲《ほり》する、我們《われ〳〵》がいかにして、這賜《このたまもの》を受《うけ》られんや。こはこの儘《まゝ》に蔵《をさ》め置《おき》て、異日《ゐじつ》この地《ち》を立去《たちさ》るの後《のち》、宝庫《みくら》に返《かへ》し玉ひね。」

と憑《たの》めば石見介沈吟《いはみのすけうちあん》じて、

「开《そ》は最難義《いとなんぎ》の役《やく》ながら、志《こゝろざし》ある者《もの》は、孰《たれ》もかくこそあるべけれ。こゝろ得《え》てこそ候なれ。」

と応《いらへ》て軈《やがて》老僕《おとな》を召《よび》て、件《くだん》の沙金《さきん》白布《しろぬの》を、長櫃《ながひつ》に奔《をさめ》させ、手親封《てづからふう》じて、舁《かゝ》せて土庫《ぬりこめ》へ遣《つかは》しつ、其身《そのみ》は若党《わかたう》奴隷《しもべ》を将《い》て、君所《みたち》へ出仕《しゆつし》したりける。

是日《このひ》長橋倭太郎勢泰《ながはしわたらうなりやす》、象船算弥知量《きさふねさんやともかず》は、大江杜四郎《おほえもりしらう》、峰張柒六《みねはりなゝろく》の、試撃《しあひ》の勝《かち》を賀《が》せんとて、石見介《いはみのすけ》の弟子《をしえこ》等《ら》と共侶《もろとも》に、高島《たかしま》の宿所《しゆくしよ》に来《き》にければ、件《くだん》の大江峰張《おほえみねはり》は、猶逗留《なほとうりう》すと聞知《きゝし》りて、歓《よろこ》ぶこと大《おほ》かたならず、是《これ》よりの後間《のちま》なく時《とき》なく、参来《まゐき》て討論《たうろん》しぬる程《ほど》に、多賀志賀介政賢《たがしがのすけまさかた》も、早晩其隊《いつしかそのむれ》に入《い》りて、交《まじは》り浅《あさ》からずなりにけり。然《され》ば杜四郎柒六《もりしらうなゝろく》は、昼《ひる》こそ交遊《こうゆふ》の為《ため》に暇《いとま》なけれ、夜《よる》は訪来《とひく》る人《ひと》のあらねば、出《いで》て彼刀子《かのこがたな》を、索《たづ》ねまく欲《ほり》すれば、石見介《いはみのすけ》も案内《しるべ》の為《ため》に、倶《とも》に微服《しのびすがた》にて、夜毎《よごと》に城外《ぞうぐわい》に立出《たちいで》て、をさ〳〵市《いち》に閲《けみ》する程《ほど》に、秋尽《あきつ》きて霜寒《しもさむ》き、十月《かみなづき》の中浣《なかば》になるまで、いまだ便《たよ》りを得《え》ざりける。

休題《そはおきて》再説《ふたゝびとく》。末朱之介晴賢《すゑあけのすけはるかた》は、那日《かのひ》大江杜四郎《おほえもりしらう》に、射《い》て落《おと》されて落馬《らくば》しつ、馬《うま》に踏《ふま》れて腰骨《こしほね》を、損《そこ》ねたるのみならず、初峯張柒六《はじめみねはりなゝろく》に、習学槍《けいこやり》もて衝《つか》れし時《とき》の、撲傷《うちみ》も一度《いちど》に発《おこ》りにけん、胸痛《むねいた》み身《み》は氄氉《ふくだみ》て、堪《たゆ》べうもあらざりしを、多賀《たが》の奴隷《しもべ》の吩咐《いひつけ》られて、开《そ》が儘篢轎《まゝかご》にうち載《のせ》て、宿所《しゆくしよ》に送《おく》り来《き》にければ、母《はゝ》の阿夏《おなつ》

の老苧《おいそ》はさら也、无四郎《むしらう》の吾足斎《ごそくさい》も、「こはいかに。」と驚《おどろ》き惑《まよ》ひて、夫婦《ふうふ》右《みぎ》より左《ひだり》より、篗輴《かご》なる朱之介《あけのすけ》を扶出《たすけいだ》しつ、軈《やが》て小子舎《こへや》に臥《ふさ》しめて、事《こと》の顚末《もとすゑ》を問《とは》まくするに、朱之介《あけのすけ》は只嚏《たゞうめ》くのみ、言詳《ことつまびらか》ならざれば、吾足斎《ごそくさい》已《やむ》ことを得《え》ず、多賀《たが》の奴隷《しもべ》を労《ねぎら》ひて、朱之介《あけのすけ》が怪我《けが》したる、事《こと》の首尾《しゆび》を諮《たづぬ》れば、奴隷毎《しもべども》は秘《かく》すによしなく、彼大江杜四郎《かのおほえもりしらう》、峯張栄六《みねはりなゝろく》の射芸槍法《しやげいやりのて》、衆《もろ〳〵》に秀《ひいで》しを、朱之介《あけのすけ》が懲《こり》ずまに、二度《にど》まで試撃《しあひ》を乞《こひ》しかば、槍《やり》にも弓《ゆみ》にもうち負《まけ》て、果《はて》は大江《おほえ》の瓢箭《ひさごや》《ヒヤウセン》に、射《い》て落《おと》されて馬《うま》に踏《ふま》れし、其事《そのこと》の光景《ありさま》を、聞《きゝ》たる儘《まゝ》に説示《ときしめ》して、告別《いとまごひ》しつ外《と》に出《いで》て、二人《ふたり》は空篗輴《からかご》を抬起《もたげおこ》し、一人《ひとり》は又《また》、箱挑灯《はこちやうちん》の、蠟燭《らうそく》を接更《つぎかへ》て、城内《ぜうない》へかへり去《さり》しかば、吾足斎老苧《ごそくさいおいそ》等《ら》は、倶《とも》に呆《あき》れ且腹立《かつはらたゝ》しさに、「朱之介《あけのすけ》の生兵法《なまひやうはう》は、怪我《けが》の基《もと》よ。」と呟《つぶや》くのみ。晩稲《おしね》は又始《またはじめ》より、朱之介《あけのすけ》の調戯《たはけ》きを、快《こゝろよ》からず思《おも》へばや、納戸《なんど》に在《あ》りて出《いで》ても来《こ》ず。然《さ》りとて已《やむ》べき事ならねば、吾足斎《ごそくさい》は膏《かう》薬《やく》を、拿出《とうで》て朱之介《あけのすけ》の、痛処《つうしよ》に布《しき》などする程《ほど》に、老苧《おいそ》は方僅良人《いまがたをつと》の取《と》らせし、湯液《くすり》を急《きう》に煎果《せんじはた》して、朱之介《あけのすけ》に薦《すゝ》めけり。

　尓程《さるほど》に吾足斎《ごそくさい》は、次《つぎ》の日《ひ》多賀《たが》の宿所《しゆくしよ》にゆきて、昨日衆少年《きのふしふしやうねん》の試撃《しあひ》の折《をり》、朱之介《あけのすけ》を汲引《てびき》せられし、歓《よろこ》びを稟《まう》すべく、事《こと》の首尾《しゆび》をも問《とは》んとて、些《ちと》の人情《おくりもの》を懐《ふところ》にして、朝疾出《あさとくいで》て観音寺《くわんおんじ》の、城《しろ》に入《い》らまくする程《ほど》に、守門《もんばん》の城兵《ぜうひやう》推禁《おしとゞ》めて、且《かつ》いふやう、

「汝《いまし》は吾足斎延明《ごそくさいゑんめい》ならずや。昨宵守《よんべかみ》より御下知《おんげぢ》あり。『汝《いまし》の乾児《こぼん》末《すゑ》朱之介《あけのすけ》はいふもさらなり、吾足斎《ごそくさい》をも当《たう》城内《ぜうない》へ、出入《いでいり》を禁《とゞ》めよ。』と仰付《おほせつけ》られたりけるに、入《い》らまくするは大胆《だいたん》なり。疾《とく》いなずや。」と窘《たしなむ》れば、吾足斎《ごそくさい》驚《おどろ》きて、

「开《そ》は何事歟《なにごとか》知《し》らねども、咱等《われら》は犯《をか》しし罪《つみ》あらず。そは多賀大人《たがうし》こそ知《し》らせ給はめ。いかで彼大人《かのうし》に、『吾足斎《ごそくさい》が参《まゐ》りにき。』と告給《つげ》はらば厄釈《やくとけ》て、召入《めしい》れらるゝにぞあらむずらん。いかで彼大人《かのうし》の御宿所《おんしゆくしよ》へ、このよしを告給《つげ》ひね。」

と口説《くどく》を城兵聞《ぜうひようきゝ》あへず、

「黙《だま》れそは烏滸《をこ》也。禁門《もんとめ》の一条《いちでふ》は、多賀殿《たがどの》より徇《ふれ》られしに、『吾足斎《ごそくさい》が推参《すゐさん》して、追《おへ》ども去《さ》らず。』と報稟《つげまう》さば、『搦捕《からめと》れ』とこそいはるべけれ。然《さ》でも去《さ》らずや、かへらずや。」

と敦圉《いきまき》ながらをり立《たち》て、権威《をどし》の捍棒搔拏蚤《よりぼうかいとりはや》く、打払《うちはら》はまくしてければ、吾足斎《ごそくさい》は「吐嗟《あなや》」とばかりに、怕《おそれ》慌《あはて》て逃《にぐ》る時、甃石《しきいし》の稜《かど》に跌《つまづ》きて、忽地撻《たちまちどう》と輾《まろ》びしかば、城兵等《ぜうひようら》は堪難《たへかね》て、斉一咄《ひとしくどつ》と笑《わら》ひけり。

既《すで》にして吾足斎《ごそくさい》は、膝頭《ひざかしら》を摺破《すりやぶ》りて、疼痛《いたみ》に勝《たへ》ねば唾《つ》を塗《ぬり》て、隻脚《かたし》を曳《ひき》つゝ城下《きのもと》なる、己《おの》が宿所《しゆくしよ》にかへり来《き》つ、生平《つね》にはあらぬ声高《こゑたか》やかに、老苧《おいそ》を屢《しば〱》喚近《よびちか》つけて、嚮《さき》に城兵《ぜうひよう》にいはれし事、那里《かしこ》の不首尾《ふしゆび》箇様《かやう》々《く》々、と具《つぶさ》に告《つげ》て又《また》いふやう、

「畢竟《ひつきやう》は朱之介《あけのすけ》が、慭《なまじい》なること做出《しいだ》しても、負《まけ》じ魂《たましひ》懲《こり》ずまに、好《よか》らぬ口《くち》を啗《たゝ》きにけん。守《かみ》はさらなり、多《た》賀殿《がとの》に、憎《にく》まれずはいかにして、罪《つみ》もなき俺《われ》さへに、禁門《もんとめ》の崇《たゝり》に逢《あは》んや。かゝるべしとは知《し》るよしもなく、晩稲《おしね》の面瘡愈果《おもかさいえはて》たれば、始《はじめ》より猶美《なほうるは》しく、なりにしよしの那里《かしこ》へ聞《きこ》えて、又婚姻《またこんいん》を議《ぎ》せられん。『媒人《なかだちひと》の来《こ》よかし。』と其方《そなた》の天《そら》を仰《あほ》ぐまで、日毎《ひごと》に俟《まち》しは空憑《そらたの》めにて、心筑紫《こゝろつくし》の琴《こと》の緒《を》よりも、果敢《はか》なく断《き》れしえん《赤》のつな《縄》、結《むす》ぶよしなくなり果《はて》しは、皆是彼奴《みなこれかやつ》が所為《わざ》ならずや。」

と席薦《たゝみ》を敲《たゝ》く腹立声《はらたちこゑ》に、外《よそ》の聞《きこ》えを忘《わす》れたる、然《さ》しも良人《をつと》の空憒《あだいきどほり》を、老芧《おいそ》は聞《き》くだに胸苦《むねくる》しくて、倶《とも》に額《ひたひ》を癉《やま》するのみ、又《また》いふよしもなかりけり。折《をり》から晩稲《おしね》は納戸《なんと》に在《を》り、親《おや》の高声聞知《たかこゑきゝし》りて、涙《なみだ》は袖《そで》による《夜》の雨《あめ》、『まつ《松》にかひなき志賀介《しがのすけ》と、絶《たえ》し縁《えに》しは我《われ》からさき《唐崎》の、世《よ》にしなしたる罪障《ざいしやう》の、報《むくひ》なる歟《か》。』とうち歎《なげ》く、壁《かべ》に対《むか》ひて吻《つ》く息《いき》の、出雲八重垣《いづもやへがき》まだ見《み》ぬ夫《つま》と、絶《たえ》し縁《えに》しを復結《またむす》ぶ、神《かみ》なし月《つき》も怨《うら》めしく、思《おも》ふ小春《こはる》の空桜《あださくら》、脆《もろ》きは風《かぜ》の咎《とが》なるべし。

是《これ》よりの後吾《のちご》足斎《そくさい》は、城内《ぜうない》に病架《びやうか》あらずなりて、玄関寂《げんくわんさび》しくなりしかど、町家《ちやうか》には猶薬《なほくすり》を乞《こ》ふ、得意《とくい》なきにあらざれば、日毎《ひごと》に出《いで》て、朱之介《あけのすけ》を見《み》かへらず、晩稲《おしね》も亦枕方《またまくらべ》に、立《たち》よることだに斁《いと》ふの故《ゆゑ》に、只難面《たゞつれなく》て他《かれ》が安否《あんひ》を、知《し》らず貌《かほ》にて問《とは》ねども、母《はゝ》の老芧《おいそ》は骨肉《こつにく》の、恩愛《おんあい》に羈《ほだ》されて、夜《よ》に日《ひ》に看《み》とりて粥《かゆ》を薦《すゝ》め、独朱之介《ひとりあけのすけ》の為《ため》に、膏薬《かうやく》を貼替湯薬《はりかへくすり》を煎《せん》じて、暇《いとま》もあらず立挊《たちはたら》けば、いとゞ短《みじか》き初冬《はつふゆ》の、日景《ひかげ》を己《おの》が為《ため》にのみ、猶短《なほみじか》しと思《おも》ひけり。

尓程《さるほど》に朱之介《あけのすけ》は、病臥《びやうぐわ》二三十日《にち》にして、撲傷《うちみ》は余波《なごり》なく瘥《おこた》り果《はて》しかど、吾足斎《ごそくさい》に疾視《にらまへ》られ、呟《つぶやか》るゝが腹《はら》立《たゝ》しさに、そが儘臥《まゝふし》て在《を》る程《ほど》に、十月望《かみなつきもち》の日《ひ》になりぬ。這朝吾《このあしたご》足斎《そくさい》は、西東《あちこち》なる病架《びやうか》に招《まねか》れて、宿所《しゆくしよ》に在《を》らねば、朱之介《あけのすけ》は『折《をり》こそよけれ。』と起出《おきいで》て、蒲団《ふとん》搔遣《かいや》り口漱《くちそゝ》ぎて、母《はゝ》の身辺《ほとり》へ来《き》にけるを、阿夏《おなつ》の老芧《おいそ》は見《み》かへりて、

「珠《たま》よ疼痛《いたみ》は甚麽《いかに》ぞや。始《はじめ》よりして三《みたびのかて》飡は、生平《つね》に異《こと》ならざればにや、瘦《やせ》だに見《み》えず最芽出《いとめで》たし。」

といふをば聞《き》かで高胡坐《たかあぐら》、髯搔揕《ひげかいなで》て

「喃奶々《なうはゝご》。撲傷《うちみ》の愈《いえ》しは今日《けふ》のみかは、五日《いつか》も六日《むひか》も前日《さきのひ》より、起《おき》も出《いで》まく思《おも》ひしかども、阿爺《おやぢ》に面《つら》を見《み》られなば、睨着《にらみつけ》られ燻《いぶ》されて、耳囂《みゝやかまし》く堪《たへ》がたからんに、晩稲《おしね》すら一向《このごろ》は、何等《なにら》の腹《はら》の立《たつ》やらん、ものも得《え》いはで皓々《じろ〳〵》と、目《め》を仄《そばたつ》るが心悪《むねわろ》さに、今日《けふ》まで臥《ね》釈迦《しやか》で在《いま》ししかども、幾《いつ》までか斯《かく》てあるべき。髪《かみ》を結《あげ》させ湯《ゆ》にも浴《いり》てん。俗《よ》にいふ木葉《このは》落《おと》しにて、朝夕《あさゆふ》は最寒《いとさむ》かるに、いまだ刺被《しきせ》の沙汰《さた》もあらず。この容《ざま》にて何処《いづこ》へ出《で》られん。銭《ぜに》まれ衣《きぬ》まれ貸《かし》給ひね。身装《みこしらへ》して暇稟《いとまう》さん。他人《たにん》に劣《おと》る這里《ここ》のみに、日《ひ》の照《て》るもの歟《か》。」

と喧嘩《けんくわ》の緒《いとくち》、解《とく》を老苧《おいそ》は聞《きゝ》あへず、

「復《また》しても横道児《わうどうもの》。『鴉《からす》は口《くち》に悪《にく》まるゝ。』と人《ひと》の謡《うた》ふを思《おも》はずや。爹々《てゝご》は何《なに》とも宣《のたま》はねども、咱敗衣《わがふるきぬ》を解洗《ときあら》ひして、綿衣《ぬのこ》は疾《とく》に出来《いでき》たり。是被《これき》て出《いで》て来《こ》よかし。」

といひつゝ立《たち》て竹櫃《つゞら》なる、陸奥太織《みちのくふとおり》の絮腸衣《わたいれきぬ》と、共《とも》に拿出《とりだ》す鐚百銭《びたひやくせん》を、「卒《いざ》」とて軈《やが》て取《とら》すれば、朱之介《あけのすけ》はよくも見《み》ず、开《そ》がまゝ傍《かたへ》に閣《さしお》きて、

「喃奶々《なうはゝご》。『思《おも》ひ立日《たつひ》が吉日《きちにち》』と、世《よ》の常言《ことわざ》にもいふなれば、今日《けふ》より他処《たしよ》に巣《す》を易《かへ》て、邪慳《じやけん》の宿《やど》を解脱《げだつ》せん。就《つき》て阿爺《おやぢ》に預《あづ》けたる、枸神《くじん》の代金百両《だいきんひやくりやう》を、目今出《たゞいまいだ》し給ひね。」

といふを、老苧《おいそ》は聞《きゝ》あへず、

「开《そ》は亦思《またおも》ひがけなき事也。始《はじめて》爹々《てゝご》の教訓《きようくん》を、你《そなた》は何《なに》と听《きゝ》たるぞ。非如《よしや》枸神《くじん》の即効《そくこう》にて、晩稲《おしね》の面瘡《おもかさ》愈《いえ》たりとも、你《そなた》の為《ため》には女弟品《いもとぼん》、大人《うし》とは義理《ぎり》ある親子《おやこ》なるに、他人《たにん》がましく算盤《そろばん》立《たて》て、貸借《かしかり》をいふ事《こと》かは。」

と詞《ことば》急迫《せわ》しく窘《たしなむ》るを、朱之介《あけのすけ》は冷笑《あざわら》ひて、

「开《そ》はいはるゝ事《こと》ながら、親子間《おやこなか》でも銭財《ぜにかね》には、言品出来《いひぼんいでき》て後竟《のちつひ》に、愛《あい》を失《うしな》ふも世《よ》に多《おほ》かり。おん身《み》こそ我《わが》母《はゝ》なれ、阿爺《おやぢ》は素是他人《もとこれたにん》にて、恩《おん》もなく義《ぎ》もあらず。邂逅環会《たまさかめぐりあ》ふたればこそ、乾父面《おやぼんつら》して宿《やど》せらるれど、犬《いぬ》猫《ねこ》でも喫《くは》ではあらぬ、纔《わづか》に三《み》たびの乾菘飯《ほしないひ》の、外《ほか》には何養《なにくれ》たる例《ためし》もなし。そを見傚《みなら》ふてか晩稲《おしね》まで、傲慢《おごり》高上《たかぶ》る無愛想《ぶあいさう》、縹致自慢《きりようじまんか》歟知《し》らねども、いひ甲斐《かひ》なければ何《なに》事も、時世《ときよ》と辛防《しんばう》したれども、今日《けふ》は行蒐《ゆきかけ》の駝《だ》賃《ちん》也。枸神《くじん》の価《あたひ》を還《かへ》しね。」

と漸々《しだい》に募《つの》る高声《たかこゑ》に、老苧《おいそ》も亦勃《またむつ》として、

「いはせて閣《おけ》ば不敵《ふてき》の本性《ほんしよう》。親《おや》を親《おや》とは思《おも》はずや。昔年周防《むかしすはう》の山口《やまぐち》にて、旡四郎殿《むしらうとの》に逢《あは》ざりせば、你《そなた》はさらなり我身《わがみ》すら、辛《から》き浮世《うきよ》に堪難《たへかね》て、塩焼《しほや》く浦《うら》の煙《けふ》りとも、なりなんものを彼大人《かのうし》の、好意《なさけ》によりて件《ともなは》れ、你《そなた》は京師《みやこ》に留《とゞま》りて、西様《にしさま》中納言《ちうなごん》兼顕《かねあき》卿《けう》をいふに召置《めしおか》れ、我身《わがみ》は単陸奥《ひとりみちのく》へ、将《い》ていなれたればこそ、富《とむ》までにあらずとも、人並《ひとなみ》に世《よ》を渡来《わたりき》ぬるを、恩《おん》なし義《ぎ》なし、といはれんや。況《まいて》銭財《ぜにかね》の事はしも、大人《うし》の手《て》づから出納《いだしいれ》して、奴家《わらは》に任《まか》せ給はねば、今百両《いまひやくりやう》といふ金《かね》の、有《あり》やなしやは知《し》らねども、縦貯禄《たとひたくはへ》ありとても、『そを朱之介《あけのすけ》に取《とら》せ給ひね。』と咱口親《わがくちづから》いふよしあらんや。烏滸《をこ》なる事を。」

と敦圄《いきま》くを、朱之介呵々《あけのすけかや〳〵》とうち笑《わら》ひて、

「そはいはるゝ事《こと》ながら、昔年周防《むかしすはう》の山口《やまくち》にて、我們親子《われ〳〵おやこ》の窮阨《きうやく》を、救《すく》ひしは今《いま》の阿爺《おやぢ》の、肚《はら》に計較《もくろみ》あることにて、おん身《み》に惑《まよ》ひし以所《ゆゑ》なれば、恩《おん》にはあらず、義《ぎ》ではなし。おん身《み》も亦尓《またしか》ぞかし。天《てん》にも地《ち》にも只《たゞ》一個《ひとり》なる、子《こ》を棄《すて》て去《いな》れし藪《やぶ》の下《した》の、別《わか》れを思《おも》へば世間《よのなか》に、慈悲《ぢひ》ある親《おや》の心《こゝろ》と異《こと》也、骨肉《こつにく》ですら八九年《ねん》、音《いん》

信不《しんふ》通《つう》で過《すぐ》されしに、素他人《もとたにん》なる今《いま》の阿爺《おやぢ》が、乾父《おやぼん》滾《こか》しに金百両《かねひやくりやう》を、踏《ふま》まくするとも取《と》らで已《やま》んや。一《いち》も入《い》らず二《に》も入《い》らず、萩《はぎ》の花餅《はなもち》より大《おほ》きなる、印判押《いんぱんすゑ》て渡《わた》されし、彼百両《かのひやくりやう》の手実茲《てがたこゝ》にあり。是見《これみ》給へ。」と懐《ふところ》なる、鼻紙《はなかみ》の間《あはひ》より、彼一通《かのいつつう》を拿出《とりいだ》して、皺《しは》を伸《のば》しつうち開《ひら》きて、「是聞《これきゝ》給へ。」とうち咳《しはぶ》き、

「可買取薬種《かひとるべきやくしゆ》の事《こと》。枸神一枚《くじんいちまい》、価直金百両也《あたひきんひやくりやうなり》。右於即効有之者《みぎそくこうこれあるにおいては》、明十七日《みやうじふしちにち》、金子《きんす》無遅滞可渡之候《ちたいなくこれをわたすべくそろ》。
為後照手実仍如件《ごしようのためてがたよつてくだんのごとし》。

吾足斎延明《ごそくさいゑんめい》　印《いん》

亨(享)禄三年《きようろくさんねん》八月十六日《にち》
旅人《たびひと》　朱之《あけの》介丈《すけぢよう》
保人《うけひと》　宿六丈《やどろくぢよう》
」

と読訖《よみをは》りて、

「喃奶々《なうはゝご》。阿爺《おやぢ》は宿《やど》に在《を》らずとも、かばかり正《まさ》しき証拠《しようこ》《アカシ》あれば、這一通《このいつつう》と交易《とりかへ》に、おん身《み》彼百両《かのひやくりやう》を、咱等《われら》に逓与《わたし》給ふとも、阿爺《おやぢ》は言品《いひぼん》なかるべし。這照文《このしようもん》がものをいへばなり。おん身《み》は知《し》らずと宣《のたま》へども、阿爺《おやぢ》に貯禄多《たくはへおほ》かることも、そを秘措《ひめおか》るゝ処《ところ》まで、咱等《われら》は先刻猜《せんこくすゐ》したり。是欲《これほし》からずや。」

と売弄《みせびらか》する、手実《てがた》を老苧《おいそ》は掻拿《かいとり》て、見《み》つゝ煞辣哩《さらり》と引裂棄《ひきさきすつ》れば、朱之介《あけのすけ》は吐嗟《あなや》とばかりに、駭慌《おどろきあはて》て、禁《とゞ》むれども、及《およぶ》べくもあらざれば、勃然《ぼつねん》として怒《いかり》に堪《たへ》ず、眼《まなこ》を瞋《いか》らし声《こゑ》を苛立《いらたて》て、

「奶々《はゝご》は狂女歟乱心歟《きようぢよからんしんか》。苟且《かりそめ》ならぬ百金《ひやくきん》の、手実《てがた》を引裂棄《ひきさきすて》られては、親子《おやこ》也とて許《ゆる》さんや。」

と罵《のゝし》る面色凄《おもゝちすさまじ》きを、老苧《おいそ》は見《み》る目《め》に涙潸《なみだぐみ》て、

「否狂乱《いなきやうらん》もせず、件《くだん》の金《かね》を、惜《をし》みて做《な》しし事《わざ》ならねども、始你《はじめそなた》を珠之介《たまのすけ》と、知《し》らで爹々《てゝご》の渡《わた》し給ひし、這《この》手実《てがた》のある故《ゆゑ》に、親《おや》を親《おや》とし思《おも》はざる、蓬《きたな》き你《そなた》の大慾心《だいよくしん》を、矯直《ためなほ》さんとて引裂棄《ひきさきすて》たり。非如今其百金《よしやいまそのひやくきん》を、出《いだ》して你《そなた》に取《とら》するとも、有《あ》る時《とき》は有《あ》るに信《まか》せて、湯水《ゆみづ》の如《ごと》くに使《つか》ひ棄《すて》ぬる、金《かね》は其身《そのみ》の怨家《あた》なるを、知《し》らで欲《ほり》する愚《おろか》さよ。是《これ》に就《つ》きて思《おも》ひ出《いで》にき。初你《はじめそなた》の生《うま》れし時《とき》、奇《くし》き事のみ多《おほ》かりければ、売卜翁《うらなひびと》に問試《とひこゝろみ》しに、其《その》折写《をりかき》ておこされし、卜書一通《うらふみいつつう》茲《こゝ》にあり。そは漢字《からもじ》にて読《よめ》ねども、『要《えう》あるべし。』と思《おも》ひしかば、軈《やが》て你《そなた》の腰吊《こしつけ》の、護身嚢《まもりふくろ》に秘置《ひめおき》しかど、仏生山《ぶつしやうさん》に在《あ》りし比《ころ》、『失《うしなは》れやせん』と思《おも》ひかへして、移《うつ》して我身《わがみ》の神符嚢《まもりふくろ》に、蔵《をさ》め置《おき》たればこそ、幾層《いくそ》の年《とし》を歴《へ》ぬるまで、故《もと》の随《まゝ》にて今尚《いまなほ》あり。是先読《これまづよみ》て聞《きか》せよ。」

といひつゝ懐抱《はだつけ》の嚢《ふくろ》より、其一通《そのいつつう》を拿出《とりいだ》して、「卒《いざ》」とて渡《わた》せば朱之介《あけのすけ》は、やうやくに怒気《いかり》を治《をさ》めて、黙然《もくねん》と叉《こまぬ》きたる、手《て》を解きつゝ其卜書《そのうらふみ》を、拿上《とりあげ》て読程《よむほど》に、老苧《おいそ》は膝《ひざ》を進《すゝ》めて听《き》けば、其文《そのぶん》にいへらく、

子而非子《こにしてこにあらず》。非　親　是親《おやにあらずしてこれおや也》。一窮一達《いつきういつたつ》。因果《いんぐわ》輪々《りん〳〵》《メグリメグル》。この一条《ひとくだり》は第五回《だいくわい》に見《み》えたり

とあり。朱之介《あけのすけ》は両三番《ふたゝびみたび》、読復《よみかへ》してもこゝろを得《え》ねば、眉《まゆ》を顰《ひそ》めて、

「喃奶々《なうはゝご》。こは最解《いとげ》し易《やす》からねども、『親《おや》にあらずして是親也《これおや》』とは、我身《わがみ》には実父《うみのおや》の外《ほか》に、乾父《おやぼん》たる者《もの》三四名《にん》あり。周防《すはう》の叔々《をぢご》も其中《そのうち》なれば、其頭《そこら》の事《こと》をいふにあらずや。」

と問《とへ》ば老苧《おいそ》は沈吟《うちあん》じて、

「今《いま》こそ思《おも》ひ合《あは》したれ。こは周防《すはう》なる叔々《をぢご》の事と、你《そなた》の上《うへ》をいふなるべし。『一窮一達云々《いつきういつたつしかぐ》。』とあるは今《いま》こそ困窮《こんきう》すれ、後《のち》に望《のぞみ》を達《たつ》する日《ひ》の、ありとしいへる卜定《うらさだめ》の、隠語《かくしことば》にぞあらむずらめ。倘果《もしはた》してしからんには、

山口《やまくち》まれ三石《みついし》まれ、行《ゆき》て叔々《をぢご》に再会《さいくわい》の折《をり》、其卜書《そのうらふみ》を見《み》せまゐらせなば、いよゝ愛歓《めでよろこ》びて、必《かならず》資助《たすけ》になり給はん。然《さら》ば今枸神《いまくじん》の価《あたひ》の、百金《ひやくきん》を得《え》たらんに、倍《まし》て幸《さいはひ》多《おほ》かるべし。左《と》ても右《かく》ても這家《このいへ》に、同居《どうきよ》せじと思《おも》ひなば、そを留《とゞむ》るにあらねども、爹々《てゝご》は今日《けふ》或病架《あるびようか》の、床徹《とこあげ》の寿祝《ことほぎ》に、招《まねか》れたれば小夜深《さよふけ》なん。『遅《おそ》くは俟《また》ずに寝《ねま》りね。』と今朝《けさ》宣《のたま》はせしよしもあり、日景《ひかげ》も午《ひる》は過《すぎ》たるに、明日《あす》立去《たちさ》るともけしうはあらじ。我身《わがみ》も今《いま》は何《いか》ばかりの、遊財《ほまちかね》はなけれども、去歳《こぞ》の冬陸奥《ふゆみちのく》なる、信夫《しのぶ》の郷《さと》を立去《たちさ》る時《とき》、今《いま》は要《えう》なき髪《かみ》の飾《かざ》りと、花《はな》やぎたる衣《きぬ》なんどを、活却《うりしろ》なしたる金子《かね》四五両《りやう》あり。汝《いまし》の盤纏《ろよう》に取《とら》せんず。卒《いざ》」

とて軈《やが》て身《み》を起《おこ》しつゝ、納戸《なんと》へ入《い》るも影護《うしろめた》き、『晩稲《おしね》に聞《きか》れじ見《み》られじ。』と思《おも》ふこゝろの安《やす》からねば、我物《わがもの》ながら盗《ぬす》むが如《ごと》く、円金五両《こばんごりやう》を出《いだ》し来《き》つ、紙《かみ》に拈《ひね》りて朱之介《あけのすけ》に、渡《わた》すを楚《しか》と受取《うけとり》て、

「この五枚《いつひら》は百両《ひやくりやう》の、一割《いちわり》にだも足《た》らねども、なきには優《ます》べし。罷《まか》りてん。今《いま》より浴《ゆあみ》し、結髪《かみあげ》して、枸杞村《くこむら》なる宿六許《やどろくがり》、訪《と》ふて那里《かしこ》に一宿明《ひとよさあか》して、翌日《あす》起行《たびたつ》こそ便宜《びんぎ》に侍《はべ》れ。阿爺《おやぢ》の還《かへ》さを俟着《まちつけ》て、憖《なまじい》に告別《いとまごひ》せば、復《また》も口舌《くぜつ》の起《おこ》りやせん。おん身代《みかは》りて左《と》も右《かく》も、宜《よろし》く稟《まう》し給へかし。」

といひつゝ衣《きぬ》を脱更《ぬぎかへ》て、予准備《かねてようい》の長財嚢《ながさいふ》に、金子《かね》はさら也、卜書《うらふみ》さへ、銭《ぜに》さへ蔵《をさ》めて腹《はら》に纏締《まきしめ》、外《ほか》には敗衣敗脚袢《ふるきぬふるきやはん》、踏皮《たび》も一緒《ひとつ》に推円《おしまろ》めて、袱《ふろしき》に包《つゝみ》などす。菅笠《すげかさ》までも遺《のこり》なく、とり揃《そろ》へても東西《もの》足《た》らぬ、腰《こし》に短《みじか》き逆旅刀《たびかたな》、さして往方《ゆくへ》は定《さだ》めなき、雲《くも》と水《みづ》との別路《わかれぢ》に、老苧《おいそ》は余波惜《なごりをし》まれて、涙《なみだ》と共《とも》にとゞめかねし、只《たゞ》独子《ひとりこ》を放遣《はなちや》る、憂《うき》は浮世《うきよ》の習《ならひ》ぞ、と思絶《おもひたえ》ても又《また》あふ事の、何時《いつ》と知《し》らねば堪難《たへかね》し、涕《はな》うち噬《かみ》て送別《いとまごひ》、声曇《こゑくも》らして、

手實《てがた》を證《あかし》にして朱之介《あけのすけ》母《ちゝ》に百金《ひやくきん》を徵《もと》む
おしね
朱之介
老亭

吾足斎

「やよ珠《たま》よ。周防《すはう》はさら也、那里《いづこ》まれ、落着地方《おちつくところ》を得《え》ぬる日《ひ》に、蚤《はや》く便《たより》を聞《きか》せよかし。やよ喃々《なう〳〵》」

と諄返《くりかへ》すを、朱之介《あけのすけ》は応《いら》へのみして、袱包《ふろしきつゝみ》笠草履《かさざうり》、両手《もろて》に引提《ひさげ》て玄関《げんくわん》より、いそしく出《いで》てゆきにけり。

是日《このひ》晩稲《おしね》は巳《み》の時候《ころ》より、頭痛《づつう》すとて納戸《なんど》に在《を》り、寝《ぬる》とはなしに横臥《よころ》びて、枕《まくら》に就《つき》て在《あ》りし程《ほど》、母《はゝ》の老苧《おいそ》と朱之介《あけのすけ》の、密談《みつだん》を洩聞《もれきゝ》しかど、起出《おきいで》んはさすがにて、故《もと》の儘《まゝ》にて在《あ》りける程《ほど》に、阿夏《おなつ》の老苧《おいそ》は玄関《げんくわん》に、朱之介《あけのすけ》を目送果《みおくりはて》ても、晩稲《おしね》は起《おき》て出《いで》ても来《こ》ず。『他《かれ》に告《つげ》ずはあしかりなん。』と思《おも》ひつゝ奥《おく》に入《い》る折《をり》から、思《おも》ひかけなく吾足斎《ごそくさい》が、かへり来《き》て坐席《ざしき》に在《を》り。老苧《おいそ》は驚《おどろ》き且訝《かついぶか》りて、

「おん身《み》は今宵《こよひ》云云《しか〴〵》にて、深《ふ》けずは還《かへ》りかたかるべし、と宣《のたま》はせしに誰何《いかに》ぞや。生平《つね》よりも最早《いとはや》かりき。」

といはれて吾足斎《ごそくさい》、

「然《され》ばとよ、今日《けふ》十々《とど》綿屋《めや》の床徹《とこあげ》の、賀席《よろこびむしろ》に招《まねか》れながら、祝《いは》ふて些《ちと》の人情《おくりもの》を、齎《もたら》せずはあるべからず、と方僅心《いまがたこゝろ》つきしかば、そを整《とゝのへ》ん為《ため》にのみ、背門《せど》よりかへり来《き》にけるをり、你《そなた》と又彼珠《またかのたま》が、長問答《ながもんたふ》の顛末《もとすゑ》を、聞《きく》とはなしに听知《きゝし》りて、呆《あき》れもしつ腹《はら》は立《たて》ども、『団坐《まとゐ》に入《い》らば妙《みやう》ならず。』と思《おも》ひかへして躱《かく》れて在《を》り。彼奴《かやつ》が出《いで》てゆく背影《うしろかげ》を、見《み》つゝ顕《あらは》れ出《いで》たる也。斯《かう》いはゞ何《なに》とやらん、無慈悲《むぢひ》には似《に》たれども、破落戸《いたづらもの》と知《し》りながら、珠之介《たまのすけ》を留置《とゞめおか》ば、後竟《のちつひ》に親《おや》の首《くび》に、縄《なは》を掛《かく》ることなからずや、と思《おも》へばこゝろ安《やす》からざりしに、彼奴《かやつ》が猛可《にはか》に辞去《ぢしさ》りしは、我《われ》と你《そなた》の厄禳《やくはらひ》にて、是《これ》より造化直《しあはせなほ》るべし。就中《なかんづく》彼枸神《かのくじん》の、百両《ひやくりやう》の手実《てがた》を引裂棄《ひきさきすて》たる、雄々《をを》しき你《そなた》の捍《はたら》きは、誉《ほむ》るにも猶《なほ》あまりあり。適吾足《あはれごそく》が妻《つま》なる哉《かな》。」

といはれて老苧《おいそ》は苦笑《にがわら》ひして、

「原来《さては》言《こと》皆《みな》聞《きか》れにけん。血《ち》を分《わけ》たる親子《おやこ》でも、彼百金《かのひやくきん》の情由《わけ》あれば、出《いで》ていねとはいひかたかるに、猛可《にはか》に他《かれ》がこゝろから、辞去《ぢしさ》りしは幸《さち》に侍《はべ》り。」

といふ間《はし》に納戸《なんど》より、晩稲《おしね》は徐《しづか》に出《いで》て来《き》つ、

「爹《とゝ》さまかへらせ給ひし歟《か》。」

と問《とひ》つゝ母《はゝ》の後辺《あとべ》に居《を》るを、老苧《おいそ》は急《きう》に、見《み》かへりて、

「晩稲頭痛《おしねづつう》は瘥《おこた》りし歟《か》。你《そなた》にはまだ告《つげ》ざりき。朱之介《あけのすけ》は云々《しかゞ》。」

といふを吾足斎《ごそくさい》推禁《おしとゞ》めて、

「彼奴《かやつ》は生涯《しようがい》来《こ》ずもあれ、養老小嬢《かゝりむすめ》の晩稲《おしね》だに、恙《つゝが》もなくは我們《われ〳〵》夫婦《ふうふ》は、左団扇《ひだりうちわ》で百年《もゝとせ》までも、楽隠居《らくゐんきよ》とやいはるべからん。其頭《そこら》の余談《よだん》は後《のち》にして、彼進物《かのしんもつ》を何《なに》まれ彼《か》まれ、見繕《みつくら》ふて出《いだ》さずや。日《ひ》の短《みじか》きに。」

といそがせば、老苧《おいそ》は那這《あちこち》搔撈《かゝぐ》りて、稍《やゝ》拿出《とりいだ》す堅魚脯《かつをぶし》を、三歟《みつか》五歟《いつゝか》推裹《おしつゝ》む、陸奥紙《みちのくかみ》に楮線掛《みづひきかけ》て、標題写《うはかきしる》す走筆《はしりふで》。そを褊絹袱《こふくさ》に重裹《やへつゝみ》して、「卒《いざ》」とて渡《わた》すを吾足斎《ごそくさい》は、受取《うけと》りつ得《とく》と見《み》て、

「是《これ》で好《よし》、これでよし。今朝《けさ》しもいひし事《こと》ながら、今宵《こよい》我《わが》かへさの遅《おそ》くは、前後都《あちこちすべ》てよく鎖《とざ》して、寝《ね》まりて敲《たゝ》くを俟《まち》給へ。いで〳〵。」

といひつゝも、刀《かたな》の瑠衝立《こじりつきたて》て、身《み》を起《おこ》しつゝ遽《いそがは》しく、背門《せと》より出《いで》てゆきにけり。

　尓程《さるほど》に朱之介《あけのすけ》は、腹《はら》に計較《もくろ》むよしあれば、猛可《にはか》に母《はゝ》に別《わかれ》を告《つげ》て、立去《たちさ》りてもまだ遠《とほ》くはゆかず、巷頭《ちまた》なる銭浴室《ぜにふろや》にて浴《ゆあみ》しつ、篦頭店《かみゆひとこ》に立《たち》よりて、結髪《かみあげ》をさする程《ほど》に、肚裡《はらのうち》に又思《またおも》ふやう、

『往《いぬ》る比城内《ころぜうない》にて、試撃《しあひ》の折《をり》に思《おも》ひかけなく、九四郎《くしらう》の弟《おとうと》なる、柒六奴《なゝろくめ》を敵手《あひて》にしたれば、彼奴《かやつ》が口《くち》より我《わが》旧悪《きうあく》を、漏《もら》さば人《ひと》に知《し》られやせん。事《こと》の破《やぶれ》に至《いた》らぬ先《さき》に、巣《す》を易《かへ》ばや、と予《かね》より、思《おも》はざるにあらねども、枸神《くじん》の価《あたひ》百両金《ひやくりやうきん》を、取《と》らでいなんはさすがにて、母《はゝ》を債揮《せぶり》し甲斐《かひ》もなく、纔《わづか》に五両《ごりやう》を餞別《はなむけ》に、当養《あてがわ》れたればとて、西国《さいこく》までの盤纏《ろよう》はさらなり、小使料《こつかひしろ》にも春《はる》の雪《ゆき》、程《ほど》なく消《きえ》てあらずなりなん。商量《だんかふ》敵《あひて》に足《た》らずとも、先宿六許《まづやどろくがり》赴《おもむ》きて、立《たち》たる腹《はら》を横《よこ》にするまで、気《き》を転《なほ》してこそ左《と》も右《かく》も、去向《ゆくて》を定《さだむ》るにしくことあらじ。』と深念《しあん》をしつゝ其前面《そのむかひ》なる、酒肆《さかみせくら》にて酒一斤《さけいつきん》を、小樽《こたる》に篩《つが》せて酒菜《さかな》さへ、二三種《ふたくさみくさ》買《かひ》とりしを、袱包《ふろしきづゝみ》と一荷《いつか》にして、やをら肩《かた》にうち被《かけ》つゝ、枸杞村《くこむら》を投《さし》ていそぐ程《ほど》に、下晡《なゝつさがり》になりにけり。

既《すで》にして朱之介《あけのすけ》は、拘杞村《くこむら》に来《き》にければ、まだ見《み》も忘《わす》れぬ宿六《やどろく》の、門《かど》より裏面《うち》を刺窺《さしのぞ》きて、

「宿六叟《やどろくおぢ》は宿所《しゆくしよ》に在歟《ますか》。珠之介《たまのすけ》が来《き》つるぞや。」

と両三番《ふたゝびみたび》呼門《おとな》へば、「応《おう》」と答《こた》へて敗紙戸《やれふすまと》の、走難《はしりかぬ》るを左《と》右《かく》して、推開《おしあけ》て立迎《たちむか》ふるを、と見《み》れば宿六《やどろく》にはあらずして、年《とし》二十五六なる一箇《ひとり》の壮佼《わかうど》、面《おもて》の色黒《いろくろ》くして、渋塗《しぶぬり》の苧笥《をごけ》の如《ごと》く、身材《みのたけ》高《たか》くして、向院《あれてら》の金剛《にわう》に似《に》たるが、横縞《よぎしま》なる方袖《ひろそで》の綿衣《ぬのこ》の、申《さる》の時可《ときばかり》なるを被《き》て、柿色《かきいろ》の故《ふ》りたる、細布《ほそぬの》を帯《おび》にしつ、破《やぶ》れて大指《おほゆび》の顕《あらは》るゝ、官緑《こん》の刺踏皮《さしたび》を穿《はき》て、背《そびら》の蝨児《しらみ》を搔《かき》ながら、奥《おく》より出《いで》て来《き》ぬる也。此《これ》は是何人《これなにびと》ぞや。开《そ》は下回《しものめぐり》に、解分《ときわく》るを聴《きゝ》ねかし。

新局玉石童子訓巻之十二終

新局《しんきよく》玉《ぎよく》石童子《せきどうじ》訓巻之《くんまきの》十三

東都　曲亭主人口授編次

第《だい》四十三回《くわい》　深夜《しんや》に盗《ぬすびと》を捕《とら》へて賢郎《けんらう》《サカシキムスコ》家宝《かほう》を全《まつたう》す
闇刀《あんたう》《ヤミノカタナ》玉《たま》を砕《くだ》きて老賊《らうぞく》《フルヌスビト》創《はじめ》て懺悔《さんげ》す

登時《そのとき》末朱之介《すゑあけのすけ》は、呼門《おとな》ふ随《まゝ》に奥《おく》より出《いで》ける、其人《そのひと》は宿六《やどろく》ならで、まだ見《み》も知《し》らぬ壮佼《わかうど》なれば、訝《いぶか》りながら找《すゝ》み入《い》りて、

「和郎《わろ》は是何人《これたれ》なるぞ。宿六叟《やどろくをぢ》は在《ま》さずや。」

と問《と》へば壮佼《わかうど》、

「然《され》ばとよ、小父《をぢ》は前月節供《せんげつせく》の比《ころ》、三池邨《みいけむら》へかへり去《さ》りぬ。何等《なにら》の所用歟《しよようか》知《し》らねども、今日《けふ》の間《ま》にはあひがたかり。我上《わがうへ》は予《かね》てより、小父《をぢ》に聞《きか》れし事もあらん。這里《ここ》なる故《もと》の家《いへ》あるじ、留守《るす》七《しち》の独子《ひとりこ》なる、盆九郎《ぼんくらう》即《すなはち》是《これ》也。和君《わきみ》の事は小父《をぢ》宿六《やどろく》の、話説《ものがたり》にて聞知《きゝし》りたり。卒先《いざまづ》這方《こなた》へ找《すゝ》ませ給へ。」

といふに朱之介《あけのすけ》こゝろ得《え》て、

「我《われ》も亦其名《またそのな》を知《し》る、盆九《ぼんく》哥々《あにき》でありけるよ。許《ゆる》し給へ。」

と肩《かた》より下《おろ》す、袱裹《ふろしきつゝみ》と酒罇《さかたる》を、やをら其頭《そこら》に閣《さしお》きて、地炕《ゐろり》の辺《ほとり》に坐《ざ》を占《しむ》れば、盆九郎《ぼんくらう》は埋火《うづみひ》を、搔起《かきおこ》しつゝ扨《さて》いふやう、

「偶《たま〳〵》来《き》ませし珍客《ちんきやく》なるに、宿六《やどろく》は在《を》らずとも、代《かは》りて些《ちと》の款待《もてなし》を、必《かならず》すべき該《はず》なれども、いかにせん、『恥《はぢ》をいはねば理《り》も聞《きこ》えず。』と世《よ》の常言《ことわざ》は宜《むべ》なる哉《かな》。親留守《おやるす》七《しち》の病中《びやうちう》より、年貢《ねんぐ》の未進《みしん》、村《むら》には借財《しやくざい》、せん術《すべ》のなき随《まゝ》に、我身《わがみ》は久《ひさ》しく夫役《ぶやく》に参《まゐ》りて、城内《ぜうない》に在《あ》りしかど、僅《わづか》に粮《かて》を賜《たまは》るのみ、酒《さけ》も得飲《えのめ》ず、寒天《さむそら》に、夾衣一領《あはせひとつ》で藻塩草《もしほぐさ》、搔集《かきあつ》めては亦略《またと》らるゝ、闘銭境《たうせんきよう》にも造化歹《しあはせわろ》くて、西《あち》へも東《こち》へも身《み》の振《ふり》がたさに、一霎時《しばし》暇《いとま》を給《たま》はりて、かへり来《き》ぬれば又借財《またしやくざい》に、債《はた》られて術《すべ》なさに、村長刀禰《むらをさどの》に振向《ふりむ》けて、今日《けふ》這家《このいへ》を売渡《うりわた》ししかば、我有《わがもの》にして我有《わがもの》ならぬ、這里《ここ》に寝《ねま》るも今宵《こよひ》のみ。『明日《あす》は又城内《またぜうない》へ、かへり参《まゐ》りて夫役部屋《ぶやくべや》の、厄会《やくくわい》にならばや。』と思《おも》へば今朝《けさ》より気《き》を腐《くさ》らして、肱《ひぢ》を枕《まくら》に抱火盤《だきひばち》、炭団《たどん》と共《とも》に痩《やせ》るまで、現《げ》に苦《く》の絶《たえ》ぬ世《よ》にこそ。」

と喞言《かごと》がましき身上話《みのうへばなし》に、朱之介《あけのすけ》も嗟歎《さたん》して、

「开《そ》は妙《みやう》ならぬ事なりかし。我《われ》も亦《また》、宿六叟《やどろくをぢ》の知《し》られし如《ごと》く、彼枸神《かのくじん》の一義《いちぎ》より、絶《たえ》て久《ひさ》しき母刀自《はゝとじ》と、今《いま》の阿爺《おやぢ》に環会《めぐりあ》ふて、开《そ》が儘同居《まゝどうきよ》したれども。」

といひつゝ外面《とのかた》見《み》かへりて、

「はや日《ひ》は暮《くれ》なん最寒《いとさむ》かり。有斯《かか》るべしとは知《し》らずして、齎《もたら》したる酒茲《さけこゝ》にあり。夜食代《やしよくがは》りに酌替《くみかは》して、夜《よ》と共《とも》に話《はな》すべし。是温《これあたゝ》めずや。」

と拿抗《とりあげ》て、出《いだ》す件《くだん》の酒罇酒菜《さかたるさかな》を、盆九《ぼんく》は見《み》つゝ含笑《ほうゑみ》て、

「こは逆《さかさま》なる御造作《ござうさ》にて、反《かへつ》て痛《いた》み煎鍋《いりなべ》も、燗鍋《かんなべ》も皆售竭《みなうりつく》して、酒盃《さかづき》もあらずなりしかど、貧乏壜《びんぼうとくり》は身《み》を離《はな》

れず、輾転《ふしまろび》て御坐《おはしま》す。是《これ》にて事は罇《たる》の酒《さけ》、移《うつ》して尻《しり》を焼《やき》てん。」とうち戯《たはふ》れつゝ纔《わづか》なる、蒼柴地炕折焼《ふししばゐろりをりた》きて、稍煖《やゝあたゝむ》る壜酒《とくりさけ》、茶碗一箇《ちやわんひとつ》を敗折《やれを》敷《しき》に、酒菜《さかな》も載《のす》る竹《たけ》の皮《かは》、松《まつ》にはあらぬ杉箸添《すぎはしそへ》て、迭《かたみ》に酌《しやく》をとり膳《ぜん》に、彼一椀我一椀《かれいちわんわれいちわん》、献《さ》しつ酬《おさ》えつ「手袂《てもと》より、はや暮《くれ》にき。」と楄火《ひでひ》燭《そく》して、四下《あたり》を光《て》らす夜酒醮《よさかもり》。盆九郎《ぼんくらう》は身《み》を起《おこ》して、門《かど》の戸《と》引《ひき》て坐《ざ》にかへる、主客《しゆかく》迭《かたみ》に薄酔《ほろゑひ》の、舌《した》さへ廻《まは》る朱《あけ》之《の》介《すけ》は、溢《あふ》るゝまでに篩《つが》せたる、茶碗《ちやわん》の酒《さけ》を一口飲《ひとくちのみ》て、又盆九郎《またぼんくらう》に向《むか》ひていふやう、

「多弁《たべん》は要《えう》なき事ながら、嚮《さき》に開場《じよびらき》をしたる我上《わがうへ》を、今詳《いまつまびらか》に尽《つく》さん歟《か》。我阿懐《わがおふくろ》は骨肉《こつにく》の、恩愛《おんあい》なきにあらざれば、客扱《きやくあつか》ひにはせら〔れ〕ねど、阿爺《おやぢ》は素是贋物《もとこれにせもの》にて、親類滾《しんるいこか》しに彼百金《かのひやくきん》を、久《ひさ》しくなるまで竟《つひ》に遁与《わた》さず。剰《あまつさへ》往《いぬ》る比《ころ》、城内《ぜうない》にて試撃《しあい》の折《をり》、我愆《われあやまち》て落馬《らくば》して、腰《こし》の骨《ほね》を折《くぢ》きしより、阿爺《おやぢ》はそれを科《とが》にして、『疾死《とくし》ねかし』といはぬばかりに、只難面《たゞつれなく》のみもてなされたる、怨《うらみ》なきにあらねども、親《おや》といふ字《じ》に勝《かつ》よしなければ、蛔《むし》を押《おさ》えて愈《いゆ》るを俟《まち》しに、四五日前《しごにちさき》より稍瘥《やゝおこた》りて、百里《ひやくり》の路《みち》もゆき易《やす》ければ、『先《いで》や他郷《たけう》に走《はし》らん』と、尋思《しあん》をしつゝ阿懐《おふくろ》に、談《だん》じて枸神《くじん》の百両金《ひやくりようきん》を、受取《うけと》らまく欲《ほり》しに、然《さ》しも婦人《をんな》の浅《あさ》はかにて、阿爺《おやぢ》と肩《かた》を比《なら》べにけん、手実《てがた》を引裂棄《ひきさきすて》られたり。腹立《はらたゝ》しさは涯《かぎり》もなけれど、敵手《あひて》は親《おや》なり婦人《をんな》なり。いふ甲《か》斐《ひ》あるべき者《もの》ならねば、阿容々々《おめ〳〵》と告別《いとまごひ》して、軈《やが》て那里《かしこ》を立去《たちさ》りしは、今日《けふ》亭午《まひる》の時候《ころ》なりき。『非如手実《よしやてがた》を破《やぶ》られても、宿六《やどろく》といふ証人《しようにん》《アカシヒト》あれば、倶《とも》に国守《くにのかみ》に訴《うつたへ》て、百両金《ひやくりようきん》を取《と》らでや已《やま》ん。』と思《おも》ひつゝ今来《いまく》る途《みち》にて、又克念《またよくおも》へばそれも亦《また》、迂遠《まはりとほ》にて埒開《らちあき》がたけん。开《それ》には優《まし》て手短《てみじか》なる、主張《ふんべつ》なきにあらねども、初対面《しよたいめん》なる和主《わぬし》には、這肝胆《このかんたん》を吐《はき》かたかり。」

といはれて盆九郎《ぼんくらう》眼《まなこ》を睜《みは》りて、

「そは亦聞《またきこ》えぬ事なりかし。我小父《わがをぢ》ながら宿六《やどろく》は、老邁《おいこみ》にて役《やく》に達《たつ》べくもあらず。侄《おい》は猶子《なほこ》の如《ごと》し。銭《ぜに》になるべきことならば、和君《わきみ》の資助《たすけ》にならざらんや。とばかりにして照据《しょうこ》なくは、猶《なほ》も疑《うたが》ひ思《おも》はれん。要《えう》こそあれ」

と、奥《おく》の方《かた》より、敗《ふり》たる扇箱《あふぎばこ》をいだし来《き》つ、开《そ》が儘朱之介《まゝあけのすけ》に示《しめ》していふやう、

「我家祖伝《わがいへそでん》の什物《じうもつ》あり。是《これ》を質《しち》として和君《わきみ》に預《あづ》けん。先見給《まづみ》ひね。」

と拿出《とりいだ》すを、朱之介受取《あけのすけうけとり》て、灯下《ともしびのもと》にて熟《つらつ》視《み》るに、小柄附《こづかつき》たる刀子《こがたな》にて、青海波《せいかいは》の三字銘《さんじめい》あり。小柄《こづか》は則全白金《すなはちしろかねむく》にて、波濤《なみ》に知鳥《ちどり》の高彫《うきぼり》あり。朱之介冷笑《あけのすけあざわら》ひて、

「盆九然《ぼんくさ》ばかり胡詐《うそ》をな尽《つき》そ。こは世《よ》に稀《まれ》なる名刀《めいたう》なるに、仮令先祖伝来《たとひせんそでんらい》なりとも、貧農《みづのみ》の和主等《わぬしら》が、今《いま》まで蔵《をさ》め置《おく》べくもあらず。必《かならずべち》別に来歴《らいれき》あらん。隠《かく》さで告《つげ》よ甚麼《いかに》ぞや。いかにぞや」

と詰《なじ》らるゝ、盆九《ぼんく》は困《こう》じて頭《かうべ》を掻《かき》て、

「尓《し》か見《み》られては脱《のが》るゝ路《みち》なし。其刀子《そのこがたな》はいぬる比《ころ》、咱等《われら》がものしつる也。开《そ》を詳《つまびらか》に説《と》く時《とき》は、彼城内《かのぜうない》にて試撃《しあい》の折《をり》、咱等《われら》は茶番《ちゃばん》の夫役《ぶやく》にて、西《にし》なる集会所《つどひどころ》に在《を》り。其日《そのひ》大江《おほえ》と歟《か》いふ少年《しょうねん》の、中刀《わきざし》に附《つけ》たる這小柄《このこづか》の、銭《ぜに》になるべく思《おも》ひしかば、久《ひさ》しく隙《ひま》を窺《うかゞ》ひしに、彼人腰《かのひとこし》に放《はな》さねば、手《て》を下《くだ》すよしなかりしに、昼餉《ひるげ》の割籠《わりご》を披《ひらか》れし折《をり》、ものしつる者《もの》即是《すなはちこれ》也。『なれども蚤《はや》く是《これ》を售《うら》ば、立地《たちどころ》に人《ひと》に知《し》られて、事《こと》の破《やぶ》れになりもやせん。』と思《おも》ふの故《ゆゑ》に秘置《ひめおき》しを、今拿出《いまとりいだ》して和君《わきみ》に見《み》するは、赤《あか》き心《こゝろ》を知《し》らせんとて也。外《よそ》へな漏《もら》し給

ひそ。」

と真術立《まめだち》て囁《さゝや》くを、朱之介《あけのすけ》は又冷笑《またあざわら》ひて、

「胆魂《きもたましひ》は見《み》どころあれども、幵《そ》は只刀子細工《たゞこがなさいく》にて、我片腕《わがかたうで》に負《たの》むに足《た》らず。先《まづ》はや是《これ》を斂《をさ》めよ。」

といひつゝ投返《なげかへ》す刀子《こがたな》を、盆九郎《ぼんくらう》は本意《ほい》なげに、扇箱《あふぎばこ》に蔵《をさ》めても、治《をさま》りがたき口《くち》の咎《とが》、「漫《そゞろ》なりき」と呟《つぶや》けば、朱之介《あけのすけ》うち笑《わら》ひて、

「否今《いないま》の言《こと》は戯《たはむ》れのみ。然《さ》らば我計較《わがもくろみ》の、奥《おく》の院《ゐん》をうち開《ひらか》ん歟《か》。耳《みゝ》をおこせ。」

と曳《ひき》よせて、

「今既《いますで》にいひつる如《ごと》く、敵手《あひて》にならぬ阿爺《おやぢ》の吝嗇《やぶさか》《リンショク》、血《ち》を分《わけ》られたる阿懐《おふくろ》すら、形《かた》の如《ごと》くの造化《しあはせ》なれば、左《と》ても右《かく》ても商量尽《たんかふづく》では、枸神《くじん》の価《あたひ》百両金《ひやくりようきん》を、渡《わた》さるゝ事《こと》にはあらず。所詮今宵潜入《しよせんこよひしのびい》りて、阿爺《おやぢ》の金銀《かね》の有涯《あるかぎ》り、搔攫《かきさら》ひて走《はし》るとも、親《おや》の物《もの》は子《こ》の物《もの》也。窃《ぬす》むに似《に》て盗《ぬす》むにあらず。差引出入過不及《さしひきいでいりくわふぎう》なしの、算帳《さんちやう》を消《け》されんのみ。是等《これら》の事は我身単《わがみひとつ》にて、做《な》しがたきにあらねども、いまだ飽《あか》ず思《おも》ふよしあり。阿爺《おやぢ》が養老種《かゝりぐさ》にとて、愛《めづ》る一箇《ひとり》の螟蛉女《やしむすめ》あり。其名《そのな》を晩稲《おしね》と喚做《よびな》して、年《とし》は二八で十二《じふに》分《ぶん》の、縹致這頭《きりようこゝら》に稀《まれ》なれども、我又其《われまたそ》奴《やつ》に怨《うらみ》あり。兀自《いつそ》の腐骨折序次《くされほねをりついで》に、宿鳥《ねとり》の晩稲《おしね》を搔抓《かいつか》みて、京歟浪華《きようかなには》へ将《い》てゆきて、娼妓《あそび》に售《う》らば、五六十金《きん》の、身価《みのしろ》は得易《えやす》かりてん。この義《ぎ》を和郎《わろ》に頼《たの》むなり。今宵阿爺《こよひおやぢ》は或病架《あるびようか》の、床徹《とこあげ》にとて招《まねか》れて、酒《さけ》を装《もら》るゝ該《はず》なれば、かへさは必真夜中過《かならずまよなかすぎ》ん。子二刻《ねふたつ》の時候《ころ》、我《われ》と和主《わぬし》と、那里《かしこ》にゆきて窺《うかゞ》ふて、我《われ》は背門《せど》より潜入《しのびい》りて、阿爺《おやぢ》が納戸《なんど》に秘措《ひめおき》ぬる、款冬花《やまぶきいろ》をものしてん。和主《わぬし》は前門《おもてもん》の頭《ほとり》なる、竹牆《たけがき》を乗《のり》て裡面《うち》に入《い》りて、

先脱路《まづにげみち》を啓《ひら》くべし。而《しか》して玄関《げんくわん》に潜入《しのびい》らば、其次《そのつぎ》は中間《なかのま》也。又其次《またそのつぎ》は出居《いでゐ》の間《ま》にて、左《ひだ》りは庖湢《くりや》、右《みぎ》は納戸《なんど》なり。晩稲《おしね》の臥簟《ふしど》は納戸《なんど》にあり。和郎《わろ》は咱等《われら》に斟酌《しんしやく》せで、晩稲《おしね》に蚤《はや》く布嚢《さるくつわ》を、銜《はま》せて肩担出《かつぎいだ》しねかし。出合《いであ》ふ地方《ところ》は円通河原《えんつうがはら》の、材木《ざいもく》の蔭《かげ》にて俟《また》ん。和主《わぬし》はやくは其首《そこ》にて等《まち》ね。辛苦銭《ほねをりちん》は等分《やまわけ》也。よくせよかし。」

と囁々《さゝやき〳〵》、言詳《ことつまびらか》に説示《ときしめ》せば、盆九郎《ぼんくらう》は幾回《いくたび》となく、頷《うなづ》きながら含笑《ほゝゑみ》て、

「そは最妙《いとみやう》也。こゝろ得《え》たり。初更《しよや》を過《すぐ》して這里《ここ》を出《いで》なば、子《ね》の時候《ころ》必《かならず》那里《かしこ》に迨《いた》らん。又喫《またのむ》べし。」

と地炕《ゐろり》なる、壜児《とくり》をやをら掖出《ひきいだ》し見《み》て、

「噫鈍《あなおぞ》や無慙《むざん》やな。長談《ながものがたり》に心引《こゝろひか》れて、纔《わづか》に残《のこ》る一壜《ひととくり》を、煎酒《いりざけ》にこそしたるなれ。」

といひつゝ自酌《じしやく》に茶碗《ちやわん》に受《うけ》て、吹《ふ》きつゝ三口《みくち》に喫乾《のみほ》して、「卒《いざ》」とて献《さ》せば朱之介《あけのすけ》も、興《きよう》に乗《まか》して又一霎時《またしばし》、倶《とも》に酔《ゑひ》をぞ尽《つく》しける。現同病相憐《げにどうびやうあひあはれ》み、同気相求《どうきあひもと》め得《え》たる歹人《わろもの》の、一面《いちめん》《ヒトタビタヒメ》にして故旧《こきう》《フルキシルヒト》の如《ごと》く、堯《ぎよう》を吠《ほえ》ぬる盗《とう》跖《せき》の、犬自物《いぬじもの》なる身《み》の好歹《よしあし》を、迭《かたみ》に知《し》るや、白布《しろぬの》の、犢鼻褌《ふどし》の端《はし》を顕《あらは》すまでに、酒《さけ》に寒苦《さむさ》を忘草《わすれぐさ》、心《こゝろ》の鬼《おに》の醜草《しこくさ》も、冬枯《ふゆか》れぬらし長《なが》き夜《よ》の、遠寺《ゑんじ》の鐘《かね》に深初《ふけそめ》て、既《すで》に時分《じぶん》になりしかば、朱之介《あけのすけ》は盆九郎《ぼんくらう》を、いそがし立《たて》て出《いで》まくす。

当下《そのとき》盆九《ぼんく》は身《み》を起《おこ》して、身整《みごしらへ》して、且《かつ》いふやう、

「我身《わがみ》に寸鉄《すんてつ》なかりせば、万《よろづ》に一人《ひとつひと》に知《し》られて、逐《おは》るゝ事のあらん時《とき》、何《なに》をもて敵《てき》に当《あた》らん。撮小《さゝやか》なれども物《もの》したる、青海波《せいかいは》の刀子茲《こがたなこゝ》にあり。是究竟《これくつきよう》。」

と拿抗《とりあげ》て、折敷《をしき》に残《のこ》る竹《たけ》の皮《かは》を、三折《みをり》に巻《まき》て鞘《さや》にしつ、彼刀子《かのこがたな》を懐《ふところ》に、楚《しか》と挟《をさ》めて立出《たちいづ》れば、朱之介《あけのすけ》は旅《たび》

中刀《わきざし》を、腰《こし》に帯《おび》つゝ袱包《ふろしきつゝみ》を、引提《ひさげ》ていそぐ夜《よる》の路《みち》、颳《こがら》し寒《さむ》き望月《もちづき》の、影明《かげあか》ければ惑《まよ》ひもせず、円通河原《ゑんつうかはら》を過《よぎ》る時《とき》、朱之介《あけのすけ》は菅笠《すげがさ》と、袱包《ふろしきづゝみ》を、其頭《そこら》なる、建《たて》し材木《ざいもく》の蔭《かげ》に隠《かく》すを、見《み》かへる盆九《ぼんく》は歩《あし》を駐《とゞ》めて、「大哥《あにき》かへさに取《と》る為歟《ためか》。」といふ間《はし》に朱之介《あけのすけ》は、走《はし》り就《つき》つゝ去向《ゆくて》の首尾《しゆび》を、謀《しめ》し合《あは》してゆく程《ほど》に、夜《よ》は子《ね》の初刻《しよこく》とおぼしき時候《ころ》、吾足《ごそく》の門《かど》に来《き》にければ、朱之介《あけのすけ》は相別《あひわか》れて、背門《せど》より潜入《しのびい》らまくす。当下盆九郎《そのときぼんくらう》は、籬笆《たけがき》を乗《のり》、内《うち》に入《い》りて、先前門《まづおもてもん》なる枢戸《くゞりど》の鎖《とざし》を外《はづ》し、戸《と》を密《そ》と開《ひら》きて、脱路《にげみち》に便《たよ》りよくしつ、又玄関《またげんくわん》の戸《と》を外《はづ》して、納戸《なんど》を投《さし》てぞ潜入《しのびい》る。

この夜《よ》吾足斎《ごそくさい》の宿所《しゆくしよ》なる、阿夏《おなつ》の老苧《おいそ》は晩稲《おしね》と共《とも》に、良人《をつと》のかへるを俟《まち》けるに、既《すで》に亥中《ゐなか》は過《すぐ》れども、門《かど》の戸《と》敲《たゝ》く音《おと》もせざれば、晩稲《おしね》は遂《つひ》に允《ゆる》されて、納戸《なんど》に入《い》りて枕《まくら》に就《つ》きぬ。老苧《おいそ》は独細《ひとりほそ》やかなる、灯下《ともしび》を掲《かゝ》げつゝ、単物《ひとりもの》の本《ほん》を読見《よみみ》て在《あ》りしに、更《ふけ》ゆく随《まゝ》に寒気《さむさ》に堪《たへ》ねば、置炬燵《おきこたつ》に大火桶《おほひをけ》なる、火《ひ》を拿移《とりうつ》しつ蒲団《ふとん》を被《かけ》て、寝《ね》るとはなしに脚踏入《あしふみい》れて、横臥《よころび》しより程《ほど》もなく、そが儘熟睡《まゝうまい》したりしかば、前後《ぜんご》の門《かど》より盗児《ぬすびと》の、入《い》るを夢《ゆめ》にも知《し》らざりけり。

尓程《さるほど》に朱之介《あけのすけ》は、案内《あんない》しつたる上《うへ》なれば、吾足《ごそく》が家《いへ》の裏手《うらて》より、板塀《いたべい》を乗《のり》、松《まつ》を伝《つた》ふて、庭《には》に閃《ひら》りと下立《をりたち》て、左右《とかく》して檐廊《えんがは》なる、戸《と》を一枚推開《ひとひらおしあけ》て、納戸《なんど》へ潜入《しのびい》る程《ほど》に、盆九郎《ぼんくらう》も亦茲《またこゝ》に来《き》つ、晩稲《おしね》が枕《まくら》の頭《ほとり》なる、円《まる》行灯《あんどん》の火光《ほかげ》にて、面《おもて》を対《あは》して頷《うなづ》くのみ。朱之介《あけのすけ》が今撈《いまさぐ》らまくする、樫木戸架《かたきとだな》の鎖固《じようかた》ければ、盆九郎《ぼんくらう》も手伝《てつだ》ふて、力《ちから》を勠《あは》して揉断捨《ねぢきりすつ》るに、晩稲《おしね》は方僅睡端《いまがたねむりはな》にて、且年少《かつとしわか》ければ、嗜睡《いぎたな》きを、朱之介《あけのすけ》は『覚《さめ》ずやある。』と見《み》かへりながら指《ゆび》さし示《しめ》せば、盆九郎《ぼんくらう》はこゝろ得《え》て、晩稲《おしね》の夜被《よぎ》を搔拿《かいとり》蚤《はや》く、登《のぼ》し蒐《かゝ》れる勢《いきほ》ひに、晩稲《おしね》は忽地《たちまち》驚《おどろ》き覚《さめ》て、「吐嗟《あなや》」と叫《さけ》ぶそが口《くち》へ、手拭《てぬぐひ》銜《はま》する布囊《さるくつわ》、掙扎《もが》く両手《もろて》を扼《とりしば》りて、屏風《びやうぶ》に掛《かけ》たる帯《おび》をもて、繰々《くる〳〵》纏《まき》に最緊《いときび》しく、綁縮《しばりすく》めて動《うご》かせず。幵《そ》が間《はし》に朱之介《あけのすけ》は、戸架《とだな》の内《うち》なる小箪笥《こだんす》を、撈《さぐ》りて奪《うば》ふ財囊《さいふ》には、金二裹《かねふたつゝみ》の重《おも》みあり。『かくあるべしと予《かねて》より、思《おも》ひしことよ。』といへばえに、喦《いは》に集《い》るてふ暴鷲《あらわし》の、雛猴《こさる》を抓《つか》むに異《こと》ならぬ、盆九郎《ぼんくらう》は音《ね》に泣《な》く晩稲《おしね》を、小腋《こわき》に楚《しか》と抱《いだ》き揚《あげ》て、外面投《とのかたさし》て出《いづ》る時《とき》、阿夏《おなつ》の老苧《おいそ》の枕方《まくらべ》なる、火桶《ひをけ》に撲地《はた》と跌《つまづ》けば、上《うへ》にありける真鍮薬罐《しんちうやくわん》の、瓦辣哩《ぐわらり》と墜《おち》て灰《はい》さへ茶《ちや》さへ、烟《けふり》を起《たて》て散乱《さんらん》す。老苧《おいそ》は是《これ》に驚《おどろ》き覚《さめ》て、身《み》を起《おこ》しつゝ盆九郎《ぼんくらう》を、見《み》つゝ「吐嗟《あなや》」と胆《きも》を潰《つぶ》して、戦《わなゝか》れても心利《こゝろきゝ》たれば、墜《おち》たる薬鑵《やくわん》と鉄《かな》火箸《ひばし》を、両手《もろて》に拿《とり》てうち鳴《なら》しつゝ、命《いのち》を涯《かぎ》り声限《こゑかぎ》りに、「賊有々々《ぞくあり〳〵》」と叫《さけ》ぶ程《ほど》に、合壁《かべとなり》なる津問屋《つとひや》の、主人《あるじ》はさら也旅客《たびびと》まで、「事《こと》ありけり」と驚《おどろ》き覚《さめ》て、霎時《しばし》もあらず咸起出《みなおきいで》て、庭口伝《にはくちづた》ひに片折戸《かたをりど》を、推《おし》つ敲《たゝ》きつ入《いら》まくす。

浩処《かゝるところ》に吾足斎《ごそくさい》は、彼病架《かのびやうか》にて強《しひ》られたる、酒《さけ》に酔《ゑひ》ても本性錯《ほんしやうたが》はず、夜深《よふけ》てやうやく辞去《ぢしさ》りて、単宿所《ひとりしゆくしよ》へいそぐ程《ほど》に、小謡亭唄《こうたひうな》る生酔《なまゑひ》の、一歩《いつほ》は高《たか》く一歩《いつほ》は低《ひき》く、只是《たゞこれ》踉々《よろ〳〵》蹌々《ひよろ〳〵》と、辿《たど》り着《つき》ける己《おの》が門《かど》を、と見《み》れば枢戸開《くゞりどひら》きてあり。訝《いぶか》りながら找《すゝ》み入《い》れば、玄関《げんくわん》の戸《と》も亦一枚《またひとひら》、外《はづ》されたる歟《か》、寄掛《よせかけ》てあれば、いよ〳〵心驚《こゝろおどろ》きながら、幵《そ》が随《まゝ》にうち登《のぼ》る程《ほど》に、盆九郎《ぼんくらう》は縛縢《しばりから》げし、晩稲《おしね》を小腋《こわき》に掻抱《かきいだ》きて、撞見《であひがしら》児に吾足斎《ごそくさい》に、磤《はた》と相値《あひあ》ふ迭《かたみ》の驚《おどろ》き、前後《ぜんご》へ退《ひら》く両三歩《ふたあしみあし》。吾足《ごそく》は透《すか》さず声立《こゑたて》て、「盗児《ぬすびと》まて。」と引提《ひさげ》たる、小挑灯《こちやうちん》を衝《つ》と刺《さし》出《いだ》せば、盆九《ぼんく》は『面《おもて》を見《み》られじ。』と左《ひだり》の拳《こぶし》を揮《はたらか》して、挑灯《ちやうちん》撲地《はた》と打落《うちおと》す。闇夜《やみ》は善悪《あや》なき虚々実々《きよ〳〵じつ〳〵》、間《ひま》もあらせず吾足斎《ごそくさい》が、抜《ぬ》き晃《ひら》めかす刃《やいば》の雷電《いなづま》、盆九《ぼんく》は抱《いだ》きし晩稲《おしね》を盾《たて》に、両手《もろて》に挙《あげ》て受留《うけとむ》る、頷舎《はづみ》を撃《うつ》たる刃《やいば》の鋭味《きれあぢ》、憐《あはれ》むべし二八の少女《をとめ》は、胸《むね》の辺《あたり》を深痍《ふかで》の一刀《ひとたち》、叫《さけ》びもあへぬ猿鐮《さるぐつわ》は、只是巴蜀山峡《たゞこれはしよくさんけう》の、腸《はらわた》を断《た》つ鮮血《ちしほ》の絳《くれなゐ》。吾足《ごそく》は『人《ひと》や錯《たがひ》にけん。』と思《おも》へば躊躇《たゆた》ふ开《そ》が程《ほど》に、盆九《ぼんく》は晩稲《おしね》を投棄《なげすて》て、懐《ふところ》なる刀子《こがたな》を、抜出《ぬきいだ》しつゝ吾足《ごそく》の脇《わきはら》を、小柄《こづか》も徹《とほ》れと、丁《ちやう》と刺《さ》す。刺《さゝ》れて吾足《ごそく》は「苦《あ》」とばかりに、臀居《しりゐ》に撻《だう》と仆《たふ》るゝ程《ほど》に、盆《ぼん》九《く》は刃《やいば》を抜取《ぬきと》りて、跳越《をどりこえ》つゝ驀地《ましくら》に、外面《とのかた》投《さし》て逃去《にげさ》る折《をり》から、這頭《こゝら》を過《よぎ》る少年《しようねん》あり。是則《これすなはち》別人《ことびと》ならず、大《おほ》江杜四郎成勝《えもりしらうなりかつ》也。今宵《こよひ》も青海波《せいかいは》の刀子《こがたな》の、在処《ありか》を撈《さぐ》り知《し》らまくほしさに、峯張柒六郎通能《みねはりなゝろくらうみちよし》を将《い》て、石見介好《いはみのすけよし》純《ずみ》と共侶《もろとも》に、甲夜《よひ》より市《いち》を渉猟《あさり》つゝ、更闌《かうたけ》てかへる路程《みちのほど》、料《はか》らずも吾足《ごそく》の門《かど》を、過《よぎ》る折《をり》から門内《もんない》より、突然《とつぜん》と出《いづ》る暴漢《あらをとこ》あり。右手《めて》に刃《やいば》を執《もち》たれば、『賊《ぞく》なるべし』とはやく猜《すい》して、去向《ゆくて》に立《たち》て声高《こゑたか》やかに、「やよ留《とゞ》まれ。」といはせも果《はて》ず、盆九郎《ぼんくらう》は刀子《こがたな》を、振晃《ふりきら》めかして走蒐《はしりかゝ》るを、四郎《しらう》は閙《さわ》がず身《み》を反《かは》して、利手《きゝで》を捉《とり》て撲《は》地《た》と蹴《け》る。蹴《け》られて盆九《ぼんく》は刃《やいば》を捨《すて》て、筋斗《とんぼがへ》りつ一丈《ひとつゑ》ばかり、前面《むかひ》へ撻《だう》と仆《たふ》るゝ折《をり》しも、後《おく》れて来《き》ぬる柒六《なゝろく》に、杜四郎《もりしらう》声《こゑ》を被《かけ》て、

「峯張其《みねはりそ》奴《やつ》を綁《しばら》ずや。」

といふに柒六《なゝろく》こゝろ得《え》て、起《おき》んと掙扎《もがく》盆九郎《ぼんくらう》を、捕《とつ》て圧《おさ》へて動《うご》かせず、腰《こし》に准備《ようい》の早縄《はやなは》を、手繰出《たぐりいだ》しつ犇々《ひし〳〵》と緊《きび》しく結扭《しばり》て推居《おしすゑ》けり。是時高島石見介《このときたかしまいはみのすけ》も、挑灯《ちやうちん》の蠟燭《らうそく》を、途《みち》に接易《つぎかへ》て来《き》にければ、杜四郎見《もりしらうみ》かへりて、

「只今怪《たゞいまあや》しき暴漢《あらをとこ》を、搦捕《からめとり》たる事《こと》の顛末《もとすゑ》、箇様《かやう》々々《〳〵》」

と告知《つげし》らしつ、石見介《いはみのすけ》が携《たづさへ》たる、円挑灯《まるちやうちん》の光《ひか》りを借《か》りて、今暴漢《いまあらをとこ》が振捨《ふりすて》たる、刃《やいば》を索《たづ》ねて拿抗見《とりあげみ》るに、こは疑《うたが》ふべくもあらぬ、三十日夜《にちや》索難《たづねかね》たる、青海波《せいかいは》の刀子《こがたな》なりければ、杜四郎《もりしらう》の歓《よろこ》び、いへばさら也、石見介《いはみのすけ》も

吾足齋《ごそくさい》謬《あやまち》て
晩稲《おかしね》を刈
せを
ゆり四郎
巻十三
文渓堂蔵

おまね
五足齋
ぢん九郎

柒六郎《なゝろくらう》も、欣然《きんぜん》として倶《とも》にいふやう、

「原来這奴《さてはこやつ》は前月望《ぜんげつもち》の日《ひ》、大江《おほえ》家宝《かほう》の刀子《こがたな》を、窃《ぬす》み拿《と》りたる賊《ぞく》なる事、問《とは》ずして知《し》るべきのみ。」

といへば杜四郎《もりしらう》点頭《うなづき》て、

「只其罪《たゞそのつみ》あるのみならず、這刀子《このこがたな》にも其奴《そやつ》が衣《きぬ》にも、鮮血《ちしほ》多《おほ》く塗《まみ》れたれば、憶《おもふ》に今宵《こよひ》窃盗《ぬすみ》の為《ため》に、這家《このいへ》に潜入《しのびい》りて、人《ひと》に傷《きずつけ》たるにぞあらんずらん。今緊《いまきび》しく敲《たゝ》かずは、何《なに》をもて実《じつ》を吐《は》かん。蚤《はや》く拷問《ごうもん》せよかし。」

といふに柒六《なゝろく》「阿《あ》」と応《いらへ》て、腰《こし》なる鉄扇《てつせん》抜出《ぬきいだ》して、息《いき》をも養《く》れず撻懲《うちこら》せば、盆九郎《ぼんくらう》は苦痛《くつう》に堪《たへ》ず、その身《み》の素生《すじやう》「云云《しかく》。」と具《つぶさ》に告《つげ》て又《また》いふやう、

「御推量《ごすいりやう》の如《ごと》く、其刀子《そのこがたな》は、衆少年《しふしようねん》の試撃《しあひ》の折《をり》、己《おのれ》が出来心《できごゝろ》にて、窃拿《ぬすみと》りたりけれども、這頭《こゝら》で售《う》らば其主《そのぬし》に、早《はや》く知《し》られん事を怕《おそ》れて、深《ふか》く秘措《ひめお》き候ひしに、這里《ここ》の家主人《いへあるじ》吾足斎《ごそくさい》に、いはで已《やみ》がたき怨《うらみ》あれば、今《こ》宵詣来《よひまゐき》て彼人《かのひと》と、角口《ことばたがひ》の怒《いか》りに乗《まか》して、其刀子《そのこがたな》をもて痍《て》を負《おは》して、走《はし》り去《さ》らまくしつる折《をり》、刀禰原《とのばら》に撞見《いであ》ふて、搦捕《からめとら》れ候ひしは、天罰《てんばつ》にこそ候はめ。」

といふを石見介冷笑《いはみのすけあざわら》ひて、

「大江主《おほえぬし》、聞《きゝ》給ひし歟《か》。今這奴《いまこやつ》が招了《はくでふ》する所《ところ》、刀子《こがたな》の事は実《じつ》なるべく、吾足斎《ごそくさい》の事は信《うけ》がたかり。」

といへば柒六《なゝろく》も倶《とも》にいふやう、

「件《くだん》の吾足斎延明《ごそくさいゑんめい》は、咱等相識《われらしるひと》ならねども、彼末朱之介《かのすゑあけのすけ》の乾父《おやぼん》也といふ、人《ひと》の噂《うはさ》に聞《きゝ》しのみ。今宵其門前《こよひそのもんぜん》にて、他《かれ》に仇《あた》しし賊《ぞく》を捕《とら》へて、青海波《せいかいは》の刀子《こがたな》を、とり復《かへし》けるも最奇《いとき》也。」

といふに杜四郎《もりしらう》再議《さいぎ》に及《およ》ばず、

「現《げ》に這盗児《このぬすびと》の片言《かたくち》を、詰《なじ》りて時《とき》を移《うつ》さんより、疾《とく》這家《このいへ》に呼門《おとなふ》て、事実《じじつ》を探《さぐ》るにしくことあらじ。」

といふに石見《いはみ》も柒六郎《なゝろくらう》も、「しかるべし」と応《いらへ》つゝ、倶《とも》に盆九郎《ぼんくらう》を牽立《ひきたて》て、開《ひら》きてぞある角門《くゞりもん》より、找《すゝ》み入《い》りつゝ呼門《おとな》へども、奥《おく》には人《ひと》の声《こゑ》するのみ、出迎《いでむかふ》る者《もの》なかりけり。

　是《これ》より先《さき》に末朱之介《すゑあけのすけ》は、晩稲《おしね》を略奪《うばひと》るべき事を、盆九《ぼんく》に任《まか》して見《み》かへらず、只彼金子《たゞかのかね》をものせんとて、辛《から》くして小簞笥《こだんす》なる、財嚢《さいふ》を撈《さぐ》り得《え》て掖出《ひきいだ》すに、最重《いとおも》やかなりければ、憶《おも》はず満面笑《まんめんゑみ》を含《ふく》みて、搔抓《かいつか》みつゝ身《み》を起《おこ》す程《ほど》に、次《つぎ》の坐席《ざしき》に臥《ふし》たりける、母老苧《はゝおいそ》が睡眠覚《ねむりさめ》て、何《なに》にかあらんうち鳴《なら》しつゝ、「賊有《ぞくあり》々々《〳〵》」と叫《さけ》ぶにぞ、朱之介《あけのすけ》は心慌《こゝろあはて》て、『面《つら》を見《み》せじ』と思《おも》へども、其頭《そこら》を過《よぎ》るにあらざれば、庭《には》に出《いづ》る脱路《にげみち》なければ、只得《ぜひなく》其次《そのつぎ》の間《ま》へ、出《いづ》るを老苧《おいそ》は驚《おどろ》きながら、灯火《ともしび》の光《かげ》に看一看《ちらとみ》て、「开《そ》は珠《たま》にあらずや。」と喚《よび》も得果《えはて》ず身《み》を起《おこ》して、推留《おしとゞ》めまくしてければ、朱之介《あけのすけ》は弥慌《いよ〳〵あはて》て、螽《いなご》の如《ごと》く檐廊《えんがは》へ、身《み》を跳《おどら》して走《はし》り出《いで》て、庭《には》へ閃《ひら》りと飛下《とびをり》る、勢力劇《いきほひはげ》しかりければ、憶《おも》はず柱《はしら》の肱壺鋏《ひぢつぼがね》に、持《もっ》たる財嚢《さいふ》を掛留《かけとめ》られて、紐《ひも》は断離《ちぎ》れて手《て》に残《のこ》り、財嚢《さいふ》は柱《はしら》に吊《かゝ》りてあるを、立戻《たちもど》りて拿《と》る暇《いとま》なければ、庭《には》の折戸《をりど》を蹴破《けやぶ》りて、逃去《にげさら》まくする程《ほど》に、隣家《となり》なりける津問屋《つとひや》より、庭口伝《にはぐちつた》ひに人多《ひとおほ》く、這方《こなた》へ来《き》ぬる挑灯《ちようちん》の、火光間《ほかげま》近《ちか》く見《み》えしかば、朱之介《あけのすけ》は度《ど》を失《うしな》ひて、進退《しんたい》茲《こゝ》に窮《きはま》るものから、案内知《あんないしり》たる上《うへ》なれば、庭《には》なる涸井《からゐ》に身《み》を躱《かく》して、透《すき》を得《え》ば塀《へい》を乗《のり》て、逸去《のがれさら》まく思《おも》ふのみ、いまだ便《たより》を得《え》ざりけり。

　尓程《さるほど》に津問屋《つとひや》には、老苧《おいそ》が烈《はげ》しき喚声《よびこゑ》と、打鳴《うちなら》す物《もの》の響《ひゞき》の、常《つね》ならざるに驚覚《おどろきさめ》て、『事《こと》ありけり』と、主《しゆウ》も小厮《こもの》も、挑灯《ちようちん》を引提《ひさげ》、六尺棒《ろくしやくぼう》を衝立《つきたて》、裏手《うらて》伝《つた》ひに来《き》にける程《ほど》に、当晩同宿《このよどうしゆく》の旅客《たびびとら》等も、思《おも》ひ合《あは》するよしやありけん、皆共侶《みなもろとも》に起出《おきいで》て、主人《あるじ》の後《しり》に従《したが》ふて、庭門《にはくち》まで来《き》にけれど、内《うち》に入《い》らんはさすがにて、开《そ》が儘樹蔭《まゝこかげ》に立集《たちつど》ひて、事《こと》の容子《やうす》を知《し》らまくす。老苧《おいそ》は是《これ》を知《し》らねども、今津問屋《いまつとひやら》等が来《き》ぬるを見《み》て、泣声立《なきこゑたて》て、

「やよ叟立《をぢたち》、疾来《とくき》給ひね。今宵我家《こよひわがいへ》の前後《ぜんご》の門《かど》より、両箇《ふたり》の盗児潜入《ぬすびとしのびいり》て、倶《とも》に納戸《なんど》に在《あ》りし時《とき》、箇様《かやう》々《〱》の事により、奴家《わらは》が睡覚《ねむりさめ》しかば、恐怖《こわさわす》忘れて皆《みな》さまを、喚集《よびつど》へまくせし程《ほど》に、件《くだん》の一箇《ひとり》の盗児《ぬすびと》は、蚤《はや》く外面《とのかた》へ逃去《にげさ》りぬ。又一箇《またひとり》の盗児《ぬすびと》は、庭《には》へ走出《はしりいで》たれば、そも既《すで》に逃亡《にげうせ》けん、今《いま》は影《かげ》だに見《み》えずなりにき。猶心許《なほこゝろもと》なきは、方僅納戸《いまがたなんど》にゆきて見《み》るに、晩稲《おしね》は臥篁《ふしど》に在《あ》らずなりぬ。戸架《とだな》は鎖《とざし》を毀《こぼた》れて、良人《をっと》の貯禄《たくはへ》の金子《かね》なごりなく、窃《ぬす》み拿《と》られたりける歟《か》。簞笥《たんす》の内《うち》はまだよく見《み》ねども、狼籍《らうぜき》(藉)いふべうもあらずかし。又只《またたゞ》その事のみならで、方纔玄関《いまがたげんくわん》の方《かた》に当《あた》りて、人《ひと》の挑《いど》む如《ごと》き音聞《おときこ》えしに、其後《そのゝち》はいかにあるらん、ゆきて見《み》ばやと思《おも》へども、然《さ》しも物《もの》のおそろしくて、胸《むね》のみ騒《さわ》がれ侍るかし。」

と告《つぐ》るに驚《おどろ》く津問屋《つとひや》の、主人《あるじ》も小厮《こもの》も眼《まなこ》を睜《みは》りて、

「开《そ》は安《やす》からぬ事なりき。いでく\」

といひつゝも、亦挑灯《またちようちん》を振照《ふりてら》して、主僕玄関《しゆぼくげんくわん》にゆきて見《み》るに、思《おも》ひがけなき吾足斎《ごそくさい》は、深痍《ふかで》をや負《おふ》たりけん、右手《めて》に刃《やいば》を持《もち》ながら、鮮血《ちしほ》に塗《まみ》れて仆《たふ》れて在《あ》り。又其身辺《またそのほとり》に女児晩稲《むすめおしね》は、帯《おび》もて手足《てあし》を括《くゝ》られて、胸《むね》より腹《はら》に刀瘡《たちきず》あり。共《とも》に生《いく》べうもあらざれば、「こは什麼《そも》如何《いかに》。」とうち騒《さわ》ぎて、老苧《おいそ》を呼《よび》て「云云《しか〲》。」と告《つぐ》るに老《おい》苧《そ》は胸《むね》のみ潰《つぶ》れて、涙《なみだ》の外《ほか》にわくよしもなく、丈夫《つま》と女児《むすめ》の空《むな》しき骸《から》を、抱《いだ》き起《おこ》しつ呼活《よびいく》れども、甲斐《かい》ある

べうもあらざれば、津問屋《つとひや》の主僕《しゆぼく》手伝《てつだ》ふて、随即《すなはち》父女《おやこ》の亡骸《なきがら》を、开《そ》が儘坐席《まゝざしき》に舁入《かきい》れて、「薬《くすり》よ灸《やいと》」と罵《のゝし》りて、倶《とも》に介抱《かいはう》しぬる折《をり》から、外面《とのかた》に人《ひと》ありて、幾回《いくたび》となく呼門《おとなひ》しを、事《こと》に紛《まぎ》れて誰《たれ》もかも、耳《みゝ》には入《い》らでありけるに、津問屋《つとひや》の主人《あるじ》が稍聞《やゝきゝ》つけて、訝《いぶか》りながら小廝《こもの》を出《いだ》して、其来意《そのらいい》を問《とは》するに、一霎時《しばし》ありて三箇《みたり》の武士《ぶし》《モノヽフ》、一箇《ひとり》の暴漢《あらをとこ》に、重索掛《やへなはかけ》たるを牽《ひか》せつゝ、件《くだん》の小廝《こもの》を案内《しるべ》にして、主人《あるじ》の妻《つま》に対面《たいめ》せんとて、軈《やが》て奥《おく》まで来《き》にければ、老苧《おいそ》はさら也、津問屋《つとひや》の、主人《あるじ》も其人々《そのひとぐ》を、知《し》らねば心訝《こゝろいぶか》りながら、先上坐《まづかみくら》に席《むしろ》を譲《ゆづ》りて、又其来意《またそのらいい》を請問《こひと》へば、一箇《ひとり》の武士《ぶし》答《こた》へていふやう、

「俺《われ》は当国守家《たうこくしゆけ》の兵頭《ものがしら》、高島石見介好純《たかしまいはみのすけよしずみ》是《これ》也。又是《またこれ》なる同伴《どうはん》の両少年《りようしようねん》は、武者修行《むしやしゆぎよう》の為《ため》この地《ち》に来《き》ぬる、大江杜四郎成勝《おほえもりしらうなりかつ》、峯張柒六郎通能《みねはりなゝろくらうみちよし》是《これ》也。」

と名告《なのれ》ば杜四郎《もりしらう》も倶《とも》にいふやう、

「俺《われ》いぬる比城内《ころぜうない》にて、衆少年《しふしようねん》の試撃《しあひ》の折《をり》、我腋挿《わがわきさし》の刀《かたな》に附《つけ》たる、家宝《かほう》の小柄《こつか》を喪《うしな》ひしかば、高島主《たかしまぬし》と相謀《あひはか》りて、夜々《よなく》市《いち》に渉猟《あさる》程《ほど》に、方僅這頭《いまがたこゝら》を過《よぎ》るをり、這個《これこの》盗児《ぬすびと》盆九郎《ぼんくらう》が、手《て》に最小《さゝやか》なる刃《やいば》を握持《にぎりもち》て、是《こ》の門内《もんない》より走《はし》り出《いづ》るを、心《こゝろ》ともなく見《み》てければ、遣《やり》も過《すご》さず搦捕《からめとり》て、其事《そのじ》実《じつ》を責問《せめとひ》しに、這奴《こやつ》は枸杞村《くこむら》なる、古人留《こじんる》守《す》七《しち》の独子《ひとりこ》にて、盆九郎《ぼんくらう》と喚做《よびな》す歹人《わろもの》なる事《こと》も、俺刀子《わがこがたな》を窃拿《ぬすみとり》たる事も、招了《はくでふ》によりて知《し》られしかば、其《その》刀子《こがたな》は立地《たちどころ》に、とり復《かへ》して茲《こゝ》に在《あ》り。」

と告《つぐ》れば柒六《なゝろく》其語《そのご》を次《つぎ》て、

「尓《しか》るに件《くだん》の刀子《こがたな》にも、這奴《こやつ》が衣《きぬ》にも血《ち》の塗《まみ》れしかば、故《ゆゑ》ありぬべく思《おも》ふをもて、猶《なほ》も緊《きび》しく責問《せめとひ》しに、

『這家主人吾《このいへあるじご》足斎《そくさい》に、怨《うらみ》ありて口論《こうろん》の折《をり》、痍《て》を負《おは》せたり』といへり。其事信《そのことしん》じかたければ、事《こと》の実《まこと》を知《し》るべき為《ため》に、扨《さて》こそ牽《ひき》もて来《き》つるなれ。」

といふに老苧《おいそ》は涙《なみだ》を斂《をさ》めて、件《くだん》の三士《さんし》に向《むか》ひていふやう、

「奴家《わらは》は老苧《おいそ》と喚《よば》れたる、吾足斎《ごそくさい》の妻《つま》にて侍《はべ》り。今日《けふ》しも良人《をっと》は病架《びようか》に招《まねか》れて、更闌《こうたく》るまでかへり来《こ》ず。折《をり》から両個《ふたり》の盗児《ぬすびと》あり。其一個《そのひとり》は我夫《わがつま》の、貯禄《たくはへ》のある所《ところ》を、予《かねて》知《し》りけん納戸《なんど》に入《い》りて、財嚢《さいふ》を引提《ひさげ》て背戸《せど》の方《かた》へ、出《いづ》るを見《み》しのみ、往方《ゆくへ》を知《し》らず。又一個《またひとり》の盗児《ぬすびと》は、女児晩稲《むすめおしね》を掻攫《かきさら》ひて、玄関《げんくわん》の方《かた》に出去《いでさ》りしを、奴家《わらは》は楚《しか》と認《みと》めねども、其折良人《そのをりをっと》のかへり来《き》て、厮戦《あひたゝか》ふて親《おや》も女児《むすめ》も、倶《とも》に深痍《ふかで》に息絶《いきたえ》たる歟《か》、开《そ》は何《いか》なりけん知《し》らず侍《はべ》り。」

と告《つぐ》るに石見《いはみ》も杜四郎《もりしらう》も、柰六《なゝろく》も倶《とも》に点頭《うなづき》て、

「それにて事皆亮査《ことみなりようさつ》したり。やをれ盆九郎《ぼんくらう》、吾足斎《ごそくさい》と晩稲《おしね》とやらんを、斫殺《きりころ》しける顛末《もとすゑ》を、招了《はくでふ》せずや。」

と責問《せめと》へば、盆九《ぼんく》は頼《いつは》ることを得《え》ず、跪《ひざまづ》きつゝ陳《ちん》ずるやう、

「今《いま》は何事《なに》をか慝《かく》すべき。今日《けふ》しも彼末朱之《かのすゑあけの》介《すけ》が、我枸杞村《わがくこむら》の宿所《しゆくしよ》に来《き》て、密《しのび》やかに相譚《かたら》ふやう、『乾父吾《おやぼんご》足《そく》が吝《やぶさか》にて、枸神《くじん》の価百金《あたひひやくきん》を、今《いま》に渡《わた》さぬのみならず、実母《うみのはゝ》すら慳貪《けんどん》にて、手実《てがた》を引裂捨《ひきさきすて》られたれば、今《いま》はしも堪《たへ》がたかり。今宵家内《こよひいへのうち》に潜入《しのびい》りて、咱《われ》はある涯《かぎ》りの金銀《かね》をものせん。汝《いまし》は晩稲《おしね》に布嚢《さるぐつわ》を、銜《はま》せて肩駝《かつぎ》出《いだ》しねかし。咱又彼少女《われまたかのをとめ》にも怨《うらみ》あり。利得《りとく》の金《かね》は等分《やまわけ》也。』と憑《たのま》れしより心惑《こゝろまよ》ひて、倶《とも》に納戸《なんど》に潜入《しのびい》りて、朱之介《あけのすけ》は那這《あちこち》と、撈《さぐ》りて財嚢《さいふ》を引出《ひきいだ》し、己《おのれ》は晩稲《おしね》に布嚢《さるぐつわ》を、銜《はま》せて手脚《てあし》を緊《きび》しく縛《しば》りて、肩《かた》にうち載《のせ》て出去《いでさ》

るをり、主人《あるじ》なるべしかへり来《き》ぬる、玄関《げんくわん》の頭《ほとり》にて、『盗児入《ぬすびとい》りぬ』と思《おも》ひけん、罵咎《のりとが》めつゝ刀《かたな》を抜《ぬ》きて、撃《うた》んと找《すゝ》むも野干玉《ぬばたま》の、闇《やみ》に紛《まぎ》れて少女《をとめ》を盾《たて》に、受《うけ》し刃尖《きつさき》、憐《あはれ》むべし、少女《をとめ》の深痍《ふかで》に彼人《かの》は、『違《たが》ひぬる歟《か》』と思《おも》ひけん、撓《たゆ》むを『得《え》たり。』と懐《ふところ》なる、刀子《こかたな》をもて彼人《かのひと》の、脇腹《わきばら》愚煞《ぐさ》と刺仆《さしたふ》して、角門《くゞりもん》より逃去《にげさ》る折《をり》、殿們《とのばら》に撞見《いであ》ふて、搦捕《からめとら》れて今《いま》さら後悔《こうくわい》、別《べち》に仔細《しさい》は候はず」

といふ、招了分明《はくでふふんみよう》なりければ、阿夏《おなつ》の老苧《おいそ》は羞《はぢ》たる色《いろ》あり。又石見介等《またいはみのすけら》にうち向《むか》ひて、

「聞《き》くが如《ごと》きは今宵《こよひ》の禍事《まがこと》、我子《わがこ》といはんも恥《はづか》しき、人《ひと》にして人《ひと》ならぬ、朱之介《あけのすけ》の悪心《あくしん》より、這盆九郎《このぼんくらう》さへ荷担《かたん》して、丈夫《つま》も女児《むすめ》も横死《わうし》の折《をり》、殿達《とのたち》の出来《いでき》まして、地方《ところ》も去《さ》らず我冤家《わがあた》を、搦捕《からめとら》せ給ひしは、歎《なげ》きの中《うち》の歓《よろこ》びなりき。」

といふ間《はし》に隣家《となり》の主人《あるじ》も、找出《すゝみいで》つゝ倶《とも》にいふやう、

「小可《やつがれ》は合壁《となり》なる、客店《はたごや》の主人《あるじ》にて、津問屋集三《つとひやしふざう》即是《すなはちこれ》也。嚮《さき》に這女房《このにようばう》が、慌忙《あはたゞ》しき喚声《よびごゑ》に、うちも措《おか》れず小厮等《こもの》を将《い》て、走来《はしりき》ぬる甲斐《かひ》もなく、早盗児等《はやぬすびとら》は逃亡《にげうせ》て、吾足《ごそく》と女児《むすめ》の横死《わうし》を知《し》るのみ。相応《ふさは》しき御用《ごよう》も候はゞ、承《うけたま》はり候はん。仰付《おほせつけ》らるべうもや。」

といふ間《はし》に石見介《いはみのすけ》は、身《み》を起《おこ》しつゝ吾足斎《ごそくさい》と、晩稲《おしね》の金瘡《てきず》を得《とく》と見《み》て、杜四郎等《もりしらうら》に示《しめ》していふやう、

「大江峯張是見給《おほえみねはりこれみ》へ。晩稲《おしね》とやらんは深痍《ふかで》にて、胆胃《たんゐ》の二経断絶《にけいだんぜつ》したれば、左《と》ても右《かく》ても生《いく》べからず。吾足《ごそく》斎《さい》は刺瘡《つききず》にて、こも亦必死《またひつし》の深痍《ふかで》なれども、鳩尾猶温《みづおちなほあたゝか》にて、寸口《すんこう》の脈《みやく》あるに似《に》たり。抑《そも〱》我家昔《わがいへむかし》より、仙伝《せんでん》不思議《ふしぎ》の神薬《しんやく》あり。約莫刀瘡《およそたちきず》にて死《し》したる者《もの》、いまだ三日を経《へ》ずもあらば、其薬《そのくすり》を用《もちゆ》るに、一旦甦生《いつたんそせい》せざる

者《もの》なし。縦令《たとひ》其《その》命《いのち》長《なが》からずとも、或《あるひ》は後事《のちのこと》を弁《べん》じ、或《あるひ》はよく遺言《いげん》する者《もの》、児孫《じそん》の為《ため》に裨益《ひえき》あり。只頭《たゞかうべ》を撃《うち》落《おと》されし者《もの》と、五臓《ござう》を破《やぶ》られたる者《もの》は、其効験《そのかうげん》あることなし。正《まさ》に是軍陣必用《これぐんぢんひつよう》の奇薬《きやく》なれば、咱等《われら》生平《つね》に腰《こし》にして、今《いま》も猶茲《なほこゝ》にあり。是《これ》をもて吾足斎《ごそくさい》を、一霎時《しばし》なりとも活《いか》さん歟《か》。」

といふに四郎《しらう》も柒六《なゝろく》も、倶《とも》に感悦大《かんゑつおほ》かたならず、

「开《そ》は奇妙《きみよう》なる仁術《じんじゆつ》也。しかるべし。」

といそがせば、石見介《いはみのすけ》敢遅凝《あへてちぎ》(疑)せず、則《すなはち》老苧《おいそ》と集三《しふざう》に、事云云《しかじか》と宣示《のりしめ》すに、相《あひ》こゝろ得《え》て身《み》を起《おこ》しつ、集三《しふざう》は一条《ひとすぢ》の、布《ぬの》を索《たづ》ねてもて来《き》つゝ、吾足斎《ごそくさい》の痍口《きずくち》を、三四重《みへよへ》楚《しか》と纏程《まくほど》に、老苧《おいそ》は茶碗《ちやわん》に最清《いときよ》き、水《みづ》を汲拿《くみと》りてもて来《き》にけり。

当下石見介《そのときいはみのすけ》は、腰《こし》に吊《つけ》たる薬籠《やくらう》を、啓《ひら》きて出《いだ》す彼仙丹《かのせんたん》を、吾足斎《ごそくさい》の口中《こうちう》に推入《おしいれ》て、件《くだん》の水《みづ》もて灑下《そゝぎくだ》せば、津問屋《つとひや》主僕《しゆぼく》は吾足斎《ごそくさい》を、抱《いだ》き起《おこ》しつ老苧《おいそ》も倶《とも》に、声《こゑ》を合《あは》して「喃々《なうなう》」と、呼活《よびいく》ること半晌許《はんときばかり》、其声《そのこゑ》やうやく耳《みゝ》に入《い》りけん、吾足斎《ごそくさい》は忽然《こちねん》と、眼《まなこ》を睜《みは》り左見右見《とみかうみ》て、「原来俺身《さてはわがみ》は死《し》したりし歟《か》。」といふに老苧《おいそ》は歓《よろこば》しさに、携《すが》り附《つき》つゝ

「喃我伕《なうわがせ》、心地《こゝち》正可《まさか》に做《な》り給ひし歟《か》。今宵《こよひ》おん身《み》に痍《て》を負《おは》せたる、冤家《あた》は枸杞村《くこむら》の盆九《ぼんく》なりしを、這殿達《このとのたち》に搦捕《からめとら》れて、牽《ひか》れて今猶茲《いまなほこゝ》に在《あ》り。晩稲《おしね》の横死《わうし》は、おん身《み》の愆《あやまち》。親《おや》の刃《やいば》に身《み》を果《はた》したる、事《こと》の起《おこ》りは朱之介《あけのすけ》が、枸神《くじん》の価百金《あたひひやくきん》の、空《あだ》になりしを怨《うら》みけん、盆九郎《ぼんくらう》さへ伴《ともな》ふて、子二刻《ねふたつ》の時候《ころ》潜《しの》び来《き》て、おん身《み》が納戸《なんど》に秘《ひめ》置《お》き給ひし、財嚢《さいふ》を奪《うば》ふて逃去《にげさ》りにき。晩稲《おしね》の上《うへ》は箇様々々《かやうかやう》、おん身《み》の甦生《そせい》は茲《こゝ》にます《在》、高島大人《たかしまうし》の御庇《みかげ》に

て、仙伝奇特《せんでんきどく》の神薬《しんやく》の、即効《そくかう》にこそ侍《はべ》るなれ。」

と告《つぐ》るに頷《うなづ》く吾足斎《ごそくさい》は、憶《おも》はずも嗟嘆《さたん》しつ、形貌《かたち》を改《あらた》め膝組直《ひざくみなほ》して、石見介《いはみのすけ》等に謝《しや》していふやう、

「告《つぐ》るは面《おも》なき事《こと》ながら、又是後《またこれのち》の誡《いましめ》に、做《な》るよしあらんを、俺渾家《わがつま》も、人々《ひと〴〵》も听給《きゝ》へかし。誠《まこと》に善悪応報《ぜんあくおうほう》の、終《つひ》に脱《のが》れぬ理《ことわ》りを、物《もの》の本《ほん》にも写《しる》してあれば、孰《たれ》も知《し》りたる事《こと》ながら、慾《よく》に惑《まよ》へば思《おも》ひも出《いで》ざる、人我《にんが》凡夫《ぼんぷ》の愚《おろか》さよ。蓋当夏晩稲《けだしこのなつおしね》の悪瘡《あくさう》、療薬術計《りようやくじゆつけいつき》尽し折《をり》、住吉《すみよし》なる神主《かんぬし》の、家《いへ》に其薬《そのくすり》ありと聞《きこ》えしかば、三伏《さんふく》の日《ひ》の暑《あつき》も斁《いと》はず、我身《わがみ》那里《かしこ》に尋《たづね》ゆきしに、薬方《やくはう》をのみ伝授《でんじゆ》せられて、『枸神一枚用《くじんいちまいもち》ひなば、即効疑《そくかううたが》ひなきもの也。但《たゞ》し枸神《くじん》は、和漢《わかん》に稀《まれ》なり。価百金《あたひひやくきん》ならざりせば、得《え》かたからん』といはれたり。『奇方《きはう》を得《え》たるは嬉《うれ》しけれども、俺《われ》に百金《ひやくきん》の貯禄《たくはへ》なし。いかにすべき。』と思難《おもひかね》て、旅宿《りよしゆく》へかへる夕月夜《ゆふつきよ》、住吉《すみよし》の郷《さと》を距《さ》ること、十町《とまち》ばかりなる畷路《なはてみち》を過《よぎ》る程《ほど》に、と見《み》れば去向《ゆくて》に両個《ふたり》の少年《しようねん》、一箇《ひとつ》の財嚢《さいふ》を争《あらそ》ふて、挑戦《いどみたゝか》ふ程《ほど》こそあれ、月額《さかやき》の迹最長《あといとなが》き、一人《ひとり》は竟《つひ》に勝《たへ》ずやありけん、持《もつ》たる財嚢《さいふ》を捉《と》られじとて、後方迥《あとべはるか》に投遣《なげや》りたり。折《をり》から照《て》る月雲隠《つきくもかく》れして、朦朧《おぼろ〳〵》と做《な》る随《まゝ》に、俺窃窺《われかいまみ》ておもへらく、『得《え》がたき枸神《くじん》ありとても、そを置拿《かひと》るべき百金《ひやくきん》なくは、何《なに》をもて本意《ほい》を遂《とげ》ん。那財嚢《あのさいふ》の重《おも》やかなる、投《なげ》らるゝ時大地《ときだいち》に応《こたへ》て、音《おと》せしにより推量《おしはか》るに、東西《もの》多《おほ》きを知《し》るべきのみ。今是《いまこれ》をしも採《と》らずもあらば、宝《たから》の山《やま》に入《いり》ながら、手《て》を空《むな》しくして帰《かへ》るに似《に》たり。鳴(嗚)呼《あゝ》尓也《しかなり》。』と身勝手《みかつて》に、惑初《まよひそめ》たる不義《ふぎ》の慾《よく》。徐哩《そろり》々々《〳〵》と近就《ちかつ》きて、件《くだん》の財嚢《さいふ》を拿《とら》まくする時《とき》、手《て》に障《さは》る小《こ》石二三隻《いしふたつみつ》あり。当下俺又《そのときわれまた》おもへらく、『財嚢《さいふ》を這儘掻攫《このまゝかきさら》ひなば、他等《かれら》は必《かならず》 外人《よそひと》に、奪《うばは》れたりと思《おも》ふべし。然《さ》ては今《いま》より後々《のち〳〵》まで、背安《うしろやす》からざる所《ところ》あり。要《えう》こそあれ。』と尋思《しあん》をしつゝ、遽《いそがは》しく財嚢《さいふ》を開《ひら》きて、有《あり》け

高嶋の仙丹《せんたん》暫時《ざんじ》吾足齋《ごそくさい》を活せ
吾足齋
おいそ
つとひやかめ
つとひや集三
つとひやかめ

石見次
もり四郎
ゑ六
がん九郎

る円金二裏《こばんふたつゝみ》を、天《てん》の与《あた》へと懐《ふところ》へ、楚《しか》と挟《をさ》めて、件《くだん》の小石《こいし》の、程《ほど》よきを二隻《ふたつ》拿抗《とりあげ》て、开《そ》が儘財嚢《まゝさいふ》に入易《いれかへ》て、手《て》はやく紐《ひも》を結《むす》びつゝ、旧処《もとのところ》に閣《さしお》きて、窃歩《ぬきあし》しつゝ樹間《このま》に入《い》りて、蚤《はや》くも其首《そこ》を立去《たちさ》りつ。当晩浪華《このよなには》の旅宿《りよしゆく》にて、単孤《ひとりこ》灯《とう》の下《もと》にして、件《くだん》の金子《かね》を数《かず》まへ見《み》れば、一百《いつひやく》九十五両《ごりよう》あり。『是《これ》もて枸神《くじん》を講（購）得《あがなひえ》ても、尚《なほ》八九十金《きん》の余《あま》りあり。』と思へば心《こゝろ》つよくなりて、浪華《なには》はさら也、京左界《きようさかひ》、大津《おほつ》草津《くさつ》の尽処《はて》までも、約莫薬《およそくすり》店《たな》のある涯《かぎ》り、をさ〳〵枸神《くじん》を徴《もと》めしに、竟《つひ》に亦《また》あることなければ、只得宿所《ぜひなくしゆくしよ》にかへり来《き》つ、俺妻《わがつま》阿夏《なつ》の老《おい》苧《そ》にすら、件《くだん》の金子《かね》の実事《まこと》を告《つげ》ず、『這回京《こたびきよう》にて憶《ゆくり》（ママ）りなく、一旧知己《ふるきしるひと》に逢《あ》ひしより、多《おほ》く資料《たすけ》を得《え》たり』とのみ、詭 示《いつはりしめ》して更《さら》に又《また》、この観音寺《くわんおんじ》の、城下《きのもと》より、枸杞《くこ》村《むら》久《く》礼《れ》畑《はた》に至《いた》るまで、『枸神《くじん》を蔵弆《ざうきよ》する者《もの》あらば、価百金《あたひひやくきん》に買取《かひと》るべし』といふ、其義《そのぎ》を多《おほ》く書写《かきしる》して、隈《くま》もなく徇示《ふれしめ》しゝに、三《み》池《いけ》の荘客宿六《ひやくしやうやどろく》の汲引《てびき》にて、枸神一枚《くじんいちまい》を得《え》てければ、軈《やが》て晩稲《おしね》に煎用《せんじもちゆ》るに、一夜《ひとよ》の間《から》に悪瘡《あくさう》愈《いえ》て、疥迹《あと》だにあらずなりしかば、俺歓《わがよろこ》び知《し》るべきのみ。然《さ》れば其次《そのつぎ》の日《ひ》に、宿六《やどろく》の倶《ぐ》して来《き》ぬる、枸神《くじん》の活主《うりぬし》朱之介《あけのすけ》に、はじめて対面《たいめ》しぬるに及《およ》びて、おもひきや朱某《あけそれ》は、俺妻老苧《わがつまおいそ》の実子《うみのこ》なる、末松珠之介《すゑまつたまのすけ》ならんとは。面忘《おもわす》るゝまで年《とし》を歴《へ》たる、再会《さいくわい》の歓《よろこ》びに、就《つき》て主張当初《ふんべつはじめ》に異《こと》なる、俺肚裏《われはらのうち》に思《おも》ふやう、『朱之介《あけのすけ》は俺乾児《わがこぼん》にて、晩稲《おしね》の為《ため》に義兄《あにぼん》なるに、他人《たにん》がましく今《いま》さらに、枸神《くじん》の価《あたひ》を取《と》らするは要《えう》なし。俺貯禄《わがたくはへ》は異日《ゐじつ》亦《また》、晩稲《おしね》の所縁《よすが》を徴《もとむ》る折《をり》、衣裳調度《いしようてうど》に做《な》すにはしかじ。』と尋思《しあん》をしつゝ朱之介《あけのすけ》を、开《そ》が儘《まゝ》に留《とゞ》め在《あ》らせて、敢《あへて》枸神《くじん》の価《あたひ》を逓与《わた》さず。其後《そのゝち》城内《ぜうない》にて試撃《しあひ》の折《をり》、『口《くち》も八調手《はつてうて》も八挺《はつてう》なる、朱之介《あけのすけ》に勝利《しようり》あらば、俺立身《わがりつしん》の階梯《かけはし》に、做《な》るよしもあるべし。』と思《おも》ひしは、空憑《そらたのめ》にて、大江《おほえ》峯張《みねはり》両《りよう》少年《しようねん》に、戦《たゝか》ひ負《まけ》て、剰《あまつさへ》、落馬《らくば》の撲傷《うちみ》に病臥《やみふし》たれば、『出《いで》ていね』とはいひ難《かね》て、只厭《たゞいとは》しく思《おも》ひしに、老苧《おいそ》は其子《そのこ》を陳難《いさめかね》て、懲《こら》さん為歟《ためか》、枸神《くじん》の手実《てがた》を、無心《むしん》に引折棄《ひきさきすて》しより、朱之介《あけのすけ》は親《おや》を怨《うらみ》て、告別《いとまごひ》して出《いで》てゆきて、今宵《こよひ》歹人《わろもの》盆九郎《ぼんくらう》と、共《とも》に納戸《なんど》に潜入《しのびい》りて、彼一百《かのいつひやく》九十五金《きん》を、奪《うば》ふて走《はし》り去《さ》りたる歟《か》。盆九《ぼんく》は晩稲《おしね》を豪奪《がうだつ》《モギトリ》して、玄関《げんくわん》より出《いで》てゆく折《をり》、俺憶《われゆく》りなくかへり来《き》て、闇《くら》きに迷《まよ》ふて撃刀《うつたち》に、晩稲《おしね》を害《がい》しゝのみならず、俺身《わがみ》も反《かへつ》て盆九《ぼんく》の為《ため》に、必死《ひつし》の深痍《ふかで》を負《お》ふたりし、縁故《ことのもと》原《たづぬ》れば、色情《しきじよう》利慾《りよく》両《ふたつ》ながら、猿馬《こゝろ》狂《くる》ひし俺昨非《わがさくひ》にて、君《きみ》に仕《つかへ》て忠《ちう》ならず、親《おや》に仕《つかへ》て孝《かう》ならず、友《とも》には信《しん》なく、子《こ》に慈《ぢ》なき、果《はて》は故郷《こけう》に住托《すみわび》て、他郷《たけう》の鬼《おに》に做《な》るまでに、這禍害《このまがつみ》にあふみ《近江逢身》野《の》を、露《つゆ》の命《いのち》の置《お》き所《どころ》、慾《よく》に惑《まよ》へば、身《み》は闇《くら》き夜《よ》に、人《ひと》の争《あらそ》ふ財囊《さいふ》の金《かね》を、搔攫《かきさら》ひつゝ『幸《さち》あり。』と愛歓《めでよろこ》びし罪科《つみとが》を、思《おも》へば盆九《ぼんく》朱之介《あけのすけ》等《ら》の、窃盗《せつたう》無慙《むざん》の悪行《あくぎよう》と、相距《あひさ》ること遠《とほ》からず、五十歩《ごじつほ》百歩《ひやつほ》といはまくのみ。倘他等《もしかれら》をのみ悪《あく》とし憎《にく》まば、鄙語《ことわざ》に云《いふ》、『家《ゐのこ》を抱《いだき》て、臭《くさ》きを忘《わす》るゝ。』類《たぐひ》に似《に》たり、と今《いま》やうやくに、悟《さと》り得《え》ぬるも遅《おそ》からずや。」といふ事毎《ことごと》に、息吻《いきつ》きあへず、実《じつ》に必死《ひつし》と見《み》えたりける。

這段文《このだんぶん》尚多《なほおほ》ければ、又下回《またしものめぐり》に、解分《ときわく》るを聞《きゝ》ねかし。

新局玉石童子訓巻之十三終

新局《しんきよく》玉石童子《ぎよくせきどうじ》訓巻之《くんまきの》十四

東都　曲亭主人口授編次

第《だい》四十四回《くわい》　因果覿面《いんぐわてきめん》囊《なう》金故主《きんこしゆウ》《サイフノカネモトノヌシ》に復《かへ》る　宿縁不空《しゆくえんむなしからず》孤《こ》孀《さう》旧家《きうか》《ヒトリヤモメフルキイヘ》に寓《よ》る

阿夏《おなつ》の老苧《おいそ》は吾足斎《ごそくさい》の、旧悪懺悔《きうあくさんげ》の顚末《もとすゑ》を、听《き》くに惑《まよ》ひは晴《はれ》ながら、霽《はれ》ぬ涙《なみだ》の夜《よる》の雨《あめ》、袖《そで》のみ濡《ぬ》れて術《すべ》なきを、思《おも》ひ復《かへ》して、

「喃咱伕《なうわがせ》。今《いま》はじめて知《し》る金子《かね》の事、然《さ》あるべしとは思《おも》ひもかけず、只朱之介《たゞあけのすけ》をのみ誡難《いましめかね》て、枸神《くじん》の手実《てがた》を引裂棄《ひきさきすて》しは、心裡《うら》恥《はづか》しく侍《はべ》るかし。是《これ》に就《つ》きても痛《いたま》しきは、親《おや》の刃《やいば》に身《み》を果《はた》したる、晩稲《おしね》は素《もと》より行状《おこなひざま》に、兎毛《うのけ》ばかりも疵《きず》はなき、心操《こゝろばへ》さへ縹致《きりよう》さへ、美《うるは》し過《す》ぎて陽炎《かぎろひ》の、命短《いのちみじか》くあらずや、と思《おも》ひ過《すご》しは親《おや》の愚痴《ぐち》。富《とみ》も栄《さかえ》ん婿《むこ》がねを、神《かみ》に仏《ほとけ》に願言《ねぎこと》の、果《はて》は歎《なげ》きの杜《もり》となる、実子《うみのこ》よりもいとをしさの、千百十寸穂《ちもゝますほ》の繁薄《しのすゝき》、招《まね》く甲斐《かひ》なき魂招《たまよば》ひ、かへらずなりし別路《わかれぢ》は、親《おや》の因果《いんぐわ》の子《こ》に報《むく》ふ、例《ためし》ありともいかなれば、親《おや》さへ子《こ》さへ同《おな》じ夜《よ》に、簷《のき》の垂氷《たるひ》の剣太刀《つるぎたち》、身《み》を殺《ころ》しぬる哀《かな》しさよ。」

といへど答《こた》へは亡骸《なきから》を、揺動《ゆりうごか》して繰《くり》かへす、倭文《しづ》の苧環今茲《をだまきいまこゝ》に、輪々《めぐりく》て因果覿面《いんぐわてきめん》。昔阿夏《むかしおなつ》が卜問《うらどひ》し、彼神《かのかん》卜《うら》の讖文《しんぶん》に、「子而非子　非親是親《こにしてこにあらずおやにあらずしてこれおや也》。」とありしは晩稲朱之介《おしねあけのすけ》等《ら》の、上《うへ》ならずや。』と思《おも》ひ惑《まよ》ふ、無明《むみよう》の酔《ゑひ》のまだ醒《さめ》ぬ、婦女子心《をなごごゝろ》にとり乱《みだ》しては、外看忘《ひとめわす》れし諄言《くりこと》を、津問屋《つとひや》主僕《しゆぼく》は慰難《なぐさめかね》て、愀然《しうねん》たる丌《そ》が中《なか》に、

深痍《ふかで》に屈《くつ》せぬ吾足斎《ごそくさい》は、頭《かうべ》を抬《もた》げ眼《まなこ》を睜《みは》りて、

「やよや老苧《おいそ》、愚痴《ぐち》をないひそ。俺隠慝《わがゐんどく》の報《むく》ひを思《おも》へば、晩稲《おしね》の横死《わうし》も歎《なげ》くに由《よし》なし。然《さ》るにても往《いぬ》る六月《みなづき》某《それ》の夜《よ》に、途《みち》に財嚢《さいふ》を争《あらそ》ひし、彼両箇《かのふたり》の少年《しようねん》は、何等《なにら》の人《ひと》にありつらん。倘命《もしいのち》あり時《とき》ありて、迭《かたみ》に名告逢《なのりあ》ふ日《ひ》のあらば、俺這首級《わがこのかうべ》を授《さづけ》んに、朝《あした》を俟《ま》たで消《きえ》てゆく、露《つゆ》の玉《たま》の緒絶《をたえ》なん折《をり》に、稍本然《やゝほんぜん》の善《ぜん》にしも、返《かへ》る懺悔《さんげ》は我《われ》ながら、無益《むやく》にこそ。」

とばかりに、吻《つ》く息《いき》さへに苦《くる》しげなるを、柒六聞《なゝろくきゝ》つゝ遽《いそがは》しく、盆九郎《ぼんくらう》に掛《かけ》たる索《なは》の、端《はし》を柱《はしら》に結《むす》び止《とゞ》めて、找《すゝ》みよりつゝ吾足斎《ごそくさい》に、うち向《むか》ひてさていふやう、

「はじめて候辛踏生《からふみうぢ》。斯《かく》いふ我《われ》は浪華《なには》より、大江杜四郎成勝《おほえもりしらうなりかつ》に相従《あひしたが》ふて、武者修行《むしやしゆぎやう》の為這地《ためこのち》に来《き》つる、峯張《みねはり》柒六郎通能是也《なゝろくらうみちよしこれ》。目今和老《たゞいまわらう》の懺悔《さんげ》を聞《き》くに、彼夜《かのよ》一百《いつひやく》九十五金《きん》の、財嚢《さいふ》を拿《とり》も復《かへ》さんとて、連《しき》りに挑《いど》み争《あらそ》ふたる、其一人《そのいちにん》は我柒六《われなゝろく》にて、件《くだん》の財嚢《さいふ》を捉《と》られじとて、後方遙《あとべはるか》に投遣《なげや》りたる、其一人《そのいちにん》は別人《ことひと》ならず、和老《わらう》の渾家阿夏刀自《うちかたおなつとじ》の、実子《うみのこ》也と聞《きこ》えたる、末朱之介晴賢《すゑあけのすけはるかた》也。とばかりにして言《こと》を尽《つく》さずは、猶疑《なほうたが》はしく思《おも》はれん。苦痛《くつう》を忍《しの》びて听《きゝ》ねかし。件《くだん》の一義《いちぎ》は箇様《かやう》々々《〱》、云云《しか〱》の情由《わけ》あり」

とて、落葉《おちば》の媼《うば》が朱之介《あけのすけ》の、為《ため》に慈善《ぢぜん》の事《こと》の顛末《もとすゑ》、又彼一百《またかのいつひやく》九十五両《ごりやう》の、金子《かね》の来歴《らいれき》をはじめにて、柒六《なゝろく》の兄《あに》、十三屋九四郎《じふさんやくしらう》の義俠《ぎけう》《ヲトコギ》の事、当日朱之介《そのひあけのすけ》が東路《あづまぢ》へ、追放《つゐはう》せらるゝを憐《あはれ》みて、柒六《なゝろく》をもて金五両《かねごりやう》を、贈《おく》らせんとて追《おは》せし事、この宵《よ》十三屋《じふさんや》の櫛店《くしみせ》にて、落葉《おちば》の媼《うば》の悲泣《ひきう》の折《をり》、朱之介《あけのすけ》がかへり来《き》て、裏面《うち》へは入《い》らで窃聞《たちぎゝ》しつゝ、其頭《そこら》に措《おか》れし財嚢《さいふ》の金《かね》を、偸拿《ぬすみとり》て走《はし》るをり、柒六《なゝろく》も亦《また》かへり来《き》て、朱之介《あけのすけ》の不義《ふぎ》の為体《ていたらく》を、既《すで》

に窺《うかゞひし》知りたれば、跡《あと》を跟《つけ》つゝ畷路《なはてぢ》にて、朱之介《あけのすけ》と力戦《りきせん》して、投懲《なげこら》し蹂躙《ふみにじ》りて、九四郎《くしらう》の「取《と》らせよ」と、いひし金五両《かねごりよう》を投与《なげあた》へて、財嚢《さいふ》を索拿抗《たづねとりあげ》て、十三屋《じふさんや》へもてかへりて、落葉《おちば》の媼《うば》に渡《わた》ししに、「孰《たれ》か知《し》るべき財嚢《さいふ》の内《うち》なる、二裹《ふたつゝみ》の金《かね》は金《かね》ならで、両箇《ふたつ》の小石《こいし》也ければ、人々疑惑《ひとぐぎわく》せざるもなく、就中《なかんづく》我疎忽《わがそこつ》を、いひ解《とく》よしのあることなければ、兄九四郎《あにくしらう》の贖《つくな》ふて、其内中《そのうち》なる金百両《かねひやくりよう》を、落葉《おちば》の媼《うば》に返《かへ》ししかば、後安《うしろやす》きに似《に》たれども、其疑《そのうたが》ひは我《われ》もかも、今《いま》に解《とく》よしなかりしに、原来彼折財嚢《さてはかのをりさいふ》の金《かね》を、奪《うば》ふて小石《こいし》を入易《いれかへ》しは、延明和老《ゑんめいわらう》でありしよな。」といはれて驚《おどろ》く吾足斎《ごそくさい》、『寔《まこと》に然《さ》也』とばかりに、阿夏《おなつ》の老苧《おいそ》も共侶《もろとも》に、羞《はぢ》て頭《かうべ》を低《たれ》て居《を》り。

当下杜四郎成勝《そのときもりしらうなりかつ》は、石見介《いはみのすけ》に会釈《ゑしやく》して、找《すゝ》み出《いで》つゝ老苧《おいそ》に向《むか》ひて、

「喃阿夏《なうおなつ》の老苧《おいそ》とやらん。俺又柒六《われまたなゝろく》の舌《した》に代《かは》りて、驚《おどろ》かすべき一話《いちわ》あり。和女郎《わぢよらう》の前夫《もとのをとこ》と聞《きこ》えし、末松木偶《すゑまつでく》介《すけ》の実女《うみのむすめ》、乙柚《おつゆ》の小夏《こなつ》は、年九歳《としこゝのつ》の秋《あき》、磨鍼嶺《すりはりとふげ》の賊難《ぞくなん》に、千仭《ちひろ》の深谷《みたに》へ投降《なげおと》されて、死《し》すべかりしを神仏《かみほとけ》の、冥助《みようじよ》にやよりたりけん、俺為《わがため》には外祖父《とつおほぢ》なる、峯張九四蔵《みねはりくしざう》に救《すく》ひ拿《と》られて、其名《そのな》を乙芸《おつげ》と喚更《よびかへ》られ、成長《ひとゝ》なる後九四郎《のちくしらう》と、夫婦《ふうふ》に成《な》りて今《いま》も猶《なほ》、住吉《すみよし》の里《さと》の宿所《しゆくしよ》に在《あ》り。折《をり》に触《ふ》れては父木偶介《ちゝでくすけ》と、和女郎《わぢよらう》の事《こと》さへいひ出《いで》て、『いとなつかし。』とてうち歎《なげ》きにき。其孝順《そのかうじゆん》を知《し》るべきのみ。況落葉《まいておちば》は、木偶介《でくすけ》に、離別《りべつ》せられて再嫁《ふたゝびよめ》らず、和女郎《わぢよらう》を怨《うらむ》る心《こゝろ》なきは、世《よ》に稀《まれ》なるべき貞女《ていぢよ》ならずや。其母女児《そのはゝむすめ》の孝貞実義《こうていじつぎ》を、天道憐《てんたうあはれ》み給ひけん、近曽住吉《ちかごろすみよし》の十三屋《じふさんや》にて、母女再会《ぼぢよさいくわい》の歓《よろこ》びあり。それには異《こと》なる和女郎《わぢよらう》の薄命《はくめい》、所生《うみ》の独子朱之介《ひとりこあけのすけ》は、性獍悪《さがけうあく》なれば孝《こう》ならず、反《かへつ》て二箇《ふたり》の螟蛉女《やしなひむすめ》、小夏《こなつ》と云晩稲《いひおしね》と云《いひ》、性美《さがうるは》しく孝順《かうじゆん》なるも、一箇《ひとり》は逆路《たびぢ》に生別《いきわかれ》し

て、年歴《としへ》ぬれども、再会《さいくわい》によしなく、一箇《ひとり》はまた陸奥《みちのく》より、養父母《やしちゝはゝ》に従《したが》ふて、這地《このち》に来《き》つる甲斐《かひ》もなく、親《おや》の刃《やいば》に命《いのち》を隕《おと》せり。現《げ》に善悪応報《ぜんあくおうほう》の、遅《おそ》きあり速《はや》きあり。速《はや》きは彼身《かのみ》に報《むく》ふべく、遅《おそ》きは子孫《しそん》に報《むく》はぬはなし。天理彰々《てんりしようく》、誣《しゆ》べからず、恐《おそ》るべし〳〵。」

と説《とか》れて老苧《おいそ》は羞慙《はなしろ》みて、黙然《もくねん》たること半晌許《はんときばかり》、纔《わづか》に貌《かたち》を更《あらた》めて、

「原来小夏《さてはこなつ》は恙《つゝが》なく、花洛《はなのみやこ》に遠《とほ》からぬ、浪華《なには》の月《つき》の十三屋《じふさんや》に、在《あ》りと聞《き》くこそ嬉《うれ》しけれ。浮世《うきよ》が儘《まゝ》になるならば、恥《はぢ》を忍《しの》びて見《み》まくほし。そも許《ゆる》されぬ者《もの》ならば、切《せめ》て其婿《そのむこ》の刀禰《との》に、逢《あ》ふよし欲得《もがな》」

とうち托《わぶ》る、声聞《こゑきこ》えけん庭《には》の樹下《このもと》に、立在《たゝずみ》たりける一箇《ひとり》の旅客《たびびと》、忽地《たちまち》に声《こゑ》を被《かけ》て、

「然《さ》な不楽《わび》給ひそ阿夏女郎《おなつぢよらう》。俺今対面《われいまたいめん》すべけれ。」

といひつゝ檐廊《えんがは》にうち登《のぼ》りて、軈《やが》て坐席《ざしき》に找《すゝ》み入《い》れば、人咸驚《ひとみなおどろ》き怪《あや》しみたる、开《そ》が中《なか》に四郎柒六《しらうなゝろく》は、訝《いぶか》りながら其人《そのひと》を、見《み》れば是別人《これことひと》ならず、十三屋《じふさんや》九《く》四《し》郎《らう》也。閨衣《ねまき》の儘《まゝ》に細帯《ほそおび》して、逆旅《たび》中刀《わきざし》を佩《はき》たりける。思《おも》ひがけなき対面《たいめん》なれば、『こはいかに』とばかりに、遽《いそがは》しく席《むしろ》を譲《ゆづる》を、九《く》四《し》郎《らう》急《きう》に推禁《おしとゞ》めて、

「和子《わこ》はいよ〳〵恙《つゝが》まさずや。柒六《なゝろく》も出《で》かししな。高島主《たかしまぬし》には礼稟《いやまう》さんを、須臾宥免《しばらくみゆるし》を蒙《かうむ》りて、先急《まづいそ》ぐべき事こそあれ。」

といひつゝ老苧《おいそ》にうち向《むか》ひて、

「喃阿《なうお》夏《なつ》の老苧《おいそ》刀自《とじ》とやらん。目今和女郎《たゞいまわぢよらう》のいはれたる、小夏《こなつ》の乙芸《おつげ》の良人《をつと》なる、姓《せい》は峯張《みねはり》、屋号《いへな》は十三《じふさん》、浪華《なには》で俠者一頭《をとこいつぴき》なる、九《く》四《し》郎《らう》は即《すなはち》 俺《われ》也。大江《おほえ》腋子《わくこ》に急要《きうえう》あれば、京《きやう》の旅舍《はたご》を渉猟尽《あさりつく》して、這近江路《このあふみぢ》にと聞《きこ》

えしかば、迹《あと》を追《おひ》つゝ今日《けふ》未後《ひるすぎ》に、這里《ここ》の隣《とな》りの津問屋《つとひや》を宿《やど》にしつ、扨城内《さてぜうない》の消息《あるかたち》を問撈《とひさぐ》るに、大江峯張《おほえみねはり》両少年《りようしようねん》は、城内《ぜうない》なる高島主許止宿《たかしまぬしがりしゆく》の事、并《ならび》に衆少年《しふしようねん》の試撃《しあひ》の事、和女郎《わぢよらう》の実子《うみのこ》朱之介《あけのすけ》の事、和女郎《わぢよらう》の茲《こゝ》に在《いま》する事まで、知《し》る人《ひと》ありて告《つげ》しかば、『明日《あす》は夙《つと》めて這那《これかれ》を、訪《と》はばや』と思ひつゝ、長途《ちようど》の疲労《つかれ》を憩《いこ》へて在《あ》りしに、思《おも》ひがけなき今宵《こよひ》の悤劇《さわぎ》。其名《そのな》ばかりは予《かねて》知《し》る、和女郎《わぢよらう》の上《うへ》を心許《こゝろもと》なく、思《おも》へばうちも措《おか》れずして、宿《やど》の主人《あるじ》の尻《しり》に跟《つ》きて、自余《じよ》の客人共侶《きやくじんもろとも》に、庭門《にはぐち》まで来《き》にけれど、内《うち》に入《い》らんはさすがにて、那里《あしこ》に立《たち》て在《あ》りし程《ほど》、吾足老《ごそくらう》の懺悔《さんげ》の条々《おち〲》、又朱之介《またあけのすけ》の悪事《あくじ》の顚末《もとすゑ》、這盆九郎《このぼんくらう》とやらんの事までも、心《こゝろ》ともなく聞知《きゝし》りたり。就中感《なかんづくかん》じ思《おも》ふは、辛踏生《からふみうぢ》の懺悔《さんげ》也。人臨終《ひとりんじう》に旧悪《きうあく》を、よく懺悔《さんげ》しぬる者《もの》は、五逆十悪《ごぎやくじふあく》の罪戻《ざいれい》も、都《すべ》て消滅《しようめつ》せざることなく、必成仏《かならずじようぶつ》すべしといふ、仏説《ぶつせつ》は然《さる》事ながら、懺悔《さんげ》のみして、或《あるひ》は偸《ぬす》み、或《あるひ》は人《ひと》の東西《もの》を借《かり》て、返《かへ》さずして命終《いのちをは》らば、彼身《かのみ》に益《えき》ありといふとも、是其人《これそのひと》に損《そん》あり。然《さ》ては真《まこと》の成仏《じようぶつ》とすべからず。就《つき》て我那里《われあしこ》の樹下《このもと》に在《あ》りし時《とき》、月明《つきあかり》によりて見《み》て知《し》りぬ、那檐廊《あのえんがは》の柱《はしら》に吊《かゝ》りて、正《まさ》に一箇《ひとつ》の財嚢《さいふ》あり。我憶《われおも》ふに、那財嚢《あのさいふ》は、朱之介《あけのすけ》が偸《ぬす》み拿《とり》て、庭《には》より出《いで》て逃去《にげさ》る時《とき》、憶《おも》はず柱《はしら》の肱鋏《ひぢかね》などに、件《くだん》の財嚢《さいふ》を掛止《かけとめ》られて、心《こゝろ》ともなく手《て》を放《はな》ちけん。立戻《たちもど》りて拿《と》る遑《いとま》なければ、那身《かのみ》は蚤《はや》く逃亡《にげうせ》て、財嚢《さいふ》は柱《はしら》に遺《のこ》りしならん。俺這推量的中《わがこのすいりようてきちう》して、辛踏生《からふみうぢ》の懺悔虚言《さんげそらこと》なくは、財嚢中《さいふのうち》にあるべき金《かね》の、一百《いつひやく》九十五両《りよう》なる歟《か》、不足《ふそく》したる歟《か》知《し》らねども、其当初《そのはじめ》を推時《おすとき》は、這春大和《このはるやまと》の上市《かみいち》なる、落葉《おちば》の刀自《とじ》が朱之介《あけのすけ》に、沙金《さきん》と唐布《たうもめん》を買《かは》せんとて、齎《もたら》したる金子《かね》なれば、辛踏生先非《からふみうぢせんぴ》を勧解《わび》て、本主《もとのぬし》なる落葉《おちば》の刀自《とじ》に、其金子《そのかね》余波《なごり》なく返《かへ》しなば、是《これ》ぞ真《まこと》の懺悔《さんげ》にて、幸《さいはひ》にして盗賊《とうぞく》の、悪名《あくみやう》を削《けづ》るべし。這議《このぎ》甚麼《いかに》。」

と譚《だん》ずるを、吾足斎《ごそくさい》も聞《きゝ》とりにけん、頭《かうべ》を抬《もた》げ眼《まなこ》を開《ひら》きて、九四郎《くしらう》を見《み》て片手《かたて》を抗《あげ》て、戦《わなゝか》れつゝうち拝《をが》みて、

「適《あは》れ愛《めで》たき裁判《さいばん》なる哉《かな》。幸《さいはひ》に那財嚢《あのさいふ》の金《かね》は、朱之介《あけのすけ》の手《て》に渡《わた》らで、捉遺《とりのこ》されしぞ歓《よろこ》びなる。やよや老苧《おいそ》、疾々《とくとく》。」

といふに老苧《おいそ》は応《いらへ》をしても、了得《さすが》に羞《はぢ》て立難《たちかぬ》るを、津問屋《つとひや》集三《しふざう》こゝろ得《え》て、身《み》を起《おこ》しつゝ檐廊《えんがは》に、出《いで》て件《くだん》の財嚢《さいふ》を拿《と》る時《とき》、猶庭《なほには》の樹下《このもと》に、立在《たゝずみ》たる男女《なんによ》二三名《さんにん》在《あ》り。集三《しふざう》是《これ》を透《すか》し見《み》て、

「客人達《きやくじんたち》其首《そこ》は寒《さむ》からん。母屋《おもや》に登《のぼ》らせ給ひね。」

と呼被《よびかけ》て先其《まづその》財嚢《さいふ》の金《かね》を、九四郎《くしらう》に呈《てい》すれば、九四郎《くしらう》敢《あへて》自由《じゆう》にせず、开《そ》が儘老苧《まゝおいそ》に渡《わた》させて、云云《しかしか》と宣示《のりしめ》せば、老苧《おいそ》は辞《いら》ふことを得《え》ず、件《くだん》の財嚢《さいふ》を解披《ときひら》きて、内《うち》なる円金《こばん》を拿出《とりいだ》すに、紙《かみ》に封《ふう》じて二裏《ふたつゝみ》あり。其一《そのひと》裏《つゝみ》は円金《こばん》百枚《もゝひら》又一裏《またひとつゝみ》は九十五枚《くじふごひら》あり。九四郎《くしらう》是《これ》を得《とく》と見《み》て、又吾足斎《またごそくさい》に向《むか》ひていふやう、

「辛踏生《からふみうぢ》。俺云云《われかにかく》と論《ろん》ずるとも、強《しい》て和老《わらう》を窘《たしな》めて、金《かね》を返《かへ》せといふにはあらず。和郎《わらう》の意衷《いちう》甚麼《いかに》ぞや。」

と問《と》ふを吾足斎《ごそくさい》聞《きゝ》あへず、

「いかでか然《さ》ることあらん。返却《へんきやく》は己《おのれ》が情願《じやうぐわん》也。宜《よろ》しく計《はから》ひ給ひね。」

といふに九四郎《くしらう》頷《うなづ》きて、件《くだん》の円金《こばん》二裏《ふたつゝみ》を、拿《とり》て財嚢《さいふ》に斂《をさむ》る折《をり》から、庭《には》の方《かた》より咳《しはぶき》して、入《い》り来《く》る男女《なんによ》二三名《さんにん》あり。阿夏《おなつ》の老苧《おいそ》は訝《いぶか》りながら、「誰也《たそや》」と問《と》ひつゝ見《み》かへれば、是則《これすなはち》別人《ことひと》ならず、福富村《ふくとみむら》なる阿鍵《おかぎ》小忠《こちう》二《じ》、又九四郎《またくしらう》の乾児《こばん》なる、四摠《しさうら》等まで出《いで》て来《き》つ、主客亦這問答《しゆかくまたこのもんだふ》に、憶《おも》はず時《とき》を移《うつ》す程《ほど》に、星《ほし》の光《ひか》りも弥寒《いやさむ》き、暁天《あけがた》にぞなりにける。

尓程《さるほど》に末朱之介《すゑあけのすけ》晴賢《はるかた》は、今宵《このよ》脱路《にげみち》を失《うしな》ひて、只得《ぜひなく》涸井《からゐ》に身《み》を躱《かく》しつ、透《すき》もあらば逃去《にげさ》らんと、悄地《ひそか》に念《ねん》じてありけるに、其頭《そこら》の庭《には》の樹下《このもと》に、人二三名《ひとふたりみたり》立在《たゝずみ》て、久《ひさ》しくなるまで出《いで》てゆかねば、いよ〳〵頭《かうべ》を出《いだ》すによしなく、心《こゝろ》ともなく母屋《おもや》なる、主客《しゆかく》の問答《もんたふ》を洩聞《もれき》くに、盆九郎《ぼんくらう》は杜四郎《もりしらう》柒六《なゝろく》等《ら》に搦捕《からめとら》れし事、晩稲《おしね》の横死《わうし》、吾足斎《ごそくさい》は、深痍《ふかで》を負《おふ》たる懺悔《さんげ》の条々《おちく〳〵》、思《おも》ひかけなき九四郎《くしらう》さへ、樹下《このもと》より立出《たちいで》て、団坐《まとゐ》に入《い》りて議論《ぎろん》の趣《おもむき》、意表《いひよう》に出《いで》ざる事もなく、又彼財嚢《またかのさいふ》にありける金《かね》は、往《いぬ》る夏《なつ》の夜《よ》吾足斎《ごそくさい》が、奪《うば》ふて小石《こいし》の換玉《かへだま》を、柒六《なゝろく》に抓《つかま》せたる、神出鬼没《しんしゆつきぼつ》の機関《からくり》を、今《いま》やうやくに暁得《さとりえ》て、天魔《てんま》を欺《あざむ》く歹人《わろもの》も、且驚《かつおどろ》き且呆《かつあき》れて、酔《ゑへ》るが如《ごと》く醒《さむ》るが如《ごと》く、惘然《まうねん》としてありける程《ほど》に、長《なが》き冬《ふゆ》の夜《よ》時移《ときうつ》りて、早暁天《はやあけがた》になりしかば、心弥《こゝろいよ〳〵》安《やす》からず、『天《よ》も明《あけ》ば見《み》出《いだ》されて、俺《われ》も亦盆九《またぼんく》の如《ごと》く、搦捕《からめと》られて牽《ひか》れやせん。いかにすべき。』と思難《おもひかね》て、頭《かうべ》を出《いだ》しつ又隠《またかく》れつ、木偶《でく》の桔槹《きつかう》《アガリサガリ》するに似《に》て、苦心限《くしんかぎ》りもなかりしに、彼樹下《かのこのもと》にありける人《ひと》の、やうやく出《いで》て、母屋《おもや》に入《い》るを、月《つき》明《あかり》にて窃《ひそか》に見《み》れば、はじめに立出《たちいで》しは九四郎《くしらう》にて、其後《そのあと》なるは阿鍵小忠二《おかぎこちうじ》、浪華《なには》の四摠等《しさうら》なりければ、朱之《あけの》介《すけ》は又驚《またおどろ》きて、舌《した》を吐《は》き頭《かうべ》を拊《なで》つゝ、猶《なほ》も四下《あたり》を窺《うかゞ》ふに、庭《には》には人《ひと》のあらずなりて、既《すで》に便《たより》を得《え》てければ、井桁《ゐげた》に閃《ひら》りと手《て》を掛《かけ》て、潜《しの》び出《いで》つゝ塀裏《へいうら》なる、松《まつ》を階子《はしご》に攀登《よぢのぼ》りて、塀《へい》を踰《こえ》まくしぬる程《ほど》に、柒六蚤《なゝろくはや》く佶《きつ》と見《み》て、「那朱之介《あれあけのすけ》が。」と叫《さけ》びも果《はて》ず、刀《かたな》を引提《ひさげ》て檐廊《えんがは》へ、出《いづ》るを見《み》かへる朱之介《あけのすけ》は、袖《そで》に准備《ようい》の席工鋮《たゝみばり》を、拿《と》る手尖《てするど》く丁《ちよう》と撃《う》つ、然《さ》しも修練《しゆれん》の銑鋧《しゆりけん》に、柒六噪《なゝろくさわ》がず身《み》を反《かは》して、刀《かたな》の柄《つか》に受留《うけとめ》たる、程《ほど》しもあらず朱之《あけの》介《すけ》は、身《み》を跳《をど》らして外面《とのかた》へ忽地《たちまち》撻《だう》と飛下《とびお》りて、往方《ゆくへ》も知《し》らずなりけるを、柒六《なゝろく》は猶追《なほおは》んとて、背門《せどくち》投《さし》て出《いで》まくするを、九四郎《くしらう》急《きう》に喚禁《よびとゞ》めて、

「已《やみ》ね〳〵。开《そ》は要《えう》なし。人《ひと》の歎《なげ》きもあるべきに、搦捕《からめとり》て何《なに》にせん。」

といへば杜四郎《もりしらう》も倶《とも》にいふやう、

「現窮寇《げにきうこう》は逐《お》ふべからず。彼《かれ》が偸《ぬす》み得《え》ざりける、財嚢《さいふ》の金《かね》は茲《こゝ》に在《あ》り。そを追《お》ふこと歟《か》。」

と諫《いさ》むれば、柒六《なゝろく》僅《わづか》に点頭《うなづき》て、故《もと》の席《むしろ》にかへりて居《を》り。

当下《そのとき》九四郎《くしらう》は、石見介《いはみのすけ》にうち向《むか》ひて、

「高島主俺身《たかしまぬしわがみ》総角《あげまき》なりし比《ころ》より、久《ひさ》しく打絶《うちたえ》たりけるに、斯荒々《かうあらく》しき為体《ていたらく》にて、物稟《ものまう》さんは無礼《なめ》なれども、諮《たづね》まうしたき一義《いちぎ》あり。這金《このかね》一百《いつひやく》九十五両《りやう》は、目今《たゞいま》聞《きか》れし情由《わけ》なれば、吾足斎《ごそくさい》の手《て》より受拿《うけとり》て、落葉《おちば》の媼《うば》に返《かへ》すとも、けしうはあらぬ事ながら、一旦《いつたん》偸《ぬす》み拿《と》られしより、早五个月《はやごかつき》を歴《へ》たりしに、這義《このぎ》を守《かみ》へ告訴《こうそ》もせで、我私《わがわたくし》に和睦《わぼく》せば、後《のち》の聞《きこ》えも影護《うしろめた》くて、快《こゝろよか》らざる所《ところ》あり。今訴《いまうつたへ》ん歟《か》、訟《うつたへ》ざらん歟《か》、這義《このぎ》を教《をしえ》給ひね。」

と問《と》ふを石見介聞《いはみのすけきゝ》あへず、

「否《いな》。告訴《こうそ》の事は然《しか》るべからず。辛踏《からふみ》みづから新《あらた》にして、罪《つみ》を謝《しや》して返《かへ》す金子《かね》なれば、不正不良《ふしようふりよう》の財《たから》にあらず。然《さ》るを憖《なまじい》に、守《かみ》の憲断《けんだん》に被《よ》る時《とき》は、事《こと》むづかしくなるのみならず、吾足斎《ごそくさい》は後々《のちく》まで、盗賊《とうぞく》の罪免《つみまぬか》るべからず。鄙言《ことわざ》にいへる事あり。『躉《たむ》るに過《すぎ》て花《はな》を散《ちら》し、磨《みが》くに過《すぎ》て玉《たま》を砕《くだ》く。』鯁直《きようちよく》も亦時《またとき》に由《よ》るべし。這《この》義《ぎ》を思《おも》ひ給はずや。」

と説《とか》れて九四郎再議《くしらうさいぎ》に及《およ》ばず、更《さら》に老苧《おいそ》にうち向《むか》ひて、

銑鋧《しゆりけん》を飛《とば》して
朱之介《あけのすけ》命《いのち》を
免《まぬか》る
九四郎
おいそ
めり四郎
おりゑ

朱之介
ゑて六
小忠二

「喃阿《なうお》夏刀自《なつとじ》。寔《まこと》に和女郎《わぢよらう》の薄命《はくめい》なる、今《いま》より孤独《こどく》《ヒトリズミ》の人《ひと》とならば、何人《たれ》歟《か》よく養《やしなは》ん。昔俺荊婦《むかしわがつま》小夏《こなつ》の乙芸《おつげ》が、受《うけ》し養育《やういく》の恩《おん》《メグミ》を思《おも》へば、今這金子《いまこのかね》の半分《なかば》を折《くぢ》きて、贈《おく》らまほしき事ながら、いかにせん這金《このかね》は、俺金《わがかね》ならぬを自由《じゆう》にせば、彼微《かのび》生高《せいこう》が醯《す》を乞《こは》れて、其隣《そのとなり》なる醯《す》を乞《こ》ふて、人《ひと》に与《あたへ》たりといふに似《に》たるべし。他《ひと》の物《もの》もて己《おのれ》を飾《かざ》る、似而非《ゑせ》仁義《じんぎ》は俺要《われえう》せず。這義《このぎ》は俺亦《われまた》主張《ふんべつ》あり。異日《ゐじつ》又復《またく》談《だん》ずべし。」

といはれて老苧《おいそ》は蹴然《しゆくねん》たる、頭《かうべ》を抬《もた》げて答《こたふ》るやう、

「昔小《むかしこ》夏《なつ》の五歳《いつゝ》の比《ころ》より、九歳《こゝのつ》になる秋《あき》の比《ころ》まで、五稔《いつとせ》母《はゝ》と喚《よば》れても、親甲斐《おやがひ》もなく倒々《なかく》に、彼《かれ》には河原《かはら》挊《かせ》ぎをさせて、養《やしなは》れし日《ひ》の多《おほ》かりしに、養育《やういく》の恩《をん》云々《しかく》と、宣《のたまは》するこそ恥《はづか》しけれ。」

と勧解《わぶる》を九四郎《くしらう》推禁《おしとゞ》めて、

「無益《むやく》の口誼《こうぎ》に天《よ》は明《あけ》なん。俺《われ》は旅宿《りよしゆく》へ退《まか》るべし。和子《わこ》と柰六《なゝろく》には要事《えうじ》あれども、這里《ここ》にて罄《つく》すべきにあらねば、明日《あす》芳館《はうくわん》へ推参《すゐさん》せん。自余《じよ》の人達心《ひとたちこゝろ》を属《つけ》て、いかで主人夫婦《あるじふうふ》の為《ため》に、商量敵《だんかふかたき》になり給ひね。」

と告別《いとまごひ》しつ財嚢《さいふ》の金《かね》を、拿《とり》て懐《ふところ》へ楚《しか》と挟《をさ》めて、四揔《しさう》を倶《ぐ》して遽《いそがは》しく、津問屋《つとひや》へかへり去《さ》りしかば、石見介《いはみのすけ》も「卒退《いざまから》ん」とて、杜四郎等《もりしらうら》をいそがしつ、刀《かたな》を衝立《つきたて》て身《み》を起《おこ》せば、柰六《なゝろく》は盆九郎《ぼんくらう》に、掛《かけ》たる索《なは》を拿緊《とりつめ》て、倶《とも》に玄関《げんくわん》より出去《いでさ》る時《とき》、集三主僕《しふざうしゆぼく》は主人《あるじ》に代《かは》りて、門内《もんない》までぞ送《おく》りける。

　浩処《かゝるところ》に高島《たかしま》の若党奴隷《わかたうしもべ》は、常《つね》に異《こと》なる主《しゆウ》のかへさの、最遅《いとおそ》ければうちも措《おか》れず、真夜中《まよなか》より迎《むかへ》に出《いで》て、東西《あちこち》となく索托《たづねわび》つゝ、料《はか》らずも今《いま》、辛踏《からふみ》の、門前《もんぜん》を過《よぎ》る程《ほど》に、主僕迭《しゆぼくかたみ》に挑灯《ちようちん》の、花号《しるし》を早《はや》く見出《みいだ》して、走《はし》り集《つど》ひつ「云云《かにかく》」と、告《つげ》もしつ言《のり》も示《しめ》して、石見介《いはみのすけ》は盗児盆九《ぬすびとぼんく》を、伴当等《ともひとら》に牽《ひか》せつゝ、四郎柰六共侶《しらうなゝろくもろとも》に、城内《ぜうない》

なる宿所《しゆくしよ》にかへりゆく程《ほど》に、鴉《からす》の茂林《もり》を離《はな》るゝ声《こゑ》して、天《よ》は耿々《ほの〲》と明《あけ》にけり。

然《さ》る程《ほど》に、辛踏《からふみ》の宿所《しゆくしよ》には、多客《たきやく》やうやく立去《たちさ》りて、是《これ》より暇《いとま》ありければ、集三主僕《しふざうしゆぼく》小忠二《こちうじ》さへ、倶《とも》に老《おい》苧《そ》を資《たす》けつゝ、先晩稲《まづおしね》の亡骸《なきから》を、小室《こざしき》に臥《ふさ》しめて、枕屏風《まくらびやうぶ》を建《たつ》るも果敢《はか》なし。又吾足斎《またごそくさい》は衰果《おとろへはて》て、湯薬《くすり》も吭《のんど》に降《くだ》らねば、开《そ》が儘蒲団《まゝふとん》を布儲《しきまう》けて、小襀《こよぎ》をうち被《き》するのみ術《すべ》もなし。

当下《そのとき》老苧《おいそ》は阿鍵《おかぎ》小忠二《こちうじ》を、上坐《かみくら》に請迎《こひむか》へて、火桶《ひをけ》に炭《すみ》を接《つぎ》つゝいふやう、

「別《わか》れまつりしより年許多《としあまた》、音耗絶《おとづれたえ》て侍《はべ》りしは、俺身《わがみ》陸奥《みちのく》へ伴《ともな》はれて、後夫《のちのをとこ》に従《したが》へば也。然《さ》るを亦故《またゆゑ》ありて、去歳《こぞ》の冬《ふゆ》より這地《このち》に来《き》て、まだ住熟《すみなれ》ぬ宿《やど》なれば、知《し》らせまつるに暇《いとま》なく、本意《ほい》にもあらず侍《はべ》りしに、おん身《み》は又何等《またなにら》の故《ゆゑ》に、這頭《こゝら》に逗留《とうりう》し給ふやらん。況今宵《まいてこよひ》の凶変《けうへん》を、蚤《はや》くも知《し》られて訪《とは》れまつるは、有《あり》がたきまで忝《かたじけな》き、再会《さいくわい》にこそ侍《はべ》るなれ。嚮《さき》には多客《たきやく》にうち紛《まぎ》れて、何宣《なにのたまは》せしやらん、逆上《とりのぼ》せてのみありしかば、聞《きゝ》漏《もら》しぬる鈍《おぞ》ましさよ。無礼《むらい》を饒《ゆる》し給ひね。」

と勧解《わぶ》れば阿鍵《おかぎ》は嗟嘆《さたん》して、

「故《ふり》にし事を思惟《おもひみ》れば、世《よ》は夢《ゆめ》ならずといふ者《もの》なし。奴家《わらは》が今《いま》の為体《ていたらく》は、珠刀禰《たまとの》に聞《きか》れしならん。然《さ》るを亦《また》思《おも》ひかけなく、隠田《かくしだ》の事により、有司達《ゆうしたち》より御下知《おんげぢ》あり。猛可《にはか》に奴《わらは》と小忠二《こちうじ》を、召《めし》よせさせ給ひしかば、福《ふく》富村《とみむら》の店舗《みせたな》は、措名《おきな》と丁太郎《ちやうたらう》に任用《うちまか》して、四五日前《しごにちさき》に這地《このち》に来《き》つ、津問屋《つとひや》を宿《やど》にしてあるなれば、昨日《きのふ》おん身《み》が背門《せど》の方《かた》へ、出《いで》給ひしを見出《みいだ》して、ものいはゞやと思《おも》ひしかども、珠刀禰《たまとの》も同居《どうきよ》す、と小忠二《こちうじ》のいふにより、まだ訪《とひ》もせで在《あ》りけるに、胸《むね》の潰《つぶ》れし夜中《よなか》の凶変《けうへん》、うちも措《おか》れず主人《あるじ》の後《しり》に、跟《つ》きて来《き》にける甲斐《かひ》も

なく、かゝる歎《なげ》きを見《み》ることの、うれはしさよ」

と涙唔《なみだぐ》む、脆《もろ》き女子《をなご》の袖《そで》の雨《あめ》、外《よそ》の時雨《しぐれ》も寒《さむ》げなる、小忠二《こちうじ》も共《とも》にいふやう、

「珠刀禰《たまとの》は何《なに》といはれしやらん。嚮《さき》に那子《あのこ》に訪《とは》れし後《のち》、幾程《いくほど》もなく悪瘡《あくさう》の、病悩《なやみ》を予知《かねてし》りながら、断《ことわ》りいふて出《いだ》し遣《やり》しは、黄金《こがね》の岳父船積氏《しうとふなつみうぢ》へ、憚《はゞか》るよしのあれば也。珠刀禰《たまとの》の放蕩無頼《はうたうぶらい》は、敵手《あひて》になる者《もの》ならねども、然《さ》ればとて旧熟識《ふるきなじみ》の、おん身《み》の落魄《おちめ》に行遭《ゆきあひ》ながら、何《な》でふ難面《つれな》くものせんや。銭帛《ぜにかね》こそ心《こゝろ》にまかさね、故翁《もとのおきな》太夫次《たいふじ》をいふの在《いま》さずとて、隔《へだつ》るとな思《おも》ひ給ひそ。」

と慰《なぐさ》められて又袖濡《またそでぬら》す、老苧《おいそ》は瞼《まぶた》を推拭《おしぬぐ》ふて、

「俺子《わがこ》のみかは良人《をっと》まで、人《ひと》ならぬ不軌《ふき》の顚末《もとすゑ》を、知《し》られしだにも面《おも》なきに、昔熟識《むかしなじみ》と思召《おぼしめ》す、御好意《おんなさけ》こそ有《あり》がたけれ。」

といふ間《はし》に窓《まど》よりしらみて、鴉《からす》の声《こゑ》してければ、津問屋主僕《つとひやしゆぼく》は「這凶変《このけうへん》を、疾里正《とくさとをさ》に告《つげ》ん」とて、庭門《にはぐち》より出《いで》てゆきしかば、阿《お》鍵《かぎ》小《こ》忠二《ちうじ》は开《そ》が儘《まゝ》に、阿夏《おなつ》の老苧《おいそ》を慰《なぐさ》めて、撿使《けみし》の来《き》ぬるを俟《まつ》なるべし。

　尓程《さるほど》に里正故老五保等《さとをさとしよりごにんぐみら》は、津問屋集三《つとひやしふざう》の告《つぐ》るにより、吾足斎《ごそくさい》の宿所《しゆくしよ》に来《き》て、老苧《おいそ》のいふ所《ところ》を聞定《きゝさだ》め、軈《やが》て一紙《いつし》の訴状《うつたへふみ》を相捧《あひさゝ》げて、城内《ぜうない》なる有司《ゆうし》に聞《きこ》えあげしかば、是日《このひ》未牌《ひつじのとき》ばかりに、実撿使《じつけんし》到来《とうらい》して、吾足斎《ごそくさい》と其妻老苧《そのつまおいそ》の、稟《まう》す所《ところ》を听定《きゝさだ》め、且晩稲《かつおしね》の亡骸《なきから》を展撿《てんけん》して、口状一通《こうでういつつう》を筆録《ひつろく》す。但《たゞ》し吾足斎《ごそくさい》は深痍《ふかで》にて、既《すで》に命危《いのちあや》ふければ、其妻老苧《そのつまおいそ》と隣人《となりひと》、津問屋集三《つとひやしふざう》等を相倶《あひぐ》して、城内《ぜうない》にかへり来《き》つ、頭人《とうにん》一口《いもあらひ》鬼《き》大夫《だいふ》安倍《やすます》に、事云云《ことしかく〳〵》と告《つげ》しかば、軈《やが》て老苧《おいそ》集三《しふざう》等を、局内《つぼのうち》に召《めし》よせて、鬼大夫《きだいふ》みづから鞫問《きくもん》《タヅネトフ》す。尓《しか》るに辛踏吾足斎《からふみごそくさい》に、

深痍《ふかで》を負《おは》せたりける、盗児盆九郎《ぬすびとぼんくらう》は、昨宵《よんべ》大江杜四郎等《おほえもりしらうら》に搦捕《からめとら》れしを、高島石見介《たかしまいはみのすけ》の訴《うつたへ》により、既《すで》に獄牢《ひとや》に繋《つなが》れたれば、鬼大夫《きだいふ》随即《すなはち》夥兵《くみこ》に課《おほせ》て、盆九郎《ぼんくらう》を牽出《ひきいだ》させて、事《こと》の虚実《きよじつ》を拷問《ごうもん》するに、盆九郎《ぼんくらう》が悪事《あくじ》の条々《おち〱》、曏《さき》に大江杜四郎《おほえもりしらう》の刀子《こがたな》を、偸《ぬすみ》し事を始《はじめ》にて、昨日《きのふ》吾足斎《ごそくさい》の乾児《こぼん》なる、末朱之介《すゑあけのすけ》に諜合《しめしあは》されて、更闌《かうたけ》て、倶《とも》に吾足斎《ごそくさい》の宿所《しゆくしよ》に潜入《しのびい》りし事、朱之介《あけのすけ》は親《おや》の金子《かね》を、偸《ぬす》み拿《とら》まく欲《ほり》して果《はた》さず、早《はや》く逃亡《にげうせ》し事、又盆九郎《またぼんくらう》は、吾足斎《ごそくさい》の螟蛉女《やしむすめ》、晩稲《おしね》を豪奪《がうだつ》《ムリニウバウ》して、走《はし》り去《さ》らまくしぬる折《をり》、吾足斎《ごそくさい》かへり来《き》て、謬《あやまち》て晩稲《おしね》を残害《ざんがい》し、反《かへつ》て盆《ぼん》九郎《くらう》に、脇腹《わきはら》を刺《さゝ》れて仆《たふ》れし事、其隙《そのひま》に盆九郎《ぼんくらう》は、逃《にげ》て門外《もんぐわい》へ出《いで》し折《をり》、石見介《いはみのすけ》の客《きやく》也と聞《きこ》えたる、大江杜《おほえもり》四郎《しらう》、峯張柒六郎等《みねはりなゝろくらうら》に、搦捕《からめとら》れたりといふ、首伏分明《はくでうふんみよう》なりければ、鬼大夫《きだいふ》則《すなはち》讞断《けつだん》すらく、

「今盆九郎《いまぼんくらう》の招了《はくでう》に拠《よ》るに、吾足斎《ごそくさい》に罪《つみ》なしといへども、其乾児《そのこぼん》たる、朱之介《あけのすけ》を、走《はし》らせたるは、等閑《なほざり》に似《に》たり。但《たゞ》し吾足斎《ごそくさい》は深痍《ふかで》にて、命危《いのちあや》ふしといへば、津問屋集三里正等《つとひやしふざうさとをさら》、女房老苧《にようばうおいそ》を相資《あひたす》けて、朱之介《あけのすけ》の往方《ゆくへ》を渉猟《あさり》て、将《い》て参《まゐ》るべし」

と宣示《のりしめ》して、是日《このひ》の庁《ちやう》は果《はて》にけり。


　然《され》ば老苧《おいそ》は、里正故老津問屋集三等《さとをさとしよりつとひやしふざうら》と共《とも》に、退《まか》りて宿所《しゆくしよ》にかへり来《き》ぬれば、是日《このひ》の留守《るす》を憑《たのま》れたる、福富《ふくとみ》小忠二阿鍵等《こちうじおかぎら》は、遽《いそがは》しく立迎《たちむかへ》て、事云云《ことしか〱》と告《つぐ》るを聞《き》くに、吾足斎《ごそくさい》は仙丹《せんたん》の、奇効《きかう》も茲《こゝ》に竭《つき》にけん、曏《さき》に老苧《おいそ》等《ら》が出《いで》てゆきし後《のち》、幾程《いくほど》もなく面色変《おもゝちかは》りて、忽然《こちねん》と息絶《いきたえ》たりといふ。予期《かねてご》したる事ながら、老苧《おいそ》は孤孫《こそん》の林《はやし》に離《はな》れ、賓鴈《ひんがん》の対《つれ》を喪《うしな》ひし心地《こゝち》して、今《いま》さらにせん術《すべ》を知《し》らず。扨《さて》あるべきにあらざれば、里正故老等《さとをさとしよりら》は、又公問所《またくもんじよ》へ走参《はしりまゐ》りて、吾足斎《ごそくさい》の死《し》しけるよしを訴稟《うつたへまう》すに、重《かさね》て実撿使《じつけんし》を下《くだ》すに及《およ》ばれず、「女児晩稲《むすめおしね》の亡骸《なきから》

と共侶《もろとも》に、随意《まに〱》安置《とりお》くべし」と命《めい》ぜらる。是《これ》により小《こ》忠二《ちうじ》集三等《しふざうら》相資《あひたす》けて、吾足晩稲父女《ごそくおしねふぢょ》の柩《ひつぎ》を、程遠《ほどとほ》からぬ山院《やまでら》へ送遣《おくりつかは》して、当夜《そのよ》茶毘《だび》の煙《けふり》と做《な》しつ、纔《わづか》に二塊《にくわい》の土饅頭《とまんぢう》に、表識《しるし》の墓石《ぼせき》を貽《のこ》すめり。

識者吾足斎《しきしやごそくさい》を評《ひよう》すらく、

「寧成《やすなり》の浮薄《ふはく》なる、彼身《かのみ》辛踏无四郎《からふみむしらう》たりし時《とき》、親《おや》に仕《つか》へて孝《かう》ならず。君《きみ》に仕《つか》へて忠《ちう》ならず。周防《すはう》へ使節《つかひ》を奉《うけたまは》りながら、色《いろ》を貪《むさぼ》り欲《よく》を恣《ほしいまゝ》にして、阿夏母子《おなつぼし》を相携《あひたづさ》へて、帰洛《きらく》しぬるのみならず、其子《そのこ》を棄《すて》、其母《そのはゝ》を倶《ぐ》して、旧里信夫《ふるさとしのぶ》にかへるに及《およ》びて、父《ちゝ》の憂《うれひ》に値《あひ》ながら、敢戚《あへていさめ》る色《いろ》もなく、淫酒《いんしゆ》の驕奢《おごり》に財用足《ざいようた》らねば、人《ひと》の孤女《みなしむすめ》を養《やしなひ》とりて、又其色《またそのいろ》を衒《うら》まく欲《ほり》して、をさ〱《専》詭詐《いつはり》を行《おこな》ふに及《およ》びて、事敗《ことやぶ》れ追放《ついはう》せられて、近江《あふみ》に流寓《りうぐう》しぬる時《とき》、女児晩稲《むすめおしね》の悪瘡《あくさう》の、良薬《りようやく》を徴《もとむ》る折《をり》、人《ひと》の争《あらそ》ふ金《かね》を偸《ぬす》みて、石《いし》を其財嚢《そのさいふ》に入易《いれかへ》しは、遠謀《ゑんぼう》あるに似《に》たれども、罪其石《つみそのいし》より重《おも》きを知《し》らず。古語所云《こごにいはゆる》、『両虎肉《りようこしゝむら》を争《あらそ》ふ時《とき》、狐其虚《きつねそのきよ》に乗《の》る』といふ者是《ものこれ》也。其後妻《そのゝちつま》の子《こ》也ける、朱之介《あけのすけ》の手《て》より枸神《くじん》を得《え》て、晩稲《おしね》の悪瘡愈《あくさういえ》たれども、約《やく》を変《へん》じて朱之介《あけのすけ》に、其価《そのあたひ》の百金《ひやくきん》を取《とら》せず、老孶《おいそ》が手実《てがた》を破《やぶ》るに及《およ》びて、是《これ》より後安《うしろやす》しと思《おも》へり。是故《このゆゑ》に災害《わざはひ》蕭墻《しようしよう》の内《うち》より起《おこ》りて、罪《つみ》なき晩稲《おしね》は命《いのち》を隕《おと》し、彼身《かのみ》は盗児盆九郎《ぬすびとぼんくらう》に、刺《さゝ》れて命終《いのちをは》る時《とき》、其隠慝《そのいんどく》を懺悔《さんげ》しぬるは、抑《そも〱》又遅《またおそ》からずや。世《よ》に権威《いきほひ》ある奸佞者《かんねいしや》の、忠臣《ちうしん》を冤《しへた》げ、善人《ぜんにん》を屠《ほふり》、或《あるひ》は山豪海賊《やまたちうみぬすびと》の、人《ひと》を殺《ころ》すこと草《くさ》の如《ごと》く、財貨《たから》を奪《うば》ふて飽《あく》ことなきを、人見《ひとみ》て悪《あく》ならずといふ者《もの》なし。単辛踏吾足《ひとりからふみごそく》の如《ごと》き、うち見《み》は然《さ》る悪虐《あくぎやく》なし。其心術《そのしんじゆつ》を推時《おすとき》は、狼賊狗盗《らうぞくくたう》と是一般《これいつはん》。こゝをもて天公饒《てんこうゆる》さず、竟《つひ》に滅族《めつぞく》の祟《たゝり》あり。世《よ》にこの境界《さかひ》に迷《まよ》ふ者《もの》、比々《ひゝ》として皆《みな》是《これ》也。

开《そ》が中《なか》に晩稲《おしね》の如《ごと》きは、浮薄《ふはく》の親《おや》に従《したが》ひながら、其心《そのこゝろ》親《おや》に似《に》ず、多賀志賀介政賢《たがしがのすけまさかた》と、婚姻《こんえん》の氷人《なかだち》ありしより、いよゝ閨門《ねやのと》を固《かた》くして、朱之介《あけのすけ》の挑《いどみ》を容《い》れず、よく養父母《やうふぼ》に相仕《あひつか》へて、毫《ちと》も愆《あやまち》あることなきに、反《かへつ》て非命《ひめい》に早《はや》く逝《ゆ》きしは、善悪応報《ぜんあくおうほう》、無差別《むしやべつ》に似《に》たれども、然《さ》にあらず。善男善女《ぜんなんぜんによ》も、其君父《そのくんふ》不仁不義《ふじんふぎ》なる時《とき》は、共《とも》に禍《わざわひ》を免《まぬか》れず。便《すなはち》是《これ》蓬《よもぎ》の中《うち》に生出《なりいで》ぬる、麻《あさ》の直《なほ》きも芟人《かるひと》の、鎌《かま》児を免《まぬか》れ得《え》ざるが如《ごと》し。遮莫《さばれ》其死後《そのしご》に至《いた》りては、人其善《ひとそのぜん》を相称《あひたゝえ》、其節操《そのせつさう》を嘆唱《たんしよう》す。死《し》して悪名《あくみやう》を貽者《のこすもの》と、雲壌《くもつち》の差《けぢめ》あり。古語《こご》にいへらく、『虎《とら》は死《し》して皮《かは》を留《とゞ》め、人《ひと》は死《し》して名《な》を留《とゞ》む。』名《な》に二《ふたつ》あり、善《ぜん》と悪《あく》とのみ。慎《つゝしま》ずはあるべからず。」

とぞいひける。


この言《ことは》早《や》く流布《るふ》しければ、志賀介伝《しがのすけつた》へ聞《きゝ》て、悄地《ひそか》に父政朝《ちゝまさとも》に告《つげ》ていふやう、

「吾足《ごそく》の女児晩稲《むすめおしね》の如《ごと》きは、親《おや》にも兄《あに》にも似《に》ざるもの也。其故《そのゆゑ》は箇様《かやう》〳〵。」

と件《くだん》の批評《ひひやう》を証据《あかし》にす。政朝是《まさともこれ》をうち聞《きゝ》て、感嘆《かんたん》幾《ほと〳〵》浅《あさ》からず、他《かれ》が命運《めいうん》薄《うす》かると、其苦節《そのくせち》を憐《あはれ》みて、彼《かの》山院《やまでら》へ多《おほ》く布施《ふせ》して、晩稲《おしね》の為《ため》に経《きよう》を読《よま》せて、悄地《ひそか》に追薦《ついぜん》の志《こゝろざし》をぞ致《いた》しける。


閒話休題《あだしことはさておきつ》。尓程《さるほど》に十三屋《じふさんや》九四郎《くしらう》は、彼夜《かのよさり》艾辛踏《からふみ》の宿所《しゆくしよ》にて、四郎柒六《しらうなゝろく》に対面《たいめ》の後《のち》、第三日《だいみつか》に至《いた》りて、彼主僕《かのしゆぼく》の旅宿《りよしゆく》せる、高島生《たかしまうぢ》を訪《とは》まく思《おも》ひて、湯浴《ゆあみ》し結髪《かみあげ》させて、且衣裳《かついしよう》を整《とゝのへ》て、四摠《しさう》に些《ちと》の土産《とさん》《ミヤゲ》を齎《もた》して、旅宿《りよしゆく》津問《つとひ》屋《や》也を出《いで》てゆかまくする程《ほど》に、忽地高島《たちまちたかしま》の奴隷《しもべ》索《たづ》ね来《き》て、主《しゆウ》の消息《せうそこ》を呈閲《ていゑつ》す。是則《これすなはち》石見介《いはみのすけ》が、九四郎《くしらう》を、請迎《こひむかふ》る使《つかひ》なりければ、九四郎随即其使《くしらうすなはちそのつかひ》を案内《しるべ》にして、四摠《しさう》を倶《ぐ》して、高島《たかしま》の宿所《しゆくしよ》に来《き》にければ、彼家《かのいへ》の老僕出向《おとないでむか》へて、客房《きやくのま》に請待《しようだい》し、

「主人《あるじ》は猛可《にはか》に君所《みたち》へ召《めさ》れて、僅方出仕《いまがたしゆつし》して候へども、必《かならず》程《ほど》なく帰宅《きたく》すべし。先《まづ》和子達《わこたち》に対面《たいめ》あるべうもや」

とて、杜四郎等《もりしらうら》が常《つね》に居《を》る、彼一室《かのひとま》に案内《しるべ》して、看茶《かんちや》の礼細《いやこま》やか也。四摠《しさう》も客房《きやくのま》に呼登《よびのぼ》されて、九四郎《くしらう》が主人《あるじ》に贈《おく》る、土産幾種《とさんいくくさ》を、老僕某《おとなそれ》に渡《わた》しなどす。

当下《そのとき》杜四郎柒六《もりしらうなゝろく》は、遽《いそがは》しく九四郎《くしらう》を、上坐《かみくら》に請薦《こひすゝ》めて、寒暖《かんだん》を舒《のべ》、恙《つゝが》なきを祝《しゆく》し祝《しゆく》されて、然而《さて》前夜《さきのよ》の盗児盆九郎《ぬすびとぼんくらう》は、石見介《いはみのすけ》計《はから》ひて、有司《ゆうし》に牽渡《ひきわた》ししかば、軈《やが》て禁獄《きんごく》せられし事、是《これ》により大江《おほえ》家伝《かでん》の刀子《こがたな》を、とり復《かへ》しける事の顚末《もとすゑ》、又国守《またくにのかみ》佐々木殿《さゝきどの》、杜四郎柒六郎《もりしらうなゝろくらう》を懇望《こんまう》のあまり、云云《しかく》の美禄《びろく》を食《はま》せて、家臣《かしん》に做《な》さまく欲《ほり》し給ふを、固《かた》く辞《いろ》ひまつりし上《うへ》は、速《すみやか》に立去《たちさ》るべきを、彼刀子《かのこがたな》の故《ゆゑ》をもて、逗留今《とうりういま》に及《およ》ぶといふ、密《みつ》話《わ》を九四郎《くしらう》うち聞《きゝ》て、

「开《そ》は已回《やみがた》き事なれども、既《すで》に仕《つかへ》を辞《いろ》ひながら、猶其城内《なほそのぜうない》に逗留《とうりう》せば、人《ひと》の譏誚《そしり》もあるべき歟《か》。事《こと》の宜《よろし》きにあらざれば、彼盆九郎《かのぼんくらう》の罪定《つみさだま》りて、一件都着落《いつけんすべてちやくらく》せば、早《はや》く立去《たちさ》り給へかし。咱等《われら》這回《このたび》、和君等《わきみら》の迹《あと》を追《お》ふて、這頭《こゝら》へ来《き》ぬるは別義《べつぎ》にあらず。来春《こんはる》は、亦講伙計《またかうなかま》に誘引《さそはれ》て、厳島《いつくしま》なる弁財天《べんざいてん》に、参詣《さんけい》すべう思《おも》ふ也。然《さら》ば治比《はるひ》に立《たち》よりて、大人《うし》弘元《ひろもと》をいふの安否《あんぴ》を訪《とは》まく欲《ほり》す。四郎腋子《しらうわくこ》はこの折《をり》をもて、大人《うし》と両舎兄《ふたいろね》音就基綱《おとなりもとつな》をいふに自筆《じひつ》の消息《しようそこ》をまゐらせて、添《そふ》るに花押印鑑《かきはんいんかん》をもてし給はゞ、異日浮浪《ゐじつふらう》の俊傑《すぐれびと》に相逢《あひあ》ふて、薦《すゝ》めて治比《はるひ》へ紹介《しようかい》《ヒキツケ》して、彼地《かのち》へ遣《つかは》し給ふとも、大人《うし》と舎兄達《いろねたち》と、和君《わきみ》の手迹《しゆせき》をいまだ認《みし》らず、花押正印《くわあふしやういん》《カキハン》だも知《し》らで在《いま》さば、必《かならず》疑《うたが》ひ思《おも》はれて、事《こと》の障《さは》りになりぬべし。這義《このぎ》を告稟《つげまう》さんとて、遠《とほ》きを厭《いと》はで来《き》ぬる也。柒六《なゝろく》も尓《しか》こゝろ得《え》て、呈《てい》

書《しよ》をもて前恵《さきのめぐみ》を、謝《しや》し奉《たてまつ》らずはあるべからず。咱等《われら》は猶二三日《なほふつかみか》の程《ほど》は、津問屋《つとひや》に止宿《ししゆく》せん。宜《よろし》く書翰《しよかん》を整《とゝの》へて、那首《かしこ》へ遣《つかは》し給へかし。曩《さき》に知《し》られし情由《わけ》なれば、いぬる比乙芸《ころおつげ》には、六市《ろくいち》を従《したが》はせて、大和《やまと》の上市《かみいち》へ遣《つかは》しぬ。落葉《おちば》の刀自《とじ》を慰《なぐさめ》んとてなり。然《され》ば住吉《すみよし》の櫛店《くしだな》は、六市《ろくいち》の小母夫《をばむこ》なる、世話介夫婦《せわすけふうふ》を召《よび》とりて、他等《かれら》に預《あづ》け置《おく》なれば、那首《かしこ》の事は後安《うしろやす》かり。我身《わがみ》は刀自《とじ》落葉《おちば》をの請《こ》ふに儘《まか》せて、明年《みようねん》の比《ころ》、彼地《かのち》に到《いた》りて、杣木《そまき》の家事《かじ》を資《たすけ》ん歟《か》、いまだ思《おも》ひ定《さだ》めねども、異日《ゐじつ》の便宜《びんぎ》に由《よ》るべきのみ。予《かねて》もいひし事ながら、和君《わきみら》等は尚《なほ》弱冠《じやくくわん》にて、万里《ばんり》の逆旅《たびぢ》に光陰《つきひ》を送《おく》らば、去向《ゆくて》は都敵地《すべててきち》なり。笑《ゑみ》の中《うち》にも刃《やいば》あり、飯《いひ》の中《なか》にも鍼《はり》なきにあらず。嚮《さき》に刀子《こがたな》を失《うしな》ひしも、敵地《てきち》を忘《わす》れて怠慢《たいまん》《オコタリ》の隙《ひま》ありし故《ゆゑ》なるべし。然《さ》れば小心《ようじん》を宗《むね》として、才芸《さいげい》に誇《ほこ》るべからず。其己《そのおのれ》に勝《まさ》れるを、憎《にく》むは小人《しようじん》の心《こゝろ》也。和君等《わきみら》承知《しようち》の事ならんを、九四郎《くしらう》なんどが博士《はかせ》態《ぶり》たる、意《い》見《けん》は孔子《こうし》に語《ご》(悟)道《だう》に似《に》たれど、鄙語《ことわざ》にいふ『外視《おかめ》八目《はちもく》。』離婁《りろう》の明《あかき》も其背《そのそびら》を、みづから見《み》がたきをもて悟《さと》るべし。柒六《なゝろく》もよく記臆《きおく》(憶)して、主僕迭《しゆぼくかたみ》に足《た》らざるを補《おぎな》はゞ、いよ〳〵後安《うしろやす》かるべし。這義《このぎ》をな忘《わす》れ給ひそ」といふ、教訓叮寧《きようくんねもごろ》なりければ、柒六《なゝろく》はいふもさら也、杜四郎《もりしらう》歓《よろこ》び承《うけ》て、其議《そのぎ》に拠《よ》らずといふ者《もの》なく、猶閑《なほかん》談《だん》に及《およ》ぶ程《ほど》に、以前《いぜん》の老僕《おとないで》出て来《き》て、九四郎等《くしらうら》に告《つぐ》るやう、

「主人帰宅《しゆじんきたく》仕《つかまつ》りぬ。和子達《わこたち》も共侶《もろとも》に、誘這方《いざこなた》へ」と先《さき》に立《たち》て、在奥《おくまり》たる一室《ひとま》に、案内《しるべ》をしぬる程《ほど》に、杜四郎《もりしらう》柒六《なゝろく》も、九四郎《くしらう》の後方《あとべ》に立《たち》て、儲《まうけ》の席《むしろ》に迨《いた》る時《とき》、石見介《いはみのすけ》出迎《いでむか》へて、九四郎等《くしらうら》を客坐《きやくざ》に請《こ》ふて、迭《かたみ》の口誼《こうぎ》言訖《ことをは》れば、若党煎茶《わかたうせんちや》を薦《すゝ》めなどす。当下《そのとき》九四郎《くしらう》のいふやう、

九四郎《くしらう》を請待《しやうだい》して石見奴師恩《しおん》に報ふ
石見の奴
をさえ

九四郎
あり四郎

「前夜《ぜんや》は不慮《ふりよ》の事により、殊《こと》に鄙陋《ひろう》の為体《ていたらく》にて、卒尓《そつじ》に拝見仕《はいけんつかまつ》りし後《のち》、今日《けふ》しも芳館《はうくわん》に伺候《しこう》せんとて、旅宿《りよしゆく》を出《いで》まくしぬる折《をり》、御使《おんつかひ》を給はりて、拝門遅滞《はいもんちたい》の罪《つみ》を得《え》たり。矧《いはんや》又杜四郎《またもりしらう》柒六《なゝろくら》等が、旧縁《きうえん》の義《ぎ》に仗《よ》りて、貴所《きしよ》に投宿《たうしゆく》したりしより、淹留《ゑんりう》三四十日《にち》に及《およ》ぶ事、在下《それがし》までも歓《よろこ》び思《おも》ふ、幸《さいはひ》是《これ》に優《ま》す者《もの》なし。」

といふを石見介聞《いはみのすけきゝ》あへず、

「否《いな》とよ我身《わがみ》少《わか》かりし時《とき》、峯張先生《みねはりせんせい》に負笈《ふきう》して、教育《きよういく》の恩浅《をんあさ》からざりしに、一《ひと》たび紈袴《ぐわんこ》《ツカヘ》に繫《つなが》れしより、疎闊《そくわつ》本意《ほんい》に背《そむ》きしに、這回《こたび》両才子《りようさいし》に訪《とは》れしかば、了得《さすが》に昔偲《むかししのば》れて、師恩万分《しをんまんぶん》の一《いち》に答《こた》ふべき、折《をり》を得《え》たりと思《おも》ふものから、微禄款待《びろくもてなし》に匱《とも》しくて、汗顔《かんがん》の外《ほか》候はず。況《いはんや》和殿《わどの》に訪《とは》れんとは、思《おも》ひかけなき幸《さいはひ》也。いかで薄酒《はくしゆ》を薦《すゝ》めばや、と思《おも》ふて請迎《こひむか》へしに、猛《にはか》に出仕《しゆつし》の故《ゆゑ》をもて、意外《いぐわい》の無礼《むらい》に及《およ》びし」

といふ、言《こと》いまだ訖《をは》らずして、又巻《またまき》を続《つ》ぐに至《いた》れり。自余《じよ》は下回《しものめぐり》に解《とか》なん。

新局玉石童子訓巻之十四終

新局《しんきよく》玉石童子訓《ぎよくせきどうじくん》巻之《まきの》十五

東都　曲亭主人口授編次

第《だい》四十五回《くわい》　意見《いけん》を示《しめ》して俠者先途《けうしやせんと》を奨《はげま》す　前愆《ぜんゑん》《サキノアヤマチ》を箴《いましめ》て頭陀《づだ》得度《とくど》を許《ゆる》す

登時《そのとき》石見介好純《いはみのすけよしずみ》は、九四郎《くしらう》に打向《うちむか》ひて、晤譚《ごだん》いまだ央《なかば》に至《いた》らず、年《とし》十六七なる両箇《ふたり》の少女《をとめ》、俗《よ》に腰下婢《こしもと》と歟喚《かよびな》做す者《もの》、銚子《ちようし》《サシナベ》酒盃《さかつき》をもて出《いで》たり。次《つぎ》に拇殺《つまみさかな》、又其次《またそのつぎ》に、羹《あつもの》䵼《あへもの》、炙魚《あぶりうを》なんど、種々《くさぐ》の酒菜《さかな》を、九四郎《くしらう》并《ならび》に、杜四郎《もりしらう》柒六等《なゝろくら》に薦《すゝ》めまくす。主客《しゆかく》の口誼《こうぎ》稍《やゝ》訖《をは》りて、酒盃一巡《さかつきひとめぐ》りに届《いた》る時《とき》、石見介《いはみのすけ》がいふやう、

「嚮《さき》には多端《たたん》にうち紛《まぎ》れて、言後《ことおく》れ候ひき。思《おも》ひかけなく種々《くさぐ》の、土産《とさん》を投恵《とうけい》せられし事、歓《よろこ》び是《これ》に優《ま》す者《もの》なし。千謝万謝《せんしやばんしや》も猶《なほ》足《た》らず。然《さ》るを僅《わづか》に一献《いつこん》の、饗応《あるじまうけ》は心《こゝろ》にず。知《し》らるゝ如《ごと》く当国《たうこく》は、野味《やみ》《ケモノニク》あれども海鮮《かいせん》《ウミウヲ》なし。只是《たゞこれ》湖水《こすい》の鯽膾《ふなます》、瀬田《せた》蜆《しゞみ》の羹《あつもの》のみ。この他《た》若狭《わかさ》の塩小鯛《しほこたい》、或《あるひ》は小蝦鰻鱺《こゑびむなぎ》の如《ごと》き。魚肉《ぎよにく》に富《とめ》る浪華人《なにはひと》には、野人《やじん》の献芹《けんきん》ならんかし。況《まいて》是等《これら》の婢女《つかひめ》をもて、酌《しやく》にさへ侍《はべ》らするは、兵士《つはもの》の交《まじは》りに、似《に》げなしとや思《おもは》れん。なれども這里《ここ》は出居《いでゐ》の間《ま》にて、武骨《ぶこつ》なる若党《わかたう》を、用《もちふ》るに宜《よろ》しからず。這折《このをり》をもて拙荊《わがつま》も、いかで御目《おんめ》に掛《かゝ》らまく欲《ほり》す、無礼《むらい》を許《ゆる》し給へかし。」

といふを九四郎聞《くしらうきゝ》あへず、

「开《そ》は亦痛却《またつうきやく》仕《つかまつ》りぬ。昔《むかし》は昔《むかし》、今《いま》はしも、俺身《わがみ》住吉《すみよし》の町人《まちひと》なるに、猶同輩《なほどうはい》の義《ぎ》を以《もつて》、分《ぶん》に過《す》ぎたる御款待《おんもてなし》

は、一期《いちご》の栄《さかえ》といはまくのみ。倘杜四郎等《もしもりしらうら》に要事《えうじ》ありて、追《お》ふて這地《このち》に迨《いた》らずは、拝見得《はいけんえ》かたかるべきに、離合時《りごうとき》あり、千里《せんり》も合壁《がっぺき》、幸甚《さちはなは》だしく候。」

といへば四郎柒六《しらうなゝろく》も共《とも》にいふやう、

「当所《たうしよ》に杖《つゑ》を駐《とゞ》めし日《ひ》より、親族《しんぞく》にも優《ま》す、主翁《しゆおう》の深切《しんせつ》。物不自由《ものふじゆう》なる事もなし。かゝる旅宿《たびね》のあるべしや。」

といふを石見介《いはみのすけ》推禁《おしとゞ》めて、

「否《いな》とよ。和君等《わきみら》に主《あるじ》しぬるは、先師《せんし》九四蔵《くしざう》《をいふ》の恩《おん》を報《むく》はんとて也。況《まいて》俺身《わがみ》少《わか》かりし時《とき》、听漏《きゝもら》しぬる師説《しせつ》ありしを、這回《こたび》両才子《りようさいし》に就《つ》きてこそ、疑《うたが》ひは稍《やゝ》氷解《ひようかい》したれ。かゝれば亦俺為《またわがため》に、両才子《りようさいし》は一字《いちじ》の師《し》也。非如一《よしやいち》年三个月《ねんさんかつき》、宿《やど》したればとていかにして、嗛《あきた》るべうも候はず。」

といふを九四郎《くしらう》感歎《かんたん》して、

「現下問《げにかぶん》に恥《はぢ》ざる者《ひと》は、其学至《そのまなびいたら》ざる所《ところ》なし。主翁《しゆおう》は君子《くんし》の人《ひと》なる哉《かな》。就《つき》て謝《しや》し奉《たてまつ》る。曩《さき》には衆少年《しふしようねん》の試撃《しあひ》の折《をり》、四郎柒六等《しらうなゝろくら》も、其員外《そのいんぐわい》に召《め》よせられて、武芸御覧《ぶげいごらん》の幸《さち》のみならず、牽出物《ひきでもの》賜《たまは》りて、剰《あまつさへ》御家臣《ごかしん》になされんとて、守《かみ》の御意《ぎよい》ありけるに、他等《かれら》は武者修行《むしやしゆぎやう》の故《ゆゑ》をもて、推辞《いなみ》まつりしとぞいふなる。既《すで》に仕《つかへ》を辞《いろ》ひながら、逗留茲《とうりうこゝ》に久《ひさし》きは、云云《しかく》の故《ゆゑ》なりとも、罪得《つみえ》がましき所為《わざ》にこそ候へ。宜《よろし》く計《はから》ひ給ひねかし。」

と憑《たの》めば石見介点頭《いはみのすけうなづき》て、

「然《さ》なり。両才子《りようさいし》も始《はじめ》より、去向《ゆくて》をいそがざるにあらねども、彼刀子《かのこがたな》の故《ゆゑ》をもて、意外《いぐわい》に俺(淹)留《ゑんりう》せられたり。

今《いま》は盗児《ぬすびと》盆九郎《ぼんくらう》の、一件《いつけん》果《はつ》るを俟《また》るゝのみ。遠《とほ》からずして吉左右《きつさう》あらん。この義《ぎ》はこゝろ休《やす》かるべし。」

といふ間《はし》に奥《おく》の方《かた》なる、襖戸《ふすまと》を推開《おしひら》きて、石見介《いはみのすけ》の妻出《つまいで》て来《き》つ、良人《をつと》の後方《あとべ》に坐《ざ》を占《しむ》るを、石見介見《いはみのすけみ》かへりて、九四郎《くしらう》に告《つげ》ていふやう、

「十三屋主《じふさんやぬし》。こは拙荊長江《わがつまをさえ》也。一面《いちめん》を願《ねが》ふのみ。」

といふに九四郎遽《くしらういそがは》しく、形《かたち》を改《あらた》め額衝向《ぬかつきむか》へて、寒暖《かんだん》を舒無異《のべぶゐ》を祝《しゆく》し、且杜四郎《かつもりしらう》等《ら》の止宿《ししゆく》の事、今《けふ》は亦美酒《またびしゆ》佳殽《かこう》の饗応《あるじまうけ》の歓《よろこ》びを、云云《かにかく》と演《のべ》しかば、長江《をさえ》はやをら膝《ひざ》を找《すゝ》めて、額衝受《ぬかつきうけ》て且《かつ》いふやう、

「昔《むかし》の事は知《し》らず侍《はべ》れど、良人《をつと》の話説《はなし》に予聞《かねてき》く、両柱《ふたはしら》の刀禰達《とのたち》に、訪《とは》れまつりし甲斐《かひ》もなく、只宿《たゞやど》しぬるのみなるに、浅《あさ》からず聞《きこ》え給ふは、心裡《うら》恥《はづか》しく侍《はべ》るなる。浪華《なには》は百里《ひやくり》の遠《とほ》きにあらねど、迭《かたみ》に年来疎《としごろうと》かりし。おん身《み》さへ好風吹《よきかぜふ》き(ママ)てや、一席《ひとつむしろ》に見参《げんさん》は、得《え》がたき賓《まろうど》ざねなるに、田舎料理《いなかりようり》を嫌《きらは》れずは、こよなき幸《さち》に侍《はべ》るかし。いかで過《すぐ》させ給へ」

とて、盃《さかつき》を薦《すゝ》め殽《さかな》を装添《もりそへ》て、款待叮寧《もてなしねんごろ》なりければ、九四郎杜四郎柒六《くしらうもりしらうなゝろく》も、屢《しば〱》謝《しや》して且《かつ》うち譚《かたら》ふ程《ほど》に、長江《をさえ》のいふやう、

「聞《き》くに浪華《なには》の哥々《あに》さま九四郎《くしらう》をいふは、弁財天信仰《べんさいてんしんこう》にて、折々《をり〱》安芸《あき》の厳島《いつくしま》へ、詣出《まうで》させ給ふにあらずや。愚息高《わがこたか》島硯吉郎玄純《しまげんきちらうはるずみ》は、尚総角《なほあげまき》にて侍《はべ》れども、遊学《ゆうがく》の為周防《ためすはう》なる、所親許遣《しよしんがりつかは》して、去歳《こぞ》より山口鶴峯《やまぐちかふのみね》の、城内《ぜうない》に侍《はべ》るなる。厳島詣《いつくしままうで》の折《をり》などに、彼地《かのち》を過《よぎ》り給ふ日《ひ》もあらば、いかで訪《とひ》給ひねかし。然《さ》らば這地《このち》の無異《ぶゐ》も聞《きこ》えて、さぞな歓《よろこ》び侍《はべ》るべし。」

といふを九四郎《くしらう》うち聞《きゝ》て、

「开《そ》はこゝろ得《え》候へども、己《おのれ》安芸《あき》厳島《いつくしま》へ、詣《まうで》しは只一度《たゞいちど》のみ。明年《みようねん》も亦参《またまゐら》ばや、と思《おも》はざるにあらねども、多《おほ》くは是水路《これふなぢ》にて、周防《すはう》を過《よぎ》り候はず。なれども便宜《びんぎ》の折《をり》もあらば、必《かならず》拝見《はいけん》仕《つかまつ》らん。」

といふに石見介《いはみのすけ》も笑《ゑま》しげに、

「开《そ》は辱《かたじけな》く候也。拙郎《せがれ》は素是《もとこれ》駑《ど》才《さい》にて、大江《おほえ》峯張《みねはり》の両才子《りようさいし》に、及《およ》ぶべくも候はねど、万《よろづ》に一《ひとつ》和殿《わどの》に訪《とは》れて、教諭《きようゆ》を受《うく》る日《ひ》もあらば、必《かならず》裨《ひ》益多《ゑきおほ》かるべし。」

といふ間に入相《いりあひ》の、鐘鎬々《かねかうく》と聞《きこ》えしかば、九四郎《くしらう》は盃《さかづき》を、辞《いろ》ひてかへり去《さら》まくす。然《さ》れども石見介《いはみのすけ》いまだ許《ゆる》さず、先夕饌《まづゆふぜん》を薦《すゝめ》んとて、又碗飯《またわうはん》の款待《もてなし》あり。四郎柒六《しらうなゝろく》も相客《あひきやく》にて、飽《あき》て十二分《じふにぶん》ならぬはなし。是《これ》より先《さき》に件当四《ともひとし》摠《さう》には、客房《きやくのま》にて酒飯《しゆはん》の款待《もてなし》あり。老僕《おとな》某甲《なにがし》盃《さかづき》を、薦《すゝ》めて酔《ゑひ》を尽《つく》したり。

既《すで》にして九四郎《くしらう》は、主人夫婦《あるじふうふ》に別《わか》れを告《つげ》て、立去《たちさ》らまくしぬる時《とき》、石見介《いはみのすけ》は予《かねて》准備《ようい》の、薬籠《やくろう》三箇《みつ》許《ばかり》、折《を》敷《しき》に載《のせ》たるを拿出《とりいだ》して、先《まづ》其《その》一箇《ひとつ》を、九四郎《くしらう》に贈《おく》りていふやう、

「十三屋《じふさんや》主《ぬし》。這仙丹《このせんたん》は、前夜《さきのよ》既《すで》に知《し》られし如《ごと》く、我家相伝《わがいへさうでん》の神薬《しんやく》にて、金瘡《きりきず》に即効《そくこう》あり。只《たゞし》死を起《おこ》すのみならず、幻術《げんじゆつ》ある敵《てき》と戦《たゝか》ふ時《とき》、是《これ》を一匙口《ひとさじくち》に含《ふくみ》て、吹《ふき》て其敵《そのてき》の面《おもて》を打《うて》ば、眼眩《まなこくら》み手《て》脚癱《あしなえ》て、其妖術《そのえうじゆつ》行《おこなは》れず、立地《たちところ》に伏誅《ふくちゆう》すべし。或《あるひ》は又《また》老妖《ろうえう》変化《へんげ》の者《もの》、其《その》隠顕《ゐんげん》無辺《むへん》無量《むりよう》にして、弓箭《ゆみや》刀剣《たちつるぎ》をもて制《せい》しかたかるも、這仙丹《このせんたん》を酒《さけ》に雑《まじ》へて、薦《すゝ》めてよく酔《ゑは》すれば、其妖《そのえう》敗《やぶ》れずといふ者《もの》なし。昔《むかし》唐山《からくに》胡元《こげん》の時《とき》、胡人妖術《こじんえうじゆつ》をもて、人《ひと》に禍害《わざはひ》する者多《ものおほ》かり。猫鬼《みようき》の類《たぐひ》即《すなはち》是《これ》也。時《とき》に済世道人《さいせいだうじん》と喚做《よびな》したる、一箇《ひとり》の神仙《しんせん》這仙丹《このせんたん》を、患者《やむひと》に施《ほどこ》して、

妖邪《えうじや》を対治《たいぢ》ししといへり。其己《そのおのれ》に勝利《しようり》ある者《もの》、彼蛍火鎚柄丸《かのけいくわついへいぐわん》に百倍《ひやくばい》す。当時我遠祖《そのころわがとほつおや》は、寇守《あたまも》るつくしにあり。一稔《ひとゝせ》商舶《あきものふね》に倶《ぐ》せられて、元国《げんこく》に到《いたり》し日《ひ》、彼神仙《かのしんせん》に邂逅《かいこう》《タマサカアフ》して、這薬方《このやくはう》を受《うけ》しより、帰朝《きちやう》の後子孫《のちしそん》に伝《つた》へて、もて家《いへ》の秘方《ひはう》とす。是《これ》より以降家督《このかたかとく》たる者《もの》、一世《いつせ》に一度《いちど》是《これ》を煉《ねり》ぬ。其製薬容易《そのせいやくたやす》からず。斎《ものいみ》する者一百日《ものいつひやくにち》、火《ひ》を改《あらた》めて別室《ことむろ》にあり。朝夕妄想《あさゆうまうざう》を駆除《かりのぞ》きて、天地《てんち》に祈《いの》りて是《これ》を成《な》せり。縦親族《たとひしんぞく》たりといふとも、深信《しんく》なき者《もの》には、是《これ》を与《あた》へず。又心術行状《またしんじゆつぎようでう》、正《まさ》しからざる者《もの》にも与《あた》へず。多《おほ》くは秘《かく》していはざれば、人是《ひとこれ》を知《し》る者《もの》稀《まれ》也。遮莫和殿《さばれわとの》等《ら》三賢才《さんけんさい》は、我先師《わがせんし》の骨肉《こつにく》にて、世《よ》の豪傑《がうけつ》と覚《おぼ》ゆるに、這折《このをり》をもて分与《わけあた》へずは、非除仙丹《よしやせんたん》ありといふとも、又何人《またなにひと》の為《ため》に蔵《をさ》めん。大江《おほえ》峯張《みねはり》両才子《りようさいし》には、異日《ゐじつ》袂《たもと》を分《わか》つ折《をり》、贈《おく》らまく思《おも》ひしかども、よき折《をり》なれば進《まゐ》らする。這義《このぎ》をこゝろ得《え》給へかし。」

といひつゝ又両箇《またふたつ》の薬籠《やくろう》を、拿《とり》て杜四郎《もりしらう》と柰六《なゝろく》に、逓与《わた》せば各《おの〳〵》受戴《うけいたゞ》きて、歓《よろこ》び面《おもて》に見《あらは》れたる。开《そ》が中《なか》に九《く》四郎《しらう》は、石見介《いはみのすけ》に謝《しや》していふやう、

「聞《き》くが如《ごと》きは這仙丹《このせんたん》は、病苦《びやうく》を救《すく》ふのみならず、是軍陣《これぐんぢん》に大益《たいゑき》あり。九四郎《くしらう》なんどが身単《みひとつ》に、蔵《をさ》めて秘薬《ひやく》に做《な》さんより、治比《はるひ》の大人《うし》に晋上《しんじやう》せば、躬方《みかた》の為《ため》に大利《たいり》あるべし。最忝《いとかたじけな》く候。」

と応《いら》へて懐《ふところ》に夾《をさむ》れば、杜四郎柰六《もりしらうなゝろく》も共《とも》にいふやう、

「今《いま》にはじめぬ主翁《しゆおう》の恩貺《たまもの》。今日《けふ》の団坐《まとゐ》に干《あづか》るすら、得《ゑ》かたかるべき歓《よろこ》びなるに、世《よ》に未《み》曽有《ぞうう》の仙丹《せんたん》は、価《あたひ》千金万金《せんきんまんきん》なる哉《かな》。目今報《たゞいまむく》ひ奉《たてまつ》るに、物《もの》なきを憾《うらみ》とす。年歴《としへ》て安芸《あき》へ還《かへ》るの日《ひ》、賢息《けんそく》硯吉郎《げんきちらう》をいふ猶周防《なほすはう》にいまさば、必那里《かならずかしこ》に立《たち》よりて、一臂《いつひ》の労《らう》に代《かは》るべし。情願《じやうぐわん》この外《ほか》候はず。」

といふに石見《いはみ》も妻長江《つまをさえ》も、倶《とも》に本意《ほい》ある面色《おもゝち》にて、又茶《またちや》を薦《すゝ》めなどするを、九四郎《くしらう》は謝《しや》して受《うけ》ず、主人夫婦《あるじふうふ》にうち向《むか》ひて、

「在下《それがし》は大後日《あさて》の比《ころ》、正《まさ》に立去《たちさ》らまく欲《ほり》す。重《かさね》て見参《げんざん》かたかるべし。失敬宥恕《しつけいゆうじよ》を願《ねぎ》まつる。」

といひ果《はて》て身《み》を起《おこ》せば、杜四郎《もりしらう》と柰六《なゝろく》は、手燭《てしよく》を秉《とり》て後先《あとさき》に、立《たち》て玄関《げんくわん》まで送《おく》る程《ほど》に、石見介《いはみのすけ》も客房《きやくのま》に、出《いで》て袂《たもと》を分《わか》ちけり。

　当下《そのとき》四摠《しさう》は挑灯《ちやうちん》を、老僕《おとな》に借得《かりえ》て外面《とのかた》に在《あ》り。今九四郎《いまくしらう》の出《いづ》るを見《み》て、先《さき》に立《たち》つゝ城門《きど》を出《いづ》るに、夜艾《よさり》なれども石見介《いはみのすけ》が、予番士《かねてばんし》に告《つげ》たりけん、障《さは》りもあらで共侶《もろとも》に、当晩亥中《そのよゐなか》の比及《ころおひ》に、津問屋《つとひや》にかへり来《き》て、主僕枕《しゆぼくまくら》に就《つ》きにける。

　其次《そのつぎ》の日《ひ》に杜四郎《もりしらう》は、柰六《なゝろく》と倶《とも》に、治比《はるひ》の親胞兄弟《おやはらから》に進《まゐ》らすべき、書翰《しよかん》を相整《あひとゝのへ》て、共《とも》に津問屋《つとひや》に赴《おもむ》きて、九四郎《くしらう》に対面《たいめ》しつ、其書《そのしよ》を渡《わた》して云云《かにかく》と、昨日《きのふ》の余談《よだん》に及《およ》ぶ程《ほど》に、九四郎《くしらう》がいふやう、

「高島主《たかしまぬし》の深切《しんせつ》に、就《つ》きて我亦思惟《われまたおもひみ》るに、辛踏《からふみ》の鬼妻阿夏《ごけおなつ》の老苧《おいそ》は、我妻乙芸《わがつまおつげ》の継母《まゝはゝ》にて、五稔養育《いつとせやしなひ》の恩《おん》なきにあらず。然《さ》るを他《かれ》は幸《さち》なくて、良人《をつと》に後《おく》れ剰《あまつさへ》、螟蛉女《やしなひむすめ》を亡《うしな》ひたれば、よるべもあらず做《な》れるなるべし。其《その》前夜既《さきのよすで》にとり復《かへ》したる、彼金《かのかね》一百《いつひやく》九十五両《りやう》は、落葉《おちば》の刀自《とじ》の要金《えうきん》なれども、和君達《わきみたち》にも知《し》られし如《ごと》く、其《その》内中百両《うちひやくりやう》は、我柰六《われなゝろく》の為《ため》に償《つくな》ふて、落葉《おちば》の刀自《とじ》に返《かへ》したる、其返金《そのへんきん》五十両《りやう》は、木玄和尚《もくげんおせう》に借用《しやくよう》したり。又《また》五十両《りやう》は、我九四郎《われくしらう》が、治比《はるひ》の大人《うし》より賜《たまは》りたる、恩禄《おんろく》なれば我物《わがもの》也。通《すべ》ては二百両《ひやくりやう》なるを、五両《りやう》は当初《そのはじめ》朱之介《あけのすけ》が、路費《ろよう》に使《つか》ひ亡《うしな》ひしと歟《か》いへば、我拿《わがと》るべきは四十五両《りやう》のみ。今又是《いままたこれ》に五両増《りやうまし》て、其《その》五十両《りやう》をも

て、阿夏《おなつ》の老苧《おいそ》に贈《おく》りなば、彼身《かのみ》の一生涯《いつしようがい》《イキノカギリ》を、養《やしな》ふよすがになりもやせん。是則《これすなはち》乙芸《おつげ》の為《ため》に、報恩《ほうおん》の一義《いちぎ》なり。残《のこ》る一百《いつひやく》五十両《りよう》は百両《ひやくりよう》を落葉《おちば》の刀自《とじ》へ、五十両《りよう》を木玄和尚《もくげんおせう》に、返《かへ》す時《とき》は損益《そんえき》なし。世《よ》に大丈夫《だいぢようぶ》たる者《もの》は、一飯《いつはん》の恵《めぐみ》にも必報《かならずむく》ひ、睚眦《がいさい》の怨《うらみ》も必報《かならずむく》ふ。我《わが》この心《こゝろ》は、乙芸《おつげ》の本意《ほい》にて、乙芸《おつげ》の心《こゝろ》は、落葉《おちば》の刀《と》自《じ》の、慈善《ぢぜん》にも称《かな》ふべし。這義《このぎ》誰何《いかに》」

と談《だん》すれば、杜四郎《もりしらう》と柰六《なゝろく》は、听《きゝ》つゝ倶《とも》に感《かん》じて已《や》まず、「尓《しか》るべし」と応《いらへ》しかば、又九四郎《またくしらう》のいふやう、

「是等《これら》の事《こと》に証人《あかしひと》なくは、後《のち》の為《ため》に宣《よろ》しからず。柰六《なゝろく》もゆくべし」

とて、准備《ようい》の金子《かね》を懐《ふところ》にしつ、旅中刀《たびわきざし》を腰《こし》に跨《おび》て、倶《ぐ》して彼宿所《かのしゆくしよ》に赴《おもむ》きしかば、迹《あと》には杜四郎《もりしらう》と四摠《しさう》のみ、或日《あるひ》は故郷《こけう》の光景《ありさま》を尋問《たづねと》ひ、或《ある》は当城内《たうぜうない》にありし、衆少年《しふしようねん》の試撃《しあひ》の為体《ていたらく》を、いひも出聞《いできゝ》もして、思《おも》はず時《とき》を移《うつ》す程《ほど》に、九四郎《くしらう》は柰六《なゝろく》を将《い》て、隣《とな》れる老苧《おいそ》の宿所《しゆくしよ》より、いそしくかへり来《き》にければ、杜四郎《もりしらう》は席《むしろ》を譲《ゆづ》りて、那里《かしこ》の首尾《しゆび》を諮問《たづねと》ふに、九四郎《くしらう》がいふやう、

「己老苧《おのれおいそ》に面談《めんだん》して、意衷《いちう》を示《しめ》して齎《もたら》したる、五十金《きん》を贈《おく》りしかば、阿夏《おなつ》の老苧《おいそ》は胆《きも》を潰《つぶ》して、云云《かにかく》と辞《いろ》ひしを、我亦理《われまたことわ》りを述《のべ》、言《こと》を尽《つく》して、屢《しば〳〵》諭《さと》して已《やま》ざりけるに、彼小忠二《かのこちうじ》と阿鍵《おかぎ》とやらんも、いぬる日《ひ》の随《まゝ》、那里《かしこ》に在《あ》り、我《わが》いふよしをうち聞《きゝ》て、感嘆《かんたん》の声《こゑ》を得断《えた》たず、倶《とも》に老苧《おいそ》を諭《さと》していふやう、『九四郎主《くしらうぬし》は仁義《じんぎ》の人《ひと》也。怨《うらみ》に報《むく》ふに徳《とく》をもてす、といへるは是等《これら》の事なるべし。然《さ》るを推辞《いな》むことかは。』といはれて老苧《おいそ》は感涙《かんるい》を、拭《ぬぐ》ひも果《はて》ず件《くだん》の金《かね》を、受戴《うけいたゞ》きつゝうち泣《なき》けり。登時又小《そのときまたこ》忠二《ちうじ》は、老苧《おいそ》に代《かは》りて、金子《きんす》受納《じゆなう》の、手実一通《てがたいつつう》を書写《かきしる》して、加印《かいん》して咱等《われら》に呈閲《ていゑつ》す。阿鍵《おかぎ》も倶《とも》に老苧《おいそ》の為《ため》に、歓《よろこ》びを陳《のべ》しかば、我又老苧《われまたおいそ》にうち向《むか》

ひて、『こはいはでもの事ながら、喪《うしな》ひ易《やす》きは銭財《ぜにかね》也。和女郎《わぢよろ》今《いま》より其《その》五十金《きん》をもて、口《くち》を餬《もろ》ふに足《た》らずして、饑渇《きかつ》に及《およ》ぶ事もあらば、住吉《すみよし》まれ大和《やまと》まれ、乙芸《おつげ》を尋《たづ》ねて来《き》給ひね。和女郎《わぢよろ》の前夫《もとのをとこ》なる、木偶介叟《でくすけおぢ》は乙芸《おつげ》の父《ちゝ》也。其後《そのゝち》和女郎《わぢよろ》は夫《をとこ》を重《かさ》ねし、継母《まゝはゝ》なれども乙芸《おつげ》の為《ため》に、親《おや》といふ字《じ》は削《けづ》られず。落葉《おちば》の刀自《とじ》もしかぞかし。本性《ほんしやう》慈善《じぜん》の人《ひと》なれば、何《な》でふ同居《どうきよ》を厭《いと》ふべき。必《かならず》な介意《かいい》《ヱンリヨ》し給ひそ。』と慰《なぐさ》めつ別《わか》れを告《つ》げて、开《そ》が儘《まゝ》かへり来《き》つる也。」

と告《つぐ》れば亦柒六《またなゝろく》も、阿夏《おなつ》の老苧《おいそ》が辞《いろ》ひかねて、困《こう》じたりける為体《ていたらく》を、説示《ときしめ》して亦《また》いふやう、

「憶《おも》ふに彼小忠二《かのこちうじ》は、老苧《おいそ》の資助《たすけ》に成《な》る者《もの》ならん。性老実《さがまめやか》に見《み》ゆめれば、彼身《かのみ》は是《これ》より安《やす》かるべし。」

といふに四郎《しらう》も四摠《しさう》さへ、世《よ》に亦得《またえ》かたき九四郎《くしらう》の、義侠《ぎけう》をいよ〱感《かん》じける。

姑且《しばらく》して九四郎《くしらう》は、杜四郎等《もりしらうら》にうち向《むか》ひて、

「己這地《おのれこのち》の所要《しよえう》は果《はた》しぬ。明日《あす》は夙《つと》めて立去《たちさ》りて、住吉《すみよし》の宿所《しゆくしよ》へ還《かへ》らまく欲《ほり》す。願《ねが》ふは和子等《わこら》一日《ひとひ》も早《はや》く、他郷《たけう》へ去《さ》りて、修行《しゆぎやう》し給へ。旅宿《たびね》に年《とし》を累《かさぬ》るとも、三稔《みとせ》に一番《ひとたび》かへり来《き》て、親胞兄弟《おやはらから》の安否《あんぴ》を訪《と》ふも、人《ひと》の子《こ》たる方《みち》ならずや。克身《よくみ》を愛《あい》して病厄《びやうやく》を、防《ふさが》ざれば事成《ことな》らず。又只無異《またたゞぶゐ》を祈《いの》るのみ。こは和子《わこ》の上《うへ》のみならず、柒六《なゝろく》もよく思《おも》ふべし。」

といふに四郎《しらう》も柒六《なゝろく》も一義《いちぎ》に及《およ》ばず受歓《うけよろこ》びて、

「开《そ》は亦火急《またくわきう》の別《わか》れに做《な》りぬ。今宵《こよひ》は茲《こゝ》に止宿《ししゆく》して、明日《あす》は夙《つと》めて路程《みちのほど》、二三里《り》なりとも送《おく》るべし。」

といふを九四郎聞《くしらうきゝ》あへず、

「そは亦要《またえう》なき事也かし。和君達《わきみたち》も旅客《たびびと》なるに、送迎《おくりむかへ》は折《をり》によるべし。古語《こご》にいはずや、『送君千里《きみをおくるせんり》須一別《すべからくいちべつすべし》。』仮令《たとひ》幾里《いくさと》送《おく》るとも、別《わか》れはおなじ心《こゝろ》なるべし。這里《ここ》にて袂《たもと》を分《わか》たんのみ。」

といふ間《はし》に客店主人《やどのあるじ》、津問屋集三《つとひやしふさう》は、手親銚子酒盃《てつからちようしさかづき》をもて出《いで》て、九四郎等《くしらうら》に薦《すゝ》めていふやう、

「いぬる夜《よ》隣家《となり》の凶変以来《けうへんこのかた》、各位《おの〱かた》の人《ひと》に異《こと》なる、御気質《おんきしつ》さへ推量《おしはか》られて、感心《かんしん》の外《ほか》候はず。然《さ》るを亦程《またほど》もなく、今宵涯《こよひかぎり》のおん宿《やど》と、承《うけたまは》り候に、殿原《とのばら》さへ来《き》ませしかば、心《こゝろ》ばかりの村酒《そんしゅ》《ヰナカサケ》一酌《いつしやく》、御帰路《ごきろ》を祝《しゆく》しまつる而已《のみ》。」

といひつゝ盃《さかづき》を薦《すゝむ》る程《ほど》に、炊妾《かしきめ》がもて来《き》ぬる、酒菜《さかな》は枯《かれ》たる乾年魚《ほしあゆ》も、心《こゝろ》は清《きよ》き蓮根《はすのね》の、糸《いと》の手《て》に引《ひ》く糸《いと》鯣《するめ》、結乾瓢《むすびかんひよう》炙鶏卵《やきたまご》、拇茄子《もぎりなすび》の塩漬《しほつけ》も、現一口《げにひとくち》にはいひかたき、人《ひと》の誠《まこと》に九四郎《くしらう》は、「よき折《をり》也」と歓《よろこ》びて、四摠《しさう》も倶《とも》に呼集合《よびつどへ》、四郎柒六甲乙《しらうなゝろくこれかれ》となく、茲《こゝ》に僅《わつか》に送別《さうべつ》の、盃《さかづき》を果《はた》す程《ほど》に、冬《ふゆ》の日《ひ》なれば短《みじか》くて、下晡《なゝつさがり》になりしかば、九四郎《くしらう》は杜四郎等《もりしらうら》を、いそがし立《たて》て且《かつ》いふやう、

「和子達《わこたち》はやくかへり去《さ》りて、高島主《たかしまぬし》へ昨日《きのふ》の謝義《しやぎ》を、宜《よろ》しく言伝《ことつて》給ひてよ。柒六《なゝろく》は我為《わがため》に、昨夜借《よんべかり》たる高《たか》島《しま》の、挑灯《ちようちん》をもてゆきて、老僕《おとな》に謝《しや》して返《かへ》せかし。暮果《くれはて》なば城内《ぜうない》へ、出入容易《いでいりたやすか》るべからず。疾還《とくかへ》らずや。」

と促《うなが》せば、杜四郎《もりしらう》も柒六《なゝろく》も、告別《いとまごひ》さへ言語急迫《ことばせわしく》、

「治比《はるひ》の一義《いちぎ》いへばさら也、乙芸刀自《おつげとじ》にも、木玄師父《もくげんしふ》にも、宜《よろし》く言伝《ことつて》給ひね。」

といひ果《はて》て身《み》を起《おこ》す時《とき》、四摠《しさう》がやをら差出《さしいだ》す、彼挑灯《かのちようちん》を柒六《なゝろく》は、受拿《うけと》りつ引提《ひきさげ》て、杜四郎《もりしらう》に倶《ぐ》して出《いで》てゆくを、九四郎并《くしらうならび》に四摠《しさう》さへ、客店主人集三《やどのあるじしふざう》も、店前《みせさき》なる馬繋柱《まつなぎはしら》の、辺《ほとり》に立《たち》て目送《みおく》りけり。

此の段《だん》の本文《ほんもん》は第《だい》十三丁にあり
如幻如泡尼《によげんによはうに》草庵同居《さうあんどうきよ》の登《と》古《こ》呂《ろ》
幻泡庵
蘿月西又東
松風李來室
げんそう法師

ゆよげん
ゆよそう

然《さ》れば十三屋《じふさんや》九四郎《くしらう》は、其詰朝《そのあけのあさ》四摠《しさう》を倶《ぐ》して、早旦《まだき》に津問屋《つとひや》を立去《たちさ》りつ、家路《いへぢ》を投《さし》ていそぎしを、老苧《おいそ》小忠二《こちうじ》等《ら》はいまだ知《し》らず。是日《このひ》未《ひつじ》の左側《ころおひ》に、阿夏《おなつ》の老苧《おいそ》《ツト》は九四郎《くしらう》に、昨日《きのふ》の恩恵《めぐみ》を謝《しや》せんとて、果子《くわし》一折櫃《ひとをりひつ》と、佳茶《よきちや》一嚢《ひとふくろ》を齎《もたら》して、庭門伝《にはくちつたひ》に津問屋《つとひや》に赴《おもむ》きて、九四郎《くしらう》を尋《たづぬ》るに、宿《やど》の女房《にようばう》出迎《いでむか》へて、

「彼客人《かのきやくじん》は今朝《け さ》夙《まだき》に、立去《たちさ》り給ひぬ」

と告《つ》げしかば、老苧《おいそ》は望《のぞみ》を失《うしな》ひて、悔《くや》しく思《おも》へど今《いま》さらに、せん術《すべ》もなきものから、然《さ》しも浮薄《ふはく》の本性《ほんしやう》なれば、毫《ちと》も脱落《ぬか》らぬ面色《おもゝち》にて、

「否《いな》。彼人《かのひと》には然《さ》せる要《えう》なし。いぬる夜《よ》は不慮《ふりよ》の事にて、集三主《しふざうぬし》にいと《最》いたう《痛》、御劬労《ごくらう》をかけまつりし。報《むく》ひといはんは恥《はづ》かしけれど、いかで受《うけ》させ給ひね。」

といひつゝ件《くだん》の果子《くわし》と茶《ちや》を、渡《わた》せば女房苦笑《にようばうにがゑみ》して、

「こは思《おも》ひかけもなき、御心配《みこゝろくば》りに預《あづか》り侍《はべ》り。鄙語《ことわざ》にいふ、『余《あま》り物《もの》には、福《ふく》こそあらめ。』」

と受戴《うけいたゞ》けば、老苧《おいそ》は他《かれ》さへ欺難《あざむきかね》て、『暁《さと》得られけり』と思《おも》ふのみ、是将《これはた》いよゝ悔《くや》しきを、然気《さりけ》も見《み》せず宿所《しゆくしよ》にかへりて、小忠二《こちうじ》阿鍵《おかぎ》に云云《しかじか》と、告《つぐ》れば小忠二《こちうじ》眉《まゆ》を顰《ひそ》めて、黙然《もくねん》たる事半晌許《はんときばかり》、只《たゞ》

「九四郎《くしらう》の立去《たちさ》りしを、知《し》らねば告別《いとまごひ》もせで、遺憾《のこりをし》」

とぞ呟《つぶや》きける。九四郎《くしらう》四摠《しさう》等《ら》の事、この下《しも》に話《ものがたり》なし。

然《さ》る程《ほど》に観音寺《くわんおんじ》の城内《ぜうない》なる、市井《いち》の預《あづか》り一口鬼《いもあらひき》大夫《だいふ》安倍《やすます》は、盗児《ぬすびと》盆九郎《ぼんくらう》の事に就《つ》きて、枸杞村《くこむら》の村長《むらをさ》故老《としより》、并《ならび》に三《み》池邨《いけむら》なる宿六《やどろくら》等を召《めし》よせて、他《かれ》が素生《すじやう》を質問《たゞしと》ふに、原是《もとこれ》盆九郎《ぼんくらう》は、枸杞村《くこむら》の荘客《ひやくせうる》留守《す》七《しち》の独《ひとり》

子《こ》にて、二親《ふたおや》身故《みまか》りし後《のち》、放蕩無頼《はうたうぶらい》做《せ》ざることなく、近曽《ちかごろ》借財《しやくざい》の為《ため》に、相伝《さうでん》の田圃《たはた》はさら也、居宅《ゐたく》も人《ひと》に沽却《うりわた》して、竟《つひ》に無宿《むしゆく》に做《な》りし事、この故《ゆゑ》に小父《をぢ》宿六《やどろく》は、数四《しば〳〵》教訓《きようくん》の詞《ことば》を尽《つく》し、時々《をり〳〵》折檻《せつかん》の拳《こぶし》を抗《あぐ》るといへども、盆九郎《ぼんくらう》毫《ちと》も怕《おそ》れず、反《かへつ》て窮鼠《きうそ》猫《ねこ》を啖《はむ》の勢《いきほひ》あれば、宿六《やどろく》只得《ぜひなく》勘当《かんだう》して、寄着《よせつけ》候はずといひけり。尓後《そのゝち》一口鬼大夫《いもあらひきだいふ》は、日毎《ひごと》に盆九郎《ぼんくらう》を、獄舎《ひとや》より牽出《ひきいだ》させて、其積悪《そのせきあく》を責問《せめと》ふに、盆九郎《ぼんくらう》は当初《そのはじめ》、大江《おほえ》杜四郎《もりしらう》の刀子《こがたな》を偸拿《ぬすみと》り、其後《そのゝち》末朱之介《すゑあけのすけ》と共侶《もろとも》に、吾足斎《ごそくさい》の宿所《しゆくしよ》に潜入《しのびい》りて、彼家《かのいへ》の螟蛉女《やしなひむすめ》、晩稲《おしね》を掻攫《かきさらひ》て出去《いでさ》る折《をり》、吾足斎《ごそくさい》に撞見《でくは》して、彼身《かのみ》に深痍《ふかで》を負《おは》せしより、竟《つひ》に死《し》に至《いた》りしのみならず、或《あるひ》は人《ひと》の妻妾《さいせう》を姦淫《かんいん》し、或《あるひ》は人《ひと》の小嬢《こむすめ》を勾引《かどわか》して、人肉経紀《ひとあきびと》に売渡《うりわた》しし事も、幾番歟《いくたびか》ありといへり。招了《はくでう》既《すで》に分明《ふんみやう》なれば、鬼大夫《きだいふ》則《すなはち》高頼《たかより》主《ぬし》に聞《きこ》え上《あげ》て、次《つぎ》の日《ひ》盆九郎《ぼんくらう》を、申明亭《ふだのつぢ》へ牽出《ひきいだ》させて、死刑《しけい》にぞ行《おこな》ひける。

是日《このひ》鬼大夫《きだいふ》は、枸杞村《くこむら》の長《をさ》、并《ならび》に宿六《やどろく》、及吾足斎《またごそくさい》の鬼妻《ごけ》老苧《おいそ》、并《ならび》に津問屋《つとひや》集三《しふざう》、里正故老等《さとをさとしよりら》を召《めし》よせて、宣示《のりしめ》すらく、

「盗児《ぬすびと》盆九郎《ぼんくらう》の事、云云《しか〳〵》の積悪《せきあく》あれば、既《すで》に死刑《しけい》に処《しよ》せられたり。皆這旨《みなこのむね》を存《ぞん》ずべし。但《たゞ》し同悪《どうあく》の罪人《つみびと》、末《すゑ》朱之介《あけのすけ》は、今《いま》に往方《ゆくへ》知《し》れずといへども、吾足斎《ごそくさい》身故《みまか》りたれば、里正故老等《さとをさとしよりら》、代《かは》りて他《かれ》を見出《みいだ》しなば、搦捕《からめとり》て将《い》て参《まゐ》るべし。等閑《なほざり》になせそ。」

と捉《おきて》らる。是日《このひ》又鬼大夫《またきだいふ》は、当藩《たうはん》の兵頭《ものがしら》、高島《たかしま》石見介《いはみのすけ》の老僕《おとな》某甲《なにがし》を召《めし》よせて、宣示《のりしめ》す事前《まえ》の如《ごと》く、且《かつ》いふやう、

「盆九郎《ぼんくらう》の罪定《つみさだま》りて、既《すで》に死刑《しけい》に行《おこなは》れし上《うへ》は、其許《そのもと》に止宿《ししゆく》の旅客《たびびと》、大江《おほえ》杜四郎《もりしらう》峯張《みねはり》柒六郎《なゝろくらう》等《ら》に、又問《またと》ふべき

事もなし。今《いま》よりの後行《のちゆく》も止《とゞまる》も、彼人々《かのひと〴〵》の随意《まに〳〵》なるべし。這義《このぎ》を主人《しゆじん》に伝《つた》へよ。」と掟《おきて》て事皆落許《ことみならくきよ》しけり。

是《これ》より纔《わづか》に二三日《ふつかみか》を歴《へ》て、阿鍵小忠二《おかぎこちうじ》の隠田《かくしだ》の事、他等《かれら》が稟品証据《まうしぼんあかし》ありて、守《かみ》の疑《うたがひ》を解《とく》に足《た》るとて、帰《き》村《そん》の事を命《めい》ぜらる。其故《そのゆゑ》は、件《くだん》の隠田《かくしだ》は、素《もと》より阿鍵《おかぎ》の化粧料《けはひりよう》にて、大夫次《たいふじ》の遺田《いでん》にあらず。こゝをもて曩《さき》に彼家滅亡《かのいへめつばう》のをり、籍立《つけたて》を免《まぬ》かれて、没官《もつくわん》せられざりし也。是等《これら》の公事《くじ》も鬼大夫《きだいふ》奉《うけたまは》りて、着落《ちやくらく》の日《ひ》、阿鍵《おかぎ》小忠二《こちうじ》、福富《ふくとみ》の村長等《むらをさら》を召《めし》よせて、宣示《のりしめ》す所《ところ》なり。然《さ》ればこそあれ、阿鍵小忠二《おかぎこちうじ》は、始《はじめ》て怡悦《いゑつ》の眉《まゆ》を開《ひら》きて、福富村《ふくとみむら》へかへり去《さ》らまくするに、阿夏《おなつ》の老苧《おいそ》が身単《みひとつ》にて、所寓《よるべ》なきを憐《あはれ》みて、「将《い》てゆかん」といふにより、老苧《おいそ》は借地《しやくち》を、集三《しふざう》に返《かへ》して、諸家伙家作《しよだうぐかさく》、夜物《よるのもの》などの不用《ふよう》なるを售《うり》て、十八九金《きん》を得《え》たり。嚮《さき》に九四郎《くしらう》の贈《おく》りたる、五十金《きん》と共《とも》に、七十金《きん》ばかりの貯禄《たくはへ》あれば、『いかで是《これ》をもて、生涯《しやうがい》《イキノカギリ》の計《はかりこと》を做《な》さばや』とて、其内《そのうち》中六十金《きん》を、小忠二《こちうじ》に預《あづ》けてぞ、福富村《ふくとみむら》へ伴《ともな》はる。

是《これ》よりして、阿夏《おなつ》の老苧《おいそ》は、彼酒肆《かのさかだな》に歇《かゝ》りて居《を》り、措名《おきな》の為《ため》に朝夕《あさゆふ》の、薪炊《かしき》の資助《たすけ》に做《な》れるのみ。今年《ことし》も既《すで》に尾《をはり》になりて、一日《あるひ》雪《ゆき》の痛《いた》く降《ふり》ける曛昏《ゆふくれ》に、年齢《としのよはひ》六十《むそぢ》ばかりなる一箇《ひとり》の行僧《たびそう》、福富《ふくとみ》の店前《みせさき》に立在《たゝずみ》て、念《ねん》仏《ぶつ》して一宿《やどり》を乞《こひ》けり。阿鍵《おかぎ》は昔年良人大夫五《せきねんをつとたいふご》が、出《いで》てかへらずなりしより、其日《そのひ》を則命日《すなはちめいにち》として、香華《かうげ》を賻《たむけ》などしけるに、今日《けふ》も其日《そのひ》に値《あた》りしかば、軈《やが》て件《くだん》の行僧《たびそう》を喚入《よびい》れて、脚《あし》を濯《そゝが》せなどしつゝ、軈《やが》て納戸《なんど》に案内《しるべ》して、火桶《ひをけ》を与《あた》へ、茶《ちや》を薦《すゝむ》るに、行僧《たびそう》は右辺《かたへ》なる、家廟《ぢぶつだん》《カビヤウ》を見《み》かへりて、且《しばらくゑ》廻向《かう》しぬる程《ほど》に、措名老苧《おきなおいそ》は遽《いそがは》しく、茶粥《ちやかゆ》を煮《に》て薦《すゝ》めけり。当下件《そのときくだん》の行僧《たびそう》は、阿鍵老苧《おかぎおいそ》をつら〳〵、と見《み》つゝ頻《しきり》に嗟嘆《さたん》して、其過去《そのこしかた》を

談《だん》ずる事、素《もと》より相識者《あひしるもの》の如《ごと》く、宛《さながら》掌《たなそ》を指《さす》に似《に》たれば、阿《お》鍵《かぎ》老苧《おいそ》は胸《むね》を潰《つぶ》して、先其法名《まづそのはうみよう》を諮《たづぬ》るに、行僧《たびそう》答《こたへ》て、

「我名《わがな》は幻泡《げんはう》と喚做《よびな》したり。年来《としころ》大和《やまと》の六《む》田《た》川《かは》に在《あ》り。如如来禅師《によくらいぜんし》に従《じう》事《じ》《シタガヒツカフ》して、不《ふ》二《じ》法門《はうもん》の妙要《みようえう》を得《え》たれば、行脚《あんぎや》して這地《このち》に到《いた》れり。和嬢等《わぢようら》生来薄命《しようらいはくめい》なれども、然《さ》しも仏縁《ぶつゑん》なきにあらず。時《とき》いまだ至《いた》らざる故《ゆゑ》に、火宅《くわたく》の煩悩《ぼんなう》を免《まぬか》れざりき。我今不可思議《われいまふかしぎ》の法語《はうご》あり。倶《とも》に聴聞《ちようもん》すべし」

とて、人《ひと》の世《よ》の果敢《はか》なき、無常迅速《むじようじんそく》の驚《おどろ》き易《やす》く、悟《さと》りがたき義《よし》を説諦《ときあか》し、菩提正覚《ぼだいしようかく》の入安《いりやす》くして、得《え》がたき旨《むね》を和解《わげ》し示《しめ》すに、其言《そのことを》婦幼《んなわらべ》にも、通《つう》ぜずといふ者《もの》なければ、阿《お》鍵《かぎ》はさら也、阿《お》夏《なつ》の老苧《おいそ》は、年来《としころ》の凡慮《ぼんりよ》俗情《ぞくじよう》を、立地《たちどころ》に洗除《あらひのぞか》れて、深信胆《しんじんきも》に銘《めい》じしかば、倶《とも》に十念《じふねん》を受《うけ》しより、女僧《あま》に倣《な》らまく思《おも》ひ起《おこ》して、随即《すなはち》這義《このぎ》を希《こひねが》ふに、阿《お》鍵《かぎ》も同意《おなじこゝろ》あり、先大夫五《まづたいふご》の生死存亡《しようしそんぼう》を、問《と》ふて知《し》らまく欲《ほり》するに、幻泡法師《げんはうほうし》頭《かうべ》を掉《ふり》て、

「天機《てんき》は毫《ちと》も漏《もら》すべからず。後《のち》にみづから知《し》るよしあらん。其良人亡命《そのをっといへで》して、十年《とゝせ》を歴《へ》て還《かへ》らずは、其妻尼《そのつまあま》に倣《な》るとても、孰歟《たれか》是《これ》を疎忽《そこつ》とせん。剃髪《ていはつ》の事は饒《ゆる》すべし。後《のち》の離合《りがふ》は示《しめ》しがたし。」

といふに老苧《おいそ》も朱之介《あけのすけ》の、後《のち》の禍福《くわふく》を問難《とひかね》て、倶《とも》に得度《とくど》を願《ねがひ》しかば、幻泡法師《げんはうほうし》点頭《うなづき》て、

「今宵《こよひ》は既《すで》に更闌《こうたけ》たり。明日《あす》剃髪《ていはつ》し給へ」

とて、儲《まうけ》の臥簟《ふしど》に案内《しるべ》を請《こ》ふて、軈《やが》て枕《まくら》に就《つ》きにけり。

かくて其詰朝《そのあけのあさ》、小忠二《こちうじ》措名《おきな》は、阿《お》鍵老苧《かぎおいそ》の剃髪《ていはつ》の義《よし》を聞知《きゝし》りて、倶《とも》に肚裏《はらのうち》に思《おも》ふやう、

『阿《お》夏《なつ》の老苧《おいそ》は、左《と》まれ右《かく》まれ、我刀自《わがとじ》阿《お》鍵《かぎ》をいふは、郎君子《わかだんな》大夫五《たいふご》をいふの、存亡《いきしに》いまだ安定《さだか》ならぬに、剃髪《ていはつ》は早《はや》から

ずや。』

といふにいはれぬ時誼《じぎ》なれば、度外《とぐわい》に措《おき》て疑《うたが》はず、先客僧《まづきやくそう》に斎《とき》を果《はた》して、阿鍵老苧《おかぎおいそ》の為《ため》にしも、剃刀盥《かみそりたらひ》の準備《ようい》をしぬる程《ほど》に、件《くだん》の両箇《ふたり》の婦人等《をうなら》《シアンノホカ》は、倶《とも》に衣裳《いしよう》を整《とゝの》へて、家廟《ぢぶつだん》の下《もと》に居《を》り。

当下幻泡法師《そのときげんはうほうし》は、網編《あじろ》の笈《おひ》に蔵《をさ》めたる、袈裟法衣《けさころも》を出《いだ》し被《き》て、先仏檀《まづぶつだん》なる本尊仏《ほんぞんぶつ》を、戴足膜拝《たいそくぼはい》し畢《をは》りて、阿鍵老苧《おかぎおいそ》に、髻《もとゞり》を解披《ときひらか》せて、各其雲鬢《おの〳〵そのくろかみ》を、八箇《やつ》に紈《わかね》て、為《ため》に経《きやう》を読《よ》み、偈《げ》を唱《となへ》つゝ、剃刀《かみそり》を拿抗《とりあげ》て、剃《そり》て円頂《ゑんちやう》の優婆姨《うばい》に做《な》しつ、則《すなはち》阿鍵《おかぎ》の法名《ほうみやう》を、如幻《によげん》と命《なづ》け、阿夏《おなつ》の老苧《おいそ》の法名《ほうみやう》を、如泡《によはう》とす。随即十念《すなはちじふねん》を相《あひ》授《さづけ》て、度帳《どちやう》(牒)を写《しる》して取《とら》すれば、阿鍵老苧《おかぎおいそ》は額衝《ぬかつき》て、導師《だうし》を礼拝《らいはい》したりける。

当下幻泡法師《そのときげんはうほうし》諭《さと》して道《いへら》く、

「女人《によにん》は其性《そのさが》嫉妬《ねたみ》《シット》なきはなし。這故《このゆゑ》に成仏《じようぶつ》しがたし。こゝをもて儒教《はかせのをしえ》にも、女《をんな》の嫉妬《ねたみ》《シット》なきは、百拙《もゝのつたなき》を揆《おほ》(掩)ふといへり。尓《しか》るに法華経提婆品《ほけきようだいばほん》に、八歳《はつさい》の竜女成仏《りようによじようぶつ》の事あり。是時《このとき》に方《あた》りて、竜女摩尼宝珠《りようによまにほうじゆ》をもて、釈《しやく》尊《そん》に奉献《ほうけん》《タテマツル》す。這個宝珠《これこのほうじゆ》は、則竜女《すなはちりようによ》の神魂《こゝろたま》《タマシヒ》也。釈尊是《しやくそんこれ》を受《うけ》給ふ時《とき》は、竜女《りようによ》の成仏《じやうぶつ》知《し》るべきのみ。非如女人《よしやによにん》の僻《ひがめ》るも、心《こゝろ》を仏《ほとけ》に做《な》さば做《な》してん。只其工夫《たゞそのくふう》の至《いた》らざる也。昔当麻《むかしたいま》の中乗尼《ちうじように》、平将門《たいらのまさかど》の女《むすめ》、如蔵《によぞう》の如《ごと》き、女人成仏《によにんじようぶつ》の徴《あかし》と做《な》すべし。汝等今《いましらいま》より仏経《ぶつきよう》を読習《よみなら》ひて、其経文《そのきようもん》を解《げ》し得《え》ぬるまで、許多《あまた》の歳月《としつき》を、積《つま》ざれば得《う》べからず。只日毎《たゞひごと》に仏名《ぶつみよう》を、十万遍相唱《じふまんべんあひとなへ》て、且其間《かつそのあはひ》に、涅槃経四句《ねはんきようしく》の偈《げ》を吟誦《ぎんじゆ》して、倶《とも》に成仏《じやうぶつ》を楽《ねが》ふべし。浮世《うきよ》は諸行無常《しよぎようむじよう》也。仏《ほとけ》は寂滅《じやくめつ》を楽《たのしみ》とす。人各命《ひとおの〳〵いのちをは》終る時《とき》の、経営《いとなみ》に遑《いとま》なければ、悪《あく》を做《な》すに所《ところ》なし。是《これ》則寂滅為楽《すなはちじやくめつゐらく》也。然《さ》れども心静《こゝろしづか》ならざれば、漫《そゞろ》に外物《とつもの》に誘引《いざなは》れて、一大事《いちだいじ》を忘《わす》るゝに至《いた》れり。この故《ゆゑ》に仏《ぶつ》門《もん》の徒《ともがら》を、名《な》つけて禅定門《ぜんじやうもん》といふ。禅《ぜん》は静《しづか》也。定《じやう》も静《しづか》也。汝等静坐黙識《いましらせいざもくしき》して、禅定尼《ぜんじやうに》たらん時《とき》、年五十《としいそぢ》に至《いた》りなば、倶《とも》に諸国《しよこく》を行脚《あんぎや》して、霊山霊地《れいさんれいち》に詣《まうづ》る毎《ごと》に、仏《ほとけ》を拝《をが》みて懺悔《さんげ》せば、良人《をつと》の存亡《いきしに》を知《し》る時《とき》あり。其《その》子《こ》の禍福《くわふく》を悟《さと》る日《ひ》もあらん。努懈《ゆめおこた》るべからず」といふ、教化叮寧《きようけねんごろ》なりければ、如幻如泡《によげんによはう》の歓《よろこ》びはさら也、側聞《かたへきゝ》する小忠二《こちうじ》措名《おきな》、心《こゝろ》なき小厮丁太郎《こものちようたらう》まで、渇《がつ》仰随喜《こうずいき》せざるはなく、坐《そゞろ》に涕《はな》をうちかみけり。

教化既《きようけすで》に果《はて》しかば、幻泡法師《げんはうほうし》は袈裟《けさ》法衣《ころも》を、故《もと》の如《ごと》く笈《おひ》に蔵《をさ》めて、告別《いとまごひ》して去《さ》らまくするを、如幻如泡《によげんによはう》は推禁《おしとゞ》めて、准備《ようい》の布施《ふせ》二包《ふたつゝみ》を、盆《ひらか》に載《のせ》て薦《すゝむ》れば、幻泡退《げんはうしりぞ》けて敢受《あへてうけ》ず、且《かつ》いふやう、「捨《しや》は只是有漏《たゞこれうろ》の縁《えん》。出家《しゆつけ》は乞食《こつじき》して世《よ》を渡《わた》る者《もの》也。金銀銭財《きんぎんせんざい》は、出家人《しゆつけにん》に大毒物《だいどくもつ》とす。布施《ふせ》は昨宵《よんべ》の宿《やど》にて足《た》れり。暇《いとま》まうす。」と身《み》を起《おこ》して、草鞋《わらじ》穿締《はきし》め、笈《おひ》を背《そびら》にし、笠《かさ》を戴《いたゞ》き錫杖《しやくぢやう》を衝鳴《つきなら》して、雪《ゆき》の細道物《ほそみちもの》ともせで、往方《ゆくへ》も知《し》らず、出《いで》てゆきけり。

其後本村《そのゝちこのむら》の長某甲《をさなにがし》が、阿《お》鍵老苧《かぎおいそ》の剃髪《ていはつ》を聞知《きゝし》りて、そを訪《とは》んとて来《き》にける折《をり》、幻泡法師《げんはうほうし》の事を聞《きゝ》て、駭《おどろき》嘆《たん》じて、且《かつ》いふやう、「いぬる日《ひ》人《ひと》の噂《うはさ》に聞《きゝ》ぬ。近曽彼大和《ちかごろかのやまと》なる、六《む》田《た》川《がわ》の如如来禅師《によくらいぜんし》は、這近江路《このあふみぢ》に行脚《あんぎや》し給ふに、光《ひか》りを包《つゝ》み名《な》を埋《うづ》めて、一切凡夫《つやくぼんぶ》に知《し》らせ給はず、但仏縁《たゞぶつえん》ある家《いへ》にのみ、一宿《やどり》を乞《こひ》給ふといへり。恐《おそ》らく其幻泡法師《そのげんはうほうし》は、如如来禅師《によによらいぜんし》にあらずや。」

といふに如幻如泡《によげんにょはう》はさら也、小忠二《こちうじ》措名《おきな》もうち驚《おどろ》きて、始《はじめ》て悟《さと》る値遇《ちぐ》の縁《えん》、倶《とも》に深信《しんぐ》弥増《いやまし》けり。然《され》ば今茲《ことし》は果敢《はか》なく暮《くれ》て、其次《そのつぎ》の春二三月《はるにさんぐわつ》の時候《ころ》、阿鍵《おかぎ》の如幻《によげん》は、小忠二《こちうじ》に商量《だんかふ》しつ、本宅《このいへ》の背門《せど》の方《かた》に、宜《よろし》き坦地《ひらち》あるをもて、其里《そこ》に草《くさ》の庵《いほり》を締《むす》びて、如泡《によはう》と同居《どうきょ》の室《むろ》とし定《さだ》めて、酒肆《さかみせ》は名残《なごり》なく、小忠二《こちうじ》夫婦《ふうふ》に取《とら》せけり。この折又老苧《をりまたおいそ》の如泡《によはう》は、嚮《さき》に小忠二《こちうじ》に預《あづ》けたる、彼《かの》六十金《きん》をもて、良田良圃《よきたはた》を購求《あがなひもと》めて、年毎《としごと》の衣食《いしょく》の料《りやう》とす。猶且如幻《なほかつによげん》は隠田《かくしだ》あれば、倶《とも》に乞食《こつじき》するに及《およ》ばで、只旦暮《たゞあけくれ》に、香《かう》を焼《た》き花《はな》を折《をり》て、仏《ほとけ》に仕《つかふ》るの外他事《ほかたじ》もなく、如幻《によげん》は黄金《こがね》の上《うへ》を掛念《けねん》せず、如泡《によはう》は朱之介《あけのすけ》の事を思《おも》はで、「世《よ》は倒《なかく》に安《やす》し」といひけり。こは是後《これのち》の話《ものがたり》なり。

案下某生再説《そはさておきてふたゝびとく》。尓程《さるほど》に大江《おほえ》杜四郎成勝《もりしらうなりかつ》、峯張柒六郎通能《みねはりなゝろくらうみちよし》は、彼盗児盆九郎《かのぬすびとぼんくらう》の事果《ことはて》て、進退自由《しんたいじゆう》になりしかば、「先《いで》や這地《このち》を立去《たちさ》りて、猶北国《なほくぬかぢ》へ赴《おもむか》ん」とて、主人夫婦《あるじふうふ》に別《わか》れを告《つげ》て、更《さら》に起行《たびだち》の用意《こゝろかまへ》を做《な》す程《ほど》に、月属親《つきころしたし》く交参《まじらひ》たる、長橋倭太郎《ながはしわたらう》、象船算弥《きさふねさんや》、多賀志賀介《たがしがのすけ》なんど、この他《た》も同藩《どうはん》の少年幾名歟《しょうねんいくたりか》、早《はや》くこの義《ぎ》を聞知《きゝし》りて、詣来《まゐき》て別《わか》れを惜《をしま》ざるはなく、或《あるひ》は餞別《うまのはなむけ》にとて、東西《もの》を贈《おく》るもありしかど、四郎柒六《しらうなゝろく》は、逆路《たびぢ》の煩《わづら》ひなればとて、謝《しゃ》して多《おほ》くは受《うけ》ざりける。

开《そ》が中《なか》に曽根見五郎平宗玄《そねみごらうへいむねはる》は、近江鯽魚《あふみふな》の一夜鮨《ひとよすし》、一小桶《ひとこをけ》を齎《もたら》し来《き》て、杜四郎柒六《もりしらうなゝろく》に告《つげ》ていふやう、「両才子《りやうさいし》明日《あす》は立去《たちさ》り給ふよし、寡君《くわくん》《ワガキミ》既《すで》に聞召《きこしめさ》れて、惜《をし》ませ給ふ事大《おほ》かたならず。『今《いま》は禁《とゞむ》るとも、得留《えとゞま》らじ。こは要《えう》なき物《もの》ながら、贈《おく》りて予《よ》が志《こゝろざし》を致《いた》せ』とて、内々《うちく》の義《ぎ》を以《もって》、微臣《びしん》《ヤツガレ》を使《つかひ》に立《たて》られたり。一夜鮨《ひとよすし》は、春夏《はるなつ》の間《あはひ》にこそ、人《ひと》の愛《めづ》る者《もの》なるに、今《いま》は冬《ふゆ》の中気《なかば》にて、時節相応《じせつふさは》しからねども、実《じつ》に当国《たうこく》の名物《めいぶつ》也。是喫《これめさ》るべうもや。」

と口状《こうでうこと》特に爽然《さはやか》に、演《のべ》て件《くだん》の鮨桶《すしをけ》を、渡《わた》せば杜四郎《もりしらう》受戴《うけいたゞ》きて、

「こは思《おも》ひかけもなき、恩賜《みたまもの》こそ面目《めんもく》なれ。柒六郎《なゝろくらう》と共侶《もろとも》に、程《ほど》なく拝味《はいみ》仕《つかまつ》らん。この義《ぎ》宜《よろし》く御執成《とりな》しを。」

といへば柒六《なゝろく》も額衝《ぬかつき》（ママ）き承《うけ》て、「頼《たの》みまつる」とぞ答《こた》へける。

既《すで》にして五郎平《ごらうへい》は、猶留別《なほりうべつ》の詞《ことば》を尽《つく》して、且再会《かつさいくわい》を契《ちぎ》りつゝ、伴当《ともびと》を将《い》てかへり去《さ》りけり。浩処《かゝるところ》に石見介《いはみのすけ》好純《よしずみ》は、今朝《けさ》城《しろ》に出仕《しゆつし》の後《のち》、目今《たゞいま》退《まか》りぬと聞《きこ》えしかば、杜四郎柒六《もりしらうなゝろく》は、方僅守《いまかたかみ》より賜《たまは》りたる、一夜鮨《ひとよすし》の事を告《つげ》て、其鮨桶《そのすしをけ》を見《み》せけるに、石見介《いはみのすけ》歓《よろこ》びて、

「开《そ》は各位《おのく\かた》を惜《をし》ませ給ふ、守《かみ》の仁愛《じんあい》なるべけれ。然《さ》れども今日《けふ》は、我先人《わがなきおや》の忌日《きにち》なれば、一家児皆精進《いへのうらみなとしみ》也。明日《あす》其余味《そのよみ》を拝《はい》すべし。和君《わきみら》等は今日《けふ》ならで、明日《あす》は他郷《たけう》へ立去《たちさ》るなれば、目今《たゞいまこゝろ》嘗み給へ」

とて、急《きう》に若党《わかたう》を呼《よび》よせて、重封箴《やへふうじ》したる鮨桶《すしをけ》の、蓋《ふた》をうち開《ひら》かせて、鮨幾箇歟両箇《すしいくつかふたつ》の碟子《さら》に装分《もりわけ》て、手製《しゆせい》の濁酒一壜《にごりさけひとゝくり》と、盃《さかつき》箸《はし》をとり添《そへ》て、他等《かれら》の小舎《へや》に遣《つかは》しけり。杜四郎《もりしらう》と柒六《なゝろく》は、素《もと》より鮨《すし》を嗜《たしま》ねども、然《さ》しも貴人《あてひと》の賜《たま》ものなるに、主人《あるじ》の好意《こゝろばへ》も黙止《もだし》かたければ、各《おのく\》其鮨一箇《そのすしひとつ》をたうべて、濁酒《にごりさけ》も多《おほ》く得飲《えの》まず、うち相譚《かたら》ふてありし程《ほど》、倶《とも》に心地《こゝち》常《つね》ならず、猛可《にはか》に胸《むね》張《は》り腹痛《ふくつう》して、腸《はらわた》断離《ぎ》るゝばかりなれば、倶《とも》に得堪《えたへ》ず輾転《ふしまろび》て、苦艱《くげん》いふべうもあらざりける。其声奥《そのこゑおく》へや聞《きこ》えけん、石見介《いはみのすけ》走《はし》り来《き》つ、這為体《このていたらく》に、胆《きも》を潰《つぶ》して、連《しき》りに人《ひと》を呼立《よびたつ》れば、長江《をさえ》はさら也侍婢《つかひめら》等、老僕若党《おとなわかたう》まで走《はし》り来《き》て、「薬《くすり》よ水《みづ》よ」と噪《さわ》ぐのみ、計《はかりこと》の出《いづ》る所《ところ》を

利鎌《とがま》を晃《ひら》めかして巨棋《おわめ》
杜四郎《ありしらう》を撃《うた》まくせ
此本文《このほんもん》ハ第四板《だいよはん》
四十六回《くわい》ニ出《いで》
後板《こうはん》發兇《はつぐわ》の日《ひ》
合《あへ》せ見《み》るべし
正一位稲
一位稲荷大明
位稲荷大明神
あり四郎

正一位稲荷大明神
稲荷大明神
位稲荷大明神

知《し》らず。

当下《そのとき》石見介《いはみのすけ》思《おも》ふやう、

『這両才子《このりようさいし》の病症《びようしよう》は、必是食傷《かならずこれしよくしよう》ならん。我家《わがいえ》の仙丹《せんたん》は、金瘡《きりきず》にのみ即効《そくこう》あれども、食傷《しよくしよう》も亦毒《またどく》の為《ため》に、脾胃《ひゐ》を傷《やぶ》らるゝ者《もの》なれば、其理《そのり》は是一《これひとつ》なるべし。用《もち》ひて見《み》ばや。』

と尋思《しあん》をしつゝ、彼仙丹《かのせんたん》を水《みづ》に解《とき》て、杜四郎《もりしらう》と柰六《なゝろく》の口中《こうちう》に沃《そゝ》ぎ入《い》るゝに、倶《とも》に四《て》肢闕(厥)冷《あしあだひえ》して、九死一生《きうしいつしよう》と見《み》ゆるものから、薬《くすり》はよく吭《のんど》に降《くだ》りぬ。とばかりにして即効《そくこう》なけれど、猶幸《なほさいはひ》に家《いへ》に蔵《をさ》めたる、一角《うにこうる》を細末《さいまつ》にして、是《これ》をも多《おほ》く用《もち》ふる程《ほど》に、病人等《びようにんら》は、煩悶《はんもん》《モダユル》の声稍定《こゑやゝしづま》りて、臥簟《ふしど》に抱《いだ》き入《い》れられけり。

既《すで》にして日《ひ》は暮《くれ》しかど石見介《いはみのすけ》は、奴隷《しもべ》を医師《くすし》許《がり》走《はし》らせて、急《きう》に招《まね》きよせまくするに、其途近《そのみちちか》きにあらざれば、早《とみ》の所要《しよえう》に立《たつ》べくもあらず。左右《とかく》する程《ほど》に、杜四郎柰六《もりしらうなゝろく》は、当晩丑三刻時候《そのようしみつのころ》に、甚《はなはだ》しく吐瀉《としや》《ハキクダシ》してより、死《し》なざることを得《え》たりける。其詰朝彼医師来診《そのあけのあさかのくすしらいしん》《キテミル》して、「這少年達《このしようねんたち》の病症《びようしよう》は、中寒《ちうかん》《カンキアタリ》より出《いで》たる食傷《しよくしよう》也」とて、薬《くすり》を調進《ちようしん》したれども、杜四郎《もりしらう》と柰六《なゝろく》は、謝《しや》して其薬《そのくすり》を飲《の》まず、且《かつ》いふやう、

「最初彼仙丹《はじめかのせんたん》と一角微《うにこうるなか》りせば、己等《おのれら》は必死《かならずし》なん。縦即効《たとひそくこう》あらずとも、他薬《たやく》を用《もち》ふべからず」

とて、猶《なほ》前剤《ぜんざい》《マヘノクスリ》に従《したが》ひけり。倶《とも》に思《おも》ふよしあれば也。

其次《そのつぎ》の日《ひ》石見介《いはみのすけ》は、昨日《きのふ》の飯鮨《いひすし》を取出《とうで》て見《み》るに、飯《いひ》の色酷《いろいた》く変《かは》りて、訝《いぶか》しき事涯《かぎ》りもなきを、敢亦言《あへてまたこと》には出《いだ》さず、其鮨《そのすし》は遺《おち》もなく、手《て》づから庭《には》の土中《どちう》に埋《うず》めて、悄地《ひそか》に後《のち》の病厄《びようやく》を禳《はら》ひけり。

然《さ》る程《ほど》に同藩《どうはん》の少年等《しようねんら》、及彼曽根見五郎平《またかのそねみごろうへい》まで、大江峯張《おほえみねはり》の大病《たいびよう》を聞知《きゝし》りて、日毎《ひごと》に訪来《とひき》て云云《かにかく》と、安《あん》

危《き》を知《し》らまくせらるゝも、倒《なか〳〵》に厭煩《うるさ》かるべし。

這病厄《このびやうやく》に年暮《としくれ》て、明《あく》れば享禄四年《きやうろくよねん》になりぬ。這春正月《このはるむつき》の季《すゑ》に至《いた》りて、杜四郎柒六《もりしらうなゝろく》が、倶《とも》に大病瘥《たいびやうおこた》り果《はて》て、気力本復《きりよくほんふく》してければ、主人夫婦《あるじふうふ》に再生《さいせい》の、恩《めぐみ》を謝《しや》し別《わか》れを告《つげ》て、立去《たちさ》らまく欲《ほり》するに、石見介《いはみのすけ》のいふやう、

「和君等《わきみら》大病《たいびやう》の後《のち》、幾程《いくほど》もなく、余寒《よかん》を犯《おか》して遠《とほ》く走《はし》らば、身《み》を愛《あい》せざる者《もの》に似《に》たり。先一両日《まづひとひふたひ》近郊《きんこう》《チカキヰナカ》に杖《つゑ》を曳《ひ》きて、歩固《あしかため》をして後《のち》に、障《さはり》もなくは其折《そのをり》に、起行《たびたち》しぬるも遅《おそ》きにあらじ。」

といはるゝよしの理《ことわ》りなれば、杜四郎柒六《もりしらうなゝろく》は、漫行《そゞろあるき》をしぬる程《ほど》に、又料《またはか》らざる小厄《しやうやく》あり。この故《ゆゑ》に杜四郎《もりしらう》は、肩《かた》に浅痍《あさで》を負《お》ふに至《いた》れる、其事《そのこと》の光景《ありさま》は、綉像《さしゑ》を前《まへ》に出《いだ》すのみ。又巻《またまき》を更《あらため》て、且下回《かつしものめぐり》に、解分《ときわく》るを聴《きゝ》ねかし。

新局玉石童子訓巻之十五終

○玉石童子訓第三板自四十一回至四十五回画工代稿筆工目次

繡像画工　　一陽斎後豊国（印）

代稿　　沢正次

　浄書筆耕　十一十二之巻　谷金川

　　　　十三十四十五之巻　丸喜知

開巻驚奇俠客伝第五集　上帙五冊下帙五冊近刻

新局玉石童子訓第四板　第自四十六回第至五十回五巻推続き開板

本編第一板二板三十一回より四十回に至るまで皆分巻の趣をもて巻の一の上巻之一の下と録されたれども四十一回より下はおのづから巻を倣して分巻と倣すによろしからず　こゝをもて五の下より以後は冊を唱へず第四十一回に至りて巻之六の十一十二とす　是より下も皆是に倣ふべし　又筆耕細密なる時は看官被閲に便り宜しからずなどいふ者あればこも亦作翁に乞ふて筆耕を緩くす　されども他編に比れば毎行猶多字なるべし　こは作翁の本意ならねども寧便利に従ふ所　已ことを得ざれば也　よりて贅言して猶この編の年々に続出されんことを惟祈るといふ

書肆　文渓堂敬白

○家伝神女湯 婦人ちのみち諸病の妙やく 一包代百銅

○精製奇応丸 大包代金二朱　中包壱匁五分　小包代五分　はしたうり不仕候

○熊胆黒丸子 くまのゐ汁を以丸ず多くのりをまじえず 一包代五分

○婦人つぎ虫の妙薬 つぎ虫はさら也　さんごをりもの丶とゞこほりに用ひてけつくわいのうれひなし　一包代六十四銅

製薬本家　四谷隠士　滝沢氏

弘所　元飯田町中坂下南側四方みそ店向　たき沢氏

代稿作者　沢　清右衛門

弘化三年丙午春正月吉日発行

大坂書肆　心斎橋筋博労町角　河内屋茂兵衛

心斎橋筋北久宝寺町　河内屋源七

江戸書肆　大伝馬町弐丁目　丁子屋平兵衛板

○玉石童子訓第三板自四十一回至四十五回画工代稿筆工目次

繍像畫工　一陽齋豊國（一陽）

代稿　澤正次

浄書筆耕　十一十二之巻　谷金川
十三十四十五之巻　船丸喜知

閲巻驚奇俠客傳第五集　上帙　五冊　下帙　五冊　近刻

新局玉石童子訓第四板　第自四十六回至五十回　五巻　推續に開板

本編第一板二板三十一回より四十回に至るまで皆分巻の趣をとりて巻の一の上巻之一の下と録されども四十一回より下はおのづから巻を做して分巻と做ことなからしかば、この故に是より以後ハ冊を唱ふども第四十五回に至りて巻之六の十二三十を是より下も皆是に倣ふべし　又筆耕細密なる時ハ看官披閲に便り宜しからざるをいふ者あればこゝ亦作者にこふて筆耕を緩くさせれども他編に比れバ毎行猶ヨ字なる下らず作者の本意にあらねども寧便利に従ふ所已ことをゑざればなりよりて贅言して猶この編の年々に續出されんことを惟祈るといふ

書肆文溪堂敬白

代稿作者　澤　清右衛門

弘化三年丙午春正月吉日發行

大坂書肆

心齋橋筋博労町角
河内屋茂兵衛

心齋橋筋北久宝寺町
河内屋源七

江戸書肆

大傳馬町貮丁目
丁子屋平兵衛板

新[illegible]玉石

童子訓[illegible]編

第四[illegible]第四十六回至五十四回全

曲亭翁口授編　一陽齋豊國[illegible]

新局《しんきよく》玉石《ぎよくせき》童子《どうじ》訓第《くんだい》四版附《はんふ》言《げん》（印）（印）

人生《ひとうま》れて五七歳《さい》、鳩車竹馬《きうしやちくば》の始《はじめ》より、年《とし》三五に至《いた》るまで、遊戯娯楽《ゆうげごらく》の外《ほか》に嗜慾《ぎよく》なし。賢《けん》となく不肖《ふせう》となく、二十《はたち》にして嗜慾《ぎよくおほ》多かり。尓《しか》れども其好《そのこの》む所同《ところおな》じからず。邈《はるか》に唐山《からくに》の故事《ふること》を思《おも》ふに、黄帝《くわうてい》は衛生《ゑいせい》を好《この》み、堯《ぎよう》舜《しゆん》は仁義《じんぎ》を好《この》み、桀紂《けつちう》は不仁《ふじん》を好《この》み、顔回《がんくわい》は学《がく》を好《この》み、宰予《さいよ》は昼寝《ひるね》を好《この》み、荘周《さうしう》は寓言《ぐうげん》を好《この》み、淮南王《わいなんわう》は豆《とう》腐《ふ》を好《この》み、蔡邕《さいよう》は瘡痂《かさぶた》を喫《くら》ふことを好《この》み、杜預《とよ》は左伝《さでん》を好《この》み、陶淵明《たうゑんめい》は菊《きく》を好《この》み、陶弘景《たうこうけい》は松風《まつかぜ》を好《この》み、李《り》白杜子美《はくとしみ》は詩《し》を好《この》み、羅貫中《らくわんちう》は俗語小説《ぞくごしようせつ》を好《この》むが如《ごと》き、枚挙《かぞへあぐ》るに遑《いとま》あらず。

是《これ》よりして下《しも》、和漢《わかん》の世俗《せぞく》、其嗜慾《そのぎよく》甚《はなはだ》しきは、敗《やぶ》れを取《と》らずといふ者《もの》なし。蓋《けだし》淫《いん》を貪《むさぼ》り酒《さけ》を好《この》みて、飽《あく》ことなきは命《いのち》を破《やぶ》り、驕奢《おごり》を好《この》みて礼《いや》なきと、貨財《たから》を積《つみ》て散《ちら》さゞるは、禍《わざはひ》その家《いへ》を破《やぶ》る者《もの》あり。只《たゞ》この弊《やぶれ》のみならず、賤《いやし》くして貴《たつと》きを犯《をか》すことを好《この》む者《もの》は、必《かならず》辜《つみ》あり。愚《ぐ》にして用《もち》ひられんことを好《この》む者《もの》は、屢《しば〳〵》譏《そし》らる。或《あるひ》は外物《とつもの》を飾《かざ》ることを好《この》み、入《い》るを料《はか》らずして出《いだ》す者《もの》は、其財用《そのざいよう》足《た》らずして、窮鬼《びんぼうかみ》の祟《たゝり》あり。好《この》みて思《し》慮《りよ》を費《つひや》す者《もの》は、覚《おぼえ》ずして命《いのち》を縮《ちゞ》め、好《この》みて戦《たゝか》ふ者《もの》は疵《きず》を蒙《かうむ》り、好《この》みて游者《およぐもの》は溺《おぼ》るゝことあり。或《あるひ》は人《ひと》の悪《あく》をいふことを好《この》み、或《あるひ》は不学《ふがく》にして先達《せんたつ》を譏《そし》りて、彼名《かのな》を売《うら》まくしぬる者《もの》は、是小人《これしようじん》の好《この》む所《ところ》、君子《くんし》の悪《にく》む所《ところ》也。皆是好《みなこれこの》む所《ところ》の甚《はなはだ》しきに至《いた》りては、破敗《やぶれ》なきことを得《え》ざるべし。

この故《ゆゑ》に大人君子《たいじんくんし》は、好憎《こうぞう》なきを宜《よろ》しとす。人其好《ひとそのこの》みを知《し》る時《とき》は、下《しも》なる者是《ものこれ》に由《より》て、其機《そのき》を攬《とら》ずといふことなし。慎《つゝしま》ずはあるべからず。況《まいて》士庶人《ししよじん》の貧賤《ひんせん》なるをや。嗜慾好憎《ぎよくこうぞう》の甚《はなはだ》しきは、利《り》ありといふとも終《つひ》に害《がい》あり。世《よ》に人《ひと》の父母《ふぼ》たる者《もの》、初《はじめ》其子《そのこ》に教《をしゆ》るに、情《じやう》を折《さ》き慾《よく》を禁《とゞむ》るを、第《だい》一義《ぎ》と做《な》すべき而已《のみ》。

譬《たとへ》ば予《よ》が如《ごと》き、素《もと》より美食《びしよく》を嗜《たし》まず、美衣《びい》を好《この》まず、富貴《ふうき》を羨《うらや》まず、貧賤《ひんせん》をも侮《あなど》らず。好《この》む所《ところ》は読書筆研《とくしよひつけん》、夜《よ》をもて日《ひ》に継《つ》ぐ者《もの》五六十年《ねん》。人《ひと》の師《し》となることを好《この》まず。この故《ゆゑ》に悄地《ひそか》に戯墨《ぎぼく》を事《わざ》として、世《よ》の蒙昧《まうまい》を醒《さま》さまく欲《ほり》す。其著《そのちよ》蘊《つも》りて大小《だいしよう》三百余種《よしゆ》。是《これ》が為《ため》に日夜《にちや》眼気《がんき》を使《つか》ふ者《もの》、五十余年《よねん》の久《ひさし》きに至《いた》りて、瞳子《どうし》年々《としく》に衰耗《すいばう》して、子夏《しか》と憂《うれひ》を同《おな》じくす。是《これ》に加《くはふ》るに、疝痛痰飲《せんつうたんいん》身《み》に逼《せま》りて、坐臥《ざぐわ》も亦安《またやす》からず。是《これ》より以来《このかた》好《この》む所《ところ》を排斥《はいせき》して、独坐静黙《どくざせいもく》、木偶《もくぐう》に異《こと》ならず。其好《そのこの》みの過《す》ぎたるを、後悔何《こうくわいなに》ぞ及《およ》ぶべき。是将天乎《これはたてんか》、命《めい》なる哉《かな》。

かくの如《ごと》くなる者《もの》三四年《ねん》、一日《あるひ》書肆《しよし》《フミヤ》文渓堂《ぶんけいだう》、詣来《まうき》て、亦哄誘《またそゝのか》して、前集《ぜんしふ》のいまだ果《はた》さゞるを、続《つが》せて刊刻《かんこく》せまく欲《ほり》す。予《よ》も亦些《またちと》の技《わざ》なくては、みづから老《おい》を養《やしな》ふに足《た》らず。且春日秋夕《かつはるのひあきのゆふべ》の、長々《ながく》しきを独《ひと》かも寝《ね》て、果報《くわほう》を俟《まつ》べくもあらねば、屢《しばく》婦幼《ふえう》に字《じ》を教《をし》え、代書《だいしよ》を課《おほ》せて稿《かう》を起《おこ》すに、婦幼《ふえう》は文字《もんじ》に疎《うと》ければ、其一句《そのいつく》一行毎《いちぎやうごと》に、教授叮寧反復《きやうじゆていねいはんふく》すれども、動《やゝも》すれば聞僻《きゝひが》め、思《おも》ひ違《たがへ》て左《と》に右《かく》に、甚《はなはだ》しき誤字《ごじ》あれども、吾隻字《われせきじ》だも見《み》ることを得《え》ず、只読《たゞよま》せてうち聞《き》くに、傍訓《つけかな》をのみ読故《よむゆゑ》に、其訛謬《そのあやまり》を知《し》るによしなし。矧又浄書筆耕《いはんやまたじやうしよひつこう》の手《て》に、謬《あやま》らるゝも多《おほ》かれど、校訂《きやうてい》も亦《また》婦幼《ふえう》に任《まか》せて、書肆《ふみや》の責《せめ》を塞《ふさ》ぐ者《もの》、『玉石童子訓《ぎよくせきどうじくん》』即是《すなはちこれ》のみ。

古《いにしへ》より和漢《わかん》の文人《ぶんじん》、不幸《ふかう》にして失明《しつめい》の後《のち》、著述《ちよじゆつ》ある者《もの》を聞《き》かず。然《さ》るを吾《われ》のみ強《しい》てすなれば、止《とゞま》ることを知《し》らずとて、譏《そし》るもあらん、笑《わら》ふもあるべし〔○〕又同好《またどうこう》の諸君子《しよくんし》は、予《よ》がこの苦楽《くらく》を憐《あはれ》ぶもあり。いよく奇《き》として愛《めづ》るも多《おほ》かり。誤写《ごしや》は具眼《ぐがん》の知《し》る所《ところ》。今《いま》さら正《たゞ》すに及《およ》ばねども、発販《はつはん》の後問考《のちとひかんがへ》て、稍其誤字《やゝそのごじ》を知《し》るもあり。或《あるひ》は交遊《かうゆう》の指摘《してき》によりて、驚《おどろ》かされしも尠《すくな》からぬを、抄録《しやうろく》する者左《ものさ》の如《ごと》し。

第一版

巻の一上六丁左四行 大皇《おほみ》子《くに》□ 子□は国の誤写也　同行 貌□ 貌□は邈の誤写也　同巻九丁右三行 灯行《あんどん》 顛倒也当に行灯に作るべし　同巻十四丁左四行 侍《はべ》りにきと□ 下のと□は衍なり　同巻十八丁左六行 一牢《ひとつことや》□ ことや□はひとやの誤刀なり　同巻十八丁左九行 易違《ゐき》□《ゐ》 当に易緯に作るべし　○巻の一下二十六丁右一行 粥□ 粥□は粥の誤写なり　○巻の二上二丁右三行 蚒蚍《は》□《み》 蚒蚍□は蛇の誤写なり　○巻の三上七丁左六行 罿《ほう》□面《かむり》 罿□は罩の誤写なり　是《これ》までは発版《はつはん》の後補《のちほ》刻《こく》したる也

第二版

巻の三下五丁左三行 容子《やうす》□ 容□は容の誤写なり　○巻の四下二十三丁左十行 毛髪《のけ》 傍訓のかみのけかみかけたり　同巻二十九丁右繡像中 掃除揚□ 揚□は場の誤写なり　○巻の五上二丁右十行 風《ふ》盧《ろ》□ 盧□は爐の誤写なり　同巻三丁左七行 月《つき》を蠋《あかし》□ 蠋□当に燭に作るべし　○巻の五下一丁左六行 遊学《いうがく》□ 傍訓のいうはゆうの誤写也　同巻三丁左七行 遊芸《いうげい》□ いう□はゆうの誤写なり

第三版

巻六の十一七丁左四行 御曹子《おんさうし》□ 子□は司の誤写なり　同巻十七丁左八行 片隻《かたは》□□ 片隻□□は隻翅の誤写なり　○巻の十二五丁右一行 我遠《わがとほつ》曽《おや》□ 誤写也当に遠祖に作るべし　同巻十五丁右八行 活《うり》却《しろ》□ 誤刀なり当に沽却に作るべし　六丁左七行 小《こ》謡《うたひ》亭□ 亭は曲の誤写也誤甚し　○巻の十三二丁右三行 客扱《きやくあつか》ひにはせら□ねど 脱字也せられねどかくの如し　同巻三丁左九行 真術《まめ》□《たち》て 術は実の誤写なり　同巻十七丁右十行 陳□《いさめ》難《かね》 陳□当に諫に作るべし　同巻十七丁左三行 縁《ことの》故原□《もとたづね》 故の下をの□字脱したり　○巻の十四十三丁左八行 僅□方□《いまかた》 顛倒なり当に方僅に作るべし　同巻十六丁左八行 才子《さいし》□ 才□欠たり才かくの如し　○巻の十五二丁左八行 吹《ふき》□きてや きの字衍なり　同巻五丁左六行 睚眦《がいさい》□ 眦□は眦の誤刀なり　同巻十一丁左三行 痈《いたく》□ 欠たり痛かくの如し　同巻十五丁右十一行 闕《あた》□冷《ひえ》 闕□は厥をよしとす　同巻十七丁左十行 聴《きゝ》□ねかし 誤写なり当に聴に作るべし

【巻の十一　廿丁ノ左八行　約速□の速□は束の誤写也　巻十五　十二丁ノ右　度帳　誤写也　当に度牒に作るべし】

是他《このた》、精細家《せいさいか》の活眼《くわつがん》をもて見《み》られなば猶《なほ》あるべし。抑《そもく》書肆《ふみや》の発兌《うりいだし》に性急《せいきう》なる、初校《しよきやう》果《はて》ぬれば、二校三《にきやうさん》校《きやう》を後《のち》にして、摺《すら》せて製本《せいほん》し、其間《そのあはひ》に二校三校《にきやうさんきやう》を承《うけ》ぬるもあれば、版《いた》に補刻《ほこく》しても、製本《せいほん》は誤写《ごしや》の儘《まゝ》にて、世《よ》に見《あら》はるゝもありぬべし。この挙歳《きよとし》の暮《くれ》なれば、かくなん拈《ひね》り出《いだ》しける、風葉塵埃《ふうえうぢんあい》のこゝろを、

いとへどもいづこもおなじ塵《ちり》の世《よ》に　春《はる》を隣《となり》の煤《すゝ》払《はら》ひ哉《かな》

弘化二年乙巳歳梢念五

四谷隠士識（印）（印）

窓井の方《まどゐのかた》
曽根見伍六郎《そねみごろくらう》
健宗

臺床唐二
奴隷小雪太
録舊本山之井集中之句

孝順反哺烏
貞操雪中松
孝女梭手
防守筑四郎
李彦

相撲とり並ぶや秋のから錦
録亭峯集中之句
韓錦縦二郎
奈良櫻八重作《ならざくらやへさく》

顔色雖不似
孟光之黒
勇敢久擇對
維女大夫
勇婦《ゆうふ》押繪《おしゑ》
白日鳶《ひるとび》
十六郎

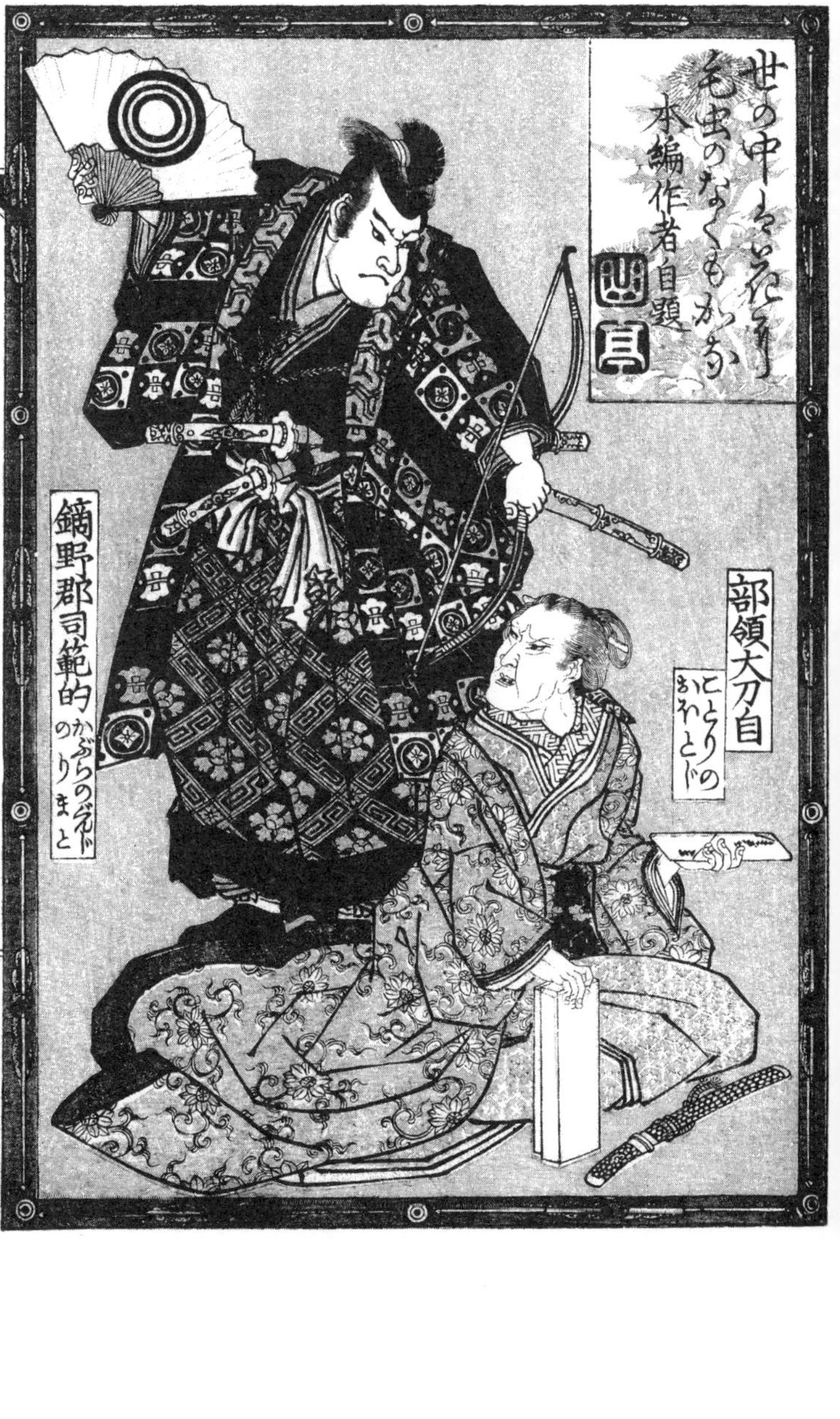
世の中をとびまはり
毛虫のなくもがな
本編作者自題
鏑野郡司範的《かぶらのぐんじのりまと》
部領大刀自《ことりのおほとじ》

新局玉石童子訓《しんきよくぎよくせきどうじくん》第四版《だいしはん》自《より》第《だい》四十六回至《くわいにいたる》五十回總目録《くわいそうもくろく》

○巻之《まきの》十六　第《だい》四十六回《くわい》

好純《よしずみ》拐實暴巨棋狂態

主僕《しゆぼく》改貌旅宿中《たびねのうちの》刧髻

○巻之十七　第四十七回

七鹿山《なゝしかやま》尼四少年異禍福

千仭谷中《ちひろのたにのうち》神霊出現新奇

○巻之十八　第四十八回

率《ひきゐて》偽兵《ぎひやうを》健宗《たけむね》襲《おそふ》好純《よしずみを》

驚《おどろかして》醉夢《すいむを》良臣《りやうしん》辨《べんず》玉石《ぎよくせきを》

○巻之十九　第四十九回

野上驛《うまやに》悪僕《あくぼく》賺《すかす》悪主《あくしゆを》

立合阪仁人憐《あはれぶ》孝女《かうぢよを》

○巻之二十　第五十回

一金一薬《いつきんいちやく》盲亀《もうき》遇《あふ》浮木《うきぎに》

押繪《おしゑ》告《つげて》禍行成勝通能

新局玉石童子訓《しんきよくぎよくせきどうじくん》巻之《まきの》十六

東都　曲亭主人口授編次

第《だい》四十六回《くわい》　好純実《よしずみじつ》を撈《さぐ》る暴巨楳《あらおほめ》の狂態《ものくるひ》　主僕《しゆぼく》貌《かたち》を改《あらたむ》る旅宿中《たびねのうち》の初髻《うひもとゆひ》《ゲンプク》

再説《ふたゝびとく》〔○〕大江杜四郎成勝《おほえもりしらうなりかつ》、峯張柒六郎通能《みねはりなゝろくらうみちよし》は、病厄稍瘥《びようやくやゝおこた》りて、他郷《たけう》へ去《さら》まく欲《ほり》するに、主人石見介好純《あるじいはみのすけよしずみ》が、猶阽《なほあやぶ》みていふよしあれば、先試歩《まづあしならし》の為《ため》にとて、主僕割籠餉《しゆぼくわりごかれひ》を腰《こし》にして、早旦《まだき》より近郊《きんこう》《チカキサトナカ》に逍遙《せうえう》《イデアルキ》す。この日《ひ》は枸杞村福富《くこむらふくとみ》の方《かた》へとてゆく程《ほど》に、折《をり》から二月《きさらぎ》の初旬《はじめ》にて、目《め》に美《うるは》しき梅《うめ》の花《はな》、単葉《ひとへ》は散《ちり》て、千葉《やへ》は猶《なほ》、香《か》にこそ馨《にほ》へ、路傍《みちのべ》の、樹芽若草春《このめわかくさはる》めきて、右《みぎ》も左《ひだり》も叢麦《むらむぎ》の、圃《はた》より升《のぼ》る翔鶬《まひばり》、藪鶯《やぶうぐひす》も外《よそ》ならぬ、調子《しらべ》は高《たか》き里神楽《さとかぐら》。今日《けふ》はしも初午《はつうま》なりければ、稲荷祭祀《いなりまつり》も天離《あまざか》る、鄙《ひな》にはあれど千仭剣《ちはやふる》、神《かみ》を斎《いつ》きの注連幟《しめのぼり》、其村《そのむら》毎《ごと》に賑《にぎは》しき、人《ひと》の往還《ゆきき》も常《つね》に倍《ま》す、里《さと》の総角《あげまき》うち群《むれ》て、飽《あか》ぬ大鼓《たいこ》の音《おと》さへに、『初雷皷《はつかみなりか》。』とおもほゆる、杜四郎《もりしらう》と柒六《なゝろく》は、東《こゝ》となく西《かしこ》となく、思《おも》ひの随《まゝ》に見尽《みつく》して、長《なが》き春《はる》の日《ひ》敧《かたむ》く時候《ころ》、枸杞村《くこむら》までかへり来《き》にける程《ほど》に、後《おく》れたりける柒六《なゝろく》は、杜四郎《もりしらう》を喚《よび》かけて、

「やよ和子《わこし》一霎時《しばし》止《とゞま》り給へ。己《おのれ》脱落《ぬかり》し事こそあれ。方僅憩《いまがたいこ》ひし後《あと》の村《むら》なる、彼茶店《かのさてん》に菅笠《すげがさ》と、割籠《わりご》さへ措《をき》遺《わす》れにき。走《はし》りかへりて拿《とり》もて来《き》てん。嚮《さき》に里人《さとびと》に聞《きゝ》し事《こと》あり。這頭《こゝら》より観音寺《くわんおんじ》の城《しろ》へ捷径《ちかみち》ありといへり。幵《そ》を又人《またひと》によく問《と》ふて、徐《しづか》にゆかせ給へかし。」

といふを杜四郎《もりしらう》うち聞《きゝ》て、

「笠《かさ》のみならば棄《すつ》るとも、惜《をし》むに足《た》らぬものながら、割籠《わりご》は今朝《けさ》主人《あるじ》の取出《とうで》て、借《か》されたるを争何《いかゞ》はせん。戻《もど》りて拿《と》るもよかゝなん。其捷径《そのちかみち》の有《ある》ならば、栞《しをり》を貽《のこ》して其方《そなた》へいなん。疾々《とく〳〵》せよ。」

といそがするを、柰六《なゝろく》は聞《きゝ》も得果《えはて》ず、

「程《ほど》なく逐就《おひつ》きまつらんず。いで〳〵」

といひつゝも、故来《もとき》し路《みち》へ驀地《ましくら》に、走《はし》りて見《み》えずなりにけり。

尓《さ》る程《ほど》に杜四郎成勝《もりしらうなりかつ》は、『彼捷径《かのちかみち》を問《と》はばや』とて、ゆく〳〵四下《あたり》を見《み》かへるに、這頭《こゝら》は一条《ひとすぢ》の畷路《なはてぢ》にて、左右《まて》に最多《いとおほ》かる枸杞《くこ》の、弥生《やよひ》に生繁《おひしげ》るのみ、憩《いこ》ふべき茶店《さてん》もなく、前面《むかひ》より来《く》る人《ひと》にも逢《あは》ねば、思難《おもひかね》つゝ猶《なほ》ゆく程《ほど》に、と見《み》れば一箇《ひとり》の田婦《しづのめ》あり。年齢《としのよはひ》は、三十許《みそぢばかり》にもやあるべからん。眼円《まなこつぶら》に唇《くちびる》厚《あつ》く、身材《みのたけ》高《たか》く肥《こえ》脂《あぶら》みて、酒肥満《さかふとり》といふ者《もの》に似《に》たり。身《み》には栲《たへ》の広袖衣《ひろそできぬ》二《ふたつ》ばかり被《き》て、裙高《すそたか》に褙折《つぼを》りつ、白《しろ》き二布《ふたの》の端《はし》を顕《あらは》したるが、這頭《こゝら》の枸杞《くこ》を芟採《かりと》りて、薪《たきゞ》に做《な》すにやあらむずらん、彼身《かのみ》は芝生《しばふ》に坐《ざ》を占《しめ》て、連《しき》りに鎌《かま》を研《とぎ》てをり。

当下杜四郎《そのときもりしらう》は、件《くだん》の田婦《しづのめ》を呼《よび》かけて、

「卒尓《そつじ》ながら言問《こととは》ん。這里《こゝ》より観音寺《くわんおんじ》の城《しろ》へゆくに、捷径《ちかみち》のあるならずや。それを知《し》りたらば聞《きか》まほし。」

といふを田婦《しづのめ》見《み》かへりて、

「噫《あな》こゝろも得《え》ぬ。其声音《そのこはざま》にて猜《すい》するに、他郷《たけう》の人《ひと》にぞあらんずらん。乍麼《そも》那里《いづこ》より来《き》ましたる。観音寺《くわんおんじ》の城内《ぜうない》に、相識《しるひと》やいまする。」

と問復《とひかへ》されて、

「然《され》ばとよ。我《われ》は摂津国《つのくに》の旅客《たびびと》にて、大江《おほえ》杜四郎《もりしらう》成勝《なりかつ》と喚《よば》るゝ者《もの》也。近曽《ちかごろ》遊歴《ゆうれき》して這地《このち》に来《き》つ。観音寺《くわんおんじ》の城《ぜう》内《ない》なる、高島生《たかしまうぢ》に由縁《ゆかり》あれば、去歳《こぞ》の秋《あき》より那里《かしこ》に在《を》り。今日《けふ》は這頭《こゝら》に遊《あそ》び過《すぐ》して、既《すで》に日影《ひかげ》の攲《かたむ》きたれば、こゝろ只管《ひたすら》いそがれて、捷径《ちかみち》あらばゆかまく欲《ほり》す。いかで詳《つばら》に教《をし》えよかし。」

と説《とか》れて田婦《しづのめ》含笑《ほうゑみ》て、

「原来《さては》要《えう》ある禰刀《との》(刀禰)なるに、疑《うたが》ふて何《なに》を斁秘《かかく》さん。問《とは》せ給ふ捷径《ちかみち》は、猶《なほ》真直《ますぐ》に二町《ふたまち》ばかり、行《ゆか》せ給はゞ、右《みぎ》の方《かた》に、最老《いとふり》たる櫰樹《えのき》あり。其里《そこ》より路《みち》を右《みぎ》に取《と》りて、十町有余《とまちあまり》ゆかせ給はゞ、左右《まて》へ別《わか》るゝ径路《こみち》あり。其里《そこ》より路《みち》を左《ひだり》に取《と》りて、ゆくこと又十町《またとまち》ばかりにて、彼城下《かのきのもと》に届《いた》り給はん。左右《さう》をな違《たが》へ給ひそ。」

と指《ゆび》さし示《しめ》して誨《をしゆ》れば、杜四郎《もりしらう》歓《よろこ》びて、

「开《そ》はこゝろ得《え》たり。しからんには、汝《いまし》に猶頼《なほたの》むべき事あり。我《われ》と一路《みちづれ》の一少年《いつしようねん》、後《おく》れて這里《ここ》に来《き》ぬるあらん。其面影《そのおもかげ》は箇様《かやう》々〳〵、打扮《いでたち》は如此《しか〳〵》也。其少年《そのしようねん》の過《よぎ》るを見《み》ば、汝《いましはや》蚤く呼留《よびとゞ》めて、又捷径《またちかみち》を教示《をしえしめ》して、我為《わがため》に言伝《ことつて》せよ。一樹《いちじゆ》の蔭《かげ》も他生《たしよう》の縁《えん》。いかで〳〵。」

と諄《くり》かへすを、田婦《しづのめ》聞《きゝ》つゝ点頭《うなづき》て、

「其義《そのぎ》もこゝろ得侍《えはべ》りたり。疾々《とく〳〵》ゆかせ給ひね。」

と応《いらへ》て又鎌《またかま》を研《とぎ》てをり。

是《これ》により杜四郎《もりしらう》は、ゆくこと二町《ふたまち》あまりにして、果《はた》して右方《めて》に櫰樹《えのき》あり。『こゝなるべし。』と思《おも》ひしかば、鼻紙《はながみ》を長《なが》く引裂《ひきさき》て、其下枝《そのしづえ》に締吊《むすびさげ》て、もて柒六《なゝろく》の為《ため》に栞《しをり》とす。『他今《かれいま》かへり来《く》るや』とて、猶立在《なほたゝずむ》こと半晌《はんとき》許《ばかり》、俟《まて》ば又生憎《またあやにく》に、日影《ひかげ》いよ〱敧《かたむ》きしかば、『幾《いつ》まで瞰《か》かくて在《あ》るべき。程遠《ほどとほ》からず逐着《おひつき》ぬらん。』と思《おもひ》捨《すて》つゝ右《みぎ》の径路《こみち》を、ゆくことといまだ二町《ふたまち》に過《す》ぎず、跡跟《あとつけ》来《き》ぬる件《くだん》の田婦《しづのめ》、利鎌《とかま》を袖《そで》に隠《かく》し持《もち》て、窃歩《ぬきあし》しつゝ近《ちか》つきて、声《こゑ》をもかけず背《うしろ》より、揮晃《ふりひら》めかす彼鎌《かのかま》を、杜四郎《もりしらう》の肩尖《かたさき》へ、打《うち》かけて曳《ひ》く刃《やいば》の光《ひかり》に、杜四郎《もりしらう》は「吐嗟《あなや》」とばかりに、身《み》を淪《しづま》したる修錬《しゆれん》の剽捷《はやわざ》、二《ふた》たび打入《うちこ》む鎌《かま》の柄《ゑ》と、倶《とも》に利手《きゝで》を拿禁《とりとめ》て、「耶《や》」と引被《ひきかつ》ぎて投《なげ》しかば、田婦《しづのめ》は杜四郎《もりしらう》の頭顱《かうべ》の上《うへ》をうち越《こえ》て、筋斗《とんぼかへ》りつ、二三間《にさんげん》、前向《むかひ》へ撻《だう》と倒《たふ》れける。

当下杜四郎成勝《そのときもりしらうなりかつ》は、思《おも》ひかけなき這冤家《このあた》を、見《み》れば是別人《これことひと》ならず、嚮《さき》に捷径《ちかみち》を誨《をしえ》たる、彼田婦《かのしづのめ》なりければ、且訝《かついぶか》り且怒《かついかり》に得堪《えたへ》ず、罵《のゝしり》責《せむ》る声《こゑ》も急迫《せはしく》、

「這奴何等《こやつなにら》の怨《うらみ》ありて、我《われ》を狙撃《ねらひうた》まくするや。意《おも》ふに剪径《ひはぎ》を事《わざ》とせる、賊婦《ぞくふ》にこそありつらめ。疾首伏《とくはくでふ》して綁縛《いましめ》の、索《なは》を受《うけ》よ。」

と敦圉《いきまき》たる、其間《そのひま》に田婦《しづのめ》は、身《み》を起《おこ》し来《き》て落《おと》しし鎌《かま》を、掻拿《かいと》りつ、身《み》を構《かま》へて、疾視哮《にらまへたけ》る声高《こゑたか》やかに、

「外聞歹《ひときゝわろ》き烏滸《をこ》をないひそ。左《と》ても右《かく》ても活《いけ》てはかへさぬ、我冤家《わがあた》なれば覚期《かくご》の為《ため》に、意衷《いちう》を示《しめ》さん。死天《しで》三途《さんづ》の、話柄《かたりくさ》に听《きゝ》ねかし。我身《わがみ》は枸杞村《くこむら》に名《な》もしるき、棄木《すてき》の巨楳鬼妻《おほめごけ》と喚做《よびな》されて、親族《しんぞく》もなく子《こ》もあらず。二三年前《ふたとせみとせさき》つ比《ころ》より、墨鳥《すみとり》の盆九郎《ぼんくらう》と狎染《なれそめ》て、連理《れんり》の枕《まくら》、比翼薦《ひよくのござ》。夜《よる》の衾《ふすま》は陜《せま》くても、広《ひろ》き世界《せかい》に二人《ふたり》となき、郎《をとこ》は無慙《むざん》や『去歳《こぞ》の冬《ふゆ》、你《なんぢ》が為《ため》に搦捕《からめとら》れて、終《つひ》に頭《かうべ》を刎《はね》られたり。』と人伝《ひとつて》に聞《きゝ》し其日《そのひ》より、憤《いきどほり》胸《むね》に盈《みち》て、『いかで怨《うらみ》を復《かへ》さんず。』と思《おも》はざるにあらねども、冤家《あた》は只其名《たゞそのな》をのみ聞《きゝ》て、いまだ其面《そのおもて》を認《みし》ら

ず。況《まいて》彼身《かのみ》は城内《ぜうない》に、在《あ》りとしいへば近《ちか》つきて、撃《うつ》ことたえて便《びん》なさに、憂《う》かりける日《ひ》を過《すぐ》しに、今日《けふ》料《はか》らずも捷径《ちかみち》を、問《とひ》し你《なんぢ》が声音《こはさま》の、浪華人《なにはびと》に似《に》たるをもて、我亦思《われまたおも》ふよしあれば、言《こと》を設《まうけ》て問試《とひこゝろみ》しに、漫《そゞろ》に名告《なのる》你《なんぢ》が命運《めいうん》、既《すで》に尽《つき》ぬる時至《ときいた》りて、我情人《わがこひびと》の讐敵《あたかたき》、你《なんぢ》が面《つら》を認《みしり》しより、惴《はや》るこゝろを推鎮《おししづ》めて、這横路《このよこみち》へ誑入《おびきい》れしは、『其細頸《そのほそくび》を芟伐《かりきり》て、世《よ》に亡人《なきひと》に手向《たむけ》んず。』と思《おも》ふこゝろを知《し》らずや。」

といはせも果《はて》ず杜四郎《もりしらう》は、「呵々《かや〳〵》」とうち笑《わら》ひて、

「愚也《おろか》、巨楳《おほめ》とやらん。彼盆九郎《かのぼんくらう》は罪人《つみひと》也。我家伝《わがかでん》の刀子《こがたな》を、窃拿《ぬすみと》りたるのみならず、人《ひと》を害《がい》し積悪《せきあく》あれば、終《つひ》に死刑《しけい》に行《おこな》はれしに、搦捕《からめとり》しを咎《とが》にして、我《われ》を怨《うら》むるは甚麼《いかに》ぞや。胆魂《きもたましひ》は女《をんな》に似《に》げなき、勇《ゆう》あるに似《に》たれども、理義《りぎ》に闇《くら》きは匹婦《ひつふ》の本性《ほんしやう》。物《もの》に狂《くる》はゞ後悔《こうくわい》あらん。早《はや》く惑《まよ》ひを醒《さま》さずや。」

と諭《さと》すを聞《き》かず眼《まなこ》を睜《みは》りて、

「开《そ》は卑怯《ひきよう》也。命《いのち》や惜《をし》き。盆九《ぼんく》に罪《つみ》のあらばあれ、彼人《かのひと》搦捕《からめとら》れずは、何《な》でふ首《かうべ》を喪《うしな》ふべき。只我怨《たゞわがうらみ》は你《なんぢ》に在《あ》り。似而非《ゑせ》頑童奴《ぐわんどうめ》覚期《かくご》をせよ。」

と罵狂《のゝしりくる》ふ匹婦《ひつふ》の獍勇《けうゆう》。五日《いつか》の月《つき》と晃《きらめ》かす、利鎌《とかま》を間《ひま》なくうち振《ふ》りて、搔《かゝ》んと找《すゝ》むを杜四郎《もりしらう》は、右《みぎ》に反《かは》し左《ひだり》に外《はづ》して、両三番《ふたゝびみたび》疲労《つから》しつ、利鎌《とかま》を丁《ちよう》と打落《うちおと》す、拳《こぶし》の冴《さへ》は雲間《くもま》の電光《いなづま》、額《ひたひ》を撲地《はた》と打悩《うちなや》せば、巨楳《おほめ》は「吐嗟《あなや》」と瞑眩《めくるめ》きて、怯《ひる》むを「得《え》たり」と両手《もろて》を捉《と》りて、背《そびら》へ楚《しか》と揉抗《ねぢあげ》て、登《のぼ》し蒐《かゝ》りつ三尺帯《さんざくおび》もて、結扭《しばり》て四下《あたり》を見《み》かへるに、臂近《ひぢちか》なる老樹《おいき》の杉《すぎ》に、罹《かゝ》りし藤蔓《ふぢかつら》ありければ、右手《めて》を伸《のば》しつ曳《ひき》よせて、罵狂《のゝしりくる》ふ棄木《すてき》の巨楳《おほめ》を、曳摺《ひきずり》よせて老樹《おいき》の幹《みき》へ、団々《くる〳〵》纏《まき》にぞしたりける。

この段《だん》の綉像《きしゑ》は前板第《ぜんはんだい》四十五回《くわい》の編左《へんさ》にはやく出したり

浩処《かゝるところ》に峯張柒六郎通能《みねはりなゝろくらうみちよし》は、彼忘《かのわす》れたる菅笠《すげかさ》と、割籠《わりご》を肩《かた》に引《ひき》かけて、遽《いそがは》しくかへり来《き》つ、杜四郎《もりしらう》の遺《のこ》したる、栞《しをり》あれば惑《まよ》ひもせず、「こゝなりけり」と、後影《うしろかげ》を、遙《はるか》に見《み》つゝ走着《はしりつき》て、

「やよ和子《わこ》。目今《たゞいま》かへりにき。」

といひつゝ又愕然《またがくねん》と、驚《おどろ》く事大《おほ》かたならず、

「やよ和子《わこ》御身《おんみ》の肩尖《かたさき》より、鮮血多《ちしほおほ》く流《なが》れたり。手疵《てきず》を負《おは》せ給ひし歟《か》。」

と問《と》ふにはじめて心《こゝろ》つく、杜四郎《もりしらう》もうち驚《おどろ》きて、

「原来《さては》この悪棍婦《あくたれをんな》の、鎌《かま》に鈍《おぞ》くも身《み》を傷《やぶ》られし歟《か》。現我《げにわれ》ながら由断《ゆだん》は大敵《たいてき》。其故《そのゆゑ》は箇様《かやう》々々《〳〵》」

と、巨楳《おほめ》に捷径《ちかみち》を問《と》ひし始《はじめ》より、彼《かれ》が狼藉《らうぜき》の事《こと》の顚末《もとすゑ》、已《やむ》ことを得《え》ず拉《とりひし》ぎて、那里《あしこ》の老樹《おいき》に繋《つな》ぎ禁《とめ》たる、其《その》事《こと》の終《をはり》まで、詞急迫《ことばせはし》く解示《ときしめ》せば、柒六《なゝろく》いよ〳〵怒《いかり》に堪《たへ》ず、

「尓《しか》らば是寛《これゆる》すまじき。彼奴《かやつ》も盗児《ぬすびと》の支党《どうるい》なるに、などて斫棄《きりすて》給はざる。いで那《あの》頤《おとがい》劈《つんざ》きて、息《いき》の緒《を》断《たゝ》ん。」

と敦圉猛《いきまきたけ》く、走蒐《はしりかゝ》らまくしてけるを、杜四郎《もりしらう》推禁《おしとゞ》めて、

「开《そ》は大人気《おとなげ》なし敵手《あいて》に足《た》らぬ、狂女《きようぢよ》を殺《ころ》して何《なに》にせん。先我手疵《まづわがてきず》に仙丹《せんたん》を、塗《ぬり》て宿所《しゆくしよ》へいそぐべし。」

といふに柒六《なゝろく》「有理《げにも》」と応《いらへ》て、其偏袒《そのかたはだ》を推脱《おしぬが》せて、腰《こし》に吊《つけ》たる薬籠《やくらう》より、彼仙丹《かのせんたん》を拿出《とりいだ》して、杜四郎《もりしらう》の瘡口《きずぐち》へ、多《おほ》く布塗《しきまみ》らして、鼻紙《はながみ》を裂《さき》て蓋《ふた》にしつ、罵狂《のゝしりくる》ふ棄木《すてき》の巨楳《おほめ》を、見《み》かへりもせずうち連立《つれだち》て、観音寺《くわんおんじ》の宿所《しゆくしよ》へいそぐに、先度《せんど》に懲《こり》て捷径《ちかみち》を求《もと》めず、故《もと》の畷路《なはてみち》に立《たち》かへりて、直急《ひたいそ》ぎに走《はし》るものから、杜四郎《もりしらう》の鎌瘡《かまきず》は、彼仙丹《かのせんたん》を用《もち》ひしより、其血立地《そのちたちどころ》に止《とゞま》りて、敢又疼痛《あへてまたいたみ》を覚《おぼえ》ず。この日点燭時候《ひひともしころ》に、高島《たかしま》の宿《やど》りに還《かへ》るに

及《およ》びて、瘡口《きずくち》なごりなく閉《とぢ》て、衣《きぬ》の障《さは》るを知《し》らず。是《これ》よりの後《のち》、一両日《ひとひふたひ》を歴《へ》ぬる随《まゝ》に、その金瘡皆愈《きりきずみないえ》て、迹《あと》だに見《み》えずなりにける。然《さ》ればこの両少年《りやうしやうねん》は、仙丹神奇《せんたんしんき》の径験《けいげん》を、悄地《ひそか》に感《かん》じあへりける。

間話休題《あだしことはさておきつ》。尓程《さるほど》に大江杜四郎《おほえもりしらう》、峯張柒六郎《みねはりなゝろくらう》は、当晩夕飯果《そのよゆふいひはて》て後《のち》、主人石見介《あるじいはみのすけ》にうち向《むか》ひて、今日《けふ》目撃《もくげき》《メニミル》したる郊外《たゐなか》の、春色風景《しゆんしよくふうけい》を、云云《かにかく》といひ出《いで》て、うち譚《かたら》ふ語次《ことのついで》に、彼枸杞村《かのくこむら》なる棄木《すてき》の巨楳《おほめ》の、狼藉《らうぜき》の為体《ていたらく》を漏《もら》すことなく告《つげ》しかば、石見介《いはみのすけ》驚《おどろ》きて、

「开《そ》は安《やす》からぬ事なりき。其奴国家《そやつこくか》の法度《はつと》を知《し》らず、善悪邪正《ぜんあくじやしやう》に暗《くら》かるは、取《と》るよしもなき狂女《きやうぢよ》なりとも、捨置《すてお》かば又何《またいか》なる、殃危《わざはひ》を醸《かも》せん歟《か》、是《これ》も亦知《またし》るべからず。夫千丈《それせんぢやう》の隄《つゝみ》の頽《くづ》るゝも、蟻《あり》の穴《あな》より起《おこ》るといへり。小火倘滅《しやうくわもしけ》さずもあらば、後《のち》の煽々《せんく》をいかにせん。先《まづ》その消息《あるかたち》を聞定《きゝさだ》めて、又《また》せん術《すべ》もありぬべし。咱《われ》等《ら》に任《まかせ》たまひね」

と、答《こたへ》て夜話《やわ》は果《はて》にけり。

その次《つぎ》の日《ひ》に石見介《いはみのすけ》は、心利《こゝろきゝ》たる若党《わかたう》に、意衷《いちう》を云云《しかく》と宣示《のりしめ》して、悄地《ひそか》に枸杞村《くこむら》に遣《つかは》ししに、件《くだん》の若党《わかたう》黄昏時候《たそがれころ》にかへり来《き》つ、随即石見介《すなはちいはみのすけ》に報《つぐ》るやう、

「小人今朝《やつがれけさ》枸杞村《くこむら》に赴《おもむ》きて、巨楳《おほめ》が事《こと》の顛末《もとすゑ》を撈《さぐ》りしに、他《かれ》は彼村《かのむら》なる、荘客某甲《ひやくせうなにがし》の妻《つま》なりし時《とき》より、酒《さけ》を貪《むさぼ》り賭泉《とせん》に耽《ふけ》りて、人《ひと》に忌《いま》るゝ毒婦《どくふ》なりしに、其良人身故《そのをつとみまか》りしより、彼身《かのみ》貧《まど》しくなる随《まゝ》に、奸計《わるだくみ》を宗《むね》としつ、村人《むらびと》些《ちと》の失《あやまち》あれば、其家《そのいへ》に踉入《つけこみ》て、多《おほ》く銭《ぜに》を取《と》らせざれば、敢去《あへてさ》らず。生平《つね》に酒肆《さかたな》に赴《おもむ》きて、酔《ゑは》ざれば敢《あへて》かへらず。然《され》ばとて其価《そのあたひ》を、還《わた》さゞる日《ひ》の多《おほ》かれば、酒杜氏等《さかとうじら》は困果《こうじはて》て、『沽《う》らじ』といへば怒狂《いかりくる》ふて、

巨椋乱酔《すゐ》して尻掛《しりかけ》酒屋《さかや》を鬧《さはが》せ
小もの
おやめ

さと人
さと人
酒とうど

舛《ます》(升)を擲《なげう》ち吸口《のみぐち》をうち払《はら》ふ、狼藉涯《らうぜきかぎ》りなきものから、然《さ》しも女流《ぢよりう》の事なれば、敵手《あひて》に做《な》さんはさすがにて、打《うち》懲《こら》すことを要《えう》せず。坊賈《あきびと》の悲《かな》しさは、只径紀《たゞあきなひ》の妨《さまたげ》に、做《な》さじと思《おも》へば賺寛解《すかしなだめ》て、反《かへつ》て酒《さけ》を贈《おく》り、銭《ぜに》を取《と》らせて、告訴《こうそ》する者《もの》あることなければ、巨楳《おほめ》はます〱忌憚《いみはゞか》らず、不義《ふぎ》の利《り》をのみ欲《ほり》する程《ほど》に、同気相求《どうきあひもと》めたる、墨鳥盆九《すみとりのぼんく》郎《らう》と密通《みつつう》してより、迭《かたみ》に其悪《そのあく》を資《たす》けて、人《ひと》の憂《うれ》ひに做《な》ること多《おほ》かり。有斯《かゝり》し程《ほど》に盆九《ぼんく》郎《らう》は、積悪《せきあく》竟《つひ》に発覚《あらは》れて、大江主《おほえぬし》に搦捕《からめとら》れ、既《すで》に死刑《しけい》に行《おこな》はれしかば、巨楳《おほめ》は愛惜《あいじやく》のやる方《かた》なくやありけん、うち歎《なげ》きてありける比《ころ》、人《ひと》の為《ため》に哄誘《そゝのか》されて、歹智計《わるちゑ》をや馮《つけ》られけん、大江主《おほえぬし》を仇《あた》とし罵《のゝし》りて、『いかで怨《うらみ》を復《かへ》さん』とて、物狂《ものくる》はしく做《な》る日《ひ》もありしに、昨日何人《きのふなにびと》の所為《わざ》にやありけん、長畷《ながなはて》の横小路《よこしようぢ》にて、巨楳《おほめ》を結杻《しばり》て老樹《おいき》の幹《みき》へ、緊《きび》しく括《くゝ》り置《おか》れし折《をり》、相識一箇《あいしるひとり》の里人《さとびと》の、こゝろともなく過《よぎ》るあり。巨楳《おほめ》は是《これ》を喚留《よびとゞ》めて、只管極《ひたすらすく》ひを求《もと》めしかば、其人仏心《そのひとほとけこゝろ》をもて、敢亦疑《あへてまたうたが》はず、彼身《かのみ》を結杻《しばり》し藤蔓《ふぢかつら》も、長手拭《ながてぬぐひ》も解捨《ときすて》て、ゆくこといまだ一町《ひとまち》に過《す》ぎず、巨楳《おほめ》は乱心《らんしん》したりけん、其頭《そこら》にありける鎌掻拿《かまかいと》りて、追携《おひすが》りつゝ其里人《そのさとびと》の、肩尖《かたさき》より背《そびら》まで、ばらりずんと斫仆《きりたふ》せば、窮所《きうしよ》の深傷《ふかで》に一霎時《しばし》も得堪《えたへ》ず、开《そ》が儘撐《まゝだう》と平張《へたばり》ける。巨楳《おほめ》は是《これ》を悔《くひ》もせず、血《ち》に塗《まみ》れたる鎌《かま》うち振《ふり》て、狂《くる》ひ罵《のゝし》りゆく程《ほど》に、途《みち》に逢《あひ》ける里人《さとびと》の、老幼男女甲乙《らうえうなんによこれかれ》となく、身《み》を傷《やぶ》らるゝ者多《ものおほ》かりければ、血気壮《けつきさかり》なる村人毎《むらびとども》、『素破事《すはこと》あり。』と起《おこ》り立《たち》て、朸桿棒引提《あふこよりぼうひきさげ》々々《く》、走《はし》り集《つど》ふ者数十名《ものすじふにん》、巨楳《おほめ》を中《なか》に捉稠《とりこめ》て、八方《はつはう》より撲《う》つ程《ほど》に、羅刹《らせつ》を欺《あざむ》く狂婦《きやうふ》なれども、いかにして支《さゝ》ゆべき、腕《かいな》を折《くぢ》かれ頭砕《かうべくだ》けて、脳髄《なうみそ》出《いで》てぞ死《しん》でける。既《すで》にして事私《ことわたくし》に、治《をさま》るべきにあらざれば、村長故老驚《むらをさとしよりおどろ》きて、事《こと》の邪正《じやしやう》を問訂《とひたゞ》し、地方《ところ》の荘官某甲《しやうくわんなにがし》に訴《うつたへ》て、実撿使《じつけんし》を請《こ》ふといふ。人東西《ひとあちこち》に走《はし》り違《ちが》ひて、罵《のゝし》り噪《さわ》ぎ候。」

と言詳《ことつまびらか》に演《のべ》しかば、石見介《いはみのすけ》又驚《またおどろ》きて、先若党《まづわかたう》を労《ねぎら》ひつ、开《そ》が随《まゝ》に退《しりぞか》せて、然而《さて》杜四郎《もりしらう》と柰六《なゝろく》に、巨楳《おほめ》が横《わう》死《し》の為体《ていたらく》を、聞《きゝ》つる随《まゝ》に宣示《のりしめ》せば、両少年等《りやうしようねんら》は眉《まゆ》を顰《ひそ》めて、嘆息《たんそく》の外《ほか》なかりける。

姑且《しばらく》して杜四郎《もりしらう》のいふやう、

「巨楳《おほめ》の如《ごと》きは賊婦《ぞくふ》なれども、我其職《われそのしよく》にあらざれば、搦捕《からめと》ることを要《えう》せず、只懲《たゞこら》さまく思《おも》ひしに、虎狼野心《こらうやしん》の癖《くせ》なれば、怨《うらみ》もなき里《さと》の男女《なんによ》に、多《おほ》く痍《て》を負《おは》せし歟《か》。天罰竟《てんばつつひ》に免《まぬか》れず、荘客們《ひやくせうばら》に殴殺《うちころ》されしは、寔《まこと》に自《じ》業自得《ごうじとく》にこそ。」

といふを石見介《いはみのすけ》うち聞《きゝ》て、

「然《さ》ればとよ、その事なれ。和君《わきみ》は巨楳《おほめ》を懲《こら》さんとて、彼身《かのみ》を結杻《しばり》給ひしを、村人等《むらびとら》は知《し》らずといへども、事《こと》の讞断果《けんだんはつ》るをまたで、他郷《たけう》へ立去《たちさり》給ひなば、後《のち》に其事《そのこと》を知《し》る人《ひと》ありて、云云《かにかく》と評《ひやう》する折《をり》、逃《にげ》たりとやいはるべからん。不本意《ふほんい》にはあるべけれども、ゆくも止《とゞま》るも皆時《みなとき》なり。この義《ぎ》を思《おも》ひ給はずや。」

といふに杜四郎《もりしらう》は「然也《さ》。」と答《こたへ》て、事《この》の障《さはり》をうちわぶる、嗟嘆《さたん》に長《なが》き春《はる》の日《ひ》を、消《くら》し難《かね》つゝありけるほどに、三月《やよひ》も既《すで》に尽《つく》る時候《ころ》、巨楳《おほめ》の一件果《いつけんはて》たりといふ、風声仄《ふうぶんほのか》に聞《きこ》えけり。登時高島石見介《そのときたかしまいはみのすけ》は、杜四郎《もりしらう》と柰六《なゝろく》に告《つぐ》るやう、

「彼巨楳《かのおほめ》の横死《わうし》の事《こと》に就《つ》きて、枸杞村人《くこむらびと》の稟《まう》すよし、其証据《そのあかし》あるをもて、巨楳《おほめ》を殴殺《うちころし》たる壮佼等《わかうどら》は、疎忽《そこつ》の失《あやまち》を宥《なだ》められて、皆赦《みなしや》に遇《あひ》ぬと聞《きこ》えたり。其故《そのゆゑ》は彼巨楳《かのおほめ》に、身《み》を傷《やぶ》られたる村《むら》の男女《なんによ》は、幸《さいはひ》にして死《し》に至《いた》らず、皆《みな》その金瘡愈《きりきずいえ》たれども、はじめ彼横小路《かのよこしようぢ》にて、背《そびら》を斫《き》られし荘客某甲《ひやくしようなにがし》は、即死《そくし》したれば救《すく》ふによし

なし。有斯《かか》れば巨棋《おほめ》は里人《さとびと》の、諸手《もろて》に死《し》なで在《あり》とても、其罪解《そのつみげ》屍《し》人《にん》を免《まぬか》るべからず。況他《まいてかれ》が年来《としごろ》の毒悪《どくあく》、是時《このとき》に遠《とほ》く聞《きこ》えて、その照験分明《あかしふんみやう》なれば、則守《すなはちかみ》の御沙汰《ごさた》として、形《かた》の如《ごと》くに行《おこな》はれにき。然《さ》れば枸杞《くこ》村人《むらびと》は、『蠱毒《こどく》を禳《はら》ひし心地《こゝち》す』とて、置酒《ちしゅ》して祝《いは》ふも少《すくな》からねど、老《おい》て心弱《こゝろよわ》き村人《むらびと》は、『後又巨棋《のちまたおほめ》の悪霊《あくりやう》の、祟《たゝり》を做《な》すことあらん歟《か》』とて、『講《こう》を結《むす》び、銭《ぜに》を集《あつ》めて、彼亡骸《かのなきから》を葬《ほうむ》りつ、為《ため》に五《ご》輪石塔婆《りんせきたうば》を建立《こんりう》して、追薦《ついぜん》の読経《どきよう》、叮寧《ねんごろ》にものせん』とて、商量最中《だんかふもなか》也といふ、この義《ぎ》も人《ひと》の噂《うはさ》に聞《きゝ》ぬ。彼首尾《かのしゆび》かくの如《ごと》くなれば、和君達《わきみたち》に障《さは》りなし。今日《けふ》よりして那里《いづこ》まれ、発足《ほつそく》は随意《まにく》なれども、己猶思《おのれなほおも》ふよしあり。大江《おほえ》主《ぬし》は十七歳峰張《さいみねはり》生《うぢ》は十九ならずや。尓《さ》るを猶総角《なほあげまき》の儘《まゝ》にて、万里《ばんり》の逆路《たびぢ》に赴《おもむ》き給はゞ、胸安《むねやす》からざる所《ところ》あり。故何《ゆゑいかに》とならば、是《これ》人少年《ひとしようねん》と見《み》る時《とき》は、思《おも》ひ侮《あなど》るも是《これ》あるべく、或《あるひ》は竜陽鶏姦《りうやうけいかん》の、惑《まよ》ひを做《な》す小人《しようじん》の、是《これ》なしとすべからず。是《これ》によりて此《これ》を思《おも》へば、早《はや》く額髪《ひたいかみ》を剃除《そりのぞ》きて、男《をとこ》に成《な》るにしくことなし。倘我意《もしわがい》見《けん》に従《したが》ひ給はゞ、明日《あす》は黄《くわう》道吉日《だうきちにち》也。好純不肖《よしずみふせう》にして、其人《そのひと》にあらねども、故《もと》の峯張先生《みねはりせんせい》の弟子《をしえこ》なれば、旧《きう》好《こう》《フルキヨシミ》親族《しんぞく》の思《おも》ひを做《な》せり。幸《さいはひ》に嫌《きらは》れずは、いかで烏《え》帽子《ぼうし》をまゐらせまく欲《ほり》す。この義《ぎ》誰何《いかに》。」

と談《だん》ずれば、柴六《なゝろく》はいふもさら也、杜四《もりし》郎《らうい》異義《ぎ》もなく、歓《よろこ》びて答《こたふ》るやう、

「教諭誠《きようゆまこと》に其理《そのり》あり。我們《われく》貌《かたち》を革《あらたむ》るに、親《おや》にも兄《あに》にも告《つげ》ずして、自恣《みづからほしいまゝ》なるは、実《じつ》に非礼《ひらい》に似《に》たれども、旅《たび》にしあれば許《ゆる》されやせん。最辱《いとかたじけな》く候。」

と謝《しゃ》すれば亦柴六《またなゝろく》も、倶《とも》に歓《よろこ》びのこゝろを演《のべ》て、猶《なほ》も余談《よだん》に及《およ》びしかば、石見介《いはみのすけ》は、『両少年《りようしようねん》の、温潤《おんじゅん》にして怜悧《さかし》さの、今《いま》にはじめぬ事《こと》ながら、いふ甲斐《かひ》あり』と思《おも》ふにぞ、先《まづ》その准備《ようい》をいそぎたる。

次《つぎ》の日《ひ》大江《おほえ》峯張《みねはり》の、初髻《うひもとゆひ》《ゲンプク》の祝寿《ことほぎ》あり。石見介《いはみのすけ》是《これ》をものして、理髪《りはつ》烏帽子《えぼうし》親《おや》を兼帯《けんたい》す。この日《ひ》杜四郎《もりしらう》と柒六《なゝろく》の、額髪《ひたいかみ》を剃除《そりのぞ》くに石見介《いはみのすけ》は、僅《わつか》に剃刀《かみそり》を当《あて》たるのみにて、その技《わざ》にこゝろ得《え》たる、老僕《おとな》若党《わかたう》立代《たちかは》りて、剃《そり》もしつ、結髪《かみあげ》果《はて》て、鏡《かゞみ》を与《あた》へて見《み》せなどす。石見介《いはみのすけ》長江《をさえ》まで、出《いで》て前《まへ》に居《を》り、後《うしろ》に立《たち》て、その似《に》つかはしきを「好《よし》」といふめり。是《これ》よりして杜四郎《もりしらう》柒六《なゝろく》は、倶《とも》に其小名《そのをさなゝ》の、四郎柒六《しらうなゝろく》をもて自称《じしよう》せず。各々《おのく》その実名《じつみやう》の、成勝《なりかつ》通能《みちよし》とのみ唱《とな》へける。斯而《かくて》この主僕《しゆぼく》は、倶《とも》に衣裳《いしやう》を整《とゝの》へて、当城内《たうぜうない》に遷《うつ》し祀《まつ》られ給ふ、多賀《たが》の神社《やしろ》へ詣《まうで》んとて、高島《たかしま》の若党《わかたう》を、案内《しるべ》にしつゝ立出《たちいで》て、拝《をが》み果《はて》てかへり来《き》ぬれば、寿酒饗饌《じゆしゆけうぜん》の儲《まうけ》あり。この義《ぎ》も石見《いはみの》介《すけ》が心《こゝろ》を用《もち》ひて、為《ため》に祝寿《ことほぎ》を做《な》せる也。然《さ》ればこの賀席《よろこびのむしろ》に、敢《あへて》他人《たにん》を交《まじ》へず、成勝《なりかつ》通能《みちよし》を上坐《かみくら》に推居《おしすゑ》て、高島夫婦《たかしまふうふ》相伴《しやうばん》たり。その余《よ》一家児《いへのうち》なる、老僕《おとな》若党《わかたう》奴婢《ぬひ》等《ら》までに、物喫《ものくは》せ酒飲《さけのま》せて、終日《ひねもす》歓《よろこ》びを尽《つく》しけり。石《いは》見介《みのすけ》の師恩《しおん》を思《おも》ふ、誠意《まこゝろ》の篤《あつ》かるは、十三屋《じふさんや》九四郎《くしらう》に、劣《おと》るべうもあらざれば、成勝《なりかつ》と通能《みちよし》は、千謝万謝《せんしやばんしや》も猶《なほ》足《た》らずとて、感悦《かんえつ》涯《かぎ》りなきものから、斯而《かくて》在《あ》るべきにあらざれば、明日《あす》は這地《このち》を立去《たちさ》らんとて、主人夫婦《あるじふうふ》に別《わか》れを告《つぐ》るに、石見介《いはみのすけ》諾《うべなひ》て、

「和君達《わきみたち》去歳《こぞ》よりして、屢《しばく》事《こと》の障《さは》りありて、淹留《えんりう》今《いま》に及《およ》びしかば、心《こゝろ》いそぎのせらるゝならん。発足《ほつそく》は随意《まにく》なるべし。但《たゞ》し這里《ここ》より若狭《わかさ》、もしくは越路《こしぢ》などへ、赴《おもむ》くに二路《ふたみち》あり。故官道《ふるかいだう》は要害《えうがい》の為《ため》、前後《ぜんご》に新関《にひせき》を置《すゑ》られて、当家《たうけ》の士卒《しそつ》にあらざるより、敢往還《あへてゆきゝ》を許《ゆる》されず。この便路《びんろ》を除《のぞ》くの外《ほか》、陸《くが》は峨々《がゞ》たる山路《やまぢ》にて、沙礫《こいし》最多《いとおほ》かれば、土人《ところのひと》綽号《あだな》して、碌々越《ろくくごえ》と呼做《よびな》したり。其嶮岨《そのけんそ》艱難《かんなん》を嫌《きら》ふ者《もの》は、琵琶湖《びはこ》の畔《ほとり》に立出《たちいで》て、水路《ふなぢ》をゆくも多《おほ》かるべし。そは便宜《びんぎ》に似《に》たれども、動《やゝ》もすれば風俟《かざまち》して、日《ひ》を累《かさね》るもなきにあらねば、近《ちか》き

も反《かへつ》て遠《とほ》きがごとし。這二路《このふたみち》を択《えら》み給へ」

といふ。成勝《なりかつ》早《とみ》の尋思《しあん》に及《およ》ばず、通能《みちよし》と商量《だんかふ》するに、

『慭《なまじひ》に水路《ふなぢ》を欲《ほり》して、湖水《こすい》の畔《ほとり》に赴《おもむ》かば、親《した》しかりける衆少年《しふしやうねん》の、水送《みづおくり》の為《ため》にとて、出来《いでき》ぬるもありぬべし。然《さ》らば路次《ろじ》の煩《わづらひ》也。碌々越《ろくくごえ》をゆくべし』

とて、この意《い》を以《もつ》て答《こた》へしかば、石見介《いはみのすけ》点頭《うなづき》て、

「尓《しか》らば郷導《みちしるべ》の為《ため》に、若党奴隷《わかたうしもべ》をまゐらすべし。」

といふを成勝《なりかつ》聞《きゝ》あへず、

「いかでかは其義《そのぎ》に及《およ》ばん。我們《われく》は旅《たび》より旅《たび》に、光陰《つきひ》を送《おく》る者《もの》なるに、非如一駅半日《よしやひとしゆくはんにち》なりとも、伴当《ともびと》などは用《よう》なし。」

と推辞《いなめ》ば通能《みちよし》も倶《とも》にいふやう、

「寧《むしろ》明日《あす》の起行《たびたち》は、人《ひと》に知《し》られざらまく欲《ほり》す。伴当《ともびと》なきこそよかめれ。」

といふに石見介《いはみのすけ》は強難《しひかね》て、竟《つひ》に其意《そのい》に任《まか》せつゝ、菅笠手拭鼻紙《すげかさてぬぐひはながみ》なんど、草鞋《わらんじ》に至《いた》るまで、主僕《しゆぼく》の為《ため》に心《こゝろ》を属《つけ》て、只管余波《ひたすらなごり》を惜《をし》むのみ。この時成勝通能《ときなりかつみちよし》は、逗留《とうりう》の程《ほど》、新製《しんせい》の、衣裳《いしやう》は逆旅《たびぢ》に要《えう》なしとて、去歳《こぞ》より老実《まめやか》にものしたる、老僕若党《おとなわかたう》に皆《みな》取らせて、雨衣《あまぎぬ》をのみ携《たづさへ》ゆくめり。

この宵《よ》は高島《たかしま》の妻長江《つまをさえ》さへ、良人《をつと》と倶《とも》に団坐《まとゐ》に入《い》りて、云云《かにかく》と話《かたり》慰《なぐさむ》るに、周防《すはう》にありける独子《ひとりこ》の硯吉郎《げんきちらう》の事をしも、思《おも》ひ出《いで》いひ出《いで》て、堪《たへ》ずや涕《はな》をうち噛《かみ》けり。『現子《げにこ》を思《おも》ふ親《おや》ごゝろ、誰《たれ》もかくこそあるべけれ。』

といはねど然《さ》しも身《み》にぞ知《し》る、成勝《なりかつ》と通能《みちよし》は、慰《なぐさめ》難《かね》て惆然《ちやうねん》たる、折《をり》から四月《うつき》の初旬《はじめ》にて、短夜《みじかよ》なれば辞退《ぢしりぞ》きて、倶《とも》に枕《まくら》に就《つ》きしより、幾程《いくほど》もなく呼覚《よびさま》さるゝ、主僕早飯《しゆぼくあさいひ》を果し、割籠《わりご》を腰《こし》にして、倶《とも》に身軽《みがる》に打扮《いでたち》つ、主人夫婦《あるじふうふ》に告別《いとまごひ》して、烏《からす》の茂林《もり》を離《はな》るゝ時候《ころ》、遽《いそがは》しく立出《たちいづ》れば、石見介長江《いはみのすけをさえ》はさら也、奴婢《ぬひ》等も都《すべ》て別《わかれ》を惜《をし》みて、門傍《かどべ》に立《たち》て目送《みおく》りけり。当下石見介好純《そのときいはみのすけよしずみ》は、妻《つま》の長江《をさえ》を見《み》かへりて、

「我今番《われこたび》こそやうやくに、師恩《しおん》に報《むく》ひ得《え》たるが如《ごと》し。世《よ》に人《ひと》の親《おや》たる者《もの》、大江《おほえ》峰張主僕《みねはりしゆぼく》の如《ごと》き、児子《こども》あらば何《なに》をか憂《うれ》ひん。実《じつ》に彼家《かのいへ》の麒麟児《きりんじ》なる哉《かな》。羨《うらや》むべしく〵。」

と連《しき》りに嘆賞《たんしよう》したりける。

尓程《さるほど》に大江杜四郎成勝《おほえもりしらうなりかつ》、峰張柒六郎通能《みねはりなゝろくらうみちよし》は、観音寺《くわんおんじ》の一二《いちに》の城門《きど》を、障《さは》りもあらず出離《いではな》れて、ゆくこといまだ十町《とまち》に足《た》らず、こゝろともなく見《み》かへれば、幾《いつ》の程《ほど》に歟跟《かっ》きて来《き》にけん、高島《たかしま》の若党奴隷《わかたうしもべ》が、後方《あとべ》に立《たち》て礼《いや》を做《な》す。思《おも》ひかけなき事なれば、成勝《なりかつ》と通能《みちよし》は、訝《いぶか》りながら歩《あし》を駐《とゞ》めて、先其故《まづそのゆゑ》を諮《たづ》ぬるに、件《くだん》の若党《わかたう》答《こたへ》ていふやう、

「御郷導《おんみちしるべ》の事はしも、固《かた》く辞《いろ》はせ給ひしかども、主人《しゆじん》は左右《とかく》に安心《あんしん》せず。『山《やま》を踰果《こえはて》給ふまで、倶《ぐ》しまつれ』と吩咐《いひつけ》られて、まゐり候なり」

と告《つぐ》るを、成勝通能《なりかつみちよし》うち聞《きゝ》て、『現彼人《げにかのひと》の信義《しんぎ》に篤《あつ》かる。かくまで心《こゝろ》を用《もち》ひられしに、遣《や》り返《かへ》さんは無礼《なめ》なるべし。』と思《おも》へば倶《とも》に労《ねぎら》ふて、幵《そ》が随《まゝ》に将《い》てゆく程《ほど》に、その路一里許《みちいちりばかり》にして、早《はや》く山脚《ふもと》に来《き》にけるに、其頭《そこら》に茶店《さてん》ありければ、「権且茲《しばらくこゝ》に憩《いこは》ん」とて、成勝通能伴当《なりかつみちよしともびと》まで、凳《せうぎ》に尻《しり》をうち掛《かけ》て、共《とも》に山茶《やまちや》を喫程《のむほど》に

七鹿山《なゝしかやま》の巓《とふげ》
に成勝《なりかつ》通能《みちよし》
矢傷野猪に
逢《あ》ふ
みちよし

通能《みちよし》は、茶博士《ちやあるじ》にうち向《むか》ひて、碌々越《ろく〳〵ごえ》の路程《みちのほど》、嶮岨《けんそ》遠近《ゑんきん》を問《と》ひけるに、茶博士答《ちやあるじこたへ》て、

「然《さん》候。素《もと》この山路《やまぢ》は官道《かいだう》ならねど、曩《さき》に守《かみ》の御制度《ごさた》として、故道《ふるみち》を窒《ふさ》がれしより、若狭《わかさ》越前《ゑちぜん》などへゆく旅客《たびびと》の、をさ〳〵過《よぎ》る事になりにき。又這山《またこのやま》を七鹿山《なゝしやま》と喚做《よびな》したるも、碌々越《ろく〳〵ごえ》といふことも、皆国人《みなくにうど》の訛《なま》り也。素《もと》この山《やま》には名《な》なき故《ゆゑ》に、無名山《なゝしやま》といひけるを、七鹿山《なゝしやま》と書改《かきあらた》め、又《また》この山路《やまぢ》に、六六三十六町《ろく〳〵さんじぶろくまち》の嶮岨《けんそ》あれば、六六越《ろく〳〵ごえ》と名づけしを、碌々越《ろく〳〵ごえ》に作《つく》るにやあらん。『皆是儒士《みなこれはかせ》の傅会《ふくわい》ならん。』と物識人《ものしりひと》は呟《つぶや》くも候ひき。又《また》この山《やま》の半腹《なから》より、美濃路《みのぢ》へ出《いづ》る捷径《ちかみち》あり。そは只樵夫《たゞきこり》の通《かよ》ふのみ。旅客《たびびと》はゆかず候。」

と言正首《ことまめやか》に説示《ときしめ》すを、成勝《なりかつ》も側聞《かたへきゝ》して、

「然《さ》らば去向《ゆくて》は心易《こゝろやす》かり。嶮岨《けんそ》は三十六町《さんじふろくまち》のみ。郷導《みちしるべ》は実《じつ》に要《えう》なし。謝《しや》して他等《かれら》を返《かへ》さん」

とて、通能《みちよし》と共侶《もろとも》に、高島《たかしま》の若党奴隷《わかたうしもべ》を叮寧《ねんごろ》に労《ねぎら》ふて、返《かへ》さまく欲《ほり》するに、這高島《このたかしま》の若党《わかたう》は、勾津字六《まかつあざろく》と喚《よび》做《な》して、性老実《さがまめやか》なる者《もの》なれば、敢其義《あへてそのぎ》に従《したが》はず、奴隷《しもべ》は名《な》を可平《べくへい》といふ、こも愚直人《ぐちよくひと》なるをもて、いかにして還《かへ》るべき、遽《いそがは》しく脊《せうぎ》を外《はづ》して、跪《ひざまづ》きつゝ倶《とも》にいふやう、

「予《かねて》知《し》らせ給ふ如《ごと》く、主人石見介《しゆじんいはみのすけ》は、賞罰《しやうばつ》正《まさ》しく候へば、縦令辞《たとひいろは》せ給ふとも、等閑《なほざり》にして茲《こゝ》よりかへらば、罪免《つみまぬか》るべくも候はず。御戮《おんいとは》しく候とも、いかで今宵《こよひ》の御宿《おんやどり》まで、御伴《おんとも》をこそ願《ねがは》しけれ。いかで〳〵。」

と諄《くり》かへす、言果《ことはつ》べうもあらざれば、成勝《なりかつ》も通能《みちよし》も、困《こう》じて又《また》いふよしもなく、『然《さ》らばその意《い》に任《まか》せん』とて、茶博士《ちやあるじ》に茶代《ちやだい》を還《わた》して、山路《やまぢ》の為《ため》に茲《こゝ》にて売《う》る、竹杖四竿買拿《たけつゑよそじかいと》りつ、各《おの〳〵》是《これ》を衝立《つきたて》て、碌々越《ろく〳〵ごえ》を臨《さし》てゆく程《ほど》に、はじめは其路嶮《そのみちけは》しからず、俗《よ》に云《いふ》爪頭陟《つまさきのぼり》にて、聊《いさゝか》も艱苦《かんく》を覚《おぼえ》ず。向上《みあぐ》れば、青壁嵯峨《あをきみねさが》として、

緑樹森々《りよくじゆしん〳〵》《ミドリノキフカクシゲル》、夏尚寒《なつなほさむ》く、直下《みをろ》せば碧潭窅渺《へきたんにようびよう》《フカクハルカ》として、青苔蒸々《せいたいじよう〳〵》《アヲコケムシムス》、水又遠《みづまたとほ》かり。或《ある》は嵒躑躅《いはつゝじ》の韓紅《からくれなゐ》なる、分《わ》けゆく人《ひと》を染做《そめな》して、朱《しゆ》に交《まじは》り辰砂《しんしや》に臥《ふ》すも、かくやと思《おも》ふ、最興《いときよう》あり。或《ある》は波流花《うのはな》の真白《ましろ》なる、時《とき》ならぬ雪《ゆき》のまだ消《きえ》ずや、灯《ともしび》に代夜学《かへやがく》に耽《ふけ》りし、むかしを忍《しの》ぶ、心切也《こゝろせち》。春《はる》の青山何時《あをやまいつ》出《いで》にけん、今日初声《けふはつこゑ》の杜鵑《ほとゝぎす》、四月《うつき》の天《そら》の薄曇《うすくもり》に、二四八《にしはち》としも珍《めづら》しき、目《め》さへ耳《みゝ》さへ暇《いとま》なく、飽《あか》ぬ眺望《ながめ》は一霎時《しばし》の程《ほど》にて、既《すで》に巓《たほげ》に莅《のぞみ》ては、宛《さながら》屏風《びやうぶ》を建《たて》たる如《ごと》く、路陜《みちせま》くして沙礫多《こいしおほ》かり。実《げ》に碌々越《ろく〳〵ごえ》の名空《なむな》しからず。一歩毎《ひとあしごと》に小心《ようじん》せざれば、礫轔《いしくるま》に載《のせ》られて、忽地《たちまち》千仭《ひろ》の谷《たに》にや墜《おち》ん。成勝《なりかつ》と通能《みちよし》は、迭《かたみ》に気《き》を励《はげま》して、杖《つゑ》をちからに辛《から》くして、登《のぼ》る者《もの》十八九町《まち》、やうやく巓《たほげ》に至《いた》りては、最平坦《いとたいらか》にて路広《みちひろ》く、左右《さゆう》に生茂《おひしげ》りたる、夏樹柆《なつこだち》の間《あはひ》に、土地《やまのかみ》の小社《ほこら》ありけり。旅客《たびゞと》の茲《こゝ》にして、幣賻《ぬさたむけ》ぬる為《ため》なるべし。彼字六《かのあざろく》と可平《べくへい》は、嶮岨《けんそ》にや疲《つか》れにけん、後《おく》れていまだ来《こ》ざりしかば、這方《こなた》の主僕《しゆぼく》はそを俟《また》んとて、小社《ほこら》の下檀《げだん》に尻《しり》を掛《かけ》て、倶《とも》に憩《いこ》ふて在《あ》りし程《ほど》に、前面《むかひ》に高《たか》き夏草《なつくさ》を、踏披《ふみひら》きつゝ突然《とつねん》と、走《はし》り出来《いでく》る両箇《にひき》の暴野猪《あれしし》、倶《とも》に矢傷《やきず》を負《お》ふたる歟《か》、威勢猛《いきほひたけ》く成勝等《なりかつら》を、蒐《かけ》んと找《すゝ》めば、成勝通能《なりかつみちよし》、「吐嗟《あなや》」と左右《さゆう》へ避別《さけわか》れて、寄《よ》らば刺《さゝ》んと疾視《にらまへ》たり。

この段尚文多《だんなほぶんおほ》ければ、又下回《またしものめぐり》に、解分《ときわく》るを聴《きゝ》ねかし。

新局玉石童子訓巻之十六終

新局《しんきよく》玉石童子《ぎよくせきどうじ》訓《くん》巻《まき》之《の》十七

東都　曲亭主人口授編次

第《だい》四十七回《くわい》

七鹿山《なゝしやま》の厄《やく》に四少年《ししようねん》禍福《くわふく》を異《こと》にす
千仭《ちひろ》の谷《たに》の中《うち》に神霊《しんれい》新奇《しんき》を出現《あらは》す

重説《かさねてとく》。大江《おほえ》杜四郎《もりしらう》成勝《なりかつ》、峯張《みねはり》柒六郎《なゝろくらう》通能《みちよし》は、無名山《ななしやま》又七鹿山《なゝしやま》ともいふの巓《とほげ》にて、後《おく》れて来《き》ぬる若党《わかとう》奴隷《しもべ》、字六可平《あざろくべくへい》等《ら》を俟《また》んとて、土地《やまのかみ》の茅社《ほこら》の頭《ほとり》に、権且《しばらく》憩《いこ》ひ居《を》る程《ほど》に、突然《とつねん》として暴来《あれき》ぬる、正《まさ》に両箇《ふたつ》の矢傷《ておひ》野猪《しし》、其形容《そのさま》犢《ことい》に等《ひと》しくて、駆《かけ》んと狂《くる》ふ勁猛《いきほひ》に、当《あた》るべくもあらざれば、「吐嗟《あなや》」と左右《さゆう》へ別避《わかれさけ》て、寄《よ》らば刺《さゝ》んと身構《みかまへ》たる。程《ほど》しもあらず前向《むかひ》なる、繁《しげ》き樹立《こだち》の蔭《かげ》よりして、瞟《ひよう》と射出《いい》だす二条《ふたすぢ》の、猟箭《さつや》に野猪《しし》は甲乙共《これかれとも》に、窮所《きうしよ》を箆深《のふか》く射串《いぬか》れて、四足《しそく》を張《はり》てぞ斃《たふ》れける。

当下《そのとき》成勝《なりかつ》通能《みちよし》は、思《おも》ひかけなき光景《ありさま》に、『是《これ》はいかに。』とばかりに、其方《そなた》を佐《きつ》とうち見《み》たる、件《くだん》の樹蔭《こかげ》に両箇《ふたり》の武士《ぶし》あり。倶《とも》に吟《ぎん》ずる声朗《こゑほがらか》に「鼯鼠《むさゝび》は木《こ》ぬれもとむと足曳《あしびき》の 山《やま》の幸雄《さつを》に逢《あ》ひにけるかも 万葉集《まんえうしふ》巻の三にあり やよや両才子《りようさいし》訝《いぶか》り給ふな。我們《われ〳〵》前《さき》より這里《ここ》に在《あ》り。出《いで》て意衷《いちう》を告《つげ》んず。」と呼《よば》はりつ、徐《しづ》やかに、立顕《たちあらは》れつゝ近《ちか》つき来《き》ぬるを、と見《み》れば是別人《これことひと》ならず、佐々木家《さききけ》の近習《きんじゆ》なりける、長《なが》橋倭太郎《はしわたらう》勢泰《なりやす》、象船算弥《きさふねさんや》知量《ともかず》也。是怎生《これいかなる》打扮《いでたち》ぞ。但見《たゞみる》身《み》には鞋肚《はらまきこ》甲手《て》脛衣《すねあて》、長総垂《ながふさたれ》たる鎖衣《くさり》の上《うへ》に、段々筋《だんだらすぢ》の夾衣《あはせきぬ》の、裳短《すそみじか》なるを被下《きくだ》しつ、腰《こし》には苛物作《いかものつくり》の両刀《りようたう》を跨《よこた》へて、背《そびら》に駝做《おひな》す鷲《わし》の羽《は》の、猟箭《さつや》も亦是一対《またこれいつつい》にて、各《おの〱》重藤《しげどう》の弓《ゆみ》に、関弦《せきつるかけ》張たるを挟《わきはさ》み、頭《かうべ》に戴《いたゞ》く綾藺《あやゐ》笠《かさ》、重裡《かさねうら》なる戦鞋《むしやわらじ》の、絺附《ちつき》の紐《ひも》も夏挽《なつひき》の、麻《あさ》より直《なほ》き鯁義《きようぎ》心烈《しんれつ》《ギヲマモルコヽロハゲシ》。奈須《なす》の篠原猟鎖《しのはらかりくら》したる、那三介《かのさんすけ》にあらざりせば、富士《ふじ》の御狩《みかり》に冤家《あた》を撃《うち》たる、曽我《そが》兄弟《はらから》の後身《のちのみ》《サイライ》歟《か》、と思《おも》ふ可《ばかり》の両少年《りようしようねん》、這山中《このやまなか》に躱《かく》ひて、有斯《かか》る資助《たすけ》になりけるを、神《かみ》ならぬ身《み》の知《し》るよしもなき、成勝《なりかつ》と通能《みちよし》は、疑《うたがひ》の霧《きり》いまだ霽《はれ》ねば、共侶《もろとも》に声《こゑ》をかけて、

「思《おも》ひきや両賢契《りようけんけい》。這里《ここ》にて対面《たいめん》すべしとは、故《ゆゑ》こそあらめ。いかにぞや。」

と問《と》へば勢泰知量《なりやすともかず》は、含笑《ほゝゑみ》ながら倶《とも》にいふやう、

「いはで已《やむ》べき事ならぬ、秘密《ひみつ》の話説《わせつ》《ハナシ》是《これ》あれども、世《よ》に憚《はゞか》りの関《せき》はなき、人迹稀《じんせきまれ》なる山路《やまぢ》なりとて、這頭《こゝら》は樵夫旅客《きこりたびびと》の、過《よぎ》る者《もの》なしとすべからず。這方《こなた》へ来《き》ませ。」

と先《さき》に立《た》ちて、件《くだん》の茅社《ほこら》の背《うしろ》なる、樹下《このもと》に退《しりぞ》きつ、各《おの〱》株《くひぜ》に尻《しり》を掛《かけ》たる、开《そ》が中《なか》に成勝通能《なりかつみちよし》は、勢泰等《なりやすら》にうち向《むか》ひて、料《はか》らず野猪《しし》を射《い》て斃《たふ》されし、歓《よろこ》びを演《のべ》まくするを、知量急《ともかずきう》に推禁《おしとゞ》めて、

「やよ両呵々《ふたいろね》。目今火急《たゞいまくわきう》の密話《みつわ》あり。他談《ただん》は要《えう》なし。先听《まづきゝ》給へ。」

といへば勢泰声《なりやすこゑ》を低《ひく》めて、

「和君等《わきみら》いまだ悟《さと》らずや。我們《われ〱》今朝《けさ》より這里《ここ》に在《あ》りて、和君等《わきみら》の過《よぎ》るを俟《まち》しは、野猪《しし》を射《い》るべき為《ため》ならず。守《かみ》の密意《みつい》を受《うけ》まつりて、人《ひと》に知《し》らせず御身等《おんみら》を、遠箭《とほや》にかけん為《ため》なりき。」

といふに呆《あき》るゝ成勝通能《なりかつみちよし》、憶《おもは》ずも、面《おもて》を注《あは》して、沈吟《うちあん》ずること半晌許《はんときばかり》、思難《おもひかね》つゝ倶《とも》にいふやう、

「言疑《ことうたが》ふにあらねども、我們《われ〳〵》犯《をか》せる罪《つみ》あらず。然《さ》るを亦何等《またなにら》の故《ゆゑ》に、『悄地《ひそか》に誅《ちゆう》せ。』と宣《のたま》はせし、守《かみ》の御意《ぎよい》こそこゝろ得《え》られね。矧又御身等《いはんやまたおんみら》は、君命《きみのおほせ》を承《うけ》ながら、我們《われ〳〵》を射《い》て仆《たふ》さで、反《かへつ》て両箇《ふたつ》の暴野猪《あれゐのしし》を、箭頭《やさき》にかけしは甚麼《いかに》ぞや。」

と詰《なじ》れば勢泰四下《なりやすあたり》を見《み》かへり、

「然《さ》ればとよ、其《その》事なれ。約莫這回《およそこたび》の殃危《まがつみ》は、一朝《いつちやう》のことにあらず。去歳《こぞ》の九月十五日《きくつきもちのひ》に、衆少年《しふしようねん》の試撃《しあひ》の折《をり》、御身等両箇《おんみらふたり》の弓馬槍法《ゆみうまやりのて》、彼末朱之介《かのすえあけのすけ》に十倍《じふばい》せる、本事《てなみ》を我君賞感《わがきみしようかん》のあまり、高禄《かうろく》をもて当家《たうけ》に留《とゞ》めて、いかで家臣《かしん》に做《な》さんとて、みづから懇命《こんめい》ありし時《とき》、御身等《おんみら》固《かた》く辞《いろ》ひまつりて、留《とゞま》るべくもあらざりければ、守《かみ》はやうやく思絶《おもひたえ》て、重《かさね》て御沙汰《ごさた》なかりしに、近習第一《きんじゆだいいち》の嬖臣《きりもの》なる、曽根見五郎平宗玄《そねみごらうへいむねはる》は、能《のう》を忌《いみ》、才《さえ》を娼《ねた》み、己《おのれ》に優《まさ》れるを歓《よろこ》ばざる、奸佞利口《かんねいりこう》の癖《くせ》なれば、悄地《ひそか》に守《かみ》に稟《まう》すらく、

『彼大江杜四郎《かのおほえもりしらう》、峰張柴六両少年《みねはりなゝろくりようしようねん》は、必是隣国《かならずこれりんこく》の、間者《まはしもの》にこそ候はめ。其故《そのゆゑ》は、君今他等《きみいまかれら》に大禄《たいろく》を食《はま》しめて、留《とゞ》めまく欲《ほり》し給ふを、固《かた》く辞《いろ》ひまつりしは、心《こゝろ》に一物《いちもつ》あれば也。目今悄地《たゞいまひそか》に斬《きつ》て棄《すて》て、禍根《わざはひのね》を断《たち》給はずは、御後悔《ごこうくわい》もや候はん。』

と真実《まめたち》て囁《さゝや》き稟《まう》せば、守《かみ》は半信半疑《はんしんはんぎ》して、沈吟《うちあん》じつゝ宣《のたま》ふやう、

『汝《いまし》の先見《せんけん》、故《ゆゑ》なきにあらねど、いまだ正《まさ》しき照据《あかし》を得《え》ずして、叨《みだり》に他等《かれら》を誅《ちゆう》しなば、石見介《いはみのすけ》も怨《うら》むべく、州民並《くにたみなべ》て我疎忽《わがそこつ》を、譏《そし》るもあらば、隣国《りんこく》の、為《ため》にしも笑《わらは》れん。誅戮《ちゆうりく》の事は急《いそ》ぐべからず。この義《ぎ》は汝《いまし》に任《まかせ》んず。他等《かれら》猶《なほ》この地《ち》にあらば、陽《うへ》には親《した》しく交《まじは》りて、密々《しのび〳〵》に心《こゝろ》を属《つけ》よ。他等《かれら》果《はた》して隣国《りんこく》の、間者《まはしもの》てふ照据《あかし》あら

ば、其折《そのをり》にこそ誅《ちゆう(ママ)》ずべれ。よくせよかし。』と課《おほ》すれば、宗玄《むねはる》は忻然《きんぜん》と、承《うけたまは》りてぞ退出《まかで》たる。是等《これら》の秘密《ひみつ》を始《はじめ》より、知《し》れるは咱等《われら》と算弥《さんや》のみ。」

といへば知量《ともかず》其語《そのご》を次《つぎ》て、

「然《さ》る程《ほど》に和君等《わきみら》は、刀子紛失《こがたなふんじつ》の故《ゆゑ》をもて、逗留久《とうりうひさし》くなる随《まゝ》に、又彼曽根見宗玄《またかのそねみむねはる》は、我們《われ〳〵》と共侶《もろとも》に、高島許《たかしまがり》交加《ゆきかひ》て、和殿等《わどのら》の隙《ひま》を窺《うかゞ》ふに、証据《あかし》とすべきよしもなく、発足近《ほつそくちか》きにありと聞《きこ》えしかば、他其言《かれそのこと》の錯《たが》へるを、朽惜《くちをし》くや思《おも》ひけん、君命《きみのおほせ》と詭《いつは》りて、時《とき》ならぬ鮓《すし》を贈《おく》りしは、毒《どく》を飼《かひ》しにぞあらむずらん。然《さ》ればにや和殿等《わどのら》は、食傷《しよくしよう》の病厄《びやうやく》あり。命《いのち》も危《あや》ふかりけるに、幸《さいはひ》にして死《し》に至《いた》らず。当春瘥《このはるおこた》り果《はて》しかば、宗玄《むねはる》は猶懲《なほこり》ずまに、『獍婦巨楳《きやうふおほめ》の手《て》を借《かり》て、大江主《おほえぬし》を結果《おしかたつ》けん』と、拙《つたな》く計較《もくろむ》よしありて、彼枸杞村《かのくこむら》の巨楳《おほめ》には、悄地《ひそか》に多《おほ》く銭《ぜに》を取《とら》せて、哄誘《そゝのか》したりければ、巨楳《おほめ》は是《これ》に勢馮《いきほひつ》きて、大江主《おほえぬし》を冤家《あた》とし怨《うら》みて、狙撃《ねらひうた》まく欲《ほり》しゝに、曽根見《そねみ》が拙策行《せつさくおこなは》れず、巨楳《おほめ》は反《かへつ》て狂乱《きやうらん》して、許多人《こちたくひと》に傷《きずつ》けしかば、彼身《かのみ》は当日《そのひ》枸杞村《くこむら》なる、荘客們《ひやくせうばら》に撃殺《うちころ》されし、和殿等《わどのら》は異《こと》なる事なく、倶《とも》に初髻《うひもとゆひ》《ゲンプク》の祝儀《しうぎ》を果《はた》して、他郷《たけう》へ立去《たちさ》り給ふといふ、其義《そのぎ》を早《はや》く聞知《きゝし》りたる、宗玄《むねはる》弥《いよ〳〵》娼《ねた》く思《おも》ひて、猶悪心《なほあくしん》を改《あらた》めず、譑《さかしら》して守《かみ》に稟《まう》すやう、

『曩《さき》にも聞《きこ》えまつりし如《ごと》く、彼杜四郎《かのもりしらう》柴六《なゝろく》は、敵《てき》の間者《まはしもの》に疑《うたが》ひなし。然《さ》る故《ゆゑ》に、彼奴等《かやつら》は、君《きみ》の御懇命《ごこんめい》を辞《いろ》ひながら、久《ひさ》しくなるまで立去《たちさ》らず、去歳《こぞ》の冬《ふゆ》は、杜四郎《もりしらう》の刀子紛失《こがたなふんじつ》に仮托《かこつけ》て、夜々《よな〳〵》城外《ぜうぐわい》へ立出《たちいで》しは、地理《ちり》要害《えうがい》を撈《さぐら》ん為《ため》也。その折毎《をりこと》に石見介《いはみのすけ》も、出《いで》て案内《しるべ》に立《たち》にき、と悄地《ひそか》に臣《おみ》に告《つぐ》る者《もの》あり。然《さ》らば石見介《いはみのすけ》も隣国《りんこく》へ、内応《ないおう》のこゝろある歟《か》、是《これ》も亦《またし》知るべからず。かくて今茲《ことし》の春《はる》に至《いた》りて、杜四郎柴六《もりしらうなゝろく》は屢《しば〳〵》近郊《きんこう》へ立出《たちいで》て、

故《ゆゑ》もなく荘客《ひやくしようども》毎に、物《もの》を多《おほ》く取《とら》すると聞《きこ》えたり。是《これ》も亦所以《またゆゑ》あるべし。尓《しか》るに昨日臣《きのふおみ》が腹心《ふくしん》の者《もの》、越前《ゑちぜん》よりかへり来《き》て、那里《かしこ》の消息《せうそこ》《アルカタチ》を告《つぐ》るにより、思合《おもひあは》せ候へば、彼杜四郎《かのもりしらう》柒六《なゝろく》は、朝倉家《あさくらけ》の近習《きんじゆ》にて、其性《そのさが》怜悧《さかし》きのみならず、武芸《ぶげい》も人《ひと》に勝《すぐ》れたれば、倶《とも》に間者《かんじや》《マハシモノ》に立《たて》られて、当国《たうこく》に来《き》て八九个月《かつき》、御方《みかた》の強弱《きようじやく》地理《ちり》難易《なんい》を、密々《しのびく》に撈者《さぐるもの》也。然《さ》ればこそあれ彼奴等《かやつら》は、明日《あす》当国《たうこく》を立去《たちさ》りて、越前《ゑちぜん》へゆくといへり。ゆくにはあらず還《かへ》る也。倘這時《もしこのとき》を喪《うしな》ひて、彼等《かれら》を放《はな》ち遣《や》り給はゞ、後大《のちおほい》なる患《うれひ》を做《な》さん。彼等《かれら》が封疆《さかい》を出《いで》ざる間《ま》に、弓箭《ゆみや》に勝《すぐ》れし近臣《きんしん》に、課《おほせ》て途《みち》に埋伏《したまち》させて、射《い》て捕《とら》せ給はずは、御後悔《ごこうくわい》もや候はん。この義《ぎ》を思召《おぼしめさ》れずや。』

と囁《さゝや》き稟《まう》す便佞利口《べんねいりこう》に、守《かみ》は竟《つひ》に説惑《ときまどは》されて、驚《おどろ》き給ふこと大《おほ》かたならず、

『汝《いまし》の忠告其意《ちうこうそのい》を得《え》たり。何人《たれ》を討手《うつて》に遣《つかは》すべき』

とて、その人《ひと》を択《えら》み給ふ程《ほど》に、憶《おもは》ずも彼《かの》余《よ》殃《わう》《アマリノワザハヒ》、遂《つひ》に我身《わがみ》に及《およ》びにき。」

と告《つぐ》れば勢泰《なりやす》も倶《とも》にいふやう、

「彼宗玄《かのむねはる》が非義《ひぎ》の技倆《たくみ》を、よく知《し》れるは稀《まれ》ならんに、咱等《われら》と算弥《さんや》は始《はじめ》より、彼《かれ》が肺肝《はいかん》を撈《さぐ》り得《え》たるは、亦是《またこれ》故《ゆゑ》ある事也かし。曽根見《そねみ》は浮薄《ふはく》の小人《しようじん》なり。能《のう》を忌才《いみさえ》を娼《ねた》み、人《ひと》を損《そこな》ふべき者《もの》なれども、彼《かれ》が女兄《あね》なる窓井《まどゐ》の方《かた》は、守《かみ》の年来愛給《としころめで》ふ、随一《ずいいち》の嬖妾《そばめ》なれば、宗玄《むねはる》も亦出頭《またしゆつとう》して、言聴《ことききか》れずといふ者《もの》なし。こゝをもて始《はじめ》より、彼《かれ》が和殿等《わどのら》両才子《りようさいし》の、人《ひと》に勝《すぐ》れしを忌嫌《いみきら》ふ、其機《そのき》を早《はや》く猜《すい》ししかば、『後竟《のちつひ》に蓄害《わざはひ》を、醸《かも》することもあらん歟《か》。』と思《おも》へば算弥《さんや》と諜合《しめしあは》して、陽《うへ》には彼《かれ》と同意《どうい》の如《ごと》く、万事隔《よろづへだて》なくものせしかば、宗玄《むねはる》やうやく心寛《こゝろゆる》して、機密《きみつ》を囁《さゝや》く折《をり》もあれば、その大略《たいりやく》を知《し》るに足《た》れども、毒殺《どくさつ》の事、巨楳《おほめ》の事は、只我們《たゞわれく》が推量《すいりよう》のみ、正《まさ》

可《か》に聞《きゝ》たる事ならぬに、开《そ》を和殿等《わどのら》に云云《しかく》と、囁《さゝや》き告《つげ》んはさすがにて、こゝろ苦《くる》しく思《おも》ひしに、幸《さち》に免《まぬか》れ給ひしは、寔《まこと》に自他《じた》の歓《よろこ》び也。然《さ》るを昨日《きのふ》は思《おも》ひかけなく、我君《わがきみ》の御意《ぎよい》として、臣《おみ》と算弥《さんや》を閑室《かんしつ》に、召《めし》よせて課《おほ》するよしあり。且宣《かつのたま》ふやう、

『聞《き》くに彼大江杜四郎《かのおほえもりしらう》峯張柒六郎《みねはりなゝろくらう》は、明日《あす》の旦開《あさけ》に当所《たうしよ》を去《さ》りて、越前《ゑちぜん》へ還《かへ》るといへり。彼等《かれら》は朝倉《あさくら》の間者《まはしもの》にて、当国《たうこく》の強弱《きやうじやく》を、摎《さぐ》るべき為《ため》也、と正可《まさか》に告《つぐ》る者《もの》あれば、搦捕《からめとら》せて誅《ちゆう》するとも、けしうはあらぬ事ながら、然《さ》しては又隣国《またりんこく》に、怨《うらみ》を結《むす》ぶに似《に》て妙《みよう》ならず。只其去向《たゞそのゆくて》に埋伏《したまち》して、射《い》て殺《ころ》すにしくはなし。彼等《かれら》は七鹿山《ななしやま》をうち踰《こえ》て、越路《こしぢ》へ還《かへ》る、と慥《たしか》に聞《きゝ》ぬ。彼山《かのやま》には木立《こだち》多《おほ》かり。一人是《いちにんこれ》を守《まも》る時《とき》は、万夫《ばんふ》も找《すゝ》みがたしといふ、蜀《しよく》の桟道《さんたう》にこそ及《およ》ばざらめ。進退不便《しんたいふべん》の切所《せつしよ》多《おほ》かり。汝等其頭《いましらそこら》に埋伏《したまち》して、彼等《かれら》が来《き》ぬるを俟《まつ》ならば、是究竟《これくつきやう》の地方《ところ》なるべし。目今《たゞいま》この義《ぎ》を課《おほ》せん者《もの》、汝等両箇《いましらふたり》を除《のぞ》くの外《ほか》、又《また》ありとしもおもほえず。勉《つと》めよや。懋《つと》めよや。』

と亦他事《またたじ》もなく仰《おほせ》ける。思《おも》ひがけなきことなれば、算弥《さんや》も倶《とも》に胸《むね》を潰《つぶ》して、答稟《こたへまう》さん所《ところ》を知《し》らず。彼宗玄《かのむねはる》が誣言《しひこと》なる、いはでもしるき事ながら、和殿等《わどのら》は、我小父《わがをぢ》なる、石見介《いはみのすけ》の師《し》とし憑《たのみ》し、峯張叟《みねはりおぢ》の外孫《とつまご》なり、二郎《じらう》也とは己等《おのれら》も、予聞知《かねてきゝし》る所《ところ》にて、出処来歴分明《しゆつしよらいれきふんみよう》なれば、『この義《ぎ》を具《つぶさ》に聞《きこ》え上《あげ》て、諫奉《いさめたてまつ》らばや。』と思《おも》ひしかども、守《かみ》は既《すで》に佞人《ねぢけびと》に、説惑《ときまど》はされ給ひたる。痼疾膏盲《こしつかうまう》に入《い》りし上《うへ》は、良薬諫言両《りようやくかんげんふたつ》ながら、いかにして聴《きか》るべき。況我們《まいてわれく》は弱冠《としわか》《ジヤククワン》也。身《み》の程《ほど》をしも揣《はか》らずして、虚実《きよじつ》を稟解《まうしとか》んとて、反《かへつ》て不測《ふしき》の罪《つみ》を得《え》ば、事《こと》に益《えき》なきのみならず、必亦別人《かならずまたことひと》に、課《おほ》せて和殿等《わどのら》を射《い》させ給はん。『只然気《たゞさりけ》なく承《うけ》まつりて、悄地《ひそか》に救《すく》ふ

にしくことあらじ。』と立地《たちどころ》に深念《しあん》しつ、蚤《はや》く算弥《さんや》に目《め》を注《くは》せて、事情《ことのこゝろ》を得《え》させつゝ、倶《とも》に額衝《ぬかつき》て稟《まう》すやう、

『御諚《ごじよう》かしこうも承《うけたまは》り候ひぬ。彼杜四郎《かのもりしらう》柒六郎《なゝろくらう》等《ら》の、事《こと》の虚実《きよじつ》は知《し》らず候へども、何《な》でふ尊意《そんい》に背《そむ》くべき。明日《あす》倘鏃《もしやじり》に衄《ちぬ》らずは、徒《いたづら》に還《かへ》り候はじ。この義《ぎ》御心安《みこゝろやす》かるべし。』

と斉一応稟《ひとしくいらへまう》ししかば、我君《わがきみ》欣然《きんぜん》と頷《うなづ》き給ひて、

『然《さ》もこそあらめ。人《ひと》も知《し》らん。疾々立《とくくたち》ね。』

といそがし給へば、軈《やが》て御前《みまへ》を退出《まかで》にき。」

といふ言葉《ことのは》の数繁《かずしげ》き、露《つゆ》の情《なさけ》は一対《いつつい》なる、知量《ともかず》も亦《また》嗟嘆《さたん》して、

「事《こと》の難義《なんぎ》に我們《われく》は、密談《みつだん》しても蒼柴《ふししば》の、こるばかりにて益《えき》あらず。『非如君命《よしやくんめい》なればとて、罪《つみ》もなく怨《うらみ》もなき、良友知音《りようゆうちいん》の和殿《わどの》等《ら》を、射《い》て殺《ころ》すべき弓箭《ゆみや》はなし。所詮彼山《しよせんかのやま》に俟着《まちつけ》て、密議《みつぎ》を告《つげ》て救《すく》ふにしかじ。』と稍商量《ややだんかふ》を果《はた》しつゝ、今朝《けさ》より這頭《こゝら》に俟《まち》たる甲斐《かひ》に、料《はか》らずも矢傷野猪《ておひしし》、二頭《にひき》を射《い》て斃《たふ》ししは、昨日《きのふ》守《かみ》に誓《ちか》ひ稟《まう》しし、正《まさ》に鏃《やじり》に衄《ちぬる》の義《ぎ》に、称《かな》ふを一奇《いつき》といはまくのみ。嘗聞《かつてき》く。この山《やま》には、老《ふり》たる大鹿七頭《おほしかしちひき》あり。こゝをもて土人《ところのひと》、無名山《ななしやま》の和訓《わくん》によりて、七鹿山《なゝしやま》に作《つく》るもあらん。鹿《しか》をし□と唱《となふ》るよしは、兎道《うぢ》の鹿飛《しとび》の例《ためし》に由《よ》るのみ。其鹿《そのしか》は人《ひと》を害《がい》せず。又這山《またこのやま》に暴野猪《あれゐのしゝ》多《おほ》かり。开《そ》は究《きは》めて怕《おそ》るべし、と予聞《かねてきゝ》しに違《たがは》ざりき。」

と解《とく》を勢泰推禁《なりやすおしとゞ》めて、

「他談《ただん》は要《えう》なし。時《とき》もや移《うつ》らん。やよ大江主峯張生《おほえぬしみねはりうぢ》、蚤《はや》く這山《このやま》を下《くだ》り果《はて》て、討手《うつて》の征箭《そや》を免《まぬか》れ給へ。やよとく〳〵。」

といそがしたる、鬼神不測《きしんふしき》の一椿事《いつちんじ》に、成勝《なりかつ》と通能《みちよし》は、聞《き》く事毎《ごと》に駭嘆《おどろきたん》じて、呆《あき》るゝ者半晌許《ものはんときばかり》、愀然《しうねん》として倶《とも》にいふやう、

「身《み》に覚《おぼえ》なき枉津日《まがつみ》は、何等《なにら》の神《かみ》の祟《たゝり》ぞや。倘《もし》和君達《わきみたち》微《なか》りせば、我們《われく》両箇《ふたり》の白骨《はくこつ》は、豺狼《やまいぬ》にしも喫残《はみのこ》されて、這頭《こゝら》の草《くさ》を肥《こや》さんのみ。昨《きのふ》は文武《ぶんぶ》の詞友《しゆう》たり。今《けふ》は命《いのち》の親《おや》としも、仰《あふ》ぐに猶余《なほあま》りある、供恩徳義《こうおんとくぎ》は千万言《せんまんげん》もて、謝《しや》するとも尽《つく》すべからず。願《ねが》ふは異日再会《ゐじつさいくわい》して、報恩《ほうおん》の時《とき》を俟《また》んのみ。今《いま》は余談《よだん》に暇《いとま》なし。然《さ》らば教《をしへ》に従《したが》ふて、早《はや》く這山《このやま》をうち踰《こえ》て、他領《たりよう》へ走《はし》らば安《やす》かりてん。猶心許《なほこゝろもと》なきは、御身等《おんみら》の上《うへ》也かし。非除鏃《よしややじり》に衄《ちぬ》りしとても、己等《おのれら》の首《くび》を得捕《えと》らで、徒《いたづら》に還《かへ》りまゐり給はゞ、罪得《つみえ》がましき所為《わざ》ならずや。」

と主僕斉一呫問《しゆぼくひとしくあやぶみと》ふを、勢泰知量《なりやすともかず》聞《きゝ》あへず、

「其義《そのぎ》も予《かねて》商量《だんかふ》したり。我們《われく》這里《こゝ》よりかへりまゐりて、反命《かへりこと》しまつらんをり、『首級《しゆきう》《クビ》は甚麼《いかに》』と問《とひ》給はゞ、『然《さ》ン候。杜四郎《もりしらう》と柒六《なゝろく》は、岨路《そばみち》伝《つた》ひ来《き》にける折《をり》、射《い》て仆《たふ》し候へば、彼身《かのみ》は怺《こら》へず、幾百丈《いくもゝつゑ》なる、谷底《たにそこ》へ滾《まろび》落《おち》にき。この故《ゆゑ》に他等両箇《かれらふたり》の、首《くび》は得捕《えと》らず候へども、必《かならず》や嵒《いは》に砕《くだ》けて、骨《ほね》も続《つゞ》かずなりにけん。別《べち》に仔細《しさい》は候はず。』と稟《まう》さば障《さは》りなかるべし。是等《これら》のことに掛念《けねん》せで、とく〳〵影《かげ》を躱《かく》し給へ。やよ疾々《とく〳〵》。」

といそがする、人《ひと》の誠《まこと》に成勝通能《なりかつみちよし》、尽《つき》ぬ詞《ことば》も火急《くわきう》の別路《わかれぢ》、共侶《もろとも》に身《み》を起《おこ》す折《をり》から、後《うしろ》に繁《しげ》き樹立《こだち》の蔭《かげ》より、咄《どつ》と揚《あげ》ける鬨声《ときのこゑ》、谺《こだま》に響《ひゞ》きて夥《おびたゞ》しく、山《やま》も頽《くづ》るゝ可《ばかり》なれば、勢泰知量《なりやすともかず》、成勝通能《なりかつみちよし》、倶《とも》に「吐嗟《あなや》」と驚《おどろ》きて、其方《そなた》を仡《きつ》と見《み》かへれば、顕《あらは》れ出来《いでく》る緝捕《とりて》の頭人《とうにん》、是則別人《これすなはちことひと》ならず、曽根見五郎平宗玄《そねみごらうへいむねはる》也。頭《かうべ》に銕粉磨《てつこみがき》に、銕輪《かなわ》打《うた》せし、戦笠《ぢんがさ》を戴《いたゞ》きたる、身《み》には勒肚戦外套《はらまきぢんはふり》、朱鞓《しゆざや》の両刀苛《りようたういか》めしく、縹緞純子《はなだどんす》の野袴《のはかま》を、鴎尻《かもめしり》に穿做《はきな》

殺伐《さつばつ》を恣《ほしいまゝ》にして
奸佞《かんねい》四賢士《しけんし》を
搦捕《からめとり》まくせ
あざ六
べく平
ありやぞ
とらかぞ

みちよし

しつ、山路《やまぢ》の嶮岨《けんそ》に豢熟《かひなれ》たる、望月《もちつき》の暴駒《あらこま》に、鑣子《ひやうし》を掛《かけ》て腴《ゆたか》にうち跨《の》り、手《て》には角弓三羽《はんきうみつは》の征箭《そや》、握《にぎ》り持《もち》たる左右《さゆう》に従《したが》ふ、其隊《そのて》の雑兵《ざふひやう》三十余名《よにん》、彼字六《かのあざろく》と可平《べくへい》を、緊《きび》しく結扭《しば》りつ牽居《ひきすゑ》て、惴雄《はやりを》の壮佼毎《わかものども》、十手《じつて》捕縄《とりなは》捍棒又殳《よりぼうさすまた》、各《おの〳〵》手《て》々に打振《うちふり》〳〵、前後《ぜんご》の路《みち》を立窒《たちふさ》ぎて、漏《もら》さじとてぞ捕巻《とりまき》たる。

当下宗玄声高《そのときむねはるこゑたか》やかに、

「やをれ反賊勢泰知量《はんぞくなりやすともかず》。『若們 君命《なんぢらきみのおほせ》を承《うけ》ながら、敵方《てきかた》に内応《ないおう》して、機密《きみつ》を洩《もら》す事もやあらん。』と予《かねて》思《おも》ひしよしもあれば、我又守《われまたかみ》に聞《きこ》え上《あげ》て、隊兵《てのもの》多《おほ》く仮《か》し給《たま》はり、迹《あと》を跟《つけ》つゝ陟《のぼ》り来《き》にける、路《みち》に石見介《いはみのすけ》が若党字六《わかたうあざろく》と、奴隷《しもべ》可平《べくへい》を生捕《いけど》りて、其来歴《そのらいれき》を責問《せめと》ひしに、我推量《わがすいりよう》に多《おほ》く違《たが》はず、杜四郎柒六《もりしらうなゝろく》が、逃脚《にげあし》の蚤《はや》きはさら也、若們《なんぢら》もこの山《やま》に、必《かならず》在《あら》んと思《おも》ひしかば、嶮岨《けんそ》を斁《いと》はず急《いそ》ぎ来《き》て、那里《かしこ》の茂林《もり》の樹蔭《こかげ》より、其為体《そのていたらく》を張《うかゞ》ひしに、若們果《なんぢらはた》して弐《ふたごゝろ》あり。射《い》て捕《と》るべき其両敵《そのりようてき》と、幾《いつ》の程《ほど》に歟《か》通同《つうどう》して、密談数《みつだんす》刻《こく》に及《およ》びしを、反逆《ほんぎやく》ならずと孰歟《たれか》いふべき。天罰今《てんばついま》は脱《のが》るゝ路《みち》なし。杜四郎柒六《もりしらうなゝろく》と、倶《とも》に馬前《ばぜん》に跪《ひざまづ》きて、縄《なは》を受《うけ》よ。」

と呼《よば》はれば、勢泰知量怒《なりやすともかずいかり》に得堪《えたへ》ず、弓箭《ゆみや》掻拿《かいと》り疾視《にらまへ》て、

「君《きみ》を惑《まよ》はす奸悪人《かんあくにん》。賢《けん》を憎《にく》み才《さえ》を媢《ねた》みて、舌《した》の剣《つるぎ》に人《ひと》を損《そこな》ふ、当家《たうけ》の蠱毒《こどく》、不忠《ふちう》の本性《ほんしやう》。人皆是《ひとみなこれ》を知《し》るといへども、或《あるひ》は禄《ろく》の為《ため》に口《くち》を銸《つぐ》(鉗)み、或《あるひ》は其職《そのしよく》にあらざれば、守《かみ》に訴《うつたふ》るによしなくて、今這時《いまこのとき》に及《およ》べるは、其《その》身《み》の僥幸《こぼれさいはひ》ならんに、雑兵《ざふひやう》さへに駆催《かりもよほ》し来《き》て、君《きみ》を非道《ひどう》に陥《おとしい》れまく、欲《ほり》するはいかにぞや。大江《おほえ》峯張両才《みねはりりようさい》子《し》は、高島生《たかしまうぢ》に旧縁《きうえん》ある、出処来歴正《しゆつしよらいれきまさ》しきを、敵《てき》の間者《かんじや》《マハシモノ》といひ做《な》したる、その罪《つみ》死刑《しけい》に当《あた》るを知《し》らずや。今《いま》はしも緩《ゆる》しかたかり。君《きみ》の為《ため》に奸《かん》を鋤《す》く、勢泰知量《なりやすともかず》が忠義《ちうぎ》の手《て》はじめ。今《いま》その頭《かうべ》を撃落《うちおと》さん。幵里《そこ》な退《のき》

そ。」

といはせも果《はて》ず、宗玄眼《むねはるまなこ》を瞋《いから》して、

「やをれ兵毎《ものども》、腮噛《あごたゝか》せな。網裏《あみのうち》なる四箇《よたり》の罪人《つみひと》、漏《もら》すな。搦捕《からめと》らずや」

と、劇《はげ》しき下知《げぢ》にその隊《て》の雑兵《ざふひやう》、「承《うけたまは》りぬ。」と応《いらへ》も果《はて》ず、倶《とも》に十手《じつて》を閃《ひら》めかして、組《くま》んと拤《すゝ》むを勢泰知量《なりやすともかず》、持《もつ》たる弓《ゆみ》にて撃仆《うちたふ》し、敲《たゝ》き伏《ふせ》つゝ挑《いど》みたる、然《さ》るも劇《はげ》しき争《あらそひ》に、成勝《なりかつ》と通能《みちよし》は、料《はか》らざりける再度《さいど》の窮阨《きうやく》。今宗玄《いまむねはる》を見《み》て怨《うらみ》に堪《たへ》ねど、一言半句《いちごんはんく》の問答《もんだう》に、遑《いとま》あるべき時宜《じぎ》ならねば、群立競《むらだちきそ》ふ雑兵《ざふひやう》を、当るに儘《まか》せて投《なげ》蜚《とば》す、白打《やはら》の精妙《せいみよう》向《むか》ふに前《まへ》なく、輒《たちまち》路《みち》を開《ひらか》せて、透《すき》もあらば宗玄《むねはる》に、組《くま》んと思《おも》ふ程《ほど》しもあらせず、曽根見《そねみ》は馬上《ばしやう》に、弓《ゆみ》に箭《や》刻《つが》ふて、克彎固《よつひきかた》めて發《ひやう》と射《い》る、箭局《やつぼ》狂《くる》ふて一箇《ひとり》の雑兵《ざふひやう》、項《うなぢ》を射《い》られて仆《たふ》れける。既《すで》にして宗玄《むねはる》は、一《いち》の箭《や》を射損《いそこ》ねて、反《かへつ》て躬方《みかた》を傷《やぶ》りしかば、心慌《こゝろあはて》て第二《だいに》の箭《や》を、刻《つがは》んとしぬる程《ほど》に、長橋倭太郎《ながはしわたらう》勢泰《なりやす》は、競《きそ》ふ緝捕《とりて》の雑兵《ざふひやう》を、中《あた》るに儘《まか》して撃散《うちちら》せば、衆只《みなたゞ》嚾叫《おめきさけ》ぶのみ。重《かさ》ねて蒐《かゝ》る者《もの》もなし。其間《そのひま》に勢泰《なりやす》は、弓箭《ゆみや》を取《とつ》て發《ひやう》と射《い》る。那時遅《かのときおそ》し、這時速《このときはや》し。寃錯《ねらひたが》はず宗玄《むねはる》は、左《ひだり》の肩尖篦深《かたさきのふか》く射《い》られて、弓箭《ゆみや》を捨《すて》つゝ仰反《のけそつ》て、馬《うま》より摚《だう》と墜《おち》しかば、是《これ》にぞ駭《おどろ》く緝捕《とりて》の衆兵《しふひやう》、右往左往《かゆきかゝゆ》き乱噪《みだれさわ》ぐを、威勢剛《いきほひごう》たる大江峰張《おほえみねはり》、象船知量共侶《きさふねともかずもろとも》に、敵《てき》の捍棒曳手繰《よりぼうひきたく》り、息《いき》をも養《く》れず撃悩《うちなや》せば、衆兵《しふひやう》いよ／＼度《ど》を失《うしな》ふて、或《あるひ》は深谷《みたに》に滾落《まろびおち》て、死活《しくわつ》も知《し》らずなるもあり。その他《た》は山脚《ふもと》へ嶭《なだれ》を衝《つき》て、落《おち》て身《み》を傷《やぶ》るも多《おほ》かり。开《そ》が中《なか》に猶幸《なほさいはひ》に、辛《から》く命《いのち》を免《まぬか》れて、当日《そのひ》城内《ぜうない》へ還《かへ》りしは、五六名《にん》に過《すぎ》ずといふ、この事後《のち》に聞《きこ》えけり。

是《これ》より先《さき》に勢泰《なりやす》は、曽根見宗玄《そねみむねはる》を射《い》て落《おと》して、起《おき》んと蠢《うごめ》く程《ほど》しもあらせず、起蒐《はしりかゝ》りつ頭髻《たぶさ》を抓《つかみ》て、地上《ちしやう》に

楚《しか》と推伏《おしふせ》て、怒《いか》れる声高《こゑたか》やかに、

「やをれ宗玄《むねはる》。若《なんぢ》が奸悪《かんあく》、今復数《いままたかぞ》まへいふに及《およ》ばず。大江《おほえ》峯張両才子《みねはりりようさいし》は、其名這里《そのなここ》へも聞《きこ》えたる、古人峯《こじんみね》張先生《はりせんせい》の親族《しんぞく》にて、高島主《たかしまぬし》に由縁《ゆかり》あり。出処来歴分明《しゆつしよらいれきふんみよう》なるに、敵《てき》の間者《かんじや》といひ做《な》して、守《かみ》を惑《まどは》し奉《たてまつ》る、其《その》罪死刑《つみしけい》に当《あた》れども、彼儘《かのまゝ》にして在《あ》るならば、猶幸《なほさいはひ》に免《まぬか》れんに、我們《われ〳〵》をしも疑《うたが》ふて、みづから跡《あと》を跟《つけ》て来《き》て、搦捕《からめとら》まく欲《ほり》しぬる、奸曲《かんきよく》既《すで》に極《きはま》れり。我們素《われ〳〵もと》より不忠《ふちう》を存《ぞん》ぜず。大江峯張両才子《おほえみねはりりようさいし》を、救《すく》ふは守《かみ》の御愆《おんあやまち》を、悄地《ひそか》に補奉《をぎなひたてまつ》る。是則忠《これすなはちちう》也義《ぎ》也。然《さ》れども事《こと》の敗《やぶれ》に及《およ》びて、亦今《またいま》さらにせん術《すべ》なし。禄《ろく》を棄《すて》、命《いのち》を棄《すて》て、君《きみ》の為《ため》に奸《かん》を鋤《す》く、勢泰《なりやす》が鯁義《きようぎ》の刀尖《きつさき》、思知《おもひし》るや。」

と罵《のゝし》り責《せめ》て、腰《こし》なる短刀抜出《たんたうぬきいだ》しつ、宗玄《むねはる》の項《うなぢ》より、吭《のんど》を掛《かけ》て禺煞《ぐさ》と刺《さ》す、刀尖土中《きつさきどちう》に入《い》るまでに、鮮血潑《ちしほさ》と濆《ほとはし》りて、开《そ》が儘息《まゝいき》は絶《たえ》にけり。

浩処《かゝるところ》に象船算弥《きさふねさんや》、大江峯張両主僕《おほえみねはりりようしゆぼく》は、逃《にぐ》る緝捕《とりて》の衆兵《しふひよう》を、追捨《おひすて》てかへり来《き》つ、今《いま》この事《こと》の為体《ていたらく》に、主僕《しゆぼく》「吐嗟《あなや》」と驚《おどろ》きて、走近《はしりちか》つく声《こゑ》もひとしく、

「やよ惴《はや》りしな、長橋生《ながはしうぢ》。宗玄奸虐《むねはるかんぎやく》なりといへども、亦是守《またこれかみ》の使《つかひ》ならずや。そを我們《われ〳〵》の故《ゆゑ》をもて、卒尓《そつじ》に撃《うち》果《はた》しては、御身等《おんみら》も罪免《つみまぬか》れがたけん。この義《ぎ》甚麼《いかに》。」

と悔問《くひと》ふを、知量急《ともかずきう》に推禁《おしとゞ》めて、

「尓思《しかおもは》るゝは理《ことわ》りなれども、愚意《ぐい》も長橋《ながはし》と異《こと》ならず。宗玄守《むねはるかみ》の御使《みつかひ》也とも、行《おこな》ふ所《ところ》は正路《せいろ》にあらず。然《さ》るを今撃果《いまうちはた》さずは、彼《かれ》が為《ため》に征《せい》せら〔れ〕て、倶《とも》に悪人《あくにん》の手《て》に死《し》なん。こは已《やむ》ことを得《え》ざる而已《のみ》。」

といふ間《はし》に勢泰《なりやす》は、刃《やいば》の鮮血《ちしほ》を推拭《おしぬぐ》ふて、开頭《そこら》に牽居置《ひきすゑおか》れたる、高島《たかしま》の若党《わかたう》、勾津《まかつ》字六《あざろく》と、奴隷《しもべ》可平《べくへい》の索《なは》を斫棄《きりすて》て、嘆息《たんそく》しつゝ却《さて》いふやう、

「汝等《いましら》蚤《はや》く、城内《ぜうない》へ走《はし》りかへりて、我等《われら》が為《ため》に小父《をぢ》に告《つげ》よ。今日《けふ》算弥《さんや》と共侶《もろとも》に、大江《おほえ》峯張《みねはり》を射《い》て殺《ころ》さず、反《かへつ》て悄地《ひそか》に極《すく》ひしは、亦是君《またこれきみ》の御愆《おんあやまち》を、補《をぎな》ひまつる為《ため》なれども、其事竟《そのことつひ》に合期《がつご》せず、曽根見《そねみ》宗玄《むねはる》に跟《つけ》られて、多勢《たせい》を敵手《あいて》に血戦《けつせん》しつゝ、射《い》て宗玄《むねはる》を殪《たふ》ししは、只是一時《たゞこれいちじ》の怒《いかり》に儘《まか》して、私《わたくし》の怨《うらみ》に報《むく》ふにあらず。宗玄《むねはる》は佞人《ねぢけびと》也。守《かみ》を惑《まどは》し奉《たてまつ》る、奸虐《かんぎやく》既《すで》に極《きはま》れり。今他《いまかれ》をしも撃《うた》ずもあらば、孰《いづれ》の時《とき》に悪《あく》を除《のぞか》ん。我《われ》と算弥《さんや》が本意《ほんい》なれども、君《きみ》の仰《おほせ》に由《よ》るにあらねば、倶《とも》に罪《つみ》を免《まぬか》れかたかり。この故《ゆゑ》に自殺《じさつ》して、身《み》はこの山《やま》の土《つち》になりてん。算弥《さんや》も同《おな》じ意《こゝろ》なるべし。我《われ》と算弥《さんや》は幸《さち》あらで、父母《ちゝはゝ》早《はや》く世《よ》を去《さ》りて、胞兄弟《はらから》もなく親族《しんぞく》寡《すくな》し。年来《としごろ》小父《をぢ》に後見《うしろみ》せられて、成長《ひとゝなり》たるのみならず、兵法《へいはう》武芸《ぶげい》何《なに》くれとなく、教《をしえ》を承《うけ》し甲斐《かひ》もあらで、小父《をぢ》さへ連累《まきぞひ》せられん歟《か》、と思《おも》へばなき身《み》の後《のち》までも、心苦《こゝろくる》しき涯《かぎ》りなれども、今《いま》はしもせん術《すべ》なし。この意《い》備《つぶさ》に伝《つたへ》よかし。」

といひつゝ又短刀《またたんたう》をもて、鬢《びん》の毛《け》を剪拿《きりと》りて、そを鼻紙《はながみ》に巻籠《まきこめ》て、「卒《いざ》」とて渡《わた》せば知量《ともかず》も、嗟嘆《さたん》に堪《たえ》ず倶《とも》にいふやう、

「我《われ》も亦幼稚《またをさな》き時《とき》より、高島大人《たかしまうし》に教育《きやういく》せられて、今日《こんにち》に至《いた》りしに、其報恩《そのほうおん》の折《をり》もなく、忠義《ちうぎ》の本意《ほんい》も空《あだ》となる、身《み》の薄命《はくめい》を争何《いかゞは》せん。汝等宿所《いましらしゆくしよ》へ疾《とく》かへりて、高島大人《たかしまうし》に言伝《ことつて》せよ。」

といひつゝ小指《こゆび》を二三ヶ分許《ぶばかり》、噬斫《かみき》りつ流《なが》るゝ鮮血《ちしほ》と、倶《とも》に懐紙《ふところかみ》に裹《つゝみ》て、是《これ》を字六《あざろく》に逓与《わた》して、又《また》いふやう、

「汝我們《いましわれ〳〵》両箇《ふたり》の為《ため》に、大人《うし》に言伝致《ことつていた》すとも、照据《あかし》なくは疑《うたが》れん。長橋《ながはし》の鬢《びん》の毛《け》も、又我小指《またわがこゆび》も肉身《にくしん》なれば、末期《まつご》の像見《かたみ》と思《おも》はるべし。約莫今日《およそけふ》の禍事《まがこと》は、汝等《いましら》の知《し》る所《ところ》、亦今《またいま》さらにいふにしも及《およ》ばず。こゝろ得《え》たる歟《か》。」

と説示《ときしめ》しつゝ、腰《こし》に吊《つけ》たる薬籠《やくろう》より、高島家伝《たかしまかでん》の仙丹《せんたん》を、撮出《つまみいだ》しつ、小指《こゆび》の疵《きず》に、塗《ぬ》れば其血止《そのちとゞま》りて、疼痛《いたみ》もあらず做《な》れるが像《ごと》し。

当下長橋勢泰《そのときながはしなりやす》は、成勝通能《なりかつみちよし》にうち向《むか》ひて、

「両才子是《りようさいしこれ》までの、志《こゝろざし》は致《いた》したり。蚤《はや》く他郷《たけう》に走《はし》り給へ。我們主君《われ〳〵しゆくん》の御為《おんため》に、今奸悪《いまかんあく》を除《のぞ》くといへども、更《さら》に違命《ゐめい》の罪《つみ》を怕《おそ》れて、倶《とも》に他郷《たけう》に亡命《ちくてん》せば、忠《ちう》も不忠《ふちう》といはれんのみ。既《すで》に覚悟《かくご》は極《きは》めたり。暇稟《いとままう》す。」

といひも得果《えはて》ず、程遠《ほどとほ》からぬ千仞《ちひろ》の谷《たに》へ、投《なぐ》るが像《ごと》く身《み》を墜《おと》せば、知量《ともかず》も亦後《またおくれ》じとて、倶《とも》に深谷《みたに》へ陥《おちい》りける。是《これ》にぞ驚《おどろ》く成勝通能《なりかつみちよし》、又字六《またあざろく》も可平《べくへい》も、「吐嗟《あなや》」とばかり呆《あき》れ惑《まよ》ふて、立《たち》て見《み》、居《ゐ》て見指覗《みさしのぞ》く、底最闇《そこいとくら》き千仞《ちひろ》の谷《たに》へ、落《おち》たる人《ひと》を譬《たとふ》れば、索《なは》の絶《きれ》たる吊桶《つるべ》に似《に》たり。孰《たれ》かよく是《これ》を極《すく》はん。唯《たゞ》「弥陀仏弥陀仏《みだぶつみだぶつ》。」と唱《しよう》名《みよう》の外《ほか》なかりける。

そが中《なか》に成勝通能《なりかつみちよし》は、惆然《ちやうねん》として嗟歎《さたん》に勝《たえ》ず、姑且《しばらく》して倶《とも》にいふやう、

「義《ぎ》なる哉長橋象船《かなながはしきさふね》。尚少年《なほしようねん》にして烈氏《れつし》の風《ふう》あり。善《ぜん》に与《くみ》する事、水《みづ》の低《ひく》きに就《つ》くが如《ごと》く、悪《あく》を憎《にく》む事、頭《かうべ》の蜂《はち》を払《はら》ふに似《に》たり。難《なん》に臨《のぞ》みて苟《いやしく》も辞《ぢ》せず、身《み》を殺《ころ》していよ〳〵忠《ちう》なり。在昔唐山漢楚《むかしからくにかんそ》の時《とき》、彼韓信《かのかんしん》に路《みち》を誨《をしえ》し、蘆中人《ろちうのひと》の義侠《ぎけう》といふとも、豈這両義士《あにこのりようぎし》に及《およ》ばんや。惜《をし》むべし〳〵。」

といひつゝ字六等《あざろくら》を見《み》かへりて、通能先《みちよしまづ》いひけるやう、

「汝等《いましら》這里《ここ》に在《あ》りても益《えき》なし。疾城内《とくぜうない》に還《かへ》りゆきて、高島主《たかしまぬし》に注進《ちゆうしん》せよ。言後《ことおく》れて告《つげ》ずもあらば、彼人《かのひと》是非《ぜひ》の境《さかひ》に惑《まよ》ふて、連係《まきぞひ》の罪《つみ》を免《まぬか》れがたけん。とく〳〵ゆきね。」

と急《いそが》せば、成勝《なりかつ》も倶《とも》にいふやう、

「長橋象船《ながはしきさふね》の今日《けふ》の所行《しよぎやう》は、忠義《ちうぎ》の為《ため》といひながら、原是《もとこれ》我們《われ〳〵》の死《し》を救《すく》ふにあり。然《さ》るを彼両義士《かのりやうぎし》は、身《み》を殺《ころ》して潔《いさぎよ》き、終《をはり》をしも示《しめ》されしに、我們主僕《われ〳〵しゆぼく》は倶《とも》に得死《えし》なで、這儘《このまゝ》他郷《たけう》へ走《はし》りなば、信義《しんぎ》両《ふたつ》ながら、欠《かく》るに似《に》たれど、いかにせん。旧里《ふるさと》には、親《おや》もあり、胞兄弟《はらから》あり。孝《かう》は百行《ひやくかう》の本《もと》にして、亦唯是《またたゞこれ》よりも重《おも》きはなし。今交遊《いまこうゆう》の為《ため》にのみ、死生《しせい》を随意做《まにまにな》しがたきは、実《じつ》に是等《これら》の故《ゆゑ》なるを、高島主《たかしまぬし》には知《し》られやせん。いかでこの義《ぎ》を伝《つたへ》よかし。」

といはれて字六可平《あざろくべくへい》は、額《ぬか》を衝《つき》つゝ答《こたふ》るやう、

「御意《ぎよい》承《うけたまは》り候ひぬ。嚮《さき》に後《おく》れて来《き》ぬる程《ほど》、曽根見主《そねみぬし》に撞見《でくは》して、情意《わけ》もいはせず搦捕《からめとら》せて、這頭《こゝら》へ牽《ひか》れたる時《とき》は、生《いき》たる心地《こゝち》せざりしを、各位《おの〳〵かた》に救《すくは》れて、歓《よろこ》ぶ甲斐《かひ》も慭《なまじい》に、曽根見主《そねみぬし》さへ衆兵《しふひやう》さへ、撃果《うちはた》されて贍《あまつさへ》、長橋象船両郎君《ながはしきさふねふたわかだんな》は、這里《ここ》の渓水《たにみづ》に身《み》を投給《なげ》ふ。是等《これら》の事《こと》の大変《たいへん》を、早《はや》く主人《しゆじん》に告《つげ》ずもあらば、後難《こうなん》測《はかり》かたかるべし。とは思《おも》ひ候へども、各位《おの〳〵かた》の御先途《せんど》を、見果《みはて》ずして退《まか》りなば、主人《しゆじん》の本意《ほんい》に違《たがふ》に似《に》たり。進退谷《しんたいきはま》り候ひぬ。」

といへば亦可平《またべくへい》も、「然容《さやう》々々《〳〵》。」とばかりに、困《こう》じて倶《とも》に立難《たちかぬ》るを、成勝通能聞《なりかつみちよしきゝ》あへず、

「开《そ》は亦益《またやく》なき口誼《こうぎ》也。汝等《いましら》は長橋象船《ながはしきさふね》の、遺言《ゆゐげん》をしも憑《たのま》れしに、一霎時《しばし》も這里《ここ》に猶予《ゆよ》することかは。我們《われく》の上《うへ》はこゝろ安《やす》かれ。山《やま》を下《くだ》りて他郷《たけう》へ走《はし》らん。疾《とく》いなずや。」

と焦燥《いらだて》ば、字六可平《あざろくべくへい》辞《いろ》ふに由《よし》なく、揉手《もみで》をしつゝ身《み》を起《おこ》して、

「しからんには是非《ぜひ》に及《およ》ばず、御意《ぎよい》に従《したが》ひ奉《たてまつ》らん。おん別《わか》れこそ惜《をし》けれ。」

といへば通能声苛立《みちよしこゑいらだて》て、

「开《そ》はこゝろ得《え》たり。疾《とく》ゆきね。ゆきね〳〵」

と惴立《せきたつ》れば、字六可平《あざろくべくへい》応《いらへ》をしつゝ、故来《もとき》し山路《やまぢ》へ下《くだ》りゆく、背影《うしろかげ》の見《み》えずなるまで、這方《こなた》の主僕《しゆぼく》は目送果《みおくりはて》て、憶《おもは》ず嗟歎《さたん》したりける。

　姑且《しばらく》して成勝《なりかつ》は、通能《みちよし》と談《だん》ずるやう、

「長橋象船両義士《ながはしきさふねりようぎし》は、我們《われく》の死《し》を救《すく》ひしより、彼身《かのみ》を潔《いさぎよ》くせんとて、倶《とも》に渓谷《たにみづ》に身《み》を投《なげ》しに、其亡骸《そのなきから》だも見《み》ることなく、這儘《このまゝ》にして山《やま》を下《くだ》らば、情義《じようぎ》両《ふたつ》ながら恥《はぢ》ざらんや。能《かなは》ぬまでも底《そこ》を探《さぐ》りて、索《たづ》ねて見《み》ずや。誰何《いかに》ぞや。」

といへば通能沈吟《みちよしうちあん》じて、

「然《さ》なり。古語《いにしへのことば》に、『孝子《こうし》は巌墻《がんしよう》の下《もと》に不立《たゝず》』といへり。親胞兄弟《おやはらから》の為《ため》にしも、身《み》に大事《だいじ》を帯《おび》ながら、交遊一時《こうゆういちじ》の義《ぎ》の為《ため》に、危《あやふ》きを忘《わす》るゝは、好《このま》しからぬ所為《わざ》なれども、宣《のたま》ふ所寔《ところまこと》に所以《ゆゑ》あり。藤蔓《ふぢかづら》などに携《すが》りて、下《くだ》らるゝ便宜《びんぎ》もあらン歟《か》。底《そこ》の深《ふか》さを揣《はか》りて見《み》てん。卒《いざ》」

とばかりに共侶《もろとも》に、岨《そば》の頭《ほとり》に立寄《たちよ》る折《をり》から、怪《あやし》むべし。谷底《たにそこ》より、白雲忽焉《しらくもこちゑん》と起立《おこりたち》て、這方《こなた》へ靡《なび》くと見《み》る程《ほど》に、犢児《ことひ》に等《ひとし》き大鹿二頭《おほしかにひき》、四月《うづき》の今《いま》もまだ解《とか》ぬ、角《つの》に各《おの〳〵》人《ひと》を掛《かけ》て、跳騰《おどりのぼ》りつ突然《とつぜん》と、いで来《き》ぬると見《み》る随《まゝ》に、主僕《しゆぼく》の間《あはひ》に掛《かけ》たる両箇《ふたり》を、振捨《ふりすて》つ、驀地《ましくら》に、土地《やまのかみ》の茅社《ほこら》の辺《ほとり》へ、ゆく歟《か》と思《おも》へば掻消如《かきけすごと》く、忽地見《たちまちみ》えずなりにける。然《され》ば成勝通能《なりかつみちよし》は、目今這奇異神妙《たゞいまこのきゐしんみよう》に、「吐嗟《あなや》」とばかり驚《おどろき》避《さ》けて、眼《まなこ》を定《さだ》めて仡《き》と見《み》れば、彼大鹿《かのおほしか》の角《つの》に掛《かゝ》りて、深《ふか》き谷底《たにそこ》より登《のぼ》り来《き》ぬる、其人《そのひと》は是別人《これことひと》ならず、長橋倭太郎勢泰《ながはしわたらうなりやす》と、象船算弥知量《きさふねさんやともかず》なれば、這方《こなた》の主僕《しゆぼく》は怡悦《いゑつ》に堪《たえ》ず、「こは〳〵甚麼《いかに》。」と立《たち》よりて、扶起《たすけおこ》さまく欲《ほり》するに、勢泰《なりやす》も知量《ともかず》も、倶《とも》に渓水《たにみづ》に濡《ぬ》れもせず、身《み》には些《ちと》の疵《きず》もなけれど、既《すで》に息絶《いきたえ》たれば、成勝《なりかつ》と通能《みちよし》は、撲傷《うちみ》の気絶《きぜつ》ならんと猜《すい》して、倶《とも》に師伝《しでん》の覚《おぼえ》ある、白打《やわら》の活《くわつ》を入《い》れしかば、其術《そのて》に答《こたふ》る勢泰知量《なりやすともかず》、「云《うん》」とばかりに息出《いきいで》て、忽地我《たちまちわれ》に還《かへ》りつゝ、共侶《もろとも》に身《み》を起《おこ》して、先四下《まづあたり》を得《とく》と見《み》つ、又成勝《またなりかつ》と通能《みちよし》を、見《み》つゝ斉一胆《ひとしくきも》を潰《つぶ》して、

「抑《そも〳〵》茲《こゝ》は那里《いづこ》ぞや。我們両箇《われ〳〵ふたり》は千仞《ちひろ》の谷《たに》へ、落《おち》て死《し》せりと思《おも》ひしに、夢歟《ゆめか》現歟《うつゝか》、然《さ》るにても、大江峯張《おほえみねはり》両賢兄《りようけんけい》に、救《すくは》れたる歟《か》こゝろ得《え》ね。」

と倶《とも》に訝《いぶか》る声細《こゑほそ》やかに、猶《なほ》つら〳〵と見《み》かへれば、成勝通能含笑《なりかつみちよしほゝゑみ》て、

「やよや長橋象船主《ながはしきさふねぬし》、心地正可《こゝちまさか》になりたる歟《か》。和殿等鯁義心烈《わどのらきようぎしんれつ》もて、身《み》を渓谷《たにみづ》に放下《ほか》しし時《とき》、留《とゞむ》る暇《いとま》なかりしかば、うち嘆《なげ》くのみ、術《すべ》もなく、高島《たかしま》よりおこされし、両箇《ふたり》の伴当字六《ともひとあざろく》と、可平《べくへい》には身《み》の暇《いとま》を取《と》らせて、蚤《はや》く宿所《しゆくしよ》へ返遣《かへしつかは》し、却我們《さてわれ〳〵》は、和殿等《わどのら》の、生死《しやうし》も知《し》らず、亡骸《なきから》を、見《み》も果《はて》ずして开《そ》が儘《まゝ》に、他郷《たけう》へいなんはさすがにて、『非除《よしや》千仞《ちひろ》の渓底《たにそこ》なりとも、下《くだ》らるゝ便宜《びんぎ》得欲《もがな》。』と思《おも》ふ折《をり》から箇様《かやう》々々《〳〵》、如此《しか》々々《〳〵》の奇異《きゐ》あ

夏山の牡鹿が角も
とかぬ間にふる枝の
かへてわかえ生ひにけり
玄同陳人
みちよし

りて、谷《たに》の中《うち》より立升《たちのぼ》る、白雲《しらくも》と共侶《もろとも》に、犢児《ことひ》に等《ひとし》き大鹿二頭《おほしかにひき》、和殿等《わどのら》を角《つの》にうち掛《かけ》て、谷《たに》より閃《ひら》りと跳《おどり》出《いで》て、主等《ぬしら》を茲《こゝ》に振捨《ふりすて》て、掻消如《かきけすごと》く見《み》えずなりにき。恁《かゝ》る神助《たすけ》のあればこそ、我們両箇《われ〳〵ふたり》は手脚《てあし》を労《らう》せず、和《わ》殿等《どのら》輒《たやす》くかへり来《き》て、且再生《かつさいせい》の歓《よろこ》びあり。憶《おも》ふに和殿等《わどのら》人《ひと》に勝《すぐ》れし、鯁義心烈《きようぎしんれつ》を憐《あはれみ》給ふ、土地善神《とちぜんしん》《ヤマノカミタチ》の擁護《おうご》なる歟《か》。七鹿山《なゝしやま》の名虚《なむな》しからずといはまし。寔《まこと》に芽出《めで》たし〳〵。」と迭代《かたみかは》りに語《ご》を紹《つぎ》て、言詳《ことつまびらか》に説示《ときしめ》せば、勢泰知量《なりやすともかず》聞《きゝ》果《はて》て、はじめて夢《ゆめ》の覚《さめ》たる如《ごと》く、いまだ答《こたふ》る所《ところ》を知《し》らず。権且《しばらく》して共侶《もろとも》に、跪《ひざまづ》きつゝ土地《やまのかみ》の、茅社《ほこら》の方《かた》にうち向《むか》ひて、合掌黙禱念《がつしようもくとうねん》じ果《はて》て、却《さて》勢泰《なりやす》がいふやう、

「我們命運《われ〳〵めいうん》いまだ竭《つき》ず、神《かみ》と人《ひと》とに幇助《たすけ》られて、死《し》なざることを得《え》たれども、這儘城内《このまゝぜうない》に還《かへ》り参《まゐ》らば、忠《ちう》も不忠《ふちう》と誣《しひ》られて、縛首《しばりくび》をや刎《はね》られん。然《さ》ればとて今日《けふ》の事実《じじつ》を、具《つぶさ》に訴《うつたへ》稟《まう》さずは、俺小父《わがをぢ》さへ疑《うたがは》れて、連累《まきぞひ》の罪《つみ》を免《まぬか》れがたけん。進退惟谷《しんたいこれきはま》りぬ。」

といへば知量《ともかず》も沈吟《うちあん》じて、

「我們《われ〳〵》かの折渓底《をりたにそこ》の、嵒《いは》に砕《くだ》けて命終《いのちをは》らば、今《いま》の憂苦《ゆうく》はなからんに、慭《なまじひ》に神《かみ》の祐《たす》けによりて、生《いき》て甲斐《かひ》なき身《み》の薄命《はくめい》《フシアハセ》、事《こと》の難義《なんぎ》はいふまでもあらねど、事実《じじつ》を訴《うつたへ》稟《まう》さんとて、阿容々々《おめ〳〵》とかへり参《まゐ》らば、漫《そゞろ》に死地《しち》に就《つか》んのみ。孰歟《たれか》思慮《しりよ》ある者《もの》といはん。高島大人《たかしまうし》のことはしも、我們《われ〳〵》が為《ため》に疑《うたがは》るゝとも、彼字六可平《かのあざろくべくへい》が、稟《まう》すよしをもていひ釈《とか》れなば、連係《まきぞひ》せらるべくもあらず。そを女々《めめ》しく云云《かにかく》と、千遍《ちたび》思《おも》ふとも、今《いま》は甲斐《かひ》なし。只速《たゞすみやか》に他郷《たけう》へ避《さけ》て、時《とき》の至《いた》るを俟《また》んのみ。」

といへば勢泰点頭《なりやすうなづき》て、

「开《そ》は理《ことわり》ある言《こと》ながら、我們《われ〳〵》は世間《せけん》広《ひろ》からず。当国《たうこく》を除《のぞ》くの外《ほか》、他郷《たけう》に親族知己《しんぞくちき》の友《とも》なし。那里《いづこ》を投《さし》て身《み》を措《おか》んや。」

といふを成勝《なりかつ》うち聞《きゝ》て、

「両賢兄難《りようけんけいなん》を避《さけ》て、他郷《たけう》に時《とき》を俟《また》んとならば、安芸《あき》の治比《はるひ》に赴《おもむ》き給へ。我父《わがちゝ》大江《おほえ》弘元《ひろもと》は、物数《ものかず》ならぬ小《しよう》名《みよう》なれども、善《ぜん》に与《くみ》し、賢《けん》を需《もと》めて、一芸《いちげい》ある者《もの》としいへば、養《やしなは》ずといふ者《もの》なし。且我兄《かつわがあに》少輔太《しようゆうた》郎音就《らうおとなり》、二郎基綱《じらうもとつな》も、父《ちゝ》に劣《おと》らぬ志《こゝろざし》、ありとし予聞知《かねてきゝし》りぬ。己治比《おのれはるひ》へ紹介《しようかい》せば、歓《よろこ》びて留《とゞ》められん。他処《たしよ》を索《もとむ》ることかは。」

といへば通能《みちよし》も倶《とも》にいふやう、

「事《こと》の便宜《びんぎ》はそれのみならで、俺兄十三屋《わがあにじふさんや》九四郎《くしらう》は、浪速《なには》に名《な》だゝる侠者《をとこ》《ケウシヤ》にて、善《ぜん》に与《くみ》して死《し》をだも辞《ぢ》せず、生平《つね》に弱《よはき》を助《たす》け強《つよき》を拗《とりひし》ぐ、下高者《したたかもの》で候へば、和君等《わきみら》先那里《まづかしこ》に赴《おもむ》きて、我兄《わがあに》の幇助《たすけ》を借《か》りて、水路《ふなぢ》を安芸《あき》へ渡《わた》り給はゞ、路《みち》の費《つひえ》を省《はぶ》くべし。なれども九四郎《くしらう》は、『当春安芸《このはるあき》へ赴《おもむ》くべし。』と予《かねて》いはれし事《こと》もあれば、和《わ》君等《きみら》其時《そのとき》に後《おく》れて、九四郎家《くしらういへ》に在《あ》らずとも、乾児六市四《こぼんろくいちし》摠《さう》あり。开《そ》が単《ひとり》は必《かならずを》在らん。彼等《かれら》も亦然《またさ》る者《もの》なれば、事宜《ことよろし》く相計《はから》ふべし。この義《ぎ》に任《まか》せ給へかし。」

といはれて歓《よろこ》ぶ勢泰知量《なりやすともかず》、憶《おもは》ず倶《とも》に額《ひたひ》を拊《なで》て、

「开《そ》は幸甚《さいはひはなはだ》し。いかで教《をしえ》に憑《よ》らまく欲《ほり》す。然《さ》りとて這里《ここ》にて長詮議《ながせんぎ》して、再度《さいど》の追隊《おつて》の来《き》ぬるに逢《あ》はゞ、後悔《こうくわい》其里《そこ》に達《たち》がたけん。先這山《まづこのやま》を下《くだ》りてこそ。」

といふに主僕《しゆぼく》は諾《うべ》なひて、「卒《いざ》」とて倶《とも》に身《み》を起《おこ》しつゝ、土地《やまのかみ》の茅社《ほこら》の御前《みまへ》に跪《ひざまづ》きつゝ合掌《がつしよう》して、去向《ゆくて》の無《ぶ》異《ゐ》をぞ祈《いのり》(ママ)りける。

新局玉石童子訓巻之十七終

新局《しんきよく》玉石童子《ぎよくせきどうじ》訓巻之《くんまきの》十八

東都　曲亭主人口授編次

第《だい》四十八回《くわい》　偽兵《ぎへい》を率《ひきい》て健宗《たけむね》好純《よしずみ》を襲《おそ》ふ　酔夢《すいむ》を驚《おどろか》して良臣《りようしん》玉石《ぎよくせき》を弁《べん》ず

前回《ぜんくわい》いまだ罄《つく》さゞりける、七鹿山《なゝしやま》の段末《だんまつ》を、復説《またとく》。大江《おほえ》杜四郎《もりしらう》成勝《なりかつ》、峯張《みねはり》柒六郎《なゝろくらう》通能《みちよし》は、二度《にど》の窮阨《きうやく》を相脱《あいのが》れて、長橋《ながはし》倭太郎《わたらう》勢泰《なりやす》、象船《きさふね》算弥《さんや》知量《ともかずら》等と、倶《とも》に土地善神《やまのかみ》を黙禱《もくたう》《キネン》し果《はて》て、退《しりぞ》きて談《だん》ずるやう、

「我々《われ〳〵》是《これ》より越路《こしぢ》に走《はし》らば、再度《さいど》の追隊《おつて》逼来《せまりき》て、難義《なんぎ》に及《およ》ぶ事《こと》もやあらん。早《はや》く路《みち》を取替《とりかへ》て、美濃《みの》尾張《をはり》の方《かた》にゆかば、必《かならず》後安《うしろやす》かるべし。」

と囁《さゝや》く成勝《なりかつ》と共侶《もろとも》に、通能《みちよし》も亦《また》いふやう、

「曩《さき》に這山脚《このふもと》の茶博士《ちやあるじ》の、不問自語《とはずがたり》に聞知《きゝし》りぬ。この山《やま》より美濃《みの》へ出《いづ》る、捷径《ちかみち》のあるならずや。和君等《わきみら》それを知《し》りたる歟《か》。」

と問《とは》れて勢泰《なりやす》知量《ともかず》は、応難《いらへかね》つゝ沈吟《うちあん》じて、

「否《いな》。我們《われ〳〵》も這山《このやま》を、前《まへ》より過《よぎ》りしことなければ、其義《そのぎ》はいまだ聞知《きゝし》らず。這里《ここ》歟《か》那里《かしこ》歟《か》。」

とばかりに、思難《おもひかね》つゝありける程《ほど》に、奇《き》なる哉《かな》両箇《ふたつ》の大鹿《おほしか》、土地《やまのかみ》の芽社《ほこら》の頭《ほとり》より、忽然《こちねん》と出《いで》て来《き》つ、敢亦《あへてまた》

人《ひと》を怕《おそ》れず、這少年等《このしょうねんら》の先《さき》に立《たち》て、徐々《じょ〳〵》《シツ〳〵》として行《ゆき》も得《え》やらず、屢《しば〳〵》後方《あとべ》を見《み》かへり〳〵、我《われ》を導《みちび》く者《もの》に似《に》たれば、成勝《なりかつ》蚤《はや》く意衷《いちう》に悟《さと》りて、自余《じょ》の三人《みたり》に囁《さゝや》くやう、

「彼《あれ》は正《まさ》しく神鹿《かんしか》にて、今我々《いまわれ〳〵》の為《ため》にしも、郷導《みちしるべ》を做《な》すにやあらん。」

といへば通能勢泰知量《みちよしなりやすともかず》、共侶《もろとも》に歓《よろこ》び見《み》て、

「寔《まこと》に然《さ》也。然《さ》なるべし。嚮《さき》には谷雲《たにくも》の奇異《くしき》《キヰ》ありて、恁云勢泰知量《かくいふなりやすともかず》の、必死《ひっし》を救《すく》ひしも彼鹿《かのしか》ならん。疑《うたがは》ずして従《したが》ひゆかば、便宜《びんぎ》を得《う》ることなからずや」

とて、倶《とも》に鹿《しか》のゆくに任《まか》すれば、鹿《しか》は成勝通能《なりかつみちよし》等《ら》の、初来《はじめき》にける山脚《ふもと》の方《かた》に、下《くだ》りゆく程《ほど》十八九町《まち》、左《ひだり》に幽《かす》けき細道《ほそみち》あり。鹿《しか》は路《みち》を左《ひだり》に取《とり》て、この細道《ほそみち》に入《い》りしかば、成勝通能勢泰知量《なりかつみちよしなりやすともかず》、「茲《こゝ》なりけり。」と皆《みな》こゝろ得《え》て、开《そ》が儘従《まゝしたが》ひゆく程《ほど》に、是鳥路熊径《これちょうろゆうけい》、樹木森然《じゅもくしんぜん》と枝《えだ》を交《まじ》えて、瓢形《ひさかた》の日光《ひのめ》に疎《うと》く、荆棘《けいきょく》離々《りゝ》と伏累《ふしかさな》りて、人《ひと》の脚《あし》を捉《と》らまくす。実《じつ》に是一歩《これいっほ》《ヒトアシ》運《はこ》ぶも安《やす》からず。然《さ》ればとて已《やむ》べきにあらねば、倶《とも》に辛《から》くして、従《したが》ひゆく程《ほど》に、終日《ひねもす》にして饑渇《うゑ》《キカツ》を覚《おぼえ》ず。


是日《このひ》申牌過《さるのときすぐ》る左側《ころおひ》に、果《はた》して、一村落《ひとむらさと》に来《き》にけり。当下《そのとき》伴《くだん》の両箇《ふたつ》の鹿《しか》は、いつの程《ほど》に歟在《かあ》らずなりて、敢亦《あへてまた》見《み》ることなければ、『扠《さて》は。』とばかり少年等《しょうねんら》は、ます〳〵神《かみ》の祐《たすけ》を感《かん》じて、倶《とも》に踵《きびす》を旋《めぐ》らして、故来《もとき》し路《みち》を再拝《さいはい》す。姑且《しばらく》して長橋勢泰《ながはしなりやす》は、象船知量《きさふねともかず》に向《むか》ひていふやう、

「鹿《しか》の里近《さとちか》き山《やま》に在《あ》る者《もの》は、秋田《あきた》圃《はた》を損《そこな》ふ故《ゆゑ》に、人射《ひとい》て捉《と》るは利益《りゑき》あり。或《あるひ》は又猟者《またかりひと》の、野《の》ともいはず山《やま》ともいはず、猪《しし》まれ鹿《しか》まれ射《い》て殺《ころ》す、开《そ》は第一《だいいち》の殺生《せっしょう》なれども、生活《よわたり》ならば争何《いかゞ》はせん。単《ひとり》その人《ひと》ならぬ者《もの》、

一時《いちじ》の興《きよう》を取《と》らんとて、人《ひと》の為《ため》に憂《うれい》を做《な》さゞる、禽獣《とりけもの》を射《い》て捉《と》るは、寔《まこと》に無益《むやく》の殺生《せつしよう》なりき。初己《はじめおのれ》もこの義《ぎ》を思《おも》はず、紈袴《つかへ》の暇《いとま》ある折《をり》は、単郊外《ひとりこうぐわい》に猟消《かりくら》して、鹿《しか》を射《い》て身《み》の楽《たのしみ》に、做《な》したることもあるものを、今《け》日《ふ》は料《はか》らず神鹿《かんしか》に、必死《ひつし》の厄《やく》を救《すく》はれて、この活路《にげみち》さへ教《をしえ》らる、こは我們《われ〳〵》が果報《くわほう》にあらず、大江《おほえ》峯張《みねはり》両賢兄《りようけんけい》の、人《ひと》に勝《すぐ》れし忠信孝義《ちうしんこうぎ》の、余慶《よけい》なる事疑《うたが》ひなし」

とて、倶《とも》に後悔《こうくわい》したりける。作者曰《さくしやいはく》、本集第《ほんしふだい》三板巻《はんまき》の六の十一の端像《くちゑ》に、長橋象船両《ながはしきさふねりよう》少年《しようねん》が、鹿《しか》を刺《さゝ》まくする図出《づいで》たり。そはこの段《だん》、勢泰知量《なりやすともかず》が、後悔《こうくわい》の心操《こゝろばへ》を、早《はや》く写《うつ》し出《いだ》ししのみ、こゝにいふ神鹿《かんしか》にはあらず。看官《みるひと》その用意《ようい》を思《おも》ふべし

浩処《かゝるところ》に、一箇《ひとり》の荘客《ひやくしやう》、前回《むかひ》より来《き》にければ、通能急《みちよしきう》に呼留《よびとゞ》めて、この里《さと》の名《な》を問《と》ふに、荘客答《ひやくしようこたへ》て、

「這里《ここ》は昔《むかし》より世《よ》にしるき、美濃《みの》と近江《あふみ》の境《さかひ》なる、宿物語《ねものがたり》の里《さと》なり。」

といひ捨《す》て走去《はせさり》けり。是《これ》により成勝《なりかつ》等は、這村《このむら》稍尽処《はづれ》に最寂《いとさび》たる、客店《はたごや》に宿《やどり》を需《もと》むるに、勢泰《なりやす》と知量《ともかず》は、程遠《ほどとほ》からぬ郷士《ごうし》の子児《こども》の、「漫《そゞろ》に出《いで》て憶《おもは》ずも、猟消《かりくら》したり」といひ做《な》しつ、又成勝通能《またなりかつみちよし》は、「彼等《かれら》と相識旅客《あいしるたびびと》にて、憶《おもは》ずも前程《さきのほど》、行逢《ゆきあひ》し」と説瞞《ときくろめ》しかば、一路人《みちづれひと》の相応《ふさは》しからぬも、逆旅主人《やどのあるじ》等は疑《うたが》はず。然《され》ば四箇《よたり》の少年《しようねん》は、寂寞《ものさびシユクバク》たる宿《やどり》を得《え》て、外《ほか》に合宿《あいやど》の旅客《たびびと》なければ、纔《わづか》にこゝろを安《やす》くしつ、倶《とも》に湯浴《ゆあみ》し夕膳《ゆふぜん》を果《はた》す程《ほど》に、長《なが》き四月《うづき》の天《そら》ながら、既《すで》にして日《ひ》は暮《くれ》けり。

当下《そのとき》成勝通能《なりかつみちよし》は、孤灯《ことう》の下《もと》に坐《ざ》を占《しめ》て、治比《はるひ》と住吉《すみよし》へ贈《おく》るべき、紹介《ひきつけセフカイ》の書翰《しよかん》をものして、倶《とも》に勒肚《どうまき》の財嚢《さいふ》より、円金《こばん》各《おの〳〵》五両《ごりよう》を出《いだ》して、件《くだん》の書翰共侶《しよかんもろとも》に、是《これ》を勢泰知量《なりやすともかず》に与《あた》へていふやう

「和殿等《わどのら》周防《すはう》へ赴《おもむ》くに、盤纏《ろよう》なくはあるべからず。こは些少《いさゝか》に候へども、路《みち》の資《たすけ》にし給へ。」

といふを勢泰知量《なりやすともかず》は、聞《きゝ》も訖《をは》らず推戻《おしもど》して、

「开《そ》は思《おも》ひかけもなき。我們《われ〳〵》も亦懐《またふところ》に、些《ちと》の貯禄《たくはへ》なきにあらず。嚮《さき》に君命《くんめい》とはいひながら、難義《なんぎ》の討手《うつて》を承《うけたまはり》て、倶《とも》に宿所《しゆくしよ》を出《いづ》る時《とき》、『倘夙念《もししゆくねん》の随《まゝ》にならで、帰城《きぜう》しがたき事《こと》もあらば、金銀《きんぎん》して第一《だいいち》の、たのもし人《ひと》なるべけれ』と、予思《かねておも》ひしよしもあれば、有《あら》ん涯《かぎ》りを掻攫《かきさら》ひて、懐《ふところ》にしたる也。是見《これみ》給へ。」といひつゝも、倶《とも》に懐《ふところ》を掻撈《かゝぐり》て、拿出《とりいだ》して見《み》する金《かね》、此彼等《これかれひと》しく十余両《よりよう》あり。成勝通能是《なりかつみちよしこれ》を見《み》て、這少年等《このしようねんら》の遠慮《えんりよ》あるを、一霎時《しばし》感歎《かんたん》したりける。开《そ》が中《なか》に成勝《なりかつ》は、又勢泰等《またなりやすら》に向《むか》ひていふやう、

「和殿等《わどのら》遠《とほ》き思《おもひ》はかりありて、近《ちか》き憂《うれひ》を資《たすく》るまでに、各《おの〳〵》盤纏《ろよう》に足《たる》といふとも、周防《すはう》にゆきて逗留《とうりう》の程《ほど》、財《ざい》用竭《ようつき》なば不便《ふべん》ならん。我們《われ〳〵》は父兄《かぞいろね》の恩恵《めぐみ》によりて、二三稔《ふたとせみとせ》の盤纏《ろよう》あり。薄義《はくぎ》なれどもこの十金《じつきん》を、枉《まげ》て納《をさ》め給へ」

といふ、その言《こと》の切《せち》なるに、通能《みちよし》も「云云《かにかく》」と、連《しき》りに薦《すゝ》めて已《やま》ざれば、勢泰《なりやす》と知量《ともかず》は、困《こう》じて倶《とも》に辞《いら》ふに由《よし》なく、其五金《そのごきん》を受納《うけをさ》めて、残《のこ》る五金《ごきん》をかへしていふやう、

「芳意《はうい》黙止《もだし》がたければ、教《をしえ》に従《したが》ひ奉《たてまつ》る。這五金《このごきん》にて物足《ものた》れり。高恩徳義《こうをんとくぎ》は千万言《せんまんげん》もて、謝《しや》するとも尽《つく》しがたかり。余財《よざい》は納《をさ》め給へ」

とて、亦受《またうく》べくもあらざれば、成勝《なりかつ》と通能《みちよし》は、強難《しひかね》て多弁《たべん》せず、各《おの〳〵》金子《きんす》を拿納《とりをさ》めて、猶《なほ》も余談《よだん》に及《およ》ぶ程《ほど》に、勢泰《なりやす》と知量《ともかず》は、「当国美濃《たうこくみの》より尾張《をはり》に出《いで》て、伊勢路《いせぢ》を過《よぎ》りて捷径《ちかみち》を、索《もと》めて住吉《すみよし》に迨《いたら》ん」といふ。亦成勝《またなりかつ》と通能《みちよし》は、「是《これ》より岐岨路《きそぢ》に杖《つゑ》を薦《すゝ》めて、東国《あづま》に遊歴《ゆうれき》すべし」とて、迭《かたみ》に去向《ゆくて》を定《さだ》め果《はて》て、倶《とも》に枕《まくら》に就《つ》きしかど、然《さ》しも余波《なごり》の惜《をし》まれて、睡《ねむ》らんとするにいもねられず。勢泰《なりやす》と知量《ともかず》は、捨《すて》し命《いのち》を又《また》さらに、神《かみ》の祐《たすけ》に甦《かへ》

されても、猶端《なほあぢき》なき世《よ》を不楽《わび》て、己《おの》が往方《ゆくへ》を思《おも》ふにも、『親《おや》に等《ひと》しき高島《たかしま》の、高《たか》き恩《めぐみ》を空《あだ》にして、倘連累《もしまきぞひ》の罪《つみ》にしも、誣《しひ》らるゝ事《こと》あらん歟《か》。』と思《おも》ふ心《こゝろ》をいへばえに、いはねば胸《むね》の苦《くる》しきに、嚮《さき》に劇《はげ》しき戦《たゝか》ひの、撲傷《うちみ》にやありつらん、勢泰《なりやす》も知量《ともかず》も、腕痛《かひないた》みて堪《たへ》がたければ、倶《とも》に師伝《しでん》の仙丹《せんたん》を、唾《つ》に解《とき》て塗《まみら》するに、其《その》疼痛拭《いたみぬぐ》ふがごとく、立地《たちどころ》に愈《いえ》てけり。誠《まこと》なる哉《かな》、高島祖伝《たかしまそでん》の仙丹《せんたん》は、同藩《どうはん》の朋輩《ほうばい》たりとも、敢佻々《あへてかろ〲》しく是《これ》を授《さづ》けず。この故《ゆゑ》にその妙薬《みようやく》を、聞知《きゝし》る者《もの》すら稀《まれ》なるに、勢泰《なりやす》は、石見介《いはみのすけ》の、侄《おひ》なるを、いへばさら也、知《とも》量《かず》は弟子《をしえこ》にて、其心操衆《そのこゝろばへもろ〲》に、勝《すぐ》れて老実《まめやか》なる故《ゆゑ》に、好純早《よしずみはや》くこの両少年《りようしようねん》に、彼仙丹《かのせんたん》を授《さづ》けたり。こゝをもて知量《ともかず》は、嚮《さき》に小指《こゆび》を噬斫《かみきり》し時《とき》、血《ち》さへ痛《いたみ》を覚《おぼえ》ずなりしは、彼仙丹《かのせんたん》の即功《そくこう》にぞありける。

間話休題《あだしことはさておきつ》。然《さ》る程《ほど》に、成勝通能《なりかつみちよし》、勢泰知量《なりやすともかず》は、夏《なつ》の天《よ》早《はや》く明《あく》る時候《ころ》、遽《いそがは》しく起出《おきいで》て、朝飯《あさいひ》を果《はた》す程《ほど》に、勢泰《なりやす》と知量《ともかず》は、被籠《きこみ》の鏁衫《くさり》、甲手《こて》脛盾《すねあて》を脱袪《ぬぎさり》て、行嚢《たびつゝみ》にせまく欲《ほり》するに、幸《さいはひ》に成勝通能《なりかつみちよし》の、袱《ふろしき》に余《あま》りありしかば、そを借《かり》て包《つゝみ》などす。この他《た》雨衣《あまぎぬ》脚衣《きやはん》菅笠《すげがさ》は、路次《ろじ》にて買拿《かひとら》んとて、各《おの〲》准備《ようい》整《とゝの》ひしかば、通能《みちよし》則《すなはち》勢《なり》泰《やす》と共侶《もろとも》に、逆旅主人《やどのあるじ》を召《よび》よせて、房銭《やどせん》を還《わた》す程《ほど》に、宿《やど》の炊婢《かしきめ》がもて来《き》ぬる、昼《ひる》の儲《まうけ》の裹飯《つゝみいひ》を、各《おの〲》手《て》に〲受拿《うけと》りて、袂《たもと》にしつゝ立地《たちいで》て、草鞋穿締《わらんじはきしめ》、うち連立《つれたち》て、ゆくことといまだ遠《とほ》からず、尾張《をはり》に赴《おもむ》く岐路《おひわけみち》あり。建《たて》し傍示《はうじ》に分明《ふんみよう》なれば、皆共侶《みなもろとも》に歩《あし》を駐《とゞ》めて、迭《かたみ》に再会《さいくわい》を契《ちぎ》るのみ、世《よ》は定《さだめ》なき雲水《くもみづ》の、西《にし》と東《ひがし》へ別《わかれ》の口誼《こうぎ》も、言語寡《ことばすくな》く惟々《ゐゐ》恋憐《れん〲》たる、袂《たもと》を茲《こゝ》に分《わか》ちけり。

案下某生重説《そはさておきてかさねてとく》。彼日《かのひ》観音寺《くわんおんじ》の城内《ぜうない》なる、高島石見介好純《たかしまいはみのすけよしずみ》の、西郭《にしくるわ》の宿所《しゆくしよ》には、今朝《けさ》しも大江峯張《おほえみねはり》両主《りようしゆ》僕《ぼく》の、越路《こしぢ》へとて辞去《ぢしさ》りし時《とき》、石見介《いはみのすけ》は他等《かれら》が為《ため》に、去歳《こぞ》の秋《あき》より預《あづか》り置《おき》たる、君侯恩賜《くんこうをんし》の両種《ふたくさ》なる、沙金《さきん》

白布《しろぬの》の韓櫃《からひつ》を、両個《ふたり》の奴隷《しもべ》に舁《かゝ》せつゝ、早《はや》く本館《たうやかた》に出仕《しゆつし》して、曽根見五郎平宗玄《そねみごらうへいむねはる》に、対面《たいめ》せまく欲《ほり》するに、

「宗玄《むねはる》は恙《つゝが》ありて、出仕《しゆつし》せず」と聞《きこ》えしかば、只得自余《ぜひなくじよ》の近習《きんじゆ》を請《こ》ふて、則《すなはち》告稟《つげまう》すらく、

「守《かみ》には予知召《かねてしろしめ》されし、臣《おみ》が宿所《しゆくしよ》に寓居《ぐうきよ》の旅客《たびびと》、大江杜四郎成勝《おほえもりしらうなりかつ》、峯張柒六郎通能《みねはりなゝろくらうみちよし》は、今朝《けさ》しも越路《こしぢ》へ赴《おもむ》くとて、倶《とも》に立去《たちさり》候ひき。就《つ》きて去歳《こぞ》の秋九月十五日《あききくつきもちのひ》に、彼等《かれら》へ恩賜《をんし》の二種《ふたくさ》は、最恭《いとかたじけな》く受《うけ》まつるものから、

『旅《たび》にしあれば携《たづさへ》て、他郷《たけう》へは赴《おもむ》きがたかり。異日《ゐじつ》かへり参《まゐ》るまで』とて、胎《のこ》し置《おき》候ひき。然《さ》れども彼等《かれら》が再来《ふたゝびき》ぬるは、多《おほ》く歳月《としつき》をや経《へ》ぬべからん。その折《をり》まで彼二種《かのふたくさ》を、宝庫《みくら》に蔵《をさ》め措《おか》まく欲《ほり》す。故以《ゆゑ》に持参仕《ぢさんつかまつ》りぬ。この義《ぎ》を聞《きこ》え上《あげ》給はせ。」

といふに近習《きんじゆ》はこゝろ得《え》て、軈奥《やがておく》へぞ赴《おもむ》きける。

　尓《さ》る程《ほど》に石見介《いはみのすけ》は、尚《なほ》その席《むしろ》に居《を》り、二《ふた》たび近習《きんじゆ》の出《いで》て来《き》ぬるを、俟《まつ》こと約莫半晌許《およそはんときばかり》、やうやくにして件《くだん》の近習《きんじゆ》は、単奥《ひとりおく》より出《いで》て来《き》つ、石見介《いはみのすけ》に向《むか》ひていふやう、

「和殿《わどの》の稟《まう》されし、事《こと》の赴《おもむ》きを、則《すなはち》守《かみ》に聞《きこ》え上《あげ》しに、守《かみ》の御気色《みけしき》宜《よろ》しからず、且宣《かつのたま》ふやう、『彼大江杜四郎《かのおほえもりしらう》、峰張柒六郎《みねはりなゝろくらう》の事《こと》はしも、我始《われはじめ》より、石見介《いはみのすけ》に命《めい》ずらく、彼等他郷《かれらたけう》へ立去《たちさる》をり、其前日《そのさきつひ》に告《つげ》よといひしを、石《いは》見介《みのすけ》は、何《なに》と聞《きゝ》たるやらん。立去《たちさ》りて後《のち》に告《つぐ》るは、抑亦等閑《そも〳〵またなほざり》ならずや。況去歳《まいてこぞ》の秋《あき》、彼少年等《かのしようねんら》に、賜《たまはり》し御《おん》物《もの》を、自由《じゆう》に儘《まか》し貽置《のこしおか》ば、他等《かれら》が当城内《たうぜうない》に在《あ》りし時《とき》、聞《きこ》え上《あげ》て御旨《おんむね》を、伺奉《うかゞひたてまつ》るべき該《はづ》なるに、そも亦他等《またかれら》が去《さ》りし後《のち》、押《おし》てかへし納《いれ》まくす。其不敬甚《そのふけいはなはだ》し。給《かれ》と云恰《いひこれ》といひ、石見介《いはみのすけ》の臆念《おくねん》、こゝろ得《え》がたし。早《はや》く宿所《しゆくしよ》に退《しりぞき》て、後《のち》の御沙汰《ごさた》を俟《まつ》べき者《もの》也。又彼杜四郎柒六《またかのもりしらうなゝろく》は、我賜《わがたま》ものを用《よう》なしとて、貽置《のこしおき》たらんには、今《いま》

亦孰《またたれ》に与《あた》ふべき。近習等《きんじゆら》目録《もくろく》に合《あは》し受取《うけとり》て、遺《おち》なく有司《ゆうし》に逓与《わたす》べし。』と仰《おほせ》られ候ひき。」

と告《つぐ》るを石見介《いはみのすけ》謹《つゝし》み承《うけ》て、且答稟《かつこたへまう》すやう、

「御諚畏《ごじようかしこ》うも承《うけたまは》り候ひぬ。但杜四郎柒六《たゞしもりしらうなゝろく》が、今朝《けさ》発足《ほつそく》の一条《ひとくだり》は、昨日《きのふ》曽根見五郎平《そねみごらうへい》に、云云《しかぐ》と報《つげ》しかば、既御聞《すでにおんきゝ》に入《い》りつらん、と思《おも》ひしに似《に》ず、等閑《なほざり》の、おん咎《とがめ》を承《うけ》まつりて、殆《ほとく》迷惑仕《めいわくつかまつ》りぬ。又杜四郎柒六《またもりしらうなゝろく》が、彼御物《かのおんもの》を貽《のこ》し置《おか》んとて、臣等《わくら》に意衷《いちう》を告《つ》げ候ひしは、僅《わづか》に昨宵《よんべ》の事なれば、稟上《まうしあぐ》るに遑《いとま》なく、目今《たゞいま》に曁《およ》べる也。聊《いさゝか》も等閑《なほざり》にて、遅《ちゝ》の罪《つみ》を忘《わす》れたるに候はず。然《さ》ればとて身《み》の失《あやまち》を、飾《かざ》りて陳《ちん》じ稟《まう》すにあらず。和殿《わどの》この義《ぎ》をこゝろ得《え》て、倘又御沙汰《もしまたごさた》あらんをり、術《すべ》よく稟《まう》し給ひねかし。」

といひ果《はて》て身《み》を起《おこ》しつゝ、舁《かゝ》し来《きた》れる韓櫃《からひつ》を、件《くだん》の席《むしろ》に拿《とり》よせて、目録《もくろく》と共侶《もろとも》に、彼沙金白布《かのさきんしろぬの》を、一箇一箇《ひとつひとつ》に出《いだ》す程《ほど》に自余《じよ》の近習《きんじゆ》も出《いで》て来《き》つ、好純《よしずみ》に会釈《ゑしやく》して、始《はじめ》の近習《きんじゆ》を幇助《たすけ》つゝ、東西《もの》皆受取果《みなうけとりはて》しかば、石見介《いはみのすけ》は両箇《ふたり》の奴隷《しもべ》に、空櫃《からひつ》をのみ舁《かゝ》せてぞ、軈宿所《やがてしゆくしよ》にかへり来《き》て、妻《つま》の長江《をさえ》に云云《しかく》と、君所《みたち》の首尾《しゆび》を囁《さゝや》き示《しめ》せば、長江《をさえ》は額《ひたい》を癉《やま》しつゝ、『後《のち》の御沙汰《ごさた》は左《と》やあらん、右《かく》やあらん』と思《おも》ふのみ、慰難《なぐさめかね》て立《たゝ》まくするを、好純急《よしずみきう》に喚禁《よびとゞ》めて、

「本月《このつき》はいはでもしるき、我母大人《わがはゝうし》の祥月《しやうつき》にて、今日《けふ》は忌辰《きしん》に丁《あた》り給へば、墓参《はかまゐ》りすべかるに、思《おも》ひかけなき障《さは》りいで来《き》て、守《かみ》の御気色宜《みけしきよろし》からねば、漫《そゞろ》に外《そと》へ出《いで》かたかり。渾家《そなた》代《かは》りて参詣《さんけい》せよ。そも猶外目厭《なほひとめいと》はしければ、轎子《のりもの》こそよかゝめれ。供《とも》には老僕《おとな》を遣《つかは》さん。疾々《とくく》」

といそがせば、長江《をさえ》は異議《ゐぎ》なく退《しりぞ》きて、身装《みこしらへ》さへ時《とき》を移《うつ》さず、衣裳《いしよう》を整《とゝの》へなどする程《ほど》に、既《すで》に亭午《まひる》になりし

かば、主僕遽《しゆぼくいそがは》しく昼饌《ひるぜん》を、果《はた》して後門《うらもん》より出《いで》てゆく。長江《をさえ》の伴当《ともびと》には、老僕某甲《おとななにがし》と、纔《わづか》に一箇《ひとり》の腰下婢《こしもと》而已《のみ》。両箇《ふたり》の奴隷《しもべ》に轎子《のりもの》を、舁《かゝ》せて香華院《ぼだいしよ》へいそぎけり。

尓程《さるほど》に高島《たかしま》の宿所《しゆくしよ》には、主《しゆウ》の女房《にようばう》を始《はじめ》にて、男女《なんによ》多《おほ》く出尽《いでつく》して、留守《るす》には一両箇《ひとりふたり》なる、婢妾等《げぢよら》のみ侍《はべ》りたり。石見介《いはみのすけ》は徒然《つれぐ》に堪《たへ》ず、『嚮《さき》には思《おも》ひかけもなく、守《かみ》の御不審《ごふしん》を承《うけ》まつりしは、そも曽根見宗玄《そねみむねはる》の、讒《さかしら》なる歟《か》。』と猜《すい》しても、言《こと》に出《だ》さねば胆向《きもむか》ふ、心鬱々《こゝろうつ〳〵》と楽《たのし》まず、風暖《かぜあたゝ》かき四月《うづき》の天《そら》も、秋歟《あきか》とぞ思《おも》ふ身《み》の憂患《うさ》を、遣難《やりかね》て只独坐居《たゞひとりをり》、若葉《わかば》に暗《くら》き夏樹杬《なつこだち》、庭《には》の筧《かけひ》の音絶《おとたえ》て、『盆池《こいけ》に浮《うか》む紅鯉《ひごい》すら、人《にと》に狎《なれ》ては人《ひと》をしも、怕《おそれ》ぬ者《もの》をいかなれば、君臣朋友心隔《くんしんほうゆうこゝろおく》、世《よ》の乱《みだ》れこそ如意《によい》ならね。』と独語《ひとりごち》ても訪《と》ふ人《ひと》ぞなき、長《なが》き日《ひ》銷《くら》し今日《けふ》ばかり、常《つね》より長《なが》しと思《おも》ひたる、是《この(ママ)》、日晡時《ひさるのとき》ばかりに、慌《あはたゞ》しく来《く》る者《もの》あり。と見《み》れば是別人《これことひと》ならず、今朝未明《けさまだき》に伝附《いひつけ》て、「大江峰張主僕《おほえみねはりしゆぼく》の為《ため》に、跟躲《みえかくれ》に伴《とも》せよ」とて、越路《こしぢ》の方《かた》へ遣《つかは》したる、若党勾津字六《わかたうまかつあざろく》と、奴隷可平《しもべべくへい》にぞありける。人《ひと》に打擲《ちようちやく》せられし歟《か》、頭髻《たぶさ》乱《みだ》れ衣《きぬ》も破《やぶ》れて、面色《おもゝち》も亦平《またつね》ならず、倶《とも》に惴《せき》たる声音《こはさま》にて、「悄地《ひそか》に報稟《つげまう》すべき、一大事《いちだいじ》こそ候なれ。」といふに石見介《いはみのすけ》驚《おどろ》きながら、先四下《まづあたり》を見《み》かへりて、且《かつ》その所以《ゆゑ》を諮《たづぬ》れば、字六《あざろく》のいふやう、

「嚮《さき》には大爺《だんな》の仰《おほせ》のまに〳〵、小人等《やつがれら》大江峰張両客人《おほえみねはりりようきやくじん》に、倶《ぐ》して七鹿山《なゝしやま》を踰《こゆ》るをり、思《おも》ひかけなく小人等《やつがれら》は、曽根見主《そねみぬし》に生拘《いけどら》れ、巓《とほげ》の方《かた》に牽《ひか》れしより、説尽《ときつく》されぬ禍鬼《まがつみ》起《おこ》りて、事大変《ことたいへん》に及《およ》びたる、首《はじめ》をいへば箇様《かやう》々々《〳〵》、尾《をはり》は亦《また》如此々々《しか〳〵》也」とて、長橋倭太郎勢泰《ながはしわたらうなりやす》と、象船算弥知量《きさふねさんやともかず》が、君命《くんめい》により彼山《かのやま》にて、大江峯張両主僕《おほえみねはりりようしゆぼく》を、射《い》て捕《と》るべきを射《い》

まく欲《ほり》せず、悄地《ひそか》に機密《きみつ》を告《つぐ》る折《をり》から、又彼曽《またかのそ》根《ね》見《み》宗玄《むねはる》が、隊兵多《てのものおほ》く従《したが》へて、山路《やまぢ》迥《はるか》に登《のぼ》り来《き》て、既《すで》に闕窺《かいまみ》たりしより、「長橋象船両少年《ながはしきさふねりようしようねん》も、逆心《ぎやくしん》あり」と罵《のゝし》りて、隊勢《てせい》を進《すゝ》め捕稠《とりこめ》て、搦捕《からめとら》まくしてければ、四箇《よたり》の少年怒《しようねんいかり》に得堪《えたへ》ず、多勢《たせい》を敵手《あひて》に戦《たゝか》ふ程《ほど》に、曽根見《そねみ》は兵勢始《いきほひはじめ》に似《に》ず、長橋倭太郎勢泰《ながはしわたらうなりやす》に、窮所《きうしよ》を射《い》られて命《いのち》を喪《うしな》ひ、隊《て》の雑兵《ざふひよう》は散々《ちりぐ》に、死活《しくわつ》も知《し》らずなりし事、尓後長橋象船《そのゝちながはしきさふね》は、意衷《いちう》を遺《おち》なく説尽《ときつく》して、「君《きみ》の仰《おほせ》に違《たが》ふといへども、罪《つみ》なき両才子《りようさいし》を殺《ころ》さゞるは、只是守《たゞこれかみ》の御愆《おんあやまち》を、補《おぎな》ひまつる為《ため》なるに、宗玄《むねはる》が奸虐《かんぎやく》なる、逼《せま》りて茲《こゝ》に及《およ》びし上《うへ》は、宿念竟《しゆくねんつひ》に画餅《ぐわべい》になりて、今《いま》さらかへるに家《いへ》もなく、立去《たちさ》るに路《みち》もなし。是《これ》までなり。」とばかりに、長橋象船共侶《ながはしきさふねもろとも》に、千仭《ちひろ》の谷《たに》へ身《み》を投《なげ》て、骸《から》も得見《えみ》えずなりし事《こと》、その折大江《をりおほえ》峯張《みねはり》のいひつることの顛末《もとすゑ》まで、可平《べくへい》も共侶《もろとも》に、其漏《そのも》れたるを補《おぎな》ひて、相報《あいつぐ》る者半晌許《ものはんときばかり》、言果《ことはて》て字六《あざろく》は、彼折勢泰知量《かのをりなりやすともかず》が、死後《しご》の照据《あかし》にとて渡《わた》したる、彼鬢《かのびん》の毛《け》と小指《こゆび》の端《はし》を、懐《ふところ》より搔撈出《かゝぐりいだ》して、开《そ》が儘主《まゝしゆウ》にぞまゐらせける。却《さて》この段《だん》の条々《おぢく》は、近《ちか》く前回《ぜんくわい》に見《み》えたれば、看官承知《みるひとしようち》の事なれども、今亦《いままた》こゝに其崖略《そのあらまし》を、敢《あへ》ていはざることを得《え》ず。是等《これら》を作者《さくしや》の鶏肋筆《けいろくひつ》《ステカタキフデ》とやいはまし。

間話休題《あだしことはさておきつ》。当下《そのとき》石見介好純《いはみのすけよしずみ》は、今字六可平等《いまあざろくべくへいら》が、報《つぐ》るを遺《おち》なく聞果《きゝはて》て、愀然《しうねん》として嗟歎《さたん》に堪《たへ》ず、叉《こまぬ》きたる手《て》を解《と》きて、先勢泰《まづなりやす》の鬢《びん》の毛《け》と、知量《ともかず》の小指《こゆび》の端《はし》を、見《み》つゝ傍《かたへ》に閣《さしお》きて、

「思《おも》ひきや、倭太郎算弥《わたらうさんや》は、忠義《ちうぎ》の宿意《しゆくい》を果《はた》し得《え》ず、身《み》を渓水《たにみづ》に淪《しづめ》んとは。宗玄既《むねはるすで》に撃《うた》れたりとも、その隊兵等《てのものら》の免《まぬか》れかへりて、告訴《こうそ》する者《もの》さぞあらん。曽根見《そねみ》は当家《たうけ》の嬖臣《きりもの》にて、且弟《かつおとうと》伍六郎健宗《ごろくらうたけむね》あり。それにも優《まし》たる窓井《まどゐ》の方《かた》あり。『我今他等《われいまかれら》に先《さき》だちて、大江峯張《おほえみねはり》の出処来歴《しゆつしよらいれき》、并《ならび》に倭太郎算弥等《わたらうさんやら》の、心烈自殺《しんれつじさつ》の趣《おもむ》

石見介好純《いはみのすけよしずみ》
單身《ひとり》
衆兵《あまたひやう》を防《ふせ》ぐ
鬼太夫
偽兵
偽兵

石見朳
偽兵
偽兵
偽兵

きを、蚤《はや》く訴稟《うつたへまう》さずは、彼等《かれら》が為《ため》に誣《しひ》られて、我《われ》さへ守《かみ》の御疑《おんうたが》ひを、承《うけ》まつる事《こと》もあらん。』とは思《おも》へどもいかにせん。嚮《さき》には思《おも》ひかけもなく、守《かみ》の御不審《ごふしん》により籠居《こもりゐ》て、後《のち》の御沙汰《ごさた》を俟折《まつをり》なれば、叨《みだり》に御館《みたち》へ参《まゐ》りがたかり。老臣《ろうしん》多賀《たが》政朝主《まさともぬし》と、一口鬼太夫《いもあらひきだいふ》は、倶《とも》に忠義《ちうぎ》の本性《ほんしよう》にて、我《われ》と心知《こゝろし》りなれば、蚤《はや》くこの義《ぎ》を告知《つげし》らせて、彼幇助《かのたすけ》を借《か》るにあらずば、後悔《こうくわい》其首《そこ》に達《たち》がたからん。字六《あざろく》は我為《わがため》に、多賀主《たがぬし》へ走《はし》りゆきて、七鹿《なゝし》山《やま》の顚末《もとすゑ》を、見聞《みきゝ》し如《ごと》く悄地《ひそか》に告《つげ》よ。又可平《またべくへい》は一口《いもあらひ》へ、使《つかひ》して其《その》いふ所《ところ》、字六《あざろく》と同《おな》じかるべし。いで〳〵」と臂近《ひぢちか》なる、料紙硯《りようしすゞり》を曳《ひき》よせて、墨磨流《すみすりなが》す走書《はしりがき》、筆《ふで》の秋毛《あきげ》も牡鹿《をしか》の角《つの》の、束《つか》の間《ま》にして密書《みつしよ》二通《につう》を、写《うつ》し果《はて》つゝ甲乙共《これかれとも》に、分《わか》ち封《ふう》じて書箒《でうばこ》両箇《ふたつ》へ、蔵《をさ》めて「卒《いざ》」とて取《と》らすれば、字六《あざろく》と可平《べくへい》は、応《いらへ》をしつゝ膝《ひざ》を找《すゝ》めて、各《おの〳〵》件《くだん》の書箒《でうばこ》を受取《うけと》りつ遽《いそがは》しく、外面《とのかた》投《さし》て出《いで》にけり。

尓程《さるほど》に石見介《いはみのすけ》は、『心《こゝろ》の憂《うれひ》遣《や》るかたもなき、勢泰知量《なりやすともかずり》両義烈《りようぎれつ》の、彼死《かのし》を惜《をし》むに余《あま》りある、大江《おほえ》峯張《みねはり》両主《りようしゆ》僕《ぼく》の、往方《ゆくへ》甚麼《いかに》。』と想像《おもひや》る、四月《うづき》の天《そら》の薄曇《うすくも》り、越《をち》かた遠《とほ》き牡(杜)鵑《ほとゝぎす》、幽《かすか》に渡《わた》る声《こゑ》聞《き》けば、不如帰《かへるにしかじ》と鳴《なく》と歟《か》いへど、妻《つま》の長江《をさえ》は生憎《あやにく》に、まだ香華院《ぼだいしよ》よりかへり来《こ》ず。俟《まつ》とはなしに日《ひ》は落《おち》て、黄昏近《たそがれちか》くなりし時候《ころ》、人《ひと》や来《き》つらん、玄関《げんくわん》の、方《かた》に呼門声《おとなふこゑ》すなり。石見介是《いはみのすけこれ》を聞《きゝ》て、「折歹《をりわろ》く老僕若党《をとなわかたう》、奴隷《しもべ》まで皆出尽《みないでつく》して、客《きやく》を迎《むかふ》る人《ひと》あらず。然《さ》ればとて婢女毎《をなごども》を、執接《とりつぎ》には出《いだ》しがたかり。我《われ》のみならで、誰《たれ》かはある。」と単語《ひとりごち》つゝ、応《いらへ》をしつゝ、矮屏風《はんびようぶ》に掛《かけ》たりける、袴《はかま》を穿《はき》つ遽《いそがは》しく、中刀《わきざし》を腰《こし》にして、走出《はしりいで》つゝ玄関《げんくわん》なる、障子《しようじ》を斜辣哩《さらり》と曳開《ひきあく》れば、思《おも》ひかけなき緝捕《とりて》の雑兵《ざふひよう》、「御諚《ごじよう》ざふ。」と呼《よば》はりて、左右斉一《さゆうひとしく》組《くま》んと找《すゝ》むを、石見介《いはみのすけ》は、『こは甚麼《いかに》。』と驚《おどろ》きながら身《み》を淪《しづま》して、脚《あし》を罺《すく》ふて右《みぎ》ひだりへ、一丈余《ひとつゑあま》り投退《なげのく》れば、続《つゞい》て競《きそ》ふ衆兵《しふひよう》を、右《みぎ》に左《ひだり》に受駐《うけとめ》て、息《いき》をも養《く》れず投伏《なげふせ》々々、怒《いかり》に堪《たへ》ざる声高《こゑたか》やかに、「若等《なんぢら》は是何人《これなにもの》にて、事《こと》の仔細《しさい》を告《つげ》も知《し》らせず、侍品《さふらいぼん》たる者《もの》に、索《なは》を被《かく》る法《はう》やある。猶狼藉《なほらうぜき》に及《およ》びなば、开《そ》が儘《まゝ》にして還《かへ》さんや。」と敦圉猛《いきまきたけ》く疾視《にらまへ》たる、武術修練《ぶじゆつしゆれん》の本事《てなみ》に懲《こり》けん、緝捕《とりて》の雑兵十人《ざふひようとたり》ばかり、只囂々《たゞがや〱》と嚄《わめ》くのみ、重《かさね》て蒐《かゝ》る者《もの》もなし。

当下門外《そのときもんぐわい》に留在《たゝずみ》たる、蓋一箇《けだしひとり》の少年《しようねん》あり。年《とし》の齢《よはい》は十八九にて、眼円《まなこつぶら》に栗《くり》の皮《かは》めく、面《つら》に似《に》げなき額髪《ひたいかみ》は、角《つの》欺《か》とぞ思《おも》ふ黄牛《あめうし》の、行縢《むかばき》ならぬ野袴《のばかま》の、下短《すそみじか》なる戦外套《ぢんばふり》、苛物作《いかものづくり》の両刀《りやうたう》は、問《とは》でもしるき緝捕《とりて》の頭人《とうにん》、「曽根見五郎平宗玄《そねみごらうへいむねはる》の、弟《おとゝ》と人《ひと》に知《し》られたる、伍六健宗茲《ごろくたけむねこゝ》にあり。」と名告《なのり》も果《はて》ず找《すゝ》み入《い》る、手《て》に九尺柄《くしやくゑ》の鈎鎗《かまやり》を、挟《わきはさ》みつゝ睨《にらま》へて、

「やをれ好純《よしずみ》、無礼《ぶれい》なせそ。若《なんぢ》が家《いへ》に寓居《ぐうきよ》の旅客《たびびと》、大江杜四郎峯張柒六《おほえもりしらうみねはりなゝろく》は、素是敵《もとこれてき》の間者《まはしもの》にて、越路《こしぢ》へかへると聞《きこ》えしかば、我君他等《わがきみかれら》の討手《うつて》にとて、若《なんぢ》が侄《おひ》なる、長橋勢泰《ながはしなりやす》と、弟子象船知量《をしえこきさふねともかず》に、仰付《おほせつけ》られたりけるに、勢泰《なりやす》も知量《ともかず》も、反《かへつ》て敵《てき》に内応《ないおう》して、七鹿山《なゝしやま》の樹下《このもと》なる、外観稀《ひとめまれ》なる地方《ところ》にて、杜四郎柒六《もりしらうなゝろく》等と、密談《みつだん》に及《およ》ぶをり、我兄宗玄其機《わがあにむねはるそのき》を猜《すい》して、悄地《ひそか》に守《かみ》に請《こひ》まつり、隊兵多《てのものおほ》く従《したが》へて、迹《あと》を跟《つけ》つゝ彼山《かのやま》にて、搦捕《からめとら》まく欲《ほり》しに、我兄《わがあに》は幸《さち》なくて、惜《をし》や敵《てき》の流箭《ながれや》に、命空《いのちむなし》くなりしより、隊兵毎《てのものども》は頭《かしら》なき、蛇《へみ》より脆《もろ》く殺散《きりちら》されて、走《はし》りて当城《たうぜう》にかへりし者《もの》、方僅訴稟《いまがたうつたへまう》すにより、事分明《ことふんみよう》に知《し》られたり。我身遊倅《わがみへやずみ》なるものから、兄《あに》の怨《うらみ》を復《かへ》さん為《ため》に、再度《さいど》の討手《うつて》を請《こひ》まつりて、隊兵《てのもの》さへに借《か》し給はり、四箇《よたり》の逆徒《ぎやくと》を追撃《おいうち》すべき、今其事《いまそのこと》の創業《てはじめ》に、若《なんぢ》

も同《おな》じ不義《ふぎ》反逆《ほんぎやく》、又我為《またわがため》には冤家《かたき》の半隻《かたはれ》、一家《いつけ》の奴們《やつばら》一箇《ひとり》も漏《もら》さず、鏖《みなごろし》にせん為《ため》に、うち向《むか》ひしを知《し》らざるや。項《うなぢ》を伸《のば》して、誅戮《ちゆうりく》の、刃《やいば》を受《うけ》よ。」

といはせも果《はて》ず、好純《よしずみ》「呵々《かか》」と冷笑《あざわら》ひて、

「言烏滸《ことをか》しき討手《うつて》呼《よば》はり。彼大江《かのおほえ》峯張《みねはり》は、出処来歴分明《しゆつしよらいれきふんみよう》にて、当初浪華《そのかみなには》に名《な》もしるき、峯張道世《みねはりみちよ》の児孫《じそん》なるを、当家《たうけ》の故老《ころう》は、知《し》れるもあらん。又倭《またわ》太郎算弥《たらうさんや》等《ら》は、倶《とも》に忠義《ちうぎ》の本性《ほんしよう》にて、罪《つみ》なき主僕《しゆぼく》を殺《ころ》すに忍《しの》びず、悄地《ひそか》に守《かみ》の御愆《おんあやまち》を、補《おぎなは》まく欲《ほり》ししに、若《なんぢ》が兄宗玄《あにむねはる》は、善《ぜん》に禍《わざはひ》し悪《あく》を恣《ほしいまゝ》にせる、奸虐非道《かんぎやくひだう》の癖《くせ》なれば、雑兵《ざふひよう》さへに駆催《かりもよほ》して、彼山《かのやま》に逼《せま》り来《き》て、反《かへつ》て命《いのち》を失《うしな》ひしは、自業自得《じごうじとく》にあらざるや。然《さ》れども倭太郎算弥《わたらうさんや》等《ら》は、守《かみ》の仰《おほせ》に依《よ》らずして、宗玄并《むねはるならび》にその隊兵《てのもの》さへ、撃果《うちはた》したりけるを、みづから責《せめ》て一霎時《しばし》もあらず、倶《とも》に千仭《ちひろ》の谷底《たにそこ》へ、身《み》を投捨《なげすて》て亡《うせ》にき、と注進《ちゆうしん》の者《もの》ありて、蚤《はや》く這里《ここ》へは聞《きこ》えたり。それのみならで、いかにぞや、当家《たうけ》に人《ひと》の多《おほ》かるに、健宗若《たけむねなんぢ》は遊倅《へやずみ》にて、まだ仕《つか》へざる身《み》にしあるに、兄宗玄《あにむねはる》に習《なら》へる歟《か》、雑兵《ざふひよう》さへ哄誘《そゝのか》し来《き》て、当家《たうけ》の故老《ころう》を撃《うた》まくす。罪反逆《つみほんぎやく》に異《こと》ならず。倘速《もしすみやか》に退《しりぞ》かずは、搦捕《からめとり》て御館《みたち》牽《ひか》ん。後悔《こうくわい》すな。」

と罵《のゝし》れば、健宗怒《たけむねいかり》て、左右《さゆう》を見《み》かへり、

「兵毎《ものども》那《か》奴《やつ》に腮㖧《あごたゝか》せな。搦捕《からめとら》ずや。組伏《くみふせ》ずや。」

と声苛立《こゑいらたて》て励《はげ》ませども、雑兵等《ざふひようら》は、好純《よしずみ》の、始《はじめ》の本事《てなみ》に鬼胎《おそれ》を抱《いだ》きて、応《いらへ》するのみ、逡巡《あとしさり》して、又找《またすゝ》む者《もの》あることなければ、健宗焦燥《たけむねいらち》て持《(も)たつ》たる鎗《やり》の、鞘《さや》を尾辣哩《ぐはらり》と振落《ふりおと》して、晃《ひら》めかしつゝ石見介《いはみのすけ》を、刺《さゝ》んと連《しき》りに術《て》を尽《つく》せども、好純《よしずみ》敢物《あへてもの》ともせず、右《みぎ》に左《ひだり》に遣違《やりちがは》して、鎗《やり》の蛭巻丁《ひるまきちよう》と拿《と》る、修練神速《しゆれんしんそく》、無双《ぶさう》の剽軽《はやわざ》。健宗《たけむね》は

奪《と》られじと、力《ちから》を涯《かぎり》に曳《ひ》く程《ほど》に、石見介《いはみのすけ》は手《て》も見《み》せず、鎗《やり》の鋒頭《ほさき》を抜拿《ぬきと》りて、後方遙《あとべはるか》に投捨《なげすつ》れば、健宗慌《たけむねあはて》て、「こは朽惜《くちをし》や。」とその柄《ゑ》を棄《すて》て、抓蒐《つかみかゝ》るを、好純噪《よしずみさわ》がず左手《ゆんで》に受《うけ》て、宛狗児《さながらゑのこ》を、滾《まろば》す似《ごと》く、項髪拿《ゑりかみとつ》て揉仆《ねぢたふ》すを、起《おき》んと蠢《うごめ》く程《ほど》しもあらせず、登蒐《のぼしかゝ》りつ組布《くみしき》て、生捕《いけどら》まく欲《ほり》すれども、不用意《ふようい》にして捕縄《とりなは》なければ、連《しき》りに声《こえ》を震立《ふりたて》て、

「婥女毎《をなごども》は奥《おく》にや在《あ》る。やよ疾《とく》、索《なは》をもて来《こ》ずや。」

と叫《さけ》べば亦健宗《またたけむね》も、最苦《いとくる》しげなる声立《こえたて》て、

「兵毎我《ものどもわれ》を救《すく》はずや。見《み》てをること歟《か》」

と怨《ゑん》ずれば、雑兵等《ざふひようら》はこの一句《いつく》に、恥《はぢ》を知《し》る者両三名《ものふたりみたり》、「応《おう》」と答《こたへ》て走蒐《はしりかゝ》りて、推仆《おしたふ》さんとて閙《ひしめ》くを、好純《よしずみ》些《ちつと》もよせつけず、猶健宗《なほたけむね》を膝《ひざ》の下《した》に、組布《くみしき》ながら左右《さう》の手《て》を、挊《はたらか》しつゝ雑兵《ざふひよう》を、或《あるひ》は中躬《あてみ》、羂《すく》ひ投《なげ》、いよ〱白打《やはら》の術《て》を尽《つく》せば、又找《またすゝ》む者《もの》なきものから、組布《くみしか》れたる健宗《たけむね》は、聊《いさゝか》甘《くつろ》ぎを得《え》てければ、腰《こし》なる短刀抜《たんたうぬき》出《いだ》して、好純《よしずみ》の太股《ふともゝ》を、刃尖深《きつさきふか》く禺煞《ぐさ》と刺《さ》す。好純痛痍《よしずみいたて》に撓《たゆま》ねども、身単《みひとつ》にして多《おほ》かる敵《てき》に、勝《かち》を取《と》ることかたければ、只得中刀抜閃《ぜひなくわきざしぬきひら》めかして、亦復近《またまたちか》づく雑兵《ざふひよう》を、殺払《きりはら》ひ打散《うちちら》して、かへす刃《やいば》を健宗《たけむね》の、右《みぎ》の腕《かひな》に衝《つき》立《たつ》れば、健宗《たけむね》は「呀《あ》」と叫《さけ》びて、反返《はねかへ》すべき膂力《ちから》もなく、簀子《すのこ》をかけて縫《ぬは》れにけん、流《なが》るゝ鮮血共侶《ちしほもろとも》に、握《にぎり》持《もち》たる短刀《たんたう》の、柄《つか》を放《はな》ちて弱《よは》りしを、雑兵等《ざふひようら》は猶救《なほすくは》んとて、競《きそ》ひ蒐《かゝ》れる程《ほど》しもあらず、突然《とつねん》として外面《とのかた》より、走《はし》り来《く》る一箇《ひとり》の武士《ぶし》あり。後方《あとべ》に続《つゞ》く伴当等《ともびとら》が、黄昏過《たそがれす》ぎたる手挑灯《てちようちん》、十手捕縄持《じつてとりなはもて》るもありて、主従都《しゆウじふすべ》て十余名《とたりあまり》、高島《たかしま》の宿所《しゆくしよ》なる、玄関狭《げんくわんせま》し、と稠入《こみい》りけり。开《そ》が中《なか》に件《くだん》の武士《ぶし》は、持《もて》る十手《じつて》をうち振《ふり》て、健宗《たけむね》の

隊《て》の雑兵《ざふひやう》を、撻懲《うちこら》しつゝ声高《こゑたか》やかに、

「若等《なんぢら》は是野武士組《これのぶしくみ》なる、游兵《ゆうひやう》にあらざる歟《か》。先度《せんど》に懲《こり》ず健宗《たけむね》に、哄誘《そゝのか》されてや狼藉非法《らうぜきひはう》。今《いま》はしも饒《ゆる》しがたかり。這乱虐《このらんぎやく》を鎮《しづめ》ん為《ため》に、一口鬼太夫安陪《いもあらひきだいふやすます》(倍《み》)が、みづから来《き》つるを知《し》らざるや。」

と名告《なのる》に驚《おどろ》く雑兵等《ざふひやうら》は、「吐嗟《あなや》」とばかり身を縮《ちゞ》まして、一団《ひとかたまり》にぞなりにける。其間《そのはし》に石見介《いはみのすけ》は、健宗《たけむね》の腕《かひな》に衝立《つきたて》たる、刃《やいば》を抜《ぬ》かず、柄《つか》に携《すが》りて、身《み》を起《おこ》しつゝ徐《しづ》やかに、二三尺《にさんざく》の程退《ほどしりぞ》きて、痛痍《いたて》を敵物《あへてもの》ともせず、鬼太夫《きだいふ》にうち向《むか》ひて、

「よき折《をり》からに安倍主《やすますぬし》。嚮《さき》に家僕可平《かぼくべくへい》をもて、告《つげ》ける一義《いちぎ》を聞《きか》れし歟《か》。」

と問《と》へば鬼太夫《きだいふ》、

「然《され》ばとよ。七鹿山《なゝしやま》の凶変《けうへん》は、曽根見五郎平《そねみごらうへい》に従《したが》ふて、彼山《かのやま》に赴《おもむ》きたる、野武士《のぶし》の游兵等《ゆうひやうら》がかへり来《き》て、訴稟《うつたへまう》すによりて知《し》るものから、彼《かの》をり長橋倭太郎《ながはしわたらう》と、象船算弥《きさふねさんや》の自殺《じさつ》のことは、また聞《きゝ》も得《え》ずありけるに、和殿《わどの》も亦逸早《またいちはや》く、使札《しさつ》をもて告《つ》げおこされし、事《こと》の実《じつ》を得《ゑ》てければ、『先多賀殿《まづたがどの》に面談《めんだん》して、非如夜《よしやよ》を犯《をか》すとも、館《やかた》へ聞《きこ》え上《あげ》てん。』と思《おも》ふ折《をり》から人《ひと》ありて、『曽根見伍六健宗《そねみごろくたけむね》が、兄《あに》の怨《うらみ》を復《かへ》さんとて、游兵等《ゆうひやうら》を哄誘《だましこしら》へて、和殿《わどの》を襲《おそ》ひ撃《うた》まくす。』と告《つぐ》るにうち驚《おどろ》きて、その非義《ひぎ》を鎮《しづめ》ん為《ため》に、隊兵《てのもの》を将《い》て来《き》にけるに、果《はた》して乱妨茲《らんばうこゝ》に及《およ》びて、和殿痛痍《わどのいたて》を負《おひ》給ひしは、驚《おどろ》き思《おも》ふ所《ところ》也。伍六《ごろく》は素是遊倅《もとこれへやずみ》にて、まだ仕《つか》へざる身《み》をかへり見《み》ず、仇《あた》ならぬ人《ひと》をしも、仇《あた》とし怨《うら》みて恣《ほしいまゝ》に、守《かみ》の游兵《ゆうひやう》を従《したが》へて、事殺伐《ことさつばつ》に及《およ》びしは、罪反逆《つみほんぎやく》に等《ひと》しかるべし。兵毎早《ものどもはや》く門戸《もんこ》を閉《とぢ》て、健宗《たけむね》に従《したが》ひ来《き》つる、游兵等《ゆうひやうら》を逃《にが》すことなく、数《ず》珠《ず》繋《つなぎ》にして牽居《ひきすゑ》よ。いで

〱。」

といひつゝも、健宗《たけむね》の腕《かひな》に衝立《つきたて》たる、石見介《いはみのすけ》の中刀《わきざし》を、やおら抜掌《ぬきと》りつ、血《ち》を拭《ぬぐ》ふて、主《ぬし》に返《かへ》せば、石見介《いはみのすけ》は、开《そ》が儘鞘《まゝさや》に斂《をさむ》る程《ほど》に、健宗《たけむね》は疼痛《いたみ》を忍《しの》びて、身《み》を起《おこ》しつゝ逃《にげ》まくするを、鬼《き》太夫《だいふ》透《すか》さず掖捉《ひきとら》へて、袂《たもと》にしたる捕縄《とりなは》もて、匝々〱《くるくる》纏《まき》にぞ結扭《しば》りける。

当下《そのとき》石見介《いはみのすけ》好純《よしずみ》は、鬼《き》太夫《だいふ》が公道《おほやけ》なる、早速《さそく》の計《はか》ひを歓《よろこ》び謝《しや》して、且《かつ》「健宗《たけむね》が乱虐《らんぎやく》なる、事《こと》の顚末《もとすゑ》箇様《かやう》〱々々。」と詞《ことばせ》急迫《は》しく報《つぐ》る折《をり》から、妻《つま》の長江《をさえ》は香華院《ぼだいしよ》より、只今《たゞいま》かへり来《き》にければ、這禍事《このまがこと》を聞知《きゝし》りて、老僕腰下《おとなこしもと》婢奴隷《しもべ》まで、留守《るす》せし両箇《ふたり》の婢妾《げぢよら》等はさら也、皆玄関《みなげんくわん》に走《はし》り出《いで》て、安否《あんひ》を問《とひ》つゝ勦《いたは》れば、又彼奴隷《またかのしもべ》可平《べくへい》は、鬼《き》太夫《だいふ》に従《したが》ふて、既《すで》に立《たち》かへりしより、おそる〱玄関《げんくわん》に、登《のぼ》りて主《しゆウ》を目戍《まもり》て居《を》り。石見介《いはみのすけ》は列列《つらつら》と、那方這方《あなたこなた》を見《み》かへりて、

「こは漫《そゞろ》なり。婢女毎《をなごども》、長江《をさえ》も亦《また》こゝろつきなし。好純浅痍《よしずみあさで》を負《お》ふたりとて、婦女子們《をなごばら》に介抱《かいほう》せられば、こよなき恥辱《やさしみ》なるを知《し》らずや。老僕等《おとなら》もしかぞかし。奴隷毎《しもべども》と共侶《もろとも》に、退《まか》りて奥《おく》と後門《うらもん》を、守《まも》るこそ緊要《きんえう》なれ。疾々《とくとく》立《たち》ね。」

と叱《しか》らるゝ、婢妾們《をんなばら》と共侶《もろとも》に、老僕奴隷《おとなしもべ》も「唯々《ゐゐ》」とばかりに、只得奥《ぜひなくおく》へぞ退《まか》りける。开《そ》が中《なか》に長江《をさえ》のみ、良人《をつと》に向《むか》ひて

「喃我夫《なうわがせ》。其痍窮所《そのきずきうしよ》にあらずとも、捨措《すておき》給はゞ、ゆゝしかりなん。この禍事《まがこと》を聞《きゝ》しより、奴家先《わらはまづ》仙丹《せんたん》を、拿《とり》出《いで》て茲《こゝ》に在《あ》り。是《これ》もて療治《りようぢ》し給はずや。」

といひつゝ壺《つぼ》をとり抗《あぐ》れば、石見介《いはみのすけ》頷《うなづ》きて、

「幵《そ》は当要《とうえう》のものなるを、言《こと》に紛《まぎ》れて忘《わす》れたり。一口主饒《いもあらひぬしゆる》し給へ。いで〳〵」

といひつゝも、顔《かほ》を皺《しは》めつ脚《あし》を伸《のば》して、穿《き》たる袴《はかま》を褰《かきあぐ》れば、安倍長江《やすますをさえ》可平《べくへい》まで、こゝに創《はじ》めて其刺瘡《そのつききず》を、見《み》つゝ眉根《まゆね》を顰《ひそめ》たる。長江《をさえ》は『いとゞ痛《いた》まし。』と思《おも》ふこゝろを鬼《おに》にして、壺《つぼ》なる丹薬拿出《たんやくとりいで》て、良人《をっと》に飲《のま》せて裏股《うちもゝ》なる、痍《きず》に布《し》く者数回《ものあまたゝび》、懐《ふところ》にしたりける、白麻《しろあさ》の汗巾《あせぬぐひ》を、探《さぐ》り出《いだ》しつ両箇《ふたつ》に裂《さき》て、結合《むすびあは》せて件《くだん》の痍《きず》に、纏《まき》つゝ楚《しか》と結留《むすびとむ》れば、今《いま》にはじめぬ薬《くすり》の即功《そくこう》、石見介《いはみのすけ》は立地《たちどころ》に、疼痛《いたみ》を覚《おぼえ》ずなりにけん、袴《はかま》の下《すそ》を延《のば》しつゝ、やをら膝《ひざ》を折布《をりし》けば、長江《をさえ》の歓《よろこ》びいふもさら也、鬼太夫《きだいふ》幾《ほと〳〵》感歎《かんたん》して、

「予聞《かねてきゝ》たる高島《たかしま》の、仙丹奇効《せんたんきこう》、神妙《しんみよう》なる哉《かな》。主人起居《しゆじんたちゐ》に障《さは》りなくは、轎子《のりもの》にうち乗《のり》て、咱等《われら》と倶《とも》に御館《みたち》へ参《まゐ》りて、七鹿《なゝし》山《やま》の一条《ひとくだり》を、蚤《はや》く訴《うつた》へ給はずは、恐《おそら》く婦言《ふげん》行《おこなは》れて、彼罪戻《かのつみとが》《サイレイ》をいひ解《と》きがたけん。いはでもしるきことながら、曽根見宗玄健宗《そねみむねはるたけむね》は、窓井《まどゐ》の方《かた》の弟《おとゝ》なるを、敵手《あいて》に取《とり》ては剛物《こはもの》なるべし。古語《こご》に言《いは》ずや。『先《さき》にすれば人《ひと》を征《せい》し、後《おく》るゝ時《とき》は征《せい》せらる。』苦痛《くつう》を忍《しの》びて出訴《しゆつそ》あらば、年来《としごろ》曽根見《そねみ》に媚《こび》たりける、小人們《じんばら》の胆《きも》を冷《ひや》さん。這議《このぎ》甚麼《いかに》。」

と真実《まめ》立《たち》て、こゝろつくれば、石見介《いはみのすけ》は、聞《きゝ》つゝ莞尓《にっこ》とうち笑《ゑみ》て、

「そは然《さ》あるべきことながら、臣等《わくら》今朝《けさ》、出仕《しゆつし》のをり、箇様々々《かやう〳〵》の事ありて、守《かみ》の御気色《みけしき》宜《よろし》からず。『宿所《しゆくしよ》に退《まか》りて後《のち》の御沙汰《ごさた》を、俟《まて》よ』と仰出《おほせいだ》されば、他出《よそで》を憚《はゞか》る折《をり》なるに、縦《たとひ》非常《ひじよう》の訴《うつたへ》なりとも、みづから参《まゐ》らば倒《なか〳〵》に、罪得《つみえ》がましき所為《わざ》ならずや。」

といふを鬼太夫《きだいふ》聞《きゝ》あへず、

「其義《そのぎ》は障《さは》りあるべからず。這回《こたび》和殿《わどの》の訴《うつたへ》にて、守《かみ》の御疑《おんうたが》ひ氷解《ひようかい》して、曽根見宗玄健宗《そねみむねはるたけむね》の、奸虐《かんぎやく》早《はや》く知《し》られなば、和殿推参《わどのすいさん》し給ふとも、その御咎《おんとが》めあるべからず。安倍同道《やすますどう〳〵》仕《つかまつ》らん。准備《ようい》を急《いそ》ぎ給ひね。」

と諭《さと》せば石見介再議《いはみのすけさいぎ》に及《およ》ばず、

「しからば芳意《はうい》に任《まかせ》んず。やよや長江《をさえ》は奥《おく》へ退《まか》りて、我両刀《わがりようたう》と衣裳《いしやう》を出《いだ》しね。衣脱更《きぬぬぎかへ》ん。」

と中刀《わきざし》を、衝立《つきたて》て身《み》を起《おこ》すを、鬼太夫《きだいふ》急《きう》に推禁《おしとゞ》めて、

「仙丹即功《せんたんそくこう》ありとても、目下運動《たゞいまうんどう》し給はゞ、異日平愈《ゐじつへいゆ》の障《さはり》にならん。こゝにて脱更《ぬぎかへ》給へかし。」

といふ間《はし》に妻《つま》の長江《をさえ》は、薬《くすり》の壺《つぼ》を携《たづさへ》て、いそしく奥《おく》へ退《まか》りける。程《ほど》しもあらず腰下婢《こしもと》等は、長江《をさえ》と倶《とも》に主《しゆう》の両刀《りようたう》、夾衣麻《あはせきぬあさ》の𧘕𧘔広蓋《かみしもひろぶた》に、載《のせ》て玄関《げんくわん》にもて来《く》る程《ほど》に、老僕《おとな》は今日《けふ》長江《をさえ》が乗《のり》たる、轎子《のりもの》の背門《せど》にありしを、両箇《ふたり》の奴隷《しもべ》に出《いだ》させて、舁《かゝ》せて玄関《げんくわん》に立集《たちつど》ふ。挑灯《ちようちん》その他《た》の東西《もの》までも、准備《ようい》に脱落《ぬかり》なかりける。

既《すで》にして腰下婢《こしもと》等は、長江《をさえ》と倶《とも》に主《しゆう》を扶《たす》けて、衣《きぬ》を被《きせ》まくしぬる程《ほど》に、忽地外面《たちまちとのかた》に人《ひと》ありて、連《しき》りに門《もん》を敲《たゝ》くにぞ、老僕奴隷《おとなしもべ》等訝《いぶか》りて、「誰《たそ》や」と問《と》へば、其人答《そのひとこたへ》て、

「否厭《いないとは》しき者《もの》にあらず。多賀典膳政朝《たがてんぜんまさとも》也。」

と名告《なのる》に驚《おどろ》く好純安倍《よしずみやすます》、

「思《おも》ひがけなし多賀主《たがぬしか》歟。疾々《とく〳〵》内《うち》へ入《い》れまゐらせよ。」

といふに老僕《おとな》はこゝろ得《え》て、外面《とのかた》にうち向《むか》ひて、

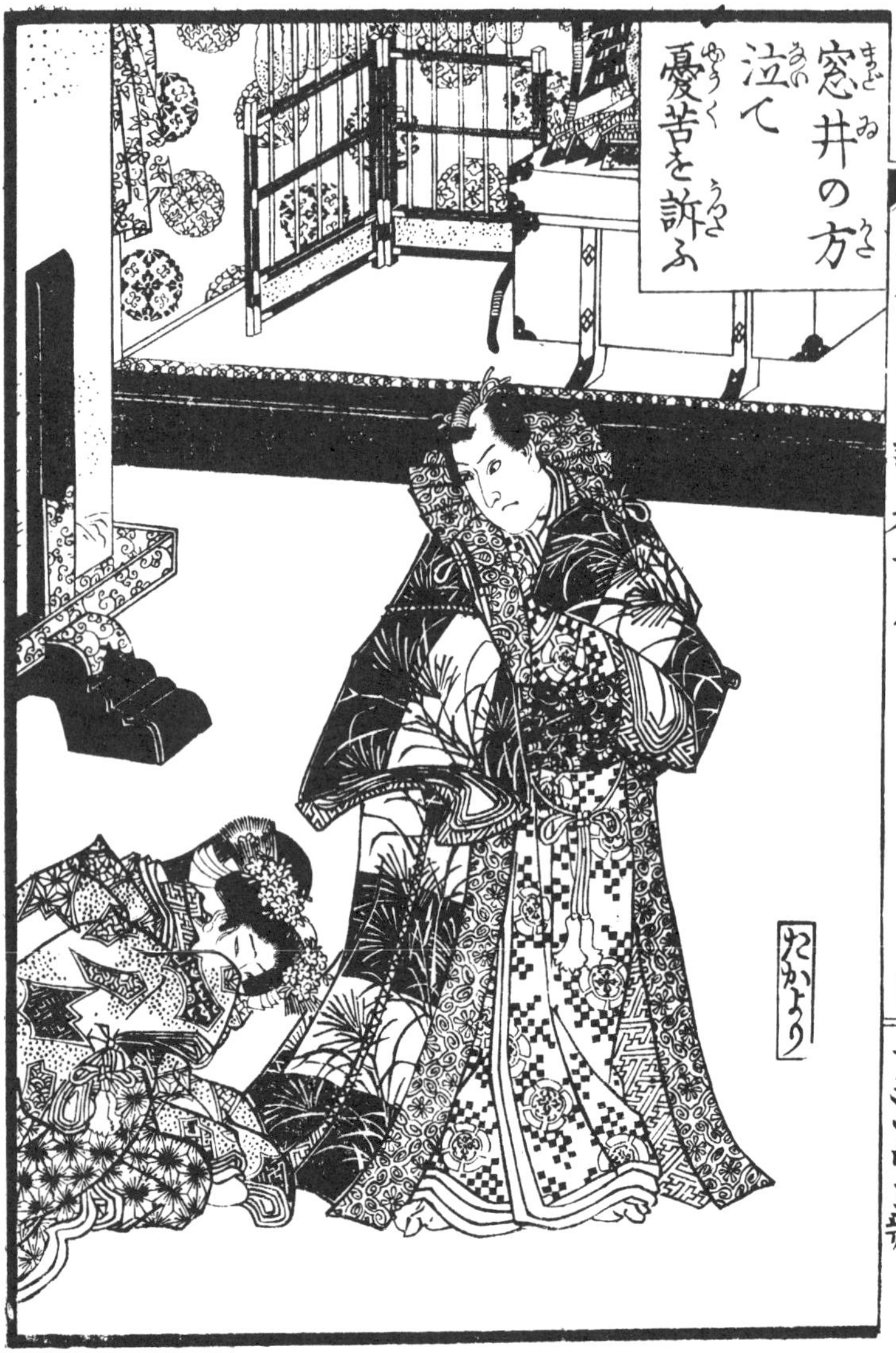
窓《まど》井《ゐ》の方《かた》
泣て
憂苦《ゆうく》を許《ゆるさ》ふ
たかより

まどゐの方
まさとも
めのとさらし
作者曰《さくしやいはく》この段《だん》四月上旬《しぐわつじやうじゆん》なれば婦人《ふじん》の衣裳袷衣に提帯《さげおび》するべきを猶《なほ》春衣《はるぎ》の如《ごと》くになすは婦幼《ふえう》の為《ため》に看《み》て宜《よろ》しからんと又画工《ぐわこう》の筆《ふで》に任《まか》せしなり

「多賀大人《たがうし》に稟侍《まうしはべ》る。主人《しゆじん》屛居《へいきよ》の折《をり》なるに、一口主《いもあらひぬし》に搦捕《からめとら》れたる、罪人《つみひと》等《ら》も候へば、略義御免《りやくぎごめん》。」といひつゝも、角門《くゞりもん》を颯《さ》と開《ひら》けば、政朝《まさとも》は「さもこそ。」と応《いらへ》て軈《やがて》找入《すゝみい》る、前後《ぜんご》に従《したが》ふ伴当《ともびと》等《ら》が、照《てら》す挑《ちよう》灯《ちん》暗《くら》からぬ、道《みち》を守《まも》れる冢（冢）臣《ちようしん》に、いふこと都《すべ》て聴《きか》れたる、高島《たかしま》の若党《わかたう》字六《あざろく》も、倶《ぐ》せられてかへり来《き》つ、衆皆《みなく》内《うち》に入果《いりはつ》れば、老僕《おとな》は軈《やがて》角門《くゞりもん》を、閉《とぢ》て背門《せど》の方《かた》に退《しりぞ》きつ、一口《いもあらひ》の伙兵毎《くみこども》は、健宗《たけむね》并《ならび》に游兵《ゆうひよう》を、一団《ひとかたまり》に牽居《ひきすゑ》て、跪居《ついゐ》て政朝《まさとも》を迎《むか》へけり。

当下《そのとき》石見介《いはみのすけ》鬼太夫《きだいふ》は、遽《いそが》はしく席《むしろ》を譲《ゆづ》りて、夜陰《やゐん》の来臨《らいりん》を労《ねぎ》らへば、政朝《まさとも》是《これ》を聞《きゝ》あへず、

「否《いな》故意《わざと》来《き》ぬるにあらず。目今《たゞいま》出仕《しゆつし》のかへさにて、貴所《きしよ》の門前《もんぜん》を過《よぎ》るにより、悄地《ひそか》に面談《めんだん》せまほしくて、驚《おどろ》かしまゐらせしに、一口生《いもあらひうぢ》も這処《このところ》にて、面会《めんくわい》は便宜《びんぎ》也。然《され》ども這里《ここ》は、端近《はしちか》なれば、閑談《かんだん》に宜《よろ》しからず。」

といふに石見介《いはみのすけ》こゝろ得《え》て、忽地《たちまち》声高《こゑたか》やかに、奴婢《ぬび》等《ら》を召《よび》て、客房《きやくのま》に、燭台《しよくだい》を出《いだ》さしつ、「卒《いざ》」とばかりに、稍《やゝ》身《み》を起《おこ》して、案内《しるべ》をすれば政朝《まさとも》は、鬼太夫《きだいふ》に会釈《ゑしやく》して、倶《とも》に客房《きやくのま》に赴《おもむ》けば、看茶《かんちや》の礼《いや》、事果《ことはて》て、政朝《まさとも》膝《ひざ》を找《すゝ》めつゝ、石見介《いはみのすけ》に向《むか》ひていふやう、

「嚮《さき》には御家僕《ごかぼく》字六《あざろく》をもて、七鹿山《なゝしやま》の凶変《けうへん》を、告《つげ》おこされしにうち驚《おどろ》きて、証人《しようにん》なれば字六《あざろく》をも、倶《ぐ》して速《すみやか》に出仕《しゆつし》のをり、七鹿山《なゝしやま》より逃《にげ》かへりたる、游兵等《ゆうひようら》の訴《うつたへ》あり。そのいふ所大概《ところおほかた》は違《たが》はず。但《たゞ》長橋象船《ながはしきさふね》の、自殺《じさつ》を彼等《かれら》は知《し》らざる而已《のみ》。是《これ》により当番《たうばん》の、有司《ゆうし》に先《まづ》示談《じだん》して、臣等《わくら》則《すなはち》君侯《くんこう》に、見参《げんさん》を請《こひ》まつりて、件《くだん》の事《こと》の趣《おもむ》きを、備《つぶさ》に聞《きこ》え上《あげ》しかば、君侯《くんこう》うち驚《おどろ》き給ひて、

『我昨日《われきのふ》倭太郎算弥《わたらうさんや》に、仰《おほせ》て彼杜四郎《かのもりしらう》と、柒六《なゝろく》を射《い》て捕《と》れとて、悄地《ひそか》に路次《ろじ》に出《いだ》し遣《や》りたる、その事《こと》は錯《たが》は

ねども、五郎平《ごらうへい》が隊兵《てのもの》を将《い》て、迹《あと》を跟《つけ》つゝ追逼《おひせま》りて、反《かへつ》て敗《やぶ》れを取《と》りしといふ、其義《そのぎ》は思《おも》ひかけなき事《こと》也。他等《かれら》が迯《かたみ》に行《おこな》ふ所《ところ》、孰《いづれ》を忠《ちう》、孰《いづれ》を不忠《ふちう》と、いまさら分別《ふんべつ》しがたきは、他等《かれら》三名《みたり》その折《をり》に、命《いのち》を隕《おと》したれば也。この義《ぎ》甚麼《いかに》。』

と問給《とひ》ひしかば、臣等《わくら》答《こた》へ稟《まう》すやう、

『最憚《いとはゞか》りある言《こと》ながら、君《きみ》は只曽根見宗玄《ただそねみむねはる》の、讒《さかしら》を信《うけ》させ給ひて、彼大江杜四郎《かのおほえもりしらう》、峯張柒六郎《みねはりなゝろくらう》等を疑《うたが》ひ給ひて、敵《てき》の間者《まはしもの》なるべし、と思食《おぼしめし》たる故《ゆゑ》に、有斯異変《かゝるゐへん》のいで来《き》候。はじめ臣等《わくら》も彼疑《かのうたが》ひの、なきにしも候はず。近曽誰《ちかごろたれ》いふとはなく、彼大江《かのおほえ》峯張両主僕《みねはりりょうしゅぼく》は、朝倉家《あさくらけ》の間者《まはしもの》にて、当家《たうけ》の隙《ひま》を窺《うかゞ》ふといふ、流言耳《りうげんみゝ》に入《い》りしかば、臣等《わくら》悄地《ひそか》に思《おも》ふやう、彼大江《かのおほえ》峯張《みねはり》は、当初浪華《そのかみなには》に名《な》もしるき、峯張九四蔵《みねはりくしざう》の児孫《じそん》にて、高島石見介《たかしまいはみのすけ》に由縁《ゆかり》あるよしは、我《われ》も聞知《きゝし》る所《ところ》也。そが出処《しゆつしよ》は錯《たが》はねども、今《いま》は北地《ほくち》に相仕《あいつか》へて、間者《まはしもの》になりたる歟《か》、その義《ぎ》はいまだ知《し》るべからず。要《えう》こそあれ、と尋思《しあん》をしつゝ、その折腹心《をりふくしん》の者《もの》をもて、悄地《ひそか》に浪華《なには》へ遣《つかは》して、彼来歴《かのらいれき》を撈《さぐ》らせしに、其者今日《そのものけふ》かへり来《き》て、那里《かしこ》の便宜《びんぎ》を告《つぐ》るやう、小可浪華《やつがれなには》に赴《おもむ》きて、彼来歴《かのらいれき》を穿鑿《あなぐり》しに、大江《おほえ》峯張両主僕《みねはりりょうしゅぼく》を、知《し》れる者少《ものすくな》からず。彼少年等《かのしようねんら》は七月《ふづき》の時候《ころ》まで住吉《すみよし》の里近《さとちか》き、孟林寺《まうりんじ》に寓居《ぐうきよ》の事、八月《はつき》に至《いた》りて武者修行《むしやしゆぎよう》の為《ため》、倶《とも》に住吉《すみよし》を立去《たちさ》りて、一霎時《しばし》京師《みやこ》に旅宿《たびね》をしつゝ、近江《あふみ》の方《かた》に赴《おもむ》きしといふ、風声這里《ふうぶんここ》へも聞《きこ》えたりといへり。その言疑《ことうたが》ふべくもあらざれば、更《さら》に孟林寺《まうりんじ》を敲《たゝ》くに及《およ》ばず、則《すなはち》里《さと》の故老《としより》等《ら》に、証書一通《あかしふみいつつう》を、写《かゝ》せて罷《まか》り候ひきとて、臣等《わくら》に見《み》せたる者茲《ものこゝ》にあり。是御覧《これごらん》ぜよ。』

と懐《ふところ》より、取出《とうで》て呈閲《ていゑつ》してければ、君侯列々《くんこうつら〳〵》窗《みそなは》して、愀然《しうねん》として宣《のたま》ふやう、

『我思《われおもひ》浅《あさ》くして、宗玄《むねはる》の誣言《しひこと》を暁《さと》らず、可惜《あたら》忠義《ちうぎ》の倭太郎《わたらう》算弥《さんや》を、非命《ひめい》に殺《ころ》しし不便《ふびん》さよ。然《さ》るにても杜《もり》四郎《しらう》柒六《なゝろく》は、我《われ》を怨《うらみ》て、ゆく郷毎《さとごと》に、不明不仁《ふめいふじん》の君《きみ》也とて、必人《かならずひと》に説示《ときしめ》しやせん。恥《はづか》しさよ。』

とばかりに、御嘆息《ごたんそく》の外《ほか》なかりしを、臣等《わくら》慰《なぐさ》め稟《まう》すやう、

『彼杜四郎《かのもりしらう》柒六《なゝろく》は、温潤《おんじゆん》にして学術《がくじゆつ》あれば、寡言謹慎《くわげんきんしん》の本性《ほんしやう》もて、人《ひと》の悪《あく》をいふべくも候はず。その義《ぎ》は御《み》心安《こゝろやす》かるべし。』

と諭《さと》し稟《まう》せば頷《うなづ》き給ひて、

『去歳《こぞ》の九月《きくづき》彼少年等《かのしやうねんら》に、我取《わがと》らせたる二種《ふたくさ》を、他等《かれら》は受《うけ》て、実《じつ》は受《うけ》ず、当所《たうしよ》を立去《たちさ》る今日《けふ》に及《およ》びて、石見《いはみの》介《すけ》をもて返納《かへしいれ》しは、我菲徳《わがひとく》を厭《いと》へばならんに、そを暁《さと》らずして云云《かくかく》と、石見介《いはみのすけ》を詰《なじ》りしは、我《われ》ながら鈍《おぞ》ましかりき。』

と御後悔《ごこうくわい》の色見《いろみ》えて、又宣《またのたま》ふやう、

『今日《けふ》は既《すで》に黄昏《たそがれ》たり。明日《あす》は夙《つと》めて正庁《まんところ》にて、訴人等《うつたへびとら》を召集合《めしつどへ》て、言《こと》の虚実《きよじつ》を詮議《せんぎ》せん。それよりも猶急《なほいそ》ぐべきは、今《いま》より彼七鹿山《かのなゝしやま》へ、実撿使《じつけんし》を遣《つかは》して、宗玄以下《むねはるいか》の亡骸《なきから》を、各々其宅眷《おの〳〵そのやから》に執措《とりおか》せよ。この余《よ》のことは云云《しか〳〵》』

と、仰示《おほせしめ》させ給ふ折《をり》から、窓井《まどゐ》の方《かた》の使介《つかひ》なるべし。奥《おく》より一箇《ひとり》の女《め》の童《わらは》が、君侯《くんこう》の身辺《ほとり》へまゐりて、何事《なにごと》やらん囁《さゝや》き稟《まう》しつ、軈奥《やがておく》へ退《まか》りし」

といふ、この密話《みつわ》猶多《なほおほ》ければ、是《これ》より巻《まき》を更《あらた》めて、又下回《またしものめぐり》に解《とか》なん。

新局玉石童子訓巻之十八終

魔風《まかぜ》を起《おこ》して
妙椿清澄《きよすみ》を破《やぶ》る

◆叢書江戸文庫㊼ 月報47

新局玉石童子訓［上］

2001年2月
国書刊行会

『御贄美少年始《おとしだまびしょうねんし》』覚え書

佐藤至子

読本『近世説美少年録』（以下『美少年録』と略）を抄録した合巻『御贄美少年始』の初編・二編が刊行されたのは弘化五年のことである。文政十二年に第一輯が上梓された『美少年録』は、天保三年に第三輯まで出て中断され、その後十三年を経て、弘化二年に四輯に相当する『新局玉石童子訓』初帙が出版された。すなわち『御贄美少年始』は、原典たる読本が再開されたのとほぼ時を同じくして、十九年前に出されたその第一輯をリバイバルする形になったのである。

この合巻の刊行に対する馬琴自身の所感は、「著作堂雑記抄」に見える次の記述から知ることができる。

前にも記せる蔦屋吉蔵、又美少年録を草ざうしにせんとて、後の十返舎一九に約文させて、画は後の歌川豊国筆にて、弘化四年冬十月上旬出板の聞えあり、因て取よせて閲せしに、多くは美少年録の抄録にて、初編二冊□□野の段に至る、その約文、一九が其身の文をもて綴たる処は、前と同じからず、抱腹に絶ざる事多かり、丁子屋平兵衛又此事を聞知りて、弥憤りに堪ず、丁平も亦美少年録を合巻ものにして、蔦吉の邪魔をせんとて其計画ありと聞えたり、蔦吉が烏滸のわざはいふにしも足らず、丁平の恣なる、予を蔑にするに似たし、懐ふに当今は寅年御改正の後、書肆の印本に株板と云物なく、偽刻重板も写本にして受ぬれば、彫

行を許さるゝにより、同書の二板も三板も、一時に出来ぬる事になりたるは、夫将戯作の才子なければ、人の旧作を盗みて、利を得まく欲しぬる書賈の無面目になれる也、独嘆息のあまり、録して以て後の話柄とす、

（「著作堂雑記抄」『曲亭遺稿』国書刊行会、明治四十四年）

「懐ふに当今は寅年御改正の後、書肆の印本に株板と云物なく」以下には、天保十三年の書物問屋・地本問屋仲間行事の活動差し止めにより、重版などの防止が不可能になったことが述べられている。『御贅美少年始』も『美少年録』を無断で抄録している点、馬琴には重版に準じた許し難い行為と映っていたのであった。「著作堂雑記抄」をやや遡れば、弘化四年六月の段階で蔦屋吉蔵が『南総里見八犬伝』の抄録合巻（『雪梅芳譚犬の草紙』）を企画し、『八犬伝』の版元丁子屋平兵衛がこれに対抗して別の抄録合巻（『仮名読八犬伝』）を作らせている、という噂が馬琴の耳に入っている。丁平までもが原作者たる馬琴を蔑ろにする形で抄録合巻を出版しようとしていることについて馬琴は怒りを禁じ得ず、「義に違ふに似て心得がたけれども」と述べているが、同じような事態が『美少年録』についても繰り返されそうな気配であったわけである。

服部仁氏「読本鈔録合巻の実相」（「読本研究」第五輯上套・第六輯上套、一九九一・一九九二）所載の読本抄録合巻リストによれば、抄録合巻が作られた馬琴読本は十七作にものぼるが、前述二作の『八犬伝』抄録合巻と『御贅美少年始』はそれらの中の魁的存在である。馬琴の思惑は別として、これらが読者に好評をもって迎えられたということが、この後、他の読本作品が続々と合巻化されてゆく契機となったものであろう。

ところで読本を合巻にするとき、具体的にはどのような加工がなされたのであろうか。服部氏は前掲論文において、読本『墨田川梅柳新書』と抄録合巻『花簑笠梅雅物語』の絵・文の差異について詳述され、抄録合巻の挿絵は読本の挿絵から構図などの面で影響を受けていることを指摘している。このような影響関係は『美少年録』と『御贅美少年始』の間にも言えることである。『美少年録』第一輯とこれに対応する『御贅美少年始』初編～四編を見比べるとき、前者の口絵・挿絵の多くが、後者の挿絵において構図や内容面で踏襲されていることに気づく。同時にまた、少なくとも二つの点において絵の描き変えが行われていることも明

らかである。一つは画風に関する点で、『御贅美少年始』では『美少年録』の口絵・挿絵を基にしつつ、やや俗にくだけた感じの図様、または歌舞伎の見せ場を思わせる図様へと描き変えられている例が散見される。たとえば『御贅美少年始』初編口絵の大内義興・あやめ・素它六の三人が居並ぶ図は、『美少年録』第一輯口絵（こちらでは備中介弘元を加えた四人が並ぶ図）を基にしているが、『御贅美少年始』ではあやめの臑をあらわに描くなど、やや淫靡な雰囲気の漂う図に変えられている。また同じく『美少年録』第一輯「出像第三」、飯田山の山賊が備中介弘元らに追いつめられる図は、『御贅美少年始』では大地蔵の上に追いつめられた山賊が真正面から太刀を振り上げる図へと描き変えられており、歌舞伎の殺陣を彷彿とさせる図様になっている。

もう一つは絵の配列に関わる点で、『美少年録』では一図のうちに表されている内容（情景）が、『御贅美少年始』では複数の図に分割されて表現されている場合がある。『美少年録』第一輯「出像第十一」は、摺針山の小屋で二人の山賊が戦う様子と囚われのお夏・珠之助が逃亡する様子を一図におさめて描いているが、これが『御贅美少年始』では二賊の戦う図とお夏・珠之介が山小屋に放火して逃亡する図とに分けられ、それぞれ見開き一丁ずつに絵画化されている。これらの情景は物語中では時間的にさほどの隔たりもなく起きた出来事であるゆえに、『美少年録』のように一図にまとめて表されていてもさして違和感は感じられないのであるが、『御贅美少年始』では情景が一図ずつに分けて示されることで、出来事の細かな移りゆきが視覚的に把握しやすくなっている（実際には前述の二図に分けられた上、その間にお夏と珠之介が逃げる算段をする図が加えられてもいる）。映像に譬えれば、読本においてはロングショットで映し出されていた情景が、合巻ではいくつかの部分に分けられ、それぞれがクローズアップされたというようなものであろうか。

このように、基とする読本の絵を分割することで絵数を増やすという方法は、求められる絵の数が多い合巻において効率的に紙面を埋めて行くための一つの解決策でもあっただろう。こうした例は『御贅美少年始』のその他の箇所にも見ることができる。安易な創作方法と言ってしまえばそれまでであるが、そのような絵組を許容する背景について少し考えてみたい。

文化・文政期の合巻の主流をなすのは短編合巻であるが、そこでは限られた丁数のなかで効果的に物語を提示するため、一図に複数の情景をまとめたり、挿話《エピソード》を文章化せず絵のみで表現するといった方法がしばしば採られていた。一図にまとめ得る絵を分割して絵数を増やす『御贄美少年始』の方法は、これとはちょうど逆である。この場合、前述の通り一図に盛り込まれた情報量は少なくなり、確かにわかりやすいのではあるが、構図は単調になり、絵組が間延びしている印象を受ける。抄録合巻は毎年編を継いでゆく長編合巻であり、それゆえ短編合巻のように物語の首尾を見通した上で紙数の都合から見開き一丁に複数の情景を押し込む必要は生じない、とも考えられるのだが、このような絵組はそうした面から将来されるものなのだろうか。しかし長編合巻の代表的存在である柳亭種彦『修紫田舎源氏』が毎年趣向をこらした絵組を見せていたことを思えば、長編なれば長編なりに、絵組の面白さを追求することはできるわけである。絵の単調さは、やはり稿本において絵組を指示する作者の才能に関わる問題なのであろう。

『御贄美少年始』初編〜三編の絵は三世歌川豊国の手になるが、『美少年録』の挿絵を描いていたのもこの三世豊国（当時は国貞）であった。ところでその『美少年録』の国貞の絵に対して、馬琴の評価は実はあまり芳しいものではない（第二輯自序・付言参照）。第二輯刊行の翌年、天保二年四月二十六日付の殿村篠斎宛馬琴書簡には「（引用者注―『修紫田舎源氏』について）国貞の画尤妙ニ御座候（略）あの手際にてはよみ本のさし画なとハいよ〳〵宜しかるへきによみ本のさし画をゑかゝせ候へハ十段も劣り候」とあり、馬琴は国貞の絵を読本には向かないと考えていたようである。逆に言えばその画才は、『御贄美少年始』においてこそ存分に発揮され得たのかもしれなかった。しかし作者二世一九の力量が、「合巻の画において一大家」（前掲馬琴書簡）たるこの画工の力を十二分に生かせたかは疑問である。そして画工が四編から歌川国輝へ代わり、八編からは歌川国綱へ代わるとなると、所々に面白い構図が散見されるとは言え、もう技倆面での見劣りは覆いようがなかった。

挿画における「謎」探し

佐藤美帆

この度刊行される、曲亭馬琴作『新局玉石童子訓』(以下『童子訓』)及び、その前編にあたる『近世説美少年録』(以下『美少年録』)は、過去に卒業論文、修士論文等にて関わった、実に思い出深い作品である。

これらを含む馬琴の読本の読解は、「謎解き」ならぬ「謎探し」から始まる。読者が「謎」の存在に気付かなければ、それで済んでしまうが、作者は読者の知識なり想像力なりに期待しているのである。

さまざまな「謎」を馬琴は提供してくれているが、中でも挿画における「謎」は興味深い。ここでは『美少年録』の挿画について考察したい。(底本として叢書江戸文庫二二巻及び二三巻を使用させて戴いた。挿画については、その収録頁を付記するので、ご参照戴ければと思う。)

馬琴は挿画について以下のような思いを抱いていたようである。

大約草紙物語《おほよそさうしものかたり》の剿入画《さしゑ》を看《み》て、その好歹《よしあし》をいふ者《ひと》は、画《ゑ》の巧拙《こうせつ》をのみ論《ろう》じて、本文《ほんもん》の意《ゐ》に違《たがへ》ると、違《たがは》ざるとを思はぬも多《おほ》かり。縦《よしや》その画《ゑ》は巧《たくみ》也とも、蛇足《じやそく》の為《ため》に画《ゑがゝ》れしは、只是《たゞこれ》作者《さくしや》の面目《めんもく》を、損《そこなは》ざるものあること稀《まれ》也。かゝる故《ゆゑ》に、予《よ》は画《ゑ》を学《まな》ばざりけれども、とし来著《ころあらは》す物《もの》の本《ほん》は、必《かならず》手《て》づから画稿《ぐわこう》をものして、その趣《おもむき》を画者《ぐわしや》に示《しめ》して、もて画《ゑがゝ》せずといふものなし。然《さり》けれども画工《ぐわこう》の意《ゐ》をもて、そを潤色《じゆんしよく》する処《ところ》、動《やゝ》もすれば本文《ほんもん》の意《ゐ》に、違《たが》ふ事なきにあらず。

(『美少年録』第二輯總論螟蛉詞 換骨奪胎)

彼は、自分の思い通りの挿画でなければ気に入らず、下絵を描いて挿画作者に渡し、こと細かく指示を出していた。彼にとっては、自分の言うことを素直に聞く「画者《ぐわしや》」がよいのであり、勝手に自分の感覚で描く「画者《ぐわしや》」は困るのである。馬琴の考えが、挿画に忠実に反映されなければ意味がないからである。

つまり、それだけ馬琴は挿画の持つ意味を重要に考えていたのであり、挿画による読者への効果も知っていたということである。馬琴が挿画の中に織り込んだ

「謎」について、いくつかの例を挙げて考察しようと思う。

まず、たった一度の契りを交わした陶瀬十郎興房と阿夏とが図らずも再会した場面を描いた挿画である。（叢書江戸文庫二一・九〇～九一ページ）阿夏を呼んだのは、この館の主・日野西兼顕卿である。その彼の背後の戸に描かれているものは、「鹿」のようである。何故「鹿」なのか。この場面の時、季節は秋であるから、「鹿」は相応しいと考えられるが、根拠はそれだけであろうか。

「鹿」は時に「女郎」を意味する。芸妓を迎えて楽しむ部屋として「鹿」の絵は誂え向きであると同時に、ここで「阿夏＝ただの女郎」という暗示を読者に与えたかったのではないか、と考えられる。

また、この挿画での瀬十郎の着物の模様も気になる。紋で言うと「雁金」。この紋を用いたのは薩摩国の人間が多いそうだが、瀬十郎はそうではない。この模様を用いたのには、他の理由があると思われる。「雁」は「よいことを知らせる鳥」であり、この時点では瀬十郎にとっても阿夏との再会は「喜ばしいこと」だったのである。瀬十郎は縁起のよい模様の着物を身に着け、自分自身に幸便をもたらした、と言える。

同じ挿画において当然ながら目に留まるものがある。阿夏の身体から何か立ち昇っており、その中に一匹の「蛇」と二人の「少年」とが浮き出ている。これは、これから起きることを暗示している。瀬十郎の台詞からも分かる。

嚮《さき》にわれはひとり覚《さめ》て、浄手《ちやうづ》せんとて厠《かはや》に登《ゆき》しに、紙窓《あかりまど》の箘子上《かうしのほとり》に、白《しろ》き小蛇《こへみ》のをるを見たり。わが性蛇《さがへび》を嫌《きら》ふをもて、走《はし》りてこゝにかへり来《き》つるに、二八可《ばかり》なる美少年《びせうねん》の、おん身と添臥《そひふし》したるあり。怪《あやし》と思ひて猶《なほ》よく見るに、彼美少年《かのびせうねん》は消失《きえう》せて、おん身《み》は熟《うま》く睡《ねむ》りたり。こはわが心《こゝろ》の惑《まよ》ひにこそ。と思ひ捨《すて》つゝ衾《ふすま》を褰《かゝげ》て、共《とも》に睡《ねむ》らんとする程《ほど》に、いと大《おお》きなる蛇《へび》の、その色白《いろしろ》かりし歟《か》。青《あを》かりけん歟《か》。よくも見ねど、おん身《み》の腰《こし》を巻締《まきしめ》て、ありともしらず搔抓《かいつか》みにき。

（『美少年録』第一輯巻之三第五回）

蛇、少年、阿夏の三点が初めてここでつながる。大内義興が焼き払った神社の霊蛇は、阿夏の体内に宿り、将来末朱之介晴賢となるのである。この挿画の場面は、その発端を表わしている。

次に、末松珠之介が柳本弾正のもとを訪ねて香西四郎元盛との和睦を調えようとする場面の挿画について見る。（叢書江戸文庫二二・一二～一三ページ）ここでの「謎」は、珠之介の背後にある衝立である。花と共に見事な孔雀の絵が描かれている。孔雀は、まるで獲物を狙うかのように珠之介を見下ろしている。衝立の意味するものは何であろうか。

孔雀は毒蛇を喰う、と言う。霊蛇の怨念から生まれ、その「極悪」な性質を露にして行く珠之介は、まさに毒蛇である。衝立は、孔雀が今にも珠之介に喰らい付かんとする構図になっている。この衝立は、珠之介の本性を暗に示しているのである。

最後に挙げるのは、末朱之介が遊郭へ行き、その楼第一との聞こえ名高い名妓・今様を揚げて一夜の夢を結ばんとする場面の挿画である。（叢書江戸文庫二二・二五八～二五九ページ）その時の様子を本文では、

倨而《かくて》更闌《こうたけ》席散《せきおさま》りて、朱之介《あけのすけ》は了鬟《めのわらは》に、倡導《いざなは》れて臥房《ふしど》に入《い》りぬ。綾羅錦繡《りやうらきんしう》の重衾《やへふすま》。沈麝鶏舌《ぢんじやけいぜつ》の香《かふ》の薫《かほり》。亦人間《またにんげん》の東西《もの》としもおもほえず。身《み》は遊仙《ゆうせん》の崫《いはむろ》に、神女《しんによ》と睡《ねむ》る歟《か》と疑《うたが》はる。俟《まつ》こと稍久《やゝひさ》しくして、那今様《かのいまやう》は臥房《ふしど》に来《き》にけり。然《され》ども痞《つかえ》の發《おこ》りしとて、うち鮮《とけ》もせずそが侭《まゝ》に、背《そびら》を抱《いだか》せたりければ、朱之介《あけのすけ》は艴《むつ》として、その無礼《なめ》なるを咎《とが》めしかども、然《さ》しもいふ甲斐《かひ》なかりしかば、思ひしにも似《に》ず興盡《きやうつき》て、酔《えひ》に堪《たへ》ねば熟睡《うまい》をしたる。その間《ひま》に今様《いまやう》は、朱之介《あけのすけ》が脇挿《わきさし》の、刀《かたな》を竊《ひそか》に引抜《ひきぬき》て、みづから吭《のんど》を串《つらぬ》きつ。俯《ふし》たる随《まゝ》に死《しに》にけり。

（『美少年録』第三輯巻之五第三十回）

と著されている。実に淡白な印象を受ける。この部分では、今様が何故自殺をしたのかについて明らかにされていない。馬琴は、

この故《ゆゑ》に朱之介《あけのすけ》は、濡衣《ぬれきぬ》を被《き》せられて、領主《りやうしゆ》の廳《ちやう》に牽《ひか》れつゝ、緊《きび》しく獄舎《ひとや》に繋《つな》がれけり。その縡《こと》の趣《おもむき》を、なほ詳《つまびらか》に知《し》らまく欲《ほり》せば、そは編《へん》を継《つ》ぎ巻《まき》を易《かへ》て、第四《だいし》輯《しふ》の開場《じよひらき》に、鮮分《ときわく》るを聴《きき》ねかし。

（『美少年録』第三輯巻之五第三十回）

と述べ、次の巻へ読者の期待を引っ張っている。本文で明らかにされていない以上、ここでは特に挿画の持つ意味が大きい。

この挿画での「謎」は、二人の褥の足元に立ててある屛風の絵である。雪中に小舟に乗る男女が描かれている。この男女は公家の人間のようであるが、どのよ

うな意味があるのだろうか。

雪、小舟、一組の男女。これらから連想されるものは『源氏物語』の「浮舟」の帖である。薫から浮舟を奪おうとした匂宮は、浮舟を連れ出して宇治川を小舟で渡る。このふたりは、道ならぬ恋に足を踏み入れ、まさに「夢」を見ようとしている。しかしこの後、思い悩んだ浮舟は自殺を決意する。

楼第一の遊女ならば教養もあったであろうから『源氏物語』も読んでいたと推察される。部屋に、その一場面を描いた屏風があっても不思議ではない。「夢」を見る部屋である、という点から考えても不自然さは感じられない。しかし私は、もう少し意味がある、と考える。

つまり、匂宮と浮舟との間にあったことが、朱之介と今様との間にも起こる、と暗示しているとも取れるのである。鍵は「道ならぬ恋」である。この挿画は本文より先を走っており、この後の朱之介の運命自体も描かれている。

挿画における「謎」は、本文と密接な関わりを持っており、読者へ語りかけるためのもうひとつの手段である。馬琴は当然ながらそれを認識しており、効果的に利用しようとしている。挿画中の様々な仕掛け（＝「謎」）に、読者がどれほどの興味を持ってくれるか、また気付いてくれるか、彼は期待もし祈りもしたであろう。

『美少年録』の挿画には、まだまだ「謎」がある。『童子訓』についても、勿論同様のことが言える。この度の刊行を、その意味でも私は楽しみにしている。

江戸怪異綺想文芸大系 全五巻

高田衛 監修

1 初期江戸読本怪談集 大高洋司 近藤瑞木 編

2 都賀庭鐘・伊丹椿園集 稲田篤信 木越治 福田安典 編

3 和製類書集 神谷勝広 編

4 山東京山伝奇小説集 高木元 編

5 近世民間異聞怪談集成 堤邦彦 杉本好伸 編

叢書江戸文庫　第II期　全12巻

27 続百物語怪談集成　校訂＝太刀川清
28 石川雅望集　校訂＝稲田篤信
29 浅井了意集　校訂＝坂巻甲太
30 只野真葛集　校訂＝鈴木よね子
31 浮世草子時事小説集　校訂＝倉員正江
32 森島中良集　校訂＝石上敏
33 馬琴草双紙集　校訂＝板坂則子
34 浮世草子怪談集　校訂＝木越治
35 柳亭種彦合巻集　校訂代表＝佐藤悟
36 人情本集　校訂＝武藤元昭
37 豊竹座浄瑠璃集［三］　校訂代表＝山田和人
38 竹本座浄瑠璃集［二］　校訂代表＝宮本瑞夫

叢書江戸文庫　第III期　全12巻

39 近松半二浄瑠璃集［二］　校訂代表＝阪口弘之
40 竹本座浄瑠璃集［三］　校訂代表＝原道生
41 小枝繁集　校訂代表＝横山邦治
42 多田南嶺集　校訂＝風間誠史
43 十返舎一九集　校訂＝棚橋正博
44 仏教説話集成［二］　校訂＝西田耕三
45 原典落語集　校訂＝二村文人
46 西沢一風集　校訂＝神谷勝広・川元ひとみ・若木太一
47 新局玉石童子訓［上］　校訂＝内田保廣・藤沢毅
48 新局玉石童子訓［下］　校訂＝内田保廣・藤沢毅
49 福森久助脚本集　校訂代表＝古井戸秀夫
50 東海道中案内集　校訂代表＝冨士昭雄

叢書江戸文庫 第Ⅰ期 全26巻

1 漂流奇談集成 校訂＝加藤貴
2 百物語怪談集成 校訂＝太刀川清
3 前太平記［上］ 校訂＝板垣俊一
4 前太平記［下］ 校訂＝板垣俊一
5 前々太平記 校訂代表＝矢代和夫
6 都の錦集 校訂＝中嶋隆
7 伴蒿蹊集 校訂＝風間誠史
8 八文字屋集 校訂＝篠原進
9 竹本座浄瑠璃集［一］ 校訂代表＝平田澄子
10 豊竹座浄瑠璃集［一］ 校訂代表＝原道生
11 豊竹座浄瑠璃集［二］ 校訂代表＝向井芳樹
12 馬場文耕集 校訂＝岡田哲
13 佚斎樗山集 校訂＝飯倉洋一
14 近松半二浄瑠璃集［一］ 校訂代表＝原道生
15 江戸作者浄瑠璃集 校訂代表＝田川邦子
16 仏教説話集成［一］ 校訂＝西田耕三
17 近世紀行集成 校訂＝板坂耀子
18 山東京伝集 校訂＝佐藤深雪
19 滑稽本集［一］ 校訂＝岡雅彦
20 式亭三馬集 校訂＝棚橋正博
21 近世説美少年録［上］ 校訂＝内田保廣
22 近世説美少年録［下］ 校訂＝内田保廣
23 文化二年十一月江戸三芝居顔見世狂言集 校訂代表＝近藤瑞男・古井戸秀夫
24 役者合巻集 校訂代表＝佐藤悟
25 中本型読本集 校訂＝高木元
26 近世奇談集成［一］ 校訂代表＝高田衛

新局《しんきょく》玉石《ぎょくせき》童子《どうじ》訓《くん》［上］

叢書江戸文庫47　責任編集―高田衛＋原道生

二〇〇一年二月二十五日　初版発行

校訂者　内田《うちだ》保廣《やすひろ》／藤沢《ふじさわ》　毅《たけし》
発行者　佐藤今朝夫
発行所　株式会社国書刊行会
東京都板橋区志村一-十三-十五　〒一七四-〇〇五六
電話〇三(五九七〇)七四二一　ファクス〇三(五九七〇)七四二七
http://www.kokusho.co.jp

印　刷　山口北州印刷株式会社
製　本　大口製本印刷株式会社
装　釘　藤林省三

ISBN4-336-03547-4